Gillian Bradshaw
Die Tochter des Bärenzähmers

Gillian Bradshaw

Die Tochter des Bärenzähmers

Roman

Aus dem Amerikanischen von
Nils-Henning von Hugo

ECON Verlag
Düsseldorf · Wien · New York

Titel der amerikanischen Originalausgabe:
THE BEARKEEPERS' DAUGHTER
Originalverlag: Houghton Mifflin Company, Boston
Übersetzt von Nils-Henning von Hugo

CIP-Titelaufnahme der Deutschen Bibliothek

Bradshaw, Gillian:
Die Tochter des Bärenzähmers: Roman / Gillian Bradshaw.
Aus d. Amerikan. von Nils-Henning von Hugo. – Düsseldorf;
Wien; New York: ECON Verl., 1990
ISBN 3-430-11494-2

Gesetzt aus der Aldus, Linotype
Satz: Lichtsatz Heinrich Fanslau, Düsseldorf
Papier: Papierfabrik Schleipen GmbH, Bad Dürkheim
Druck und Bindearbeiten: Pustet, Regensburg
Printed in Germany
ISBN 3-430-11494-2

Für Judy

in Dankbarkeit für ihren Rat bei
allen Fragen über Reiter und Pferde
und für vieles mehr

Ich bin der Auffassung, daß Flucht, mag sie auch Rettung schaffen, gerade im jetzigen Augenblick Nachteile bringt; denn wie ein Mensch, einmal geboren, dem Tode nicht entgehen kann, so muß jedem, der einmal den Kaiserpurpur trug, ein Flüchtlingsdasein unerträglich erscheinen. Niemals möchte ich daher dieses Purpurkleid verlieren und auch jenen Tag nicht erleben, an dem jene, die vor mir hintreten, mich nicht mehr als Herrin ansprechen werden. Mein Kaiser, wenn du dich in Sicherheit bringen willst, so macht dies keine Schwierigkeit. Wir verfügen ja über viel Geld, und dort ist das Meer, und hier sind die Schiffe. Sieh aber zu, ob nach glücklicher Rettung du nicht am liebsten den Tod für das Leben eintauschen würdest! Mir jedenfalls gefällt ein altes Wort, daß das Kaisertum ein schönes Totenkleid ist!

Die Kaiserin Theodora während des Nika-Aufstandes zu Kaiser Justinian.
Prokop von Caesarea, Perserkriege, I 24, 35–38

1
Kaiserin Theodora

Konstantinopel war größer, als er gedacht hatte. Das Schiff näherte sich langsam, schlingerte in der heißen Septembersonne durch die niedrige Dünung, die leichte Brise zerrte in kurzen Stößen an seinen vielfach geflickten braunen Segeln. Die Handvoll Passagiere beugte sich aufgeregt rufend mittschiffs über die Reling. Einer deutete auf weitläufige Gärten, einen von Läden gesäumten Säulengang, ein Hafenbecken; ein anderer auf das vergoldete Kreuz, das von der hohen Kuppel einer Kirche herüberleuchtete; auf die Statue eines Kaisers, der auf einer Säule thronte. Es ist wie eine Fata Morgana, dachte Johannes und beugte sich ebenfalls weit über die Reling. Sie schimmert über den Klippen, zu riesig und zu schön, um wahr zu sein.

»Das dort ist ein Teil des Großen Palastes«, meinte der Schiffsherr, der neben Johannes getreten war und auf ein Gebäude am Ufer deutete. Johannes starrte in die angegebene Richtung, es war, als setze sich ihm ein Kloß im Hals fest. Ein mit lasierten Ziegeln gedecktes Hauptgebäude wurde von zwei Seitenflügeln mit weißen Marmorsäulen flankiert: Es leuchtete inmitten der Gärten, die sich ringsherum erstreckten wie ein kostbarer Edelstein in einer Seidenhülle. Die hoch aufragenden Kaimauern der Stadt zogen einen zusätzlichen Bogen um den Palast, trennten ihn von den gewöhnlichen Häusern, verliehen ihm Schutz: er bildete eine eigene Stadt. Johannes schüttelte den Kopf und senkte den Blick. Er betrachtete seine Hände, die die Reling umklammert hielten. Schmale Hände, gelb von der überstandenen Krankheit; schmutzige Fingernägel. Er versuchte sich vorzustellen, wie sie irgendwelche Dinge in dem juwelengeschmückten Palast berührten, doch er vermochte es nicht.

»Eigentlich ist dieses Stadtviertel nur ein Teil des gesamten Palastkomplexes«, fuhr der Schiffsherr hintergründig lächelnd fort. »Die Kaiserin hat ihn einigen ihrer Mönche zur Verfügung gestellt. Ihr selbst gehört eine Reihe weiterer Häuser, jedes davon so groß wie eine Kathedrale, und der Kaiser besitzt auch vier oder fünf. Außerdem zählen noch verschiedene Kapellen und die Kasernen für die Palastwache dazu – der Große Palast ist wirklich ein riesiger Komplex. Wen, sagtest du, willst du dort sprechen?«

»Einen Beamten der Kaiserin«, murmelte Johannes. Das hatte er während der ganzen Reise erzählt, immer wenn ihn jemand gefragt hatte. Er wünschte jetzt, es entspräche der Wahrheit.

»Nun, du wirst die Wachsoldaten am Bronzenen Tor fragen müssen, wohin du dich wenden sollst. Es ist der einzige Zugang zum Palast. Wir werden am Goldenen Horn im Neorion-Hafen ankern. Um zum Palast zu gelangen, steigst du einfach zum Konstantin-Forum hinauf, dann gehst du nach links durch die Mittelstraße zum Augusteion-Forum; das Bronzene Tor des Palastes befindet sich an seinem entgegengesetzten Ende. Sag der Wache einfach, weshalb du kommst, und man wird dir Einlaß gewähren. Weißt du schon, wo du während deines Aufenthaltes in der Stadt unterkommst?« Johannes senkte den Kopf und murmelte etwas, das wie ein »Ja« klang.

Bis heute abend werde ich wohl wissen, wo ich unterkommen kann, dachte er, als der Schiffsherr weiterging, um sein Schiff zu inspizieren. Herr im Himmel, ich wollte, es wäre bereits Abend! Unsterblicher Gott, wo soll ich mit meinen Sachen hin? Ich kann unmöglich einfach in den Großen Palast spazieren, in die Gemächer der Kaiserin, und einen Sack voller alter Kleider mit mir herumschleppen!

Als das Schiff in das Goldene Horn eingelaufen war und am Kai angelegt hatte, fragte er den Schiffsherrn, ob er seine Habseligkeiten für eine Nacht an Bord lassen könne.

»Warum läßt du sie nicht in deiner Unterkunft?« fragte der Schiffsherr zurück.

»Ich ... ich möchte lieber erst im Palast vorsprechen«, erwiderte Johannes.

Der Schiffsherr zuckte die Achseln. »Wie du meinst – aber glaubst du denn, einfach so vorgelassen zu werden? Beamte pflegen die Leute gerne warten zu lassen.«

»Ich weiß nicht«, sagte Johannes. »Es könnte trotzdem sein. Kann ich die Sachen nicht auf jeden Fall erst einmal hierlassen?«

»Oh, gewiß; das macht keine Umstände. Aber du mußt wissen, daß du wahrscheinlich erst am späten Nachmittag zum Palast gehen kannst. Zuerst brauchst du noch die Erlaubnis der Zollbeamten, um die Stadt betreten zu dürfen.«

»Warum denn das? Ich will dort doch nichts verkaufen.«

Der Schiffsherr lachte stillvergnügt in sich hinein. »In dieser Stadt muß jeder eine Erlaubnis haben. Du brauchst sogar eine zum Betteln – und es ist gar nicht einfach, eine solche Erlaubnis zu ergattern! Sie werden keinem, der von außerhalb kommt, eine geben, zumindest nicht ohne eine saftige Bestechung. Jeder Konstantinopelbesucher muß nachweisen, daß er entweder Geschäfte in der Stadt hat oder genügend Mittel, um sich über Wasser zu halten. Falls er das nicht kann, wird er auf der Stelle zurückgeschickt – es sei denn, man benötigt Arbeiter für irgendwelche öffentlichen Projekte; in diesem Fall wird der Fremde auf der Stelle in die Dienste der Stadt genommen. Auch wenn du ein Herr bist und dir dieserhalb keine Sorgen zu machen brauchst, benötigst du immer noch eine Erlaubnis.«

»Ich verstehe«, meinte Johannes und blickte erneut seine Hände an. Es waren weiche Hände, die keinerlei Schwielen von schwerer Arbeit aufwiesen. Lediglich eine blankgescheuerte Stelle am rechten Mittelfinger verriet seine vielen bei der Büroarbeit verbrachten Stunden. Ich bin mir ein schöner Herr, dachte er verbittert. Nichts als der Bastard eines Herrn. Nun, ich hoffe, ich sehe wenigstens wie ein Herr aus, um den Zollbeamten höflich zu stimmen; ich habe nicht genug Geld, um mich hier länger als eine Woche durchzuschlagen, und ich möchte nicht noch für die Arbeit an einem öffentlichen Backhaus oder an der Reparatur einer Zisterne angeworben werden.

»Falls du es eilig hast, könnte ich den Beamten natürlich dazu bewegen, dich vor der Fracht und auch vor den anderen Passagieren abzufertigen ...«, fügte der Schiffsherr hinzu und lächelte Johannes erwartungsvoll an.

Johannes unterdrückte einen Seufzer, langte langsam in seinen Geldbeutel und händigte dem Mann eine große, bronzene Münze aus, dann fügte er noch eine zweite hinzu. Der Schiffsherr lächelte erneut und ließ die Münzen in seine eigene Geldbörse gleiten. »Ich werde sehen, was ich tun kann«, meinte er.

Jetzt bleibt mir nicht einmal genug, um eine Woche davon zu leben, dachte Johannes bitter. Das war töricht von mir; ich hätte sehr gut bis morgen warten können. Und es war töricht, eine Einzelkabine auf dem Schiff zu nehmen – es schien mir nur so lächerlich, unter einem Dach aus Segeltuch zusammen mit sechs anderen Passagieren, einem lärmenden Haufen von Kindern, vier Ziegen und einigen Kamelen an den Hof Ihrer Geheiligten Majestäten zu reisen. Aber wenn ich all dies über mich hätte ergehen lassen und meinen Mund gehalten hätte, würde ich jetzt über genügend Mittel verfügen, um mich etwa einen Monat lang über Wasser zu halten – Zeit genug, um mich nach einer Arbeit umzusehen, falls ich im Palast nicht empfangen werde. Aber falls ich nicht empfangen werde, werde ich wohl kaum noch eine Arbeit wollen.

Kurze Zeit darauf tauchte der Zollbeamte auf: ein hagerer, dunkelhäutiger, grauhaariger Mann in einer kurzen Tunika und einem bis zu den Knien reichenden roten Umhang. Der Schiffsherr schien ihn zu kennen – sie schüttelten sich die Hände, schlugen einander auf die Schultern und tauschten Neuigkeiten aus, während Johannes sie in regungsloser Ungeduld von der Reling aus beobachtete. Dann lächelte der Schiffsherr und führte den Beamten zu ihm. »Dies ist einer meiner Passagiere«, sagte er zu dem Mann. »Er hat es ziemlich eilig, eine geschäftliche Angelegenheit im Palast zu regeln; du kannst ihn als ersten abfertigen.« Er trat ein paar Schritte zurück, um die beiden mit einer Art Besitzerstolz zu beobachten, wie ein Gastgeber, der bei einem festlichen Abendessen seine beiden interessantesten Gäste miteinander bekannt gemacht hat. Der Beamte betrachtete Johannes mit einem mürrischen, abschätzenden Blick. Zwanzig, höchstens fünfundzwanzig Jahre alt, dachte er bei sich und registrierte diese Tatsache, als schriebe er bereits den Erlaubnisschein aus. Klein und schmächtig – schwarze Haare, glatt rasiert, dunkle Augen; kaum sichtbare Narbe am linken Auge. Ziemlich blasse Gesichtsfarbe – wenn man es genau nimmt, sogar ein bißchen gelb; vielleicht ist er kürzlich krank gewesen? Dieser Umhang und diese Tunika sollen wahrscheinlich schwarz sein, obwohl ihre Farbe eher undefinierbar ist, außerdem ist sie ziemlich schmuddelig: Er ist offensichtlich in Trauer. Ich weiß, daß er aus einer Gegend stammt, die von der Pest heimgesucht worden ist. Dennoch ist das Tuch, aus dem seine Kleidung gefertigt ist, von guter Qualität, und der Saum seiner Tunika ist aus echter Seide: Er ist nicht arm. Dieses mit einer Borte verzierte Kopftuch ist sarazenisch, und das Schiff kommt aus Berytus. So haben wir also einen . . . ich würde vermuten, einen Araber vor uns, der nach Konstantinopel gekommen ist, um irgendwelche Angelegenheiten im Zusammenhang mit einem Vermögen zu regeln, das ihm ein Verwandter hinterlassen hat. Er gönnte Johannes ein kühles Lächeln und zog seinen Griffel und die Wachstafeln hervor. »Dein Name?« fragte er höflich.

»Johannes, Sohn des Diodoros«, erwiderte Johannes nervös. »Aus der Stadt Bostra in der Provinz Arabien.«

Der Beamte lächelte erneut, diesmal mit einem selbstgefälligen Anstrich. »Und welches Geschäft führt dich nach Konstantinopel?«

Ich bin hier, um einen Beamten am Hof der Kaiserin in einer . . . in einer persönlichen Angelegenheit aufzusuchen.«

»Am Hof der *Kaiserin?*« fragte der Beamte, senkte seinen Griffel und zog die Augenbrauen hoch.

»Ja«, erwiderte Johannes und schluckte. »Die ... die in Frage stehende Person kannte meinen Vater von früher, und als mein Vater starb, hat er mich ... hat er mich gebeten, dieser Person eine Botschaft, eine persönliche Botschaft, zu überbringen.« In Anbetracht der Lüge fühlte er erneut den Kloß in seiner Kehle und erinnerte sich an das heiße, dunkle Zimmer, an den betäubenden Geruch von Krankheit und Fäulnis, und er erinnerte sich daran, wie die Stimme seines Vaters krächzte: »Du darfst niemals zu ihr gehen. Versprich mir, daß du nicht zu ihr gehen wirst.« Ein Zittern überlief ihn.

Die Augenbrauen des Beamten senkten sich. »Ich verstehe. Eine persönliche Angelegenheit, die deinen Vater und einen seiner alten Freunde betrifft.« Ich war nahe dran, dachte er zufrieden. »Und wann ist dein Vater gestorben?«

»Im Juni«, erwiderte Johannes kurz angebunden. »Er hatte die Pest.«

Einen Augenblick lang herrschte in der heißen Herbstsonne ein lastendes Schweigen, eine durch das bloße Wort Pest hervorgerufene unbehagliche Stille. Das besitzerstolze Lächeln des Schiffsherrn erstarb; der mürrische Blick des Beamten wurde noch ein wenig mürrischer. Niemand spricht das Wort jemals aus, machte sich Johannes bewußt. Ich hätte es nicht tun sollen. Zu viele Leute sind daran gestorben; es verstört sie, wenn man die Krankheit beim Namen nennt.

»Hier hat sie im Juni ebenfalls gewütet«, sagte der Beamte ruhig. Er starrte in nördlicher Richtung über den Hafen. »Es war nicht mehr genügend Platz in der Stadt, um all die Toten zu begraben. Man hat sie in den Wachtürmen der Stadtmauer aufgehäuft. Wenn der Wind aus dem Norden kam, konnte man riechen, wie sie dort verwesten. Es war, als fiele die ganze Welt in Stücke. Ich dachte, jedermann auf der Erde müsse sterben. Ich verlor einen Bruder, und beinahe hätte ich auch einen Sohn verloren.«

»Ich wäre ebenfalls fast an ihr gestorben«, erwiderte Johannes. Er brachte es nicht über sich hinzuzufügen: Es war mein Vater, der mich die ganze Zeit über gepflegt hat. Er pflegte mich gesund und starb dann selbst an der Pest.

»Dann hast du sie also überlebt!« Der Beamte starrte Johannes einen Augenblick lang an. Recht gut überlebt, dachte er verbittert und dachte an seinen zehn Jahre alten Sohn, den die Pest halb verkrüppelt zurückgelassen hatte, unfähig, deutlich zu sprechen. Aber der Junge wird sich erholen, beruhigte er sich selbst; es wird ihm bald bessergehen; es geht ihm jetzt schon viel besser als letzten Monat! Vielleicht sieht er nach einem weiteren Monat schon so aus wie dieser hier, ein bißchen gelb, aber sonst ganz normal.

Er seufzte und lächelte Johnnes müde an. Es gab keinen Grund, diesem Mann hier weitere Fragen zu stellen. Er legte ein Stück Pergament auf seine Schreibtafel, steckte den Griffel in den Federkasten, den er mit einem Band um den Hals befestigt hatte, nahm eine Feder heraus, tauchte sie in das Tintenfaß, das in die Seite seines Schreibkastens eingelassen war, und schrieb eine Bescheinigung aus. »Es gibt keinen Grund, dir noch irgendwelche Schwierigkeiten zu machen!« sagte er und händigte sie Johannes aus. »Dieser Erlaubnisschein berechtigt dich zum Aufenthalt in der Stadt, solange du persönliche Angelegenheiten am Hof regelst. Behalte ihn die ganze Zeit bei dir; falls du ihn verlierst, melde es dem Büro des Quästors am Augusteion. Das ist alles; möge es dir in Konstantinopel gefallen. Wer ist der nächste?«

Es war immer noch einigermaßen früh am Nachmittag. Johannes verließ das Schiff; auf dem hölzernen Landungssteg hörten sich seine Schritte hohl und zögernd an. Er betrat den gepflasterten Kai, zeigte seine soeben erworbene Bescheinigung bei dem Beamten am Hafentor vor und ging weiter in die Stadt. Die Straßen waren eng, zu beiden Seiten waren sie von hohen Häusern gesäumt, deren Balkone sich fast berührten und das Licht aussperrten. Ein paar Frauen saßen auf den Balkonen, spannen und sahen den vorbeigehenden Leuten nach; die Wäsche, die zum Trocknen draußen hing, flatterte hell in der Brise; sonst waren keinerlei Geräusche zu vernehmen. Alle Menschen dösten in der Mittagshitze still vor sich hin. Langsam ging er vom Hafen aus hügelaufwärts; weiter oben wurden die Häuser prächtiger, ihre hohen Mauern neigten sich über die Straße. Als er auf das Forum trat, blendete ihn das Licht der Sonne, nachdem er so lange durch die im Schatten liegenden rückwärtigen Gassen gelaufen war. Erschöpft blieb er an einer Ecke stehen, um wieder zu Atem zu kommen. Die riesige Fläche des Platzes lag beinahe verlassen vor ihm; in der ringsum herrschenden Stille war das Plätschern des Brunnens in der Mitte des Platzes überdeutlich zu vernehmen. Auf einer Säule aus Porphyr starrten die Glasaugen in einem vergoldeten Standbild des Kaisers Konstantin auf den marmornen Säulengang hinab, auf die Sirenen und geflügelten Fabeltiere aus vergoldeter Bronze und auf die Läden, in denen Silber, Duftwässer und Juwelen verkauft wurden und deren Besitzer in der Glut der Mittagssonne Läden vor die Fenster gehängt hatten.

Nach links, hatte der Schiffsherr gesagt. Johannes ließ seine Blicke über den Marktplatz schweifen. Die Kolonnaden aus weißem Marmor öffneten sich auf eine Straße, die so breit wie ein Exerzierfeld war; der Säulengang war mit Statuen geschmückt. Kaiser und Kaiserinnen, Helden, Senatoren und heidnische Götter: sie alle ließen es sich inmitten der sie umgebenden Pracht wohl ergehen. Weiter weg ragte eine Kirche wie ein Berg in die Höhe, ihre Fassade aus rosafarbenem Marmor wurde von einer mächtigen vergoldeten Kuppel gekrönt. Trotz der grellen Sonne fror Johannes plötzlich. Er holte einmal tief Atem und machte sich auf den Weg.

Als er zum Forum des Augusteion kam, öffneten die Läden gerade. Zu seiner Linken leuchtete über ihm die Kirchenkuppel; zu seiner Rechten ragte die mit Säulen geschmückte Fassade des Hippodroms in die Höhe, und vor ihm, auf der gegenüberliegenden Seite des Platzes, erhob sich ein massives Gebäude mit einem Dach aus vergoldeter Bronze und einem ebenfalls aus Bronze gefertigten Tor, das tief in die bedrohlich aussehenden Mauern eingelassen war: das Bronzene Tor des Großen Palastes! Johannes stand auf der anderen Seite des Platzes und starrte hinüber. Das Gefühl der Kälte, das vor ein paar Augenblicken über ihn gekommen war, hatte seine Hände ganz empfindungslos gemacht, und er fürchtete sich plötzlich weiterzugehen.

Ich muß verrückt sein, dachte er. Ich hätte meine Halbbrüder bitten können, mir bei der Suche nach einer Arbeit behilflich zu sein; sie hätten sich kaum verweigert; es war nur törichter Stolz, ihnen nichts verdanken zu wollen. Ich hätte einen Posten als Schreiber im Stadtrat bekommen können; der Lohn wäre gar nicht so übel gewesen, ich hätte davon leben können; vielleicht wäre ich in ein paar Jahren befördert worden. Vater hatte recht, ich hätte nicht herkommen sollen. Selbst wenn es stimmt, wird man mich deswegen wahrscheinlich töten, und wer kann mir garantieren, daß es stimmt? Er lag schon halb im Delirium, als er es mir erzählte. Der Brief könnte gefälscht oder ein Scherz gewesen sein. O Gott, ich sollte umkehren, jetzt sofort; heimgehen ...

Aber er blieb dort, wo er stand. Wenn ich nicht weitergehe, werde ich es niemals erfahren, sagte er sich. Ich werde mich mein ganzes Leben lang fragen, wer ich wirklich bin, werde unter der Feigheit leiden, die mich von der Wahrheit fernhielt. Und jetzt, da Vater tot ist, habe ich kein wirkliches Zuhause, wohin ich zurückkehren könnte.

Langsam überquerte er den riesigen Platz.

Die großen, bronzenen Torflügel standen halb offen, und einige Wachsoldaten lehnten in der Nähe des Durchgangs auf ihren Lanzen und beobachteten den Marktplatz mit einem Ausdruck unaussprechlicher Langeweile. Über ihnen stellte Kaiser Konstantin, gekrönt mit dem kaiserlichen Diadem und dem christlichen Kreuz, in einem gemalten Fries seinen Fuß auf einen Drachen. Die streng blickenden Augen des Kaisers schienen Johannes vorwurfsvoll anzublicken, als dieser sich dem Torweg näherte, doch die Wachen zollten ihm keinerlei Beachtung. Erst als er beinahe gegen einen der großen Torflügel stieß, richtete einer der Soldaten seine Lanze quer über den Weg, spuckte aus und fragte in gedehntem Tonfall: »Irgendein Geschäft im Palast?«

»Ja«, erwiderte Johannes leise.

»Hast du eine Verabredung?«

»Nein ..., das heißt ...«

»Nun, geh in das Wachhaus dort hinten, und erzähl den Soldaten, zu wem du willst.« Die Lanze wurde wieder aufgepflanzt, und der Wachsoldat trat einen halben Schritt zurück. Johannes blickte ihn unsicher an, dann ging er an ihm vorbei und durchquerte das äußere Tor. Dahinter befand sich ein steil nach oben führender Bogengang und an seinem ziemlich weit entfernt liegenden Ende ein weiteres bronzebeschlagenes Tor. Auf halbem Wege erblickte Johannes auf seiner rechten Seite eine verschlossene Tür, die ebenfalls mit polierter Bronze beschlagen war. Er blieb stehen, warf durch das halb offenstehende äußere Tor einen Blick zurück auf den Marktplatz. Niemand schenkte ihm auch nur die geringste Beachtung. Er ging weiter, drehte an dem Türgriff. Die Scharniere knarrten, als sich die Tür langsam öffnete.

Der dahinter befindliche rechteckige Raum war von einer Kuppel gekrönt und mit prächtigen Mosaiken geschmückt. Gefangene Barbaren knieten inmitten eines Wirrwarrs fremder Städte: »Karthago«, las Johannes auf der einen Wand und auf einer anderen »Ravenna«. In der Mitte einer jeden Wand bot ein in einen purpurroten Mantel gekleideter König dem Kaiser seine Krone dar; dieser war in triumphaler Pose in der Kuppel abgebildet. Neben dem Kaiser war die Gestalt einer Frau in einem purpurfarbenen Mantel zu sehen; sie trug ein Diadem und hatte die geheiligte Aura einer Kaiserin um den Kopf. Ihr Gesicht, eine erstarrte Maske aus Würde und Macht, war trotz allem das Gesicht einer Frau aus Fleisch und Blut. Es war ein schönes Gesicht, schmal, blaß, mit einer großen Nase, die Wangen und das Kinn leicht gerundet, die Lippen fest. Der Blick der tiefdunklen Augen unter den schweren Lidern ignorierte die Könige aus Mosaik und schien Johannes direkt anzustarren. Diesen Blick erwidernd, trat er ein.

»Was führt dich her?« fragte eine Stimme.

Johannes riß seinen Blick von den Mosaiken los und bemerkte ein paar weitere Wachsoldaten, die sich am anderen Ende des Raumes lümmelten, und viele Männer und Frauen, die auf einer Bank unterhalb der gefangenen Barbaren warteten. Einer der Soldaten hatte ihn angesprochen; er trug eine goldene Kette um den Hals und schien der Hauptmann zu sein. Er sah Johannes erwartungsvoll an.

»Ich . . . ich möchte eine Audienz bei der Kaiserin«, antwortete Johannes. »Eine Privataudienz.« Und plötzlich fühlte er sich furchtbar elend. Er hatte es ausgesprochen.

»Bei der *Kaiserin?*« fragte der Soldat ungläubig. Seine Kameraden sowie sämtliche in dem Raum wartenden Leute richteten sich auf und starrten ihn an. Sie warteten darauf, bei dem Sekretär des Prätorianerpräfekten wegen ihrer Steuerschätzungen vorgelassen zu werden; warteten darauf, bei dem Schreiber des Büroleiters wegen einer Arbeit für einen Freund vorzusprechen; warteten darauf, dem Kämmerer des Kaisers ihre Bedenken wegen der Wiederinbesitznahme eines der kaiserlichen Landgüter vorzutragen; warteten auf Unterredungen mit einem der unzähligen kaiserlichen Beamten und Untergebenen. Sie alle starrten den jungen Mann an, der in seinem schmuddeligen Umhang um eine Audienz bei der Kaiserin nachsuchte.

»Wer bist du?« fragte der Hauptmann der Wachsoldaten. »Bist du angemeldet?«

»Ich habe eine Botschaft für die Kaiserin«, antwortete Johannes, der die erste Frage ignorierte und gleichzeitig verzweifelt versuchte, seiner Stimme einen festen Klang zu verleihen. »Wegen eines Freundes von ihr, eines früheren, inzwischen verstorbenen Freundes.« Unfähig, seine immer noch empfindungslosen Hände stillzuhalten, fingerte er an dem seidenen Saum seiner Tunika herum und wurde sich zu seinem Kummer bewußt, wie ausgebleicht sie war. Es war einmal seine beste Tunika gewesen, grün, mit rot-weißen Streifen; sie hatte sogar noch recht vornehm ausgesehen, als er sie zum erstenmal schwarz gefärbt hatte. Inzwischen jedoch . . .

Er ließ seine Hände sinken. Die Tunika würde hier sowieso niemanden beeindrucken, sagte er sich insgeheim. Ja, wenn ich ein Patrizier wäre, in Weiß und Purpur gekleidet, vorgefahren vor dem Bronzenen Tor in einer Kutsche, mit einem Dutzend Diener an meiner Seite, könnte ich erwarten, daß die Wache beeindruckt wäre. Doch einem Niedrigerstehenden werden sie kaum Beachtung schenken, nicht hier, in einer Stadt wie dieser. Wenn ich einigermaßen anständig aussehe, sollte das genügen. Und ich sehe anständig aus. Er straffte seine Schultern und versuchte, die neugierigen Blicke zu ignorieren.

Er ist Mönch, überlegte der wachhabende Soldat. Schwarz gekleidet und mit diesem nervösen fanatischen Blick, mit Augen, die vor Entschlossenheit nur so blitzen. O ja, er ist einer von diesen verdammten ketzerischen, monophysitischen Mönchen aus einer der östlichen Provinzen, einer von diesen Schützlingen der Kaiserin, der ihr Neuigkeiten von einem ihrer geliebten »geistigen Väter« in Ägypten oder Syrien bringt. Und falls wir ihm irgendwelche Hindernisse in den Weg legen, kommen wir in Teufels Küche: Sie hält die Hand entschlossener über ihre Ketzer als der Kaiser über seine Leibgarde. Gut, ich werde ihn lieber zu ihr führen. Und falls er keiner ihrer Mönche ist, sollen sich ihre Bediensteten mit ihm befassen.

Er zwang sich zu einem Lächeln, obwohl er Ketzer haßte. »Also gut, lieber Herr. Dionysios!« Er winkte einen der Wachsoldaten heran. »Führe diesen ... Herrn ... in die Gemächer der Allerheiligsten Augusta, in den Daphnepalast.«

Verblüfft über seinen leichten Sieg, folgte Johannes dem Soldaten in den ersten der grünen, stillen Innenhöfe des Großen Palastes.

Er konnte sich später nicht mehr daran erinnern, welchen Weg er genommen hatte. Kasernen und Gärten, Kapellen und Kolonnaden, Kuppeln, Säulen und Brunnen – alles verschmolz zu einem überwältigenden Eindruck reicher Prachtentfaltung, durch die er sich unbeholfen bewegte, wie eine Maus, die durch eine Kirche huscht. Doch schließlich befand er sich in einem Empfangsraum mit purpurfarbenen Vorhängen, erleuchtet durch Lampen aus reinem Gold. Ein Knabe – nein, doch ein Mann, aber ein Mann mit weichen, bartlosen Wangen: ein Eunuch – saß an einem Schreibpult und machte sich Notizen in einem Buch. Der Wachsoldat stieß mit dem Schaft seiner Lanze auf den Mosaikfußboden, und der Eunuch blickte auf. »Ja?« fragte er. Seine ruhige Stimme war so hoch wie die einer Frau.

»Dieser Herr erbittet eine Privataudienz bei der überaus frommen Erhabenen Augusta Theodora«, sagte der Soldat feierlich. »Er hat allerdings keine Verabredung.«

Der Eunuch führte seine Feder an die Lippen und beobachtete Johannes. »Und wer bist du?«

»Mein Name ist Johannes«, sagte er mit einer ganz rauhen Stimme, und er versuchte, sich zu räuspern. »Ich ... ich habe einige Neuigkeiten für die Kaiserin. Ein Tod ... ein alter Freund von ihr ist gestorben.«

»Was für ein ›alter Freund‹?« fragte der Eunuch höflich.

»Diodoros von Bostra – mein Vater. Sie . . . sie kannte ihn vor langer Zeit. Ich dachte . . .«

»Das sollte sie interessieren? Hat sie ihn gut gekannt?«

Johannes schluckte. Er langte in seine Geldbörse und nahm einen kleinen, zusammengefalteten Brief heraus, den er seit dem Tode seines Vaters bei sich getragen hatte. Mit zitternden Händen reichte er ihn dem Eunuchen, der ihn schweigend las. Johannes brauchte die Worte nicht laut zu hören; er kannte sie auswendig. »An Diodoros von Bostra von Theodora, der Kaiserin, der Augusta, der Gemahlin ihrer Heiligen Majestät, des Kaisers Justinian. Ja, mein Lieber, ich bin es. Aber solltest Du Dich jemals erdreisten, hierher nach Konstantinopel zu kommen oder in Deinem Schlupfloch dort in Bostra zu behaupten, ich kennte Dich, so schwöre ich Dir bei Gott, der alles hört: daß es Deine letzte Reise oder Deine letzte Prahlerei sein wird.« Das war alles.

Nachdem er zu Ende gelesen hatte, runzelte der Eunuch die Stirn und prüfte das Siegel des Briefes. Er las ihn noch einmal. »Der Brief klingt nicht gerade so, als betrachte sie ihn als Freund«, sagte er schließlich und achtete sorgfältig auf seine Worte. »Ich denke, Herr, es wäre besser, wenn du sie nicht behelligst. Wenn du darauf bestehst, werde ich sie zu einem geeigneten Zeitpunkt von seinem Tod unterrichten.«

»Ich muß sie sehen.« Johannes verschränkte seine tauben Finger und löste sie wieder. Der Eunuch bedachte ihn mit einem langen und gleichmütig prüfenden Blick. Johannes schluckte erneut, er fühlte sich schwach und krank vor Angst und sagte laut und deutlich: »Mein Vater hat mir erzählt, sie sei meine Mutter.«

Das regungslose Gesicht veränderte sich. Der Eunuch warf rasch einen erneuten Blick auf den Brief, dann sah er Johannes abschätzend an. Hinter ihm konnte dieser hören, wie der Soldat sich hin und her bewegte und versuchte, sein Gesicht noch einmal zu sehen, es zu vergleichen mit jenem anderen Gesicht, das ihn von dem Mosaikbild her angestarrt hatte.

»Warte hier«, sagte der Eunuch. Er nahm den Brief und verschwand hinter den purpurfarbenen Vorhängen.

Johannes wartete in dem mit Stoffbahnen verhängten Empfangsraum, und es schien ihm eine Ewigkeit zu dauern. Er überlegte, ob er sich setzen sollte; er fühlte sich schwach und unsicher. Aber der einzige Sitz war derjenige des Eunuchen am Schreibpult, und er war zu ängstlich, sich dort hinzusetzen. Er blickte sich erneut um. Der Wachsoldat vom Bronzenen

Tor stand in der Nähe der Tür und sah Johannes fasziniert an. Johannes lächelte ihm unbehaglich zu, und der Soldat wandte den Blick rasch ab.

In Wirklichkeit konnten kaum mehr als fünfzehn Minuten vergangen sein, als der Eunuch wiederauftauchte. Sein Gesicht war gerötet, und er schien außer Atem; er bedachte Johannes mit einem strahlenden Lächeln und verkündete: »Sie will dich auf der Stelle sehen!« Johannes fühlte sich einer Ohnmacht nahe.

Der Wachsoldat stieß mit dem Schaft seiner Lanze auf den Fußboden und wollte gehen, doch der Eunuch gebot ihm mit einer raschen Handbewegung Einhalt. »Du solltest besser hier auf weitere Befehle warten.« Der Soldat blickte beunruhigt, aber Johannes hatte keine Zeit, sich zu fragen, warum. Der Eunuch faßte ihn am Arm und drängte ihn durch den Vorhang, hinter dem sie einen langen Flur hinuntergingen.

»Hast du jemals eine Audienz gehabt?« fragte er Johannes.

»Nein, natürlich nicht! Sie ... sie will mich wirklich sehen? Jetzt?« Das geht zu schnell, dachte er. Ich habe ja kaum Zeit genug ...

»Wenn du eingelassen wirst, mußt du drei Schritte vortreten und dich dann zu Boden werfen«, instruierte ihn der Eunuch und drängte ihn weiter. Sie kamen durch ein Vorzimmer mit Ruhebänken aus Zedernholz; mehrere reich gekleidete Männer, einer davon in Weiß und Purpur, starrten Johannes an, als er schnell hindurchgeführt wurde. »Wirf dich sofort auf den Boden, wie ein Priester, der während der heiligen Messe vor dem Altar betet«, fuhr der Eunuch fort und ignorierte die Männer. »Heb deine Arme über den Kopf. Die Herrin wird dir ihren Fuß entgegenstrecken, und du kannst den Spann ihres Pantoffels küssen; danach kannst du aufstehen oder dich hinknien, aber nicht setzen. Sprich nicht, bevor sie dir die Erlaubnis dazu erteilt. Und noch etwas, nenne sie nicht ›Kaiserin‹, sondern ›Herrin‹, wie ein Sklave. Das ist so üblich.«

»Ja, aber ...« Sie befanden sich jetzt am Ende eines weiteren Flures und in einem weiteren Raum. Alles in ihm schien zu glänzen: die Gemälde an den Wänden, die goldenen Fliesen in dem mit Mosaiken ausgelegten Fußboden, die schimmernden Wandteppiche und die purpurfarbene Seide der Vorhänge am anderen Ende. Eine ganze Reihe von Eunuchen scharten sich sogleich um ihn, nickten einander zu und flüsterten in ihren eigenartigen hohen Stimmen. Er bemerkte, daß einige von ihnen Schwerter trugen; einer war in die weißen und purpurfarbenen Gewänder eines Patriziers gekleidet. Die Luft roch nach Weihrauch. Johannes' Begleiter ließ seinen Arm los, nickte ihm zu, dann zog er den Vorhang am anderen Ende des Zimmers zurück. Ein Strahl hellen Lichts traf seine Augen, diffuses und doch helles Sonnenlicht aus irgendeinem verborgenen Fenster. Gleichzeitig nahm er einen Geruch nach Myrrhe wahr. Johannes zögerte, und der wie ein Patrizier gekleidete Eunuch versetzte ihm einen leichten Stoß in den Rücken. Er taumelte, ging durch den Vorhang und blickte in die Augen der Kaiserin.

Drei Schritte vorwärts, dachte er und wurde ganz ruhig. Jetzt ist es gleich vorüber.

Er machte die drei Schritte und warf sich auf den polierten Marmor des Fußbodens. Dort lag er einen Augenblick lang und preßte seine Wange an den kalten Stein; er fühlte, wie sein Herz rasend schnell schlug; dann erschien ein mit Gold und Juwelen verzierter purpurfarbener Pantoffel vor ihm. Er berührte die Innenseite mit seinen Lippen – das Leder war neu und so weich wie Wolle –, erhob sich auf seine Knie und blickte erneut in die dunklen Augen.

Das Bildnis aus Mosaik war besser gewesen, als er gedacht hatte; vor ihr kniend, nahm er zuerst die Kaiserin, dann die Frau wahr. Das kaiserliche Diadem, ein breites, mit Gold und Juwelen besticktes Band aus purpurfarbener Seide, bedeckte ihre Haare und ließ matt schimmernde Perlen auf ihre Schultern tropfen. Ihr purpurfarbener Mantel war reich mit Gold und Juwelen gesäumt und wurde von einer smaragdgrünen Spange geschlossen. Selbst die lange Tunika, die sie darunter trug, schien zur Hälfte aus Gold gefertigt. Halb sitzend, halb liegend, lehnte sie sich auf einer erhöht stehenden Ruhebank aus Purpur und Elfenbein zurück – eine Haltung träger Anmut. Doch dann beugte sie sich nach vorne, um ihn genau zu studieren, und ihre linke, schmale, blasse Hand krallte sich so fest in die Armlehne der Ruhebank, daß die manikürten Fingernägel ganz weiß geworden waren. Sie sah, daß er es bemerkt hatte, und jetzt wurden auch ihre Lippen weiß; ihre Augen funkelten, als ihr Blick zu dem regungslos hinter ihm stehenden Eunuchen wanderte, ehe sie ihn ansah. Der Brief, den er dem Eunuchen gegeben hatte, lag neben ihr auf der Ruhebank.

»Wer bist du?« fragte die Kaiserin. Ihre Stimme war leise und hatte trotzdem den harten Akzent der Leute aus Konstantinopel, die jedes Wort zwischen den Zähnen herauszupressen scheinen.

»Mein Name ist Johannes, Herrin«, erwiderte er. Das schreckliche Gefühl der Kälte war vorüber, und sein Verstand arbeitete wieder. Jetzt, da der Augenblick gekommen war, wirklich und unwiderruflich, vermochte er zu sprechen, vermochte er sich sogar an die Anweisungen des Eunuchen zu erinnern. Nur eine Katastrophe konnte ihn jetzt noch überraschen, nicht die unzähligen Schrecken seiner Einbildungskraft. »Ich bin der Sohn des Diodoros von Bostra. Er hat mir gesagt, du würdest dich bestimmt an ihn erinnern.«

Sie schnaubte verächtlich. »Warum bist du gekommen?«

Er kniete dort und starrte einen Augenblick lang zu ihr empor. Das sanfte Licht des versteckten Fensters umflutete ihn; von irgendwo hinter ihr vernahm man das Geräusch eines Brunnens. »Außerdem hat er mir erzählt, daß du meine Mutter bist«, sagte er schließlich.

»Ach, hat er das?« Die Stimme war barsch. »Hat er diese Geschichte vielen Leuten erzählt? Und wem hast du sie erzählt?«

»Herrin, er hat sie nur mir erzählt und auch das erst, als er an der Pest erkrankt war und im Sterben lag. Falls er im Delirium gesprochen hat, dann tadele ihn deswegen bitte nicht, sondern schreibe es seiner Krankheit zu. Und was mich anbetrifft, so habe ich es niemandem erzählt. Ich hatte Angst, es zu glauben. Außer dir hat es nur deine Dienerschaft gehört.«

Sie lehnte sich auf ihrer Ruhebank zurück und sah ihn immer noch starr an. Sie nahm den zusammengefalteten Brief und warf ihn einem aus ihrer Dienerschaft zu. »Vernichtet diesen Brief«, befahl sie. Dann wandte sie sich wieder Johannes zu und fragte ihn: »Was hast du zu den Wachsoldaten am Tor gesagt?«

»Daß ich um eine Audienz bei dir nachsuche, Herrin, in einer persönlichen Angelegenheit.«

»Hat einer von ihnen dich herbegleitet?« Auf sein Nicken hin sah sie sich nach dem Eunuchen um.

»Ich habe ihm befohlen, im Empfangsraum auf weitere Befehle zu warten«, sagte der Bedienstete sofort.

»Gut.« Die Kaiserin lächelte.

Der wie ein Patrizier gekleidete Eunuch hüstelte verlegen und fügte hinzu: »Unglücklicherweise haben im zweiten Vorzimmer mehrere Leute darauf gewartet, bei Eurer Erhabenheit vorgelassen zu werden. Sie haben gesehen, daß der junge Mann in aller Eile zu dir gebracht wurde, und sie werden mit ziemlicher Gewißheit versuchen herauszubekommen, warum.«

Theodora zuckte die Achseln. »Sie werden den Wachsoldaten fragen, wer er war. Und du mußt dem Wachsoldaten sagen, daß der junge Mann gelogen hat und daß ich den Befehl gegeben habe, ihn fortzuschaffen, um ihn wegen seiner beleidigenden Anmaßung schwer zu bestrafen. Erzähl ihnen, ich hätte dir aufgetragen, ihn auszupeitschen und auf ein Schiff zu bringen, das nach Cherson ausläuft, um ihn dort in den Kerker zu werfen. Erzähle überall, ich sei mit den Wachsoldaten und ihrem Hauptmann äußerst unzufrieden, weil sie jemanden mit derart skandalösen und beleidigenden Behauptungen vorgelassen hätten; sie sollen beide woandershin versetzt werden.«

Johannes spürte erneut, wie ihm das Blut aus Gesicht und Händen wich. Aber der Brief war doch echt, dachte er, es war ganz deutlich zu merken, daß er echt war. Und es hatte den Anschein, daß sie meinen Vater gekannt hat. Es muß stimmen ...

Die Eunuchen zögerten und beobachteten ihn; er hörte das leise Klirren, als einer von ihnen sein Schwert aus der Scheide zog. Es gab kein Entrinnen. Aber das hatte er seit dem Augenblick, da er durch das Bronzetor getreten war, gewußt.

Er preßte seine Hände gegen die Knie. Vater hat gesagt, sie werde mich umbringen lassen, sie empfinde keinerlei Muttergefühle – schließlich hat sie mich ja verlassen, als ich erst ein paar Monate alt war. Und sie kann kaum wollen, daß ihr Bastard, den sie von einem anderen Mann empfangen hat, dem Kaiser vor Augen kommt.

Aber, dachte er, und eine Woge von Schmerz erfüllte ihn, sie könnte zumindest zugeben, daß es stimmt. Selbst wenn sie mich danach töten läßt. Doch mich wegen Anmaßung einfach auspeitschen zu lassen und dann ... o Gott!

»Nun?« fragte Theodora. »Worauf wartest du noch? Geh und erledige das mit dem Wachsoldaten.«

Einer der Eunuchen verbeugte sich. »Sollen wir den jungen Mann mit uns nehmen und ihn so bestrafen, wie du es angeordnet hast, Herrin?«

Sie sah ihn einen Augenblick lang erstaunt an, dann warf sie ihren Kopf in den Nacken und lachte. »Heiliger Gott, heiliger Allmächtiger, heiliger Unsterblicher! Was denkt ihr eigentlich, wer ich bin? Eine Furie? Nein! Laßt ihn hier – laßt mich allein mit ihm. Und daß kein Wort über diese Sache verlautet; erzählt niemandem, nicht einmal euren Freunden im Gefolge des Kaisers, etwas davon. Versteht ihr mich? Kein einziges Wort. Ein junger Mann war anmaßend; er ist verschwunden und niemals wiederaufgetaucht. Ein anderer junger Mann wird es mit meiner Hilfe vielleicht sehr weit bringen in der Welt – doch niemand soll behaupten, er sei mein Sohn. Ihr könnt gehen.«

In ungläubigem Staunen sah Johannes, daß die Eunuchen lächelten – kein förmliches, unpersönliches Lächeln. Sie warfen sich vor der Kaiserin zu Boden und gingen rückwärts hinaus. »Und sagt diesen Trotteln im zweiten Vorzimmer, sie sollen nach Hause gehen!« rief die Kaiserin ihnen nach, und sie verbeugten sich erneut, lächelten immer noch und verließen den Raum ohne ein weiteres Wort. Hinter ihnen schloß sich der purpurfarbene Vorhang.

Die Kaiserin richtete sich auf, nahm ihre Füße mit einem Schwung von der Ruhebank und setzte ihr Diadem ab. Ihre tiefschwarzen Haare fielen schwer herab. Sie war jünger, als er gedacht hatte – höchstens fünfundvierzig.

»Steh jetzt auf«, befahl sie ihm, und er gehorchte. Sie legte das Diadem in den Schoß, hielt es zwischen ihren zierlichen Händen und beobachtete ihn. »Wann ist dein Vater gestorben?«

»Im Juni«, sagte er und schluckte, unsicher, wie er sie jetzt anreden sollte.

»Im Juni. Mein Gemahl hatte im Juni ebenfalls die Pest, doch er hat sie überstanden, dem Himmel sei Dank. Merkwürdig, daß die beiden Männer, die ich am meisten geliebt habe, zur selben Zeit krank gewesen sind.« Sie beobachtete ihn erneut, ihr Kopf neigte sich ein wenig zur Seite, dann befahl sie ihm: »Komm her.« Unsicher trat er näher. Es schien ihm ungehörig, über ihr zu stehen, aber er wagte nicht, neben ihr Platz zu nehmen. So wählte er einen Kompromiß und ließ sich auf die Knie fallen. Eine ihrer Hände ließ das Diadem los und berührte rasch seine Wange, fiel dann auf seine Schulter, schließlich wieder auf das goldene Diadem in ihrem Schoß. »Johannes«, sagte sie und schüttelte den Kopf.

»Dann stimmt es also?« fragte er und wünschte sich verzweifelt, sie möge es aussprechen.

»O ja. Glaubst du denn, daß du noch hier wärest, wenn es nicht so wäre? Ich dulde keine Anmaßungen und Beleidigungen. Du bist mein Sohn. Mein Sohn!« Die rasch und unstet hin und her hüpfende Hand berührte erneut sein Gesicht und sprang wieder weg. »Was hat dein Vater über deine Mutter erzählt, bevor er dir die Wahrheit enthüllte?«

»Er sagte, ich sei der Sohn einer Dirne, einer Komödiantin aus dem Zirkus, der Tochter eines Bärenzähmers, die er während seines Studiums der Rechte in Berytus kennengelernt habe.«

Sie lächelte vergnügt. »Das ist die reine Wahrheit. O Herr im Himmel, das sieht ihm ähnlich! Wie er lügen konnte, während er doch immer noch die Wahrheit sagte! Aber dazu sind Rechtsanwälte ja wohl da.« Sie kicherte. »Aber natürlich hätte er niemals erfahren, daß aus mir etwas ganz anderes geworden ist, wenn ich ihm diesen Brief nicht geschickt hätte.« Beinahe wehmütig starrte sie ihn an. »Und wahrscheinlich hatte er dir auch erzählt, daß ich ihn sitzengelassen und dich verlassen habe, als er von mir verlangte, mit ihm nach Bostra zu gehen?«

»Ja«, erwiderte Johannes zögernd.

Sie verzog die Mundwinkel, der wehmütige Blick wurde härter. »Was hat er dir noch erzählt?«

Johannes dachte an all die Geschichten, die er über sie gehört hatte, von seinem Vater oder von Freunden oder Bekannten seines Vaters. Unterhaltungen, die er belauscht hatte, wenn sie nicht sogar in seiner Gegenwart geführt worden waren, das mitleidlose Lachen über »Diodoros' kleine Schlampe, die Mutter seines Bastards«. – »Während eines Trinkgelages hat sie ihre Tunika gerafft, ihre Hände auf dem Tisch spazierengeführt und dabei mit dem Hinterteil gewackelt. Eine schamlose Hure, aber bei Gott, ich habe Diodoros beneidet!« – »Ich hätte nichts dagegen gehabt, selbst ein paar Schüsse auf dieses Ziel abzugeben – schließlich haben es genug Männer getroffen!« – »Rabbelos hat sie in Berytus besucht und einen Annäherungsversuch unternommen; sie wollte nichts von ihm wissen und ist wie eine Furie auf ihn losgegangen; sie war nahe dran, ihm die Eier abzuquetschen. Hinterher hat sie vor ihrem Liebhaber Witze darüber gerissen. Diodoros hat gelacht, aber später hat er zu Rabbelos gesagt, er bringe ihn um, falls er noch einmal so etwas versucht.« – »Ich habe gehört, daß sie fünf Goldstücke und drei reinseidene Kleider – alles Geschenke von ihm – mitgenommen hat, als sie ihn verließ, den ganzen Schmuck und den größten Teil des Mobiliars, aber von dem Baby wollte sie nichts wissen!« – »Sie hat mir einmal erzählt« (dies war der gleichgültige und doch erbitterte Bericht seines Vaters, ausgelöst durch eine traurige, aber beherzte Frage von Johannes), »sie habe auf einer öffentlichen Bühne in Kostantinopel vor Tausenden von Zuschauern eine Burleske von Leda und dem Schwan aufgeführt. Sie sagte, sie habe Getreidekörner über sich ausgeschüttet und einige davon unter den ledernen Hüftgürtel gesteckt, den sie um ihre intimsten Teile geschlungen hatte und der ihr einziges Kleidungsstück war. Dann wurde eine Gans hereingebracht, die sich daranmachte, alle Körner von ihrem Körper zu picken, während sie sich auf dem Fußboden hin und her wand und Vergewaltigung schrie. Dann brachte sie ein Ei zur Welt. Sie schwor, die Menge habe ihren Spaß daran gehabt. Alle haben nur noch gegrölt, erzählte sie. Würdest du dich wirklich freuen, wenn sie bei uns wäre? Wenn alle Einwohner Bostras grölen würden, sobald sie sie sehen? Ich war töricht genug, mir zu wünschen, sie mit hierherzubringen. Sei froh, daß sie nicht mitgekommen ist.«

Doch angesichts der Frau, die, in kaiserlichem Purpur gewandet, vor ihm saß und ihn mit glühenden Augen beobachtete, schienen diese Beschreibungen, die ihn viele Jahre lang gequält hatten, nichts als frei erfundene, sinnlose und völlig verrückte Geschichten zu sein. »Er hat erzählt«, berichtete Johannes der Kaiserin mit vorsichtig abwägenden Worten, »du hättest nach eurem Kennenlernen beabsichtigt, dein ausschweifendes und ungezügeltes Leben aufzugeben; du wärest ihm treu gewesen, er habe dir versprochen, keine andere Frau zu heiraten, solange er dich bei sich behielte; und du seiest gegangen, als du herausgefunden habest, daß er seinen Eid gebrochen hatte und drauf und dran war, die Tochter des Elthemos zu heiraten.«

Sie hob ihre Augenbrauen. »Er muß in einer ungewöhnlich aufrichtigen Stimmung gewesen sein, als er das zugab.«

Johannes senkte den Blick. Dieses Eingeständnis war der Geschichte über die Gans gefolgt, nachdem sich Johannes, krank vor Ekel, abgewandt hatte und aus dem Haus gestürzt war, während ihm die Ohren von dem Chor klangen, der ihm überallhin gefolgt war: »Sohn einer Dirne, Bastard!« Sein Vater war ihm nachgelaufen und hatte gerufen: »Nein ... warte!«

»Er wollte gerecht sein«, sagte er. »Aber er hat dich gehaßt, weil du ihn verlassen hast.«

Sie schnaubte verächtlich und lachte. »Oh, ich würde mein Leben darauf verwetten, daß er mich deswegen gehaßt hat! Er dachte, zwischen uns gäbe es nichts als Liebe und ich sei bereit, in irgendeiner stickigen Hütte in einer Hintergasse Bostras zu hausen, sein Kind aufzuziehen und sehnsüchtig darauf zu warten, daß er sich von Zeit zu Zeit von seiner Frau fortstehlen und ein paar Stunden für mich erübrigen werde! Mein Gemahl«, sagte sie und hob den Kopf, »ist zehnmal soviel wert wie er, den Rang einmal beiseite gelassen. *Er* hat sich nicht geschämt, mich zu heiraten.«

»Er hat gesagt, er hätte dich geliebt«, flüsterte Johannes und wurde sich undeutlich bewußt, daß er versuchte, seinen Vater zu verteidigen. Sein Vater: Mitglied des Magistrats von Bostra, aufrechter und angesehener Bürger der Stadt, behaftet mit diesem einen Makel, der stets der hervorstechende Schönheitsfehler seines ansonsten untadeligen Rufes gewesen war. »Er hat gesagt, du seist die einzige Frau gewesen, die er wirklich geliebt habe – und seine Frau habe er nur wegen ihres Vermögens und wegen des Einflusses ihrer Familie geheiratet.«

Sie lächelte, doch diesmal fiel das Lächeln gleich wieder von ihr ab. »Das hat er mir ebenfalls gesagt. Und ich habe es ihm geglaubt. Aber wie er auf den Gedanken gekommen ist, die Tatsache, daß er das Geld und die Macht der Liebe vorzog, könne mich bewegen, mit ihm nach Bostra zu gehen, weiß ich wirklich nicht.« Sie rieb sich die Augen. »Nun, dann ist er also jetzt tot. Armer Diodoros!« Die Hand fiel herunter, befingerte die Juwelen auf dem Diadem. »Ich habe ihn geliebt«, fügte sie einen Augenblick später hinzu. »So sehr, wie ich nur irgend jemanden in meinem Leben geliebt habe. Aber schließlich war ich nicht traurig, ihn zu verlassen; es war nicht so schlimm.« Sie schüttelte den Kopf, dann blickte sie Johannes erneut an. Noch einmal berührte sie sanft sein Gesicht. »Dich zu verlassen war allerdings schlimm. Mein Gott, was habe ich mir die Augen nach dir ausgeweint – ich glaube, ich habe in jede Pfütze zwischen Berytus und Konstantinopel Tränen vergossen. Mein armes kleines Baby, einfach zurückgelassen! Aber jetzt sind dreiundzwanzig Jahre vergangen, und du bist hier!« Sie bedachte ihn mit einem Blick ungetrübter Freude. »Mein Sohn.« Dann verengten sich ihre Augen plötzlich zu schmalen Schlitzen, und sie fragte: »Warum bist du hergekommen?«

»Um ... um dich zu sehen.«

»Ja, natürlich, doch was willst du? Geld? Eine Stellung? Rache für irgend etwas?«

»Ich wollte dich sehen!«

Sie bedachte ihn mit einem zynischen Blick. »Und es ist dir niemals auch nur in den Sinn gekommen, daß ich etwas für dich tun könnte? Sei ehrlich mit mir, falls ich dir helfen soll.«

»Es ist mir in den Sinn gekommen«, gab Johannes zu. »Aber ich konnte mir einfach keine Gedanken darüber machen. Ich konnte es nicht glauben, weißt du. Ich wußte nicht, ob es stimmt, ob ... ob du wegen meines Kommens beleidigt sein würdest.«

»Du dachtest, ich könnte dich töten lassen?« fragte sie belustigt.

»Du hattest meinem Vater gedroht.«

Sie blickte ihn nachdenklich an. »Vielleicht hätte ja auch ich bedroht werden können ... Aber du hast nicht versucht, mir zu drohen. Wenn du also gedacht hast, ich könnte dich töten lassen, und wenn du keinen Gedanken darauf verwandt hast, wie ich dich fördern könnte, warum bist du dann gekommen?«

Johannes biß sich auf die Lippen. »Ich wollte dich sehen«, wiederholte er nach langem Schweigen. »Nachdem mein Vater gestorben war ...«, er schluckte und begegnete erneut dem Blick ihrer kühlen Augen. Erschrokken wurde ihm bewußt, daß er weiterreden mußte, Dinge sagen mußte, die auch nur zu denken bereits verletzten und die er sich geschämt hatte bisher irgendeinem Menschen gegenüber zu erwähnen. Er hielt inne und versuchte, sich Mut zu machen. Die Kaiserin, das Diadem in ihrem Schoß, wartete, lehnte sich auf der Ruhebank zurück, das Kinn in die Hand gestützt, und beobachtete ihn. Sie reicht mir den Strick, um mich selbst daran aufzuhängen, dachte er.

»Ein Bastard lebt nur, weil andere Menschen ihn dulden«, meinte er schließlich. »Ich wußte, daß ich bei der Geburt dem Tod hätte anheimgegeben werden können; oder verkauft oder ausgesetzt, nachdem du mich verlassen hattest. Es gab eine Menge Leute, die gesagt haben, das wäre sicher das beste gewesen. Statt dessen hat mein Vater ein Kindermädchen für mich genommen, hat mich in seinem eigenen Haus großgezogen, hat mir eine fast so gute Ausbildung angedeihen lassen wie seinen legitimen Kindern. Aber man hat mich ... nein, nicht gehaßt. Selbst die Frau meines Vaters haßt mich nicht wirklich. Sie mißbilligt mich. Der Sohn einer Dirne sollte nicht genauso behandelt werden wie die legitimen Kinder einer ehrbaren Frau. Und ich war von allen abhängig, denn ich hatte keinerlei Rechte in dem Haus. Man hat keine Rechte, wenn man nur dank der Barmherzigkeit anderer lebt. Ich habe als Schreiber für meinen Vater gearbeitet; er hat mir immer wieder versichert, er würde eine richtige Arbeit mit einem guten Gehalt und vorzüglichen Zukunftsaussichten für mich finden, aber daraus ist nie etwas geworden. Er hatte nie genug Geld, um mir eine anständige Stellung zu kaufen, und wenn er einmal etwas hatte, konnte er es gerade nicht entbehren. Ich habe mir gedacht – nun, ich sollte ihn nicht behelligen, er erwarte vielleicht, daß ich scheitere, wenn er mir eine richtige Arbeit verschaffte. Er *konnte* mir gegenüber durchaus großzügig und freundlich sein, doch für gewöhnlich war er gereizt und ungeduldig.

Aber als die Pest in Bostra ausbrach und ich krank wurde, ließ mein Vater alles stehen und liegen und kümmerte sich um mich. Niemand sonst wollte es tun – mein altes Kindermädchen war selbst erkrankt, und niemand im ganzen Haus, nicht einmal die Sklaven dachten, ich sei das Risiko wert, ebenfalls krank zu werden. Doch mein Vater stand mir die ganze Zeit über zur Seite. ›Du bist mein Lieblingssohn‹, sagte er. ›Kümmere dich nicht um die anderen. Hauptsache, du bleibst am Leben.‹ Und ich blieb am Leben. Als ich mich erholte, legte er sich mit der Krankheit ins Bett. Jetzt kümmerte ich mich, so gut ich konnte, um ihn – aber du hast die Krankheit ja erlebt. Du weißt, wie ... wie viele an ihr gestorben sind. Und als mein Vater den Tod nahen fühlte, erzählte er von dir und zeigte mir den Brief. Unsterblicher Gott, die Kaiserin, die heilige Augusta! Ich war deinetwegen stets ... verachtet worden. Aber falls du wirklich meine Mutter ... verstehst du, es veränderte auch mich, es verwandelte mich in jemanden, der vollkommen anders war als der, der ich zuvor gewesen war.

Und als Vater starb, war die Duldung, mit der man mir begegnet war, vorüber. Meine Halbbrüder hätten seine Wünsche vielleicht noch respektiert und mir irgendeine Arbeit verschafft, aber ihre Mutter wollte mich unbedingt aus dem Haus haben. Ich fühlte mich so, als sei ich tatsächlich an der Pest gestorben. Ich lebte wie ein Geist in jenem Haus. Ich wußte überhaupt nicht mehr, wer ich war und was ich tun sollte. So entschloß ich mich dazu, Bostra zu verlassen und hierherzukommen, in diese Stadt, um dich von Angesicht zu Angesicht zu sehen.«

Sie beobachtete ihn einen Augenblick lang, dann seufzte sie und hob den Kopf. »Mein armer kleiner Junge. Dann hast du also auch erfahren, wie es ist, verachtet zu werden. Vergiß es!« Ihr Blick hellte sich auf. »Wir können das jetzt wettmachen.« Ein Lächeln entblößte ihre strahlendweißen Zähne. »In ein paar Jahren kannst du dich auf den Weg machen und diese Halbbrüder und ihre Hure von einer Mutter besuchen, kannst einen Mantel mit dem purpurfarbenen Streifen tragen und tausend Gefolgsleute dein eigen nennen. Du kannst sie zwingen, vor dir im Staub zu kriechen. Warte nur ab!« Sie strich sich eine Haarsträhne aus der Stirn, legte ihm ihre Hand auf die Schulter und fügte hinzu: »Ich werde dafür sorgen, vertrau mir.«

Er wußte nicht, was er sagen sollte. Sie würde dafür sorgen, daß seine Halbbrüder und ihre Mutter eines Tages vor ihm im Staube kröchen? Er versuchte, es sich vorzustellen, und schrak voller Abscheu vor dem Bild der Frau seines Vaters zurück: ihr hartes, übellauniges, vorwurfsvolles Gesicht, das vor Schrecken zusammenschrumpft, wie sie da vor ihm auf den Knien rutscht. Es gab keinen Grund, nach Hause zurückzukehren, und es gab schon gar keinen Grund, andere zu demütigen und sich selbst in Verlegenheit zu bringen. Doch er begegnete dem strahlenden Blick der Kaiserin und nickte.

»Ich habe darauf vertraut, daß Diodoros sich um dich kümmert«, meinte sie nach einer Pause. »Ich kannte ihn schließlich und wußte, daß er dir etwas Nützliches beibringen würde. Erzähl mir etwas über dich. Was hat man dich gelehrt, was würdest du gerne tun?«

Johannes wurde rot und sah zu Boden. »Er hat mich nicht ... das heißt, ich habe nicht etwa die Rechte studiert, so wie er, auch nicht Rhetorik oder Philosophie. Meine Halbbrüder haben all dies gelernt ...«

»Dann eben zur Hölle damit. Wenn du viel von mir in dir hast, würdest du den ganzen Plunder sowieso nicht mögen. Du hast erwähnt, deinem Vater als Schreiber gedient zu haben, dann mußt du immerhin wissen, wie man Briefe aufsetzt – und vielleicht verstehst du etwas von Buchführung, oder?«

»Buchführung und Kurzschrift«, bestätigte er.

»Kurzschrift! Mutter Gottes, ich kann dir gleich morgen einen Posten besorgen! Wozu um alles in der Welt soll die Rechtsgelehrtheit gut sein, verglichen mit der Fähigkeit, Kurzschrift zu beherrschen?« Sie lachte und sprang auf; Johannes starrte sie an. »Weißt du denn nicht, wie viele staatliche Amtsstellen es in dieser Stadt gibt? Und viele hohe Beamte haben während der Pest ihre Privatsekretäre verloren und können niemanden finden, der vertrauenswürdig genug ist, sie zu ersetzen. Nun, wo sollen wir es versuchen ...?«

»Ich weiß nicht, ob ich Sekretär werden möchte«, sagte Johannes und erhob sich beunruhigt.

»Mach dich nicht lächerlich. Das ist etwas anderes, als Briefe für deinen Vater wegen der Kanalgebühren auf irgendwelchen Landgütern oder was weiß ich zu schreiben. Nein, wirklich nicht! Wir werden dir eine Stellung bei einem hohen Beamten besorgen. Und falls du dich bewährst ... laß mich sehen.« Sie stieß den Vorhang zur Seite, öffnete die Tür zum Flur und klatschte in die Hände. Fast unmittelbar darauf betrat einer der Eunuchen mit vielen Verbeugungen den Raum. Es war der Patrizier – er mußte ihr Oberkämmerer sein, der Oberste ihres Hofstaates.

»Eusebios«, sagte sie und lächelte, »laß eines der Geheimzimmer für diesen jungen Mann vorbereiten, und treib irgendwelche Gewänder für ihn auf. Ich habe beschlossen, daß er der Sekretär eines hohen Staatsbeamten werden soll. Stell eine Liste darüber auf, welche Beamten einen benötigen, was jeder einzelne von ihnen für Anforderungen stellt und ob sie irgend etwas als Gegenleistung erwarten, falls sie jemandem diese Arbeit anvertrauen. Bring mir die Aufstellung gleich morgen früh.«

»Aber ...«, meinte Johannes hilflos. »Ich weiß nicht, ob ...«

»Vertrau mir«, sagte Theodora und schenkte ihm ein hinreißendes Lächeln. Sie ergriff das Diadem, setzte es sich wieder auf den Kopf und steckte das Haar unter den funkelnden Reif. »Ich speise heute abend mit meinem Gemahl; wir haben jetzt keine Zeit mehr, miteinander zu sprechen. Du wirst morgen mit mir frühstücken, dann werden wir entscheiden, wohin ich dich stecke.«

Jetzt stand er ihr von Angesicht zu Angesicht gegenüber, und erneut überkam ihn Furcht. Er hatte sich in ihre Hände begeben und mußte ihr vertrauen, doch er hatte das Gefühl, als lenke er einen zweirädrigen Streitwagen bei vollem Galopp mit durchhängenden Zügeln. Dort stand sie, ein Bild aus Purpur und Gold, das Lächeln schwand von ihren Lippen. Sie war schön, sie freute sich darüber, daß er aufgetaucht war – die Erhabene Augusta, Mitbeherrscherin der Welt. Er mußte ihr auch in Zukunft gefallen. Er verbeugte sich. »Ja, Herrin, aber ich weiß nicht ... ich weiß nicht, welche Stellung ich hier bekleide. Bitte erkläre es mir. Ich möchte mich richtig verhalten.«

Sie warf ihm einen scharfen, mißtrauischen Blick zu, dann, beruhigt angesichts seiner Verwirrung, lachte sie. »Ah! Mein lieber Junge, im Augenblick bekleidest du hier überhaupt keine Stellung. Falls es bekannt werden sollte, daß du mein Sohn bist, bekommst du hier auch nie eine Stellung. O nein, niemand würde dich umbringen; zumindest *glaube* ich nicht, daß es jemand tun würde. Aber ich hatte eine Tochter – deine Halbschwester. Ich behielt sie bei mir, mein offizieller Bastard. Natürlich, bei einem Mädchen ist es nicht so schlimm; es wird allgemein erwartet, daß ein ehrbares Mädchen zu Hause bleibt und den Herd hütet. Aber ich mußte sie nicht nur den Blicken der Leute entziehen, um die empfindlichen Gefühle der Senatoren zu schonen, die der Meinung sind, Dirnen gehörten in Bordelle; ich mußte sie in sehr jungem Alter mit jemandem verheiraten, der von niedrigerem Rang war, als ich es mir gewünscht hätte. Aber sie durfte uns nicht in Verlegenheit bringen, verstehst du. Sie war jedoch allzu jung und starb bei der Geburt ihres Kindes. Wenn ich *dich* öffentlich anerkennen würde ...« Sie machte einen Schritt auf ihn zu. Ihm wurde bewußt, wie klein sie war. Er hatte es vorher gar nicht bemerkt. »Du würdest auf irgendein Landgut geschickt werden und deine Tage dort in einschläferndem Luxus verbringen. Und das wäre das letzte, was man je von dir hören würde. Denn es ist für einen Kaiser peinlich, die Bastarde seiner Gemahlin um sich zu haben – vor allem, wenn er keine eigenen Kinder hat. Ich warne dich, bring uns nicht in eine schwierige Lage!« Ihre Stimme war erneut scharf und schneidend geworden. Johannes schluckte einmal und verbeugte sich.

»Wenn wir nichts darüber verlauten lassen, wer du wirklich bist, solltest du bald eine geeignete Stellung bekleiden«, fuhr Theodora fort, und ihr Tonfall wurde sanfter. »Ich werde mein Interesse an dir begründen, indem ich sage, du seist der Vetter irgendeiner Freundin. Und ich werde dafür sorgen, daß du alles bekommst, was du brauchst, um voranzukommen. Du kannst meinen Leuten hier vertrauen, sie können ein Geheimnis wahren. Und so lange, bis wir dir einen Posten verschaffen, bist du ein Geheimnis. Du solltest alles vergessen, was war, bevor du das Bronzene Tor durchschritten hast. Du bist jetzt ein neuer Mensch.«

»Ich ... ich habe meine Sachen auf dem Schiff zurückgelassen«, meinte Johannes unsicher.

»Geh nicht zurück, um sie zu holen. Erinnere dich an Orpheus und sieh niemals zurück. ›Heu, noctis propter terminos Orpheus Eurydicem suam vidit, perdidit, occidit ... quidquid praecipuum trahit perdit, dum videt inferos.‹ Eusebios!« Der Eunuch verbeugte sich. »Kümmere dich um den jungen Mann.« Der Eunuch verbeugte sich erneut, und die Kaiserin rauschte aus dem Zimmer.

Als der Eunuch ihn in das »geheime Zimmer« führte, gelang es Johannes, all seinen Mut zusammenzunehmen und zu fragen: »Was hat sie da auf Latein gesagt? Es war doch Latein, nicht wahr?«

»Ja, das war es«, erwiderte der Eunuch und lächelte. »Sie hat die Sprache erlernt, um dem Augustus eine Freude zu machen. Sie hat gesagt: ›An der Grenze der Nacht erblickte Orpheus Eurydike, verlor und tötete sie. Welchen Ruhm auch immer man erwirbt, man verliert ihn, sobald man hinter sich blickt.‹ Hier, ehrenwerter Johannes, ist dein Zimmer. Es tut mir leid, daß es nicht für dich vorbereitet ist; warte einen Augenblick, ich will nur eben die Sklaven holen.«

Johannes setzte sich auf das ungemachte Bett und wartete. Ein *geheimes* Zimmer, dachte er. Es war ziemlich groß, erhielt durch ein Fenster hoch oben in der Wand indirektes Licht, und man konnte es mit Hilfe von Vorhängen in zwei Teile teilen; an einer Wand hingen Ikonen von Christus und der Mutter Gottes. Eines der »geheimen Zimmer«, hatte die Kaiserin gesagt. Wie viele davon gab es, und für wen wurden sie sonst noch gebraucht?

Er stützte seinen Kopf in die Hände, fühlte sich matt vor Erschöpfung, verwirrt und völlig durcheinander. Vor allem aber mußte er sich eingestehen, daß er Angst hatte. Und doch: Was er nicht gewagt hatte zu glauben, entsprach der Wahrheit, und die Kaiserin war hoch erfreut, war geradezu erpicht darauf, ihm zu helfen, drängte ihn sogar dazu, sich »zu bewähren«; alles entwickelte sich weitaus besser, als er jemals erwartet hatte. Weshalb verspürte er dann den Wunsch, wieder in Bostra zu sein?

Ich darf nicht versagen, beschwor er sich selbst und versuchte, nicht an Orpheus zu denken. Sie ist die Tochter eines Mannes, der die Bären im Zirkus fütterte – eine Schauspielerin, eine Prostituierte, und jetzt ist sie

Kaiserin. Und ich bin ihr Sohn. Ich muß es ganz einfach schaffen, etwas Ruhmreiches zu vollbringen. Es würde ihr gefallen, und ich muß ihr gefallen. Er erinnerte sich an ihr Lächeln und klammerte sich an dieses Bild. Als die Sklaven hereinkamen, um ihm das Zimmer zu richten, erhob er sich.

2
Der Sekretär des Kämmerers

Johannes schlief schlecht, und noch bevor das erste graue Licht durch das hoch oben liegende Fenster unter dem Dach ins Zimmer sickerte, wachte er auf. Da er nicht wieder einschlafen konnte, zündete er eine der Lampen auf den goldenen Ständern an und streifte unruhig im Zimmer umher, ohne zu wagen, dessen Schwelle zu überschreiten. Am vorhergehenden Abend hatte er unter den Ikonen ein Büchergestell bemerkt, dessen Inhalt er jetzt untersuchte. Eine Sammlung Evangelien, eine ganze Reihe von Episteln, ein Psalter; die Sendschreiben des Basilius von Kappadokien, des Severus von Antiochia, des Johannes Philopones – ausschließlich theologische Werke. Er runzelte die Stirn; dann, als ihm endlich der Zweck des geheimen Zimmers klargeworden war, lächelte er. Es war in Bostra allgemein bekannt, daß die Kaiserin mit der monophysitischen Theologie sympathisierte – beziehungsweise, wie man in östlichen Provinzen wie Arabien gerne sagte, eine »strenggläubige Frömmlerin« war. Der Kaiser dagegen und der größte Teil der Bevölkerung Konstantinopels waren Dyophysiten, die dem Glaubensbekenntnis des Konzils von Chalcedon anhingen (»Dieser gottlosen Ketzerei«, wie der Bischof von Bostra es nannte, »die die Natur des Allmächtigsten spaltet und der Mutter unseres Herrn ihre Ehre als Mutter Gottes nimmt«). »In Konstantinopel ächtet man Frömmigkeit und Rechtgläubigkeit!« riefen die Mönche in den Straßen Bostras. »Fromme und heilige Mönche, gottesfürchtige Bischöfe werden auf Befehl des gottlosen Kaisers in den Kerker geworfen und hingerichtet – es sei denn, die dreimal Erhabene Kaiserin beschützt sie.« Auf diese Weise beschützte die dreimal Erhabene Kaiserin sie also: geheime Zimmer, private Häfen und Schiffe, um sie irgendwo hinzuschaffen. Dazu ein persönliches Gefolge, das sich darauf verstand zu schweigen. Und natürlich Palastwachen, die wußten, was vor sich ging, die jedoch so taten, als bemerkten sie nichts. Deshalb also, dachte er, haben sie mich gestern so rasch eingelassen.

Durch diesen kleinen Sieg in dem Bemühen ermutigt, hinter die Geheimnisse des Großen Palastes zu kommen, setzte er sich auf sein Bett und las so lange in den Psaltern, bis die Sklaven erschienen, um ihm zu sagen, sein Bad sei bereit.

Die Sonne stand bereits hoch am Himmel, als er zum Frühstück zur Kaiserin gerufen wurde. Die Sklaven hatten ihn ins Bad begleitet, ihm das Haar geschnitten und neue Gewänder gebracht. Es waren äußerst prächtige Gewänder; die kurze rote Tunika war mit Medaillons aus Seide bestickt, die mit Goldmustern durchsetzt waren, die Schultern des langen Mantels waren mit Brokat verstärkt, und das Gewebe beider Kleidungsstücke war mit Seide durchwirkt. Außerdem hatte er Hosen bekommen. Kein Mensch in Arabien trug dergleichen, und er kam sich in ihnen unbeholfen und gehemmt vor; und ohne das gewohnte Kopftuch fühlte sich sein Nacken merkwürdig entblößt an. Doch als er endlich aufgefordert wurde, zur Kaiserin zu kommen, und weitere Flure bis zu einem privaten Frühstückszimmer entlanggeführt wurde, war die Kaiserin entzückt.

»Laß mich dich ansehen!« sagte sie und sprang von ihrer Ruhebank auf. Ihre Haare hingen, feucht vom Bad, lose herunter, und den purpurfarbenen Mantel hatte sie nachlässig über die Ruhebank geworfen. In der bestickten Tunika sah sie geschmeidig, jung und eher noch schlanker aus als am Tag zuvor. Sie lächelte. Das Frühstückszimmer ging auf den Garten hinaus, in dem ein Brunnen unter einem Feigenbaum plätscherte, an dessen Rand im hellen Schein der Sonne Vögel sangen.

»Herr des Himmels!« sagte Theodora, nachdem sie ihn von allen Seiten inspiziert und bewundert hatte. »Ich habe wirklich recht ordentliche Kinder geboren! Du siehst sehr viel besser aus als der Sohn dieser Hexe Passara. Ich wünschte nur, ich könnte dich bei ihr einführen! Ihr Sohn ist ein häßlicher, ungeschlachter Rabauke mit einem Schädel so unförmig wie ein Kochtopf, aber *sie* ist der Meinung, daß er der nächste Kaiser sein wird. Nun, das werden wir ja sehen! Aber setz dich hierher, neben mich, und laß es dir schmecken.«

Unbeholfen setzte er sich auf die Ruhebank; sie saß am anderen Ende und hatte ihre Beine unter sich gelegt. Der goldene Tisch war reich mit Weißbrot, Sesamkuchen, Ziegenmilch und frischen Feigen gedeckt. Theodora angelte sich eine Feige, biß kleine Happen ab und kaute sie geräuschvoll und mit offensichtlichem Appetit.

»Wer ist Passara?« fragte Johannes ängstlich.

»Die Frau von Germanus, einem Vetter meines Gemahls. Hast du schon von Germanus gehört? Er ist ein schrecklicher Langweiler, und seine Frau ist die schlimmste Angeberin von ganz Konstantinopel. Anicia Passara, Nachkomme von Kaisern! In ihrer Phantasie sah sie sich schon selbst als die Frau des Kaisers, damals, als der alte Justin den Purpur trug. Aber jetzt ist *mein* Gemahl Kaiser, während Germanus tut, was ihm befohlen wird. Wir können uns gegenseitig nicht ausstehen. Vergiß sie. Los, nimm dir etwas!«

Johannes griff nach einer Feige und streckte seinen Arm nach einem Becher aus; eine der jungen Sklavinnen sprang sofort mit einem Becher Ziegenmilch herbei und machte eine Verbeugung, als sie ihm das Trinkgefäß in die Hand drückte. Johannes starrte sie unsicher an. Er war es eher gewohnt, Becher selbst zu füllen, als sie sich von jemandem reichen zu lassen.

»Ich habe darüber nachgedacht, was wir den Leuten über dich erzählen können«, sagte Theodora, während sie ihre Feige hinunterschluckte und sich die Finger in einer silbernen, mit Rosenwasser gefüllten Schale wusch. Einer der Sklaven hielt ein Handtuch bereit, damit sie die Hände trocknen könnte. »Ich werde sagen, mein Vater, Akakios, habe einen ehrbaren Halbbruder gehabt, der sich in Berytus niedergelassen habe, und du seist sein Enkel.« Sie nahm sich einen Sesamkuchen und biß hinein.

»Wie hieß dein Onkel?« fragte Johannes vorsichtig.

Sie zuckte die Achseln, ihr Mund war voll von Sesamkuchen. »Was hältst du von Diodoros? Er hat niemals existiert, mein Lieber. Außer den angeheirateten habe ich *keinerlei* ehrbare Verwandte. Doch niemand außer meiner Schwester wird wissen, daß die Geschichte nicht stimmt, und Komito wird sich mit ihr abfinden, wenn ich ihr die Gründe dafür auseinandersetze.« Sie kicherte. »Komito wird, noch ehe du sie kennenlernst, das ganze Leben unseres ehrenwerten Onkels Diodoros erzählen können.« Sie schob sich den Rest des Sesamkuchens in den Mund und wischte sich die Finger ab.

Johannes nahm sich ein Stück Weißbrot. Meine Tante Komito dachte er; mein Großvater Akakios. Er muß der Bärenzähmer gewesen sein. Eigenartig, eine ganze Riege neuer Verwandter zu haben. »Ich würde mich freuen, deine Schwester kennenzulernen«, meinte er.

Theodora lächelte, streckte einen Finger in die Höhe, um ihm zu bedeuten, er möge warten, bis sie zu kauen aufgehört habe. »Zu gegebener Zeit«, sagte sie, nachdem sie den letzten Happen geräuschvoll hinuntergeschluckt hatte. »Zuerst müssen wir dir eine Stellung verschaffen. Trotzdem werde ich Komito noch heute vormittag eine Nachricht deinetwegen zukommen lassen.« Sie schnippte mit den Fingern, und die Sklaven sprangen herbei. »Lauft und holt Eusebios«, trug sie einem von ihnen auf. »Er soll die Liste mitbringen, die ich gestern von ihm erbeten habe.«

Ein paar Augenblicke später erschien der Eunuch, eine Schriftrolle aus

Pergament unter dem Arm. Er warf sich vor Theodora zu Boden und küßte ihr den Fuß. Johannes wurde rot, da ihm einfiel, daß er selbst es vergessen hatte. Doch sie war so rasch aufgesprungen ... Nun, zumindest schien sie ihm das Versäumnis nicht nachzutragen.

Theodora nahm die Schriftrolle, rollte sie auf und studierte die Liste der Namen. »Theodatos – Gott, nein, alles, was du von ihm lernen würdest, wäre, wie du am geschicktesten Unterschlagungen vornimmst. Addaios – nein, er ist ein pedantisches, neugieriges Subjekt und zu sehr ein Geschöpf meines Gemahls. Hier!« Sie hielt inne, sah Johannes an und hob herausfordernd den Kopf. »Für welchen Typ von Beamten würdest du gerne arbeiten?«

Johannes leckte sich die Lippen. »Ich ... ich würde gerne zur Armee gehen. Zu den Reitern. Als ich in Bostra war, habe ich reiten gelernt, und ich bin ein guter Bogenschütze ...«

Theodora lachte. »Eine typisch persische Erziehung – reiten, schießen und die Wahrheit sagen. Möchten alle junge Männer schneidige Reiteroffiziere sein? Jedes männliche Wesen unter dreißig, das ich in letzter Zeit gesprochen habe, scheint von dem brennenden Ehrgeiz besessen zu sein, sich auf den Rücken eines Pferdes zu schwingen und mit dem Schwert herumzufuchteln. Nun, es sieht wahrscheinlich sehr eindrucksvoll aus. Und wenn du gut darin bist, dann ist es sicher ein vielversprechender Weg zum Erfolg. Eusebios«, sagte sie und wandte sich an den Eunuchen, »der Sekretär von Belisar ist an der Pest erkrankt, nicht wahr? Ist er gestorben?«

Johannes setzte sich kerzengerade auf, sein Gesicht wurde ganz heiß. Belisar! Der größte lebende Heerführer, der Sieger über die Vandalen und Goten, der Schrecken der Perser!

Doch der Eunuch schüttelte den Kopf. »Nein, Herrin. Ich glaube, die Krankheit hat bei dem Burschen einen außerordentlich milden Verlauf genommen und er hat sich wieder erholt.«

»Zu dumm. Dieser sauertöpfische, heuchlerische, stiefelleckende Verleumder wäre besser tot. Ich habe keine Ahnung, warum Belisar ihn erträgt. Wahrscheinlich weiß er gar nicht, was der Mann alles hinter seinem Rücken über ihn sagt. Er läßt sich leicht täuschen – zumindest seine Frau ist ganz offensichtlich dieser Meinung.« Sie kicherte. »Und doch ist es vielleicht besser so. Belisar *behauptet* zwar, er könne Italien ganz allein mit seinem persönlichen Gefolge und dem Geld aus seiner Privatschatulle erobern, doch das glaube ich erst, wenn er es wirklich geschafft hat. Und mit einem verlorenen Krieg in Verbindung gebracht zu werden hat noch niemandem geholfen. Wir werden jemand anderen finden.« Erneut studierte sie die Schriftrolle.

Johannes sackte bitter enttäuscht in sich zusammen. Er fühlte einen Stich im Herzen, als er sich an das Pferd erinnerte, das sein Vater ihm geschenkt hatte: eine schöne, leichte arabische Stute, ein Grauschimmel, den Angehörige des Stammes der Ghassaniden in Jambia seinem Vater mitgebracht hatten. Er hatte sie als Fohlen bekommen und großgezogen, hatte sie trainiert und bei jeder Gelegenheit geritten. Sie war immer noch im besten Alter gewesen, als er mit ihr nach Berytus ritt und sie verkaufte, um seine Schiffspassage nach Konstantinopel bezahlen zu können. Er erinnerte sich an die Truppen des Heerführers von Arabien, als sie auf ihrem Weg nach Norden durch Bostra zogen: Ihre Brustharnische schimmerten, das Licht spielte auf ihren Lanzen und ließ Tausende von Sternen entstehen, ihre Pferde tänzelten durch die von der Menge gesäumten Straßen. Sie zogen gegen die Perser und deren Verbündete, um das Kaiserreich zu verteidigen. Die ganze Welt bangte um ihren Erfolg; sie stürzten sich in das Schlachtgetümmel, und entweder retteten sie mit einem Sieg ihre Mitbürger, oder sie starben. *Das* war Ruhm. Nicht in einem Büro in Konstantinopel herumzusitzen und Notizen in Kurzschrift zu machen.

»Hier!« sagte Theodora abrupt. Sie warf ihm die Schriftrolle hin und zeigte auf einen Namen.

»Prae.s.cub. Narses«, las Johannes. »Legt ausschließlich Wert auf Tüchtigkeit.« Er hatte keine Ahnung, was die Abkürzung bedeutete. Der Name Narses klang fremdartig. Persisch, dachte er, vielleicht auch armenisch. Er kannte ihn nicht.

»Ich dachte, Narses hätte bereits jemanden gefunden«, sagte Theodora und wandte sich an Eusebios.

Eusebios hüstelte. »Der Mann, den er gefunden hatte, zeigte sich der Arbeit nicht gewachsen. Er wurde auf einen anderen Posten abgeschoben.«

»Ja, es ist sicher eine sehr anspruchsvolle Aufgabe. Was macht dein Sekretär, Eusebios?«

»Oh, man kann meine Arbeit und die von Narses wirklich nicht miteinander vergleichen«, sagte der Eunuch. »Ich diene Eurer Erhabenheit; er dient dem ganzen Kaiserreich.«

»Das wäre ideal«, sagte Theodora. Sie nahm Johannes die Schriftrolle wieder weg und starrte darauf, ihre Augen verengten sich zu Schlitzen. »Wir werden es versuchen«, sagte sie nach einem Augenblick. »Falls er meint, du seist der Aufgabe nicht gewachsen, und dir den Stuhl wieder vor die Tür setzt, können wir es immer noch irgendwo anders versuchen.« Sie gab die Schriftrolle Eusebios.

»Wer ist Narses?« fragte Johannes hilflos.

Sowohl die Kaiserin als auch ihr Kämmerer sahen ihn erstaunt an.

»Ich habe die Abkürzung nicht verstanden«, suchte er sich zu verteidigen.

»Praepositus sacri cubiculi«, kam ihm Eusebios zu Hilfe. »Oberkämmerer. Im Grunde genommen ist das auch mein Titel. Aber er gehört zum Gefolge des Kaisers und trägt zusätzliche Verantwortung.«

»Ich dachte, du hättest von ihm gehört«, warf Theodora ein, »aber in einem Ort wie Bostra weiß wahrscheinlich kein Mensch, wer das Reich regiert. Ich wäre sehr froh, wenn du eine Aufgabe bei Narses wahrnehmen könntest. Dann wärest du auch unter der Aufsicht von Petrus, und das ist wichtig. Ich werde dich zu ihm schicken, sobald du offiziell hier bist.«

»O!« Johannes biß sich auf die Zunge, um sich am Sprechen zu hindern. Warum legt sie überhaupt Wert auf meine Meinung, fragte er sich, wenn sie doch bereits fest entschlossen ist, mich irgendwelche Briefe für den obersten Eunuchen des Kaisers aufsetzen zu lassen? Nicht gerade eine Aufgabe für einen Mann. Innerhalb eines Jahres habe ich wahrscheinlich gelernt, die Leute mit einem kriecherischen Lächeln zu bedenken und Bestechungsgelder von ihnen zu fordern. Wie sagte man noch? »Setz dich auf deinen Hintern und werde reich – arbeite für einen Eunuchen . . .« – »Wer ist Petrus?« fragte er unglücklich.

»Mein Gemahl.« Der Kämmerer der Kaiserin reichte ihr ein Buch mit den Terminen zur Prüfung, und sie überflog sie.

»Dein Gemahl? Aber ich dachte . . .«

Sie sah ihn lächelnd an. »Du dachtest, sein Name sei Justinian Augustus? Augustus ist ein Titel, und Justinian hat er sich selbst genannt, als sein Onkel, der Kaiser Justin, ihn als seinen Erben adoptiert hat. Sein eigentlicher Name ist Petrus Sabbatius. Aber trau dich ja nicht, ihn so anzureden. Das tut niemand außer mir.«

Er starrte Theodora an. Ihr dunkles Haupt war über ein anderes Schriftstück gebeugt, das Eusebios ihr gereicht hatte; perlenbesetzte Ohrringe schimmerten an ihrem Hals. Sie lächelte ihren Kämmerer an und stellte ihm eine Frage, dann nickte sie. Der Eunuch erwiderte ihr Lächeln, zog einen Behälter mit Schreibfedern hervor und beauftragte einen Sklaven, ein Stück Pergament zu holen: Eine Bittschrift mußte beantwortet, eine geschäftliche Entscheidung getroffen werden. Johannes war plötzlich tief beeindruckt und schämte sich seines Unmuts. Hier befand er sich, der Bastard des Diodoros von Bostra, saß beim Frühstück mit der Kaiserin und sah ihr zu, wie sie wichtige Staatsangelegenheiten erledigte. Er war dumm und ungeschickt; vielleicht bereitete er ihr nichts als Ungelegenheiten. Er sollte ihr dankbar sein, daß sie ihm überhaupt half. Er mußte alles tun, um sich der ihm zugewiesenen Aufgabe gewachsen zu zeigen und sich ihrer Aufmerksamkeit als würdig zu erweisen.

Er beendete sein Frühstück und versuchte mitzubekommen, was die Kaiserin sagte, versuchte, seiner künftigen Stellung Geschmack abzugewinnen. Doch wiederum sah er sich vor seinem inneren Auge als Wagenlenker, der sich mit durchhängenden Zügeln hilflos an das zerbrechliche Gestell seines Streitwagens klammert, während die Pferde durchgehen.

Eine Woche später wurde er tatsächlich zu einem Gespräch mit dem Oberkämmerer des Kaisers geführt. Die Zwischenzeit hatte er damit verbracht, seine Anwesenheit in Konstantinopel in ein Netz von Lügen zu weben. Er wurde ein vollkommen anderer: seine Nationalität, seine Eltern, seine Erziehung und sein gesamtes bisheriges Leben wurden umgekrempelt. Die Kaiserin dachte sogar daran, seinen Namen zu ändern, war dann jedoch der Ansicht, Johannes sei so verbreitet, daß sie sich keine Sorgen machen müsse. Man verlangte jedoch von ihm, sich einen Bart wachsen zu lassen, damit zufällige Bekannte von früher ihn nicht erkennen konnten. »Außerdem ist ein Bart jetzt sowieso groß in Mode«, erzählte sie ihm. »Kein junger Mann in Konstantinopel rasiert sich noch: Jeder möchte aussehen wie Belisar.«

Johannes war jetzt also der legitime Sohn des Ratsschreibers von Berytus; er hatte während der Pest beide Eltern verloren und sich an seine Kusine zweiten Grades gewandt, von der die Familie vorher keine Notiz genommen hatte; sie hatte ihn in ihrem Sommerpalast in Herion empfangen; eine Woche nach seiner tatsächlichen Ankunft in Konstantinopel »kam er von Herion an«, und man wies ihm in einem anderen Teil des Palastes ein Gästezimmer zu, so wie es einem Verwandten der Kaiserin gebührte; dazu erhielt er einige nicht ganz so verschwiegene Sklaven, die ihm aufwarteten. Am nächsten Morgen holte ihn Eusebios rechtzeitig ab und begleitete ihn in ein anderes Gebäude innerhalb des Großen Palastes.

»Narses kennt inzwischen deine neue Stellung am Hof«, erzählte ihm der Eunuch, als sie durch einen Säulengang mit verschiedenfarbigem Marmor gingen und schließlich einen Garten mit verblühenden Rosen und süß duftendem Thymian durchquerten. »Die Erhabene Augusta hat ihm einen Brief geschrieben, in dem sie ihm mitteilte, sie würde sich darüber freuen, wenn er dich für einen Posten in Betracht zöge. Ich fürchte jedoch, daß die Angelegenheit damit noch nicht endgültig geregelt ist. Narses ist über sämtliche Vorgänge in seinem Büro genau informiert, und er legt allergrößten Wert auf äußerste Tüchtigkeit. Da sein Sekretär gestorben ist, hat er zwei junge Männer auf Probe genommen, einen von ihnen auf die Empfehlung der Herrin hin, doch beide erwiesen sich als für die Arbeit ungeeignet, und man hat woanders einen Posten für sie gefunden. Es ist wirklich ein Jammer, daß du kein Latein kannst; das wäre von großem Nutzen.«

Johannes nickte, ohne etwas zu erwidern. Das Netz aus Täuschung und Lüge hatte ihn ziemlich verwirrt und bedrückt, und nachdem er Theodora und ihr Gefolge eine Woche lang studiert hatte, meinte er mehr als je zuvor, den Boden unter den Füßen zu verlieren. Obwohl die Kaiserin den Anschein trägen Wohllebens erweckte, war sie alles andere als eine bloße Dame der Gesellschaft: Sie war wirklich und wahrhaftig eine tüchtige Herrscherin, die sich nur dem Kaiser selbst unterordnete. Statthalter aus jedem Winkel des Kaiserreichs schrieben ihr, baten dringend um ihre Unterstützung oder bezogen sich auf komplizierte Verwaltungsfragen und legten sie der Erhabenen Augusta zur Entscheidung vor; ihre Antworten erfolgten unmittelbar, sie waren klug und entschieden, diktiert von einem wachen Verstand. Sie empfing Botschafter, gewährte Audienzen, gab Anweisungen an die staatlichen Ministerien. Sie kontrollierte die Verwaltung riesiger Landgüter in Asien und Kappadokien, und sie verwandte die Gewinne aus diesen Ländereien, um eine Armee von Spionen und Agenten zu unterhalten. Über ihre eigenen Bediensteten hatte sie vollkommene Autorität; nicht einmal der Kaiser konnte ihren Palast ohne ihre Erlaubnis betreten.

Es wäre besser gewesen, dachte Johannes, wenn sie mich ganz einfach anerkannt und auf irgendein Landgut geschickt hätte, um einem »einschläfernden Luxus« zu frönen. Gott weiß, daß ich niemals darauf erpicht war, reich und mächtig zu werden, bevor ich herkam. Ich bin nach Konstantinopel gegangen, weil ich wissen wollte, wer ich wirklich bin – doch statt es herauszufinden, werde ich dazu gezwungen, ein Netz aus Täuschung zu spinnen. Und ich habe bestimmt keinerlei Aussichten, mich auf diesem Posten zu bewähren. Was befähigt mich denn dazu, der Privatsekretär eines Staatsministers zu sein? Ein Mann, der so mächtig ist, wie dieser Narses zu sein scheint, kann doch zwischen erfahrenen und redegewandten Sekretären frei wählen. Er wird mich nicht wollen, und die Augusta wird enttäuscht sein. Immerhin, man erwartet wohl kaum von mir, daß ich die Arbeit wirklich bewältige; also wird man wohl auch nicht so furchtbar enttäuscht sein.

Er warf den Kopf in den Nacken und versuchte, einen selbstsicheren Eindruck zu machen, als Eusebios ihn in den Teil des Großen Palastes führte, den man Magnaurapalast nannte.

Das Büro des Oberkämmerers war der Mittelpunkt dieses Gebäudes: In einer Seitenfront, die dem Bronzenen Tor gegenüberlag, befand sich das labyrinthartige Gewirr der Büros der kaiserlichen Verwaltung; in einem anderen, zum Innenhof gelegenen Flügel befanden sich die Audienzräume sowie die Privaträume des Kaisers und seines Hofstaates. Alle Anliegen der Außenwelt an den Kaiser mußten dieses Labyrinth durchlaufen. Theodoras Räumlichkeiten lagen jedoch zum Innenhof hin, und Eusebios führte Johannes beinahe durch den gesamten Palast, bevor sie das Büro des kaiserlichen Kämmerers erreichten. Nach der verschwenderischen Pracht der privaten Gemächer – mit ihren Lampenständern, die goldenen Bäumen mit nistenden juwelenbesetzten Vögeln ähnelten; mit ihren Vorhängen aus purpurfarbener Seide und den über den Boden gebreiteten Teppichen; mit ihrer unschätzbaren Sammlung von Statuen und Gemälden – machte das Büro des Kämmerers einen sehr einfachen Eindruck. Die Wände waren mit Szenen aus der Ilias bemalt, während den Fußboden ein abstraktes rotgrünes Mosaik schmückte. In einer Ecke hing eine Ikone der Mutter Gottes; an einem Schreibpult darunter saß ein Mann in einem weißen Mantel mit purpurfarbenen Streifen und machte sich Notizen. Nahe der Tür saßen zwei Schreiber an einem Tisch und übertrugen etwas in ein Buch.

Eusebios ließ den purpurfarbenen Vorhang fallen, der die Räumlichkeiten des Kaisers von den Büros trennte, und bei seinem Rascheln blickten die Anwesenden auf.

»Mein lieber Eusebios«, rief ein Mann, der den Mantel eines Patriziers trug. Er sprang auf, kam um das Schreibpult herum und ergriff Eusebios' Hand mit herzlichem Nachdruck. Er war ein zartgliedriger, zerbrechlich aussehender Eunuch mit einer hohen Kinderstimme. Er hatte dünne, mit weißen Strähnen durchsetzte dunkle Haare, dunkle Augen und hätte zwischen dreißig und sechzig Jahre alt sein können – es war unmöglich, sein Alter aufgrund des glatten Gesichts auch nur annähernd schätzen zu wollen. Konfrontiert mit dieser unnatürlichen Stimme und dem merkwürdigen Aussehen, fühlte sich Johannes unbehaglich: Er hatte monströse Launen der Natur noch nie gemocht. »Und du mußt Johannes von Berytus sein«, fuhr Narses fort und lächelte ihm zu. »Ich danke dir, daß du so früh gekommen bist – es ist schrecklich, aber fast der gesamte Vormittag ist bereits vollgestopft mit Geschäften. Wenn überhaupt jemand noch eine Hilfskraft benötigt, dann ich.«

Einer der Schreiber kicherte. Johannes stellte erleichtert fest, daß er und sein Gefährte keine Eunuchen waren, sondern nichts als gut gekleidete junge Männer, ungefähr in seinem Alter. Sie erinnerten ihn ein wenig an seine Halbbrüder.

»Die Erhabene Augusta hat mir mitgeteilt, du seist ihr Vetter zweiten Grades«, sagte Narses zu ihm. »Sie meinte, du habest einige Übung als Sekretär und beherrschtest Kurzschrift – das ist selbstverständlich von großem Vorteil und bei Männern, die sich um diese Stellung bewerben, nicht gerade alltäglich. Sprichst du irgendwelche Sprachen?«

»Ich spreche kein Latein«, antwortete Johannes unbehaglich.

Narses lächelte höflich. »Vielleicht wäre es hilfreicher, wenn du mir sagtest, welche Sprachen du *sprichst*. Wenn du aus Berytus stammst, bist du vielleicht mit dem Syrischen vertraut?«

»Ein wenig«, erwiderte Johannes. Er hatte die Sprache bei Geschäftsreisen seines Vaters nach Berytus gebraucht. »Und außerdem ein wenig Aramäisch und Persisch und Arabisch.«

Narses hob die Augenbrauen. »Persisch?«

»Ja, mein Vater hatte einige Geschäfte jenseits der Grenze – vor dem Krieg natürlich! Ich habe den Briefwechsel für ihn erledigt. Deshalb habe ich auch Aramäisch gelernt.« Allmählich fühlte er sich unbehaglich. Bostra war eine Handelsstadt, und sein Vater hatte, wie die meisten seiner Kollegen, sein Geld in Karawanen investiert. Er hatte sich außerdem auf den Schmuggel mit Seide und Gewürzen eingelassen, doch erst nach Ausbruch des Krieges mit Persien. Zu der Zeit war der legale Nachschub allmählich ausgeblieben und mit ihm die Karawanen, die Bostras Lebensadern gewesen waren; so war der verbotene Handel beinahe unerläßlich für das Überleben der Stadt. Aber es war gefährlich zuzugeben, irgend etwas davon zu wissen, und darüber hinaus war es nicht unbedingt das, worin der Sohn eines Ratsschreibers von Berytus glänzen würde.

Narses machte eine Pause, dann fragte er auf persisch: »Handelte es sich dabei um den Seidenhandel, junger Mann?«

»Ja, ehrenwerter Narses«, erwiderte Johannes in derselben Sprache, nachdem er den Eunuchen einen Augenblick lang mit offenem Mund angestarrt hatte. »Nur bis zum Krieg natürlich. Wir verschiffen die Seide in Berytus; die Karawanen kommen aus Bostra und aus Damaskus, und mein Vater wollte sich seinen Verdienst ein wenig aufbessern, indem er in diesen Handel investierte.« Er hatte die persischen Worte oft in der Korrespondenz mit den Geschäftspartnern seines Vaters benutzt, und sie glitten ihm leicht von den Lippen.

»Trotzdem bin ich überrascht, daß du Arabisch kannst«, fuhr Narses immer noch auf persisch fort. Sein Akzent unterschied sich von demjenigen der Perser, die Johannes in Bostra kennengelernt hatte. »Hast du Persisch ebenfalls aus geschäftlichen Gründen gelernt?«

Johannes errötete. »Ja. Wir mußten bisweilen ... bisweilen Vereinbarungen mit dem König in Jambia treffen.« Arabisch war seine Muttersprache, die Sprache, die er von seinem Kindermädchen gelernt und zu Hause häufiger gesprochen hatte als Griechisch.

»Mit dem König?« fragte Narses ein wenig erstaunt.

»Mit Al-Harith ibn-Jabalah«, erklärte Johannes, »dem König der Sarazenen in Jambia.«

»Dem Stammesführer Arethas!« sagte Narses amüsiert und verfiel wieder ins Griechische. »Ich würde ihn hier nicht unbedingt König nennen.«

Johannes machte eine entschuldigende Verbeugung. »Dort ist man gezwungen, ihn König zu nennen.«

»Das will ich wohl glauben. Nun, ein Sekretär, der Persisch und Arabisch spricht, ist ohne Zweifel von Vorteil. Latein kannst du immer noch lernen – es gibt einen Haufen Leute, die es dir beibringen können –, aber einen Persischlehrer zu finden ist schon sehr viel schwieriger. Und schreiben kannst du es auch?«

»Aber keine Kurzschrift«, erwiderte Johannes rasch. »Ich kann nur griechische Kurzschrift.«

Narses lächelte. »Ich glaube, für Persisch gibt es gar keine Kurzschrift. Ich kann die Sprache überhaupt nicht schreiben, obwohl ich sie noch vor dem Griechischen sprechen gelernt habe. Es ist lästig, den Büroleiter erst um einen Übersetzer bitten zu müssen, wenn man einen Brief abschicken will. Wunderbar. Was kannst du sonst noch? Wahrscheinlich hast du in Berytus eine Rhetorikschule besucht?«

Johannes wurde erneut rot. »Nein, vortrefflicher Narses. Mein Vater war in bezug auf mich nicht allzu ehrgeizig. Nachdem ich die Schule mit fünfzehn beendet hatte, habe ich für ihn gearbeitet. Ich hatte ein wenig

Privatunterricht in Literatur und Wissenschaft, doch abgesehen davon ...« Er machte eine abschätzige Geste. Abgesehen davon, dachte er, bin ich kaum besser als ein Haussklave erzogen worden. Vielleicht sollte ich lieber behaupten, die gleiche Ausbildung wie meine Brüder erhalten zu haben: zwei oder drei Jahre Rhetorik und anschließend das Studium der Rechte. Aber ich kenne mich weder auf dem einen noch auf dem anderen Gebiet aus und könnte die Behauptung niemals aufrechterhalten.

»Abgesehen davon?« fragte Narses und lächelte immer noch.

»Abgesehen davon habe ich nur das gelernt, was ein Sekretär so lernt. Kurzschrift, das Anlegen von Akten, ein paar Sprachen, Rechnungsführung.«

Narses zog die Augenbrauen hoch und seufzte tief. Er wandte sich an Eusebios, der in der Nähe des purpurfarbenen Vorhangs stand und zufrieden lächelte. »Übermittle der Erhabenen Augusta meine respektvollsten Grüße, und drücke ihr gegenüber meine Dankbarkeit für ihr Interesse in dieser Angelegenheit aus. Ich bin hoch erfreut, ihren Verwandten in meine Dienste zu nehmen, vorerst mit einer Probezeit von einer Woche, und ich gebe mich der Hoffnung hin, daß wir gut zusammenarbeiten werden. Und ich danke dir, daß du so früh am Vormittag herübergekommen bist.«

Eusebios verbeugte sich. »Es ist mir stets ein Vergnügen, dir zu begegnen. Die Herrin hat deine Entscheidung vorhergesehen und dich und ihren Verwandten eingeladen, heute abend mit ihr zusammen zu speisen. Werden wir dich bei dieser Gelegenheit begrüßen dürfen?«

»Die Einladung ehrt mich, und es macht mich glücklich, sie anzunehmen.«

Die beiden Eunuchen schüttelten sich erneut die Hände, und Eusebios zog sich hinter den purpurfarbenen Vorhang zurück, um in die Gemächer der Kaiserin zurückzukehren.

Eine Probezeit von einer Woche, dachte Johannes. Was hat das zu bedeuten? Er kann mir eine Probezeit nicht gut verwehren, da die Kaiserin ihn darum gebeten hat, mich zu nehmen – aber Eusebios machte einen so zufriedenen Eindruck! War er nur aufgrund meiner Persischkenntnisse so beeindruckt? Und was denkt Narses wirklich? Schwer zu sagen, ob er meinetwegen erfreut oder verärgert ist.

Narses bedachte ihn mit einem ermutigenden Lächeln. »So, jetzt will ich dir zeigen, wo du arbeiten wirst«, sagte er.

Außerhalb des großen Büros befand sich ein kleinerer, ähnlich ausgestatteter Raum, in dem Johannes und Narses einen überarbeitet wirkenden Schreiber vorfanden, der sich mit einem umfangreichen Terminkalender abmühte. Er war älter als die beiden in dem Hauptbüro, ein grauhaariger, mit allen Palastgeschäften vertrauter Beamter. In einem angrenzenden Vorraum warteten viele Leute. Narses nahm den Terminkalender an sich, überflog ihn und rief zwei Namen auf; zwei elegant gekleidete Herren eilten herbei, jeder von ihnen gefolgt von zwei oder drei Bediensteten. »Ruf die nächsten Namen im Buch auf, sobald sich meine Tür öffnet«, sagte Narses zu Johannes. »Anastasios wird dir ein paar weitere deiner Pflichten erklären.«

Der überarbeitet wirkende Schreiber sah Johannes finster an. Schon wieder so ein junger Wichtigtuer, dachte er und sah den Brokatstreifen in Johannes' Mantel mißtrauisch an. Wann, o wann wird es dem ehrenwerten Narses endlich einmal gelingen, einen wirklichen Sekretär an Land zu ziehen? Jetzt haben wir beide die gesamte Arbeit am Hals. Ich kenne diesen Burschen zwar nicht, aber ich habe genug von diesen Experimenten. Da war dieser eine, der die ganze Zeit damit verbracht hat, elegische Verse zu dichten – er war weiß Gott schlimm genug, aber er hat wenigstens nicht versucht, sich in die wichtigen Vorgänge einzumischen. Der letzte dagegen, zum Teufel mit ihm, hat mir mit seinen »Rationalisierungsbestrebungen« die Registraturarbeit eines ganzen Jahres zunichte gemacht. Ich frage mich, was dieser anstellen wird? »Ich nehme kaum an«, fragte er Johannes wider alle Hoffnung, »daß du etwas von Aktenführung verstehst?«

»Doch, natürlich.« Johannes blätterte das umfangreiche Buch durch. »Aber ich habe keine Ahnung, was diese Abkürzungen hier bedeuten sollen; du wirst sie mir erklären müssen.«

Bis zum Mittagessen war Johannes ziemlich erschöpft, und der Schreiber Anastasios lächelte still in sich hinein.

Die Seiten des Terminkalenders waren in zwei Rubriken aufgeteilt: Links waren die Leute verzeichnet, die eine Audienz bei dem Kaiser wünschten, und rechts diejenigen, die lediglich eine Verabredung mit dem Kämmerer treffen wollten. Gewisse Personen wurden auch ohne einen Termin direkt hineingeführt; anderen wurde es gestattet, aus der Schlange der Wartenden auszuscheren und eine mehr oder weniger große Anzahl von Leuten zu überspringen. (»Falls es unbedingt nötig ist«, meinte Anastasios gegenüber Johannes finster, »kannst du ihnen auch erlauben, dir ein Bestechungsgeld zu geben, und sie als erste vorlassen.«)

Neben jedem Namen stand eine Abkürzung, die den Leser zu der Akte führte, welche das Anliegen jener Person enthielt. Das Aktensystem war ausgedehnt, umständlich und kompliziert, es breitete sich über sämtliche Räume der kaiserlichen Büros aus, von denen aus das Imperium regiert wurde. Ich werde es niemals verstehen, dachte Johannes verängstigt.

Er wird es innerhalb einer Woche beherrschen, dachte Anastasios glücklich. Er versteht die zugrundeliegenden Prinzipien, er versteht, wofür es da ist, und er hat schon jetzt eine ganze Menge geschafft. Gott sei Dank! Ich bete nur darum, daß er nicht zu viele neue Ideen hat – aber er scheint inzwischen schon vorsichtig genug zu sein. Etwas ängstlich sogar – er ist es wohl nicht gewohnt, in der Nähe des Kaisers zu sein. Gott sei Dank! Jetzt kann ich den von seinem Vorgänger angerichteten Schaden beheben.

Tief beeindruckt von den berühmten Namen sah Johannes erneut in den Terminkalender. Patrizier und Bischöfe, Senatoren und Konsuln, Abgesandte großer Städte, Statthalter entfernter Provinzen und Staatsminister drängten sich im Vorraum des Kämmerers. »Geht es hier jeden Tag so zu?« fragte er Anastasios.

»Oh, meistens ist es noch schlimmer«, erwiderte der Schreiber. »Aber der Herr empfängt zur Zeit nicht so viele Leute wie sonst. Er erholt sich immer noch von seiner Krankheit. Denk daran, wenn du neue Termine abmachst, und versuche, möglichst viele Leute abzuwimmeln.«

Der Herr war nicht Narses, sondern der Kaiser. »Sie abwimmeln?« fragte Johannes hilflos. »Wie denn das? Wenn ein Senator den Augustus sehen will, wie soll der Sekretär eines Kämmerers ihn daran hindern?«

»Oh, da gibt es durchaus ein paar Möglichkeiten«, sagte Anastasios beruhigend. »Du wirst sie schon noch kennenlernen.«

Es war beinahe eine Erleichterung, wenn Narses Johannes einen Brief in Kurzschrift diktieren wollte, auch wenn sich einer der Briefe, den er an jenem Vormittag schreiben mußte, mit der riesigen Geldsumme befaßte, die einem Barbarenkönig versprochen worden war (das Schatzamt hatte versäumt, sie freizugeben), und der andere mit der Berufung gegen einen Urteilsspruch eines Statthalters. Briefe zu schreiben und sie aus der Kurzschrift in die Langschrift zu übertragen war eine Arbeit, an die er gewöhnt war, und die zwei Schreiber im Hauptbüro erledigten die Arbeit des Kopierens.

Gegen Mittag versiegte der Strom der auf eine Audienz wartenden Leute ein wenig, und endlich trat Narses vor die Tür seines Büros und fand keinen Bittsteller mehr vor. Er bedachte Johannes mit seinem höflichen, vieldeutigen Lächeln und sagte zu ihm: »Du kannst jetzt zum Essen gehen.« Dann trat er zur Seite, um die beiden Schreiber an sich vorbeizulassen.

»Was für ein Vormittag!« rief einer von ihnen erleichtert. »Meine Daumen tun richtig weh!«

Der andere grinste Johannes an. »Wir gehen in eine Taverne auf dem Marktplatz«, sagte er. »Sie machen dort phantastische Würste, und auch der Wein ist nicht schlecht. Hast du Lust, dich uns anzuschließen?«

»Mmh...«, erwiderte Johannes und sah unsicher von Narses zu Anastasios. Keiner von beiden schien das Angebot als ungewöhnlich zu empfinden; auch bot ihm keiner von beiden an, sich anzuschließen oder woanders hinzugehen. Er fühlte sich ein wenig verloren und nickte den Schreibern zu. »Ja, vielen Dank.« Er legte die von ihm benutzte Feder in den Federkasten zurück und stellte ihn als als Briefbeschwerer auf den bereits zur Hälfte in Langschrift übertragenen Brief. Dann machten sich die drei jungen Männer auf den Weg in die Taverne.

Narses ging in sein Büro zurück. Anastasios setzte sich an sein Schreibpult und holte ein Stück Brot und eine Flasche mit gewässertem Wein heraus. Sein Blick fiel auf den Brief; er zog ihn hervor und sah ihn prüfend an. Ordentlich und sauber, eine lesbare Handschrift, übersichtlich angelegt und orthographisch einwandfrei geschrieben. Die Wachstafeln daneben waren mit dem unleserlichen Gekritzel der Kurzschrift bedeckt. Der Schreiber bewunderte es – ein großartiges, kompliziertes System von Abkürzungen, außerordentlich gelehrt und nützlich. Er überflog die Wachstafeln und bemerkte, daß sich der neue Sekretär auf der Rückseite Notizen über das Aktensystem gemacht hatte. Er studierte sie einen Augenblick lang, und sein zufriedenes Lächeln wurde immer breiter; dann blickte er zur Tür des angrenzenden Büros. Er nahm die Wachstafeln, stand auf und betrat den anderen Raum.

Der Kämmerer des Kaisers lag bäuchlings vor der Ikone der Mutter Gottes und betete. Anastasios hatte nichts anderes erwartet und flüsterte, um die Aufmerksamkeit seines Vorgesetzten zu erregen; die zierliche Gestalt in dem weißen und purpurfarbenen Mantel richtete sich auf, fuhr sich mit der Hand über die Stirn und sah den Schreiber fragend an. Anastasios hob die Wachstafeln in die Höhe.

»Er macht sich bereits Gedanken über mein Aktensystem«, sagte er. »Du wirst ihn doch behalten, oder?«

Narses lächelte. »Ich glaube schon, nicht wahr?« Und als Anastasios nickte, fügte er hinzu: »Er kann Persisch.«

»Tatsächlich? Wie bist du auf ihn gekommen?«

»Er ist offensichtlich ein Verwandter der Erhabenen Augusta; sie hat sich wohl dazu entschlossen, seine Karriere zu fördern.«

»Oh, ein Verwandter der Herrin! Das hätte ich nicht gedacht!«

»Ein entfernter Verwandter.« Narses verzog sein Gesicht zu einem unergründlichen Lächeln. »Ich denke schon, daß es da eine Ähnlichkeit gibt. Eigentlich sogar eine ziemlich starke Ähnlichkeit, und ich glaube, er hat sogar etwas von ihrer Intelligenz, obwohl er sich dessen noch nicht bewußt ist.«

Das Lächeln wurde milder und war jetzt fast menschlich. »Ich würde aufpassen, wenn ich du wäre. Vielleicht entwickelt der junge Mann noch ganz neue Ideen über den Ablauf der Arbeit hier im Büro.«

»Ich hoffe nicht«, sagte Anastasios inbrünstig, doch er erwiderte das Lächeln. Er verbeugte sich und schlüpfte aus der Tür, um sein Mittagessen zu sich zu nehmen.

Die Taverne, die Johannes' Gefährten sich ausgesucht hatten, war etwas Besseres, die Art Gaststätte, in die er früher nur kam, wenn sein Vater von ihm verlangte, anläßlich eines Geschäftsessens Notizen zu machen. Er hatte noch nie viel Geld besessen, und die schwere Geldtasche, die Theodora ihm geschenkt hatte, fühlte sich ungewohnt an seinem Gürtel an. Die zwei Schreiber schienen sich in dieser luxuriösen Umgebung jedoch zu Hause zu fühlen und forderten den Gastwirt mit lärmender Vertraulichkeit auf, ihnen »das Übliche« zu bringen. Binnen weniger Augenblicke saß Johannes mit einem Becher Wein in der Hand an einem Marmortisch am Fenster. Ein Weinkrug und eine Schale Wasser zum Mixen standen auf dem Tisch, und ein Mädchen stellte eine Schüssel mit Würsten, eine Platte mit Brot sowie eine Schale mit einem undefinierbaren Gemüse, mit einer dicken Soße übergossen, dazu.

»Wie stark magst du ihn?« fragte einer der Schreiber und ergriff den Weinkrug. Er war ein hochgewachsener, athletisch aussehender junger Mann mit braunen Haaren, blauen Augen und auf eine selbstbewußte Art gutaussehend.

»Zum Mittagessen nicht so stark«, erwiderte Johannes rasch. »Ich kann nicht richtig arbeiten, wenn er nicht mindestens zur Hälfte mit Wasser verdünnt ist.«

Der junge Mann zuckte die Achseln, goß die Schale jedoch nur zur Hälfte mit Wein voll. Sein Gefährte verteilte die Mischung in die drei Becher, dann lächelte er schüchtern und füllte seinen eigenen Becher mit

Wein nach. »Ich mag ihn nicht so schwach«, meinte er. Er war nicht sehr groß, ein wenig rundlich und hatte schwarze Haare. »Mein Freund heißt übrigens Diomedes, und ich bin Sergius – aber alle nennen mich Bacchus. Du verstehst schon, wie der selige Märtyrer«, kicherte er.

Johannes sah ihn etwas begriffsstutzig an.

»Sergius und Bacchus! Die Kirche neben dem Hippodrom.«

»Es ... es tut mir leid«, stammelte Johannes verwirrt. »Ich fürchte, ich kenne Konstantinopel noch nicht so recht, ich bin erst gestern angekommen.«

Die beiden schnaubten. »Das ist ja ein Ding!« meinte Diomedes nachdenklich. »Du kommst an einem Tag in Konstantinopel an und bekommst schon am nächsten einen solchen Posten! Da sieht man mal wieder, was Beziehungen ausmachen!«

»Wir haben gehört, du seist der Vetter zweiten Grades der Herrin, stimmt's?« warf Sergius oder Bacchus ein. »Weißt du, wieviel deine höchst erlauchte Kusine für deinen Posten bezahlt hat?« Er angelte sich etwas Brot und Wurst.

»Nein«, erwiderte Johannes, der ganz erschrocken bei dem Gedanken daran war, was Theodora dafür bezahlt haben mochte. »Ich weiß es nicht.«

»Ich wette, es waren mindestens fünfhundert«, sagte Sergius mit Nachdruck. »Mein Vater hat zweihundertfünfzig für meine Stellung bezahlt, und deine muß mindestens zehnmal soviel wert sein.«

»Mindestens«, stimmte Diomedes zu und nickte.

Fünfhundert, zweihundertfünfzig – wovon? fragte sich Johannes. Goldsolidi? Herr im Himmel, das ist ja soviel, wie alle Beamten Bostras zusammen nach Hause tragen! Es können keine Solidi sein. »Was macht dein Vater?« fragte er vorsichtig und nahm sich noch ein Stück Brot.

»Er ist ein Bankherr.« Sergius schöpfte mit seinem Brotstück etwas Wurst aus der Schale und fuhr mit vollem Mund zu sprechen fort. »Demetrianos. Sie haben ihm den Spitznamen ›Goldener Daumen‹ gegeben, aber das ist natürlich nur ein Scherz; er kam auf anständige Weise zu seinem Geld. Er war sehr verständnisvoll in bezug auf meine Stellung; er meint, zweihundertfünfzig Goldstücke seien gar nicht soviel, wenn man sie als Kapitalanlage betrachte, die einen hübschen Ertrag abwirft.«

»Das Dumme daran ist nur, daß sie das gar nicht tut«, sagte Diomedes. »Der ehrenwerte Narses hat nichts dagegen, etwas nebenbei zu verdienen und Posten wie die unseren zu verkaufen, aber er mag es nicht, wenn *wir* Bestechungsgelder nehmen.«

»Er ist sogar ziemlich verärgert, wenn man versucht, eine Audienz bei dem Herrn zu verkaufen oder ein Dokument beim Abschreiben zu verändern«, erklärte Sergius. »Selbst wenn es nur eine ganz unbedeutende Änderung ist, ein paar hundert Solidi mehr für einen Freund. Er wird dann eisig und offiziell und hält dir einen langen Vortrag, und falls du es übertreibst, bist du draußen. Eunuchen sind eben samt und sonders niederträchtig.«

»Und wir sollten dich warnen.« Diomedes lehnte sich über den Tisch, und seine Augen funkelten. »Er findet immer, *immer* alles heraus. Er muß Augen im Hinterkopf haben.«

»Das kommt allein daher, daß er arbeitet wie eine verdammte Seele«, berichtigte ihn Sergius. »Er geht vor Morgengrauen ins Büro und bleibt bis tief in die Nacht und macht zwischendurch kaum einmal eine Pause.«

»Arbeitet er auch im Augenblick?« fragte Johannes.

»Nein, in der Mittagspause betet er erst und arbeitet dann«, erklärte Diomedes.

»Er ist fromm.« Sergius' Stimme klang verächtlich. »Und er ist nicht einmal wirklich rechtgläubig – obwohl ich das vielleicht gar nicht sagen sollte, da du aus dem Osten bist. Du gehörst wahrscheinlich nicht zu den rechtgläubigen Christen aus dem Süden Antiochias. Aber das ist mir egal. Wer macht sich auch nur einen lausigen Gedanken wegen der Natur Gottes?«

Fast jeder, dachte Johannes überrascht, aber er fragte lediglich: »Und was ist mit Anastasios?«

»Ach, der sitzt nur in seinem Büro, mampft trockenes Brot und betet seine Akten an«, erwiderte Sergius wegwerfend. »Er ist ein Niemand. Jahrelang hat er als Unterschreiber in den Büros auf der anderen Seite des Ganges gearbeitet. Er ist der Bastard von irgend jemandem, und nachdem man ihm diese untergeordnete Stellung gekauft hatte, wurde er im Stich gelassen. Er konnte es sich zu keiner Zeit leisten, etwas für seine Beförderung zu zahlen. Der ehrenwerte Narses hat ihn dann in den kaiserlichen Mitarbeiterstab aufgenommen. Er zahlte die Gebühr aus eigener Tasche, nur um jemanden zu haben, der mit Akten umgehen konnte. Und mit dir ist er zufrieden, weil du nichts von Rhetorik verstehst; Kurzschrift ist ihm viel wichtiger.« Seine Stimme hatte einen gehässigen Beiklang bekommen, doch plötzlich hielt er inne und nahm sich noch etwas zu essen. Ich hätte mich bei dem Thema lieber etwas zurückhalten sollen, dachte er. Ich muß den Burschen bei Laune halten, wenn er mir nützlich sein soll – ich kann schließlich nicht durchblicken lassen, daß ich ihn für einen ungebildeten Bauern halte.

Johannes warf einen Blick auf die Gemüseschüssel; er bemerkte den boshaften Unterton des anderen und erriet den Grund, ohne überrascht zu sein. Er fragte sich, ob das Gemüse Kohl oder wildes Blattgemüse sei. Er stippte etwas Brot hinein und probierte davon, war sich jedoch immer noch nicht sicher.

»Der erlauchte Narses ist verrückt nach Arbeit«, sagte Diomedes und lachte.

Sergius kicherte. »Nun, was hat er sonst schon groß vom Leben? Was habt ihr übrigens auf persisch miteinander gesprochen? Hoffentlich bringst du uns nicht in Verlegenheit, und wir müssen irgendwelche Briefe in diesem Geschnatter kopieren!«

»Er hat mich nur über den Seidenhandel ausgefragt«, sagte Johannes. »Wo kommt er her? Armenien?«

»Aus dem persischen Teil Armeniens«, erwiderte Sergius rasch. »Aber er dient dem Kaiser schon sehr lange – er war noch ein Knabe, als er von einem Sklavenhändler gekauft wurde, und Gott allein weiß, wie alt er jetzt ist. Jedenfalls älter, als er aussieht. Der Herr vertraut ihm wie sich selbst, und man behauptet, die Herrin schätze ihn genauso.«

»Wie ist sie so?« fragte Diomedes. »Der Vorteil, für den vortrefflichen Narses zu arbeiten, liegt darin, daß man wirklich jeden kennenlernt, der etwas darstellt – die Augusta aber habe ich niemals gesehen. Man behauptet jedoch, sie sei die großartigste Gönnerin auf der ganzen Welt, und Gott möge ihren Feinden gnädig sein!«

Johannes fiel nicht so rasch eine Antwort ein. Alles, was mit der Kaiserin zu tun hatte, stürzte ihn in ein Chaos verwirrter und einander widersprechender Gefühle. Obwohl sein Mund ganz trocken war, nahm er einen Mundvoll Wurst und kaute angestrengt, um sein Zögern nicht allzu offensichtlich werden zu lassen. »Sie ist sehr nett zu mir gewesen«, gelang es ihm schließlich zu antworten.

»Das will ich wohl meinen«, stimmte Sergius ihm zu. »Sie hat dir eine großartige Stellung verschafft.« Und, fügte er insgeheim hinzu, einen Herrn aus dir gemacht. Ich wette, daß du als Sohn eines Ratsschreibers von Berytus keinen derartigen Mantel getragen hast.

»Ich wußte gar nicht, daß sie Verwandte in Berytus hat«, sagte Diomedes. »Man erzählt sich, ihre Familie stamme aus Paphlagonien, aber sie selbst sei in Konstantinopel geboren.«

Sergius kicherte. »Unter ... äh ... nun, sagen wir, unter Umständen, die man am besten im dunkeln läßt. Wie ihr ganzes Leben vor ihrer Heirat. Erst gestern habe ich eine Geschichte gehört ...« Er hielt inne und sah Johannes durchdringend an.

Johannes fühlte, wie er rot wurde. »Sie ist sehr nett zu mir gewesen«, wiederholte er ärgerlich. »Meine Familie wollte sie vor ihrer Heirat absolut nicht kennen. Doch sobald sie die Augusta war, erhofften sie sich diese oder jene Begünstigung. Aber sie ließ sie kalt abblitzen. Auch ich habe nichts anderes von ihr erwartet, aber sie hat mich viel wohlwollender behandelt, als ich auch nur zu hoffen gewagt hätte, und ich bin ihr äußerst dankbar.« Und ich erzähle Lügen, weil ich sie verteidigen möchte, dachte er finster. Er schüttelte sich, da er sich der abschätzenden, argwöhnischen Blicke der beiden bewußt war. Er wußte, daß sie in Zukunft in seiner Gegenwart mit ihren Äußerungen über sie – aus Angst davor, er könne sich bei ihr über sie beklagen – vorsichtig sein würden. »Vielleicht sollten wir besser wieder ins Büro zurückgehen«, fügte er kleinlaut hinzu. »Hier, laßt mich für das Mittagessen bezahlen.«

Erst als Johannes eine Stunde vor Sonnenuntergang in Theodoras Palast zurückkehrte, erinnerte er sich daran, daß er heute abend zum Essen bei der Kaiserin eingeladen war. Abendliche Festessen bei der Kaiserin, das wußte er bereits, unterschieden sich ganz erheblich von den Frühstücken. Sie verbrachte sie im allgemeinen in Gesellschaft ihres Gemahls und mindestens eines halben Dutzends anderer Männer und Frauen, und er war bisher noch nicht dazu eingeladen worden; sie hatte ihn vor jeder zudringlichen Aufmerksamkeit schützen wollen, bis der Tau auf den Fäden seiner neu gesponnenen Stellung getrocknet war. Sie war wohl der Ansicht, jetzt sei es soweit, und als er das ihm zugewiesene Zimmer betrat, sah er, daß schon wieder neue, prächtige Gewänder für ihn bereitlagen; außerdem wartete ein Sklave darauf, ihn für das festliche Essen zurechtzumachen. Er seufzte und unterdrückte den starken Wunsch, sich umzudrehen und fortzulaufen.

O Gott, dachte er und fügte sich. Ist es denn nicht genug für einen Tag? Es sollte doch reichen, eine Stellung anzutreten, soweit wie möglich herauszufinden, was einen dort erwartet, was man über Narses und Sergius und Diomedes denken soll – wie könnte ich jetzt noch all diese neuen Leute kennenlernen? Wer wird sonst noch dasein? Der Kaiser? O Gott, ich hoffe nicht. Sie wird natürlich dort sein. Und was erwartet sie von mir?

»Ist es üblich, der Augusta etwas zu schenken, wenn man bei ihr zum Abendessen eingeladen ist?« fragte er den Sklaven unvermittelt.

Der Sklave, ein Mann mittleren Alters, der sich mit den wunderlichen Einfällen dieser oder jener Gäste abgefunden hatte, hörte für einen Augenblick auf, sein Rasiermesser zu wetzen. »Das wird nicht erwartet«, sagte er steif; dann, während er die Klinge an einem feuchten Ledertuch abzog, fügte er hinzu: »Obwohl ein Blumengebinde als freundliche Geste empfunden werden könnte.«

»Kannst du mir dann also ein paar Blumen besorgen?« Verzweifelt fingerte Johannes an seiner Geldbörse herum und förderte eine Handvoll Kupfermünzen zutage. »Rosen, falls es welche gibt.«

Der Sklave lächelte und nahm die Münzen entgegen. Eine sehr zufriedenstellende Summe, stellte er fest. »Wenn Eure Vortrefflichkeit es so möchte. Könnte Eure Bedeutsamkeit einen Augenblick still sitzen, während ich die Haare stutze? So ist es gut ...«

Eine Viertelstunde später wurde Johannes, in neue Gewänder gehüllt, frisiert und mit einem Kranz später Rosen in der Hand, zu dem Bankett begleitet.

»Weißt du, wer sonst noch dort sein wird?« fragte er den Sklaven und war schrecklich nervös.

»Es tut mir leid, Herr, aber die Vorbereitungen der Erhabenen Augusta in bezug auf andere Gäste fallen nicht in meinen Bereich«, erwiderte der Sklave aalglatt. »Ich glaube, der Herr wird dort sein, doch außer dieser kann ich keine Auskunft geben.«

Johannes stöhnte. Er betrachtete das Blumengebinde. Die zarten rosaweißen Blütenblätter der Rosen waren von blauen Astern umgeben. Blumen aus ihrem Palastgarten, gekauft mit ihrem Geld, dachte er mutlos. »Wie soll ich mich verhalten?« fragte er den Sklaven. »Muß ich mich erst zu Boden werfen und ihr die Blumen dann überreichen, oder soll ich ihr die Blumen zuerst geben? Und verbeuge ich mich zuerst vor dem Herrn und dann vor der Herrin oder umgekehrt? O Gott im Himmel, du hättest einen Strauß und keinen Kranz besorgen sollen; sie wird ihn gar nicht tragen können.«

»Warum sollte sie ihn nicht tragen?« erwiderte der Sklave, der nicht aus der Ruhe zu bringen war.

»Sie wird das Diadem tragen.«

Der Sklave lächelte überlegen. »Nicht bei einem Essen in vertrautem Kreis. Ich bringe dich bis zur Tür des Speisesaals, wo der Herr und die Herrin stehen werden, um ihre Gäste zu empfangen. Wenn ich stehenbleibe, solltest du dich vor dem Herrn und der Herrin gleichzeitig zu Boden werfen. Küsse nicht ihre Füße – es ist eine zwanglose Zusammenkunft. Steh sofort wieder auf und überreiche der Herrin die Blumen, wenn du möchtest mit ein paar angemessenen Worten. Die Bediensteten im Speisesaal werden dich dann zu deinem Platz führen. In Ordnung?«

»Danke«, sagte Johannes und gab ihm ein Trinkgeld.

Die Dienerschaft des Palastes hatte alles so arrangiert, daß das kaiserliche Paar nicht allzulange an der Tür stehen mußte, um die Gäste zu begrüßen. Johannes erreichte den Hof und sah gerade noch, wie ein paar andere Gäste aufstanden, nachdem sie sich vor dem Kaiser und der Kaiserin zu Boden geworfen hatten; ein paar Stufen darunter wartete Narses darauf, sich seinerseits zu Boden zu werfen. Der Eunuch schenkte ihm eines der bereits vertraut wirkenden vieldeutigen Lächeln und nickte ihm zu, dann, als die zuerst Angekommenen den Speisesaal betraten, warf sich der Oberkämmerer vor der kaiserlichen Majestät zu Boden. Als er wieder aufstand, ergriff der Kaiser seine Hand und half ihm auf. Der Augustus Justinian war ein Mann von durchschnittlicher Größe und stämmigem Körperbau, mit einem rundlichen, erhitzten Gesicht, das von seiner kürzlichen Krankheit abgespannt und gelblich wirkte. Um den Mund herum und auf der Stirn hatte er Kummerfalten, obwohl er Narses jetzt herzlich zulächelte. Johannes versuchte, ihn nicht allzu offen anzustarren. Der Gemahl meiner Mutter, sagte er sich, und der Gedanke daran schien ihn plötzlich zu lähmen. Vor seinem inneren Auge sah er seinen Vater neben der Tür des Speisesaals in ihrem Haus in Bostra stehen, seine Gäste willkommen heißen, mit seiner Frau an der Seite – der mürrischen, ungemein ehrbaren Agatha. Wann auch immer Johannes zu einer der Gesellschaften erschienen war, hatte sie ihn mit einem Blick bedacht, als habe sie gerade unreife Trauben gegessen. »Warum mußt du unbedingt den Bastard zu unserer Abendgesellschaft mitbringen?« pflegte sie ihren Mann hinterher zu fragen. »Kümmere dich meinetwegen um ihn; aber es ziemt sich nicht, ihn zusammen mit unseren eigenen Kindern einzuladen.«

Narses hatte den angrenzenden Raum betreten. Johannes warf sich auf die sauber gewischten Kacheln der überdachten Vorhalle, sorgfältig darauf bedacht, die Blumen nicht zu zerdrücken, und erhob sich dann wieder. Der Kaiser sah ihn etwas verblüfft an; die Kaiserin lächelte.

Sag ein paar angemessene Worte, dachte Johannes und fühlte sich erneut ganz krank vor Angst. »Herrin«, brachte er schließlich hervor, »bitte nimm dieses Gebinde als Zeichen meiner Dankbarkeit – ein sehr unbedeutendes Zeichen.« Er überreichte ihr die Blumen.

Sie schenkte ihm ein Lächeln, das ganz weich war vor freudiger Überraschung, und nahm sie entgegen. »Dies ist der neue Sekretär von Narses«, sagte sie zu ihrem Gemahl. »Ein entfernter Vetter von mir – Johannes von Berytus.«

»Ein Vetter von dir?« fragte der Kaiser überrascht. »Ich wußte gar nicht, daß du noch Familie in Berytus hast.«

»Oh, der Halbbruder unseres Vaters, Diodoros, ging noch vor unserer Geburt nach Berytus«, sagte eine Stimme hinter Johannes. Er blickte sich rasch um und bemerkte, daß ihn eine Dame aus Theodoras Gefolge mit freundlicher Neugier musterte. Ihr goldfarbener Mantel war mit dem schwarzen Streifen einer Witwe gesäumt. Sie war größer als Theodora und auch etwas älter, aber die Ähnlichkeit war nicht zu verkennen. Meine Tante Komito, dachte er.

»Wir hatten nie viel mit ihnen zu tun, bis sich dieser junge Mann hier an Theodora wandte«, fuhr Komito fort. »Nun, wenigstens siehst du recht ordentlich aus.« Sie bedachte ihn mit einem neckischen Lächeln, sank in einer ziemlich flüchtigen Verbeugung zu Boden und kam mit der gleichen Bewegung wieder empor, bevor sie auf Theodora zutrat, um sie auf die Wangen zu küssen.

»Oh«, sagte der Kaiser und sah seine Frau ein wenig unsicher an. »Und du hast ihm eine Stellung bei Narses verschafft?«

»Er beherrscht Kurzschrift«, sagte Theodora. Sie ergriff den Arm ihres Gemahls und wandte sich dem Speisesaal zu. »So ist es doch, Narses?«

Komito warf Johannes einen raschen Blick aus den Augenwinkeln zu und lächelte erneut, bevor sie an ihm vorbeirauschte; Johannes folgte ihr. In dem strahlenden Glanz der sie umgebenden Pracht aus Gold und Kristall nickte der Eunuch. »Der junge Mann hat einige Erfahrung als Sekretär. Das kann sehr wertvoll sein.«

Der Kaiser lächelte und nahm auf der obersten Ruhebank neben seiner Frau Platz. Johannes wurde zu der Ruhebank links davon geführt, die er mit Narses teilte; zur Rechten des Kaisers saßen Komito und die zuerst gekommenen Gäste. Letztere waren ein etwas bedrückt und ängstlich aussehender Mann von etwa vierzig und eine Frau, ganz offensichtlich seine Gemahlin, die etwas älter zu sein schien.

»Wann hast du dich denn an meine Gemahlin gewandt, junger Mann?« fragte der Kaiser Johannes freundlich. Sklaven eilten herbei und schenkten gekühlten Weißwein in Pokale aus rotem und grünem Glas, bestreuten den mit Mosaiken geschmückten Fußboden mit Blütenblättern und wohlriechendem Safran. Die Ruhebänke und der Tisch waren aus Elfenbein und Gold gefertigt, das Eßgeschirr war reich mit Juwelen verziert.

»In diesem Sommer, Herr«, erwiderte Johannes. Seine Stimme zitterte nicht, wie er insgeheim gefürchtet hatte. »Sie empfing mich vorigen Monat in Herion und ließ mich nach Konstantinopel kommen, als sie diesen Posten für mich gefunden hatte. Ich habe heute angefangen.«

Justinian nickte und nippte an seinem Wein. »Und wie findest du die Arbeit?«

»Es scheint eine sehr anspruchsvolle Arbeit zu sein, Herr. Ich weiß noch nicht, ob ich überhaupt in der Lage sein werde, sie zu bewältigen.«

Dies brachte ihm ein Lächeln ein. »Ich hoffe, du wirst dich gut darin machen«, sagte der Kaiser. »Welche Erfahrungen hast du denn in bezug auf diese Arbeit?«

»Ich war Ratsschreiber in Berytus, genau wie mein Vater«, erwiderte Johannes bescheiden. »Ich weiß, es ist eine ungleich gewöhnlichere Arbeit als der Dienst bei einem Minister des Staates. Aber einiges ähnelt einander doch.«

»Ich bin zuversichtlich, daß er es schafft«, sagte Narses.

»Sehr schön«, sagte der Kaiser. Dann wandte er sich an seine Gemahlin: »Trotzdem bin ich überrascht, daß so mir nichts, dir nichts plötzlich ein Verwandter von dir aus Berytus aufkreuzt!«

»Bevor ich Augusta wurde, wollte die Familie nie etwas von mir wissen«, erwiderte Theodora. »Danach wollte ich nichts von ihr wissen.« Sie setzte den Blumenkranz auf ihren Kopf und drapierte ihre Beine mit einer anmutigen Bewegung auf der Ruhebank.

»Diese Leute waren ehrbar«, warf Komito ein. »*Schrecklich* ehrbar.« Sie verzog ihr Gesicht mißbilligend. »Als Theodora in Berytus war, wollte sie sie besuchen und um ein Darlehen bitten – es war zu der Zeit, als sie Alexandria verlassen mußte, und sie hatte kein Geld, um eine Schiffspassage nach Hause zu lösen. Sie schlugen ihr die Tür vor der Nase zu.«

»Deshalb wollte ich auch nichts mehr mit ihnen zu tun haben«, sagte Theodora, »bis Johannes diesen Sommer schrieb und berichtete, seine Eltern seien letztes Jahr an der Pest gestorben und er versuche, ihre Schulden abzubezahlen – mit dem Gehalt eines Ratsschreibers. Da habe ich mir gedacht: ›Armer Junge – es war ja schließlich nicht *seine* Schuld. Er war zu der Zeit noch nicht einmal auf der Welt.‹«

»Ich bin der Augusta sehr dankbar«, hörte Johannes sich sagen, wobei er sie ansah. »Wirklich äußerst dankbar.«

»Warum hatten deine Eltern sich verschuldet?« fragte Justinian interessiert. Die Sklaven reichten ihm eine Schüssel mit Fischeiern, doch er bedeutete ihnen, die Gäste weiter unten am Tisch zu bedienen.

»Mein Vater hatte einiges Geld in den Seidenhandel investiert«, erwiderte Johannes rasch. »Er verlor eine große Summe, als der Krieg mit Persien ausbrach.«

Der Kaiser seufzte, seine Stirn zog sich in unglückliche Falten. »Die letzten fünf Jahre waren schlimm, sehr schlimm. Krieg mit Persien, Aufruhr in Afrika und dann diese entsetzliche Krankheit, die auf uns gekommen ist, um uns für unsere Sünden zu bestrafen. Ich glaube, Gott zürnt uns.«

Der Mann gegenüber von Johannes meldete sich zu Wort: »Immerhin haben wir Italien erobert«, sagte er.

Komito bedachte ihn mit einem verächtlichen Blick. »Im Augenblick macht das Land nicht gerade den Eindruck, als sei es erobert. Oder warum bist du so erpicht darauf, es von neuem zu erobern? Ich habe gestern gehört, die Goten hätten Neapel wieder eingenommen.«

Der Mann zuckte zusammen. Er war mager, trug einen Bart, und ihm war immer noch anzusehen, daß er einmal wie ein besonders schneidiger Soldat ausgesehen haben mußte. »Ich habe Italien erobert«, wiederholte er verdrossen. »Wenn wir in der Lage gewesen wären, die Truppen nur ein paar Monate länger dort halten zu können ...«

»Die Truppen waren sowieso schon viel zu lange dort«, fuhr Justinian ihn an. »Ich habe einen Fehler gemacht, nicht bereits früher Frieden zu schließen. Wenn ich dich und deine Soldaten sechs Monate früher zurückgerufen hätte, hätte der Große König Antiochia niemals eingenommen. Oder glaubst du etwa, Ravenna sei wichtiger?«

Der Mann blickte zu Boden und sagte nichts. Ob das Belisar ist, fragte sich Johannes ungläubig. »Ich habe Italien erobert« – er mußte es sein. Mutter Gottes, wirklich er? Dieser trübselig aussehende Mann? Der Feldherr Belisar, Sieger über die Vandalen und Goten?

»Antiochia ist natürlich wichtiger«, sagte Theodora und stützte sich auf die Schulter ihres Gemahls.

Belisar schreckte nervös zusammen und sah sie ängstlich an. Sie schenkte ihm ein Lächeln. Sie hatte einen Löffel voll Fischeier genommen und knabberte daran, bevor sie fortfuhr: »Wozu brauchen wir Ravenna? Das Kaiserreich ist hundert Jahre lang recht gut ohne Italien ausgekommen. Aber Asien, der Osten, Ägypten – das sind Provinzen, die zu uns gehören. Wir hätten diese ganzen Truppen nicht so lange binden dürfen, um den Westen wieder zu erobern. Nicht in Anbetracht der Tatsache, daß der Große König Chosroës im Osten nur nach einem Grund für einen Krieg suchte.«

»Ich habe einem dauerhaften Frieden mit Chosroës zugestimmt«, meinte Justinian unglücklich. »Woher sollte ich wissen, daß er nur sieben Jahre hält? Und auch der Westen war einmal ein Teil von uns.«

»Der Westen sollte ein Teil von uns sein!« rief Belisar und warf den Kopf in den Nacken. »Wir nennen uns Römer, aber seit fünfzig Jahren haben wir Rom irgendwelchen Barbaren überlassen, während andere Wilde das westliche Reich unter sich aufgeteilt haben. Wir waren ganz einfach dazu verpflichtet, es wieder unter römische Herrschaft zu bringen. Und es waren die Goten, die uns zum Krieg herausgefordert haben. Sie haben unter absoluter Mißachtung deiner Wünsche, Augustus, ihre legitime Königin ermordet, immerhin deine Verbündete, und sie sind bestraft worden; Gott hat uns den Sieg über sie geschenkt. Ich habe sie besiegt, das weißt du sehr wohl. Ihr König ist unser Gefangener.«

»Ihr Exkönig«, sagte Komito mit einem verächtlichen Schnauben. »Dieser Bursche Totila, der mit seiner gotischen Armee gerade Neapel erobert hat, hat einen erheblich höheren Anspruch auf den Titel als Justinians Gefangener.«

»Wir brauchen den Westen nicht«, wiederholte Theodora. »Natürlich sollten wir Anspruch auf ihn erheben. Ich wäre die erste, die einer solchen Forderung Nachdruck verliehe. Aber nicht, wenn wir den gesamten Osten dafür riskieren! Wir haben weder genügend Truppen noch genügend Geld, um beide zu halten, jedenfalls nicht im Augenblick.«

Belisar sah sie erneut unglücklich an. Er fürchtet sich vor Theodora, bemerkte Johannes erstaunt.

Belisars Frau, die neben ihrem Gemahl saß, fegte das Argument vom Tisch. »Der gegenwärtige Krieg mit Persien ist beinahe beendet. Chosroës hat den ganzen Sommer hindurch um Verhandlungen gebeten.«

Ermutigt durch die Unterstützung seiner Frau, nickte der Heerführer. »Wenn du mich noch einmal nach Italien ziehen läßt, werde ich es innerhalb eines Jahres unterwerfen«, meinte er, an den Kaiser gewandt.

»Chosroës bittet in diesem Augenblick um Verhandlungen, im nächsten brandschatzt er unsere Städte«, entgegnete Justinian bitter. »Erst wenn ich sein Siegel auf einem Friedensvertrag sehe, glaube ich daran, daß der persische Krieg vorbei ist, keinen Augenblick eher. Ich kann dich im Osten nicht entbehren.«

Komito schnaubte erneut verächtlich. »Du weißt ja, ich halte nicht viel von Italien, aber du könntest ihn sehr wohl entbehren; du hast ihn doch bereits entbehrt. An der persischen Front hat er nicht viel erreicht, und du hast ihn durch Martinus ersetzt.«

Belisar zuckte erneut zusammen.

»Das war nur eine zeitlich begrenzte Maßnahme«, sagte Theodora und lächelte gewinnend. »Sie war ..., sie war durch hausgemachte Probleme in Konstantinopel erforderlich geworden. Ich bin sicher, daß der höchst ehrenwerte Heerführer in Zukunft an der persischen Front besser zurechtkommen würde.«

»Die Befehlsgewalt wurde seinerzeit geteilt«, warf Belisar eifrig dazwischen. »Eine geteilte Befehlsgewalt aber kann niemals einen Sieg zeitigen.« Er bedachte Narses über den Tisch hinweg mit einem gehässigen Blick.

Der Eunuch seufzte. »Ich stimme dir zu, ehrenwerter Heerführer. Und ich weiß natürlich auch, daß deine zusammengewürfelten Truppen unzuverlässig waren ...«

»Die Sarazenen denken wirklich nur ans Plündern!« stimmte Belisar ihm eifrig zu.

»Kein Mensch kann im Krieg stets nur siegreich sein«, sagte der Kaiser und wandte sich mißbilligend an Komito. »Das erwarte ich jedenfalls nicht. Sogar dein verstorbener Gemahl hatte Fehlschläge zu verzeichnen. Ich vertraue fest auf deine Fähigkeiten, Heerführer.«

Belisar senkte den Kopf. »Dann laß mich nach Italien zurückkehren«, bat er. »Ich kann es nicht ertragen, mit anzusehen, wie meine Arbeit dort ungetan bleibt. Ich weiß, daß ich es zurückerobern kann, mein Augustus.«

»Ich würde es vorziehen, wenn du den Persern eine wirklich vernichtende Niederlage beibrächtest«, sagte Justinian ärgerlich. »Das würde Chosroës zu ernsthaften Verhandlungen zwingen. Warum denn immer nur Italien, immer nur Italien? Meine Frau hat recht: Unsere erste Sorge muß notwendigerweise darin bestehen, unsere eigenen Provinzen zu schützen, nicht neue zu erobern.«

»Italien ist unsere Provinz. Wir haben sie erobert, und wir sind für sie verantwortlich«, sagte Belisar. »Die Bewohner haben uns bei unserer ersten Eroberung unterstützt, und jetzt haben wir sie an die Goten verraten! Die Goten haben Neapel und die meisten übrigen Städte im Süden erobert, und sie werden sogar versuchen, Rom einzunehmen. Wenn wir das dulden, haben wir kein Recht, uns Römer zu nennen – denn wir sind genau das, als was uns die Goten bezeichnen: heimtückische Griechen.«

Justinian schüttelte den Kopf. »Ja, ja, ja, ich weiß, ich habe das selbst immer wieder gesagt ..., aber dann haben wir zugelassen, daß die Perser

Antiochia einnehmen. Antiochia! Eine Stadt, die zweifellos mir gehörte, als ich den Purpur ergriff; sie ist immerhin die dritte Stadt des Kaiserreiches. Und die Perser haben sie zerstört, haben sie bis auf die Grundmauern niedergebrannt und alle ihre Einwohner als Sklaven in die Fremde verkauft. Das hätte niemals passieren dürfen!«

»Es wäre auch nicht passiert, wenn der Heerführer deinen Befehlen nachgekommen wäre«, sagte Komito. »Als der Krieg mit den Persern ausbrach, hast du ihm befohlen, Frieden mit den Goten zu schließen und sofort zurückzukommen. Und was hat er getan?«

»Er hat die Goten besiegt und ihren König mitsamt dem ganzen Staatsschatz nach Konstantinopel gebracht«, sagte Belisars Frau und funkelte Komito wütend an.

»Die Goten besiegt!« rief Komito aus und ließ ein derbes Geräusch fahren. »Sie machen nicht gerade einen sehr besiegten Eindruck!«

»Niemand konnte voraussehen, daß sie sich so schnell erholen und einen neuen König wählen«, meinte Narses besänftigend.

»*Du* hättest es vorausgesehen, falls der Heerführer darin eingewilligt hätte, dich an seiner Seite zu dulden und deinen Ratschlag zu beherzigen«, entgegnete ihm Komito scharf. »Du bist nach Italien gesandt worden, um ihm genau diese Art Ratschläge zukommen zu lassen.«

Narses seufzte erneut. »Der höchst ehrenwerte Belisar hat trotzdem vollkommen recht. Geteilte Befehlsgewalt ist stets von Übel. In diesem besonderen Fall hatte sie katastrophale Folgen, so daß Seine Erlauchte Majestät mich klugerweise zurückgerufen hat.« Die Sklaven machten die Runde und boten eine Schüssel mit in Milch gedünsteten Schnecken an; der Eunuch nahm sich eine. »Doch diese Geschichte ist glücklicherweise aus und vorbei.«

Johannes sah Narses überrascht an. Dieser zerbrechlich wirkende Hofeunuch war nach Italien geschickt worden, um sich die Befehlsgewalt mit Belisar zu teilen? Es schien kaum glaublich.

»Abgesehen von der Eroberung Italiens«, sagte Komito. »Warum ist der Heerführer denn so erpicht darauf, dorthin zurückzukehren? Wieviel Ländereien besitzt er denn dort? Oder hat es etwas mit der Tatsache zu tun, daß die Goten ihm angeboten haben, ihn zum Augustus des Westreichs zu machen?«

Dem unbesiegbaren Heerführer Belisar wich alles Blut aus dem Gesicht.

»Komito!« sagte Theodora vorwurfsvoll.

Justinian schüttelte den Kopf.

»Wenn du einen Augenblick lang nachdenkst«, warf Belisars Frau scharf ein, »wirst du bemerken, daß mein Gemahl wohl kaum verdächtigt werden kann, auf diesen Titel besonders erpicht zu sein. Er wurde ihm auf einem silbernen Tablett angeboten, und er hat abgelehnt. ›Niemals, solange der Augustus Justinian lebt, nehme ich einen solchen Titel an‹, hat er geantwortet.«

»Recht so«, sagte der Kaiser. »Ich habe keine Zweifel an deiner Ergebenheit, vortrefflicher Belisar, aber ich wünschte, du wärst ebenso eifrig darauf bedacht, den Osten zu verteidigen, wie Italien zurückzuerobern.«

»Ich habe Jahre meines Lebens für Italien gegeben«, entgegnete der Heerführer ernst. »Das Kommando im Osten können andere übernehmen: Theoktistos, Germanus, Marcellus, Isaac der Armenier, alles fähige Generäle – und natürlich Martinus. Ich aber kenne Italien; wenn ich dorthin gehe, kann ich etwas erreichen, was niemand sonst erreichen kann. Laß mich gehen, Augustus. Ich habe dir ja gesagt, daß ich nur meine eigenen Gefolgsleute mitnehmen will; es muß dich nichts kosten, und du brauchst auch keine Truppen aus dem Osten abzuziehen. Wir können es nicht zulassen, daß die Goten uns Rom entreißen.«

Justinian zögerte und biß sich auf die Lippen, dann zuckte er die Achseln. »Wir wollen ein andermal darüber reden«, meinte er endlich. »Die Abendgesellschaft meiner Frau ist nicht der geeignete Zeitpunkt, strittige Staatsaffären zu regeln.« Er wandte sich an Theodora und fügte hinzu: »Es tut mir leid, wenn wir gestritten haben, meine Liebe.«

»Mach dir nichts daraus«, erwiderte sie. »Meine Schwester hat den Streit vom Zaun gebrochen.«

Komito zuckte die Achseln. »Es tut mir leid, falls ich jemanden beleidigt habe. Aber ihr kennt mich ja: Ich muß immer aussprechen, was ich denke.«

»Ohne Rücksicht auf Verluste«, bemerkte Theodora boshaft; doch einen Augenblick später lächelte sie ihrer Schwester zu und stieß mit ihrem Becher auf sie an.

Belisar sank unglücklich auf seine Ruhebank zurück, seine Frau jedoch beugte sich vor und stellte eine Frage wegen der Berufung eines Statthalters von Afrika.

Johannes erinnerte sich bis an sein Lebensende an dieses Abendessen. Nach diesem Streit wurde nicht weiter über politische Angelegenheiten diskutiert, doch selbst der Klatsch erwies sich als im höchsten Grade erschreckend – hohe, gerade erst ernannte Beamte stellten sich als korrupt heraus; Bündnisse brachen auseinander oder wurden mühselig geflickt; große Vermögen wurden zusammengerafft und wieder verloren. Und die ganze Zeit über reichten die Sklaven große Schüsseln mit exotischen Genüssen herum, von denen er die Hälfte nicht einmal kannte, und füllten sein Glas ununterbrochen mit den edelsten Weinen. Er sagte nichts mehr. Sein Kopf brummte und wurde von dem vielen Wein und den Aufregungen des langen Tages ganz schwer, und er wünschte sich nichts sehnlicher, als zu Bett gehen zu können. Nach Hause und zu Bett. Nach Hause. Aber wo war das? Das Gästezimmer in diesem labyrinthähnlichen Palast, in dem selbst die Sklaven sich ihm gegenüber gönnerhaft verhielten?

Doch es hilft alles nichts, wies er sich insgeheim scharf zurecht, denn das Zimmer, an das du denkst, dieses kleine einfache Zimmer unter dem Dach in Bostra, gehört dir gar nicht, außerdem bist du nicht der, welcher du zu sein glaubst. Jene Frau am Kopfende dieser Tafel, vor der der große Belisar Angst hat, ist deine Mutter. Es bleibt dir also gar nichts anderes übrig, du gehörst hierher.

Doch endlich wurde die letzte üppig gefüllte Schüssel herumgereicht, die Sklaven schenkten den letzten Wein aus, und Theodora gähnte. Sofort erhob sich Antonina, die Frau von Belisar, und lächelte gewinnend. »Es war ein wunderschönes Abendessen«, sagte sie. »Hab vielen Dank für die Einladung, meine liebe Augusta.«

»Es war mir ein Vergnügen«, erwiderte Theodora. »Ich hoffe, die kleine Auseinandersetzung vorhin hat dir den Abend nicht verdorben?«

Nein, nein, natürlich nicht; im Gegenteil, es war wundervoll, so offen über die Probleme diskutieren zu können, und Antonina war sehr dankbar. Sie verabschiedete sich, und ihr Mann warf sich vor dem Kaiser zu Boden und folgte ihr hinaus. Narses und Komito gingen ebenfalls, und Johannes schloß sich ihnen nach einem letzten Blick auf die Kaiserin an. Einer der Sklaven holte ihn an der Tür ab und begleitete ihn in sein Gästezimmer zurück, wo er erschöpft auf seinem Bett niedersank.

Im Speisesaal strich der Kaiser seinen Purpurmantel glatt und rieb sich das Gesicht. »Ich wünschte, du könntest deine Schwester dazu bringen, ihre Zunge im Zaum zu halten«, sagte er zu Theodora. »Ich habe viele gute Gründe, mit Belisar unzufrieden zu sein. Aber mangelnde Ergebenheit gehört nicht zu ihnen.«

»Komito ist immer noch sehr auf den Ruf ihres Mannes bedacht«, besänftigte Theodora ihn. »Sie hat stets aus dem Hinterhalt auf den Heerführer geschossen; du kennst sie ja. Das will nicht viel heißen.«

»Der Heerführer macht sich nach wie vor Gedanken wegen dieses Vorwurfs«, erwiderte Justinian. »Herr des Himmels, er zuckte jedesmal zusammen, wenn du ihn auch nur angesehen hast. Ich weiß, warum du dies alles diesen Sommer getan hast, meine Liebe, und es war klug – aber du hast ihn in Angst und Schrecken versetzt. Und ich möchte nicht, daß er glaubt, ich verdächtigte ihn immer noch. Sonst tut es seiner Ergebenheit tatsächlich noch Abbruch.«

Theodora strich ihrem Mann mit einem Finger zart über das Gesicht. »Es ist erwiesen, daß er im Sommer wirklich die Äußerungen getan hat, derentwegen er später angeklagt worden ist. Er meinte, falls du an der Pest stürbest, würde er sich niemandem unterwerfen, den ich oder der Hof zu deinem Nachfolger bestimmte. Ob seine Gedankenspiele in bezug auf die Nachfolge noch weitergingen, habe ich niemals herausgefunden.«

»›Niemals, solange Justinian Augustus lebt, werde ich mich Augustus nennen‹«, zitierte Justinian und lächelte seine Frau an. »Ich weiß nicht, was er tun würde, falls Justinian Augustus tot wäre. Was du getan hast, war sicher notwendig, und ich rechte deswegen nicht mit dir. Du mußtest ihn seines Kommandos entheben und seine Gefolgsleute auf verschiedene Einheiten der kaiserlichen Garde aufteilen, sonst hätte er sich im Falle meines Todes selbst zum Kaiser gekrönt. Aber ich bin nicht tot. Er würde niemals versuchen, mich zu ermorden oder sich den Purpur widerrechtlich anzueignen. Er hat uns in der Vergangenheit treu gedient, und wir haben keinen anderen General, der sich mit ihm messen könnte. Wir haben ihm seine Gefolgsleute zurückgegeben und ihm sein Kommando angeboten. Warum will er es nicht?«

Theodora lachte. »Antonina. Sie will nicht an die persische Front zurück, sondern unbedingt wieder nach Italien. Und er traut ihr nicht, wenn sie alleine in Konstantinopel lebt. Er ist eben eifersüchtig.« Sie küßte ihren Mann. »Eifersüchtig«, meinte der Kaiser nachdenklich. »Und dafür riskiert er, daß wir ihm gegenüber mißtrauisch werden, und gibt ein Kriegskommando auf. Liebe ist etwas Schreckliches. Aber ich könnte wahrscheinlich ebenso eifersüchtig sein. Du hast mir allerdings noch nie einen Grund dazu gegeben.«

»Das werde ich auch nie tun.«

Der Kaiser küßte seine Frau erneut, dann richtete er sich auf, seufzte tief und erhob sich.

»Du gehst jetzt nicht mehr arbeiten!« protestierte Theodora und hielt ihn am Zipfel seines Mantels fest.

»Ich habe versprochen, mich heute abend mit Bischof Menas zu treffen, um mit ihm ein paar theologische Verlautbarungen aus Rom zu besprechen«, erwiderte Justinian.

»Mein Liebling, du solltest heute nacht nicht aufbleiben. Du bist immer noch viel zu erschöpft von deiner Krankheit. Du solltest dich ausruhen.«

Justinian sah sie mit einem Blick tiefer Zuneigung an. Er ergriff ihre Hände und löste sie sanft von seinem Mantel. »Ans Ausruhen hast du dabei doch gar nicht gedacht.«

Sie schenkte ihm ein hinreißendes Lächeln. »Nein.«

»Nun gut, ich verspreche, daß ich in zwei Stunden ins Bett komme – falls du auf mich warten möchtest. Aber zuerst muß ich mich mit dem Bischof treffen. Wir müssen diese Frage entscheiden und diesen schrecklichen Streit beilegen. Gute Nacht, mein Leben.«

Als sie allein im Speisesaal war, setzte sich Theodora auf die Ruhebank und zog ihre Knie unter den Purpurmantel. Sie nahm den Blumenkranz vom Kopf und legte ihn vor sich hin; die Rosen waren welk. Wie ich, wie unser Kaiserreich, dachte sie. Matte Rosen, letzte Rosen; die Pflanzen wissen, daß der Sommer zu Ende ist. Belisar hätte damals nicht nach Italien ziehen dürfen. Wir hätten unsere Kraft unbedingt für den Winter aufheben müssen. Sie nicht mit der Wiedereroberung eines Reiches vergeuden, das sowieso verloren ist. Doch als wir jung waren, schien alles möglich.

Jetzt sollte Belisar bestimmt nicht wieder dorthin gehen. Wenn er im Osten ist, traue ich ihm allerdings nicht, auch wenn Petrus da anderer Meinung ist. Aber ich habe Antonina versprochen, ihm zu helfen. Ich schulde ihr einen Gefallen.

Mit einer sanften Bewegung strich sie über die Rosen, erinnerte sich plötzlich daran, daß Johannes sie ihr geschenkt hatte. Sie hatte nicht erwartet, daß er ihr etwas mitbrächte. Wie reizend er ausgesehen hatte, als er sie ihr überreichte – wie ein Liebhaber, der erwartet, abgewiesen zu werden. »Ich bin dir sehr dankbar.«

Die Gesichtszüge des Diodoros von Bostra waren inzwischen nur noch sehr verschwommen, eine halb vergessene Leidenschaft; aber das Kind, das sie ihm geboren hatte, war Wirklichkeit. Mein Sohn, dachte sie, und ein tiefer Schmerz durchfuhr sie, wenn du doch nur auch der Sohn meines Mannes wärest!

3
Pferde

Als Johannes am nächsten Morgen verspätet und ziemlich aufgeregt wegen seines Verschlafens zur Arbeit erschien, stand er im Mittelpunkt lebhaften Interesses.

»Du warst gestern abend bei der Augusta zum Abend eingeladen!« rief Sergius aus, als er den Raum betrat. »Wie war es?«

Narses, der an seinem Schreibpult saß, als habe er es niemals verlassen, hob eine Hand mit einer Geste, die genau zwischen entschiedenem Befehl und demütiger Bitte lag, und er sagte: »Hochgeschätzter Sergius, für solche Diskussionen ist später noch Zeit genug. Laß uns freundlicherweise mit unserer Arbeit fortfahren.«

Sergius sank in sich zusammen. Johannes verbeugte sich verlegen vor dem Kämmerer. »Es tut mir leid, daß ich mich verspätet habe«, sagte er nervös. Er hatte schreckliche Visionen gehabt, wegen seines Zuspätkommens gleich am zweiten Tag aus seiner Stellung gewiesen zu werden, und er war den ganzen Weg von Theodoras Palast gelaufen.

Narses bedachte ihn mit einem höflichen Lächeln. »Es gibt keinen Grund, sich zu entschuldigen; ich habe es nicht anders erwartet. Wenn du bitte deine Schreibtafeln aus dem Vorzimmer holen würdest, ich brauche dich, um einen Brief aufzunehmen.«

Johannes verbeugte sich erneut. »Ja, erlauchter Narses.«

Der zweite Vormittag verlief so geschäftig wie der erste, doch gegen Mittag versiegte der Strom der um eine Audienz bittenden Besucher; schließlich tauchten die zwei Schreiber aus dem Hauptbüro auf und luden Johannes erneut ein, sich ihnen zum Mittagessen in ihrer Lieblingstaverne anzuschließen.

Johannes zögerte. Er konnte Sergius nicht ausstehen, und auch Diomedes mochte er nicht besonders; beide waren ein weiteres verwirrendes Element in einer Welt, die auch ohne sie bereits undurchsichtig genug war. Andererseits, sagte er sich, sind sie Kollegen, und ich sollte mit ihnen auskommen. Außerdem wissen sie soviel mehr als ich über den Hof; vielleicht können sie mir ein paar Dinge erklären. Er lächelte also und willigte ein mitzukommen.

»Dann hast du gestern abend also wirklich mit der Herrin und dem

Herrn zu Abend gegessen!« sagte Sergius, als sie an ihrem üblichen Tisch in der Taverne saßen. »Dürfen wir einfachen Sterblichen überhaupt mit dir reden? Wie war es denn so?«

Johannes lächelte matt. »Sehr verwirrend«, sagte er nach einer Pause. »Und äußerst prächtig.«

»Wer war sonst noch dort?« fragte Diomedes.

»Der ehrenwerte Narses natürlich. Und die Schwester der Augusta, Komito – ich glaube, sie war sehr neugierig, mich kennenzulernen. Ich bin immerhin der Enkel ihres ehrbaren Halbonkels. Und der Heerführer Belisar und seine Frau.«

»Belisar war dort?« rief Sergius begeistert. »Wirklich? Dann ist er also wieder in Gnaden aufgenommen? Herr im Himmel, das sind Neuigkeiten.«

»War er denn in Ungnade gefallen?« fragte Johannes. Er merkte, daß die Neuigkeit ihn nicht überraschte; es war eigentlich offensichtlich gewesen, daß irgend etwas dergleichen passiert sein mußte. Aber er hatte keine Zeit, darüber nachzudenken, keine Zeit, all die neuen Dinge einzuordnen.

»Bekommt ihr in Berytus denn *gar nichts* mit?« fragte Diomedes. »Als der Herr krank war, wurde Belisar verdächtigt, seine Nachfolge anzustreben. Deine Gönnerin kam ihm auf die Schliche. Er verlor sein Kommando und seine sämtlichen Gefolgsleute, außerdem wurde die Hälfte seines Vermögens eingezogen. Er spazierte als privater Bürger durch die Stadt und blickte sich dauernd verstohlen um, falls . . . nun, du verstehst schon. Dann ist er jetzt also wieder in Gnaden aufgenommen? Das hat er bestimmt seiner Frau zu verdanken. Sie ist eine Freundin deiner Gönnerin.«

»Sie hat deiner Gönnerin eine Gunst erwiesen«, fuhr Sergius fort. »Sie hat ihr den Kappadoker vom Hals geschafft.«

Johannes starrte ihn an und versuchte, die Mischung aus Ekel und Faszination zu verbergen, die diese Erklärung in ihm auslöste. »Den Kappadoker? Du meinst den Prätorianerpräfekten?«

»So ist es«, pflichtete ihm Sergius strahlend bei. »Dein Namensvetter, Johannes der Kappadoker, der klügste und übelste Mann unserer Zeit.« Hier ist eine Geschichte, die ich unserem kleinen Schreiberling aus Berytus erzählen kann, entschied er. Sie zeigt ihm überdeutlich, wie mächtig seine Kusine ist; das wird ihm gefallen. Und vielleicht wird er sich ein paar Indiskretionen über das, was die erhabenen Majestäten gestern abend gesagt haben, entlocken lassen; vorausgesetzt, er hat genug Verstand, zu merken, was ihm nützt. »Deine erhabene Kusine verabscheut ihn aus tiefster Seele, das behauptet man jedenfalls, aber der Herr hielt große Stücke auf ihn, weil der Kappadoker stets dafür sorgte, daß das nötige Kleingeld in der Staatskasse war. Aber deine Kusine hat ihn schließlich ertappt. Hast du denn gar nichts davon gehört?«

»Ich habe in B. . . in Berytus gehört, daß er vor zwei Jahren wegen Verrats seines Amtes enthoben wurde«, erwiderte Johannes vorsichtig. Johannes der Kappadoker, der frühere Prätorianerpräfekt oder oberster Minister, war im ganzen Ostreich verhaßt gewesen. Er hatte seine Vorgänger an Skrupellosigkeit übertroffen und innerhalb der kaiserlichen Beamtenschaft und Bürokratie unerbittlich Einsparungen vorgenommen. Von den Bürgern hatte er jede erdenkliche Steuer erpreßt, von der man auch nur irgendwann einmal gehört hatte, sowie ein paar weitere, von denen noch niemand etwas gehört hatte.

»Auf frischer Tat ertappt!« sagte Sergius vergnügt. »Deine Gönnerin hatte den Verdacht, daß er nicht so ehrlich war, wie er immer tat, aber sie konnte ihm niemals etwas nachweisen; er war so gerissen, daß ihn keiner festnageln konnte. So ging die Augusta zu ihrer Freundin Antonina, der Frau unseres überaus erfolgreichen und ruhmreichen Generals Belisar. Und Antonina besuchte die Tochter des Kappadokers. Sie war ein junges Mädchen, verschwiegen und bescheiden, und ihr Vater liebte sie zärtlich.« Letzteres wurde in einem gekünstelten, sarkastischen Tonfall gesagt. »Aber Antonina streichelte sie und schmeichelte ihr und wurde ihre liebste Freundin und Ratgeberin. ›Oh, mein liebes kleines Mädchen‹, sagt Antonina eines Tages, ›wie undankbar der Kaiser meinem Gemahl gegenüber ist; wie grausam er uns benutzt; ich wünschte, wir könnten etwas dagegen tun!‹ – ›Nun, warum tust du denn nichts?‹ fragt das Mädchen und ist ganz aus dem Häuschen. ›Wie könnten wir denn?‹ entgegnete Antonina. ›Wir haben zwar die Unterstützung der Armee, das ist richtig, aber ach! Weder das Geld noch die Verbindungen in den kaiserlichen Ministerien. Wenn dein Vater uns allerdings helfen könnte, nun, dann könnten wir vielleicht etwas tun!‹ Und das Mädchen hatte natürlich nichts Besseres zu tun, als zu ihrem Vater zu laufen und ihm alles zu erzählen. Und ihr Vater sah den Köder und biß an. Ehrgeizig genug war er ja.

Sie haben alles arrangiert; das Mädchen vermittelte zwischen Antonina und dem Kappadoker. Die beiden trafen sich in Rufinia, um sich zu einigen, wer Kaiser sein sollte, sobald der Herr aus dem Wege geräumt sein würde. Belisar selbst wußte nichts von der ganzen Geschichte, bis alles vorbei war. Als das Netz gesponnen war, weihte Antonina die Herrin, den ehrenwerten Narses und ein oder zwei weitere hohe Beamte ein. Die Herrin sorgte dafür, daß der vortreffliche Narses hinter einer Wand zuhören konnte, während sich Antonina und der Kappadoker trafen. Mit ihm zusammen standen dort Marcellus, der Hauptmann der Leibgarde, und ein Trupp Soldaten bereit. Der Kappadoker erklärte Antonina seinen Plan, den Purpur für sich zu reklamieren, und die Soldaten verhafteten ihn.«

»Aber der Herr wollte ihn immer noch nicht endgültig fallenlassen«, warf Diomedes verächtlich ein. »Er meinte, Johannes habe ihm ungeachtet seiner Unredlichkeit vorbildlich gedient, und es sei undankbar, ihm die von allen erwartete Strafe zuteil werden zu lassen. Deshalb geschah nichts weiter, als daß sie ihn – sehr gegen seinen Willen! – zum Priester machten und nach Cyzicus verbannten. Sie konfiszierten nicht einmal sein Vermögen. Er lebte wie ein Tetrarch auf seinem Schatz – bis vorigen Sommer jedenfalls. Dann, als der Herr krank war, hat ihn deine Kusine, die Augusta, ertappt.«

»Der Bischof von Cyzicus wurde ermordet, und zuvor hatte sich der Kappadoker mit ihm gestritten«, sagte Sergius. »Konstantinopel schickte einige Leute, welche die Angelegenheit untersuchen sollten. Sie verhafteten den widerspenstigen Priester und verhörten ihn. Er war Prätorianerpräfekt gewesen, er war Konsul gewesen, er war im Sessel der Kurie umhergetragen worden, er hatte Spiele in seinem Namen veranstaltet, und er trug immer noch den weißen Mantel mit dem Purpurstreifen, doch sie peitschten ihn aus, bis er um Gnade flehte. Aber er gab nicht zu, an dem Mord beteiligt gewesen zu sein, deshalb wurde beschlossen, ihn gefangenzusetzen. Man schaffte ihn wie einen gemeinen Dieb an Bord eines Schiffes, das nach Ägypten auslaufen sollte. Sie erlaubten ihm nicht, das von ihm unterschlagene Gold mitzunehmen; in jedem Hafen, in dem sie anlegten, mußte er um Nahrung betteln wie jeder andere Verbrecher auch. ›Einen Kanten Brot für den Prätorianerpräfekten Johannes, um Christi willen!‹ Jetzt sitzt er im Gefängnis von Antinoopolis – obwohl ich glaube, daß der Herr ihn nach nicht allzu langer Zeit freilassen wird.« Er nahm einen großen Schluck Wein und fügte hinzu: »Man munkelte, daß der ehrenwerte Narses Nachfolger des Kappadokers werden sollte. Dann aber war man wohl der Meinung, er sei für diesen Posten nicht skrupellos genug.«

Johannes sagte nichts. Er hatte keinen Zweifel daran, daß Johannes der Kappadoker seine Strafe verdient hatte, aber die Geschichte erfüllte ihn mit Abscheu. Er erinnerte sich wieder daran, wie Belisar Theodora angesehen hatte; er dachte an Diomedes' Beschreibung des Heerführers als privater Bürger, »er blickte sich die ganze Zeit verstohlen um, falls ...«, falls die Kaiserin beschlossen hätte, ihn ermorden zu lassen, dachte Johannes.

Aber stimmt es denn, fragte er sich. Ich habe geglaubt, meine Mutter sei eine gewöhnliche Dirne, und ich habe entdeckt, daß sie eine Kaiserin ist. Warum sollte ich glauben, daß sie eine verderbte Tyrannin ist? Diese beiden Männer sind boshaft und unehrlich – und viel weiter vom Hof entfernt als ich. Sie haben zwar etwas läuten gehört, aber sie wissen nichts. Ich dagegen bin in der Lage, mehr zu erfahren – wenn ich das Geschehene verstehen und richtig einordnen könnte! Ich muß noch viel lernen; ich muß verstehen, was rund um mich her vorgeht. Andernfalls könnte ich ebensogut ein ... ein Lampenständer sein, der hierhin oder dorthin gestellt wird, so wie es dem ersten besten gefällt. Ohne jede Macht, ohne jeden Willen, ohne jedes ... eigene Ich.

Johannes sah erneut die beiden Schreiber an, die sich ihre Mäuler mit Brot und Wurst stopften. Sergius lächelte ihn mit vollem Mund breit an. Er möchte Informationen von mir, dachte Johannes. Nun, warum nicht. Ich will welche von ihm; es ist ein gerechter Handel, aber ...

Und im Geist zog er einen Kreis um sich, wie er es bisweilen in dem staubigen Boden Bostras getan hatte, als er dort als Kind spielte: Hier stehe ich, Johannes der Bastard, und niemand kann an mich heran. Es war ein Akt der Selbstverteidigung gewesen, und es war ihm durchaus bewußt – ein Versuch, die verhaßte Isolation in magische Kraft zu verwandeln. Und teilweise hatte er damit durchaus Erfolg gehabt. Er besaß keine Macht darüber, wo er sich befand oder was er tat, aber innerhalb des verzauberten Kreises hatte er die Kontrolle über das, was er dachte, konnte die Anforderungen einer feindlichen Welt kühl abschätzen und schließlich einen Waffenstillstand mit ihr aushandeln. Auch er lächelte seinen Kollegen zu und begann mit seinem Feldzug, die Dinge um sich her besser zu verstehen.

Es dauerte Monate, bevor er auch nur einen Ansatz von Vertrauen in sein neues Leben faßte. Die Tatsachen, mit denen er sich konfrontiert sah, waren so zahlreich wie die Sterne am Himmel oder die Akten der kaiserlichen Büros. Die Namen und Gesichter der kaiserlichen Minister und des Hofes der Kaiserin; die korrekte Form, einen Hofnotar anzureden, einen zum Schweigen verpflichteten Hofbeamten, einen Schreiber aus der Prätorianerpräfektur. Das Gewirr der Straßen und Gassen Konstantinopels und die Schwierigkeit, sich zu merken, wo die einzelnen Minister wohnten; die zahlreichen Kirchen und die Frage, wer orthodox war und wer nicht. Die kaiserliche Politik und die Statthalter für Afrika, Italien, Ägypten; die Namen und Herrscher der verschiedenen barbarischen Stämme jenseits der Donau und welche von ihnen dafür bezahlt wurden, daß sie sich welchen gegenüber feindlich gesinnt zeigten. Wer ohne einen Termin in das Hauptbüro gelassen wurde und wer vertröstet werden mußte; welche Sorte Wein man für Sergius' Essensgelage kaufen mußte und wo man ihn bekam; welche Gesprächsthemen der Erhabenen Augusta Theodora am meisten zusagten. Jeder kleine Sieg im Kampf um das Verstehen wurde sofort von der Flut der unbekannten Dinge hinweggeschwemmt; und die Dinge, die er gelernt hatte, waren beinahe bedeutungslos in dem Ozean der Unwissenheit.

Die Probezeit von einer Woche verstrich ohne die geringste Bemerkung von seiten des Oberkämmerers, und er dachte erst, einige Tage nachdem sie verstrichen war, daran, und dann schien es überhaupt keinen Grund mehr zu geben, deswegen erfreut zu sein. Er war von dem Gästezimmer in Theodoras Palast in eine Zimmerflucht in einem eleganten Haus im Zweiten Bezirk der Stadt umgezogen. Zu seiner Überraschung stellte er fest, daß er nichts dafür bezahlen mußte. Man verlangte von den Bürgern Konstantinopels, Gäste aus dem Palast einzuquartieren, und viele von ihnen – wie auch der Handelsherr, dem das Haus gehörte, in dem Johannes jetzt wohnte – hielten eine Reihe von Zimmern speziell für diesen Zweck bereit.

»Es tut mir leid; ich würde dich viel lieber im Palast wohnen lassen«, äußerte die Kaiserin ihm gegenüber, als sie ihn über seinen Umzug informierte. »Aber es ist üblich, jüngere Beamte in der Stadt unterzubringen, und in deinem Fall eine Ausnahme zu machen würde lediglich Verdacht erregen.« Sie lachte angesichts seiner Verlegenheit. »Die Leute würden behaupten, wir hätten eine Liebesaffäre. Mach dir nichts draus, ich kann dich nach wie vor hierher einladen.«

Sie gab ihm drei Sklaven mit, damit sie sich in seinen neuen Räumlichkeiten um ihn kümmerten – ein Ehepaar mittleren Alters und dessen vierzehn Jahre alten Sohn –, und sie entschuldigte sich dafür, daß sie ihm nicht mehr Leute gab: »Aber dort, wo du wohnen wirst, hättest du keinen Platz für sie, und ein größeres Haus für dich zu nehmen würde ebenfalls nur Verdacht erregen.«

Er hatte noch nie soviel Platz gehabt, noch nie über soviel Luxus verfügt, und er wußte nicht, was er erwidern sollte. Er wußte nicht, was die Sklaven von dem Umzug hielten: Sowohl der Mann als auch die Frau behandelten ihn mit ausgesuchter und absolut unergründlicher Ehrerbietung. Er kam schließlich zu dem Schluß, daß die Frau sich wirklich darüber freute, in der Unabhängigkeit eines Hauses außerhalb des Palastes leben zu können; der Mann jedoch war ärgerlich und spürte, daß sein Status durch den Wechsel als Sklave der Kaiserin zu einem Sklaven von Johannes gelitten hatte. Keinerlei Zweifel gab es in bezug auf den Jungen, auf Jacobos – er genoß die Freiheit in dem Haus und in den Straßen der großen Stadt und bewunderte Johannes grenzenlos. Diese Bewunderung ließ bisweilen ein unbehagliches Gefühl in seinem Herrn aufkommen.

Johannes erfuhr, daß ihm sein Posten einen Lohn von einem Goldpfund oder zweiundsiebzig Solidi im Jahr eintrug; Sergius, Diomedes und Anastasios verdienten jeder fünfzig Solidi. Es war mehr Geld, als er sich je erträumt hatte zu verdienen, und es schien gar nicht genug zu geben, wofür er es ausgeben konnte. Die Kaiserin war großzügig. Außer den Gewändern und Sklaven schenkte sie ihm die Einrichtung für sein Haus, den Wein für seinen Keller und Geschirr für seine Tafel. Außerdem drückte sie ihm jedesmal, wenn er sie sah, Geld in die Hand und trug ihm auf, »loszugehen und etwas zu kaufen«. Sie machte gerne Geschenke, und sie empfing gerne welche. Sogar ganz triviale Geschenke – Blumen, ein Paar weiße Tauben, ein Gefäß mit Duftwasser – ließen ihre Augen aufleuchten und sie in laute Entzückensschreie ausbrechen.

Sie lud ihn mindestens einmal in der Woche zu einem privaten Frühstück ein und bat ihn gelegentlich auch zu anderen Zusammenkünften. An einem Feiertag segelte sie mit ihm rund um die Stadt, um »die Seeluft ein wenig zu genießen.« Die kaiserliche Barkasse hatte Paneele aus Zedernholz, die Reling war aus Zitronenholz, und die Ruder waren vergoldet; im Heck standen Musiker und spielten auf Flöte, Leier und Zimbeln. Theodora stand im Bug unter einem Baldachin aus purpurfarbener Seide, warf den Möwen Brotkrumen zu, um ihnen zuzusehen, wie sie mit ihren in der Sonne aufblitzenden Flügeln um das Schiff kreisten. Die Segel waren ebenfalls purpurrot gefärbt. Etwa auf der Hälfte der Fahrt lachte Johannes plötzlich laut los.

»Was ist los?« fragte Theodora und statt den Möwen warf sie jetzt ihm ein Stück Brot zu.

»Purpursegel«, meinte er und schüttelte den Kopf. Es schien lächerlich, gewöhnliche, alltägliche Dinge wie Segel in dem kostbaren kaiserlichen Purpur zu färben.

Sie verstand ihn sofort und lächelte spöttisch. »Aber woher sollten die Leute denn sonst wissen, wer ich bin? Sieh sie dir doch alle an!« Sie streckte ihren Arm in Richtung auf die Stadt aus, die auf dem Hügel über dem funkelnden Wasser schimmerte, und beschrieb einen Halbkreis. »Sie können alle hersehen und sagen: ›Dort fährt Kaiserin Theodora auf ihrer Barkasse spazieren!‹ Es vermittelt ihnen ein Gefühl der Erregung. Außerdem liebe ich Purpur nun einmal.«

Bei einer anderen Gelegenheit fuhr er mit ihr in ihrer vergoldeten Kutsche in ein Kloster außerhalb der Stadt, wo sie dem Schutzheiligen demütig kostbare Gaben darbrachte. Ihr Gefolge allerdings war alles andere als demütig – zwei Trupps der Palastgarde und die meisten Mitglieder ihres Hofstaates –: Die Eunuchen ritten auf weißen Maultieren oder auf Schimmeln, die Hofdamen und ihre Zofen fuhren in emaillebeschlagenen Kutschen. Das Volk von Konstantinopel klatschte Beifall, als der Zug vorbeikam: »Dreimal Erhabene Augusta! Gesegnete Herrscherin! Mögest du auf ewig regieren!« Sie saß aufrecht in ihrem Purpurmantel, ihr Diadem auf dem Kopf, ihre Augen funkelten vor Vergnügen. »Ich liebe es, wenn sie mir zujubeln«, gestand sie ihm. »Ich könnte mir das ewig anhören.«

Eines Tages nahm sie ihn mit in den Keller unter dem Thronzimmer des Magnaurapalastes. Auf einem Podium im Mittelpunkt des Raumes stand eine Ruhebank aus Elfenbein und Gold. Theodora setzte sich, schwang ihre Beine hinauf und legte sie auf die gegenüberliegende Lehne, so daß ihre Pantoffeln hoch in die Luft flogen. Sie lachte. »Stell dich hierher, direkt neben mich«, sagte sie zu Johannes, und als er ihrer Aufforderung gefolgt war, nickte sie ihrem Diener Eusebios zu. Der Eunuch lächelte und betätigte einen Hebel an der Wand. Es gab ein leises Geräusch, dann rauschte Musik auf, und der Thron fing an, sich in die Höhe zu heben. Johannes schrak zusammen; die Kaiserin ergriff seinen Arm und hielt ihn fest, so daß er nicht vom Podium fallen konnte, sie gluckste vor freudiger Erregung. Die Decke öffnete sich, und die Ruhebank stieg bis in den darüber befindlichen Thronraum. Die juwelenbesetzten Vögel auf den goldenen Lampenständern sangen in den hellen, unnatürlichen Tönen einer hydraulischen Orgel, die goldenen Löwen, die das Podium flankierten, peitschten mit ihren mit Scharnieren versehenen Schwänzen und brüllten, doch der Raum war leer. Nach einem Augenblick trat Schweigen ein; dann ging ein erneuter Ruck durch den Thron, und er sank durch den Fußboden zurück wieder nach unten.

»Ist das nicht wundervoll?« fragte Theodora entzückt. »Der zweite

Theodosius hat ihn bauen lassen. Er wird der ›Thron des Salomon‹ genannt. Um die volle Wirkung zu erzielen, muß man natürlich im Thronraum warten; dort werden sämtliche Lampen angezündet und Weihrauchstäbe abgebrannt, dann öffnet sich der Vorhang, und ich oder Petrus tauchen aus den Tiefen empor wie Aphrodite aus dem Meer, und alle Leute werfen sich mit dem Gesicht nach unten flach auf den Boden. Du solltest einmal sehen , welche Wirkung das auf die Abgesandten der Barbaren hat! Ich liebe diesen Thron.«

Johannes kam zu dem Schluß, daß sie es ganz einfach genoß, Kaiserin zu sein. Das aufwendige Protokoll und die Insignien bereiteten ihr eine diebische Freude, und sie verzichtete nur höchst unwillig auf ein Quentchen der sie umgebenden umständlichen Zeremonie. Es war die Freude der Komödiantin, welche die prallste und bunteste Rolle ihres Lebens erhalten hatte. Und es war noch mehr, es war die Freude des armen Mädchens, plötzlich märchenhaft reich zu sein, die Genugtuung des von allen mißbrauchten und ausgenutzten Freudenmädchens, unvermittelt der Quell aller Macht und Objekt höchster Ehrerbietung zu sein: Sie schwelgte in dem Bewußtsein dieses Gegensatzes genauso wie in der Tatsache selbst. Und sie war sich dieses Gegensatzes stets bewußt. Sie genoß die Schmeicheleien, aber sie ließ sich niemals von ihnen täuschen.

Dennoch erzählte sie ihm sehr wenig über sich selbst. Eine der wenigen Enthüllungen machte sie, als sie ihn bei Gelegenheit davon in Kenntnis setzte, daß er Onkel sei.

»Ich habe dir ja bereits erzählt, daß ich eine Tochter hatte, die bei der Geburt ihres Kindes starb«, meinte sie ungeduldig, als er sie aufgrund dieser Neuigkeit ein wenig verständnislos anstarrte. »Ihr Kind hat überlebt, der Junge ist jetzt vierzehn. Vielleicht lernst du ihn einmal kennen, aber ich glaube, es ist das beste, wenn wir ihm nicht erzählen, wer du bist, bis er älter ist. Er heißt Anastasios und soll Belisars Tochter heiraten.« Sie lächelte bei dem Gedanken. »Das wird ihm zu Reichtum und Macht verhelfen.«

»Wie hieß meine Schwester?« fragte Johannes nach einer Pause.

Das Lächeln verschwand aus ihrem Gesicht, und sie sah plötzlich streng und sehr viel älter aus. »Erato«, sagte sie leise. Der Name bedeutet »lieblich«, und Johannes versuchte, sich dieses Mädchen, das seit vierzehn Jahren tot war, vorzustellen. Erneut trat einen Augenblick lang Schweigen ein, dann fügte Theodora mit von Schmerz gezeichneter, sanfter Stimme hinzu: »Sie war tatsächlich lieblich.« Einen Augenblick lang starrte sie Johannes an, mit einem Blick, der beinahe unpersönlich in seiner Intensität war, dann fuhr sie fort: »Sie war vier Jahre älter als du. Ihr Vater war ein Wagenlenker namens Konstantin. Er war seinerzeit ein berühmter Wagenlenker: gewann in fünf aufeinanderfolgenden Jahren den Goldenen Gürtel. Ich war wahnsinnig in ihn verliebt, obwohl ich die ganze Zeit über wußte, daß er wertlos war. Ihm gefiel der Gedanke, daß ich ein Kind bekam, und so bekam ich es. Er verließ uns etwa einen Monat vor ihrer Geburt – es machte wohl keinen so großen Spaß mehr, mit mir zu schlafen. Heilige Mutter Gottes, ich dachte, wir würden beide sterben, ich und das Baby! Alleinlebende junge Mädchen sollten keine Kinder bekommen; man richtet sich nur zugrunde, wenn man versucht, sich um sie zu kümmern. Ich schwor, niemals mehr ein Kind zu bekommen. Als ich merkte, daß ich mit dir schwanger war, ging ich auf den Marktplatz in Berytus und holte mir eines der üblichen Mittel. Aber ich brachte es nicht über mich, es zu nehmen.«

»Mein Vater hat nie etwas davon gesagt, daß du eine Tochter hattest.«

»Er wußte es wohl gar nicht. Ich hatte sie bei Komito in Konstantinopel gelassen. Ich wurde eine Zeitlang von einem reichen Senator, einem Burschen namens Hekebolos aus Tyrus, ausgehalten. Er wurde zum Statthalter des libyschen Pentapolis ernannt und wollte, daß ich mit ihm komme; er versprach mir eine ehrbare Regelung unseres Verhältnisses und schenkte mir fünfundzwanzig Solidi im voraus. Ich gab das Geld Komito, damit sie sich an meiner Stelle um meine Tochter kümmern könne, und wir segelten davon. Ich dachte, es würde nur für etwa ein Jahr sein, die Dauer von Hekebolos' Ernennung. Aber als wir nach Cyrenaica kamen, lernte er ein Mädchen kennen, das ihn mehr reizte. Er machte den Vorschlag, uns im selben Haus unterzubringen, und als ich mich weigerte, dabei mitzumachen, warf er mich kurzerhand ohne eine einzige Kupfermünze raus. Ich verkaufte die meisten meiner Kleider und kam bis Alexandria. Danach ... danach lernte ich den Bischof von Alexandria kennen, der sich meiner erbarmte und mir etwas Geld gab, damit ich meine Schiffspassage nach Hause bezahlen konnte. ›Ehrliches Geld‹, sagte er zu mir. Ich war fest entschlossen, ehrlich zu bleiben, aber das Schiff wurde in Berytus aufgehalten, wo ich ganz zufällig einen hübschen, schüchternen jungen arabischen Rechtsstudenten kennenlernte und meine Absicht, heimzukehren und meinen Lebensunterhalt auf ehrliche Weise zu verdienen, rasch vergaß – jedenfalls eine Zeitlang.« Äußerst zart strich sie über Johannes' Haar; er hielt den Atem an. »Ich habe deinem Vater erzählt, ich hätte eine Tochter in Konstantinopel, aber ich hatte den Eindruck, er glaubte nicht wirklich an sie. Sie war zu weit weg. Arme kleine Erato. Sie war erst dreizehn, als ich sie verheiratete.«

Bei einer anderen Gelegenheit saß er an einem Feiertag in ihrer Nähe in der kaiserlichen Loge des Hippodroms und sah bei den Rennen zu. Das kaiserliche Paar unterstützte die Blauen, und das gesamte Gefolge klatschte dementsprechend Beifall. Theodora lehnte sich weit aus der Loge hinaus und gab einen ausgelassenen Freudenschrei von sich, als die Blauen gewannen; der Kaiser applaudierte und nickte.

»Mein Stiefvater arbeitete für die Blauen«, erklärte sie am nächsten Morgen beim Frühstück. »Mein Vater arbeitete für die Grünen; er starb, als ich fünf Jahre alt war. Meine Mutter heiratete sofort wieder, und zwar den Gehilfen meines Vaters, um jemanden zu haben, der für uns sorgte. Sie dachte, er würde die Arbeit meines Vaters bekommen, aber die Funktionäre der Partei gaben sie einem anderen Mann, nachdem er ihnen ein Geschenk gemacht hatte. Meine Mutter entschloß sich dazu, sich über die Köpfe der leitenden Männer in der Partei an die Anhänger der Grünen zu wenden, und zwischen den Rennen schickte sie uns Kinder in das Rund des Hippodroms, um die Menge inständig um Beistand anzuflehen. Du kannst es dir sicher vorstellen; kleine, bettelarme Waisenkinder, das kommt für gewöhnlich an. Sie sagte uns, was wir tun müßten und wie wichtig das Ganze sei, und wir traten vor die Menge, ich und Komito und Anastasia – Anastasia ist inzwischen tot. Wir trugen Blumgengirlanden im Haar und hoben unsere kleinen Arme in flehender Gebärde empor. Doch die Grünen lachten uns ganz einfach aus. Ich erinnere mich noch immer daran, ich dachte, es sei mein Fehler gewesen, und weinte so lange, bis ich krank war. Glücklicherweise hatten die Blauen Mitleid mit uns: Ihr Bärenzähmer war kürzlich gestorben, so daß sie uns aufnahmen und Arbeit und Brot gaben. Seitdem habe ich sie immer unterstützt. Habt ihr in Bostra auch solche Rennen?«

Johannes merkte, daß sie das Thema rasch gewechselt hatte. Sicherlich haßte sie es, sich an diesen Vorfall zu erinnern. »Nein, solche nicht«, erwiderte er. »In Bostra können wir uns nicht so viele Streitwagen leisten. Und die Parteien sind anders als hier.« Er fand nicht die rechten Worte, um präzise auszudrücken, was er mit »anders als hier« meinte, und er hatte das Gefühl, es sei klüger, es auch gar nicht erst zu versuchen. In Bostra hatten die Leute den Blauen oder den Grünen – meistens jedoch den Grünen – zugejubelt, doch die Parteien gab es dort nur in Ansätzen. In Konstantinopel saßen die Blauen auf den Sitzreihen zur Rechten der kaiserlichen Loge, die Grünen zur Linken. Die offiziellen Vertreter beider Parteien waren in die Tuniken mit den engen Ärmeln und weiten Schultern gekleidet, die sich aufbauschten, wenn sie mit ihren Armen wedelten, um die Pferde ihrer Mannschaft anzutreiben. Sie rasierten sich die Haare über der Stirn und ließen ihre Bärte sehr lang wachsen, so daß sie aussahen wie die Angehörigen eines phantastischen, fremdartigen barbarischen Stammes, die mitten in der Stadt freigelassen worden waren. Sie brüllten, wenn ihre Mannschaft verlor, schrien vor Freude, wenn sie gewann, griffen die Mitglieder der anderen Partei an, falls sie nach dem Rennen zufällig irgendwo in den Straßen auf sie trafen, und brachen in sorgfältig einstudierte Hochrufe auf den Kaiser aus. Zu ihren offiziellen Pflichten gehörte die Instandhaltung der öffentlichen Gärten und Brunnen, doch ihre Funktionen im Hippodrom hatten diese Rolle lange Zeit überdeckt. Johannes wußte bereits, daß sie gefährlich waren und man des Nachts eine Begegnung mit ihnen unter allen Umständen vermeiden mußte. Das galt vor allem für die Blauen, die sich auf die Gunst des Kaisers verließen und glaubten, einer Bestrafung entgehen zu können.

»Bei uns finden nur an den hohen Festtagen Wagenrennen statt«, erzählte Johannes der Kaiserin. »In der übrigen Zeit führen wir bloß Pferderennen durch. Sie werden nicht von den Parteien, sondern von privaten Bürgern organisiert, die glauben, ihre Pferde seien schneller als die ihrer Nachbarn. Ich habe auch einmal an einem solchen Rennen teilgenommen.«

Theodora sah ihn erfreut an. »Und hast du gewonnen?«

»Ich wurde Zweiter von neun Reitern, war also wohl nicht allzu schlecht. Und das Pferd war noch etwas jung; es war eine Stute, die bestimmt gewonnen hätte, wäre sie nur ein Jahr älter gewesen.« Er machte eine Pause und dachte wieder voller Bedauern an das Pferd; dann fuhr er fort: »Die hiesigen Pferde sind eine ganz andere Rasse, nicht wahr? Sie sind größer und schwerer als die Araber, aber nicht so schnell.«

»Nicht so schnell? Oh, unsere Pferde sind die besten der Welt! Hast du denn gestern diese Mannschaft nicht gesehen, Kalligonos' Leute – sie fegten wie der Wind über die Bahn!«

»Arabische Pferde würden sich wahrscheinlich nicht so gut dazu eignen, Wagenrennen zu bestreiten«, gab Johannes zu. »Und auch nicht für die schwere Reiterei; es sind leichte Tiere. Aber sie sind schneller als die thrakischen und asiatischen Pferde, die hier jeder so zu mögen scheint; außerdem sind sie ausdauernder.«

Theodora warf ihm einen amüsierten Blick zu, da sie Pferde, die keinen

Streitwagen ziehen konnten, nicht recht ernst nahm. Eine Woche später jedoch wurde ihm eine Einladung zugestellt, in der er dazu aufgefordert wurde, sie am Abend nach der Arbeit zu besuchen. Sie befand sich in ihrem Audienzzimmer, trug das Diadem und war von ihren Vertrauten umgeben. »Ich habe eine Überraschung für dich«, erzählte sie ihm und lachte vergnügt. Sie sprang von der Ruhebank, und mit ihrem gesamten in Seide gehüllten, juwelengeschmückten Gefolge im Schlepptau führte sie ihn quer durch den Palast, vorbei an den Kasernen zu einem der königlichen Reitställe; die Kammerzofen hoben ihre langen Röcke und rümpften angesichts der Pferdeäpfel verächtlich ihre Nase. Vor dem Stall stand, von einem Reitknecht am Zügel gehalten, eine reinrassige arabische Stute. Ihre Farbe war eine der seltensten und schönsten bei den Arabern: ein Silbergrau, das nahezu weiß war, an der Nase, an den Fesseln und am Schweif jedoch fast ins Schwarz hinüberschimmerte. Ihre Nüstern leuchteten rot, und sie beäugte die Menge mit tiefem Mißtrauen. Ihr Sattel und ihr Zaumzeug hätten einem sarazenischen Prinzen alle Ehre gemacht. Johannes starrte die Kaiserin an, vermutete etwas, wagte jedoch nicht, daran zu glauben.

»Wenn du möchtest, gehört sie dir«, sagte die Kaiserin.

Nachdem er das Pferd von allen Seiten betrachtet, nachdem er es gestreichelt und einmal mit ihm um die Kasernen geritten war, nachdem er sich vergewissert hatte, daß es gut untergebracht war, und nachdem er sich schließlich widerstrebend von ihm getrennt hatte, um mit der Kaiserin in den Palast zurückzukehren, meinte Theodora: »Jetzt wird mir klar, daß du dich über nichts von all dem, was ich dir bisher geschenkt habe, sonderlich gefreut hast.«

Johannes wurde rot. »Das ist nicht wahr. Ich bin dir für alles, was du mir geschenkt hast, äußerst dankbar.«

Die Kaiserin sah ihn ein wenig kläglich an und lächelte. »Nicht so dankbar, wie du für dieses Pferd bist.«

Er schwieg einen Augenblick, dann bekannte er: »Ich wußte nicht so recht, was ich mit Reichtum, Rang oder Macht anfangen sollte. Ich muß lernen, mit deinen anderen Geschenken umzugehen und sie zu schätzen. Doch was ich mit Pferden anfangen soll, das weiß ich.«

Ihr Gesicht hellte sich auf. »Ah, ich hatte deine persische Erziehung vergessen. Dann bin ich also gespannt, ob dein neues Reitpferd wirklich schneller ist als die thrakischen Pferde. Wie willst du es nennen?«

»Mit deiner Erlaubnis werde ich die Stute ›Königin‹ nennen. Das heißt ›Maleka‹ auf arabisch. Deinem Geschenk würde eine noch größere Ehre widerfahren, wenn es deinen Namen erhielte, der durch dich soviel Ehre erfahren hat.«

Sie blieb einen Augenblick stehen und starrte ihn an. Dann brach sie in schallendes Gelächter aus. »Oh, du lernst!« sagte sie. »Du lernst schnell!«

Von diesem Tag an hatte er tatsächlich das Gefühl, etwas darüber zu lernen, wie man in Konstantinopel lebte. Es war Anfang Februar, und die Arbeit lastete nicht mehr so schwer auf ihm. Er fühlte sich sicherer und vertraute inzwischen auf seine Fähigkeit, mit allen Routinearbeiten fertig zu werden; und er wußte, an wen er sich in diesem oder jenem Notfall um Hilfe wenden mußte. Er duldete, daß Sergius weiterhin freundschaftlichen Verkehr mit ihm pflegte, doch das klatschsüchtige Geschwätz des Schreibers wurde zusehends uninteressanter, ob dieser ihn damit nun informieren oder in Erstaunen versetzen wollte: Johannes merkte oft, daß er den wahren Grund einer Sache wußte, von der Sergius nur ein vages Gerücht vernommen hatte. Als er nun sein Pferd hatte, begann er endlich, Freude an seinem Leben zu empfinden.

Noch am Abend des Tages, an dem er die Stute geschenkt bekommen hatte, ging er in das Hippodrom, um sie auf der weichen, aber festgetretenen Erde der Rennbahn zu prüfen, auf der in der vorhergehenden Woche die Streitwagen dahingerast waren. Obgleich es ein bitterkalter Winterabend war und bereits dunkel wurde, war das langgestreckte Rechteck der Bahn dicht bevölkert. Es gab in der dichtbebauten Stadt nur wenig Plätze, um ein Pferd wirklich auszureiten, aber viele Menschen, die dies gerne wollten. Doch das Hippodrom, das bei Wettrennen sechs Streitwagen nebeneinander Platz bot, war groß genug für alle. Junge Herren aus der Stadt, die sich im Reiten übten, trabten zwischen Soldaten der kaiserlichen Garde, die ihre Reitpferde trainierten. Die schnellen Hufe der Pferde, die flatternden Mäntel und die Schwerter oder Lanzen der vielen Reiter verliehen dem Gelände ein prächtiges, verwegenes, kriegerisches Aussehen; der kalte Wind blies an den leeren Tribünen entlang, und die wenigen Gefolgsleute, die auf ihre Herren warteten, hüllten sich frierend in ihre Mäntel. Es war etwas ganz anderes als das Büro des Kämmerers, dachte Johannes zufrieden.

Die Stute ließ sich von der Menge nicht beeindrucken und wollte unbedingt galoppieren. Als sie die Rennbahn erblickte, spitzte sie die Ohren und wieherte, dann tänzelte sie seitwärts, zerrte an den Zügeln. Johannes lachte und führte sie in einem leichten Trab auf die Bahn hinaus. Er bemerkte, daß langsamere Reiter, die im Schritt oder in einem leichten Trab ritten, sich nahe an der Innenseite des großen Runds hielten; diejenigen, die galoppieren wollten, benutzten die Außenbahn. Er legte eine Runde auf einer der Innenbahnen zurück, dann manövrierte er Maleka auf die Außenbahn, lockerte die Zügel und ließ sie frei laufen.

Nachdem er die Wendemarken mehrmals passiert hatte, hörte er vom Innenring seinen Namen rufen, und einen Augenblick später preschte Diomedes auf einem großen, rotbraunen asiatischen Pferd auf ihn zu und verhielt neben ihm. »Johannes!« rief der Schreiber erfreut. »Ich wußte gar nicht, daß du ein Pferd hast!«

Johannes hatte durchaus zur Kenntnis genommen, daß Diomedes ein Pferd besaß; der Schreiber hatte viel Zeit damit verbracht, dessen Vorzüge immer wieder ins rechte Licht zu rücken. Diomedes war viel mehr an Pferden, Rennen und an der Bärenhetze interessiert als an Sergius' endlosem politischen Klatsch. Zum erstenmal überkam Johannes in seiner Gegenwart das Gefühl wirklicher Kameradschaft. Im Grunde genommen, sagte er sich, habe ich ihm gegenüber nie die gleiche Abneigung empfunden wie gegenüber Sergius. Er führte Maleka auf die Innenbahn und veranlaßte sie, im Schritt zu gehen. Diomedes schloß zu ihm auf.

»Ich habe sie gerade bekommen«, erzählte Johannes Diomedes. »Ist sie nicht eine richtige Schönheit?«

Diomedes betrachtete die Stute zweifelnd. Reichlich schmächtig, dachte er. Genau wie unser Schreiberling aus Berytus. Immerhin ein hübsches Pferd. »Woher kommt es?« fragte er.

»Es ist eine arabische Stute«, erwiderte Johannes glücklich. »Außerdem ein Vollblut; eine reinrassige Tanukh, ein richtiges Juwel.« Er tätschelte Malekas eleganten Hals, und das Pferd spitzte die Ohren.

»Und ich hatte gedacht, es sei ein Sarazene.« Diomedes sah die Stute erneut prüfend an. »Wo hast du sie her?«

»Sie ist ein Geschenk der Kaiserin«, erwiderte Johannes. »Die Erhabene Augusta hat mich vorige Woche zum Rennen eingeladen, und in der anschließenden Unterhaltung äußerte ich die Ansicht, arabische Pferde seien schneller als die hiesigen. Deshalb hat sie mir eins geschenkt.«

»Glaubst du wirklich, Araber sind schneller?« fragte Diomedes entrüstet.

»Araber sind über längere Distanzen schneller als Pferde jeder anderen Rasse. Das ist wahr.«

»Du glaubst also tatsächlich, dieses zierliche kleine Ding könnte meinen ›Eroberer‹ hinter sich lassen?«

»Wir können ja um die Wette galoppieren«, bot Johannes ihm an. »Der normale Rundlauf der Wagenrennen – sieben Runden.«

»Einverstanden«, willigte Diomedes ein.

Sie kehrten zur Startlinie zurück, die sich etwa in der Mitte der Ostbahn befand, direkt unter der königlichen Loge, und brachten den stetigen Strom der dort Galoppierenden ins Stocken, um sich für das Rennen aufzustellen. Die Dämmerung war inzwischen weit fortgeschritten, und viele Reiter verließen bereits die Bahn. Ein paar wenige, auf die kein Rennen seine Anziehungskraft verfehlte und die begierig darauf waren, ein asiatisches Pferd gewinnen zu sehen, hielten inne, um das Rennen zu verfolgen. An einer Seite der Bahn waren Fackeln angezündet worden, und am Himmel ging ein heller Wintermond auf. Der Dunkelbraune und der Grauschimmel trabten die Linie entlang zu den Starttoren. Einer der Zuschauer kümmerte sich darum, das Startsignal zu geben.

Johannes grinste, straffte die Zügel und wartete; Maleka wieherte, warf ihren Kopf hin und her und tänzelte vor lauter Begierde, endlich loszugaloppieren. »Eroberer«, also wirklich, dachte Johannes. »Wir werden es ihm zeigen, meine Schöne!« flüsterte er seinem Pferd auf arabisch ins Ohr.

Der Zuschauer schwenkte seinen Mantel und rief: »Los geht's!«, und schon befanden sich die Pferde im Licht des fahlen Mondes auf der offenen Rennbahn.

Während die Reiter die vierte Runde des Wettrennens absolvierten, erschien der Heerführer Belisar im Hippodrom. Er war zusammen mit fünfzig Gefolgsleuten gekommen, um sein eigenes Reitpferd zu trainieren. In der Nähe der Startlinie zügelte er es und beobachtete, wie die zwei Pferde Kopf an Kopf vorbeijagten. Das Pferd des Heerführers, ein grauer thrakischer Hengst mit weißer Blesse, tänzelte nervös. »Was ist das für ein Rennen?« fragte der Heerführer, ohne sich dabei an jemand Bestimmten zu wenden.

Einer aus seinem Gefolge hatte gerade gehört, wer die beiden Reiter waren. »Zwei junge Bürger«, berichtete er. »Einer von ihnen behauptet, Araber seien schneller als asiatische Pferde – es ist der auf dem Grauschimmel.«

»Danke«, erwiderte der Heerführer schroff. »Ich kann einen Araber sehr wohl von einem asiatischen Pferd unterscheiden.«

Erneut galoppierten die beiden Pferde vorbei; der Grauschimmel war jetzt um eine Nasenlänge voraus. »Ist der Reiter auf dem Araber ein Bürger Konstantinopels?« fragte Belisar zweifelnd. »Er reitet ja mit einem kurzen Steigbügel, wie ein Sarazene.«

Niemand antwortete ihm. Man konnte erkennen, wie der hell schimmernde Fleck der arabischen Stute am anderen Ende der Rennbahn von dem dunkleren, braunen Pferd wegzog. An der Wendemarke lag sie eine halbe Länge voraus, eine ganze Länge bereits, als sie die Bahn herunterpreschten, zwei Längen voraus, als sie die Ziellinie überquerten und die siebte Runde hinter sich hatten. Johannes straffte die Zügel, so daß seine Stute in Schritt verfiel, tätschelte ihren Hals und flüsterte ihr auf arabisch ins Ohr: »Meine Schöne, mein Schatz!« Er fühlte sich schwerelos vor Glück.

»Ich kenne ihn!« sagte Belisar. »Das ist der Vetter der Augusta, der Sekretär von Narses. Ich habe ihn vor ein paar Monaten anläßlich einer Abendgesellschaft im Palast kennengelernt.«

»Ist er Araber?« fragte einer seiner Gefolgsleute. »Reiten tut er wenigstens wie einer.«

»Er stammt von irgendwo dort aus der Gegend«, erwiderte Belisar, der bereits das Interesse verlor. Er lenkte sein eigenes Pferd auf die Bahn hinaus, dann hielt er erneut inne. »Ich erinnere mich – er ist aus Berytus. Der Kaiser machte eine Bemerkung darüber, er habe gar nicht gewußt, daß die Augusta in Berytus Verwandte habe.« Er starrte hinter dem leichten Grauschimmel her, der jetzt am anderen Ende der Innenbahn neben dem braunen Pferd im Schritt ging. Er war sich nicht wirklich bewußt, einen Verdacht zu hegen, den Wunsch zu verspüren, irgend etwas Schändliches über die schreckliche, allwissende Herrscherin herauszufinden, doch er blieb einen Augenblick lang regungslos stehen und sah den beiden Reitern stirnrunzelnd nach. »Wahrscheinlich hat Ihre Erhabene Majestät ihm das Pferd geschenkt. Ich habe gehört, sie hätte viel für ihn getan – ein Posten, ein Haus, obwohl noch viele vor ihm auf der Warteliste für ein derartiges Quartier standen. Ich glaube, ich habe ihn auch bei den Rennen neben ihr in der königlichen Loge gesehen.«

»Sie begünstigt stets die Mitglieder ihrer eigenen Familie«, meinte einer aus seinem Gefolge.

Belisar blickte mürrisch. »Ja, das stimmt.« Sie begünstigt den Sohn ihres Bastards und sorgt dafür, daß er im Bett meiner Tochter landet, dachte er verbittert. Meine Tochter soll den Enkel einer Dirne und Gott weiß was für eines Mannes heiraten – und noch dazu einen Jungen, der zwei Jahre jünger ist als sie! Aber was kann ich schon dagegen tun?

Und jetzt begünstigt sie diesen unbekannten Vetter aus Berytus. Wieso reitet er wie ein Sarazene? Und warum hat noch nie jemand von ihrem ehrbaren Stiefonkel, diesem Diodoros, gehört? Würde sie wirklich behaupten, daß dieser Mann ihr Vetter ist, und ihre Gunst über ihn ausschütten, wenn an der Sache etwas faul ist?

Er blickte sich zu seinen Gefolgsleuten um. Jedenfalls werde ich einmal sehen, ob ich etwas über diesen jungen Mann herausfinde, dachte er und winkte einen seiner Männer herüber.

»Illahi«, sagte er, »falls jener Reiter dort noch einmal eine Runde dreht, reite hinter ihm her, und begrüße ihn freundlich auf arabisch. Versuche herauszubekommen, ob er die Sprache spricht; dann erzähle ihm, daß ich mich daran erinnere, seine Bekanntschaft gemacht zu haben, und nichts dagegen hätte, ein paar Worte mit ihm zu wechseln. Fordere ihn auf, ein paar Runden mit uns zu reiten.«

Am nördlichen Ende der Bahn hatten die beiden Pferde die Wendemarke erreicht. Der Braune verfiel in einen kurzen Galopp, sein Reiter winkte zum Abschied; der arabische Grauschimmel ritt weiter im Schritt. Ich gönne ihr eine letzte Runde, dachte Johannes zufrieden. An den Starttoren forderte er von der Stute noch einmal einen Trab; Maleka gehorchte nur allzu bereitwillig.

Als er die südliche Wendemarke umrundete, rief hinter ihm jemand auf arabisch: »He! Du dort auf dem Grauschimmel!«, und dann schloß ein Reiter auf einem nußbraunen Wallach im Galopp zu ihm auf und zügelte sein Pferd. Das Pferd war ein Araber, und der Reiter grinste ihn unter einem arabischen Kopftuch an. »Friede sei mit dir!« sagte er und benutzte den arabischen Dialekt der ghassanidischen Sarazenen. »Du hast da eine schöne Stute, eine wahre Tochter des Morgenwindes. Ich habe gesehen, wie du den Griechen geschlagen hast; das war großartig!«

Johannes lachte. »Friede sei mit dir! Diese Griechen denken immer, arabische Pferde seien nur dazu gut, sie anzuschauen; ich habe sie eines Besseren belehrt!« Es war wundervoll, ein so herrliches Pferd zu reiten und seine eigene Sprache zu sprechen. »Du hast ebenfalls ein schönes Pferd – bist du vom Stamme der Ghassaniden?«

Der Mann lächelte und hielt sein Pferd auf der Höhe desjenigen von Johannes. »Vom Stamme der Ghassaniden und von der Sippe des Rabbel; mein Name ist Illahi, und wie heißt du?«

»Mein Name ist Johannes von . . . Berytus.« Gerade noch rechtzeitig hatte er daran gedacht, keine Verwirrung zu stiften; er konnte nicht gleichzeitig aus Bostra und aus Berytus stammen. Nicht einmal bei einem zufälligen Zusammentreffen mit einem Araber im Hippodrom.

»Berytus? Oh, und ich war mir sicher, daß du Araber bist. Wie kommt es, daß du so gut Arabisch sprichst, wenn du aus dem Libanon bist? Du hörst dich an wie ein Nabatäer!«

Johannes lächelte: »Mein Kindermädchen war Araberin.«

»Ach, so ist das also! Mein Herr, der Heerführer Belisar hat mich zu dir geschickt, um dir zu sagen, er erinnere sich daran, im Palast einen Johannes aus Berytus kennengelernt zu haben, und falls du es tatsächlich bist, möchte er dich einladen, ein paar Runden mit ihm zu reiten. Dort, bei den Toren, das ist er! Kommst du mit, um ihn zu begrüßen?«

»Belisar!« rief Johannes. Er sah zu der Gruppe Reiter bei den Toren: Die bewaffneten Gefolgsleute saßen auf ihren großen Pferden, und ihre Helme schimmerten im Mondlicht; vor ihnen ritt ein Mann in einem weißen Mantel, der in dem schwachen Licht hell leuchtete. Johannes war überrascht, er fühlte sich geehrt – und gleichzeitig doch ein wenig ängstlich und unbehaglich. »Natürlich«, sagte er zu Illahi.

Der Heerführer Belisar, wie er hier in dem vom Mond erleuchteten Hippodrom auf dem Rücken seines Pferdes saß, umgeben von seinen Gefolgsleuten, unterschied sich deutlich von dem bedrückten und ängstlichen Belisar auf der Abendgesellschaft der Kaiserin. Stolz richtete er sich auf seinem Schlachtroß mit der weißen Blesse auf, der Griff seines Schwertes und das Geschirr seines Pferdes funkelten. Der finstere und strenge Gesichtsausdruck wich einem gezwungenen Lächeln. »Dann bist du also wirklich Johannes von Berytus?« sagte er. »Ich war mir nicht sicher, als ich jemanden genau wie ein Sarazene reiten sah.«

»Nicht wie ein Sarazene, vortrefflicher Heerführer, doch ich bin sehr geschmeichelt, daß du dich an mich erinnerst«, erwiderte Johannes und verbeugte sich tief in seinem Sattel.

Belisar nickte zurück. Er wandte sein Pferd um und ritt zur Innenbahn, wobei er in einen leichten Trab verfiel. Mit einer Handbewegung lud er Johannes ein, ihm zu folgen. Maleka spitzte die Ohren und war nun doch ein wenig ermüdet, nachdem sie Runde um Runde in der Kälte galoppiert war. Nur noch eine oder zwei, versprach Johannes ihr im stillen. Es ist immerhin Belisar!

»Du arbeitest für Narses, nicht wahr?« fragte der Heerführer. »Wie gefällt dir die Arbeit?«

»Sie ist sehr interessant, Ehrwürdiger«, erwiderte Johannes vorsichtig. »Und ich freue mich sehr, den Posten zu haben. Obwohl es Spaß macht, von Zeit zu Zeit ausreiten zu können.«

»Das ist eine schöne Stute«, erwiderte der Heerführer rasch. »Woher stammt sie – eine Tanukh?«

»Ja, vortrefflicher Belisar«, sagte Johannes und war gleichzeitig erschrocken und erfreut, daß der berühmte General dies wußte.

»Die Augusta hat sie dir geschenkt, nicht wahr? Das habe ich mir gedacht; es ist für gewöhnliche Bürger schwer, hierzulande ein derartiges Pferd zu bekommen. Die Nachfrage nach ihnen ist nicht so groß, wie sie sein sollte; größere Pferde sind beliebter. Nun, deine Kusine, die Augusta, scheint dir ihre Gunst geschenkt zu haben; du hast Glück.«

»Das ist wahr, ehrenwerter Heerführer. Ich bin ihr sehr dankbar.«

Belisar beobachtete ihn einen Augenblick lang abschätzend. Er reitet gut, dachte er, trotz seines Geredes genau wie ein Sarazene, mit angezogenen Knien und fast auf dem Hals des Pferdes hockend. Nicht unbedingt von Vorteil, falls man eine Lanze benutzen muß, aber äußerst günstig für einen Bogenschützen. Aber das spielt im Augenblick für ihn ja keine Rolle. Er ist ein gutaussehender junger Mann – man könnte von einer Ähnlichkeit mit der Augusta sprechen. Oder auch nicht. Ich verstehe nichts davon. Und was könnte ich tun, um es herauszufinden? Er ist nicht gerade sehr gesprächig.

Johannes lächelte. »Alle Welt ist dafür genauso empfänglich, wie sie es für deine Taten ist, ehrenwerter Heerführer.«

Oh, sehr hübsch! Belisar lächelte verbindlich. Nicht der mundfaule, bescheidene Jüngling, der du auf der Abendgesellschaft warst. Du hast offensichtlich gelernt, daß Schmeicheleien dir die Gunst der Augusta erhalten. Die Startlinie huschte vorbei, und sie näherten sich erneut der Wendemarke. Was soll ich jetzt sagen?

»Hast du Sehnsucht nach Berytus?« fragte er. »Hast du noch Verwandte dort?«

»Nein, Ehrwürdiger. Sie sind während der Pest gestorben. Nein, es ist wohl schwer, Sehnsucht nach etwas zu haben, was nicht mehr existiert.«

»Wie wahr!« Der Heerführer ritt schweigend weiter und verfluchte sich innerlich. Antonina hätte dem Burschen seine Lebensgeschichte schon längst aus der Nase gezogen, dachte er, und was bringe ich zustande? Ja, Ehrwürdiger; nein, ehrwürdiger Heerführer.

»Wird der Ehrwürdige nach Italien zurückkehren?« fragte Johannes. Er mußte all seinen Mut zusammennehmen, um diese Frage an einen Mann zu stellen, der seit der Zeit, da Johannes ein kleiner Junge war, immer sein Vorbild für militärischen Ruhm schlechthin gewesen war.

Doch Belisar nahm die Frage mit Erleichterung auf. »Vielleicht im Frühling – vielleicht auch erst im Herbst. Ich muß noch mehr Männer rekrutieren. Vorigen Sommer habe ich wegen der Pest und wegen ... anderer unglücklicher Umstände eine Menge Lanzenträger verloren.«

»Das tut mir leid«, erwiderte Johannes in aufrichtigem Mitgefühl. Der Heerführer warf ihm einen stummen Blick zu, und er hielt verwirrt inne. Er mag mich nicht, dachte Johannes; wahrscheinlich wegen meiner Mutter. Oder bilde ich mir das ein? Doch wenn er mich nicht mag, warum hat er mich dann eingeladen, mit ihm zu reiten?

»Vielleicht würdest du ebenfalls gerne nach Italien gehen?« sagte Belisar und versuchte, einen scherzhaften Unterton in seine Frage zu legen. »Ich brauche noch Offiziere!«

Johannes lächelte zurückhaltend. Warum sagt der Mann das? fragte er sich. Er kann sich überhaupt nicht vorstellen, wie gerne ich sein Angebot annehmen würde. »Ein derartiges Angebot von Euer Exzellenz ist ein großes Kompliment. Aber natürlich habe ich Verpflichtungen gegenüber dem vortrefflichen Narses und meiner huldvollen Gönnerin.«

»Natürlich.« Belisar schenkte ihm ein verkniffenes Lächeln. So ist es wohl, fügte er für sich hinzu, ein Mann von deiner Sorte will sich natürlich niemals in einem ehrlichen Gefecht das erkämpfen, was er auch durch Schmeicheleien bei einer Herrscherin bekommen kann.

Inzwischen hatten sie den nördlichen Wendepunkt erreicht und befanden sich in der Nähe des großen Tores. Johannes zügelte seine Stute. Belisar brachte sein eigenes Pferd zum Stehen, und sämtliche Gefolgsleute zügelten die ihren sofort. Fünfzig Pferde standen plötzlich stockstill. »Ich bitte den ehrwürdigen Belisar darum, mich verabschieden zu dürfen«, sagte Johannes, mit einer Verbeugung. »Mein Pferd ist müde, und es ist ein kalter Abend; sie muß in den Stall zurück.«

»Natürlich«, erwiderte Belisar. »Alles Gute!«

Als der junge Mann fort war, gab Belisar seinem Pferd die Sporen und galoppierte dreimal um die Bahn, so schnell er konnte. Dann zügelte er es, befahl Illahi mit einem kurzen Nicken an seine Seite und fragte ihn: »Hat der Mann Arabisch gesprochen?«

Der Sarazene zuckte die Achseln. »Fließend. Allerdings eher wie ein Nabatäer, nicht wie ein Sarazene; er gehört nicht zu meinem Stamm. Er behauptet, ein arabisches Kindermädchen gehabt zu haben.«

Belisar fluchte leise. »Wahrscheinlich ist es ohne Bedeutung«, sagte er laut. Und doch – wenn hier nun Betrug im Spiel war? Irgendeine Intrige von seiten der Kaiserin?

Antonina würde es sicher herausfinden – seine glänzende, schöne, sinnliche, gerissene, ränkevolle, treulose Antonina. Seine Frau, die ein paar Jahre älter war als er und die vor aller Welt einen Narren aus ihm gemacht hatte, als sie sich mit einem jungen Mann eingelassen hatte – und zwar mit stillschweigender Duldung der Kaiserin. Er stellte sich Theodora vor, wie sie auf ihrem purpurbehängten Thron saß und mit halb geschlossenen Augen lächelte. Die Dirne, die Hexe, dieses schmutzige, abscheuliche Ungeheuer, dachte er und wiederholte im stillen die Ausdrücke, mit denen er sie belegt hatte, mit einem Gefühl des Hasses, das von Überdruß und Enttäuschung bereits erschöpft war. O Gott, ich wollte, es wäre letzten Sommer geglückt – aber das wäre es auf keinen Fall, selbst wenn der Herr gestorben wäre. Sie hätte es herausgefunden. Sie findet immer alles heraus.

Nun, ich werde sehen, ob ich nicht etwas entdecken kann. Ich will einige Männer bezahlen, daß sie nach Berytus gehen und Nachforschungen über diesen Burschen Johannes anstellen; irgend jemanden dafür bezahlen, um in den Menagerien und Theatern Konstantinopels herumzuhorchen, ob dieser Stiefonkel der Kaiserin jemals existiert hat. Und ich werde Antonina dazu überreden, mir zu helfen. Theodora mag ihre Busenfreundin sein, aber sie hat überhaupt keine Lust, unsere Tochter dem Sohn des Bastards der Kaiserin zur Ehe zu geben – zumindest nicht, solange Germanus' Sohn Justin noch immer unverheiratet ist. Sie würde unsere Tochter gerne mit einem künftigen Kaiser verheiraten.

Und warum auch nicht, fragte er sich und veranlaßte sein Pferd zu einem leichten Trab, um eine letzte Runde im Hippodrom zu drehen. Ich habe die Kriege für Justinian gewonnen. Ich habe zwei von aller Welt respektierte Könige gefangengenommen. Ich habe dem Kaiser die Treue geschworen, und ich werde meinen Eid halten – niemand soll behaupten, mein Kind habe den Purpur nicht verdient.

»Also wirklich, Bacchus«, sagte Diomedes am nächsten Morgen zu seinem Kollegen, »der Bursche aus Berytus ist gar nicht so übel.«

Die beiden jungen Männer befanden sich alleine im Hauptbüro. Der Kämmerer hatte eine Verabredung mit dem ersten Minister, um die kaiserlichen Termine der laufenden Woche abzustimmen, und Johannes führte dabei wie üblich das Protokoll.

»Was willst du damit sagen?« fragte Sergius mißmutig und rührte in seinem Tintenfaß.

»Ich habe ihn gestern abend im Hippodrom getroffen. Bin sogar um die Wette mit ihm geritten. Er hat seit kurzem ein Pferd, eine wirkliche Schönheit und schnell wie ein Vogel, und er kann reiten wie der Teufel.

Er hat mir und meinem ›Eroberer‹ die Hufe gezeigt, und das will etwas heißen.«

»Du glaubst also, ein Pferd reiten zu können verleihe einem automatisch moralisches Ansehen?« fragte Sergius. »Berytus ist der Sohn eines Stadtschreibers, der ein bißchen zu hoch hinaus will. Man sollte ihm die Flügel stutzen.«

»Nun, und du bist der Sohn eines Geldwechslers, der nicht so hoch fliegt, wie er gern fliegen würde«, erwiderte Diomedes beißend. »Laß Berytus ein bißchen Zeit: Er lernt schnell.«

Zu schnell, dachte Sergius. Vor vier Monaten glaubte ich noch, ich könne ihn am Gängelband führen und ein wenig von seinen Verbindungen profitieren. Ich wußte alles über die Arbeit, ich wußte alles über die Leute, er wußte gar nichts. Jetzt weiß er mehr als ich, und ich glaube nicht, daß er mich jemals mehr geschätzt hat als ich ihn. Er hat es stets vermieden, mich bei seiner Gönnerin einzuführen. Und so ergeht es allen, die versuchen, auf freundschaftlichem Fuß mit ihm zu verkehren: Man gleitet ganz einfach ab an dem schlüpfrigen Berytus-Johannes. Er nimmt nur die Bestechungsgelder, von denen alle Welt erwartet, daß er sie nimmt, und er gibt nur genau das dafür, was man erwartet hat. Niemand kommt an ihn heran. Man denkt, man tut ihm einen Gefallen, doch kaum dreht man sich um, merkt man, daß er mit dir gleichgezogen hat und dir nichts schuldet, keine Dienste, keine lästigen Freundschaftsbande. Innerhalb eines Jahres wird er eine hohe Stellung bekleiden und mich bei dem vortrefflichen Narses nicht einmal für den leeren Stuhl empfehlen. Zur Hölle mit ihm! Ich wollte, ich könnte ihm einen Dämpfer aufsetzen.

Er biß ärgerlich auf das Ende seiner Feder. »Du und deine verdammten Pferde!« sagte er verächtlich zu Diomedes. »Das ist alles, woran du denken kannst.«

4
Die Akten der Präfektur

Ein paar Wochen später ließ sich Johannes im Vorzimmer an seinem Schreibpult nieder, um seine Protokollnotizen in Reinschrift zu übertragen, als er merkte, wie er plötzlich die Abkürzungen auf seinen Wachstafeln anstarrte: m. off., m.sc. mem., c.s.larg. Magister officiorum, magister scrinii memoriae, comes sacrarum largitionum, las er. »Anastasios«, sagte er, »du kannst doch Latein, nicht wahr?«

»Latein muß man in den Amtsstuben eben können«, erwiderte der alte Schreiber steif, während er eine Akte zusammenschob und mit einem Etikett versah.

»Man sieht ja auch, wozu«, sagte Johannes mitfühlend. Anastasios blickte auf und lächelte. Johannes lächelte zurück. Er hatte große Sympathie für den alten Mann, seit er wußte, daß dieser ebenfalls ein Bastard war. Die Ähnlichkeit ihrer beiden Schicksale hatte zu einer auf gegenseitiger Achtung begründeten Vertrautheit geführt, die näher an der Freundschaft war als jeder andere Kontakt, den Johannes in dieser gefährlichen Stadt hatte. Dies schloß jedoch nicht aus, daß sie sich gerne gegenseitig neckten. »Könntest du mir nicht Latein beibringen?« fragte er.

»Dir Latein beibringen? Es gibt viele, die es dir beibringen könnten.«

»Ja, aber könntest *du* es mir nicht beibringen? Während der Mittagspause, ein paarmal in der Woche? Ich werde es dir reichlich entgelten.«

Anastasios spitzte seine Lippen zu einem tonlosen Pfiff. »Du wirst dich schrecklich langweilen, wenn du einmal nichts mehr lernen kannst, nicht wahr? Wie stellst du dir das vor, es mich reichlich entgelten zu lassen?«

»Indem ich dafür sorge, daß du Würste zu Mittag bekommst. Und dir eine neue Tunika kaufe – seit ich dich kenne, trägst du die alte. Aber das ist dir wahrscheinlich egal.«

Anastasios schüttelte den Kopf, lächelte und stellte die fertige Akte in das Regal.

Johannes blickte auf das Gestell mit den Akten, die noch mit einem Namen und irgendwelchen Zusätzen versehen werden mußten, einem Hinweis darauf, wen sie betrafen und wohin sie zurückgebracht werden mußten. »Nun, das ist es wohl – wie wär's dann mit einem neuen Aktenregal?« schlug er vor. »Wären Zedernholz und gehämmertes Gold gut genug für die heiligen Objekte?«

Anastasios schnaubte verächtlich. »Würste würden es auch tun.«

»Ein Aktenregal aus Würsten? Bist du sicher?«

Der alte Mann gab das langgezogene, pfeifende Geräusch von sich, das für gewöhnlich sein Lachen darstellte. »Herr im Himmel!« fing er an, dann hielt er inne. Ein Besucher hatte das Büro betreten. Er setzte sich rasch an sein Schreibpult und prüfte eine Notiz, in der stand, was die nächste Akte enthalten sollte. Johannes sah den Besucher fragend an.

Es war eine Frau, eine junge Frau in einem schwarzen Umhang. Sie trug eine knapp sitzende, schwarze Mütze auf dem Kopf, unter der ihre Haare nicht zu sehen waren; darüber war ein Ende ihres Umhangs als Kapuze geschlagen; sie hatte ein rundes, sanftes, kindliches Gesicht und eine blasse, fleckige Haut. Sonst war nichts von ihr zu sehen, außer einer schmalen Hand, die den Saum ihres Umhangs hielt. Drei Bedienstete standen hinter ihr – eine ältere Frau und zwei bewaffnete Männer. Leibwächter und eine Anstandsdame, dachte Johannes. Sie muß eine reiche Witwe sein. Ein bißchen jung dafür – sie ist bestimmt unter zwanzig und sieht kaum älter aus als siebzehn.

»Kann ich dir helfen?« fragte er höflich.

»Ich möchte Narses sprechen«, antwortete sie in einem entschieden klingenden nasalen Tonfall, »und den Kaiser. Aber zuerst Narses.«

Anastasios gab einen empörten Laut von sich. Es war äußerst ungehörig, den Kämmerer des Kaisers einfach mit seinem Namen zu nennen.

»Hast du einen Termin?« fragte Johannes und wußte ganz genau, daß sie keinen hatte. An diesem Vormittag standen keine Frauen im Terminkalender.

»Nein«, erwiderte sie und sah ihn kalt an. Ihre Augen paßten nicht zu dem sanften, kindlichen Gesicht: Es waren schmale, gescheite, eng beieinanderstehende Augen von einem ungewöhnlich hellen Braun, das man beinahe als orangefarben hätte bezeichnen können. »Du kannst mich für einen sofortigen Termin vorsehen und meinen Namen in dein Buch eintragen: Euphemia, Tochter des höchst ehrenwerten Patriziers Johannes aus Caesarea in Kappadokien. Ich bin wegen der Akten meines Vaters gekommen.«

Anastasios ließ seine Akte fallen, starrte die junge Frau an, dann bückte er sich eilig und sammelte die Pergamentblätter vom Fußboden. Die Tochter des Johannes aus Caesarea in Kappadokien, überlegte Johannes, dann wurde ihm alles klar: Sie war die Tochter von Johannes dem Kappadoker. Das Mädchen, das mitschuldig am Sturz ihres Vaters war.

»Warte bitte einen Augenblick«, murmelte Johannes und warf einen Blick in das Buch. Narses hatte an diesem Vormittag eine Verabredung mit zwei Senatoren, einem Stammesfürsten der Barbaren, einem persischen Thronanwärter sowie einem Bischof. Wo sollte da die Tochter eines in Ungnade gefallenen Prätorianerpräfekten hineinpassen? »Ich sehe nicht, wie wir das heute vormittag schaffen sollen«, sagte er zu dem Mädchen. »Vielleicht irgendwann nächste Woche?«

»Ich will ihn jetzt sofort sehen oder überhaupt nicht!« rief Euphemia. »Sag ihm, daß es sich um die Akten handelt, dann wird er mich empfangen.«

Johannes schenkte ihr ein unpersönliches Lächeln. »Meine allergütigste Euphemia, der große Narses ist ein äußerst beschäftigter Mann. Selbst für die höchststehenden Personen ist es üblich, einen Termin zu haben.«

Anastasios wand sich in seinem Sitz unruhig hin und her und versuchte, Johannes' Aufmerksamkeit zu erregen.

»Laß diesen Unsinn«, erwiderte das Mädchen ärgerlich. »Geh und erzähl deinem Herrn, daß ich hier bin und nicht die Absicht habe, mich im Büro seines hochnäsigen Untergebenen noch länger mit einem geschniegelten Schreiberling zu unterhalten. Man wird dich bestrafen, wenn du mich fortschickst. Hier!« Mit verächtlicher Miene warf sie eine volle Geldbörse auf das Schreibpult. Es war Johannes schon öfter passiert, daß man ihn beleidigt hatte, und das gleiche galt für den Versuch, ihn zu bestechen. Doch noch nie beides gleichzeitig, und so lächelte er mechanisch, ohne das Geld anzurühren.

Anastasios hüstelte vernehmlich, beugte sich zu ihm herüber und flüsterte: »Laß sie zu ihm!« Johannes starrte ihn an; der Schreiber war für gewöhnlich sehr auf Narses' Würde und Privilegien bedacht, und noch niemand hatte erlebt, daß er so leicht über abschätzige Bemerkungen, die seinen Vorgesetzten betrafen, hinwegging – obwohl Johannes für viele natürlich Freiwild war. »Es ist wegen der Akten!« erklärte er mit heiserem Flüstern, und als dies offensichtlich nichts fruchtete: »Die Akten, die ihr Vater aus der Präfektur mitgenommen hat und die seit seiner Verhaftung verschwunden und seitdem nie mehr aufgetaucht sind! Die Steuererhebung befindet sich in einem heillosen Chaos! Vielleicht weiß sie, wo sie sind!«

Johannes zögerte, dann bedachte er das Mädchen mit einem weiteren förmlichen Lächeln. »Ich werde dem großen Narses sagen, daß du hier bist«, meinte er und eilte zur Tür des Hauptbüros.

Narses erklärte einem Senator gerade, wo er ein Gesuch einreichen sollte, um einen Streit zu schlichten, der wegen der Schulden einiger Bauern auf einem der Landgüter des Senators entstanden war. Es ging dabei auch um die Inanspruchnahme von Dienstleistungen. Als Johannes eintrat, blickte er auf und gebot dem Senator, der gerade etwas fragen wollte, mit einer Handbewegung Schweigen. »Ja?« fragte er höflich.

»Da ist eine junge Frau, vortrefflicher Narses, die behauptet, die Tochter von Johannes dem Kappadoker zu sein; angeblich ist sie wegen irgendwelcher Akten gekommen; sie besteht darauf, sofort von dir empfangen zu werden.«

»Ah!« Narses blickte auf das Bündel Dokumente auf seinem Tisch, dann fing er an, sie sorgfältig einzuordnen. »Es tut mir leid, dir Ungelegenheiten zu bereiten, ehrenwerter Senator«, sagte er zu seinem Besucher. »Aber die Akten, von denen da die Rede ist, bedeuten für die Prätorianerpräfektur das, was der Zankapfel für Troja bedeutet hat, und man würde mir von allen Seiten Vorwürfe machen, wenn ich auch nur die geringste Chance versäumte, wieder in ihren Besitz zu gelangen. Vielleicht könntest du dies hier dem Schreiber im Vorzimmer geben, dann trägt er die Dokumente ein und wird dir die entsprechenden Auskünfte geben. Hochgeschätzter Johannes, würdest du bitte deine Schreibtafel holen? Ich möchte, daß du über diese Unterredung Protokoll führst.«

Johannes sammelte seine Schreibtafeln ein, hielt die Tür für den Senator auf, hielt die Tür – wenn auch einigermaßen widerwillig – für die Tochter des Kappadokers und ihre Anstandsdame auf, dann folgte er ihr in das Büro von Narses. Dieser hatte sich zu ihrer Begrüßung erhoben und verbeugte sich jetzt voller Respekt.

»Ehrenwerte und vortreffliche Euphemia«, sagte Narses höflich, »ich stehe dir zu Diensten.«

»Narses«, erwiderte das Mädchen in ihrem entschiedenen, barschen Tonfall, »können wir uns nicht irgendwo unterhalten, wo es ruhiger ist? Ich möchte nicht in Anwesenheit deines gesamten Büros sprechen.«

Narses hob seine Augenbrauen und deutete auf den purpurfarbenen Vorhang am anderen Ende des Raumes. »Hast du etwas dagegen, wenn mein Sekretär Notizen macht?« fragte er.

»Nein, aber sorge dafür, daß er Schweigen bewahrt!« erwiderte sie und bahnte sich den Weg durch das Gewirr der Vorhänge. Dahinter befand sich ein kleines Vorzimmer, das an den Flur grenzte, und Narses begleitete das Mädchen und ihre Bedienstete dorthin, bot ihnen Sitze auf einer Ruhebank an und setzte sich selbst mit einem Ausdruck höflicher Neugier auf eine andere Ruhebank. Johannes nahm auf einem Schemel in der Ecke Platz und hielt seine Schreibtafeln bereit.

»Ich bin wegen der Akten gekommen«, sagte Euphemia.

Narses nickte und wartete.

»Ich habe einen Brief von meinem Vater aus Ägypten erhalten. Er hat mir geschrieben, wo sie sich wahrscheinlich befinden. Ich habe den Brief vernichtet, aber ich werde dir erzählen, was er enthielt – falls du die Anklage gegen ihn fallenläßt, ihn aus dem Gefängnis entläßt und ihm gestattest, nach Cyzicus zurückzukehren.«

Narses seufzte und faltete die Hände. »Du glaubst, es stünde in meiner Macht, deinen Vater aus seinem ägyptischen Gefängnis zu holen?« fragte er.

»Nicht in der deinen. In der des Kaisers. Ich möchte, daß du mir eine Audienz bei ihm verschaffst, und ich möchte, daß du ihm mein Gesuch empfiehlst. Er wird auf dich hören.« Der Kämmerer seufzte erneut. »Mein liebes Mädchen, dein Vater ist der Anstiftung eines Mordes an einem Bischof angeklagt; die Tatsache, daß er zusätzlich Akten unterschlagen hat, als er noch Prätorianerpräfekt war, wird ihm kaum helfen, den Konsequenzen dieser Tat zu entrinnen – immer vorausgesetzt, daß er schuldig ist.«

»Er ist unschuldig!« rief das Mädchen leidenschaftlich. »Unsterblicher Gott, du weißt doch genau, daß er unschuldig ist! Die Kaiserin hat die Anklage doch aus reiner Gehässigkeit fabriziert. Sie hat meinen Vater seit jeher gehaßt.«

Narses zuckte zusammen und warf einen raschen Blick zu Johannes. »Schreib das nicht mit«, wies er ihn an.

»Ich habe keine Angst vor der Wahrheit!« erklärte Euphemia immer leidenschaftlicher. »Alle Leute in Cyzicus haben ihren Bischof gehaßt. Sie hatten bereits an den Kaiser appelliert, ihn abzusetzen. Die beiden Männer, die ihn ermordeten, wurden ergriffen. Sie standen in keinerlei Beziehung zu meinem Vater!«

Narses hob warnend einen Finger. »Sie waren Bekannte deines Vaters. Und einer von ihnen behauptet steif und fest, dein Vater habe ihm siebzig Solidi gezahlt, um den Mord auszuführen.«

»Das hat er gesagt, nachdem Theodoras Leute ihn gefoltert hatten.«

Narses schüttelte den Kopf. »Er hat es bei seiner Festnahme gesagt. Sein Freund hat es geleugnet. Beide wurden gefoltert; beide beharrten auf ihrer Geschichte, der eine beschuldigte deinen Vater, der andere leugnete. Sie sind immer noch im Gefängnis, und die Gefängniswärter hoffen, daß sich wenigstens einer von ihnen eines anderen besinnt. Bis dahin steht dein Vater notwendigerweise unter Verdacht und kann unmöglich wieder in seine Stellung in Cyzicus eingesetzt werden.« Taktvoll machte der Kämmerer eine Pause, dann fuhr er freundlicher werdend fort. »Seine Lage in Ägypten könnte man natürlich verbessern. Wenn ich mich recht entsinne, wird er gegenwärtig in der Festung von Antinoopolis gefangengehalten, in einem Raum, der für derartige Zwecke gedacht ist. Man könnte ihm ein Privathaus in der Stadt zuweisen und ihm erlauben, sich innerhalb des Bezirks frei zu bewegen. Und es müßte eigentlich ebenfalls möglich sein, ihm die Verfügungsgewalt über sein Vermögen zurückzugeben, solange der Fall nicht entschieden ist. Du könntest bei meinem Herrn sicherlich ein Gesuch dieses Inhalts einreichen.«

Das Mädchen errötete. »Meine Bedingungen waren zu niedrig, nicht wahr?« fragte sie bitter. »Wenn ich mit der Forderung begonnen hätte, meinen Vater wieder in seiner alten Stellung einzusetzen, wärest du vielleicht froh gewesen, dich auf einen Kompromiß zu einigen und die Anklage gegen ihn fallenzulassen.«

Narses schüttelte den Kopf. »Mein liebes Mädchen, es ist nicht so einfach, eine derartige Anklage einfach fallenzulassen. Dein Vater wird immerhin beschuldigt, zum Mord an einem Bischof angestiftet zu haben. Und es ist besonders schwierig, wenn dieser Bischof dafür bekannt war, einer von zwei rivalisierenden religiösen Sekten zuzuneigen, während mein Herr Augustus Justinian dafür bekannt ist, mit der anderen zu sympathisieren. Deinem Vater rundheraus Verzeihung zu gewähren würde dem Ansehen meines Herrn bei den Kirchen des Ostens schaden, und dies gerade in einem Augenblick, in dem er versucht, einen Kompromiß mit ihnen zu erzielen. Ich könnte es ihm nicht guten Gewissens empfehlen.«

Euphemia saß einen Augenblick lang da, ohne sich zu rühren, und starrte den Kämmerer voller Abscheu an. »Gott möge dich verdammen!« sagte sie schließlich. »Du hast meinen Vater immer gehaßt, nicht wahr? Du warst neidisch, genau wie alle anderen. Oder gibst du dich etwa der Hoffnung hin, daß der Kaiser dich an seiner Stelle zum Prätorianerpräfekten ernennt?«

Narses beobachtete sie ausdruckslos, und nach einem Augenblick senkte das Mädchen ihren kalten, starren Blick. »Ich kann mir nicht vorstellen, daß du, höchst besonnene und kluge Euphemia, selbst an das glaubst, was du da gerade gesagt hast«, meinte er nach einer Pause. »Ich bin ein

Diener des Augustus; ich habe keine Feinde außer seinen Feinden. Und ich möchte, daß er keine Feinde hat.«

»Willst du die Akten?« fuhr Euphemia ihn an und klopfte mit ihren Fingern ungeduldig auf die Armlehne der Ruhebank.

»Du weißt ganz genau, daß sich die Beamten in der Prätorianerpräfektur nach diesen Akten geradezu verzehren. Aber ich kann meinem Herrn nicht empfehlen, die Anklage gegen deinen Vater fallenzulassen.«

»Was kostet es, deine Meinung zu ändern?«

Narses lächelte. »Ich verkaufe meinem Herrn meinen Rat nicht.«

»Und für wieviel hat *er* dich gekauft?« fragte das Mädchen boshaft.

Narses' Lächeln verschwand. »Ursprünglich wurde ich für neunundsechzig Solidi erworben. Aber das ist lange her. Und es geschah unter einem anderen Kaiser.«

Zu Johannes' Überraschung wurde das Mädchen rot und sah zu Boden. »Es... es tut mir leid«, stammelte sie. »Ich wollte dich nicht...«

»Ich bin nicht beleidigt. Mein liebes Mädchen, erlaube mir, dir einen Rat zu geben..., und zwar ganz umsonst. Der Augustus Justinian schätzt deinen Vater und fühlt sich ihm nach wie vor verpflichtet. Wenn du ihn demütig darum ersuchst, deinem Vater die Benutzung seines Vermögens zu erlauben und eine Verbesserung seiner Haftbedingungen zu gewähren, dann kann es sehr wohl sein, daß der Herr dem stattgeben wird. Ich rate dir, die Akten nicht zu erwähnen und auch nicht den Versuch zu machen, sie als Teil des Handels ins Spiel zu bringen. Ihr Verschwinden hat großen Ärger verursacht, und sie in diesem Zusammenhang zu erwähnen würde nur alten Groll hochkommen lassen. Sie würden dir viel mehr nützen, wenn du sie als freundliche Geste des Dankes für eine bereits gewährte Gunst zurückgeben würdest. Du kannst deinem Vater ja schreiben, daß ich dir in diesem Sinne geraten habe. Möchtest du, daß ich um einen Audienztermin für dich nachsuche?«

Das Mädchen sah zu Boden, verschränkte die schmalen Hände in ihrem Schoß und löste sie dann wieder voneinander. »Nein«, sagte sie nach einer Pause. »Nicht sofort.« Sie blickte auf, und Johannes sah, daß sie weinte. »Ich muß erst über deinen Rat nachdenken.«

»In Ordnung. Falls du möchtest, daß ich einen Termin vereinbare, schick mir einfach eine Notiz, damit ich mich darum kümmern kann. Ist das alles?«

Johannes begleitete das Mädchen zurück. Im Vorzimmer sah er, daß das Geld, das sie ihm gegeben hatte, immer noch auf seinem Schreibpult lag; er nahm es und reichte es ihr hinüber. Sie starrte ihn einen Augenblick lang erstaunt an, dann wurde sie erneut rot. »Ich will dein schmutziges Geld nicht!« fuhr sie ihn an.

»Es ist dein schmutziges Geld«, erwiderte Johannes. »Außerdem ist es nicht üblich, Bestechungsgelder zu geben, wenn man gleichzeitig Drohungen ausstößt.«

»Du bist ein Experte in solchen Dingen, nicht wahr?« fragte sie. Sie griff nach der Geldbörse und ließ sie rasch unter ihren Umhang gleiten, straffte die Schultern und rauschte aus dem Zimmer.

Johannes starrte ihr nach.

»Die echte Tochter ihres Vaters«, bemerkte Anastasios. »Euphemia ist nicht gerade der richtige Name für sie: ›Liebreizend‹ ist sie nun wirklich nicht.«

Johannes nickte. »Dysphemia?« schlug er vor. »Oder Blasphemia?«

Anastasios stieß sein pfeifendes Geräusch aus. »Letzteres ist vielleicht ein bißchen stark.«

Johannes lächelte, dann überflog er seine Schreibtafeln. Das würdest du vielleicht nicht sagen, wenn du dies hier zu sehen bekämst, dachte er. Er kehrte ins Hauptbüro zurück. Narses saß an seinem Schreibpult, er arbeitete nicht, sondern starrte nachdenklich auf die Ikone an der Wand. Im Hintergrund kratzten die Federn von Sergius und Diomedes stetig über das Pergament.

»Ich gehe davon aus, daß ich keine der Stellen in Langschrift übertragen soll, die der ähneln, welche du mich hast streichen lassen«, sagte Johannes.

Narses nickte, ohne seinen Untergebenen anzusehen. »Mach nur – du weißt schon, was am besten ist«, sagte er. Johannes blieb stehen, wo er war, und beobachtete den Kämmerer. Endlich drehte sich der Eunuch um und sah ihn an. Er seufzte, faltete seine Hände und stützte sein Kinn darauf. »Das Mädchen ist noch sehr jung«, sagte er sanft. »Sie liebt ihren Vater, der ihr zutiefst ergeben ist. Sie hat viel gelitten, seit er in Ungnade gefallen ist – und seine Verhaftung im vorigen Sommer wurde nicht so . . . taktvoll . . . gehandhabt, wie es hätte sein sollen. Es ist verständlich, wenn sie manchmal allzu leidenschaftlich ist.«

Verständlich vielleicht; aber es entschuldigt sie nicht dafür, mich zu beleidigen und dich wie einen Sklaven zu behandeln, dachte Johannes. Dann erinnerte er sich an Sergius' Geschichte über den Sturz des Kappadokers, und er fragte sich, ob die dabei erwähnten Umstände sie vielleicht doch entschuldigten. »Also gut«, sagte er bedrückt. Er sah Narses an: Das Gesicht des Kämmerers war ausdruckslos, abweisend.

»Ja? Ist noch etwas?« fragte der Eunuch.

»Nein, nichts – nur, daß neunundsechzig Solidi nicht sehr viel sind.«

Das Gesicht des Kämmerers entspannte sich, und er lächelte trübsinnig. »Ah, aber seinerzeit war es schon viel. Genug, um eine ganze Familie armer Armenier mit Vieh und allem Drum und Dran zu kaufen. Du solltest jetzt besser den nächsten Namen auf der Liste aufrufen, sonst ist der Betreffende noch beleidigt.«

Eine Woche später, als Kaiser Justinian zusammen mit seinem Oberkämmerer die Liste der Termine für den folgenden Tag durchging, bemerkte er, daß Euphemia, die Tochter des Johannes, fast an der Spitze der Liste stand. Er legte die Liste auf das Bett und runzelte die Stirn. Er stand mit nassen Haaren und unrasiertem Kinn da, hatte gerade ein Bad genommen und war nur mit einem Handtuch bekleidet. Narses stand vor ihm, hielt ein Notizbuch in der einen und die Untertunika des Kaisers in der anderen Hand: Eine der ersten Pflichten jedes Kämmerers bestand darin, seinem Herrn beim Anziehen behilflich zu sein, und die Verantwortung dafür lag immer noch beim obersten Chef der kaiserlichen Hofhaltung. Für gewöhnlich wurde der Tagesablauf bei solchen Gelegenheiten besprochen.

»Das ist die Tochter des Kappadokers, nicht wahr?« fragte der Kaiser. »Was will sie?«

Der Eunuch zeigte sein übliches unverbindliches Lächeln. »Sie möchte dem barmherzigen Augustus ein Gesuch wegen ihres Vaters überreichen.« Der Kaiser nickte ungeduldig und hob die Arme, damit Narses ihm die Tunika überstreifen konnte. Während der Kämmerer dies tat, fuhr er in seinen Erklärungen fort. »Sie möchte, daß du anordnest, ihm ein Privathaus in der Stadt zuzuweisen, in der er im Kerker sitzt, und ihm zu erlauben, frei über sein Vermögen zu verfügen, solange die Beschuldigungen gegen ihn geprüft werden. Sie ist eine ihrem Vater treu ergebene Tochter, und es schmerzt sie, daß er in einem Kerker festgehalten wird.«

»Gut, das ist einzusehen«, sagte Justinian erleichtert. Er stellte sich so hin, daß der Kämmerer die Tunika mit einer Spange am Hals befestigen konnte. »Ich fürchtete schon, sie werde die Niederschlagung der Anklage verlangen. Ich tue für den armen Mann gerne, was in meinen Kräften steht; er war ein ausgezeichneter Prätorianerpräfekt. Ich glaube, daß er, was auch immer er getan haben mag, bereits für sein Verbrechen bezahlt hat – obwohl wir das angesichts all dieser monophysitischen Bischöfe, die nach seinem Blut dürsten, natürlich nicht laut sagen dürfen. Ich werde dem Mädchen eine Privataudienz in der Empfangshalle des Trikliniums gewähren und ihr dies mitteilen.«

Narses nickte und machte eine Notiz neben dem Namen. Er nahm die schwere Übertunika mit den Stickereien aus Goldbrokat und strich ihre Falten sorgfältig glatt. Der Kaiser überflog die übrigen Namen auf der Liste, dann legte er diese beiseite. »Da wir gerade von Männern namens Johannes sprechen ...«, begann er. Der Eunuch hielt in seinen Vorbereitungen inne und hörte seinem Herrn aufmerksam zu.

»Ich bin deinem Sekretär, dem Vetter meiner Gemahlin, gestern beim Frühstück begegnet«, sagte Justinian. Seine Stimme klang beiläufig, doch es schien noch etwas mitzuschwingen. Ist es Mißtrauen, fragte sich Narses, und ihn überkam plötzlich eine Ahnung. »Wie macht er sich denn?«

»Er ist äußerst tüchtig, Herr«, erwiderte Narses. »Sehr sachverständig, sehr intelligent, sehr fleißig. Ich bin absolut zufrieden mit ihm.«

Justinian brummte: »Meine Frau scheint ihn ziemlich häufig zum Frühstück einzuladen.«

Mißtrauen und Eifersucht, dachte Narses. Heilige Mutter Gottes, wie sehr doch selbst die Besten davon betroffen werden! Er lächelte vorsichtig. »Er ist ihr Vetter, Herr. Die Erhabene Augusta hat Mitglieder ihrer Familie stets unterstützt und war darauf aus, sie in jeglicher Hinsicht zu fördern.«

»Ja, aber ...« Der Kaiser biß sich auf die Lippen und schien sich selbst Einhalt zu gebieten. Er vergewisserte sich mit einem Blick durchs Zimmer, daß niemand außer seinem Kämmerer anwesend war und ihn hören konnte. So fuhr er fort: »Ich würde natürlich nichts anderes von ihr erwarten, als daß sie einen Vetter unterstützt, ihm Posten verschafft, ihm Geld schenkt, vielleicht sogar eine Heirat mit einer mächtigen Erbin arrangiert. Aber ich weiß nicht, warum sie ihn dauernd zum Frühstück einlädt und seine Gesellschaft auch bei anderen Gelegenheiten so oft sucht. Warum verbringt sie soviel Zeit mit ihm?«

»Er ist ein angenehmer, liebenswürdiger junger Mann, Herr. Er ist dankbar für die Gunst, die sie ihm erwiesen hat, und bittet nie um mehr; er verkauft niemandem die Möglichkeit, bei ihr eingeführt zu werden, oder mißbraucht seine Stellung auf andere Weise; er läßt ihr die Schmeicheleien zukommen, die sie erfreuen, ohne damit irgend etwas zu beabsichtigen oder im Tausch dagegen zu erwarten. Und er verehrt sie. Sie genießt seine Gesellschaft.«

»Er sieht wohl ziemlich gut aus«, sagte Justinian. Der beiläufige Tonfall war verschwunden, seine Stimme war jetzt rauh und unangenehm.

Narses zuckte die Achseln. »Ich kann das schwer beurteilen, Erhabener Augustus. Aber ich glaube doch, daß im allgemeinen größere Männer für attraktiver gehalten werden als kleinere und blonde Männer für attraktiver als dunkle. Und ich bezweifle, daß sich die Augusta übermäßige Gedanken wegen des Aussehens ihres Vetters macht.«

»Glaubst du?« Der Kaiser blickte seinen Kämmerer mißtrauisch an.

»Mein lieber Herr, du glaubst doch nicht, daß die Erhabene Augusta dem jungen Mann auf ... unschickliche Weise verbunden sein könnte, nicht wahr?« Narses' Stimme bewahrte ein kompliziertes Gleichgewicht zwischen Ergebenheit und Vorwurf.

»Nein. Nein, natürlich nicht. Allein ... allein sie scheint ihn sehr zu mögen. Und ich wußte gar nicht, daß sie irgendwelche Verwandten in Berytus hat.«

»Überlegen wir doch einmal einen Augenblick, Herr. Er ist der Sohn von Verwandten, welche die Augusta seinerzeit verleugnet haben, weil sie ihnen als gering und ehrlos erschien, die ihr die Tür vor der Nase zugeschlagen und sie verachtet haben. Du weißt selbst, wie sehr die höchst fromme Kaiserin im tiefsten Innern heute noch unter der schimpflichen Behandlung leidet, die sie früher einmal erdulden mußte. Aber sie hat eine äußerst christlich anmutende Rache genommen, indem sie diesem Mann zu Macht und Reichtum verholfen hat. Er ist dankbar und ehrerbietig – und jedesmal, wenn er sie sieht, muß er sich vor ihr auf den Boden werfen und sie als Herrin begrüßen. Dies löscht die Erinnerungen an ihre Demütigung aus, ohne jemanden zu verletzen; es macht ihr Freude. Sie lädt ihn so oft ein, seine Zeit in ihrer Gesellschaft zu verbringen, um sich mehr solcher Freuden zu verschaffen. Und nachdem er sich ihrer Aufmerksamkeit als nicht unwert erwiesen hat, ist sie ihm allmählich immer mehr geneigt. Aber kann man diese Zuneigung und die tiefe Liebe, die sie dir gegenüber, Erhabener Augustus, empfindet, denn überhaupt miteinander vergleichen?«

»Nein«, sagte Justinian erleichtert. »Du hast sicherlich vollkommen recht, Narses. Das hast du ja für gewöhnlich, nicht wahr?« Er lächelte und streckte seine Arme nach der Übertunika aus. »Ich wäre ein Tor, meine geliebte Theodora zu verdächtigen«, sagte er, als er den Kopf durch den Ausschnitt steckte.

Narses nickte und richtete die Spangen an der Tunika. Er half seinem Herrn, die purpurfarbenen Socken und die juwelenbestickten Pantoffeln überzuziehen, dann notierte er Ort und Zeit für die jeweiligen Termine, wobei er äußerlich so ruhig und tüchtig war wie immer. Innerlich jedoch war er verstört. Heiliger Gott, dachte er, ich danke dir, daß du mich zum Eunuchen gemacht hast! Wieviel Ärger Liebe doch bewirken kann! Hier haben wir Petrus Sabbatius Justinian, den Augustus und Kaiser, den Herrn der Welt, Sieger über die Goten, Vandalen und all die übrigen, der sich verrückt macht, weil seine Frau meinen Sekretär zum Frühstück einlädt! Er könnte sehr leicht herausfinden, ob sein Mißtrauen gerechtfertigt ist: Er hat unbegrenzte Autorität und kann jeden nur erdenklichen Spion anwerben. Statt dessen schaut er sich ängstlich um, bevor er selbst mir gegenüber auch nur ein Wort äußert, hat Angst davor, die Gefühle seiner Frau zu verletzen. Und er hat sogar recht, so vorsichtig zu sein, da die Kaiserin tödlich beleidigt wäre, falls er sie beschuldigte – ganz zu schweigen von dem Schaden, den ein offen geäußerter Verdacht Johannes zufügen würde. Nun gut, für den Augenblick ist es mir gelungen, seine Besorgnis zu besänftigen. Aber jeder x-beliebige kann sie erneut wecken. Und jeder x-beliebige kann bemerken, was auch der Herr bemerkt hat: daß die Herrin Johannes offener begünstigt, als es die Klugheit gebietet. Irgend jemand wird dem Herrn sicherlich einen Wink geben. Ich muß daran denken, der Herrin zu empfehlen, unbedingt eine Frau für den jungen Mann zu finden.

Euphemia wurde gleich nach ihrem Erscheinen zu der Audienz bei dem Kaiser zugelassen und rauschte mit eisigem Blick durch das Vorzimmer. Bevor sie den Palast jedoch wieder verließ, mußte sie warten, bis einige Briefe und Dokumente geschrieben waren, um ihren Vater zu entlassen und sein Vermögen freizugeben. Narses war zu Beginn dieser Tätigkeiten aus Höflichkeit persönlich anwesend, dann, genötigt durch seinen übervollen Terminkalender, ließ er sie im Vorzimmer mit Johannes und Anastasios zurück. »Erklärt ihr möglichst genau«, sagte er zu ihnen, »was jedes einzelne Dokument zu bedeuten hat, und gebt ihr eine Liste mit; das hilft ihr sicherlich weiter. Ehrenwerte Euphemia, leb wohl!«

Euphemia sah Johannes kalt an und setzte sich auf die Bank neben seinem Schreibpult; sie hielt ihre Hände in ihrem Schoß gefaltet. Ihre Gesellschaftsdame, die in Johannes' Anwesenheit noch nie ein Wort gesprochen hatte, setzte sich neben sie, nahm eine Spindel und einen Spinnrocken heraus und begann zu spinnen. Johannes bedachte das Mädchen mit einem mechanischen Lächeln und prüfte den Stapel Dokumente, den sie bereits zusammengetragen hatte. »Hast du das soweit verstanden?« fragte er sie und erwartete eine beleidigende, aber verneinende Antwort.

»Natürlich«, fuhr sie ihn an. »Du benötigst noch den Rechenschaftsbericht des Schatzamtes über das Vermögen. Der Wert dessen, was man mir zurückerstattet, sollte sich auf etwa fünfunddreißig Prozent belaufen, also auf einhundertfünfzig Pfund in Gold.«

Sie hatte einen ausgezeichneten Sinn für Zahlen. Er hatte dies bei einer jungen Frau nicht erwartet und war überrascht. Sie verfügte über einen klaren, scharfen, kritischen Verstand und vermochte das Wesentliche eines komplizierten Dokuments beinahe sofort zu erfassen und kompetente Fragen darüber zu stellen. Außerdem war sie mißtrauisch, befürchtete dauernd das Schlimmste und machte ihn anscheinend persönlich dafür verantwortlich. Es dauerte über eine Stunde – nicht gerechnet die Zeit, die sie unterbrochen wurden, weil er sich um seine Besucher kümmern mußte –, bevor alle Unterlagen komplett und zu Euphemias widerwilliger Befriedigung durchgesprochen waren. Als die Gesellschaftsdame sah, daß die Akten vollständig waren, legte sie die Spindel und den Spinnrocken beiseite und wartete gleichmütig darauf, daß ihr Schützling aufbrach. Johannes unterdrückte nur mühsam einen Seufzer der Erleichterung.

Anastasios hüstelte. »Höchst ehrenwerte Euphemia«, meinte er behutsam. »Ich glaube kaum, daß jene Akten . . .«

»Welche Akten?« fragte die Tochter des Kappadokers.

»Die Akten aus der Präfektur«, sagte der Schreiber. »Als du zum erstenmal herkamst, hast du gesagt . . .«

»Ich habe das Gesuch, das ich einreichen wollte, nicht gestellt«, erwiderte das Mädchen, doch sie zögerte und starrte Anastasios einen Augenblick lang an. Dann blickte sie rasch zu Johannes, runzelte die Stirn und sah auf ihre eigenen Akten. »Es wäre äußerst hilfreich«, sagte sie, ohne aufzublicken, nach einer Pause, »die Verbindung mit diesem Büro hier aufrechtzuerhalten. Dann wüßte ich, wann ich ein neues Gesuch einreichen kann. Ich muß darüber informiert sein, was am Hof geschieht, und ich habe keine Möglichkeit, es herauszufinden.« Sie blickte auf, und ihre orangefarbenen Augen sahen Johannes direkt an. »Ich wäre vielleicht gewillt, Informationen mit jemandem auszutauschen, der Zugang zu ihren Majestäten hat und der weiß, was hinter den Kulissen vorgeht.«

»Es steht dir frei, zu jedem beliebigen Zeitpunkt herzukommen und einen Termin mit dem höchst ehrenwerten Narses auszumachen«, entgegnete Johannes kalt.

»Narses wird mich sein ›liebes Mädchen‹ nennen und mir einen absolut korrekten Rat geben, der mir überhaupt nicht weiterhilft«, sagte Euphemia ungeduldig. »Er würde mir nichts Wissenswertes erzählen.«

»Der höchst ehrenwerte Narses hat dich sehr viel hochherziger behandelt, als ... seine Stellung ihn verpflichtet«, erwiderte Johannes. Die Ergänzung, die er seinem Satz zuerst geben wollte, »als du verdient hast«, hing unausgesprochen zwischen ihnen. Euphemias Wangen überzogen sich mit dem für sie charakteristischen dunklen Rot.

»Narses möchte unbedingt die in diesen Akten enthaltenen Informationen«, sagte sie. »Er wäre hoch erfreut, wenn du sie ihm beschaffen könntest. Das gesamte Büro des Prätorianerpräfekten würde vor Freude tanzen. Wenn alles klappt, wäre dies ein richtiger kleiner Lorbeerzweig für dich, der sicher wohlwollend registriert würde, wenn du auf Beförderung aus bist.« Sie sammelte ihre Akten von Johannes' Schreibtisch. »Wenn du ... mich morgen abend nach der Arbeit in meinem Haus besuchen möchtest, könnten wir vielleicht zu einer Einigung gelangen.«

»Morgen abend nach der Arbeit trainiere ich mein Pferd«, erwiderte Johannes eisig.

»Nun, dann eben übermorgen abend!« fuhr sie ihn an. »Es ist eine günstige Gelegenheit für dich – denk darüber nach!« Sie erhob sich und bedachte Johannes mit einem weiteren kalten Blick und verließ den Raum.

»Du solltest sie beim Wort nehmen!« meinte Anastasios, sobald sie fort war. »Ich glaube, das würde dir sogar der ehrenwerte Narses empfehlen.«

»Was sind denn das für Akten?« fragte Johannes ärgerlich.

»Die Steuerfestsetzungen aufgrund der letzten Volkszählung in Mesopotamien, Osrhoene, Syrien, Palästina und Arabien. Ihr Verlust hat die gesamte Verwaltung dieser Provinzen ins Chaos gestürzt. Kein Mensch weiß mehr, wer wem wieviel schuldet.«

»Die Steuerfestsetzungen im Osten sind doch sowieso nicht mehr aktuell!« protestierte Johannes. »Durch den Krieg und die Pest hat sich das Land grundlegend verändert.«

»Doch in dem Augenblick, in dem man die neuen Schätzungen vornimmt, benötigt man die alten Unterlagen.« Anastasios' Stimme hatte einen klagenden Tonfall. »Sie brauchen die alten Unterlagen. Die Präfektur kann unmöglich ohne Euphemias Akten arbeiten.«

»Oh, zur Hölle mit dir und deinen Akten! Ich mag diese Frau nicht, und ich will ihr keine Informationen verkaufen.«

»Sie hat ja keine genauen Angaben über irgendwelche speziellen Informationen gemacht. Vielleicht möchte sie nur, daß du ihr den Hofklatsch weitererzählst«, redete ihm Anastasios zu. »Vielleicht könntest du mit dem ehrenwerten Narses über ihr Angebot sprechen? Bitte! Ich habe Freunde in der Präfektur und kenne die Kopfschmerzen, die das Fehlen jener Akten verursacht.«

Johannes stöhnte und sah den alten Schreiber ärgerlich an. Anastasios sah ihn ebenfalls an, und in seinem Blick lag eine Verunsicherung, die durch Johannes' Verärgerung beinahe furchtsam wurde. Es war verwirrend, aber auch entwaffnend, den alten Mann so demütig bitten zu hören.

»Nun gut«, meinte Johannes schließlich. »Ich werde den ehrenwerten Narses in dieser Angelegenheit um seinen Rat bitten und sehen, ob er es als klug erachtet, in dem von dir vorgeschlagenen Sinne zu verfahren.«

»Danke.« Zufrieden machte sich Anastasios wieder daran, eine Akte herauszusuchen. Johannes fluchte unterdrückt, als er sich vor den Berg von Dokumenten setzte, der auf seinem Schreibpult wartete.

Narses billigte den Plan. »Natürlich würde ich es vorziehen, daß die junge Frau die Akten einfach an die Präfektur zurückgibt«, meinte er. »Und du kannst ihr ausrichten, daß ich der Meinung bin, dies sei das Klügste. Aber wenn sie unbedingt mit ihnen handeln will, ist dies wahrscheinlich noch die harmloseste Art und Weise. Ich traue deinem Feingefühl, ihr keine irgendwie heiklen Informationen preiszugeben.«

So ritt Johannes also zwei Tage später in das Viertel der Stadt, in dem Euphemias Haus lag.

Zuvor hatte er Maleka tatsächlich noch trainieren wollen, aber es war ein naßkalter Frühlingsabend und regnete so heftig, daß er sich lediglich auf den Rücken des Pferdes schwang, statt zu Fuß zu gehen. Der junge Sklave Jacobos folgte ihm auf einem robusten asiatischen Wallach; der Junge war von dem Rennpferd seines Herrn so beeindruckt gewesen, daß Johannes ihm ebenfalls ein Pferd gekauft und dafür gesorgt hatte, daß er reiten lernte. Die Pferde spitzten die Ohren und steckten ihre Köpfe zögernd in den eisigen Regen, während sich die Reiter die Umhänge über den Kopf zogen und die frierenden Hände rieben.

Narses hatte Johannes erzählt, Euphemia wohne in dem alten Haus ihres Vaters in der Nähe des Taurusforums, auf der Seite zum Bosporus. Der weitläufige Platz lag in der regenverhangenen Dämmerung beinahe verlassen da, und die Pferdehufe hallten laut auf dem Kopfsteinpflaster; als sie durch den Triumphbogen ritten, klang ihr Echo weithin. Das Licht der vor einer Villa aufgestellten, in der Nässe zischenden Fackeln spiegelte sich rötlich auf den nassen Steinen der Straße; sonst war alles grau.

»Sieh zu, ob du herausfindest, wo sich das Haus befindet!« befahl Johannes seinem Diener. Der Junge nickte und trabte auf der Suche nach jemandem, den er fragen konnte, über den Platz; Johannes wartete unter dem Triumphbogen. Ihm graute vor der Unterhaltung.

Ich mag diese Frau nicht, sagte er sich erneut; andererseits wurde er sich jedoch bewußt, daß das Unbehagen wegen der bevorstehenden Begegnung nicht unbedingt aus seiner Abneigung resultierte. Sie haßt die Kaiserin, meine Mutter, fuhr er in seinen Überlegungen fort und prüfte im stillen seine Gefühle. Doch das Ergebnis befriedigte ihn nicht. Die Kaiserin hat ihr Unrecht zugefügt, gestand er sich ein, und der Schmerz angesichts dieser Erkenntnis enthüllte ihn und seine Gefühle in dieser regendunklen Nacht wie ein Blitzstrahl.

Ich wünsche mir nichts sehnlicher, als Theodora zu lieben, dachte er, und fast gelingt es mir. Aber ich habe Angst davor zu erfahren, was sie vielleicht alles getan hat. Sie kann sehr grausam sein, und sie ist rachsüchtig. Innerhalb gewisser Grenzen ist auch gar nichts dagegen zu sagen – aber ich weiß nicht, wo die Grenzen für sie liegen. Und ich will es auch nicht wissen. Ich bin inzwischen ihr Geschöpf, von ihr ganz neu erschaffen, und falls sie eine Tyrannin ist, dann . . .

Jacobos kam in kurzem Galopp über den Platz geritten. »Zweiter Eingang rechts in der dritten nach Süden führenden Straße«, rief er. »Das Haus ist größtenteils von einer Mauer umgeben und an Leute aus dem Palast vermietet, aber das eisenbeschlagene Tor führt zu ihr.«

Johannes nickte und wandte sich nach Süden.

Die Vorderfront des Hauses lag tatsächlich direkt am Forum, aber es war sehr groß und man konnte leicht erkennen, daß dieser Teil kürzlich von dem Hinterhaus getrennt worden war. Das große, eisenbeschlagene Tor war jedoch nicht zu übersehen, und ohne abzusitzen pochte Johannes daran. Ein Hund fing an zu bellen, und einen Augenblick später öffnete ein alter Mann das Fenster in der Pförtnerloge neben dem Tor und streckte mißtrauisch den Kopf hinaus. »Was wollt ihr?« fragte er.

»Ich bin der Sekretär des höchst ehrenwerten Narses, Kämmerer seiner Erhabenen Majestät, und möchte die Tochter des Johannes von Kappadokien wegen einiger Akten besuchen.«

Das Fenster wurde geschlossen, dann öffnete sich eine kleine, in einem der beiden Torflügel eingelassene Tür. »Sie hat von dir gesprochen«, sagte der alte Mann. »Komm rein.«

Doch die Tür war zu klein, um hindurchzureiten. »Und was ist mit meinem Pferd?« fragte Johannes.

Der Mann spuckte aus und blickte unglücklich zuerst auf die Pferde, dann auf die Tür. »Ich werde das Tor öffnen«, meinte er schließlich.

Die Torflügel waren verrostet, da sie lange nicht benutzt worden waren; deshalb mußten sie die Pferde zu Hilfe nehmen, um sie zu öffnen. Sie kamen in einen Säulenhof, der von einem Garten mit einem Brunnen in seiner Mitte umgeben war. Der Garten war ziemlich verwildert, überall wuchsen Unkraut und Dornengestrüpp; der Brunnen enthielt nur wenige Zoll grünes Wasser. Johannes befahl, die Pferde im Schutz des Säulenganges anzubinden und sie mit Wolldecken zu wärmen; dann begab er sich, begleitet von dem alten Mann und gefolgt von seinem Sklaven, ins Haus.

Es war ein prächtiges Haus, die Wände waren mit Straßenszenen oder Meeresansichten bemalt, die Fußböden mit Mosaiken ausgelegt. Aber es schien nur spärlich möbliert und machte einen muffigen, verstaubten Eindruck, auch wenn alles sehr sauber war. Es war bitter kalt. Das Haus verfügte offensichtlich über ein Hypokaustum, eine Bodenheizanlage, die aber nicht in Betrieb war; keine der Lampen auf den vielen Ständern, an denen Johannes vorbeikam, war angezündet. Nirgends waren Sklaven zu sehen; die Flure waren leer und still. Der alte Mann trug ein Binsenlicht und führte Johannes durch das Erdgeschoß, dann eine Treppe hinauf und einen weiteren Flur entlang. Unter einer Tür an seinem anderen Ende schimmerte goldenes Lampenlicht. Der alte Mann klopfte zweimal.

»Wer ist da?« erscholl die vertraute, energische Stimme.

»Der Herr aus dem Palast, Herrin«, sagte der alte Mann. »Aus dem Büro des Kämmerers.«

Einen Augenblick lang herrschte Schweigen, dann wurde die Tür von Euphemias Gesellschafterin geöffnet. Sie nickte Johannes zu und trat beiseite. Er ging hinein.

Dieser Raum war, sehr zu seiner Erleichterung, warm. Er wurde von zwei Holzkohlenpfannen zu beiden Seiten des Fensters geheizt, und von einem einfachen, hölzernen Lampenständer hingen vier Lampen. In einer Ecke stand ein Webstuhl mit einer Bank davor, auf der ein Mädchen saß; eine andere Frau neben ihr spann, während eine dritte lose Wolle kämmte. Ein Säugling schlief in einer Wiege zu ihren Füßen.

Das sind sämtliche weiblichen Sklaven des Hauses, machte sich Johannes klar. Und alle sind hier, wo es warm ist. Die Männer sind wahrscheinlich unten in einem anderen Zimmer im Erdgeschoß versammelt. Sie können es sich nicht leisten, das Hypokaustum in Gang zu setzen, und sie haben die anderen Sklaven und den größten Teil der Möbel verkauft, um die Haushaltsrechnungen bezahlen zu können, nachdem das Vermögen des Kappadokers konfisziert wurde.

Euphemia saß auf einer Ruhebank neben einer der Holzkohlenpfannen, ein Buch auf ihrem Schoß. Sie trug immer noch den schwarzen Umhang, hatte jedoch das Kopftuch abgenommen. Ihre Haare waren braun, und sie hatte sie zu einem festen Knoten gebunden. Sie sah ihn mit einem boshaften Lächeln an. »Da ist ja unser Experte für Bestechungsgelder«, sagte sie. »Willkommen!«

»Mein Name ist Johannes« , sagte er ziemlich schroff. »Aus Berytus.«

Sie zuckte die Achseln. »Dein Sklave kann nach unten gehen«, sagte sie zu ihm. »Onesimos, nimm ihn mit hinunter in die Küche und gib ihm etwas zu trinken.«

Johannes nickte Jacobos zu, und dieser ging mit dem alten Mann hinaus. Euphemias Gesellschaftsdame schloß die Tür; dann setzte sie sich ohne ein einziges Wort an den Webstuhl und begann zu weben. Es gab im Zimmer keine weitere Ruhebank, so daß sich Johannes widerwillig an das andere Ende von Euphemias Ruhebank setzte. Meinem Sklaven geben sie etwas zu trinken, mir jedoch nicht. »An was für Informationen hast du im Zusammenhang mit unserem Handel gedacht?« fragte er.

». . . um gleich zur Sache zu kommen«, ergänzte sie an seiner Statt und lächelte unfreundlich. »Die Akten, die der Präfektur soviel bedeuten, befinden sich in meinem Besitz, und ich werde jedesmal ein paar Seiten kopieren lassen. Ich habe mir gedacht, eine Seite im Austausch für die Information, wer auf der Audienzliste steht, und weitere Seiten für alle übrigen sich als nützlich erweisenden Informationen.«

»Wie viele weitere Seiten? Und wofür genau?«

»Das hängt ganz davon ab, nicht wahr? Ich interessiere mich nur für den gewöhnlichen Hofklatsch – wem die Gunst des Augustus und der Augusta gehört und wer in Ungnade gefallen ist, wessen Bittgesuche gewährt und wessen zurückgewiesen worden sind, wer wegen Unredlichkeit festgenommen worden ist und so weiter. Und wenn du mir etwas besonders Wichtiges erzählen kannst, werde ich so viele Akten hinzufügen, wie mir die Information wert ist. Ich werde ehrlich dabei vorgehen.«

»Wirst du das auch wirklich?« fragte Johannes. »Ich muß mich ganz darauf verlassen, oder? Der höchst ehrenwerte Narses empfiehlt dir, die Akten der Präfektur zurückzugeben; er hält es für das Klügste, was du tun kannst.«

Sie zuckte die Achseln. »Ich gebe sie nicht einfach so aus der Hand, ohne etwas dafür zu bekommen. Außerdem will ich Informationen über eine längere Zeitspanne, deshalb kann ich dir nicht alle Akten auf einmal geben. Aber ich werde ehrlich sein.«

»Und was ist, wenn die Präfektur die Akten verlangt? Schließlich hat dein Vater sie unterschlagen.«

Ihre Augen blitzten. »Das hat er nicht! Er hat sie ganz einfach mit nach Hause genommen, um darin zu arbeiten, und dann ist er plötzlich in Ungnade gefallen. Als wir in Cyzicus waren, schrieb die Präfektur mehrmals und erkundigte sich, was aus ihnen geworden sei, aber wir hatten sie nicht mit, und mein Vater war so durcheinander, daß er sich nicht daran erinnern konnte, wo er sie hingetan hatte. Jetzt schrieb er lediglich, um mir mitzuteilen, es sei ihm vor ein paar Monaten eingefallen.«

»Aber er hat nicht vorgeschlagen, sie an die Präfektur zurückzugeben, oder?«

Ihr Mund verzog sich verächtlich. »Er wird in einem winzigen Zimmer in der Festung von Antinoopolis gefangengehalten. Er hat keinerlei Freunde in der Stadt und kaum Geld genug, um sich am Leben zu erhalten.« Ihre Stimme klang aufgebracht. »Die Handgelenke sind von seinen Ketten so wund gerieben, daß ich seine Handschrift kaum lesen konnte. Nein, er hat nicht vorgeschlagen, die Akten für nichts und wieder nichts rauszugeben. Und er hat auch nicht vorgeschlagen, sie wegzuwerfen. Er möchte raus aus dem Kerker!« Sie atmete einmal tief durch und fuhr dann ruhiger werdend fort: »Falls die Präfektur die Herausgabe der Akten verlangt, verschwinden die Akten. Das ist alles.«

Johannes seufzte. »Nun gut. Zuerst möchtest du also die Audienzliste.«

Er nahm seinen Federkasten und ein kleines Stück Pergament und schrieb die Namen auf, die an jenem Morgen auf dem Terminkalender gestanden hatten. Euphemia nahm die Liste begierig entgegen, überflog sie und fragte dann: »Und was ist mit den Neuigkeiten vom Hof? Ist Belisar schon nach Italien zurückgekehrt?«

»Nicht direkt. Auf dem Wege dorthin wird er sich zuerst nach Thrakien begeben, um weitere Soldaten zu rekrutieren; man erwartet, daß er Ende des Sommers nach Italien übersetzt.«

»Stimmt es, daß in Afrika ein neuer Aufstand ausgebrochen ist?« Eine halbe Stunde lang befragte sie ihn eingehend. Erleichtert stellte er fest, daß sie keine Geheiminformationen von ihm erwartete. Genau wie Sergius war sie lediglich auf die ganz gewöhnlichen Neuigkeiten erpicht, und zwar von jemandem, der sagen konnte, ob etwas an ihnen dran war oder nicht.

Schließlich versiegte der Strom ihrer Fragen. Sie seufzte zufrieden und warf ihm einen flüchtigen Blick zu. In dem Licht der Lampen wirkten ihre Augen dunkler, eher dunkelbraun als orangefarben wie in der Sonne.

»Wie wäre es jetzt mit den Akten?« schlug er vor.

Sie nickte und ergriff ein großes, rotes, in Leder gebundenes Buch, das an der entgegengesetzten Lehne der Ruhebank gelegen hatte. Sie muß sich sehr sicher gewesen sein, daß ich komme, dachte Johannes bitter. Stumm legte sie es offen zwischen sich und ihn. Johannes sah, daß es die Steuerschätzung der Provinz Syrien war. Er nahm seine Schreibtafel sowie den Griffel aus seinem Federkasten und notierte sich die Informationen rasch in Kurzschrift. Nach der ersten Seite sah er Euphemia an. Sie blätterte die Seite um, und als er auch die dort verzeichneten Informationen kopiert hatte, blätterte sie erneut um. »Das ist dann alles für heute«, meinte sie.

»Das? Ganze drei Seiten! Einige dieser Informationen sind sowieso nutzlos. Mir ist zufällig bekannt, daß der Stadtrat von Emesa seine Steuerschätzung vor zwei Jahren wegen einer katastrophalen Dürre geändert hat.«

Sie sah ihn überrascht an. »Woher weißt du das?«

»Ich war Ratsschreiber in Berytus und kannte einige Leute, die mit den Leuten aus Emesa zu tun hatten.« Die Nachricht war über die Karawanenstraße nach Bostra gelangt.

»Was warst du? Aber ...«, sie zögerte mißtrauisch. »Wie bringt es jemand innerhalb von zwei Jahren von einem Ratsschreiber in Berytus zum Sekretär des kaiserlichen Kämmerers?«

»Ich bin ein entfernter Vetter der Augusta«, erwiderte Johannes. »Ich habe Ihre Erhabene Majestät um Hilfe angerufen, nachdem meine Eltern an der Pest gestorben waren.«

»Ein Vetter der Kaiserin!« Euphemias Gesichtsausdruck war jetzt äußerst besorgt. »Heilige Mutter Gottes!« Sie schlug das Buch zu und sprang auf. Ihre Sklavinnen hörten mit der Arbeit auf und starrten Johannes ängstlich an. »Ich hätte dich niemals herbitten dürfen«, rief Euphemia erbittert. »Du bist hergekommen, um mich auszuspionieren, nicht wahr?«

»Ich spioniere niemanden aus«, erwiderte Johannes ärgerlich. »Du hast mich aufgefordert, dich hier aufzusuchen – und du kannst wohl kaum behaupten, daß ich sehr erpicht darauf war, dieser Aufforderung nachzukommen. Ich bin lediglich hier, um meinen Kollegen einen Gefallen zu tun; die Akten der Präfektur interessieren mich keinen Deut. Und was deine Verleumdungen der Augusta angeht« – er erhob sich –, »so werde ich sie in meinem Bericht bestimmt nicht erwähnen, falls es das ist, wovor du Angst hast. Aber ich bin der Erhabenen Augusta sehr zu Dank verpflichtet, und ich wäre dir verbunden, wenn du deinen Äußerungen in bezug auf sie Zügel anlegen würdest.«

Euphemia wurde blaß und starrte ihn einen Augenblick lang an. Dann senkte sie ihren Blick und errötete. »Du warst in der Tat nicht sehr erpicht darauf herzukommen«, gab sie zu. »Du bist wohl wirklich kein Spion.«

Umständlich setzte sie sich wieder; Johannes blieb stehen. »Ich wollte dich gerade bitten, nächste Woche wiederzukommen und mir weitere Informationen zu geben«, sagte das Mädchen und blickte zu ihm auf. »Jetzt allerdings ...«

Johannes zuckte die Achseln. Er ergriff sein Notizbuch. »Bitte jemand anderen. Einen Beamten der Präfektur.«

»Diese Leute haben keinen Zugang zum Kaiser.« Euphemia strich sich müde über die Stirn. »Wahrscheinlich ist es nicht so schrecklich wichtig, welche verwandtschaftlichen Beziehungen du hast«, meinte sie schließlich. »Es gibt nichts, das du der Kaiserin erzählen könntest, was sie nicht bereits wüßte. Außerdem brauche ich die Informationen für meinen Vater ..., also auf ein Wiedersehen in einer Woche.«

»Ich danke Eurer Freundlichkeit«, sagte Johannes. »So eine höfliche Einladung! Solch gepflegte, zuvorkommende Gastfreundschaft! Wenn das Wetter in der nächsten Woche auch nur ein bißchen besser ist, ziehe ich es bestimmt vor, mein Pferd zu trainieren. Ich danke dir!«

»Bitte!« sagte Euphemia und sah ihn unglücklich an. »Es tut mir leid, daß ich so ungehobelt war, und es tut mir leid, daß ich so wenig gastfreundlich war. Bitte komm nächste Woche wieder!« Ihre Unterlippe zitterte, und einen schrecklichen Augenblick lang dachte er, sie werde weinen. Sie hat Angst davor, ihren Vater zu enttäuschen, dachte er. Sie stellt sich vor, wie er dort in seinem Kerker sitzt und sich darauf verläßt, von ihr irgendwelche Informationen zu bekommen, die ihm helfen können. Sie ist sogar bereit, vor mir zu Kreuze zu kriechen, um sie zu bekommen. Diese Erkenntnis machte ihn verlegen und wütend.

»Also gut, also gut«, sagte er rasch und entfernte sich. »Nächste Woche. Alles Gute!«

Er stolperte schnell aus dem Zimmer, eilte durch die kalten, leeren Flure und fand schließlich Jacobos, der an einem Holzkohlenfeuer in der Küche gastlich aufgenommen worden war. Er zerrte den Jungen hastig auf den Hof zu den Pferden. Der alte Mann schob das quietschende Eisentor auf, und sie ritten in dem strömenden kalten Regen durch die dunklen Straßen zurück.

5
Enthüllungen

Als Johannes sich ein paar Wochen später mit Maleka auf dem Weg zu einem abendlichen Ausritt im Hippodrom befand, bemerkte er, daß sein Sklave Jacobos ängstlich und unglücklich dreinschaute. Der Junge war für gewöhnlich ein Ausbund guter Laune, vergnügt, redselig, hellauf begeistert für fast alles; doch obwohl es ein klarer, strahlender Abend war und die Pferde wild darauf waren, endlich galoppieren zu können, saß Jacobos mit hochgezogenen Schultern auf seinem braunen Wallach und machte einen äußerst niedergeschlagenen Eindruck.

»Hast du etwas?« fragte Johannes ihn, als sie die Ställe verließen. »Fühlst du dich nicht wohl?«

»Es geht mir gut«, erwiderte Jacobos mürrisch.

Johannes zuckte die Achseln, und sie ritten davon, hinaus aus den Ställen des Palastes, durch das Bronzene Tor, über das Augusteion, durch das Große Tor zum Hippodrom. Die Rennbahn war eher noch voller als gewöhnlich. »Wollen wir ein wenig galoppieren?« fragte Johannes.

Bei dieser Frage hellte sich das Gesicht von Jacobos auf. Er beherrschte seinen Wallach im Grunde genommen noch nicht so recht, wenn dieser sich einer schnelleren Gangart als Trab bewegte; außerdem neigte er dazu, bereits im leichten Galopp seine Steigbügel zu verlieren. Aber er war wild auf jede Form von Geschwindigkeit und nickte eifrig. Johannes tätschelte Malekas Flanken, und sie preschte sofort auf die Bahn, entschlossen, alles zu überholen, was in Sichtweite kam. Doch Johannes hielt sie zurück und versuchte, seinen Sklaven im Auge zu behalten. Jacobos kam mit leuchtenden Augen freudestrahlend hinterher, ein Steigbügel hatte sich bereits gelockert, und die Zügel flatterten wild. Johannes veranlaßte Maleka, noch langsamer zu traben. »Füße und Hände tiefer!« schrie er, und gehorsam nahm Jacobos die Hände herunter und streckte die Beine. Er griff in die Mähne des Braunen und grinste Johannes an. »Richtig so, Herr?«

»Schon besser«, sagte Johannes freundlich und erinnerte sich an seine ersten eigenen Versuche auf dem Rücken eines Pferdes.

Sie umrundeten die Bahn dreimal, zuerst im leichten und schnellen Galopp, dann fünf weitere Male im Trab, bevor sie in Richtung der Ställe zurückritten. Als die Aufregung des Galoppierens erst einmal vorüber war, sah Jacobos sogleich wieder ängstlich aus; er blickte Johannes immer wieder nervös an. Als sie bei den Ställen waren, sagte der Junge plötzlich: »Herr – es gibt etwas, was ich dir erzählen möchte, aber mein Vater sagt, ich soll es lieber bleiben lassen.«

»Du solltest deinem Vater gehorchen«, sagte Johannes automatisch und wiederholte damit die Worte, die er als Kind selbst immer wieder gehört hatte.

»Ja, aber du bist mein Herr und seiner ebenfalls, ist es nicht so? Zuerst sollten wir also dir gehorchen. Außerdem warst du so freundlich zu mir, hast mir dieses Pferd hier gekauft und mir erlaubt, es wie ein Herr zu reiten. Ich glaube, es ist unrecht, es dir nicht zu erzählen.«

Johannes seufzte und stieg ab. Er nahm Malekas Zaumzeug und streichelte ihren Hals. »Nun, dann erzähl es mir also, wenn du glaubst, es sei unrecht, es nicht zu tun.«

Jacobos kletterte von seinem eigenen Pferd herunter. »Es ist so, Herr. Gestern hat mir ein Mann einen ganzen Solidus geboten, um dich auszuspionieren.«

»Um mich auszuspionieren?« Johannes war verwirrt und beunruhigt. »Warum? Was wollte er denn wissen?«

»Er sagte, er wolle alles wissen – wo du hingehst, mit wem du dich triffst, worüber du mit den Leuten sprichst. Er wollte mir den Solidus gleich geben und später, wenn ich mich als nützlich erwiesen hätte, noch einen. Ich habe ihm gesagt, er soll sich trollen, bevor ich meinen Vater rufe, und das hat er dann auch getan. Mein Vater hat gesagt, ich hätte recht so getan, aber ich sollte es dir nicht erzählen, sonst machst du dir nur Sorgen und stürzt das ganze Haus in Unruhe.«

»Was war das für ein Mann? Hat er dir seinen Namen genannt?«

»Nein. Es war ein ganz gewöhnlicher Mann. Nicht jung, aber auch nicht alt, nicht arm, aber auch nicht reich. Er war gut gekleidet, aber ich glaube, seine Sachen waren aus zweiter Hand. Er sprach wie jemand aus Konstantinopel, und er hatte helle Haare, nicht wirklich blond, aber fast. Ich glaube, er war der Sklave irgendeines hohen Herrn.«

Johannes stand einen Augenblick lang da, ohne sich zu rühren, und runzelte die Stirn. Wer will mich ausspionieren? fragte er sich. Wer spioniert mich aus? Wenn jemand versucht, meine Sklaven zu bestechen, dann ist es ihm vielleicht bereits gelungen, andere Leute zu bestechen.

»Jacobos«, fragte er, »dein Vater ... du glaubst doch nicht, daß sich jemand auch an ihn herangemacht hat, oder?«

Jacobos sah ihn erschrocken an. »O nein, Herr! Das heißt, wenn es so wäre, hätte er das gleiche getan wie ich. Er sagt immer, daß niemals etwas Gutes dabei herauskommt, wenn ein Sklave seinen Herrn betrügt. Es ist so, als wolle man das Dach seines eigenen Hauses abreißen, sagt er. Nein, es ist ganz einfach so, daß mein Vater keinen Ärger will und nicht möchte, daß du dir Sorgen machst. Deshalb hat er gemeint, ich soll dir nichts erzählen.«

»Nun, ich danke dir, daß du ihm nicht gehorcht hast«, sagte Johannes. »Falls ich einen Feind habe, möchte ich es lieber wissen.«

»Ja, Herr. Wirst du ihm erzählen, daß ich es dir gesagt habe?«

Johannes lächelte. »Nicht, wenn es dir anders lieber wäre.« Aber wer will mich ausspionieren und warum? fragte sich Johannes, als er den Palast, gefolgt von einem sichtlich erleichterten Jacobos, wieder verließ. Bezweifelt jemand meine Geschichte? Oder habe ich mir ganz einfach irgendeinen Feind gemacht? Euphemia! Hofft sie, irgend etwas herauszufinden, um weitere Informationen von mir zu erpressen? Oder (und der Gedanke verursachte ihm einen Stich im Herzen) traut die Kaiserin mir nicht? Fürchtet sie, daß ich sie hintergehe oder meine Existenz peinlich für sie werden könnte? Aber sie hätte es doch sicherlich nicht nötig, irgendwelche Leute zu bestechen? Meine Sklaven haben urspünglich alle ihr gehört, und im Zweifelsfall würden sie ihre Befehle immer noch über die meinen stellen. Wer dann? Herr im Himmel, ich hasse diese Stadt.

Unvermittelt blieb er stehen und blickte zu den sanft leuchtenden Frühlingssternen empor, deren unzählige goldene Punkte über dem Bronzenen Tor hingen. Ich wünschte beinahe, ich wäre wieder in Bostra, dachte er unglücklich. Ich war dort nichts als ein Bastard und der Sohn einer Dirne, aber zumindest wußte ich, wer ich war. Doch es gibt keinen Weg zurück. »An den Grenzen der Nacht erblickte Orpheus Eurydike, verlor und tötete sie.« Vielleicht kann Anastasios mir sagen, was das auf Latein heißt.

Er seufzte und setzte seinen Weg nach Hause fort.

Ein paar Wochen später kam Anastasios schweißbedeckt zur Arbeit. Sein Kopf war ganz rot, er hustete fürchterlich und stellte sich den ganzen Vormittag über äußerst ungeschickt an; dauernd ließ er irgendwelche Akten fallen.

»Warum gehst du nicht nach Hause und ruhst dich aus?« fragte Johannes schließlich ärgerlich. »Du bist krank.«

»Ich will nicht zu Hause herumliegen und mich ausruhen«, entgegnete

Anastasios. »Das einzige, was man gegen eine Erkältung tun kann, ist, sie zu ignorieren.« Er nieste heftig und fuhr sich mit der Hand über die Stirn.

Er sollte ihm in der Mittagspause eine Lateinstunde geben, und Johannes begleitete den alten Mann pünktlich in eine Taverne – nicht in die von Sergius bevorzugte – und bestellte etwas zu essen. Aber Anastasios hatte keinen Hunger. »Wir wollen nur etwas Latein repetieren«, sagte er. »Was haben wir denn letztes Mal durchgenommen? ›Ich habe die Notizbücher dem Ministerium geschickt.‹ Das heißt: Mitto libellos officiae ...«

»Oh, und ich dachte, es muß officio oder officiis heißen«, sagte Johannes.

Anastasios blickte ihn mit rotgeränderten Augen an. »Ja«, sagte er nach einer Pause, »so sollte es heißen.«

»Heilige Mutter Gottes!« Johannes streckte seinen Arm über den Tisch und legte dem Schreiber eine Hand auf die Stirn; sie war brennend heiß. »Du Narr!« sagte er ärgerlich und stand auf. »Du bist zu krank, um ›Ministerium‹ richtig zu deklinieren, und sitzt hier und sprichst Latein. Komm, ich bringe dich nach Hause.«

Anastasios leistete keinen Widerstand, als Johannes ihn aus der Taverne drängte, aber auf der Türschwelle stolperte er und blieb verwirrt stehen, als er der überfüllten Straße ansichtig wurde. Johannes merkte, daß er zu schwach war, um allein gehen zu können. »Ist es weit bis zu dir nach Hause?« fragte er und hakte den alten Mann unter.

Es waren fast zwei Meilen. Die Unterkunft des Schreibers lag im zweiten Stock eines kleinen Wohnhauses in der Nähe des Rindermarktes. Auf Johannes' Klopfen hin öffnete ein Sklave, der ebenso alt und grauhaarig war wie Anastasios. Er schien nicht überrascht, seinen Herrn schon so früh zu sehen.

»Ich habe dir ja gesagt, daß du krank bist«, meinte er und nahm Anastasios' Arm von Johannes Schulter. »Danke dir, Herr; ich werde ihn zu Bett bringen.«

»Sollte man nicht einen Arzt holen?« fragte Johannes und blieb unentschlossen an der Tür stehen.

»Es ist nur ein bißchen Fieber«, sagte Anastasios und riß sich mit offensichtlicher Anstrengung zusammen. »In ein paar Tagen geht es mir schon wieder besser. Geh bitte ins Büro zurück – und sei vorsichtig mit dieser Akte von Priscus!«

Als Johannes wieder im Magnaurapalast war, überraschte er Sergius dabei, wie dieser sich im Vorzimmer über Johannes Schreibpult beugte.

Der Schreiber sah irgendwelche Papiere durch, legte sie jedoch rasch beiseite, als Johannes eintrat.

»Da bist du ja endlich!« bemerkte er. »Wo ist Anastasios?«

»Er ist krank und liegt im Bett«, erwiderte Johannes kurz angebunden. Der Anblick von Sergius' grobem, finsterem Gesicht über seinen Notizen hatte einen überraschend starken Ärger in ihm ausgelöst. »Ich mußte ihn nach Hause bringen.« Er kam um das Schreibpult herum.

Sergius stand langsam auf. »Gut, dann sage ich dem vortrefflichen Narses, daß du zurück bist.«

»Danke.« Johannes setzte sich rasch und überflog die Dokumente auf dem Schreibpult. Sergius hatte offensichtlich nicht nur die laufenden Dinge durchgesehen, sondern auch die Akten aus den Wochen zuvor. Johannes blickte mißtrauisch auf; Sergius lächelte nur träge und schlenderte gemächlich in das Hauptbüro. Ein paar Minuten später kam Narses heraus. »Anastasios ist krank?« fragte er.

»Ja, er hat Fieber. Ich mußte ihn nach Hause bringen.«

»Ich hoffe, es ist nichts Ernstes?«

»Er behauptet nein. Trotzdem will ich heute abend zu ihm gehen, um zu sehen, wie es ihm geht. Er hat wahrlich keinen guten Eindruck gemacht.«

»Das wäre sicher gut«, sagte Narses und runzelte die Stirn. »Danke.« Einen Augenblick stand er da, ohne sich zu rühren, klopfte mit seinen Fingern auf Johannes' Schreibpult, dann sah er ihn mit seinem vieldeutigen Lächeln an und ging zurück ins Hauptbüro.

Johannes war an diesem Abend zu einem der inzwischen regelmäßig stattfindenden wöchentlichen Treffen mit Euphemia verabredet, und es wurde spät, bis er aufbrechen konnte, um Anastasios zu besuchen. Das Mädchen behandelte ihn mit einer überkorrekten, kalten Förmlichkeit, die er beinahe ebenso irritierend fand wie ihre frühere verächtliche Geringschätzung. Außerdem erforderte sein Besuch auf diese Weise viel Zeit. Die Verhandlungen wurden jedesmal mit dem höflich vorgebrachten Angebot, etwas zu essen und zu trinken, eingeleitet, und die Unterhaltung war von wortreichen Höflichkeitsfloskeln begleitet. Obwohl er direkt vom Magnaurapalast zu ihrem Haus geeilt war, war es fast dunkel, als er sich endlich verabschieden konnte. Nachdem sich die mit Eisen beschlagenen Torflügel hinter ihm geschlossen hatten, stieß Johannes einen Seufzer der Erleichterung aus, der bereits zu einem typischen Merkmal für das Ende dieser Zusammenkünfte geworden war, und lenkte Maleka in einem leichten Galopp zum Rindermarkt.

Vor Anastasios' Wohnhaus standen sechs bewaffnete Männer, sieben Pferde und ein weißer Maulesel. Es war ein schöner, warmer Abend, und vier der Männer saßen in einem Halbkreis auf dem Pflaster und würfelten, während die anderen beiden, auf ihre Lanzen gelehnt, in der Nähe des Einganges standen. Johannes zügelte Maleka und sah die Männer überrascht an, dann wurde ihm klar, daß es Narses' Gefolgsleute waren. Er hatte hin und wieder bemerkt, daß der Eunuch sich eine kleine Leibgarde hielt, obwohl sich die Soldaten für gewöhnlich vom Büro fernhielten, so daß er nur einem oder zweien von ihnen begegnet war. Er stieg von seinem Pferd und führte es zum Haus. Jacobos folgte ihm.

»Seid gegrüßt«, sagte er, und die vier Würfelspieler erhoben sich. Alle vier waren sie große, hagere, starke Männer mit langen Bärten; sie hatten Kettenpanzer angelegt und waren bis an die Zähne bewaffnet. Von den sechs Soldaten waren vier schwarzhaarig, zwei waren blonde, blauäugige Barbaren.

»Sei gegrüßt«, sagte einer der dunkelhaarigen mit einem starken armenischen Akzent. »Du bist doch der Sekretär des vortrefflichen Narses, nicht wahr? Der ehrenwerte Kämmerer ist oben. Sollen wir uns um dein Pferd kümmern?«

»Ja.« Der Armenier verbeugte sich und griff nach Malekas Zügeln. Johannes schluckte und nickte Jacobos zu. »Du bleibst hier und wartest«, befahl er, und der Junge gehorchte ängstlich lächelnd. Johannes ging ins Haus.

Im zweiten Stock traf er auf eine alte Frau, die gerade Anastasios' Räume betreten wollte und einen schweren Krug mit Wasser trug; sie sah ihn mißtrauisch an, sagte jedoch nichts, als er hinter ihr eintrat. Der alte Sklave, den er bereits mittags gesehen hatte, füllte gerade die Kohlenpfanne mit neuer Holzkohle; er nickte Johannes zu, wischte sich das Gesicht ab und deutete auf den Flur. »Dort entlang«, sagte er. »Sag ihnen, daß das Wasser bald fertig ist.«

Johannes folgte der angegebenen Richtung und fand den Weg zum Schlafzimmer des alten Schreibers. Es war ein äußerst einfach eingerichtetes Zimmer, das mittels zweier großer Glasfenster genügend Licht erhielt; im übrigen war es fast schmucklos, mit rohverputzten Wänden und einem Fußboden mit einem billigen Mosaik aus Singidunum. Anastasios lag auf der fadenscheinigen Überdecke eines schmalen Bettes; er machte einen fiebrigen und erschöpften Eindruck. Ein anderer Mann, offensichtlich ein Wundheiler, beugte sich über ihn, fühlte ihm den Puls und hielt eine Tasse mit irgendeiner unangenehm aussehenden, dunklen

Flüssigkeit in der Hand. Narses stand mit verschränkten Armen am Fenster und beobachtete die beiden. Er lächelte Johannes zu, als dieser in der Tür erschien.

»Sei gegrüßt«, sagte Narses. »Wie du siehst, habe ich mich entschlossen, selbst nach unserem Patienten zu sehen. Dieser Herr ist der höchst ehrenwerte Aetios, mein Leibarzt. Doktor, dies ist mein Sekretär, Johannes von Berytus.«

»Sei gegrüßt«, sagte Anastasios und bedachte Johannes mit einem schwachen Lächeln.

Der Arzt schnaubte verächtlich und machte sich nicht die Mühe, sich umzudrehen. »Ihr solltet alle rausgehen«, sagte er. »Der Patient benötigt Ruhe. Was machen diese Sklaven denn mit dem Wasser?«

»Sie meinten, es sei gleich fertig«, richtete Johannes aus.

Der Arzt ließ Anastasios' Handgelenk los und machte eine wegwerfende Handbewegung. »Ziemlich schlimm«, meinte er vorwurfsvoll, zu dem alten Mann gewandt. »Hier, trink dies; es wird das Fieber ein wenig senken und dir ermöglichen zu schlafen.« Er reichte Anastasios die Tasse. Der Schreiber wandte den Kopf ab und sah Narses flehentlich an. »Vortrefflicher Narses, es wäre wirklich nicht nötig gewesen ...«

Narses trat rasch an das Bett und nahm dem Arzt die Tasse aus der Hand. »Wahrscheinlich hast du recht«, sagte er ruhig. »Aber es beruhigt mich zu wissen, daß man sich auch ordentlich um dich kümmert. Trink aus, mein Freund.« Er führte die Tasse an die Lippen des Schreibers. Anastasios trank ein paar Schlucke und verzog das Gesicht.

»Da der Doktor sagt, daß du Ruhe brauchst, werden wir dich jetzt allein lassen«, meinte Narses. »Wenn du irgend etwas brauchst, sag es nur meinem Sklaven – ich werde morgen früh jemanden herschicken. Gute Besserung! Doktor, kann ich dich bitte einen Augenblick ...« Er zog den Arzt aus dem Zimmer in den Flur hinaus.

Anastasios stöhnte, und Johannes trat an sein Bett. Die Augen des alten Mannes blickten trübe und waren entzündet, sein Gesicht war spitz und ganz rot. »Wie fühlst du dich?« fragte Johannes.

»Es ist nur etwas Fieber«, erwiderte Anastasios. »Sag dem vortrefflichen Narses, er soll sich keine Sorgen machen.« Er schloß die Augen und öffnete sie unter großer Anstrengung erneut. »Es wäre nicht nötig gewesen, so einen teuren Arzt zu holen.«

»Mach dir deswegen keine Sorgen«, sagte Johannes. »Bleib lieber ruhig liegen und werde bald gesund. Ich verspreche dir, deine Akten während deiner Krankheit nicht durcheinanderzubringen.«

Anastasios ließ sein glucksendes Lachen hören und schloß erneut die Augen. »Gute Besserung!« sagte Johannes zu ihm und schlüpfte aus dem Zimmer.

Narses stand in der Eingangshalle und sprach mit dem Arzt.

»Ich werde dir einen meiner Männer dalassen, damit er auf dein Pferd achtgeben und dir nach Hause leuchten kann«, sagte er gerade, als Johannes zu ihnen trat. »Im übrigen wirst du doch dafür sorgen, daß er gut gepflegt wird, falls es schlimmer mit ihm werden sollte?«

Der Arzt nickte. »Ich werde einen meiner Gehilfen bei ihm wachen lassen. Der Pfleger wird allerdings etwas extra kosten.«

»Natürlich. Aber sag ihm, er soll den alten Mann nicht damit behelligen; er denkt, Ärzte sind reine Verschwendung. Die Bezahlung ist allein meine Sache. Ich danke dir, höchst ehrenwerter Aetios, daß du dir wegen meines Freundes soviel Mühe machst.«

Der Arzt verbeugte sich. »Es ist mir immer ein Vergnügen, dem vortrefflichen Narses zu Diensten zu sein.«

Narses begann die Treppe hinunterzugehen, und Johannes folgte ihm.

Draußen vor dem Haus saß Jacobos auf dem Pflaster und spielte mit der Leibwache Würfel; er begrüßte seinen Herrn mit einem enttäuschten Blick. Die Soldaten sprangen auf. Narses redete einen von ihnen auf armenisch an, und der Mann verbeugte sich. Ein anderer Soldat band eine prächtige, weiße persische Stute von der Hauswand und führte sie zu Narses. Johannes war überrascht – er hatte vermutet, der Eunuch reite das Maultier. Narses stieg auf und ergriff die Zügel; er saß nicht gerade wie jemand auf dem Pferd, der seit seiner Kindheit nichts anderes als zu reiten gewohnt ist, aber er machte doch den Eindruck, als habe er schon oft im Sattel gesessen. Er lächelte Johannes zu. »Vielleicht machst du mir das Vergnügen, mich in den Palast zurückzubegleiten?« sagte er.

»Natürlich, vortrefflicher Narses.« Johannes blickte sich nach seinem eigenen Pferd um und sah, daß ein Soldat der Leibwache Maleka bereits zu ihm führte. Jacobos rannte zu seinem braunen Wallach und kletterte hinauf, dann waren alle Männer außer demjenigen, der auf den Arzt warten sollte, im Sattel; sie warteten nur noch auf ein Zeichen ihres Herrn. Johannes lenkte Maleka an die Seite der weißen persischen Stute, und Narses ritt an der Spitze des kleinen Trupps die Straße hinunter.

»Ist Anastasios ernsthaft krank?« fragte Johannes.

Narses zuckte fast unmerklich die Achseln. »Ja. Aetios glaubt allerdings, daß er wieder gesund wird.« Er seufzte. »Ich befürchte so etwas schon über ein Jahr. Seit dem Tod seiner Frau hat Anastasios im Grunde genommen keine Lust mehr zu leben. Hoffentlich hintergeht er den Arzt nicht.«

»Seine Frau? Ich habe gar nicht gewußt, daß er verheiratet war.«

»O doch. Er hat trotz seines geringen Vermögens ein Mädchen aus guter Familie geheiratet; sie waren sehr glücklich miteinander. Sie hatten drei Kinder; zwei sind jung gestorben, und das dritte, eine Tochter, ist in Smyrna mit einem Kaufmann verheiratet. Anastasios' Frau ist letztes Frühjahr gestorben – eines der ersten Opfer der Pest. Ich wundere mich nicht, daß du noch nie von ihr gehört hast; er kann sie nicht erwähnen, ohne in Tränen auszubrechen, deshalb spricht er lieber gar nicht von ihr. Vielleicht sollte ich ihn nicht dazu ermutigen, gesund zu werden, da er das Leben ohne sie als so schmerzlich empfindet. Aber ich mag ihn und würde ihn sehr vermissen.«

»Ich wußte gar nicht, daß er noch etwas anderes außer seinen Akten im Kopf hat.«

Narses lächelte. »Er hat seine Arbeit immer geliebt. Seit dem Tod seiner Frau liebt er nichts anderes mehr.« Einen Augenblick lang ritten sie schweigend nebeneinanderher, dann sagte der Eunuch nachdenklich: »Aber ich hatte den Eindruck, daß er über die schlimmste Niedergeschlagenheit hinweg ist. Du hast ihn ziemlich aufgemuntert.«

»Ich habe ihn aufgemuntert?« fragte Johannes überrascht.

»Du hast ihn wieder lachen gelehrt. Er hat gerne mit dir gearbeitet. Nun, ich bete zu Gott, daß er sich erholt.« Er bekreuzigte sich dreimal. »Heiliger Gott, heiliger Allmächtiger, heiliger Unsterblicher.« Dann bedachte er Johannes ein weiteres Mal mit seinem zweideutigen Lächeln. »Du, der du für uns gekreuziget bist, hab Erbarmen!«

Er hatte die verbotene monophysitische Formel für das Gebet benutzt. »Kennst du Anastasios schon lange?« fragte Johannes ihn und war angesichts der Freimütigkeit des sonst so schwer durchschaubaren Oberkämmerers einigermaßen verwirrt.

»Schon seit vielen Jahren. Ich habe ihn kennengelernt, als ich Schatzmeister der kaiserlichen Privatschatulle war, damals war er Schreiber im Finanzministerium. Während des Nika-Aufstandes erhielt ich den Auftrag, die Blauen zu bestechen, um ihre Ergebenheit zum Gegenkaiser ins Wanken zu bringen. Die meisten Leute aus meinem Gefolge weigerten sich ganz offen, mit mir zu kommen – sie hatten Angst, mit einer Tasche voller Gold vor diesen rasenden Pöbel zu treten. Sie dachten, die Leute würden uns einfach umbringen und das Geld an sich nehmen. Sie hatten bereits jeden kaiserlichen Beamten umgebracht, dessen sie habhaft werden konnten. Schließlich ging ich auf der Suche nach Freiwilligen durch sämtliche Büros der kaiserlichen Hofhaltung, und Anastasios war einer der ganz wenigen Männer, die ich überreden konnte mitzukommen. Er war ein Unterschreiber mit einem Gehalt von zwölf Solidi im Jahr, der es sich nicht leisten konnte zu heiraten. Ich gab ihm zweihundert Solidi und sagte ihm, er solle sein Leben im Namen des Augustus Justinian riskieren – und er tat es. Er ist ein ungewöhnlich tapferer und tugendhafter Mann.«

Johannes schwieg einen Augenblick und versuchte, das Gehörte zu verdauen. »Ich dachte, der Aufstand sei von Belisar niedergeschlagen worden«, sagte er zögernd.

»Belisar und Mundus marschierten mit ihren Privatarmeen und Gefolgsleuten in das Hippodrom, verhafteten den Gegenkaiser und schlugen den Aufstand nieder, indem sie über dreißigtausend seiner Anhänger töteten. Ich wurde vorgeschickt, in erster Linie um einen Aufschub zu erzielen und die Gegner zu verwirren – die einem Büromenschen gemäße Aufgabe. Nein, die eigentliche Ehre, den Aufstand erstickt zu haben, gebührt der Augusta. Wenn sie nicht gewesen wäre, wären wir alle aus der Stadt geflohen. Die Palastwache war neutral, die Bevölkerung aber verhielt sich uns gegenüber feindselig: Wir hatten allesamt Angst um unser Leben. Sogar Belisar. Die Erhabene Augusta kannte die Risiken genausogut wie wir, sie war jedoch bereit, sie auch auf sich zu nehmen. Sie ist eine Frau von außerordentlichem Mut und großer Intelligenz.«

Johannes fühlte, wie er rot wurde; das Loblied auf Theodora klang süß in seinen Ohren, vor allem nach den Zweifeln, die Euphemia in ihm geweckt hatte. »Das glaube ich auch«, sagte er freudig erregt; dann, da der Kämmerer so offen zu ihm gewesen war, fügte er unsicher hinzu: »Was jedoch den Kappadoker betrifft ...«

Narses sah ihn ausdruckslos an.

»Ich habe eine Geschichte über den Kappadoker gehört, die mich verunsichert hat«, sagte Johannes und wagte den entscheidenden Schritt. »Und ich weiß in dieser Stadt nie, was wahr und was unwahr ist.«

»Das weiß in dieser Stadt keiner«, erwiderte Narses. »Wie lautete diese Geschichte?«

»Daß die Augusta seinen Sturz einfädelte und daß sie diejenige war, die ihn im vorigen Sommer verhaften – und ohne Rücksicht auf die Gesetze foltern ließ.«

Narses seufzte. »Johannes der Kappadoker«, sagte er nach einer Weile,

»ist ein ungewöhnlicher Mann. Du hast wahrscheinlich schon viel über ihn gehört – es gibt in jeder Provinz eine Menge Geschichten, die von den ... extremen Methoden handeln, mit denen er die Steuern eingetrieben hat. Vieles von dem, was du vielleicht gehört hast, stimmt, vieles nicht. Es ist wahr, daß er aus einer armen und unbedeutenden Familie stammt. Er begann seine Karriere als Schreiber im Büro des Heerführers im Ostreich, und der Augustus beförderte ihn wegen seiner Tatkraft und Intelligenz. Er ist äußerst tapfer, kühn, vorausschauend, tüchtig und freimütig. Als Prätorianerpräfekt hat er sich als besonders fähig und nicht einmal übermäßig bestechlich erwiesen.«

»Nein? Aber er besitzt ein riesiges Vermögen. Beinahe viertausend Pfund in Gold, und das ist nur die Summe, die ihm geblieben ist, nachdem er in Ungnade gefallen ist. Außerdem habe ich gehört ...«

Narses lächelte und blickte zu Boden. »Ich habe gesagt, nicht einmal *übermäßig* bestechlich. Natürlich hat er Bestechungsgelder genommen, Gelder unterschlagen und sich schuldig gemacht, indem er immer wieder Wuchergeschäfte tätigte. Aber ich fürchte, das ist heutzutage ziemlich an der Tagesordnung. Du kennst ja sicherlich die Redensart: ›Alle Kappadoker sind schlecht, noch schlechter sind sie im Umgang mit Geld, am schlechtesten bei der Büroarbeit und schlechter als schlecht in einem Kirchenamt.‹ Jedenfalls sind viertausend Pfund in Gold – wobei das meiste davon auf ehrliche Weise erworben ist – gar nicht einmal soviel, wenn man die Hunderte und Tausende bedenkt, die durch seine Hände gegangen sind.«

»Mit seinem Gehalt kann er doch kaum ein Zehntel dieser Summe gespart haben!« sagte Johannes hitzig.

Narses lächelte, und eine elegante Bewegung seiner Hand signalisierte seine Zustimmung. »Mein Gehalt beträgt auch nur ein Zehntel meines Einkommens. Aber du weißt doch genau, daß es Nebeneinkünfte gibt.«

Johannes schwieg einen Augenblick. Er wußte natürlich von den Nebeneinkünften eines kaiserlichen Kämmerers. »Aber du verzichtest manchmal auf die Gebühren«, sagte er schließlich.

»Manchmal ja. Und doch bleibt mir immer noch genug, um ein paar Villen zu unterhalten, die zu weit weg vom Palast liegen, als daß ich sie je benutzen könnte, ein Landgut in Armenien, das ich noch nie gesehen habe, und all die Sklaven und Verwalter, die diesen Besitz in Ordnung halten. Dazu kommen noch ein Kloster, ein Hospital und ein Altenheim hier in der Stadt. Natürlich, meine Stellung bietet mehr Privilegien als die eines Prätorianerpräfekten; meine Vorgänger haben das so geregelt. Die Vorgänger des Kappadokers waren im großen und ganzen unabhängige Herren, die nicht solch ausgeklügelte Maßnahmen zu ihrer Bereicherung getroffen haben. Außerdem hatte Johannes eine Familie und den ganz natürlichen Wunsch, seinen Reichtum zu vererben. Trotzdem, wenn du sein Vermögen mit dem vergleichst, das Belisar über die Jahre hinweg angehäuft hat, dann sieht es sogar eher bescheiden aus.«

»Belisar? Ich dachte . . . jeder lobt seine Ehrlichkeit!«

»Er ist genauso ehrlich wie alle anderen Generale in kaiserlichen Diensten. Sicher, er hat sich keines Verbrechens schuldig gemacht, aber er hat aus seiner Stellung so viele Vorteile wie nur möglich gezogen. Denk doch mal einen Augenblick nach. Er kann eine Armee von siebentausend Mann aus seinen privaten Mitteln unterhalten. Er hat lediglich ein kleines Landgut geerbt, während seiner Dienstzeit jedoch ein Vermögen angehäuft, das einem König angemessen wäre. Aber weil er ein Soldat ist, dem der Staat viel verdankt, denkt kein Mensch groß darüber nach. Die Verdienste des Kappadokers wurden nicht so hoch eingeschätzt. Aber ohne sie hätten Belisars Kriege niemals geführt werden können.«

»Du hast gesagt, er habe es nicht verdient, in Ungnade zu fallen«, sagte Johannes grimmig.

Der Kämmerer schüttelte den Kopf. »Das hat er auch nicht. Du wolltest schließlich den wahren Kern dieser Geschichte. Und ein Teil dieser Wahrheit liegt in der Tatsache, daß der Kappadoker nicht das Ungeheuer ist, als das er häufig hingestellt wird. Ich habe in meinem Leben ein oder zwei wirklich böse Menschen kennengelernt, und etwa ebenso viele Heilige, doch die Extreme sind nicht das Normale; die meisten von uns sind eine Mischung aus Gut und Böse, und Johannes von Caesarea ist keine Ausnahme. Andererseits hat er seine Verbannung sicherlich verdient. Seine Tüchtigkeit entwickelte sich auf der Basis vollkommener Gefühllosigkeit, die viel Leid unter dem gewöhnlichen Volk verursacht hat – und davon einmal abgesehen, hatte er die feste Absicht, gegen die Erhabene Majestät unseres Herrn, des Augustus, dem er alles verdankte, Verrat zu begehen. Meinetwegen kannst du noch hinzufügen, daß er ein heißblütiger Mann war, gewalttätig und tyrannisch, und daß er eine Schwäche für die Verlockungen der Aphrodite hatte. Er verschliß seine Geliebten schneller als die meisten Männer ihre Schuhe – obwohl er es zuweilen bereute. Er und die Augusta haßten einander vom ersten Augenblick an. Über die Gründe erzählt man sich eine Menge lächerliche Geschichten. Ich glaube, die Wahrheit liegt darin, daß er gegenüber Frauen eine tiefe

Verachtung empfand, zum Beispiel gegenüber der Frau, die er aushielt, und daß Theodora wiederum ein ähnliches Gefühl gegenüber Männern hegt, die solche Frauen aushalten. Darüber hinaus war er der Ansicht, daß Frauen nichts in der Politik zu suchen haben, und nahm Theodora ihre Macht und Unabhängigkeit persönlich übel. Er hat niemals irgendeine Frau in seine Pläne eingeweiht, nicht einmal seine Tochter – und er hing sehr an ihr. Auf jeden Fall bekämpften sich die Augusta und der Prätorianerpräfekt, wann immer sie die Gelegenheit dazu hatten. Aber obwohl Seine Erhabene Majestät seine Frau anbetet, schätzte er den Kappadoker zu sehr, um ihn seines Amtes zu entheben.

Schließlich stellte Belisars Frau Johannes eine Falle und brachte ihn dazu, seine Pläne für einen Umsturz offenzulegen. Sie tat dies, um der Augusta einen Gefallen zu erweisen. Das ist erwiesen. Und es ist ebenfalls erwiesen, daß die Augusta vorigen Sommer, als der Bischof von Cyzicus ermordet wurde, sofort Johannes verdächtigte und Soldaten losschickte, um ihn zu verhaften. Sie war fest davon überzeugt, daß er zu allem fähig sei. Und es gibt durchaus stichhaltige Gründe, ihn zu verdächtigen; und es gibt äußerst gewichtige Gründe, die Anklage nicht fallenzulassen. Es stimmt allerdings, daß die Verhaftung selbst nicht unbedingt ... so gehandhabt worden ist, wie es hätte sein sollen. Dabei muß man jedoch berücksichtigen, daß die Welt im vorigen Sommer von Tod und Chaos beherrscht war. Der Kaiser war schwer krank, und die halbe Stadt, ja die halbe Welt lag im Sterben. Es gab nirgends mehr Platz, all die Toten zu begraben. Damals wurden Dinge getan, woran die Leute in normalen Zeiten nicht einmal zu denken wagen – und ich bin mir nicht sicher, ob diese Dinge auf irgend jemandes Befehl hin oder aus einem persönlichen Gefallen an Haß und Gewalt geschahen.«

»Und das ist die Wahrheit?« fragte Johannes und runzelte die Stirn.

Narses lächelte. »Das ist die Wahrheit, zumindest aus meiner Sicht. Du hast dir Gedanken wegen der Ehre deiner Gönnerin gemacht, nicht wahr?«

Johannes sah auf Malekas dunkle Mähne herunter. »So ist es«, gab er zu. »Und ich habe mehr mit der Tochter des Kappadokers zu tun, als mir lieb ist.« Er blickte Narses an; das Gesicht des Eunuchen drückte nach wie vor ... Mitgefühl aus – dies wurde ihm plötzlich bewußt. »Danke«, sagte er ruhig. »Das mußte ich wissen, und die Gewißheit ist tröstlich.«

Narses nickte. »Die Dreimal Erhabene Augusta erweist dir ihre Gunst. Du hast allen Grund, dich darüber zu freuen – aber an deiner Stelle wäre ich vorsichtig. Solche Gunstbeweise einem Unbekannten gegenüber pflegen nur allzuleicht Eifersucht auszubrüten. Wenn du meinen Rat hören willst, dann nimm sie nicht zu sehr in Anspruch.« Und bevor Johannes ihn fragen konnte, was er damit meinte, fuhr er rasch fort: »Ist dieses Pferd die berühmte Maleka? Falls du noch ein wenig Zeit hast, würde ich mich freuen, einmal auszuprobieren, ob sie wirklich so schnell ist, wie man ihr nachsagt.«

Die Enthüllungen sind beendet, dachte Johannes – fordert er mich wirklich zu einem Wettrennen heraus? Er blickte prüfend in das ruhige Gesicht, dann sah er die schneeweiße persische Stute an. »Wir sind ganz in der Nähe des Hippodroms«, meinte er schließlich. »Falls dieser Gaul da laufen kann ...«

Narses lächelte etwas weniger vieldeutig als gewöhnlich und setzte sein Pferd in Trab.

Maleka gewann das Rennen mit einer Länge, und Narses bedachte Johannes mit einem Lächeln, das schon beinahe in der Nähe eines Grinsens lag. »Herr im Himmel!« sagte er und zügelte sein Pferd. »Es ist ein schlimmes Omen, wenn ein Araber sowohl Römer als auch Perser schlagen kann! Ah, aber es macht Spaß, die Büroluft einmal hinter sich zu lassen. Das sollte ich öfter tun.«

»Das solltest du wirklich. Es steht dir.«

Diese Bemerkung hatte einen schnellen, dunklen Blick und ein Schütteln des Kopfes zur Folge. »Eunuchen sind dafür geschaffen, in Büros herumzusitzen und sich um die Schreibarbeit zu kümmern. Obwohl vielleicht ... na, macht nichts! Geschätzter Johannes, ich muß dem Herrn meine Aufwartung machen. Leb wohl, ich sehe dich dann morgen früh.«

»Leb wohl«, erwiderte Johannes. Der Oberkämmerer spornte seine Stute zu einem kurzen Galopp an und fegte über die festgestampfte Erde des Hippodroms, dicht gefolgt von seinem Anhang. Johannes versuchte sich vorzustellen, wie der Eunuch mit einer Geldbörse voller Gold sich in einen tobenden Pöbel von Aufrührern begab, die einen Gegenkaiser ausgerufen hatten, Justinians Anhänger in den Straßen niedermetzelten und die halbe Stadt niederbrannten. Zu seiner Überraschung merkte er, daß es gar nicht so schwer war. Narses verfügte über kaltblütigen Mut und eine grenzenlose Energie, so daß Johannes ihn direkt vor sich sah, wie er den Aufrührern mit einem höflichen Lächeln gegenübertrat.

Jacobos, der das Rennen zusammen mit dem Gefolge des Kämmerers von der Startlinie aus beobachtet hatte, schloß im Trab zu ihm auf und folgte dem Blick seines Herrn.

»Die Männer der Leibgarde sagen, der vortreffliche Narses sei sehr anständig; es mache gar nichts aus, daß er ein Eunuch ist«, berichtete Jacobos.

»Ich glaube, sie haben recht«, stimmte Johannes ihm zu, wandte Maleka um und ritt zum Palast zurück.

Anastasios war ernsthaft krank und stand einen Tag lang auf der Schwelle des Todes, bevor er widerwillig umkehrte und sich erholte. Johannes schaute eines frühen Morgens, ein paar Tage nachdem er Narses dort getroffen hatte, bei ihm vorbei und fand den Schreiber im Bett sitzend vor, wie er gerade eine klare Brühe trank. Er hatte das Gefühl, als ginge die Sonne auf und lächelte so breit, daß ihm das Gesicht weh tat. Er war selber überrascht. Er hatte gar nicht gewußt, wie sehr er den alten Mann mochte.

»Jetzt hast du schon den weiten Weg auf dich genommen, und das so früh am Morgen«, sagte Anastasios. »Bleib doch wenigstens zum Frühstück!«

Johannes schüttelte bedauernd den Kopf. »Ich bin zum Frühstück bei der Augusta eingeladen«, erklärte er.

»Du hättest nicht kommen sollen«, sagte Anastasios erschrocken. »Du wirst dich noch verspäten.«

»Das bezweifle ich. Sie ist Langschläferin. Außerdem hat sich der Weg gelohnt – mach nur weiter so!« Auf Anastasios' Gesicht erschien ein überraschtes Lächeln, das Johannes erwiderte. Dann sprang er die Stufen hinunter und lief durch die Straßen – er war sehr fröhlich und wunderte sich über seine eigene Stimmung.

Die Kaiserin war noch im Bad, als er ihre Gemächer betrat, aber die Bediensteten führten ihn in das Frühstückszimmer, und Theodora gesellte sich schon bald zu ihm. Es war ein warmer, strahlender Frühlingsmorgen. Draußen im Garten blühten Krokusse und Hyazinthen, und die Weinstöcke an der Terrasse hatten bereits klebrige grüne Schößlinge getrieben. Die Kaiserin hatte ihre Ruhebank in die Sonne rücken lassen, sie streckte sich wohlig in der Wärme, aß Safranbrot und in Honig eingelegte Trauben. »Warst du jemals verliebt?« fragte sie Johannes und strahlte ihn an.

»Wieso?« fragte Johannes und strahlte zurück. Es war schwer, es nicht zu tun, ihre Freude über den herrlichen Frühlingstag war ansteckend.

Sie zuckte die Achseln und lächelte unter halbgeschlossenen Lidern. »Es ist Frühling.

Im Frühling trinken die Kydonischen Quitten
die reinen Fluten des Stromes,
und des Weinlaubs neuer Schatten
sich über die Blüten breitet,
deren Triebe mählich zu Trauben reifen.
Mir aber läßt die Liebe keine Ruhe,
und wie ein eisiger Nordwind aus Thrakien
fegt sie mit verzehrendem Wahnsinn . . .

Du weißt schon, was ich meine. Früher habe ich mich jedes Frühjahr neu verliebt.«

Er lachte. »Es ist nicht so, daß ich mit einemmal schlaflos vor Liebe wäre, nur weil es plötzlich wärmer wird, nein.«

Sie warf ihm eine Traube zu. »Und bist du je verliebt gewesen? Erzähl schon, du bist ein erwachsener Mann! Du kannst doch unmöglich noch Jungfrau sein.«

Johannes war furchtbar verlegen und hörte auf zu lächeln.

Theodora schlug sich mit der Hand über den Mund. »O Gott!« rief sie. »Du bist es tatsächlich noch!« Sie lachte schallend und schüttelte den Kopf. »Ein Mann, mein vierundzwanzigjähriger Sohn – und immer noch Jungfrau!«

»Niemand muß so ehrbar sein«, sagte Johannes mit einem bitteren Unterton, »wie der Abkömmling einer ehrbaren Familie.«

Seine Mutter hörte auf zu lachen. »Das ist wahr. Dirnen werden dir nicht gestattet, ehrbare Mädchen stehen nicht zur Debatte, und ich will wohl glauben, daß du dir keine Konkubine leisten konntest. Daran hatte ich nicht gedacht. Mein armes Kind! O ja, Keuschheit gefällt dem lieben Gott – und Prostitution ist ein böses Geschäft: Arme Mädchen leiden darunter, und Kuppler bereichern sich daran! Ich versuche seit Jahren, es wenigstens hier in Konstantinopel auszumerzen, und bin froh, daß du nichts damit zu tun hast.« Sie sah ihn einen Augenblick lang ernst an, dann kehrte das Lächeln in ihr Gesicht zurück. Sie streckte sich und bewegte ihre Zehen in der Sonne hin und her. »Aber bist du denn niemals verliebt gewesen?« fragte sie ihn.

Er sah sie verlegen an. »Doch.«

»Aha!« Sie drehte sich auf den Bauch und stützte ihr Kinn auf die Hände. »Willst du es mir erzählen?«

Er zuckte die Achseln. »Da gibt es nicht viel zu erzählen. Ein Ratsherr von Bostra nahm einige Jahre nach dem Tode seiner Frau eine Konkubine.

Sie war ein ehrbares Mädchen, die Tochter eines freigelassenen Sklaven, und er brachte sie anständig unter und lebte offen mit ihr. Ich verliebte mich in sie, als ich sie zum erstenmal sah – ich war damals siebzehn und sie war wunderschön.«

»Wie sah sie aus?«

»Wie eine Statue aus Elfenbein und Gold – ihr Vater war Gote, und sie hatte blonde Haare – wie eine Göttin. Sie hieß Chryseis. Ich malte mir immer wieder aus, daß ihr Gönner ihrer irgendwann überdrüssig werden würde; dann wäre ich aufgekreuzt und hätte ihr die Ehe angeboten.«

Theodora schmunzelte erneut, wie eine Katze in der Sonne. »Aber ihr Gönner wurde ihrer nicht überdrüssig, und du hast jahrelang stumm gelitten. Mein armer Junge! Hast du sie jemals kennengelernt?«

Johannes lachte reumütig. »Ja – und das ist das Schlimmste daran. Etwa ein Jahr nachdem ihr Gönner sich mit ihr liiert hatte, beriet mein Vater ihn in Vermögensangelegenheiten und sah ihn ziemlich häufig. Ich begleitete meinen Vater oft, um Notizen zu machen, und eines Abends wurde ich anläßlich eines Abendessens zusammen mit Chryseis auf eine Ruhebank gesetzt. Und während die Älteren über das Geschäft redeten, waren wir uns selbst überlassen.«

»Und du wußtest nicht, was du mit ihr reden solltest?«

»Das brauchte ich auch nicht. Sie fing an, mich darüber auszufragen, ob ich während einer Geschäftsreise nach Berytus in jenem Winter gesehen hätte, was die Frauen dort trugen, und fuhr damit fort, mir zu erzählen, wie sie eine neue Tunika für ihren lieben Gönner gewebt hatte, ihr jedoch die blaue Wolle ausgegangen sei und sie für alles Geld der Welt keine in derselben Farbe auftreiben konnte. Und sie erzählte mir von den Erkältungen der Kinder ihrer Schwester und wie ihr Bruder ein gewaltiges Geschäft mit einem Kamelhaarteppich gemacht habe. Ich hatte sie wie eine Ikone angebetet und wußte nicht, was ich sagen sollte. Ich hatte mich so verzweifelt danach gesehnt, mit ihr zu sprechen, daß ich am Ende der Mahlzeit mir selber nicht eingestehen konnte, daß ich inzwischen keinen anderen Wunsch hatte, als mich von ihr zu verabschieden und mit jemandem ein wirkliches Gespräch zu führen. Ein paar Tage später passierte das gleiche bei einer anderen Abendgesellschaft noch einmal, und ich mußte zugeben, daß Chryseis zwar ein sehr schönes und außerordentlich nettes Mädchen war, aber ziemlich fade und nicht gerade sehr klug. Ich war sehr niedergeschmettert und schwor, mich nie mehr zu verlieben.«

Theodora kicherte. »Armer Johannes! Und dabei ist es geblieben?«

»Ich hatte nicht so furchtbar viele Gelegenheiten. Man ist darauf bedacht, sich nicht zu verlieben, wenn man weiß, daß sowieso nichts dabei rauskommen kann.«

Sie schenkte ihm ein strahlendes, schelmisches Lächeln. »Dann hast du Aphrodite also, genau wie Hippolytos, fürs erste Lebewohl gesagt? Und was hältst du von einer Ehe?«

Er starrte sie einen Augenblick lang mit offenem Mund an, dann fragte er: »Eine Ehe? Du hast doch nicht etwa ...« Plötzlich überkam ihn die schreckliche Vorstellung, Theodora habe bereits etwas arrangiert, ein Mädchen warte vielleicht in einem der Vorzimmer, zusammen mit einer reichen, mächtigen Familie, die den Bräutigam begutachten wollte, und man würde ihn auf der Stelle mit der Unbekannten verheiraten. So etwas war durchaus möglich. Alle ehemaligen Freundinnen Theodoras aus dem Theater und dem Hippodrom waren von der Kaiserin glänzend verheiratet worden, bisweilen zur Überraschung der jeweiligen Ehepartner. Sie genoß ihre Rolle als Ehestifterin und widmete sich dieser Aufgabe mit großem Eifer. Aber bei dem Gedanken, sie könne etwas dergleichen für ihn getan haben, geriet die Mauer, die Johannes so sorgfältig um sich gezogen hatte, ins Wanken, und er fühlte sich schrecklich nackt und verwundbar. In einer Ehe gab es kein vorsichtiges Abstandhalten, keine emotionale Unberührtheit. Ich hasse diese Stadt, dachte er mit geradezu erschreckender Intensität. Sie gleicht einer Falle in einem Labyrinth, das über einem Abgrund schwebt: Gerade wenn man denkt, man wäre gerettet, schnappt sie zu. Ich habe ein neues Leben begonnen und bin ein anderer geworden. Ich werde ausspioniert und jetzt mit einem von meiner Mutter ausgesuchten Mädchen ins Joch gespannt und Gott weiß wohin getrieben. O heilige Mutter Gottes, ich möchte hier raus!

Aber Theodora lachte. »O Herr im Himmel, habe ich dein Schamgefühl so sehr verletzt? Nein, mein Lieber, ich habe nichts in dieser Richtung unternommen. Ich würde dich wirklich gerne ein paar Jahre in Ruhe lassen und dir die Möglichkeit verschaffen, dich auf deine Karriere zu konzentrieren, um dann lieber zu einem günstigeren Zeitpunkt etwas für dich zu arrangieren. Aber falls du ganz ungeduldig vor lauter Liebe gewesen wärest, nun gut, dann hätte ich auch gleich jemanden für dich finden können. Da dies aber nicht der Fall ist, lassen wir es dabei, oder?«

Erleichtert nickte Johannes, und Theodora lächelte ihm erneut aufmunternd zu und schüttelte den Kopf. »Ich schließe daraus, daß deine Karriere Fortschritte macht«, sagte sie zufrieden. »Und was höre ich da: Du entwindest die Akten des Kappadokers den Klauen seiner Tochter?«

Johannes erzählte ihr von Euphemia. Theodora hörte ihm aufmerksam zu, kaute Trauben und wedelte mit einem sandalenbewehrten Fuß in der Luft. »Dann wußte er also, wo die Akten sind«, bemerkte sie, als Johannes schwieg. »Dieser schmutzige Heuchler! Sei vorsichtig mit diesem Mädchen, mein Lieber. Ihr Vater ist ein lasterhafter Bandit und so gerissen wie der Teufel; es sieht beinahe so aus, als habe er diese Eigenschaften seiner Tochter vererbt. Wenn du dich nicht vor ihr in acht nimmst, wird sie dich – kaum hast du dich's versehen – reinlegen und mit irgend etwas erpressen. Wenn es nach mir ginge, würde ich die kleine Hexe verhaften und ihr Haus nach den Akten durchsuchen lassen – aber wahrscheinlich hat sie sie irgendwo anders versteckt.«

Johannes sah einen Augenblick lang auf seine Hände hinunter. Er fragte sich, ob Euphemia ihm nachspionierte. Ich könnte es herausfinden. Ich könnte es auch der Kaiserin gegenüber erwähnen – aber was würde sie dann tun?

Er sah auf, begegnete dem wilden Blick der dunklen Augen, bemerkte den häßlich verzerrten Mund der Augusta, und er erinnerte sich daran, was mit Euphemias Vater passiert war. Schon um ihres Vaters willen kann ich nicht wollen, daß sie erneut bestraft wird, dachte er unglücklich. Ich mag sie nicht, aber sie hat sich keines Verbrechens schuldig gemacht. Ob Theodora sie wirklich ins Gefängnis werfen würde? Und was würde ihr sonst noch zustoßen? Wenn ich doch nur wüßte, wo die Grenzen sind; wenn ich doch nur wüßte, was du mit mir vorhast, Augusta. »Sie wird die Akten irgendwo versteckt haben«, stimmte er ihr zu. »Aber ich glaube nicht, daß sie es wirklich verdient, verhaftet zu werden. Sie ist eine Hexe, aber sie fühlt sich ihrem Vater verpflichtet. Und soviel ich weiß, hat sie sowieso keine Ahnung, was er alles getan hat; er hat immer die Ansicht vertreten, Frauen seien in nichts einzuweihen.«

»Er ist ein gerissener, habgieriger, gewissenloser Bandit!« sagte Theodora wütend. »Er hat Petrus immer wieder Lügen über mich erzählt. Ich hasse ihn. Aber du hast recht. Wahrscheinlich hat er ihr wirklich nichts erzählt.« Einen Augenblick lang lag sie da, den Kopf in die Hände gestützt, und runzelte die Stirn; dann bedachte sie ihn mit einem boshaften Lächeln. »Nun, wenn sie versucht, dich zu verführen, laß sie nur. Du könntest sie sogar dazu ermutigen. Ich glaube kaum, daß es dir schaden würde, ein bißchen Erfahrungen zu sammeln. Und ihrem Vater täte es sehr gut, bei seiner Rückkehr herauszufinden, daß du seine Tochter zur Dirne gemacht hast.«

Johannes war unbehaglich zumute. Ein Mädchen, das man nicht ausstehen kann, nur deshalb zu verführen und zu verlassen, weil man sich an ihrem Vater rächen will? »Lieber nicht«, meinte er ruhig.

Theodora blickte auf und sah ihn scharf an. Zuerst verschwand der gehässige Ausdruck aus ihrem Lächeln, dann das Lächeln selbst.

»Du hast recht«, sagte sie besänftigend. »Es ist ein grausamer Plan. Ich würde an deiner Stelle wohl auch kaum Geschmack an ihm finden. Es wäre keine besonders gute Einführung in die Liebe – und wenn ich mich recht erinnere, ist sie ein dickes, pickliges Mädchen.«

»Sie ist keine Schönheit«, stimmte Johannes ihr zu. Zum zweitenmal an diesem Morgen fühlte er sich ganz schwach vor Erleichterung. Es gibt also doch noch eine Grenze, dachte er; sie denkt zwar daran, sie zu überschreiten, tut es dann aber doch nicht.

Theodora schenkte ihm ihr bezauberndes Lächeln und bot einige Trauben an.

An diesem Abend hatte die Augusta den Kaiser zum Abendessen in ihren Palast eingeladen und ihn gebeten, die Nacht mit ihr zu verbringen. Sie aßen Austern und wilden Eber mit glasierten Feigen und genossen dazu eine Flasche kostbaren Weines aus Lemnos. Anschließend liebten sie sich in Theodoras großem, mit purpurfarbenen Laken bezogenem Bett. Eine einzige Lampe leuchtete auf dem goldenen Lampenständer. Als junges Mädchen war Theodora gezwungen gewesen, Lampenöl zu sparen, und noch heute ließ sie ihre Lampen gerne so lange brennen, bis sie von selbst ausgingen.

Justinian lag neben seiner Frau und befand sich in einem Zustand vollkommenen körperlichen Glückes. Zärtlich betrachtete er Theodora. Sie hatte sich die mit Bildern von Nymphen und Schäfern durchwirkte Purpurdecke um die Hüfte gewickelt; ihr nackter Oberkörper schimmerte in dem goldenen Licht. Schön wie immer, dachte er und streichelte sie sanft. Sie lächelte.

»Als wir heirateten, hast du versprochen, wir würden jede Nacht miteinander verbringen«, sagte sie.

»Nun, ein paar Jahre lang haben wir das ja auch getan. Aber eine Kaiserin muß nun einmal ihre eigene Hofhaltung haben – außerdem schläfst du gerne länger als ich, du Faulpelz.«

Sie lächelte ein dazu passendes, träges Lächeln, griff nach seiner Hand und führte sie an die Lippen. Sie knabberte an seinen Fingern. »Du solltest trotz meiner eigenen Hofhaltung jede Nacht mit mir verbringen.«

»Das würdest du nicht mehr sagen, wenn ich am frühen Morgen ins

Bett käme, nachdem ich mich die halbe Nacht mit irgendwelchen Bischöfen beraten habe.«

Sie kicherte. »Verbring die ganze Nacht mit deinen Bischöfen, und geh anschließend mit einer Dirne ins Bett.«

»Nein, mein Liebling ...« Er küßte sie. »Du weißt, daß ich es nicht mag, wenn du dich als Dirne bezeichnest – nicht mal im Spaß.«

»Ich weiß – und du weißt, daß ich es nicht mag, wenn du von Bischöfen sprichst. Sobald jemand auch nur die ›Monophysiten‹ oder ›Chalcedonier‹ erwähnt, siehst du so verbissen aus wie ein Mönch. Laß uns von etwas anderem sprechen.«

»In Ordnung. Wovon?«

Theodora drehte sich auf die andere Seite und stützte sich auf die Ellbogen. »Soll ich meinem Vetter Johannes schon jetzt eine Frau suchen oder erst in ein paar Jahren? Ich kann mich nicht so recht entschließen.« Heimlich beobachtete sie ihren Mann. Narses hatte sie äußerst taktvoll gewarnt, aber sie hatte genau verstanden, was er gemeint hatte.

»Denkst du wirklich daran, ihn zu verheiraten?« fragte der Kaiser, und ein wenig von seiner Zufriedenheit schwand dahin. Dieses Thema zu berühren war genau so, als betaste eine hilflose Zunge insgeheim immer wieder einen entzündeten Zahn. Auf der anderen Seite klang der Vorschlag, Johannes zu verheiraten, beruhigend.

»Mmh«, machte Theodora und bemerkte insgeheim, daß Narses wie gewöhnlich recht hatte. Dieser Tor, dachte sie und sah ihren Gemahl an. Er sollte es besser wissen! Zumindest wußte er es besser, als er zugeben wollte. Andererseits ist dies auch eine Herausforderung: Ob ich Petrus wohl in Sicherheit wiegen kann, auch ohne Johannes gleich zu verheiraten?

»Wenn ich jetzt ein Mädchen für ihn finde«, sagte sie und ihr Gesicht wurde ernst, »würde sie ihm dabei behilflich sein können, sich zu etablieren, sie könnte seine Karriere fördern und ihm zu einem anständigen Heim verhelfen. Wenn ich noch ein paar Jahre warte, könnte ich eine bessere Partie für ihn arrangieren. Dann bekleidet er wahrscheinlich einen höheren Rang als im Augenblick.«

»An was für einen Rang hast du gedacht?«

»So hoch wie möglich«, sagte sie mit Bestimmtheit. »Zumindest Patrizier. Aber er wird noch ein paar weitere Pflichten auf sich nehmen und zur Zufriedenheit erledigen müssen, bevor er diese Stellung erreicht.«

»Ich bin froh, daß du so denkst.«

»Das brauchst du gar nicht mit einem so mißbilligenden Unterton zu sagen! Ich möchte nicht, daß er Aufgaben übernimmt, denen er nicht gewachsen ist. Aber da er genauso fähig ist, wenn nicht gar fähiger als die meisten übrigen Anwärter auf den Purpur, kann lieber er das Rennen machen statt einer der anderen. Er ist mein Vetter, sie dagegen sind es nicht.«

»Eine hervorragende Empfehlung«, stimmte Justinian ihr feierlich zu. »Wen sollte er deiner Meinung nach heiraten, falls er jetzt heiratet?«

»Das ist ein Problem. Ich kann mir ein halbes Dutzend Mädchen vorstellen, mit denen ich eine Ehe arrangieren könnte, alle reich, alle hübsch, und ein paar von ihnen sogar klug. Da ist die Tochter meiner Freundin Chrysomallo oder die Nichte des Bankiers Petrus Barsymes – es wäre leicht, Johannes mit einer von ihnen zu verheiraten. Aber keine von ihnen ist wirklich von Rang. Und für ihn ist Ansehen wichtiger als Geld. Wenn wir ein paar Jahre warten, kann er sowohl Macht als auch Reichtum heiraten.« Und ich möchte, daß er Macht heiratet, fügte sie im stillen hinzu. Reichtum ist ja schön und gut, aber es ist nun einmal die Macht, die zählt, und sobald man Macht hat, bekommt man auch Geld.

Justinian lachte. »Du bist eine unverbesserliche Kupplerin! Du hast deinen Enkel bereits mit Belisars Tochter verlobt und deine Nichte mit meinem Neffen. Wen hast du denn für deinen Vetter Johannes im Sinn? Etwa Germanus' Tochter Justina?«

»Sie ist bereits mit Vitalians Neffen verlobt«, sagte Theodora. »Und Passara würde dieser Verbindung nie und nimmer zustimmen – abgesehen davon, daß ihre picklige Tochter sowieso nichts taugt.«

»Was hält dein Vetter von alldem?«

»Oh, ich habe ihm noch nichts davon erzählt. Es würde ihn nur beunruhigen.«

»Paß nur auf, sonst heiratet er noch irgend so ein kleines Mädchen vom Theater!«

Theodora lachte. »Wenn er sich so eine Schlampe aufgabelt, werde ich schon fertig mit ihr, aber falls sie wirklich etwas taugen sollte, würde es mir vielleicht nicht einmal etwas ausmachen. Aber er sollte sich hüten, so ein albernes, affektiertes, wohlanständiges Nichts nach Hause zu bringen, sonst will ich nichts mehr mit ihm zu tun haben. Ich glaube eigentlich nicht, daß er das erstbeste Mädchen heiratet, ohne mich um Rat zu fragen. Er ist bisher immer sehr korrekt und ehrerbietig gewesen: Er weiß, was er seiner Gönnerin schuldet.«

Der Kaiser lächelte. Seine Eifersucht und seine Zweifel schienen plötzlich fehl am Platz, ja beinahe unwirklich; er fragte sich, ob er tatsächlich derartige Gefühle gehegt hatte und warum. »Wenn du eine vorteilhafte Partie für ihn arrangieren willst, muß er über militärische Erfahrungen verfügen«, sagte er. »Der kaiserliche Hof und die Ministerien sind ja schön und gut, aber es sind langsame Wege zu Ansehen und Ruhm. Bis dein Vetter als Sekretär die Patrizierwürde erlangt, ist er eher reif fürs Altenteil als für die Ehe.«

»Hm. Wenn er jetzt nicht heiratet, müßten wir ihn also zu einem General ins Feldlager stecken.« Petrus soll ruhig sehen, daß es mir überhaupt nichts ausmacht, wenn Johannes fort ist – und eine Zeitlang beim Militär zu dienen kann nur von Vorteil sein. »Ich habe mich gefragt, ob ich ihn als Martinus' Berater in den Osten schicken soll. Er spricht Arabisch, Aramäisch und Persisch.«

»Dann könnte er dort von großem Nutzen sein. Das ist eine Möglichkeit, die ich im Auge behalten werde, wenn ich die Ernennungen vornehme. Ohne das Omen herausfordern zu wollen – glaube ich allerdings, daß der Krieg schon bald vorbei ist. Wir werden abwarten müssen, was der Sommer bringt. König Chosroës hat mit seinen dauernden Invasionen während der letzten drei Jahre jedenfalls nichts Nennenswertes erreicht, und er hat bei der Belagerung von Edessa eine Menge Zeit und Geld verloren.«

»Ich bete zu Gott, daß der Krieg bald vorbei ist!« sagte Theodora leidenschaftlich. »Diese dumme, sinnlose, elende Auseinandersetzung hat uns soviel gekostet ... Und falls er wirklich zu Ende geht, wird mein Vetter sich wohl Belisar in Italien oder Areobindus in Afrika anschließen müssen. Mir wäre es lieber gewesen, wenn er in den Osten gegangen wäre: Dort hätte er wahrscheinlich mehr erreicht.«

»Es gibt noch eine Möglichkeit«, meinte der Kaiser bedächtig. »Du weißt ja, Narses hält große Stücke auf deinen Vetter; er hat mir gesagt, er sei ›äußerst zufrieden mit ihm‹. Von seiten Narses' bedeutet das ein großes Kompliment.«

Theodora lächelte still vor sich hin. »Das stimmt. Narses findet allerdings selbst nicht seinesgleichen.«

Außer dem eigentlichen Problem hatte sie den Warnungen des Eunuchen zwei Dinge entnommen: Narses wußte, daß der Verdacht ihres Gemahls unbegründet war, und er mochte Johannes. Sie hatte Narses schon immer sehr geschätzt, doch jetzt verspürte sie einen warmen Strom der Zuneigung für ihn in sich emporsteigen. Ich muß etwas für ihn tun, dachte sie.

Der Kaiser zog die Augenbrauen hoch, dann nickte er zustimmend.

»Da Narses nun endlich einen Sekretär hat, mit dem er wirklich zufrieden ist, wird er ihn sicher nur sehr ungern wieder verlieren. Wie auch immer sich der Krieg mit Persien entwickeln mag, wir müssen unbedingt noch ein Söldnerheer ausheben – die Pest hat uns zu sehr geschwächt. Deshalb habe ich überlegt, Narses nach Thrakien zu schicken, um dort Heruler zu rekrutieren. Er ist fast der einzige, der mit diesen Wilden zu Rande kommt. Dein Vetter könnte ihm dabei helfen und, falls er sich bewährt, als Offizier in diese Armee eintreten. Wenn der persische Krieg vorbei ist, schicken wir sie in den Osten; andernfalls könnten wir sie als Unterstützung für Belisar nach Italien in Marsch setzen.«

»Er bittet bereits um weitere Truppen, nicht wahr?« fragte Theodora. »Dabei ist er noch nicht einmal in Italien. Aber das scheint mir ein guter Gedanke zu sein. Narses wird sicher begeistert sein.«

»Meinst du?«

Theodora lachte und strich mit dem Finger über die Nase ihres Gemahls. »Du mein Leben und meine Seele, du weißt doch ganz genau, daß er sich nichts sehnlicher wünscht, als Konstantinopel hinter sich zu lassen und Soldat zu spielen! Ich glaube, wenn er nicht als Sklave verkauft worden wäre, hätte er sein Leben als armenischer Bandit beendet. Hauptmann Narses, der Schrecken der persischen Kaufleute! Und wahrscheinlich erweist er sich als besserer Soldat, als du dir je vorstellen kannst; du hast ihm nie eine Chance gegeben, es zu beweisen. An dieser Katastrophe in Italien war er eigentlich gar nicht schuld.«

Justinian lächelte. »Ein Punkt für dich. Nun gut. Ich werde ihn nach Thrakien schicken und ihm einen militärischen Titel verleihen.«

»Auch was meinen Vetter anbetrifft, ist es ein guter Gedanke«, sagte Theodora und lächelte Justinian ihrerseits an. »Johannes kann sich bei den Herulern mit Ruhm bedecken, und wenn er in ein paar Jahren zurück ist, eine große Dame heiraten – und damit wird er ausgesorgt haben. Danke dir, mein Liebster.« Sie lehnte sich in die Seidenkissen zurück und lächelte zu ihrem Gemahl empor. Ihre Augen waren halb geschlossen. Er küßte sie.

»Ich hoffe um seinetwillen, daß es so kommt«, sagte Justinian. »Aber ich ziehe mein kleines Theatermädchen der stolzesten Dame des Kaiserreichs vor.«

6
Die Heruler

Zwei Tage später, als Johannes sich zur Arbeit im Hauptbüro einfand, begrüßte ihn Narses mit einem Lächeln, das ganz steif vor Anspannung war; seine Augen leuchteten. »Ich muß etwas mit dir besprechen«, verkündete er und winkte Johannes in das private Vorzimmer, das an die kaiserlichen Gemächer grenzte. Johannes sammelte eilig seine Schreibtafeln ein und folgte ihm. Im Privatzimmer war es dunkel – es regnete heftig, und die Lampen waren nicht angezündet. Narses stand mitten im Raum und blickte lächelnd zu dem halb verborgenen Fenster empor; dann, als Johannes die Tür schloß, blickte er rasch zu ihm hin.

»Was weißt du von den Herulern?« fragte er ihn.

Von allen barbarischen Stämmen, deren Briefe und Abgesandte die Ministerien beschäftigten, nahmen die Angelegenheiten der Heruler den größten Platz im Aktenregal ein. Johannes zögerte einen Augenblick und versuchte, die Menge der ihm bekannten Tatsachen zu ordnen, dann antwortete er vorsichtig: »Sie sind ein Barbarenstamm, der mit den Goten verwandt ist, und im oberen Molsien, in der Nähe der Stadt Singidunum, siedelt. Sie versorgen uns mit einer großen Anzahl verbündeter Soldaten – unter Pharas in Afrika, unter Philemuth im Osten.«

»Ja, ja, ja«, sagte Narses ungeduldig. »Und was sonst noch?«

Johannes zögerte erneut, der Ausdruck unterdrückter Erregung im Gesicht des Kämmerers verwirrte ihn. Narses weiß mindestens soviel über die Heruler wie irgend jemand in Konstantinopel, dachte er; er empfängt all ihre Delegationen und hat sich mit den meisten ihrer Anführer angefreundet. Wieso interessiert es ihn, wieviel ich über sie weiß? Gibt es irgendeine Krise? Hat jemand geheime Informationen durchsickern lassen?

»Vor zwei Jahren haben die Heruler in Moesien ihren König ermordet«, fuhr er langsam fort und tastete sich langsam voran. »Sein Name war Ochos; er hatte versucht, seine Macht auf Kosten seiner Edelleute auszuweiten, und das gefiel diesen gar nicht. Voriges Jahr wollten die Edelleute trotzdem wieder einen neuen König, und sie baten uns, einen zu bestimmen.«

»Nicht ganz so«, sagte Narses. »Zuerst schickten sie Abgesandte nach

Thule. Sie wollten einen König aus dem alten Königsgeschlecht, und sie glaubten, daß es noch Abkömmlinge der Familie unter den Herulern im fernen Norden gebe. Dann akzeptierten sie unter dem Druck Konstantinopels einen von uns bestimmten König – einen der mit uns verbündeten Heerführer, Souartouas. Die Abgesandten aus Thule sind noch nicht wieder heimgekehrt; es könnte ziemliche Schwierigkeiten geben, falls sie es noch tun und falls sie erfolgreich waren. Doch für den Augenblick sind die Heruler uns freundlich gesinnt.« Der Kämmerer machte eine Pause und sah Johannes mit einem strahlenden, verschwörerischen Lächeln an. »Und wir werden ihnen einen Besuch abstatten.«

Johannes starrte ihn verständnislos an. »Wen meinst du mit ›wir‹?« fragte er.

Narses grinste. »Dich, mich, meine Gefolgsleute, eine Auswahl von zweihundert Männern der Leibwache und, falls der Krieg mit Persien dann vorüber ist, Philemuth mit fünfhundert seiner verbündeten Reiter. Wir haben die Aufgabe, Soldaten zu rekrutieren, die entweder im Osten eingesetzt oder zu Belisar in Marsch gesetzt werden sollen, für seinen Feldzug in Italien – so viele Soldaten wie möglich, mindestens jedoch zehntausend. Wir verlassen Konstantinopel noch in diesem Sommer, rekrutieren die Soldaten im Verlauf des Herbstes und überwintern dort in der Gegend. Falls wir nach Italien gehen, werden wir mit den Soldaten zusammen nach Dyrrhachium ziehen und sie nächstes Frühjahr einschiffen; andernfalls kommen wir auf dem Rückweg durch Konstantinopel. Ich werde den Rang eines Amtierenden Heerführers bekleiden und dazu befugt sein, soviel Geld und Proviant einzutreiben und auszugeben, wie ich will. Du wirst eine Stellung bei der kaiserlichen Garde – und zwar bei den Protektoren, nicht etwa den Scholaren – erhalten, später möglicherweise im Rang eines Befehlshabers.«

»Oh«, sagte Johannes völlig perplex. Wir verlassen Konstantinopel noch in diesem Sommer, wiederholte er im stillen. Wir heben Soldaten aus ... Herr im Himmel, wir ziehen in den Krieg! Fort aus dieser falschen Stadt mit ihren Spionen und ihren ewigen Zweifeln, fort aus der Kälte, endlich raus hier, um das Kaiserreich zu verteidigen. »Oh!« sagte er erneut, und sein ungläubiges Staunen begann von ihm abzufallen wie die Haut einer Schlange. »Ist es auch sicher?« fragte er und hatte Angst, das Ganze könne sich nur als ein Gerücht herausstellen.

Narses nickte glücklich und lächelte immer noch. »Seine Dreimal Erhabene Majestät hat es mir heute früh mitgeteilt. Ich wußte, daß er über eine solche Maßnahme nachdenkt, aber ich dachte, er werde sich dazu entschließen, jemand anderen zu schicken. Auch den militärischen Rang hatte ich nicht erwartet. Aber du darfst es sonst noch niemandem erzählen. Wir werden das Büro neu ordnen müssen, bevor wir gehen, und ich möchte die Postenjäger und Bestechungsgelder auf ein Minimum reduzieren.«

»Ich kann es nicht glauben ...« Johannes wußte nicht, was er sagen sollte und hielt inne. Er begegnete Narses' Blick; die beiden Männer starrten sich einen Augenblick lang an. Er ist genauso aufgeregt wie ich, dachte Johannes.

»Natürlich wird es ein hartes Stück Arbeit sein«, sagte Narses. »Mit zehntausend Mann in der Gegend herumzuziehen ist zu allen Zeiten schwierig, aber wenn es sich dabei um Barbaren aus einem besonders wilden und undisziplinierten Stamm handelt, wird es noch verdammt viel schwieriger. Außerdem besteht durchaus die Gefahr, daß die Gesandten aus Thule doch noch mit einem Gegenkönig der Heruler auftauchen, so daß unsere frisch rekrutierten Soldaten meutern. Außerdem sind Thrakien und Moesien arme, wilde und ungastliche Gegenden, in denen Not untrennbar zum Leben gehört.«

Johannes schüttelte den Kopf. »Es ist unaussprechlich wundervoll.«

Narses lachte. »Nicht wahr? Auf Wiedersehen, Konstantinopel! Aber denk daran, du darfst es noch niemandem erzählen.«

Das Verbot, ihre Mission zu erwähnen, dauerte einen Monat und wurde erst aufgehoben, als die Neuordnung des Büros zwischen Narses und seinen Kollegen im kaiserlichen Hofstaat geregelt worden war. Die Aufgaben des Kämmerers mußten zwischen zwei Beamten geteilt werden – einer der Palasteunuchen sollte den Terminkalender führen und dem Kaiser für persönliche Dienste zur Verfügung stehen, während ein Mitarbeiter des Ersten Ministers den gesamten Komplex der finanziellen, gesetzgeberischen und diplomatischen Geschäfte übernehmen sollte. Die drei Schreiber sollten im Büro bleiben, und Sergius wurde befördert, um an Johannes' Stelle als Sekretär für beide Büros zu fungieren.

»Sergius?« fragte Johannes ungläubig, als Narses ihn davon in Kenntnis setzte.

»Er ist intelligent und tüchtig«, entgegnete Narses gelassen. »Ich bin sicher, daß er die Aufgabe zu meiner vollsten Zufriedenheit bewältigen wird.«

»Ja, aber Anastasios ist ehrlich.«

Narses seufzte und bedachte Johannes mit einem Blick ironischer

Zuneigung. »Die Verantwortung würde Anastasios umbringen. Er hat noch nie gerne Autorität ausgeübt, und er würde sich nur Tag und Nacht Sorgen machen, bis er erneut krank wird. Ich muß Sergius für diese Aufgabe bestimmen – und ich glaube, daß er gewisse Grenzen nicht überschreiten wird –, er weiß schließlich, daß ich wiederkomme.«

»Nun gut«, sagte Johannes mit belegter Stimme. Er wollte die Arbeit unbedingt ordentlich übergeben, und das bedeutete, die nächsten paar Wochen eng mit Sergius zusammenarbeiten zu müssen. Genau die Gelegenheit, nach der Sergius gesucht hat, um in meinen Sachen herumzuschnüffeln, dachte Johannes unglücklich. Wenn ich doch nur wüßte, ob er es von sich aus tut oder ob ihn irgend jemand dazu anstiftet.

Anastasios hatte sich wieder erholt, als die Neuigkeit bekannt wurde, doch er sagte nichts, als Narses vor den Mitarbeitern des Büros die neuen Aufgaben umriß. Den Rest des Tages zog er jedoch ein finsteres Gesicht, und am nächsten Morgen stand er während der Bearbeitung einer Akte unvermittelt auf. »Ich muß mit dem vortrefflichen Narses sprechen«, sagte er zu Johannes und ging mit energischen Schritten ins Hauptbüro. Johannes hörte, wie er mit laut erhobener Stimme verlangte, Narses privat zu sprechen; dann trat eine halbe Stunde lang Stille ein. Ein Bischof und ein Senator mußten warten, bis der alte Schreiber wieder aus dem Büro herausstapfte und sich auf seinen Schemel schwang. Der Oberkämmerer des Kaisers erschien in der Bürotür und blieb einen Augenblick dort stehen; er warf Anastasios einen Blick gemischt aus Ärger und Bedauern zu, dann zuckte er die Achseln und gab Johannes mit einem Kopfnicken zu verstehen, er solle ihm den nächsten auf der Liste hereinschicken.

»Er soll verdammt sein!« sagte Anastasios leise und erledigte rasch die angefangene Akte. Er starrte Johannes an. »Und du sollst ebenfalls verdammt sein. Das ist ein schöner Streich, den ihr mir da spielt, ihr laßt mich zurück, damit ich das Büro für diesen schleimigen Sergius schmeiße. Es macht wirklich Spaß, wieder gesund zu sein und zu arbeiten!«

»Es tut mir leid«, erwiderte Johannes und sah den alten Schreiber hilflos an.

Anastasios schnaubte verächtlich. »Dich kann ich ja noch verstehen. Du bist ein junger Mann, und wenn ein junger Mann auch nur ein wenig Verstand hat, dann hält er sich lieber draußen im Feld auf, als im Büro den Federhalter zu schwingen. Aber wenn ein Mann erst einmal den Rang des vortrefflichen Narses bekleidet, sollte er es besser wissen. Und das in seinem Alter!«

»Was meinst du damit, ›in seinem Alter‹? Wie alt ist er denn?«

»Was glaubst du wohl?«

»Fünfundvierzig?«

»Ich habe ihn für vierzig gehalten, als ich ihn vor zwanzig Jahren kennengelernt habe. Er ist mindestens so alt wie ich – er hat kein Recht dazu, jetzt wieder den Rang eines Generals einzunehmen. Besonders nach diesem Desaster in Italien. Aber nein, er muß der ganzen Welt unbedingt beweisen, daß man ihm zusammen mit seinen Hoden nicht auch noch den Mut abgeschnibbelt hat – als ob einer, der auch nur ein bißchen Verstand hat, glaubt, daß dieser dort beheimatet ist! Nun, ich habe ihm gesagt, was ich davon halte, obwohl es ihm völlig gleichgültig ist. Gott möge ihn verdammen!« Anastasios knallte die Akte auf sein Schreibpult und klatschte das Etikett drauf. »Und von sofort an solltet ihr beide die Sache lieber nicht mehr erwähnen.«

»Ja, mein lieber Anastasios«, sagte Johannes lammfromm und beugte sich still über seine Arbeit.

Sergius war – wie vorauszusehen – höchst erfreut über die Nachricht von der längeren Abwesenheit seines Vorgesetzten und seiner eigenen Beförderung; eine ganze Woche lang lächelte er unaufhörlich affektiert vor sich hin. »Obwohl eine Stellung bei den Protektoren natürlich auch etwas ist«, meinte er gönnerhaft zu Johannes, während sie das Aktensystem durchgingen. »Du mußt mindestens tausend Solidi zahlen, wenn du dich dort einkaufen willst. Ich beneide dich trotzdem nicht, du mußt schließlich fort und dich mit den Herulern herumschlagen. Sie sind das abscheulichste Volk auf der ganzen Welt. Obwohl du wahrscheinlich der Meinung bist, diese Ehre gebühre den Sarazenen.«

Er ist schon wieder auf Informationen aus, dachte Johannes angewidert. Irgend jemand hegt offensichtlich einen Verdacht, so wie Sergius dauernd auf Berytus und Arabien herumreitet. »Ich weiß nicht viel über die Sarazenen«, erwiderte er. »Sie kommen für gewöhnlich nicht bis Berytus; wir kaufen lediglich ihre Pferde.«

Sergius lächelte und tat so, als studiere er die Notizen über das Aktensystem. Aalglatt wie immer, dachte er wütend. All das schöne Geld, das ich ausgegeben habe, um ihm auf die Schliche zu kommen! Aber es hat mich nicht weitergebracht. Und jetzt werde ich das Ganze so lange ruhen lassen müssen, bis er aus Moesien zurück ist. Nun gut, wenigstens bin ich befördert worden.

Es war Ende Mai, als Johannes Euphemia davon in Kenntnis setzte, daß er Konstantinopel verlasse.

Das große, leere Haus des Mädchens sah inzwischen eine Spur weniger kahl und heruntergekommen aus; offensichtlich war ein Teil des zurückerstatteten Vermögens hineingesteckt worden, obwohl Johannes vermutete, daß den größten Teil des Geldes der Kappadoker in Ägypten behalten habe. Sie hatten den Austausch der Informationen an diesem Abend abgeschlossen, und die Tochter des Kappadokers machte einen gelösten und freundlichen Eindruck. Euphemia saß mit hochgezogenen Beinen auf der Ruhebank, einen Steingutbecher mit gewässertem Wein in der Hand, und lächelte beim Lesen einer Liste, die Johannes ihr gegeben hatte. Einige Haarsträhnen hatten sich aus dem gewohnten strengen Knoten gelöst und ringelten sich über ihre Wangen. Ein dickes, pickliges Mädchen, erinnerte sich Johannes an Theodoras Beschreibung. Vielleicht entsprach es einmal der Wahrheit, als sie jünger war, aber jetzt ist sie bestimmt nicht dick. Sie wäre sogar hübsch, wenn sie sich nicht dauernd in Schwarz hüllen und ihre Haare unter Kopftüchern und Haarnetze zwängen würde. Aber sie will gar nicht hübsch sein – das, was sich Frauen für gewöhnlich wünschen, eine Ehe und Kinder, scheint sie überhaupt nicht zu interessieren. Wahrscheinlich kann sie auch gar nicht heiraten; niemand würde die Tochter eines in Ungnade gefallenen und allseits gehaßten Beamten nehmen. Was bezweckt sie eigentlich, abgesehen davon, ihren Vater aus dem Gefängnis zu holen? Rache an der Kaiserin? Macht? Ist sie es, die mir nachspioniert? Und warum?

Euphemia blickte auf und bemerkte, wie er sie anstarrte; ihr Blick wurde finster. »Was siehst du mich so an?« fragte sie. Die förmlichen Höflichkeitsfloskeln hatten nicht lange vorgehalten.

»Ich wollte dir nur sagen, daß ich nächsten Monat nach Moesien gehe«, sagte Johannes einfach.

Sie starrte ihn einen Augenblick an, ihr Mund wurde ganz spitz. »Nach Moesien?« fragte sie schließlich. »Warum denn das?«

»Der ehrenwerte Narses hat den Auftrag, in Moesien eine herulische Söldnertruppe auszuheben. Ich werde ihn begleiten. Wir werden etwa ein Jahr fort sein.«

Die Farbe kehrte in ihr Gesicht zurück. »Ein Jahr? Aber . . ., was ist dann mit meinen Informationen? Ich habe erst letzte Woche einen Brief von meinem Vater erhalten; er war hoch erfreut über die Berichte, er sagt, sie seien unschätzbar und ich müsse unbedingt damit weitermachen. Doch wenn du jetzt fortgehst . . .« Sie hielt inne und biß sich auf die Lippen, wütend darüber, sich so verplappert zu haben.

»Du wirst dich wahrscheinlich mit meinem Vertreter einigen können«, meinte Johannes. Er versuchte, sie nicht merken zu lassen, wie sorgfältig er ihre Reaktion auf die Erwähnung von Sergius beobachtete. »Er wird zweifellos hoch erfreut sein, der Prätorianerpräfektur behilflich sein zu dürfen.«

Euphemia erwiderte nichts. Sie sah vor sich zu Boden und kaute immer noch auf ihrer Unterlippe. Sie nahm die dicke Pergamentrolle mit den Steuerschätzungen – es waren immer noch die syrischen – und hielt sie auf dem Schoß. »Wer ist denn dein Vertreter?« fragte sie schroff, als das Schweigen peinlich zu werden drohte.

»Ein Mann namens Sergius, der Sohn des Bankiers Demetrianos.«

Sie schnaubte verächtlich. »Ich habe von dem ›goldenen Daumen‹ des Demetrianos gehört. Wie ist dieser Sergius? Kann ich ihm vertrauen?«

»Vertraust du mir denn?« fragte Johannes spöttisch.

»Ja«, kam ihre Antwort ebenso rasch wie unerwartet. »Das tue ich. Ich vertraue dir, und ich weiß, daß du mich nicht belügst oder mit irgendwelchen Gerüchten abspeist, und ich glaube, daß du weißt, wovon du redest. Ich kenne dich inzwischen; diesen Sergius aber kenne ich nicht. Würdest du ihm trauen?«

»Nein«, erwiderte Johannes, der so aus dem Gleichgewicht war, daß er die Wahrheit sagte. »Er ist habgierig und gehässig, und ich traue ihm keinen Schritt weit. Aber er übernimmt meine Arbeit im Büro und wird wohl ebenso Zugang zu den meisten Informationen haben, die ich bekam. Du wirst sicherlich ein Abkommen mit ihm treffen können, so daß du dich einigermaßen auf seine Aufrichtigkeit verlassen kannst.«

»Hoffentlich«, meinte sie und blickte immer noch nicht auf.

Johannes zögerte und sah auf den peinlich korrekten Haaraufbau auf ihrem Kopf. »Wir haben noch einen alten Mann namens Anastasios im Büro«, sagte er schließlich. »Ich glaube, du hast ihn kennengelernt. Er hat nicht im gleichen Umfang Zugang zum Kaiser, aber er ist ehrlich und gewissenhaft, und ihm ist schon der bloße Gedanke daran zuwider, daß die Präfektur ohne ihre Akten auskommen muß; er würde sich glücklich schätzen, herkommen zu dürfen, falls du mit Sergius nicht zu Rande kommst.«

»Ich werde mit ihm zu Rande kommen«, sagte sie, richtete sich kerzengerade auf und starrte finster vor sich hin. »Du kannst diesen Sergius nächste Woche herbringen, dann treffe ich eine Abmachung mit ihm. Gute Nacht!«

Johannes erhob sich und fühlte sich merkwürdig unbehaglich, so als habe er etwas übersehen, als sei etwas gesagt worden, das besser nicht gesagt worden wäre; und doch hatten sie über nichts Ungewöhnliches gesprochen. »Vortreffliche Euphemia, leb wohl!« erwiderte er und ging langsam die Treppe hinunter, um sein Pferd zu holen. Jedenfalls, dachte er, scheint sie Sergius wirklich nicht zu kennen. Vielleicht war sie doch nicht diejenige, die Jacobos zu bestechen versuchte. Aber wenn sie es nicht war, wer dann?

Er seufzte und zog die Schultern hoch, um sich gegen die unbekannten Beobachter zu schützen, und seine Gedanken drängten begierig auf die Straße nach Norden.

Johannes verließ die Stadt an einem heißen, windigen Morgen Anfang Juni. Selbstbewußt ritt er, Narses zur Seite, an der Spitze von mehr als siebenhundert Reitern. Der Krieg mit Persien war mit einem fünf Jahre währenden Waffenstillstand beendet worden, die fünfhundert Mann der herulischen Reiterei zogen hinter Narses' zwanzig Gefolgsleuten und den hundert Soldaten der kaiserlichen Protektoren durch die Straßen der Stadt; weitere hundert Mann der Scholaren von der Palastwache bildeten die Nachhut. Der Kaiser und die Kaiserin begleiteten die Soldaten mit weiteren zweihundert Leibgardisten bis zum Goldenen Tor. Dort kam die Prozession auf der weiträumigen Terrasse zwischen den beiden Stadtmauern zum Stehen, zuerst das kaiserliche Paar und ihre Garde und dann, ihnen gegenüber Aufstellung nehmend, die für Moesien bestimmten Truppen: siebenhundert schwerbewaffnete Männer, siebenhundert Pferde, die in weiten Halbkreisen, wogend von Licht und Bewegung, aufzogen. Hinter ihnen war – noch innerhalb der Stadt – der lange Troß von Mauleselkarren und von Sklaven geführten Lastpferden zum Stehen gekommen und wartete auf der breiten Straße. Die Bürger strömten auf die Stadtwälle, um das Spektakel zu beobachten.

Es war, dachte Johannes glücklich, ein prächtiger Anblick und wahrlich wert, bestaunt zu werden. Das Licht schimmerte auf den Helmen und Brustharnischen der Männer, blitzte auf den Spitzen ihrer Lanzen und auf den Beschlägen der Pferdesättel. Die mit Emaille verzierten Schilde der kaiserlichen Gardesoldaten mit dem Monogramm des Namens Christi glühten golden. Der Kaiser ritt auf einem weißen Wallach mit einem Geschirr aus Purpur und Gold; die Kaiserin saß ruhig in ihrer goldenen Kutsche. Der Drache in der Standarte aus golddurchwirkter Seide flatterte in der Brise, als wolle er sich von dem Schaft lösen und in die Lüfte emporschwingen, weit in den Norden. Hinter ihnen erhoben sich der massive, innere Stadtwall und die uneinnehmbaren Türme der Stadttore;

vor ihnen führte die Straße durch den dreifachen Bogengang des Außenwalles nordwestwärts in Richtung Thrakien.

Johannes verlagerte das Gewicht seines ebenfalls emaillierten Schildes auf den rechten Arm und blickte angestrengt nach beiden Seiten. Die Kaiserin hatte ihm gesagt, er müsse sich ein paar private Gefolgsleute anwerben, um den Leuten seinen Status als Offizier vor Augen zu führen, und sie hatte für ihn zwei kräftige vandalische Krieger, Hilderik und Erarik, ausfindig gemacht, die nun rechts und links von ihm auf ihren Gäulen saßen und so taten, als hätten sie all das schon öfters erlebt. Johannes seufzte und versuchte, eine ähnliche Gleichgültigkeit an den Tag zu legen. Er empfand die Gesellschaft der beiden Vandalen als bedrückend und ihre Geschicklichkeit in der Fechtkunst deprimierend. Er hatte in Bostra Reiten und Bogenschießen gelernt, weil dies selbst für einen Bastard, sofern er nur aus guter Familie war, als unerläßlich betrachtet wurde – notwendige Fertigkeiten, um Landgüter zu inspizieren und der edlen Beschäftigung des Jagens nachzugehen und an Pferderennen teilzunehmen. Doch ein Schwert oder eine Lanze zu benutzen, ja sogar den von ihm erworbenen Brustharnisch an- und wieder abzulegen ging über seine Fähigkeiten. Er dachte bedauernd an Jacobos, der als sein persönlicher Sklave mitkam; der Junge befand sich beim Troß und war zweifellos traurig, das Schauspiel zu verpassen.

Narses, der in seinem Kettenpanzer und dem roten Helmbusch gänzlich fremd aussah, stieg von seiner weißen persischen Stute. Er übergab einem seiner Gefolgsleute seinen Helm, machte drei Schritte nach vorne, dann ließ er sich elegant in die Knie sinken, um sich vor dem Kaiser auf den Boden zu werfen; er erhob sich, dann warf er sich noch einmal in Richtung auf die goldene Kutsche zu Boden; er erhob sich wieder, trat einen Schritt zurück und gab seiner Verehrung für das Dreimal Erhabene Herrscherpaar erneut Ausdruck. Johannes hatte bereits die Erfahrung gemacht, wie schwierig es war, sich im Brustharnisch ordentlich zu verbeugen, und er fragte sich wieder einmal, ob der Eunuch wirklich so alt war, wie Anastasios angedeutet hatte.

Der Kaiser beugte den Kopf in Erwiderung des Grußes. »Höchst ehrenwerter und zutiefst geschätzter Narses«, sagte Justinian langsam und deutlich, so daß seine Stimme weit trug. »Ein gnädiges Schicksal möge mit dir sein.«

Narses erhob sich und legte eine Hand auf den Sattel seiner Stute. »Gott schütze Eure Dreimal Erhabene Majestät, möge Euch bis zu unserer Rückkehr Glück beschieden sein!« rief er und stieg auf. Die Trompeten erschollen; die Leibgardisten schwenkten ihre Lanzen und brachen in Beifallsrufe aus, und auf den Stadtwällen intonierte das Volk den Gesang aus dem Hippodrom: »Sieg dem heiligen und Dreimal Erhabenen Augustus, Sieg den Herrschern Justinian und Theodora! Sieg! Sieg!«

»Ich mag diesen Gesang nicht, seit sie ihn damals während des Nika-Aufstandes gebrüllt haben«, murmelte Narses und zügelte sein Pferd ... Mit einem Ruck wandte er sich nach rechts und ritt am Kaiser vorbei. Johannes blickte zur goldenen Kutsche: Theodora saß wie eine Statue da, gehüllt in ihre purpurfarbenen Gewänder, das Diadem auf dem Kopf, eine Hand in einer Geste des Segnens erhoben. Als Johannes ihrem Blick begegnete, lächelte sie ihm jedoch rasch zu und winkte unauffällig, doch unmißverständlich. Johannes verbarg sein eigenes Lächeln, indem er sich tief verbeugte und mit der Hand grüßend an den Helm tippte – dann war er an ihr vorbei, und die Stadt lag hinter ihm. Auf Wiedersehen, Konstantinopel, dachte er und tätschelte Malekas Hals. Die Stute war nervös und fühlte sich unter dem Gewicht und dem dauernden Klirren des Brustharnischs unbehaglich; sie spitzte die Ohren.

Die Entfernung zwischen Konstantinopel und Singidunum betrug mehr als fünfhundert Meilen. Die ersten vier Tage ritten sie durch das grüne und fruchtbare Land der Provinz Europa. Die Weizenfelder leuchteten in einem silbrigen Grün und verglühten in der Hitze der Sommersonne allmählich zu Gold; in den Weinbergen hingen die Trauben schwer an den Weinstöcken. Die Straßen befanden sich in ausgezeichnetem Zustand, und es bereitete keine Schwierigkeiten, in den wohlhabenden Dörfern entlang des Weges Proviant zu beschaffen. Es war ein wundervoller, angenehmer Ritt, eine Entspannung, die sie nach den Anstrengungen der letzten Monate in der Stadt bitterlich benötigten. Wegen der Arbeit im Büro des Kämmerers hatte Johannes sämtliche persönlichen Vorbereitungen zurückstellen müssen. Der Erwerb der Waffen und des Brustharnischs, die Vorstellung bei den Protektoren, das Packen – alles war wie in einem Traum geschehen. Die Realität der Abreise schien sich auf Beschlagnahmeverfügungen und unzählige Anordnungen und Briefe zu beschränken. Jetzt konnte er endlich zu Atem kommen und sich um die Soldaten kümmern.

Narses' Gefolgsleute waren in der Mehrzahl Armenier, und zusammen mit Johannes' Vandalen waren sie die erfahrensten Soldaten des gesamten Heeres, geschickt, tüchtig und von untadeliger Disziplin. Sie waren als schwere Reiter bestens ausgerüstet, und die meisten von ihnen waren zudem äußerst fähige Bogenschützen. Auch die Heruler waren Veteranen des Kriegshandwerks, doch abgesehen davon unterschieden sie sich in wesentlichen Punkten von den Armeniern: Es waren große, blonde Männer, die entweder thrakische oder persische Pferde ritten; sie waren leidenschaftliche Krieger und aufs Geratewohl bewaffnet, rauhbeinig und undiszipliniert, außerdem neigten sie zu Trunkenheit und Streitereien. Sie wurden von Philemuth befehligt, einem tapferen, prahlerischen Mann, der Narses glücklicherweise auf das Glühendste bewunderte und seinem Heerführer zuliebe versuchte, ein wenig Disziplin aufrechtzuerhalten.

Die Männer der kaiserlichen Wache – die Protektoren und die Scholaren – standen in auffallendem Kontrast zu ihnen. Die meisten waren junge Männer aus reichen asiatischen Familien, ganz erpicht darauf, sich im Krieg auszuzeichnen. Sie waren aufs beste mit einheitlichen Waffen und Rüstungen versehen – Kettenpanzer, Brustharnisch, ovale Schilde, runde Helme, die langen Schwerter der Reiterei und Lanzen – und trugen Uniformen in leuchtenden Farben – Grün und Rot die Scholaren, Rot und Purpurfarben die Protektoren. Sie dachten gar nicht daran, diese Ausrüstung durch irgendwelche schmutzigen Arbeiten des gemeinen Soldatenlebens in Mitleidenschaft zu ziehen; jeder von ihnen hatte zumindest einen Sklaven mitgebracht, um »derartige Dinge« zu erledigen. Sie sahen ungemein prächtig aus, wie sie durch das reiche Land ritten. Zum größten Teil waren sie jedoch kaum besser ausgebildet als Johannes. Vor allem die Protektoren waren allesamt Offiziere; theoretisch konnten sie im Stab eines jeden Heerführers im Kaiserreich dienen, aber die meisten von ihnen bekleideten lediglich für ein paar Jahre einen Posten in der Hauptstadt – weil es sich gut machte. Die Scholaren, die den Hauptteil der kaiserlichen Leibgarde bildeten, waren etwas weniger angeberisch und um eine Spur besser ausgebildet, aber keiner von ihnen hatte jemals eine Schlacht mitgemacht. Die Scholaren hatten ihren eigenen Kommandanten, einen mürrischen Mann namens Flavius Artemidoros, der kein besonderes Verlangen danach gehabt hatte, seine bequemen Kasernen zu verlassen und Barbaren in der Wildnis Moesiens zu rekrutieren; er war jedoch zu geizig gewesen, irgend jemandem genügend Bestechungsgelder zukommen zu lassen, um sich vor diesem Auftrag zu drücken.

Johannes führte den Befehl über die Protektoren. Er hatte sich vor dieser Aufgabe gefürchtet, aber in Wirklichkeit erforderte sie sehr wenig Aufmerksamkeit. Die Palasttruppen waren niemals besonders diszipliniert gewesen, aber sie sahen zu dem Sekretär eines kaiserlichen Beamten ganz instinktiv auf und gehorchten seinen Befehlen bereitwillig, obwohl

Johannes bewußt war, daß sie ihn als emporgekommenen Schreiber betrachteten. Die gegenwärtige Aufgabe, sie mit Vorräten zu versorgen und ihnen ihre Pflichten zuzuteilen (oder, genauer gesagt, die Pflichten ihrer Sklaven), war bereits Teil seiner Arbeit als Sekretär gewesen. Die einzige unübliche Anordnung, die er im Verlauf ihres Marsches traf, war die Einführung der abendlichen Übung. Die Protektoren begrüßten dies sogar, da die meisten von ihnen das Gefühl hatten, ebenso unvorbereitet für das rauhe Kriegerleben zu sein wie Johannes selbst. Die Heruler pflegten den jungen Herren zuzusehen, wenn diese ungeschickt über die behelfsmäßigen Exerzierfelder galoppierten, grunzten und schwitzten und ihre Lanzenträger vermißten; bisweilen sprang einer der Barbaren auf sein Pferd und gab ein erstaunliches Kunststück in geschickter Reiterei zum besten, und die übrigen jauchzten ihm zu und machten höhnische Bemerkungen über die Protektoren.

Gegen Mittag des fünften Tages erreichten sie Adrianopolis. Die Stadt machte einen düsteren Eindruck, sie war rundum befestigt: Wehrtürme auf einer Mauer, die Mauer hinter einem Wallgraben, eisenbeschlagene Tore. Narses gab den Befehl, das Lager für die Nacht aufzuschlagen. »Wir wollen den Pferden etwas Ruhe gönnen«, sagte er zu Johannes. »Von jetzt ab wird der Marsch härter, und nach Philippopolis wird er noch beschwerlicher.«

Am nächsten Tag zogen sie weiter. Die armen Felder waren nur hier und da bebaut, man sah nur wenige Leute, die auf ihnen arbeiteten. Die Dorfbewohner verschwanden beim Näherkommen der Soldaten, und es wurde immer schwieriger, Vorräte zu beschaffen. Mehr um in Übung zu bleiben, nahm Johannes seinen neuen Bogen und schoß auf die Fasanen und Kaninchen, welche die Vorhut auf den verlassenen Feldern aufgescheucht hatte. Er war schon immer ein tüchtiger Bogenschütze gewesen, wenn auch vielleicht kein erstklassiger, und er tötete genügend Kleinwild, um seine Offizierskameraden mit frischem Fleisch zum Abendbrot zu versorgen. Sehr zu seiner Überraschung waren sowohl die Soldaten der Leibwache wie auch die Heruler von seiner Geschicklichkeit beeindruckt. »Wann hast du das Bogenschießen gelernt?« fragten die Protektoren, und Johannes schloß aus ihrer Verwunderung, daß junge Herren nördlich des Taurusgebirges das Schießen nicht als wichtig erachteten. Philemuth bat ihn darum, sich den Bogen ansehen zu dürfen. Es war eine teure, aus mehreren Schichten zusammengesetzte Waffe, wobei Horn- mit Holzlagen abwechselten; sie war klein, leicht und sehr stabil. »Persisch?« fragte der herulische Heerführer in seinem starken griechischen Akzent.

»Ich habe den Bogen in Konstantinopel, in der Nähe der Apostelkirche, gekauft«, erwiderte Johannes. »Wahrscheinlich ist er in der Stadt angefertigt worden.«

Philemuth seufzte und winkte einen seiner Heruler herbei, den Johannes bereits dabei beobachtet hatte, wie er ebenfalls Wild gejagt hatte, und bellte einen Befehl. Der Mann grinste, verbeugte sich und händigte Johannes seine Waffe aus. Sie war länger als Johannes' eigene, ganz und gar aus Holz gefertigt und sehr viel biegsamer. »Das sind unsere Bogen«, sagte Philemuth. »Sie eignen sich für die Jagd auf Kleinwild, das ist aber auch alles. Wir sind tapfere Soldaten, echte Krieger. Wir lieben Waffen, die stark sind und Männer töten können, deshalb haben wir uns nie viel mit Bogenschießen abgegeben. Aber die Perser – heilige Mutter Gottes, was können die schießen! Besser als die Hunnen! Und die Sarazenen desgleichen. Im Osten haben wir viele Sarazenen gesehen – einige von ihnen hatten Bogen wie du. Dein Pferd ist auch sarazenisch, nicht wahr? Im Osten haben die meisten Araber und Syrer die Kampfesweise der Perser und Sarazenen kopiert; in Berytus offensichtlich auch.«

Narses, der neben ihnen ritt, schenkte Philemuth eines seiner zweideutigen Lächeln. »Im Grunde genommen sind die Perser von uns allen kopiert worden. Früher beruhte die Macht des römischen Staates auf seinen Legionen mit den Fußsoldaten; heutige Heerführer betrachten Fußsoldaten beinahe als wertlos. Die persischen Dekkan setzten als erste Reiter mit schwerem Brustpanzer ein, und die Römer haben sie kopiert. Jetzt versuchen alle immer und überall die größten und schwersten Pferde aufzutreiben und sich in den besten Brustharnisch zu zwängen, den sie sich leisten können. Ich frage mich jedoch, ob die Fußsoldaten nicht unterschätzt werden. Wenn man über ein paar gute Pikenträger und einige Bogenschützen verfügen würde ...«

Philemuth schnaubte verächtlich. »Schwere Reiterei kann alles zermalmen.«

Narses bedachte ihn erneut mit einem höflichen Lächeln, erwiderte jedoch nichts.

Von Philippopolis aus, das sie elf Tage nach ihrem Abmarsch aus Konstantinopel erreicht hatten, stieg die Straße in das Rhodopegebirge hinein, und die Reise wurde, genau wie Narses vorhergesagt hatte, immer beschwerlicher. Teile der Straße waren vom Fluß Hebrus überschwemmt, andere Teile von herunterstürzenden Felsmassen verschüttet worden, so daß die Truppen innehalten und die Trümmer aus dem Weg räumen mußten, bevor der Troß passieren konnte. Die Dörfer waren nichts weiter als kümmerliche Ansammlungen von Lehmhütten, die mit Steinen verstärkt waren und an unzugänglichen Berghängen klebten; selbst die kleinen Orte waren von Wällen umgeben und streng bewacht, die Bewohner klammerten sich verzweifelt an ihre armseligen Besitztümer. Größere Städte waren durch doppelte Wälle geschützt, und die Einwohner weigerten sich, die Tore irgendwelchen bewaffneten Männern zu öffnen, nicht einmal denen des Kaisers. Große Teile des Landes lagen brach, die Menschen waren fortgezogen. »Diese Gegend hat seit hundertvierzig Jahren fast ununterbrochen unter Einfällen gelitten«, meinte Narses, als sie eines Abends kein Quartier fanden. »Die Goten, die Alanen und die Hunnen, die Vandalen, die Langobarden, die Gepiden und die Bulgaren, die Slawen und die Anten – sie alle sind hier durchgezogen. Und natürlich die Heruler. Und wir sind – vom Standpunkt der Bauern gesehen – fast ebenso schlimm. Es ist erstaunlich, daß überhaupt noch ein Stein auf dem anderen geblieben ist. Erinnere mich daran, daß ich morgen zu den Soldaten sprechen muß, um sie zu ermahnen, daß wir durch römisches Land ziehen und jegliches Plündern streng verboten ist.«

Es war eine Mahnung, die die Soldaten in der Tat benötigten. Die herulischen Reiter verspürten immer wieder den Drang, von der Straße abzuweichen und nach Beute Ausschau zu halten, man konnte ihnen keine Erkundungsritte auftragen. Selbst die Männer der kaiserlichen Leibgarde waren wild darauf, »ein paar von diesen Bauern mitsamt ihren Hamstervorräten zu schütteln und zu sehen, was unten rauskommt«, wie einer der Protektoren es ausdrückte. »Wage nur den Versuch, und du wirst selbst geschüttelt werden«, erwiderte Johannes scharf, »es sind *römische* Bauern, und wir müssen sie uns unbedingt wohlgesinnt erhalten. Wir haben einen Haufen Vorräte mit, und in Sardika können wir weitere bekommen.« Wenn es schon mit siebenhundert Soldaten so schwierig ist, fragte er sich im stillen, wie sollen wir dann mit zehntausend zurechtkommen?

Narses traf bereits seine Vorbereitungen für das Rekrutieren der zehntausend. Als sie Sardika erreichten, fiel er wie ein Blitz über den Statthalter her, schuf ein Sonderamt, das sich ausschließlich mit der Beschaffung von Vorräten befaßte, deckte es mit Beschlagnahmeverfügungen und Verordnungen ein und strukturierte das Steuersystem für die gesamte Provinz Dakien neu. Den Leuten wurden Naturalienabgaben auferlegt und diese unerbittlich eingetrieben; eine Steuer diente dazu, sich Ersatzkleidung zu verschaffen, eine andere Ersatzpferde. Die Truppen blieben vier Tage lang in der Stadt; vier Tage lang schrieb Johannes Briefe und notierte so lange unzählige Verordnungen, bis ihm die Hand weh tat. Er war froh, wieder auf dem Rücken seines Pferdes zu sitzen.

Von Sardika nach Remisiana. Von Remisiana nach Naissus, raus aus den Bergen und hinein in die Ebenen Moesiens. Hier war das Land fruchtbarer, wenn auch kaum bevölkerter; die Bauern waren genauso mißtrauisch, allerdings beträchtlich wohlhabender. Die Provinz war durch die Ansiedlung der Heruler an ihrer nördlichen Grenze ein wenig vor Invasionen geschützt. »Aus jenem Dorf dort drüben stammt der Kaiser«, sagte Narses eines Morgens, als sie sich etwa zwei Meilen von Naissus entfernt befanden. Johannes sah überrascht zum Dorf. Es war ein kleiner, trüber, schmutziger Flecken. Auf einem grünen Feld hackte eine alte Bäuerin Zwiebeln – sie war die einzige, die beim Anblick der Soldaten nicht geflohen war. Sie kehrte ihnen ihren gebeugten, grauen Rücken zu, und ihre Hacke blitzte von Zeit zu Zeit in der schwülen heißen Sonne. »Du meinst, es gehörte seiner Familie?« fragte Johannes.

Narses lächelte. »Nein. Seine Familie wohnte dort. Seine Mutter hackte wahrscheinlich genauso Zwiebeln wie jene Frau dort.« Er blickte Johannes ironisch an. »Wußtest du das nicht?«

»Nein. Ich dachte nur . . . also, Justinians Onkel war doch ebenfalls Kaiser; ich dachte, die Familie sei von Haus aus mächtig.«

»Der Augustus Justin durchlief alle Ränge der Armee vom einfachen Soldaten bis zum Kommandanten der Palastgarde – ich befürchte allerdings, er war Befehlshaber der Excubitoren, nicht der Protektoren. Nachdem er zum Heerführer ernannt worden war, ließ er seinen Neffen nach Konstantinopel kommen und dort erziehen. Er selbst war beinahe Analphabet; er hatte keine Kinder und wünschte sich, ein Mitglied seiner Familie möge seinen eigenen Mangel an Erziehung ausgleichen. Einer seiner Neffen war ein äußerst fähiger, bei den Soldaten sehr beliebter General, der andere ein außerordentlich tüchtiger Verwalter, ein intelligenter und ideenreicher Organisator, dem es gelang, seinen Onkel beim Tod des Kaisers Anastasios zum Augustus proklamieren zu lassen. Aus Dankbarkeit adoptierte Justin ihn.«

»Germanus und Justinian«, sagte Johannes. »Heiliger Gott!«

Narses lächelte erneut: »Keine so furchtbar vornehme Familie, oder? Der Senat haßt sie. Nun, wir sind schließlich auch nicht so vornehm. Philemuth ist ein Stammesführer der Heruler und von vornehmer Geburt, du und ich jedoch . . . nun, ein Ex-Magistratsschreiber sowie ein Ex-Sklave, Ex-Bauer und Palasteunuch! Aber unsere Armee ist auch nicht viel besser.«

»Du warst doch niemals Bauer!« rief Johannes grinsend und nutzte die mitteilsame Laune des Kämmerers aus.

»Oh, und ob ich das war. Der dritte Sohn eines armen armenischen Bauern, kurz hinter der Grenze von Theodosiopolis. Eines Winters ging unser Pflugochse ein, und mein Vater sah sich mit der Tatsache konfrontiert, daß die gesamte Familie Hungers sterben würde, es sei denn, er verkaufte eines seiner Kinder. Er wählte mich aus, weil ich der Kleinste war und am wenigsten dazu taugte, auf dem Acker zu arbeiten. Der Sklavenhändler ließ mich aus dem gleichen Grund entmannen. Ich war seinerzeit noch sehr jung und nicht viel wert. Ich glaube, der Sklavenhändler gab meinem Vater nicht einmal genug, damit dieser sich einen neuen Ochsen kaufen konnte.« Narses ritt einen Augenblick lang schweigend weiter. Sein Lächeln war inzwischen verschwunden. »Ich habe noch Verwandte dort«, fuhr er einen Augenblick später fort. »Nachdem ich freigelassen worden war und plötzlich zu Reichtum kam, schickte ich ihnen etwas Geld. Neunundsechzig Solidi. Ich dachte, sie sollten wenigstens soviel bekommen, wie der Kaiser für mich bezahlt hatte.«

»Hast du niemals das Verlangen verspürt, selbst zurückzukehren?« fragte Johannes.

Narses schüttelte den Kopf. »Es gab nichts, wohin ich zurückkehren konnte, und es gab nichts zu sagen, selbst wenn ich gegangen wäre.«

Johannes sah auf seine Hände hinunter, die das dunkel gewordene Leder von Malekas Zügel hielten. »Nein«, sagte er. »Man kann niemals zurück, nicht wahr?«

Zwei Tagesritte nördlich von Naissus und fast einen Monat, nachdem sie Konstantinopel verlassen hatten, erreichten sie das Gebiet der Heruler.

Offiziell waren die Heruler nur die Gäste der eingeborenen römischen Bevölkerung, doch in der Praxis war diese nur dünn gesät und beschränkte sich auf Singidunum und ein oder zwei weitere Orte in der Umgebung: Sämtliche Bauerndörfer waren herulisch. Die Heruler versteckten sich beim Näherkommen der Soldaten nicht so furchtsam wie die römischen Bauern. Statt dessen strömten die Leute in dem ersten herulischen Dorf noch vor Ankunft der Soldaten auf die Straße; dort standen sie beim Anblick der Palastgarde und der kaiserlichen Standarten mit dem Drachen mißtrauisch herum. Doch als sie bemerkten, daß der Kern dieser Armee aus ihren Landsleuten bestand, brachen sie plötzlich in Hochrufe aus. Die herulischen Reiter jubelten, schlugen mit ihren Schwertern gegen die Schilde, fuchtelten mit den Lanzen in der Luft herum und ließen ihre Pferde hin und her galoppieren. Narses gab das Zeichen zum allgemeinen Halt, und Philemuth unterhielt sich lange mit den Dorfältesten in deren Sprache. Der Kämmerer saß, ohne sich zu rühren, auf seiner weißen Stute und hörte zu. Johannes wußte bereits, daß er die Sprache verstand, auch wenn er es vorzog, sie nicht zu sprechen. Schließlich wurde einer von Philemuths Männern vorausgeschickt; er galoppierte zu einigen örtlichen Edelleuten, um ihre Ankunft anzukündigen.

»Jetzt beginnt der ermüdende Teil«, sagte Narses zu Johannes – auf persisch, um die Heruler nicht zu beleidigen. »Wir werden die nächsten drei oder vier Monate damit verbringen müssen, ununterbrochen zu trinken, irgendwelchen Ansprachen zu lauschen und herulische Streitereien zu schlichten; wenn wir Glück haben, werden wir in dieser Zeit sogar einmal die Gelegenheit haben zu baden.«

»Drei oder vier Monate? Wird unsere Mission wirklich so lange dauern?« fragte Johannes.

»O ja«, sagte Narses und lächelte. »Das wird sie auf jeden Fall.«

Johannes entdeckte, daß die Heruler großen Wert auf Gastfreundschaft legten und sehr wenig von der kaiserlichen Obrigkeit hielten. Es erwies sich als unmöglich, lediglich zum König in Singidunum zu gehen und ihm die Forderungen des Kaisers nach Soldaten vorzutragen. Dies war äußerst bedauerlich, dachte Johannes, da Singidunum der einzige Ort in der gesamten Provinz war, wo man so etwas wie ziviliertes Leben finden konnte. König Souartouas hatte früher einmal Truppen für Justinian befehligt und versuchte nun, in der Grenzstadt einen winzigen Abglanz von Konstantinopel zu schaffen. Er hielt in dem ehemaligen Palast des Präfekten hof, und als die kaiserlichen Soldaten eintrafen, hieß er allesamt willkommen und lud die Offiziere zu einer Abendgesellschaft ein, bei der er importierten Wein auffahren ließ. Er bot den römischen Besuchern auch die Benutzung des Badehauses in seinem Palast an (die öffentlichen Bäder der Stadt waren seit dreißig Jahren zerfallen). Seine Sekretäre schrieben Briefe an die einflußreichsten Edelleute, in denen er ihnen darlegte, warum Narses gekommen war, und sie dringend darum bat, mit ihm zusammenzuarbeiten. Außerdem war der König eifrig darauf bedacht, ihnen bei der Beschaffung von Vorräten und bei den Vorbereitungen für den Weitermarsch behilflich zu sein.

All diese Vereinbarungen zählten bei den Edelleuten jedoch kaum etwas; sie erwarteten, persönlich besucht zu werden. Narses war ihnen wohlbekannt: Er hatte in Konstantinopel immer wieder mit ihren Delegationen zu tun gehabt, und er hatte den Befehlshabern der Söldner

Posten besorgt, weswegen sie ihn respektierten. Und jetzt wollten sie der Ehre teilhaftig werden, einen kaiserlichen Minister zu beherbergen, und es war undenkbar, dies ihrem König allein zu überlassen. Narses und Johannes ritten also mit einem ausgewählten Trupp Soldaten über Land; und während die meisten Soldaten in Singidunum blieben (und auf Narses' Befehl hin bei der Reparatur des Aquädukts und der öffentlichen Bäder arbeiteten), begaben sie sich zu diesen oder jenen Festlichkeiten.

Herulische Edelleute errichteten mit großer Selbstverständlichkeit richtige Festhallen. Es waren für gewöhnlich langgestreckte, strohgedeckte Scheunen mit einem Fußboden aus Holz an einem Ende, einer Feuerstelle in der Mitte und Sitzbänken entlang den Wänden, wo die Gefährten der Stammesführer oder die Krieger schliefen und wohnten. Im Vergleich zu den herulischen Häusern, die aus einem Raum bestehende Lehmhütten mit Flechtwerk und festgestampftem Fußboden sowie einem Schweinestall an der Rückseite waren, bedeutete dies eine beträchtliche Verbesserung. Niemand wäre je auf die Idee gekommen zu baden, und sogar das Waschen von Kleidern war unüblich; Latrinen wurden ohne jede Kanalisation einfach in der Mitte des Dorfes ausgehoben, Kinder und Tiere erleichterten sich auf der Straße, und der Gestank war dementsprechend grauenhaft.

Die herulischen Festgelage begannen für gewöhnlich etwa eine Stunde vor Sonnenuntergang und dauerten solange, bis die Heruler Stunden später betrunken und mehr oder weniger krank unter den Tisch fielen. Frauen wurden zu diesen Festen nicht zugelassen. Die Männer tranken ein bitteres, schales Bier sowie starken, gelblichen Met; sie verzehrten große Stücke gekochtes oder am Spieß geröstetes Fleisch, dazu ein fade schmeckendes, ungesäuertes Brot aus Gerste und Hirse; Wein war fast so unbekannt wie Mäßigung. Für einen Römer, der an reichlich gewürzte Speisen gewöhnt war, mit wenig Fleisch, aber einem guten Weizenbrot, war diese Nahrung fast ungenießbar. Zur Unterhaltung hielten sich die Heruler berufsmäßige Barden, welche die Taten der herulischen Helden mit schriller Stimme besangen, wobei sie sich mit den monotonen Klängen einer dreisaitigen Harfe begleiteten. »Einiges davon ist wirklich recht ordentliche Poesie«, sagte Narses, »ich fürchte allerdings, daß sie ziemlich blutrünstig ist.« Für Johannes war dieser Gesang jedoch nur ein unverständliches Gewinsel.

Wenn sie im Dorf eines Stammesfürsten eintrafen, begab sich Narses höflich lächelnd zu dem Willkommensfest und stand es unerschütterlich durch, wobei er es mit großer Geschicklichkeit vermied, sich den Metbecher nachfüllen zu lassen. Am nächsten Tag kam er dann auf sein Anliegen zu sprechen. Jedem örtlichen Stammesfürsten mußten die Gründe für die Rekrutierung der Soldaten persönlich dargelegt werden; jeder Stammesfürst fühlte sich bemüßigt, mit seinen militärischen Fähigkeiten und dem Mut seiner Gefolgsleute zu prahlen; anschließend mußten diesen die Bedingungen für einen Söldnervertrag persönlich auseinandergesetzt werden; einige waren dann stets einverstanden, sich der kaiserlichen Streitmacht anzuschließen. Johannes bereitete die Dokumente vor und machte in Kurzschrift Notizen über die Verhandlungen. Dann pflegten der Stammesfürst und seine Gefährten Narses zur Jagd einzuladen – die Jagd war neben den Trinkgelagen ihre zweite Lieblingsbeschäftigung. Auf dem ersten Jagdausflug schoß Johannes seine Beute, ein Wildschwein, mit Pfeil und Bogen, und er bemerkte, daß die Heruler äußerst überrascht waren, derartige Gepflogenheiten aber auch als unsportlich und feige ansahen. Bei weiteren Ausflügen trug er eine Lanze und hielt sich vom Wild soweit wie möglich entfernt.

Der auf diesen angenehmen Zeitvertreib folgende Abend bot stets die Gelegenheit für ein weiteres Fest, in erster Linie um die Krieger zu ehren, die sich der Armee anschließen wollten. Doch am folgenden Tag mußte die ganze Prozedur wiederholt werden, weil die meisten der Männer, die ihr Kommen zugesagt hatten, ihre Meinung geändert hatten, und einige andere, die sich nicht hatten rekrutieren lassen, nun doch wollten; der Stammesfürst aber wollte die Vertragsbedingungen ändern und maß den ausgefertigten Dokumenten keine Bedeutung bei, da er sie nicht lesen konnte. Die hauptsächliche Klage bestand immer wieder darin, daß die Armee in Italien von Belisar kommandiert werden sollte. Die Heruler verabscheuten den großen General, und die Kränkungen, die er sich ihnen gegenüber hatte zuschulden kommen lassen, wurden immer und immer wieder in allen Einzelheiten aufgeführt: Er hatte Männer wegen Trunkenheit auspeitschen lassen; er nahm keine Rücksicht auf herulische Sitten, vor allem dann, wenn er Strafen verhängte; einst hatte er zwei junge Krieger pfählen lassen, nachdem sie im Verlauf einer betrunkenen Rauferei zwei ihrer Kameraden getötet hatten – dabei wären die Familien der Opfer damit zufrieden gewesen, einen Blutzoll anzunehmen und die Angelegenheit auf sich beruhen zu lassen. Narses zeigte sich unendlich geduldig. Die Heruler würden in Italien ihren eigenen Befehlshaber erhalten und Belisar nicht direkt unterstellt sein, erklärte er immer und immer wieder. »Wem dann?« pflegte der jeweilige herulische Stammesfürst zu fragen. »Wir würden uns glücklich schätzen, vortrefflicher Narses, unter deinem Befehl zu dienen. Aber du ziehst ja nicht mit nach Italien.«

»Der Erhabene Augustus wird euch einem Befehlshaber unterstellen, dem ihr vertrauen könnt«, versicherte Narses stets von neuem. »Ich verspreche euch, daß die Entscheidung gefallen sein wird, bevor ihr nach Italien zieht.« Und dann pflegte er Johannes ein Zeichen zu geben, das Protokoll über die Vereinbarungen des vorangegangenen Tages noch einmal vorzulesen, und der Stammesfürst pflegte ihn mit aufgerissenem Mund anzustarren und etwas vor sich hin zu brummeln, wobei er es entweder als phantastische Gedächtnisleistung von seiten Johannes' betrachtete oder aber als eine Art arglistigen Zauber. Der Vertrag wurde noch einmal überprüft, weitere Krieger pflegten ihre Meinung über ihn zu äußern, und schließlich wurden eine Menge Eide geschworen und ein weiteres ausgiebiges Fest gefeiert. Die ganze Zeit über, die sie nicht mit Feiern, Jagen oder Vertragsverhandlungen verbrachten, wurden die Besucher von einem Schwarm Männer, Frauen und Kinder umlagert, die noch nie zuvor Römer gesehen hatten und die sich vergewissern wollten, ob sie auch wirklich menschliche Wesen waren. Alle Heruler – und wie Johannes schon bald entdeckte, auch alle, die unter der herulischen Gastfreundschaft litten – hatten Flöhe, Läuse und Würmer. »Lästig« war ein äußerst zurückhaltendes Wort, dieser Tatsache Ausdruck zu verleihen.

Nach etwa drei Wochen, die Johannes ununterbrochen damit zugebracht hatte, Soldaten auszuheben, gelang es ihm einmal, von einem Jagdausflug verschont zu bleiben, indem er vorschützte, Maleka habe einen entzündeten Huf. Er entwischte der Menge der Neugierigen und fand ein wenig Ruhe in seinem Pferdestall; dieser war sauberer als das ihm zugewiesene Haus und stank außerdem nicht so entsetzlich. Er hatte versprochen, der Augusta einen Brief zu schreiben, und jetzt seinen Federkasten mitgebracht, doch lange Zeit saß er da und starrte, ohne sich zu rühren, auf das Pergament. Konstantinopel schien unendlich weit entfernt, so daß es schwer war, die angemessenen Worte zu finden, um einen Bericht zu verfassen. Insbesondere, da der Brief für Theodora bestimmt war. Er stellte sie sich vor, wie sie sich beim Frühstück auf ihrer Ruhebank räkelte, frisch gebadet, in purpurfarbene Seide gehüllt, wie sie mit großem Appetit aß – es würden inzwischen Äpfel sein – und Eusebios zuhörte, der ihr die eingetroffenen Briefe vorlas. Er konnte beinahe das amüsierte Glitzern in ihren Augen unter den schweren Lidern sehen. Er mußte ihr einen Brief schreiben, der ihr schmeichelte und sie zum Lachen brachte. Einen Brief, den sie billigte. Er fragte sich, was sie von ihm erwartete, und das Vergnügen, sich zu erinnern, mischte sich plötzlich mit einer intensiven, wenn auch unbestimmten Furcht. Es war die Angst vor Entdeckung, eine Art Schamgefühl angesichts seiner angemaßten Wichtigkeit, und vor allem die Angst, vollkommen wehrlos einem unbekannten Schicksal ausgeliefert zu werden. Deshalb wollte ich Konstantinopel ja gerade verlassen, gestand er sich ein. Und doch vermisse ich es.

Die Wahrheit dieser Erkenntnis überraschte ihn, und er dachte darüber nach. Wahrscheinlich vermisse ich am meisten die Bequemlichkeiten der Zivilisation. Aber ich vermisse auch das Büro, und ich vermisse Theodora; ja ich vermisse sogar Euphemia. Ich frage mich, wie sie mit Sergius zurechtkommt...

Plötzlich war das Geräusch von Schritten zu hören, die in den Stall kamen, und dann blickte ein Gesicht über eine Zwischenwand. Es war das Gesicht einer hübschen jungen Frau mit blauen Augen, in denen entschlossene Neugier lag.

»Oh«, sagte sie in einem niedlich verstümmelten Griechisch, »du bist hier, edler Herr. Kann ich mit dir sprechen?«

Johannes saß einen Augenblick lang schweigend da und fragte sich, wie er ihr beibringen könne, ihn doch bloß allein zu lassen. Aber ihre Griechischkenntnisse deuteten darauf hin, daß sie die Frau oder Tochter eines wichtigen Mannes, vielleicht eines Stammesfürsten, war, und der Erfolg ihrer Mission hing davon ab, niemand Wichtigen zu beleidigen. »Natürlich«, sagte er und erhob sich.

Die junge Frau öffnete die Stalltür und kam lächelnd herein. Johannes kam zu dem Schluß, daß sie etwa in seinem Alter sein müsse, sie war ungefähr so groß wie er – die Heruler waren ein großgewachsenes Volk. Sie hatte einen Kittel aus blauem Leinen an und steckte in einem roten Mantel, den sie wie einen Umhang trug, außerdem hatte sie eine goldene Halskette um und einige römische Ohrringe; sie war offensichtlich eine Frau von Rang. »Ich bin Datia, die Tochter von Rodoulph«, sagte sie schüchtern. »Ich wollte so gerne einmal mit dir sprechen.«

Rodoulph war der örtliche Stammesfürst. Johannes unterdrückte einen Seufzer und deutete eine Verbeugung an. »Ich bin sehr geehrt, Dame Datia.«

»Bitte, können wir uns nicht setzen?« bat Datia und wies auf den Strohballen, auf dem Johannes zuvor bereits gesessen hatte. Sie nahm die Schreibtafeln und einige Blätter Pergament und hielt diese solange, während Johannes sich setzte, dann setzte sie sich neben ihn. Sie runzelte die Stirn, als sie den aus Bronze gefertigten Federkasten mit eingelegten Silberarbeiten erblickte. »Dauernd schleppst du dieses Ding hier mit dir herum«, sagte sie und ergriff den Kasten. »Wieviel Klugheit dazu gehört zu schreiben! Die Männer sagen, du schreibst genauso schnell, wie sie sprechen können.«

»Ich bin der Sekretär des vortrefflichen Narses, edle Dame.« Johannes brachte seinen Federkasten und die Schreibtafeln schnell in Sicherheit. »Sekretäre sind dazu da, rasch Notizen aufnehmen zu können.«

»Es zeugt von großer Klugheit«, sagte Datia und faltete ihre nunmehr leeren Hände traurig im Schoß. »Ich wünschte, ich könnte schreiben.«

»Gibt es denn niemanden hier, der es dir beibringen könnte?«

Sie zuckte die Achseln. »Mein Vater hat einen Gefolgsmann, einen Priester, der schreiben kann. Aber er möchte nicht, daß ich es lerne ... Doch ich spreche von traurigen Dingen. Ich wollte dich nach der großen Stadt Konstantinopel fragen. Ich habe noch niemals mit jemandem gesprochen, der dort gewesen ist. Ist es größer als Singidunum?«

Johannes konnte sich eines Lächelns nicht enthalten. »Ein Dutzend Städte wie Singidunum würden in Konstantinopel passen, und man hätte immer noch Platz übrig.«

»Oh! Du machst dich über mich lustig.«

»Nein.«

»Oh, wie schön muß das sein! Und du bist von dort? Deine Familie ist von dort?«

»Nein, ich bin aus Bostra, in Arabien.« Die Worte waren ihm entschlüpft, bevor er überhaupt denken konnte, und er biß sich auf die Zunge. Es war niemand da, der zuhörte, und diese Frau, die Tochter eines Stammesfürsten der Barbaren, kannte den Unterschied zwischen Bostra und Berytus wahrscheinlich gar nicht, aber er verfluchte sich, daß er sein Lügengewebe einen Augenblick lang vergessen hatte.

»Bostra. Ist das auch eine große Stadt, so wie Konstantinopel?«

»Nicht ganz so groß wie Konstantinopel«, sagte er und ergab sich in sein Schicksal. »Aber es ist eine schöne Stadt.« Und plötzlich erblickte er sie vor seinem inneren Auge, so wie er sie so oft erblickt hatte, wenn er mit seinem Vater zusammen von einer Geschäftsreise nach Hause gekommen war: das satte Grün der Felder, das ganz plötzlich nach einer Straßenkurve aufleuchtete und sich von der roten und braunen Einöde der syrischen Wüste abhob; das ausgeklügelte, weit verzweigte Bewässerungssystem, das die ganze Gegend mit dem köstlichen Rauschen verborgenen Wassers erfüllte; die Dattelpalmen und der blühende Bärenklau an der Stadtmauer; die weißgetünchten Häuser, die Mauern aus rosafarbenem

Stein; die Kamele, die am Brunnen auf dem Marktplatz getränkt wurden. Mit plötzlichem Widerwillen gegen die immer wieder aufrechterhaltene Lüge fügte er hinzu: »Es ist die Hauptstadt von Nabatäa, das ein großes Königreich war, bevor es ein Teil des Kaiserreichs wurde. Von Nordosten, aus den Ländern jenseits von Persien, kommen die Karawanen nach Bostra und bringen Gewürze und herrliche Seidenstoffe aus dem Osten.« Ich sollte all dies nicht sagen, dachte er und würgte den Lobgesang auf Bostra, der sich trotzig auf seine Lippen drängte, verzweifelt ab. Sie könnte alles weitererzählen. Der Name einer Stadt bedeutet gar nichts, ich kann ohne weiteres sagen, sie habe etwas durcheinandergebracht – doch niemand könnte diese Beschreibung Bostras mit Berytus verwechseln.

Sie starrte ihn mit großen, runden Augen an. »Ich weiß, was Seide ist«, meinte sie bescheiden. Zögernd streckte sie ihre Hand aus und berührte den roten und purpurfarbenen Saum seines Mantels. »Das ist Seide. Der König in Singidunum trägt auch Seide; einige Krieger, die bei den Römern gewesen sind, und manchmal ihre Damen ebenfalls.« Sie strich sehnsüchtig über den Stoff. »Ich habe noch nie welche berührt; sie ist so weich! Und wie sie glänzt! Ist Bostra weit weg von Konstantinopel?«

»Etwa so weit weg wie Singidunum von Konstantinopel – vielleicht noch weiter. Aber du kannst über das Meer reisen, so daß es nicht so viel ausmacht.« Er wägte seine Worte jetzt sorgfältig ab und erinnerte sich, daß Berytus eine Hafenstadt war.

»Das Meer! Ich glaube, das Meer muß wie eine weite Ebene aus Weizenfeldern sein, Wasser, überall Wasser, soweit man sehen kann. Aber du wohnst in Konstantinopel, oder? Ist deine Familie auch dort?«

Johannes schüttelte den Kopf. »Meine Familie ist tot. Aber ich bin ein entfernter Vetter der Dreimal Erhabenen Augusta, ein Vetter Theodoras; sie hat mir auch den Posten bei dem höchst ehrenwerten Narses verschafft.«

Sie schenkte ihm ein strahlendes Lächeln. »Du bist der Vetter der Kaiserin? Oh, ich habe mir doch gedacht, daß du ein Edelmann bist! Die anderen Frauen haben behauptet, du seist ein Niemand, auch wenn du Soldaten befehligst, weil du dem höchst ehrenwerten Narses dienst und Notizen aufnimmst und einen Bogen benutzt statt einer Lanze. Jetzt kann ich ihnen erzählen: ›Er ist ein Vetter der großen Königin‹, und sie werden beschämt sein. Dann hast du sie also gesehen, die Kaiserin Theodora, und mir ihr gesprochen? Und mit dem Kaiser ebenfalls, oder? Wie sind die beiden?« Sie hielt immer noch den seidenen Saum seines Mantels fest, und ihre Finger krallten sich erregt in ihn.

Johannes mußte selbst lächeln, als er ihr den mechanischen Thron Salomons mit seinen goldenen Lampenständern im Magnaurapalast schilderte; er beschrieb, wie der Kaiser und die Kaiserin, auf der Ruhebank sitzend, emporschwebten, gehüllt in purpurfarbene Seide, gekrönt mit ihren Diademen, und wie die Mitglieder des Hofstaates sich vor den erhabenen Majestäten und der kaiserlichen Macht zu Boden warfen.

Datia hörte ihm mit offenem Mund zu, und ihre Augen strahlten vor Entzücken. »Oh, wie herrlich das ist! Wie herrlich!« rief sie aus. »Wenn ich es doch einmal mit eigenen Augen sehen könnte!« Dann schlug sie ihren Blick verwirrt nieder und bemerkte, daß sie seinen Mantel ganz zerknittert hatte. Hastig ließ sie ihn los und fing an, ihn zu glätten. »Die Römer sind nicht wie die Heruler«, sagte sie ernsthaft, während ihre zarten Hände über den Seidenstoff strichen. »Sie wissen soviel mehr. Sie können schreiben und wunderschöne Dinge machen. So fein, so ...« Sie blickte erneut auf. Ihre von dunkelgoldenen Wimpern gesäumten Augen waren von einem wunderschönen hellen Blau. Johannes fühlte, wie ihm der Atem stockte, und saß ganz still da. Datias Hand ließ den Mantel los und berührte sein Gesicht. »Du bist so anders als wir«, sagte sie traurig. »Du bist gestern in mein Dorf geritten, morgen wirst du bereits wieder fort sein. Bald wirst du wieder in Konstantinopel sein. Hast du eine Frau dort?«

»Nein.« Johannes ergriff ihre Hand und zog sie nervös von seinem Gesicht weg. Sein Herz schlug heftig. Ich bin nicht verheiratet, aber sie bestimmt, rief er sich zur Ordnung. Sie ist schön, über zwanzig – und die Tochter eines Stammesfürsten: sie muß einen edlen Mann haben, der mit den anderen zusammen auf der Jagdgesellschaft ist. Und die Sache wäre auch nicht viel besser, wenn sie eine Jungfrau wäre; dann wäre eben ihr Vater und nicht ihr Ehemann beleidigt. Aber vielleicht ist sie ja auch nur neugierig.

Sie hielt die Hand fest, welche die ihre genommen hatte, und sah sie prüfend an. »Diese Stelle hier ist von der Schreibfeder, nicht wahr?« fragte sie und deutete auf die blanke Stelle abgenutzter Haut an seinem rechten Mittelfinger. »Zeig mir doch, wie du schreibst, bitte?«

Johannes leckte sich die Lippen und nahm den Federkasten und das Stück Pergament. Er schrieb ihr das Alphabet auf; sie beugte sich über seine Schulter und beobachtete ihn. Er war sich ihres Körpers schmerzlich bewußt, der weißen Haut, der runden Brüste, die sich gegen seinen Oberkörper preßten, als sie sich über ihn beugte, der Wärme ihres Atems auf seinem Arm. Ich bin ein Gast hier, rief er sich verzweifelt in Erinnerung. Ich darf nichts tun, was sie beleidigt. »Schreib meinen Namen«, bat sie ihn, und er schrieb ihn hin. Sie runzelte die Stirn vor lauter Konzentration und deutete nacheinander auf jeden einzelnen Buchstaben, setzte ihn in Verbindung mit dem darüberstehenden Alphabet. »Jetzt schreibe ich?« fragte sie eifrig und versuchte, die Feder zu nehmen.

»Mit diesem Griffel hier geht es besser«, sagte er und reichte ihr die Wachstafeln und einen Griffel. Sie nahm sie begierig und kopierte unbeholfen, aber sorgfältig die Buchstaben des Alphabets. Sie fragte erneut nach dem Namen der einzelnen Buchstaben, spürte ihrem Klang nach. Beim Zeta machte sie einen Fehler und unterdrückte einen ärgerlichen Ausruf; er nahm den Griffel und zeigte ihr, wie sie den Fehler korrigieren könne, dann führte er ihr beim Rest des Alphabets die Hand. Er war überrascht, daß seine eigene bis zum Schluß nicht zitterte. »Wie herrlich das ist!« rief sie aus, als sie am Ende angekommen waren. Sie nahm das Pergament. »Darf ich es behalten? Ich möchte die Buchstaben studieren.«

»Natürlich. Die Schreibtafeln ebenfalls, wenn du möchtest; ich habe noch andere.«

»Oh, ich danke dir! Ich danke dir so sehr! Ich hatte mir gewünscht ...« Sie hielt inne, sah ihn an; die helle Haut ihres Gesichts verdunkelte sich zu einem wunderhübschen, wolkigen Rosa. »Ich habe gedacht ... das heißt, falls du mich magst ...«

Falls ich sie mag! dachte er unglücklich. »Was meinst du, edle Dame?«

»Wenn du mich vielleicht lieben möchtest, oder?« fragte sie und vollführte eine hilflose Geste. »Falls du es möchtest, würde ich es ebenfalls mögen.«

Johannes spürte, wie sein eigenes Gesicht ganz heiß wurde. Er sah auf seine fest ineinander verschlungenen Hände nieder und atmete einmal tief durch, um sich zu beruhigen. Er erinnerte sich daran, wie Theodora ihn ausgelacht hatte. Er erinnerte sich daran, wie er siebzehn war, verrückt vor Liebe, wie er schwitzend in seinem heißen, dunklen Schlafzimmer in Bostra lag und von der blonden und blauäugigen Chryseis träumte, die er niemals zu berühren gewagt hatte. Genau wie die anderen Mädchen: bewundert, begehrt, aber niemals auch nur ein Wort mit ihnen gesprochen. Er hatte sich niemals träumen lassen, ihm könne etwas Ähnliches passieren, und es schien ganz und gar unwirklich.

»Edle Dame Datia«, sagte er förmlich, »ich bin zutiefst geehrt und äußerst dankbar für dein Angebot, aber ich bin deines Vaters Gast, und mein Befehlshaber ist in einer diplomatischen Mission hier. Ich wage nicht, etwas zu tun, was deinen Vater beleidigen könnte oder deinen Gemahl, falls du einen hast – so sehr ich dich auch mag.«

»Mein Gemahl ist tot«, sagte sie und biß sich auf die Unterlippe. »Ich habe keinen Gemahl.« Doch sie wandte sich ab und stand errötend da, überaus beschämt.

»Aber . . . edle Dame Datia . . .«, er ergriff ihre Hand und merkte, daß er nicht wußte, was er sagen sollte. Er hatte plötzlich fürchterliche Angst. Ich kenne ihre diesbezüglichen Sitten nicht, sagte er sich. Herr im Himmel, ich kenne ihre diesbezüglichen Sitten nicht! Aber er konnte weder sprechen noch sie gehen lassen.

»Dann möchtest du also?« fragte sie und ihr Gesicht strahlte erneut.

»Ja, ja, natürlich!«

Sie lächelte, setzte sich neben ihn und küßte ihn. »Wir bleiben hier«, sagte sie. »Hier ist es ruhiger als im Haus.«

Der Liebesakt war anders, als er erwartet hatte. Er bedeutete Erleichterung, nicht Ekstase; ein heftiges Vergnügen, aber gleichzeitig zutiefst erschreckend. Er schien die Beherrschung über seinen Körper, der ihm wie ein fremdartiges Tier vorkam, verloren zu haben, und sein Bewußtsein beobachtete ihn entsetzt. Danach lag er erschöpft und durcheinander neben ihr im Stroh, er blickte auf sie hinab und sah eine Laus, die in ihrem blonden Haar krabbelte, und spürte eine Welle des Ekels in sich emporsteigen. Er setzte sich rasch auf und zog seine Tunika über.

Sie hat keinen Ehemann, dachte er bitter, aber ihr Vater wird in einer knappen Stunde zurück sein. Mein Gott, es könnte Ärger geben. Außerdem ist es eine Sünde . . . Oh, aber sie ist so hübsch!

Datia hatte sich ebenfalls aufgerichtet und zog ihren Kittel über; ihre Schultern waren wie weißer Marmor, ihre Brüste rund und rosig. Wie die Statue der Aphrodite von Phidias, dachte er, auf der Mittelstraße in Konstantinopel. Sie bemerkte seinen Blick und lächelte ihm zu.

»Wie herrlich das ist«, sagte er ebenfalls lächelnd, und sie kicherte. Sie strich sich den Kittel glatt, stand auf und hängte sich ihren Mantel um.

»Habe ich etwas Falsches gesagt?« fragte er.

»Du hast etwas Wunderschönes gesagt.« Die Mischung aus Ekel und Zärtlichkeit tat weh, und er konnte sie nur töricht anlächeln.

Sie kicherte erneut und wollte gerade noch etwas sagen, als draußen Pferdegetrappel zu vernehmen war. Rasch hüllte sie sich fest in den Mantel, verschloß ihn mit einer Spange und eilte aus dem Stall – genau in dem Augenblick, als die Jagdgesellschaft in den Hof einritt. Kaum war sie gegangen, wünschte Johannes plötzlich, sie wäre niemals gekommen.

Während des Festgelages an jenem Abend machte er sich Sorgen über die möglichen Konsequenzen, mit der Tochter eines Stammesfürsten geschlafen zu haben, und entschloß sich schließlich, Narses um Rat zu fragen. Der Eunuch war im vornehmsten Haus des Dorfes untergebracht, Johannes in dem zweitvornehmsten; die beiden standen nebeneinander und waren nach herulischen Maßstäben äußerst prächtig, jedes von ihnen wies zwei richtige Räume auf – einen für den Herrn, den anderen für die Sklaven und die Kochstelle. Auf ihrem Gang von der Festhalle zurück äußerte Johannes den Wunsch, mit seinem Vorgesetzten ein paar Worte unter vier Augen zu sprechen, und wurde von diesem in den dunklen, rückwärtigen Raum gebeten. Narses zündete die einzige Hängelampe an und bedeutete seinen Gefolgsleuten mit einer Handbewegung hinauszugehen. Er setzte sich auf das Bett, wobei er müde, aber konzentriert wirkte. »Nun, vortrefflicher Johannes, was gibt's denn?« fragte er höflich.

Johannes errötete und erklärte ein wenig verworren, was im Stall passiert war. Narses hörte geduldig zu und sagte zunächst nichts; dann, als Johannes mit seinem Gestotter am Ende war, seufzte er.

»Du hast recht daran getan, mir davon zu berichten. Die Heruler halten die Keuschheit zwar nicht so hoch wie die Goten, trotzdem könnte die Sache Ärger verursachen. War das Mädchen Jungfrau?«

»Nein – sie hat gesagt, sie sei Witwe.«

Narses sah erleichtert aus. »Eine Witwe also! Dann ist ja alles nicht so schlimm. Ich schlage vor, daß du ihr ein paar Geschenke machst, sie ehrerbietig behandelst und ihr anbietest, ihren Sohn anzuerkennen, falls sie einen bekommt. Sie wünscht sich zweifellos, daß man sich öffentlich zu ihr bekennt.«

»Was wünscht sie sich? Ich dachte ...«

»Was sie sich, außer dir natürlich, wünscht.« Narses bedachte ihn mit seinem höflichen Lächeln. »Es war sehr rücksichtsvoll von ihr, dir dieses Geständnis zu machen. Bevor diese Leute den christlichen Glauben angenommen haben – was ja erst fünfzehn Jahre her ist –, war es für Witwen Brauch, sich neben dem Grab ihres Ehemannes aufzuhängen. Eine Witwe, die lieber am Leben bleiben wollte, wurde mit genauso großer Verachtung behandelt, wie wir Römer eine Dirne behandeln. Der Brauch, sich zu töten, wird inzwischen von der Kirche mißbilligt, doch die öffentliche Meinung betrachtet eine Witwe immer noch als etwas ganz und gar Ehrloses. Ein offen anerkanntes Verhältnis mit einem römischen Abgesandten, Befehlshaber der Protektoren und Vetter der Erhabenen Augusta, zu haben kann den Status dieser jungen Frau nur erhöhen, also auch ihr

Ansehen. Ich hoffe, du hast ihr erzählt, daß du ein Vetter der Kaiserin bist? Gut. Jetzt ist es ihr vielleicht sogar möglich, sich wieder zu verheiraten – selbst wenn dies nur ein Mann von niederem Rang sein kann.«

»Heiliger Gott! Arme Datia.« Johannes schwieg einen Augenblick, dann sagte er: »Dann kam sie also mit derartigen Hintergedanken in den Stall?«

»Wahrscheinlich. Kränkt dich das?«

»Nein. Aber es ist verwirrend.« Er erinnerte sich daran wie ihre zarte Haut von einem dunklen Rot überzogen wurde und spürte, wie seine Wangen vor Mitgefühl ganz heiß wurden. Der eigentliche Liebesakt schien in seiner Erinnerung bereits auf eigenartige Weise zu verschwimmen, beinahe belanglos zu werden, verglichen mit dem sehnsüchtigen Staunen, mit dem er zuvor daran gedacht hatte, verglichen auch mit den Verwicklungen in seinem Gefolge.

»Falls es nicht unangemessen ist, einen solchen Rat von mir anzunehmen, wäre es in der Tat besser, wenn du in Zukunft von derartigen Abenteuern Abstand nehmen würdest. Diesmal wird es wahrscheinlich keine schlimmen Konsequenzen haben, aber eine andere junge Frau könnte in ganz anderen Umständen leben, dir Probleme bereiten und uns allen Ärger verursachen.«

»Ich beabsichtige nicht, den Versuch zu wiederholen«, sagte Johannes. Er war das Risiko nicht wert, dachte er, er war all die Gedanken, die ich in der Vergangenheit an ihn verschwendet habe, wirklich nicht wert. Außerdem ist es eine Sünde. Für sie vielleicht ja nicht, da ihre Familie der Meinung zu sein scheint, sie wäre ihrem Ehemann besser in den Tod gefolgt. Dehalb also stand sie so schnell auf, nachdem sie mir erzählt hatte, sie sei Witwe.

»Arme Datia!« sagte er erneut. »Was sind diese Heruler für Barbaren. Sergius hatte recht: Sie sind das abscheulichste Volk der Welt.«

Narses zuckte die Achseln. »Sie erinnern mich an Homers Helden. Sehr tapfer, sehr unabhängig und mit einem Hang zum Prahlen. ›Sie führen die meckernden Ziegen und die stampfenden Hornochsen zur Schlachtbank.‹«

»Homers Helden haben sich jedenfalls gewaschen«, sagte Johannes mürrisch. »Und ihre Witwen waren nicht verpflichtet, sich aufzuhängen.«

Wahrscheinlich ist es im warmen Griechenland einfacher als in Moesien, sich zu waschen. Und die Heruler kommen aus Thule, wo es sogar noch kälter ist – sie behaupten, daß die Sonne im Winter vierzig Tage lang überhaupt nicht aufgeht. Im übrigen sind die Heruler nicht mehr die Barbaren, die sie früher waren. Nach Annahme des christlichen Glaubens haben sie die schlimmsten ihrer alten Sitten aufgegeben.«

»Dann pflegten sie also noch andere schreckliche Dinge zu tun?«

Diesmal lächelte Narses nicht. »Sie brachten Menschenopfer dar. Und wenn jemand zu alt oder zu krank war, um für sich selbst zu sorgen, töteten sie ihn.«

»Gott im Himmel!«

»Es war eine grausame Sitte, aber es haftete ihr auch eine gewisse Würde an. Wenn ein Mensch zu krank war, um aufrecht stehen zu können, baute seine Familie einen Scheiterhaufen, trug den Betreffenden hinaus und setzte ihn darauf. Mitsamt seinen schönsten Besitztümern. Sie küßten ihn und wehklagten und priesen seinen Mut und seine Großzügigkeit. Dann tötete ein Freund der Familie – denn es war verboten, das Blut von Verwandten zu vergießen – den Kranken mit einem Messer, und der Körper wurde verbrannt. Manchmal, in irgendwelchen Dörfern, weit weg von jeder Kirche, tun sie so etwas immer noch – aber es wird geächtet.«

»Und du glaubst nicht, daß sie das abscheulichste Volk der Welt sind?«

»Nein«, erwiderte Narses, und seine Stimme nahm einen scharfen Unterton an. »Diesen Titel würde ich eher den Römern verleihen, die Ähnliches tun und noch Schlimmeres, und zwar für Geld. Andererseits möchte ich behaupten, daß die Römer das edelste aller Völker auf Erden sind, daß sie alle anderen kraft ihrer Gesetze, ihrer Kunst und ihres Glaubens übertreffen. Unsere Stadt ist die große Hure Babylons, trunken von dem Blut Heiliger, und es ist die Stadt, die auf dem Berg erbaut worden ist und deren Licht nicht verborgen bleiben kann. Das jedenfalls glaube ich.«

»Du glaubst an Dinge, die einander widersprechen!«

Narses lächelte sein zweideutiges Lächeln. »Ja, das tue ich.«

Johannes schwieg lange und dachte über den Widerspruch zwischen Zivilisation und unkomplizierter Naivität der Barbarei nach; dann – es war immerhin spät – gab er sein Nachdenken verzweifelt auf. »Nun, römische Betten sind jedenfalls nicht so widersprüchlich wie herulische«, meinte er. »Römische Betten sind für Menschen, die in ihnen schlafen, herulische jedoch für Wanzen. Aber ich will mich dieser Widersprüchlichkeit trotzdem ein wenig hingeben. Gute Nacht, vortrefflicher Narses.«

Am nächsten Morgen ging Johannes mit seinen zwei Gefolgsleuten im Schlepptau zur Festhalle und fragte ganz offen nach Datia; diese Frage erregte bei den dort versammelten Kriegern ziemliche Neugier, doch schließlich zeigte ihm ein Mann den Weg zum Haus von Rodoulph. Datia saß im Hinterzimmer und arbeitete mit einigen anderen Frauen an einem Webstuhl. Sie sah müde aus, ihre Augen waren rot, doch ihr Gesicht hellte sich auf, als sie Johannes erblickte.

»Ich möchte dir für deine Freundlichkeit danken«, sagte Johannes förmlich zu ihr. »Bitte nimm diese Geschenke an.« Er überreichte ihr seinen Ersatzmantel der Protektoren und seinen Federkasten.

Sie sprang auf, wurde über und über rot und strahlte über das ganze Gesicht; ihre Freundinnen oder Kusinen fingen an, aufgeregt durcheinanderzuschnattern. Sie nahm den Mantel, strich über seinen seidenen Saum, schwang ihn über ihre Schultern. Sie hielt den Federkasten in den Händen und jauchzte, dann schlang sie ihre Arme um Johannes und küßte ihn. »Ich habe so gehofft, daß du dich meiner nicht geschämt hast«, sagte sie glücklich. »Ich dachte, du bist ärgerlich, weil ich eine Witwe bin, und hättest deshalb nichts gesagt. Wie unrecht ich doch hatte!«

»Allerdings«, sagte er. In ihrer Gegenwart wurde die Liebe von neuem zu einem verwirrenden Problem; sie schien weniger sinnlos und unangenehm als am Abend zuvor. Und die eigenartige Mischung aus Widerwillen und Zärtlichkeit verblüffte ihn erneut. Plötzlich wünschte er sich dringend, einfach weggehen zu können, aber er lächelte, ergriff ihre Hände und fuhr fort: »Außerdem sollte ich noch sagen, daß du mir dein Kind, falls du eines bekommst, nach Konstantinopel schicken kannst.«

Auf diese Äußerung hin strahlte sie noch heftiger und küßte ihn erneut. »Außerdem möchte ich deinem Vater gerne meine Aufwartung machen«, fügte er hastig hinzu. »Der vortreffliche Narses wartet auf mich, und wir haben noch ein oder zwei Dinge zu erledigen, bevor wir euch verlassen.«

Neuigkeiten machten im Dorf rasch die Runde. Als alle Geschäfte geregelt waren, sie ihre Sachen zusammengepackt hatten und die Besucher ihren Gastgebern Lebewohl sagten, wandte sich der Stammesfürst Rodoulph plötzlich mit einem Grinsen an Johannes und sagte: »Ich habe gehört, daß meine Tochter dir hier ein besonders herzliches Willkommen bereitet hat.«

Johannes nickte höflich und versuchte, seine Verlegenheit zu verbergen, indem er über die rechte Schulter des Mannes ins Ungefähre blickte. »Deine Tochter ist eine außerordentlich bezaubernde Dame«, sagte er.

»Außerdem eine intelligente Frau. Sie hat mir erzählt, daß sie sich nichts sehnlicher wünscht, als schreiben zu lernen.«

Rodoulph lachte schallend. »Hat sie dir das wirklich erzählt? Nach allem, was ich gehört habe, ist es ganz gewiß nicht das, wonach sie sich gesehnt hat! Nimm es ihr nicht krumm, sie ist ein gutes Mädchen, doch wozu sollte man einer Frau wohl das Lesen beibringen?«

Johannes vergaß seine Verlegenheit und blickte Roudoulph direkt ins Gesicht. »Aus denselben Gründen wie einem Mann«, sagte er und machte keinen Hehl aus seiner Überraschung. »Sie könnte Briefe schreiben, die Heilige Schrift lesen ...« Rodoulph sah ihn nachsichtig an, er war offensichtlich nicht überzeugt. Johannes erinnerte sich daran, wie eifrig Datia nach dem Federkasten gegriffen hatte, und fuhr ärgerlich fort: »Ich kenne eine junge Frau in Konstantinopel – ich habe geschäftlich mit ihr zu tun. Ihr Vater lebt in Ägypten; sie verwaltet in seiner Abwesenheit sein Vermögen und übermittelt ihm darüber hinaus alle Neuigkeiten aus der Hauptstadt, so daß er, obwohl er weit entfernt lebt, am anderen Ende des Mittelmeers, über alles informiert ist, was in seinem Haus und am Hof passiert, so als lebe er nur eben um die Ecke.«

Der Stammesfürst schien sichtlich beeindruckt. »Lernen alle römischen Frauen schreiben?« fragte er.

»Alle Frauen von Rang«, erwiderte Johannes mit großer Bestimmtheit.

»Ach!« sagte Rodoulph überrascht. »Ach!«

Narses lächelte geheimnisvoll und machte sich daran, auf gebotene Weise Lebewohl zu sagen, er pries Rodoulphs Gastfreundschaft, den Mut seiner Krieger und die Fruchtbarkeit seiner Felder; Rodoulph erwiderte sein Lob mit Beteuerungen seiner Treue und Bewunderung, und den Soldaten gelang es schließlich, aus dem schmutzigen, stinkenden Dorf hinauszureiten, auf zum nächsten.

Als sie sicher auf der Straße waren, zügelte Narses sein Pferd, bis es im Schritt neben demjenigen von Johannes ging, und bedachte diesen mit einem Lächeln. »Er wird seiner Tochter Lesen und Schreiben beibringen lassen«, meinte er.

»Ich hoffe es«, erwiderte Johannes und war ein wenig überrascht angesichts des Interesses des Kämmerers.

»Das Beispiel der höchst tugendhaften Euphemia war offensichtlich von einigem Gewicht; er wird wollen, daß ihm seine Tochter Berichte über alle Neuigkeiten in seinem Dorf verfaßt, während er im Krieg ist.

Und der jungen Frau wird es sehr guttun, sich plötzlich in einer derart wichtigen Stellung wiederzufinden. Du hast ihr einen beträchtlichen Gefallen erwiesen. Es war gut, daß du ihr deine Aufmerksamkeit erwiesen hast ... schriftstellerischer Ehrgeiz.« Narses lächelte erneut.

Er ist zufrieden mit mir, dachte Johannes einigermaßen verblüfft. Anfangs war er verärgert, daß ich den Fehler gemacht habe, mit einer herulischen Frau zu schlafen, aber jetzt ist er zufrieden, weil ich etwas getan habe, was ihr hilft. Warum interessiert ihn das überhaupt? Doch als er die stille Zufriedenheit des Eunuchen bemerkte, wurde ihm klar: Er ist zufrieden, weil er mich mag; er interessiert sich ganz einfach für alles, was ich tue, er möchte, daß ich alles richtig mache, und freut sich, daß ich es in diesem Fall getan habe.

Es war verblüffend: Narses, der alterslose, geschlechtslose, unnahbare und unpersönliche Diener Seiner Dreimal Erhabenen Majestät des Kaisers, schien trotz seiner offensichtlichen Zuneigung zu Anastasios irgendwie über solchen Dingen wie bloßer menschlicher Freundschaft zu stehen. Und doch, dachte Johannes, habe ich gewußt, daß mehr an ihm ist als nur dies; er ist genau das, was er mir erzählt hat. »Dritter Sohn eines armen armenischen Bauern« und so weiter, und so weiter. Er ist genau wie ich: Er zieht einen Kreis um sich und beobachtet die Leute von der anderen Seite – aber aus irgendeinem Grunde hat er sich dazu entschlossen, mir zu erlauben, die Linie zu überschreiten. Was, in Gottes Namen, habe ich getan, um seine Freundschaft zu verdienen? Er hatte den Eindruck, sich selbst beobachten zu können, und überrascht wurde er gewahr, daß er sich geehrt fühlte und sehr froh war. Er mag ein Eunuch sein, von niederer Geburt, ein Freigelassener, sagte sich Johannes, aber ich glaube nicht, daß es irgendeinen anderen Mann auf der ganzen Welt gibt, den ich mehr respektiere als ihn.

»Waren es die Heruler, die dir dieses Lächeln beigebracht haben?« fragte er und fühlte sich durch und durch glücklich.

Narses schien überrascht. »Was für ein Lächeln denn?«

»So.« Johannes ahmte den vertrauten, vieldeutigen Ausdruck nach, so gut er es vermochte.

Narses lachte. »Ich sehe doch nicht etwa so aus, oder? Nein, ich habe als Sklave gelernt, hinter meinem Lächeln meine Gedanken zu verstekken. ›Denn unser Glauben lehrt uns Geduld‹, und die Geduld eines Sklaven wird stets auf die Probe gestellt. Aber sie erweist sich auch bei den Herulern als nützlich.«

7

Römer und Barbaren

Narses' Geduld und die seines Sekretärs wurden von den Herulern tatsächlich vier lange Monate auf die Probe gestellt, so wie der Kämmerer vorausgesagt hatte. Doch schließlich, Ende Oktober, war eine Armee von siebentausend Herulern, von denen etwa die Hälfte zur leichten Reiterei zählte – darin hatte sich der Stamm stets ausgezeichnet –, in Singidunum versammelt. Sie waren reichlich mit Vorräten versorgt, in Kompanien eingeteilt und bereit loszumarschieren. »Bei weitem weniger, als ich mir erhofft hatte«, meinte Narses ein wenig unglücklich. »Daran ist die Ungewißheit wegen ihres Königs schuld. Sie warten immer noch darauf, daß ihre Gesandten aus Thule zurückkehren.«

Die einzelnen Absprachen waren schriftlich getroffen worden. Belisar befand sich in Italien, ihm standen jedoch lediglich viertausend Mann zur Verfügung, so daß er nichts gegen die Goten unternehmen konnte. Diese schickten sich gerade an, die Garnison in Rom zu belagern. Der Waffenstillstand mit Persien hielt jedoch allen Belastungen stand, und Justinian war es gelungen, weitere sechstausend Mann aus dem Osten abzuziehen und sie nach Dyrrhachium in Marsch zu setzen. Von dort aus sollten sie sich nach Italien einschiffen, sobald die Frühlingswinde ihnen erlauben würden, die Segel zu setzen. Die herulische Streitmacht sollte ebenfalls von Dyrrhachium aus in See stechen, doch um die Ernährung der Soldaten zu sichern, sollten sie ihr Winterquartier dort aufschlagen, wo Narses Vorräte für sie angelegt hatte, nämlich in Sardika.

Während also die letzten Früchte von den sich dunkler färbenden Feldern eingebracht wurden, setzte sich die Armee nach Singidunum in Marsch, zog dieselbe Straße entlang, die Narses mit seiner kleineren Streitmacht ein paar Monate zuvor in umgekehrter Richtung gekommen war. Johannes verließ die Hauptstadt nur ungern. Sie hatten eine Woche lang Zeit gehabt, die Soldaten vor dem Abmarsch mit allem zu versorgen. Durch zweimaliges Baden pro Tag und dank verschiedener übelriechender Getränke, die ihm der Wundarzt des Heeres verschrieben hatte, war es ihm endlich gelungen, sein Sortiment herulischen Ungeziefers loszuwerden – aber er hegte die Befürchtung, es sich auf der Reise nach Sardika von neuem einzufangen.

Jacobos seufzte ebenfalls tief, als sie die Stadtmauern hinter sich ließen. Der Junge ritt jetzt zwischen den beiden vandalischen Gefolgsleuten vorneweg. Es war ihm gelungen, einen der Vandalen zu überreden, ihm die Handhabung der Lanze beizubringen, und Johannes war damit einverstanden gewesen, ihn als dritten Gefolgsmann aufzunehmen, vorausgesetzt, er tat nach wie vor seine Arbeit.

»Kehrst du etwa nicht gerne nach Konstantinopel zurück?« fragte ihn Johannes.

»O doch, Herr!« entgegnete Jacobos. »Ich wünschte nur, wir könnten die Heruler allesamt zum Teufel schicken.«

»Wir sind extra hergekommen, um sie zu rekrutieren!« sagte Johannes. »Aber ich weiß, was du meinst.«

Von Singidunum nach Sardika waren es mehr als zweihundert Meilen, und die elf Tagesmärsche wurden zu einem Alptraum. Es gab sieben Fälle von Schafdiebstahl, viermal wurden Rinder gestohlen, viermal andere Dinge, und zweimal wurden Frauen vergewaltigt. Artemidoros, der Befehlshaber der Scholarer, betrachtete den Versuch, der Armee der Barbaren Disziplin beizubringen, als von vornherein zum Scheitern verurteilt; seine Männer sahen mit einer Miene, die auszudrücken schien: »Was kann man von denen schon anderes erwarten?«, ungerührt dabei zu, wie eine Kompanie herulischer Reiter unter ihren Augen Schafe stahlen. Es war schwierig, die für die Ausschreitungen verantwortlichen Männer zu bestrafen, ohne die anderen zur Desertion zu verleiten. Narses konnte nichts anderes tun, als ihnen so lange zu drohen, bis die Sachen ersetzt waren; außerdem befahl er Johannes und den Protektoren, sowohl auf die Heruler als auch auf die Scholaren aufzupassen.

Doch in Sardika war Narses' Leuten gelungen, alles auf das beste vorzubereiten. Es gab Kasernen für die Heruler, Ställe für ihre Pferde, Ersatzkleidung und Waffen sowie Vorräte in Hülle und Fülle. Um die Barbaren zu beschäftigen, hatte man sich allerlei Ausbildungsprogramme, Spiele, Jagden und Wettkämpfe ausgedacht, und als der November zu Ende gegangen war und es zu schneien begann, hoffte Johannes allmählich auf einen ruhigen Winter.

Anfang Januar galoppierte der völlig zerlumpte Überlebende eines Massakers aus der Garnison in Oescus an der Donau durch das Stadttor von Sardika und berichtete, daß eine riesige Streitmacht barbarischer Slawen in Thrakien eingefallen war.

Narses hatte sich mit seinem Gefolge im Palast des Präfekten von Sardika eingerichtet und berief sofort einen Rat dorthin ein, um die Neuigkeiten zu erörtern. Es war ein trüber, naßkalter Tag, und das riesige Ratszimmer, das nur von ein paar wenigen Kohlenpfannen geheizt wurde, war bitter kalt. Die Fenster waren mit schweren Holzläden vor dem Wind geschützt, die wenigen Lampen auf dem Ständer am anderen Ende des Raumes warfen düster flackernde Schatten über die feuchten Stellen auf den geweißten Wänden. Narses saß in seinem weißen und purpurfarbenen Mantel am Kopfende des Ratstisches und hörte hinter seinen verschränkten Händen dem Boten zu; sein Gesicht lag im Schatten. Der Statthalter von Datien, ein unfähiger Mann, der es dem Eunuchen persönlich übelnahm, in seiner Provinz Quartier genommen zu haben, saß zu seiner Rechten und schien äußerst beunruhigt; die übrigen Befehlshaber von Narses' Armee sowie andere wichtige Männer mit hohen Posten in der Provinz saßen aufs Geratewohl um den Tisch herum und machten einen niedergeschlagenen Eindruck. Johannes saß ein wenig abseits unter dem Lampenständer und machte Notizen. Schon nach kürzester Zeit waren seine Finger taub vor Kälte.

»Der Fluß war zugefroren«, berichtete der Bote. »Es war sehr kalt dieses Jahr. Die Barbaren zogen einige Boote bis in die Mitte des Flusses und ließen das Wasser um sie herum gefrieren, dann legten sie Baumstämme darüber, bis sie eine Brücke hatten, die stabil genug war, ihre Karren zu tragen. Sie überquerten sie und trafen auf einige Holzsammler aus Oescus. Sie töteten sie und schlüpften an ihrer Stelle in die Stadt, öffneten die Tore und ließen ihre Kameraden herein.«

»Ihr hättet die Brücke zerstören sollen, bevor sie fertig war!« fuhr ihn der Statthalter an.

»Sie waren zu Tausenden!« erwiderte der Bote. »Wie hätten wir ihnen Einhalt gebieten sollen? Wir haben nur zweihundert reguläre Soldaten in Oescus, ein paar hundert Verbündete und die Bürgerwehr, die im Winter zu nichts nutze ist! Sie plünderten sämtliche Vorräte der Stadt, töteten alle Männer und verschleppten Frauen und Kinder, um sie als Sklaven zu verkaufen. Dann zogen sie weiter stromabwärts nach Novae.«

»Wieviel tausend waren es genau?« fragte Narses ruhig.

»Dreißig- oder vierzigtausend«, erwiderte der Mann, ohne zu zögern. »Genauer kann ich es nicht sagen. Aber die Stadt war voll von ihnen.«

»Du hast sie selbst gesehen?«

»Ja, vortrefflicher Narses. Ich war in dem landeinwärts gelegenen Turm postiert. Ich habe gesehen, wie sie die Stadt eingenommen haben, dann bin ich durch das rückwärtige Tor entwichen und habe mich in den Feldern versteckt. Ich habe sie so lange im Auge behalten, bis ich sah, welchen Weg sie nahmen, dann habe ich ein Pferd gestohlen und bin hergeritten.«

»Wie waren sie ausgerüstet?«

»Verdammt gut«, erwiderte der Bote düster. »Für gewöhnlich kämpfen die Slawen lediglich mit einer Lanze und einem Schild, bisweilen auch noch mit einem hölzernen Bogen und ein paar Pfeilen. Diese Soldaten dagegen waren zur Hälfte beritten, und die meisten von ihnen hatten einen Brustharnisch.«

»Sie haben die Römer kopiert«, meinte Narses. »Hatten sie viele Bogenschützen?«

»Bogenschützen? Ich weiß nicht recht; solange ich sie sah, haben die Reiter nicht geschossen. Kannst du, vortrefflicher Narses, uns helfen? Ich habe gehört, daß du mit einer Armee hier bist, und hoffe, daß du schnell kommen und den Barbaren Einhalt gebieten kannst, bevor sie noch mehr Schaden anrichten.«

»Wir haben nicht einmal achttausend Mann«, sagte der Befehlshaber der Scholaren, Artemidorus. »Und es sind fast alles undisziplinierte Barbaren. Wir werden um Verstärkung bitten müssen.«

»Bis die Verstärkung eintrifft, haben die Slawen halb Thrakien gebrandschatzt und sich wieder verzogen!« jammerte der Statthalter. »Und was ist, wenn sie in unsere Richtung ziehen?«

»Wie lange hast du gebraucht, um herzukommen?« fragte Narses den Boten, der Artemidorus verblüfft anstarrte. Er hatte offensichtlich stark übertriebene Geschichten über die Größe der herulischen Armee gehört.

»Drei Tage, vortrefflicher Narses.« Der Mann wandte sich erneut an den Heerführer, seine Miene nahm einen verzweifelten Ausdruck an. »Ich habe mich nicht getraut, ein frisches Pferd zu stehlen, und die Straßen sind schlecht.«

»Die Slawen werden langsam vorankommen, wenn sie Plündergut mit sich führen«, meinte Narses nachdenklich. »Trotzdem werden wir Novae nicht mehr retten können, es sei denn, es ist imstande, einer Belagerung zu trotzen. Aber vielleicht wenden sie sich ja auch nach Süden, nach Nikopolis.«

»Es wird einen ganzen Monat dauern, bei diesem Wetter Truppen von Dyrrhachium heranzuschaffen«, sagte Artemidorus und schüttelte den Kopf. »Wir können nichts tun.«

»Ich bin anderer Meinung, Kommandant«, sagte Narses höflich. »Wir könnten sie besiegen.«

Artemidorus starrte ihn erschrocken an; der Bote wurde aschfahl im Gesicht. Er wagt nicht zu glauben, daß Narses wirklich etwas unternehmen will, dachte Johannes und spürte, wie sein Herz wild zu schlagen begann.

»Ich schlage folgendes vor.« Narses löste seine ineinander verschränkten Hände und beugte sich weit über den Tisch; das Licht der einzigen Lampe schien auf sein ruhiges, gefaßtes Gesicht. »Wir werden mit unserer Armee so rasch wie möglich nach Nikopolis ziehen, und zwar auf der Straße, die über Melta führt. Ich werde sämtliche Bogenschützen und jeden einzelnen Mann, der eine Schleuder benutzen kann, aus Sardika, Melta und Nikopolis einziehen. In Nikopolis werden wir herauszufinden versuchen, wo die Barbaren sind. Falls sie Novae belagern, rücken wir weiter vor und attackieren sie von hinten; falls sie irgendwo anders hinziehen, besetzen wir das Gebiet vor ihnen und zwingen sie, uns anzugreifen, und zwar nach unseren Bedingungen.«

»Vortrefflicher Narses!« sagte Artemidorus erschrocken. »Du kannst sie nicht im Ernst angreifen wollen ... Wir haben nur achttausend Mann!«

»Belisar hat Afrika mit zwanzigtausend und Italien mit fünfzehntausend Mann erobert. Dann sollten wir wohl auch mit den Slawen fertig werden.«

»Belisar hatte richtige Soldaten und außerdem seine Privatarmee!« sagte Artemidorus. »Wir verfügen über achttausend undisziplinierte Heruler, von denen wir nicht einmal wissen, ob sie zum Feind überlaufen!«

»Die Slawen sind ein ganz anderes Volk als die Heruler«, stellte Narses ruhig fest. »Ihre Sprache und ihre Sitten unterscheiden sich in vielen Belangen, und sie haben in der Vergangenheit immer wieder Krieg miteinander geführt. Ich glaube, unsere Männer werden sich nur allzu glücklich schätzen, jetzt gegen sie zu kämpfen. Höchstgeschätzter Artemidorus, wir können nicht einfach stillhalten und den brandschatzenden Barbaren eine römische Provinz ausliefern. Wenn sich den Slawen in diesem Jahr niemand entgegenstellt, werden sie im nächsten Jahr erneut angreifen – und nächstes Jahr werden sich keine starken und gutbewaffneten Streitkräfte in der Gegend befinden. Das Kaiserreich ist gezwungen, Truppen im Osten zu stationieren, außerdem sind seine Soldaten in Italien und Afrika gebunden: Es wird unmöglich sein, eine weitere Armee zur Verteidigung Thrakiens auszuheben. Wenn wir jetzt nicht handeln, können wir die ganze Gegend gleich für die nächsten zehn Jahre aufgeben. Ich denke, daß wir dem Feind an Organisation und Ausrüstung überlegen sind; wenn unsere Männer ordentlich befehligt werden, sehe ich keinen Grund, warum wir den Sieg nicht erringen sollten.«

»Du bist nicht Belisar«, sagte Artemidorus.

»Das ist kein Grund dafür, die Hände in den Schoß zu legen. Johannes, bis wann können wir losmarschieren?«

»Bis morgen nachmittag, vortrefflicher Narses?« schlug Johannes vor und versuchte, wenigstens einen Anschein von Ruhe zu wahren.

»Bis morgen vormittag«, entgegnete Narses bestimmt. »Laßt uns anfangen.«

Es war spät, aber immer noch Vormittag, als die Armee Sardika am nächsten Tag verließ. Die schweren Troßwagen und die meisten Sklaven wurden zurückgelassen, dafür aber genügend Männer mitgenommen, die sich um die wenigen Lastpferde mit den Vorräten an Maisbrot, getrocknetem Fleisch und Pferdefutter für zwei Wochen kümmern sollten. Es war ein strahlender, kalter Wintermorgen, und die Sonne warf blaue Schatten auf den tiefen Schnee; der Atem der Soldaten und Pferde stand weiß in der bitterkalten Luft; Brustharnische und Zaumzeug funkelten. Den Herulern gefiel die Aussicht, mit den Slawen zu kämpfen: Sie schlugen ihre Schwerter gegen die Schilde und stießen wilde Schlachtrufe aus, als sie loszogen.

Johannes bildete zusammen mit zwanzig Protektoren die Nachhut, um die Armee zusammenzuhalten; den Rest seiner Männer hatte er zwischen die Abteilungen der frisch rekrutierten Heruler verteilt, um diese unter Kontrolle zu haben. Er war den größten Teil der Nacht aufgeblieben, hatte sich um Vorräte und Pferde gekümmert, hatte Briefe geschrieben, die nach Melta und Nikopolis vorausgeschickt werden sollten, und ihn erfaßte eine fast fiebrige Erregung. Ein Tag, um die Berge zu überqueren, dachte er und ging in Gedanken die Berechnungen für die Vorräte durch; zwei Tage nach Melta, wenn wir Glück haben, und dann noch zwei oder drei Tage bis Nikopolis – dort können wir uns dann – falls nötig – weitere Vorräte beschaffen – und dann? Was ist, wenn die Barbaren dort sind? Innerhalb einer Woche könnten wir sie stellen und im Kampf mit ihnen liegen!

Seine Kehle wurde eng, ihn hatte eine Mischung aus Erregung und Furcht erfaßt, das Licht der Sonne war von beinahe schmerzlicher Helligkeit, der Schnee reflektierte es wie Scherben zerbrochenen Glases. Alles bricht, dachte er, wenn der Tod am Horizont erscheint. Er zog an seinem

Helmriemen, dann tastete er nach der Ausbuchtung in der Tasche, die Sehnen für seinen Bogen enthielt und die er unter seiner Tunika um den Hals trug, damit die Sehnen warm und geschmeidig blieben. Ich wollte, ich wüßte, wie man mit einer Lanze umgeht, ich hätte in diesen vergangenen Wochen öfter üben sollen – aber wir waren so beschäftigt, die Heruler beieinanderzuhalten.

Plötzlich tauchte Artemidoros auf, er galoppierte an den Soldaten vorbei zurück; als er Johannes erblickte, zügelte er sein Pferd, so daß er sich bald auf gleicher Höhe mit ihm befand; sein Pferd tänzelte nervös in der Kälte und kaute auf dem Zaumzeug herum. »Sei gegrüßt, ehrenwerter Johannes«, sagte er, und man konnte sehen, daß ihm unbehaglich zumute war.

»Sei gegrüßt«, erwiderte Johannes und wartete darauf, daß der Befehlshaber der Scholaren sagte, was er auf dem Herzen hatte.

Artemidorus hatte es jedoch nicht eilig; einen Augenblick lang ritt er schweigend dahin, seine Hände hatte er wegen der Kälte unter dem Mantel versteckt. Er starrte auf die Protektoren, dann wanderte sein Blick nach vorne zu den lang auseinandergezogenen Reihen der Armee. »Wir haben nicht genug Männer«, sagte er endlich.

Johannes zuckte die Achseln. »In der Vergangenheit haben römische Armeen gegen eine schlimmere Übermacht von Barbaren gesiegt.«

»*Römische* Armeen, ja«, erwiderte Artemidorus. »Es ist lächerlich, dieses zerlumpte Sammelsurium wilder Barbaren mit einer römischen Armee zu vergleichen. Wenn mir die gesamte kaiserliche Leibgarde zur Verfügung stünde, hätte ich nichts dagegen, gegen die Barbaren zu ziehen – aber mit diesen Herulern! Sie werden auf der Stelle die Flucht ergreifen, wenn sie entdecken, wie viele Feinde uns gegenüberstehen. Es ist schließlich nicht ihr Land, das in Gefahr ist, überrannt zu werden; sie werden nicht freiwillig in den Tod gehen und gegen vierzigtausend Slawen antreten.«

»Vierzigtausend ist mit ziemlicher Sicherheit nicht die korrekte Zahl«, meinte Johannes und versuchte, höflich zu bleiben. »Das war die höchste Schätzung, und Schätzungen sind für gewöhnlich übertrieben. Wahrscheinlich müssen wir nur mit dreißigtausend Slawen rechnen, wenn überhaupt.«

»Auch gegen dreißigtausend Slawen werden sie nicht antreten und freiwillig in den Tod gehen!« fuhr Artemidorus ihn an. »Sie werden davonlaufen, und dann werden wir mit deinen hundert Protektoren, meinen hundert Scholaren, mit einem alten Palasteunuchen und seinen zwanzig Gefolgsleuten im Kampf gegen die barbarischen Horden ganz auf uns gestellt sein. Das ist glatter Selbstmord. Du hast einigen Einfluß bei dem ehrenwerten Narses; bitte, nutze ihn, veranlasse ihn dazu, Vorsicht walten zu lassen. Es bleibt uns wohl nichts anderes übrig, als vorzurücken und nach dem Feind Ausschau zu halten, doch wenn wir ihn erst einmal entdeckt haben, wäre es heller Wahnsinn, ihn anzugreifen. Mach ihm das klar.«

»Ich glaube nicht, daß die Heruler davonlaufen«, sagte Johannes. »Man kann ihnen nun wirklich nicht nachsagen, daß sie Feiglinge sind. Sie vertrauen uns und dem ehrenwerten Narses, und sie sind wild darauf zu kämpfen. Wir haben eine ganze Reihe von Vorteilen gegenüber den Slawen – wir können Zeit und Ort für die Schlacht bestimmen, wir können uns einer Reihe von Kundschaftern versichern, welche die Gegend genauestens kennen, und wir können uns jederzeit in die befestigten Städte zurückziehen. Die Übermacht ist gar nicht so groß, wie du stillschweigend voraussetzt. Dieser Angriff bedeutet zwar ein Risiko, er ist aber kein heller Wahnsinn ... hochgeschätzter Artemidoros.« Er fügte die Höflichkeitsfloskel mit lässiger Geringschätzung hinzu und lächelte. »Und wie der ehrenwerte Narses bereits gesagt hat, wir können unmöglich eine ganze römische Provinz irgendwelchen Plünderern überlassen. Wir sind nun einmal hier; also müssen wir auch helfen.«

Artemidoros blickte finster vor sich hin; seine Lippen bewegten sich, als er leise vor sich hin fluchte. »Du junger Tor!« rief er. »Der ehrenwerte Narses ist ein ... Beamter, eine Ausgeburt des Palastes – was versteht er schon vom Krieg? Er hatte bisher nur ein einziges Mal Befehlsgewalt inne, und das war eine Katastrophe: Er wurde abberufen. Du bist noch nie im Krieg gewesen und glaubst, das Ganze ist ein einziges Pferderennen, in dem du dir einen Namen machen kannst, vorausgesetzt, du gewinnst; und falls du verlierst, was soll's, Pech gehabt, aber der nächste Tag kommt bestimmt. Du könntest getötet werden. Das Schicksal macht keine Ausnahme für dich, nur weil du der Vetter der Augusta bist; du wirst genauso tot sein, wie jeder gottverdammte Heruler, wenn du eine Lanze in die Eingeweide bekommst. Und Wunden werden dir genauso weh tun, und wenn du verkrüppelt bist, wird dies genauso schmachvoll für dich sein wie für andere. Kein Mensch würde es dir oder Narses übelnehmen, wenn wir uns zurückziehen und um Verstärkungen bitten; es würde deinen Ruf oder deine vielversprechende Karriere nicht ruinieren.«

Johannes lachte. »›Ach, mein Freund, wenn wir die Flucht ergreifen‹«, zitierte er,

»›und so hinfort verschont sein sollten von Alter und Tod: Ich würde bestimmt nicht zwischen den Tapferen kämpfen noch dich dazu drängen, in die ruhmbringende Schlacht zu ziehen.
Doch da uns der Tod in tausenderlei Gestalt umgibt und der Sterbliche ihm unmöglich entrinnen kann, bring den Göttern einen Lobgesang für den Frieden zu Gehör, stamme er nun von uns oder von unseren Feinden!‹«

Artemidoros stieß wütend hervor: »Großartig! Hast du jemals daran gedacht, wie viele junge Soldaten aufgrund dieser Verse von Homer wohl umgekommen sind?«

»Hast du jemals daran gedacht, wie viele Bauern von den Slawen umgebracht werden könnten, wenn wir ihnen nicht Einhalt gebieten?«

»Du bist ein eingebildeter junger Tor!« fuhr ihn Artemidoros an. »Ich hoffe für dich, daß du recht hast.« Er zerrte sein Pferd zur Seite, gab ihm mit verbissener Miene die Sporen und galoppierte an den Soldaten vorbei zur Vorhut.

Johannes blickte ihm nach und vergewisserte sich von neuem seiner Bogensehnen. Einer der Protektoren, der die Unterhaltung mitbekommen hatte, schloß mit seinem Pferd zu ihm auf. »Meinst du nicht, daß er recht hat?« fragte er ängstlich.

»Ich glaube nicht, daß er vom Krieg auch nur einen Deut mehr versteht als wir« war alles, was Johannes erwiderte. »Ich habe noch nie davon gehört, daß er eine Schlacht wirklich mitgemacht hat.«

»Das stimmt«, erwiderte der Protektor, aber er machte immer noch einen unglücklichen Eindruck. Johannes lächelte ihm ermutigend zu. Es war überraschend einfach zu lächeln

»Außerdem glaube ich nicht, daß das ganze Unternehmen heller Wahnsinn ist«, meinte er. »Es ist ein kalkuliertes Risiko – und was die Möglichkeit anbetrifft umzukommen, so kannst du ebensogut in einer Schlacht umkommen, in der das Kräfteverhältnis ausgeglichen ist, und niemand würde empfehlen, einer solchen Schlacht aus dem Wege zu gehen. Außerdem überleben die Leute auch verlorene Schlachten. Komm schon, die Heruler dürfen nicht merken, daß du dir Sorgen machst; wenn *sie* sich erst mal Sorgen machen, ist die Schlacht wirklich verloren.«

Als er und Narses am Abend einen Streit zwischen den Herulern wegen der Zeltplätze geschlichtet hatten, fragte Johannes den Eunuchen jedoch: »Was ist damals eigentlich passiert, als du nach Italien geschickt worden bist?«

Narses blickte auf, dann fuhr er damit fort, seine Schreibfedern einzuordnen. »Ist es das, worüber du und Artemidoros heute morgen miteinander gesprochen habt?«

Johannes zuckte die Achseln. »Er hat darauf angespielt. Vor allem aber wollte er, daß ich dir diese Expedition ausrede.«

»Und bist du jetzt dabei, dies zu versuchen?« Narses schloß seinen Federkasten und blickte mit erwartungsvoller Belustigung zu Johannes auf.

»Nein, ehrenwerter Narses.« Johannes sah seinen Befehlshaber einen Augenblick lang fest an. »Er ist ein ...«, hatte Artemidoros seinen Satz begonnen und nach einem Zögern fortgesetzt: »... ein Beamter.« Was hatte er eigentlich sagen wollen? Ein Eunuch? Ein Sklave? Doch wohl kaum ein Feigling; selbst Artemidoros würde Narses nie so nennen. Nicht Feigling und auch nicht Narr, dachte Johannes. Er wägte seine Worte sorgfältig ab: »Ich weiß, daß wir ein Risiko auf uns nehmen, aber ich bin sicher, daß du genau weißt, was du tust. Ich habe vollkommenes Vertrauen in dein Urteilsvermögen.«

Das brachte ihm ein Lächeln ein. »Danke. Ich hoffe, es auch zu verdienen. Meine bisherigen militärischen Erfahrungen sind fast so katastrophal verlaufen, wie Artemidoros angedeutet hat. Vor sieben Jahren wurde ich nach Italien geschickt; dort sollte ich mehr oder weniger als finanzieller Berater und Organisator für Belisar fungieren. Der Heerführer ist unbestritten ein großartiger General, aber die Verwaltung der von ihm eroberten Gebiete ist bisweilen doch ein wenig chaotisch. Er weiß genau, wie wichtig es ist, seine Soldaten und Offiziere vom Plündern abzuhalten, aber er ist nicht in der Lage, seinen Befehlen Geltung zu verschaffen, sobald die Männer außer Reichweite sind. Ich befehligte außerdem einige Verstärkungen, die wir für ihn rekrutiert hatten – in der Mehrzahl Heruler. Du kennst die Ansichten der Heruler über den höchst ehrenwerten Heerführer ja bereits; sie haben uns in den vergangenen Monaten immerhin eine Menge Ärger beschert, bevor wir endlich Erfolg hatten.

Nun, damals erreichten wir Italien und mußten feststellen, daß Belisar sich mit der Hälfte seiner Generale überworfen hatte – er ist streng auf Disziplin bedacht, aber es mangelt ihm an Taktgefühl, so daß er immer wieder Ärger mit seinen Untergebenen hat. Zu allem Unglück hatte ein guter Freund von mir, übrigens dein Namensvetter, nämlich Vitalians Neffe Johannes, Belisars Befehle mißachtet und das Pech, in Auximum belagert zu werden. Es gab einiges Hin und Her, ob wir ihn entsetzen sollten oder nicht. Der vortreffliche Heerführer war eher geneigt, es nicht zu tun: Dies hätte einen massiven Vorstoß in das vom Feind besetzte Gebiet bedeutet. Aber ich war der Meinung, das damit verbundene Risiko sei es wert – wir hatten zuwenig Soldaten und konnten es uns nicht leisten, auch noch die zu verlieren, die in Auximum belagert wurden; darüber hinaus hätte sich in diesem kritischen Augenblick ein hübscher kleiner Sieg höchstwahrscheinlich äußerst positiv auf die Unterstützung ausgewirkt, die wir uns von den Italienern erhofften, während ein gotischer Sieg der Moral des Feindes Auftrieb gegeben hätte. Ich riet also, so zu verfahren, und mein Ratschlag wurde angenommen. Die Ergebnisse waren besser, als ich je hätte erhoffen dürfen.

Doch dann wandten sich die mit Belisar unzufriedenen Truppenführer an mich und sagten, sie zögen mich dem Heerführer vor – ich sollte ihr Befehlshaber sein. Natürlich, der Augustus hatte mich nach Italien geschickt, um Belisar mit Rat und Tat zur Seite zu stehen, und anfangs versuchte ich auch, es dabei zu belassen. Doch der Heerführer ignorierte meine Ratschläge. Wir unterschieden uns in fast allem: Er setzte andere Prioritäten und bevorzugte andere Methoden. Ich wollte, daß die Truppen ein größeres Gebiet besetzt hielten, als er für klug erachtete; ich war eher darauf bedacht, die Bevölkerung zu schützen, er die Soldaten; und so weiter, und so weiter. Ich freute mich über meinen Erfolg bei Auximum, und das Ansinnen der Truppenführer versetzte mich in eine regelrechte Hochstimmung. Ich bin ein ehrgeiziger Mann, mein Freund, vor allem, wenn es um militärischen Ruhm geht.« Der Eunuch zögerte, sah auf seinen Federkasten herunter. »So lächerlich das auch für einen wie mich klingen mag«, fügte er leise hinzu. »Und so schändlich es ist, etwas so Nutzloses und Vergängliches zu wünschen; etwas, was den Tod seiner Mitmenschen bedingt; etwas, was die Kirche als moralisch fragwürdig ansieht. Doch wenn man mir die Wahl ließe, ein Heiliger oder ein Held zu werden, würde ich mich selbst heute noch, ohne zu zögern, für letzteres entscheiden.« Er seufzte und zuckte die Achseln.

»Ich muß zu meiner Schande gestehen, daß ich den ungehorsamen Offizieren erlaubte, sich mir zu unterstellen, und sie anwies, so vorzugehen, wie ich es für richtig hielt, so daß sich der von mir geführte Feldzug sehr von dem des Heerführers unterschied. Das Ergebnis war natürlich ein einziges Chaos. Die Befehlsgewalt wurde geteilt; niemand wußte mehr, was der andere tat; in der allgemeinen Verwirrung gingen Befehle verloren. Doch ich war zufrieden, weil meine Politik Erfolg zu haben schien. Dann gab Belisar meinem Freund Johannes – dem Neffen des Vitalian – den Befehl, die Garnison zu entsetzen, die Mediolanum gegen eine gotische Belagerung verteidigen sollte. Johannes weigerte sich, Befehle von irgend jemand anderem als von mir entgegenzunehmen. Belisar schrieb mir, und ich schrieb Johannes und erteilte ihm einen gleichlautenden Befehl. Doch bis er befolgt werden konnte, hatten die Goten Mediolanum eingenommen.«

Narses hielt inne, starrte einen Augenblick lang mit düsterem Gesichtsausdruck ins Leere. »Sie töteten jeden erwachsenen Mann in der Stadt«, sagte er schließlich. »Es waren Zehntausende – Gott allein weiß, wie viele schließlich starben, und niemand weiß, was mit all den Frauen und Kindern geschah. Die Goten machten sie zu Sklaven und verkauften sie den Burgundern. Wir konnten nichts tun, um ihnen zu helfen, wir konnten nicht einmal das Lösegeld für die Überlebenden aufbringen. Es war eine Katastrophe, die uns alle betäubte und zur Vernunft brachte – leider viel zu spät.

Ich trat mein Kommando an Belisar ab und wies meine Truppenführer an, ihm zu gehorchen. Im Frühling rief mich der Augustus nach Konstantinopel zurück. Die von mir mitgebrachten Heruler weigerten sich, unter Belisars Befehlsgewalt zu bleiben und marschierten nach Hause – nachdem sie den größten Teil ihrer Vorräte an den Feind verkauft hatten. Auch dies wirft mir der Heerführer vor, obwohl ich schwöre, sie zum Bleiben geradezu angefleht zu haben.« Narses zuckte die Achseln. »*Das* ist in Italien geschehen.«

»Mein Gott«, sagte Johannes. Nach einer Pause fügte er hinzu: »Es sagt überhaupt nichts über deine Fähigkeiten als Heerführer aus.«

»Nein, nur über die Gefahren, die die Sünde des Stolzes mit sich bringt.« Der Eunuch seufzte. »Ich denke jede Nacht an Mediolanum. Nun, gebe Gott, daß wir Nikopolis vor dem gleichen Schicksal retten!«

Sie ritten scharf, fünfeinhalb Tage bei dem bitterkalten Wetter, dann erreichten sie Nikopolis. Als die Armee vor der Stadt eintraf, mußte Narses feststellen, daß die Tore fest verrammelt waren und jeder Winkel mit Bauern aus der Umgebung belegt war; es dauerte eine Zeitlang, bevor der Heerführer die mißtrauische Garnison dazu überreden konnte, sie in die Stadt zu lassen.

Es hatte den Anschein, als belagerten die Slawen inzwischen Novae, da ihnen bislang jedoch ein Erfolg verwehrt war, konnten sie sich jeden Augenblick nach Süden wenden; vielleicht waren sie sogar bereits auf dem Weg nach Nikopolis. »Tausende!« erzählte der Garnisonskommandant Narses mit unglücklicher Miene, nachdem er sich vergewissert hatte, daß die Soldaten Verbündete waren, und sie in die Stadt gelassen und untergebracht hatte. »Sie sind schlimmer als die Bulgaren vor fünf Jahren. Vor allem sind es mehr, und sie führen sich auf wie hungrige Wölfe.«

»Wieviel tausend genau?« erkundigte sich Narses.

»Etwa dreißigtausend«, warf der Stellvertretende Kommandant rasch ein. »Wenn man den Berichten meiner Späher Glauben schenken darf.«

»Danke.« Der Eunuch lächelte. »Wie sind sie ausgerüstet? Haben sie viele Bogenschützen?«

»Überraschend viele sind beritten«, sagte der Stellvertretende Kommandant. »Vielleicht ein Drittel und davon wiederum trägt etwa ein Viertel oder ein Drittel Brustharnische – doch meine Späher waren sich nicht sicher, und erfahrungsgemäß sind die meisten Berichte übertrieben. Die übrigen Reiter scheinen inzwischen Lanzen zu haben und keine Bogen mehr, genau wie die Goten. Die Fußsoldaten haben nur die übliche Ausrüstung: leichte Bogen, Lanzen und kaum Brustharnische.«

Narses nickte noch einmal. »Ich danke dir für deine präzisen Angaben. Ich würde gerne mit deinen Kundschaftern sprechen. Falls die Slawen nach Nikopolis ziehen, will ich unbedingt das bestgeeignete Gelände bestimmen, auf dem wir uns zur Schlacht stellen. Johannes, bitte sorge dafür, daß die Männer eine Extraration zu essen bekommen, und verhindere, daß sie trinken. Ich möchte morgen früh losmarschieren.«

Der Stellvertretende Befehlshaber und Johannes verließen das Büro des Garnisonskommandanten zusammen. »Hat der vortreffliche Narses wirklich die Absicht, sich zum Kampf zu stellen?« fragte er Johannes. »Ihr habt weniger als achttausend Mann.«

Johannes bedachte ihn mit einer guten Nachahmung von Narses' Lächeln. »O ja. Er hat durchaus die Absicht, sich zum Kampf zu stellen. Deshalb müssen wir ja das Gelände auskundschaften.«

Der Stellvertretende Kommandant von Nikopolis sah ihn an, und Johannes gab den Blick zurück. »Nun«, meinte der andere, »und ich dachte immer, alle Eunuchen seien Feiglinge. Viel Glück!«

Gerade als sie Nikopolis am nächsten Morgen verließen, galoppierte ein weiterer Kundschafter auf einem völlig entkräfteten Pferd heran und berichtete, die Slawen hätten die Belagerung von Novae aufgegeben und sich am gestrigen Nachmittag nach Süden aufgemacht.

»Dann könnten wir heute auf sie stoßen«, sagte Narses gelassen. »Garnisonskommandant, bitte sorge hier für eine zuverlässige Wache. Wir werden hoffentlich nicht überstürzt zurückkehren – aber es ist immerhin möglich.« Er nickte dem Trompeter zu, damit dieser das Signal für den Abmarsch gäbe, und erneut zog die zusammengewürfelte Armee auf der Straße nordwärts.

Diesmal wurden kleine Trupps herulischer Reiter vorausgeschickt, gefolgt von einem größeren Trupp unter Philemuth, um die Gegend auszukundschaften. Der Hauptteil der Armee folgte langsamer, der Heerführer inspizierte das Gelände beim Vorrücken genau, prüfte die verschiedenen Orte, welche die Kundschafter aus Nikopolis als geeignet für eine Schlacht erachtet hatten. Gegen Mittag fand Narses eine Stelle, die ihn zufriedenstellte. Die Straße, die von Nikopolis zur Donau hinabging, fiel in nordwestlicher Richtung in einer langen Kurve ab, bevor sie geradeaus in die Flußebene führte; im Nordosten erstreckte sich eine Hügelkette hinter einer mit zahlreichen Bäumen bestandenen Hochebene. Narses gab den Befehl, die Soldaten sollten ihr Lager auf der anderen Seite des Hügels aufschlagen.

»Doch sorge dafür, daß die Sklaven die Zelte aufbauen, und sag den Männern, sie sollen herkommen. Ich möchte, daß zwei Gräben ausgehoben werden, die im rechten Winkel von der Straße wegführen und dann in einem weiten Bogen nördlich von ihr verlaufen. Ich möchte, daß dort sämtliche Bäume gefällt werden. Wir werden die Stämme vor den Gräben in den Erdboden rammen, mit der Spitze in Richtung auf den heranrükkenden Feind.«

»Der Boden ist gefroren«, warf Philemuth ein. »Wir werden unmöglich mit den Schaufeln graben können.«

»Dann müssen wir eben Spitzhacken benutzen«, erwiderte Narses kühl. »Die Gräben brauchen wir auf jeden Fall.«

Der Verlauf der Gräben war gerade markiert worden, als ein Soldat der Vorhut angaloppiert kam, um zu melden, die Slawen seien nur noch fünfzehn Meilen entfernt und rückten auf der Straße vor. »Eine riesige Anzahl«, berichtete der herulische Truppenführer. »Sie führen sehr viel Plündergut auf unzähligen Karren mit sich; außerdem Kühe, Schafe, Frauen und Kinder. Sie marschieren langsam und achten nicht besonders auf den Weg. Ich glaube, sie haben uns noch nicht entdeckt.«

»Ich danke dir«, sagte Narses zu ihm. »Alwith und Phanitheos, zieht eure Leute nach Norden zurück, und behaltet die Slawen im Auge; schickt alle Stunde jemanden, um mir zu berichten. Die übrigen von euch bleiben hier und fangen an zu graben.«

Als die Heruler zu graben begannen, standen die Protektoren und

Scholaren herum und sahen ihnen zu, fraglos in der Meinung, eine derart sklavische Arbeit sei nichts für sie. Narses ritt die lange Reihe der grabenden Heruler entlang, prüfte den Verlauf des Grabens, dann zügelte er sein Pferd vor zwei Einheiten der kaiserlichen Leibgarde, die müßig an der Straße herumstanden. Er warf ihnen einen langen Blick zu, sagte jedoch nichts; dann stieg er von seiner weißen Stute ab, warf seinen purpurgestreiften Mantel mit einem Ruck von den Schultern, ergriff eine Schaufel – es waren keine Spitzhacken mehr übrig – und begann zu graben. Die Protektoren und Scholaren sahen einander an, dann gingen sie zu der markierten Linie des Grabens und schlossen sich den Arbeitenden an.

Als die Gräben fertig waren und die Männer ihre mit Blasen bedeckten Hände an den Lagerfeuern wärmten, waren die Slawen in dem unten liegenden Tal deutlich zu erkennen. Es war spät am Nachmittag, und die früh hereinbrechende Winterdämmerung tauchte alles in ein fahles, schieferfarbenes Licht: kahle Bäume und kahle Felder. Die Slawen schienen die Römer nicht zu bemerken, bis sie in den Hügeln über sich das goldene Licht vereinzelter Feuer wahrnahmen. Sie hielten in ihrem Vormarsch inne, irrten einen Augenblick lang planlos herum, dann fingen sie damit an, ihr eigenes Lager aufzuschlagen, sorgfältig darauf bedacht, den Großteil ihrer Streitmacht dabei dicht an der Schlachtlinie zu halten. Ein paar Abteilungen slawischer Reiter kamen im Galopp den Hügel hinauf, stießen auf die Vorhut der Heruler, die inzwischen Wachen aufgestellt hatten, und zogen sich wieder zurück.

Als die Dämmerung sich verstärkte, konnte man einen Trupp Slawen den Hügel heraufkommen sehen, sie hielten zum Zeichen eines Waffenstillstandes Föhrenzweige und weiße Banner in die Höhe. Narses scharte seine kaiserlichen Gardesoldaten zusammen mit Philemuth und einigen weiteren ausgewählten Herulern um sich und stieg wieder auf sein Pferd. Der Trupp begab sich auf die Mitte der Straße, kurz vor die Gräben, und wartete dort auf die Slawen. Narses' Gefolgsleute hatten Fackeln an ihre Lanzen gebunden, die ein rotes, unstetes Licht über die schimmernde Masse der bewaffneten Männer und ihre Pferde warfen; die Drachenstandarte flatterte im selben Wind, der die Fackeln flackern ließ, und das goldene christliche Monogramm auf den Schilden der Leibgardiste leuchtete.

Als die Slawen den Hügel heraufkamen und die Römer erblickten, blieben sie kurz stehen, doch sie hielten ihre weißen Banner weiterhin in die Höhe und ritten dann weiter. Endlich, als sie nur noch ein paar Schritt weit entfernt waren, zügelten sie ihre Pferde. Es waren hochgewachsene, größtenteils blonde Männer, wenn auch nicht ganz so blond wie die Heruler; sie trugen lange Schnauzbärte, die mit ihren Kinnbärten zusammengewachsen waren, sowie lange, pelzgesäumte Tuniken. Sie machten keinesfalls einen saubereren Eindruck als die Heruler, und Johannes bemerkte mit Interesse, daß der Vornehmste von ihnen einen juwelenbesetzten Brustharnisch aus römischer Fertigung trug. »Ich bin der Abgesandte von Zabergan, dem König der Slawen und Bulgaren«, sagte ihr Anführer, der fließend Griechisch sprach, wenn auch mit starkem Akzent. »Der große König möchte wissen, wer es wagt, ihm den Weg zu versperren.«

»Der große König?« fragte Narses spöttisch in seiner hohen, lieblichen Kinderstimme. »Dient dein Herr etwa dem König von Persien?«

Die Römer lachten; Zabergans Abgesandter blickte verärgert. »Mein Herr dient keinem lebenden Menschen!« rief er. »Er nennt sich nach eigenem Recht großer König. Aber ich bin gekommen, um mit dem Befehlshaber dieser Armee zu sprechen und nicht mit irgendeinem Eunuchen: Wo ist dein Herr?«

»Mein Herr ist der Kaiser Justinian, Vandalicus, Gothicus, der fromme, der glückliche, ruhmreiche, glorreiche, stets siegreiche ewige Augustus, Herr der Welt. Und ich bin Narses, Kämmerer Seiner Dreifach Erhabenen Majestät, Heerführer von Thrakien und Lydien und Befehlshaber dieser Armee. Was wünscht Zabergan in meinem Herrschaftsbereich?«

Zabergans Abgesandter warf Narses einen verächtlichen Blick zu. »Der Kaiser der Römer muß knapp an Truppenführern sein«, sagte er, »wenn er dich schickt.«

»Wolltest du etwas ausrichten?« fragte Narses scharf.

»Ich war darauf vorbereitet, es einem Mann, einem Truppenführer, und nicht irgendeinem Sklaven aus dem Schlafzimmer einer Dame auszurichten.«

Einer von Narses' Armeniern veranlaßte sein Pferd, ein paar Schritte nach vorne zu tun und senkte seine Lanze samt Fackel und allem, bis ihre Spitze auf die Kehle des Abgesandten zielte. Ohne den Mann anzusehen, schnippte Narses mit den Fingern und deutete auf die Reihe der übrigen Männer; die Lanze schwang hoch, und der Armenier reihte sich mit seinem Pferd schweigend wieder ein. Der Abgesandte lachte höhnisch.

»Wir werden uns wiedersehen, Eunuch«, erklärte er und ergriff seine Zügel. »Morgen früh, sobald das Licht zum Kampfe reicht. Vielleicht wird mein Herr, Zabergan, dich zu Justinian Augustus zurückschicken – vielleicht wird er dich auch behalten. Er braucht einen Sklaven, der die

Kleiderkammer seiner Königin in Ordnung hält.« Er wandte sein Pferd und ritt, gefolgt von seinen Leuten, hügelabwärts.

Narses lächelte: »Nun, meine Herren, ich glaube, wir haben morgen eine Verabredung zu einer Schlacht. Bitte seid so gut und kommt mit mir in mein Zelt, dann können wir uns darüber unterhalten, wie wir Zabergan und seinen Gesandten eine Lektion in guten Manieren erteilen wollen.«

Die Armenier brachen in Hochrufe aus; die Heruler brachen in Hochrufe aus; einen Augenblick später brachen auch die Römer in Hochrufe aus. Narses lächelte erneut und ritt ins Lager zurück.

Tatsächlich gab es keine große Diskussion, als die Offiziere in Narses' Zelt versammelt waren. Vielmehr erteilte der Befehlshaber in rascher Abfolge eine Serie von Instruktionen.

»Der Plan lautet folgendermaßen«, erklärte Narses und zeichnete mit dem Finger einen Lageplan auf den Tisch, nachdem er vorher etwas Wein darauf gegossen hatte. »Wir lassen unsere Reiter hinter den beiden Gräben Aufstellung nehmen – du im Westen, Philemuth, und du, Alwith, befehligst den Ostflügel. An den äußersten Enden der Gräben sollen sich alle Soldaten versammeln, die zu Fuß kämpfen können, außerdem alle, die mit langen Lanzen und schweren Schilden bewaffnet sind. Sie sollen entlang der Gräben bis zu deren Mittelpunkt gehen, und zwar zusammen mit allen Soldaten, die eine Schleuder zu gebrauchen wissen, dazu sämtliche Bogenschützen, die wir nur aufbieten können – allerdings nicht unbedingt diejenigen aus der Festung; wenn ein Heruler zu schießen versteht, würde ich es lieber sehen, wenn er schießt, als auf dem Rücken eines Pferdes zu kämpfen. Du, Phanitheos, wirst die Heruler auf dem östlichen Flügel befehligen, und du, Artemidoros, die auf dem westlichen. Dort sollen auch die Mehrzahl der Protektoren und sämtliche Scholaren konzentriert werden. Ich und meine Gefolgsleute werden zusammen mit ein paar weiteren Männern, Fußsoldaten, Reitern und Bogenschützen, die ich noch auswählen werde, im Zentrum Stellung beziehen. Wir werden den Slawen den ersten Schritt überlassen. Sie werden mit ihrer schweren Reiterei sicherlich unser Zentrum angreifen, und ich habe die Absicht, sie mit unseren Lanzenträgern, Steinschleuderern und Bogenschützen zurückzuschlagen. Daraufhin werden sie versuchen, zum Ende der Gräben vorzustoßen. Von dort aus müssen wir sie unter Beschuß nehmen und mit unseren Lanzenträgern abwehren, bis sie vollkommen verwirrt sind. Sobald sich ihre Reiterei in Auflösung befindet, gebe ich das vereinbarte Zeichen, und unsere Reiter werden um die Gräben herum vorrücken und versuchen, den Feind in die Zange zu nehmen. Das Zeichen sind zwei Stöße aus der Trompete. Keiner rührt sich von der Stelle, bevor dieses Signal ertönt; ich werde persönlich jeden Reiter, der den Feind attackiert, bevor ich ihm die Erlaubnis dazu gegeben habe, niederschießen. Gibt es noch Fragen?«

»Wo werde ich zu finden sein?« fragte Johannes.

Narses holte tief Luft, dann senkte er den Blick auf seinen Lageplan. »Ich schicke dich heute abend nach Nikopolis zurück. Ich möchte, daß jemand dem Kaiser einen vertraulichen Bericht überbringt, falls die Schlacht sich nicht so entwickelt, wie wir es wünschen.«

Johannes empfand zuerst einen eisigen Schock, dann überkam ihn ein ungläubiges Gefühl, schließlich eine gnadenlose, kranke Wut. Seine Hände fühlten sich kalt und blutleer an; er rieb sich die Schläfen und wagte nicht zu sprechen. Und ich dachte, er mag mich, rief etwas in ihm in stummer Qual. Er spürte, daß ihn alle anstarrten, obwohl sein Blick einzig und allein auf Narses gerichtet war. »Bist du der Meinung, ehrenwerter Narses«, gelang es ihm endlich zu sagen, »daß ich in dieser Schlacht Schande über mich bringen werde?«

Narses zog vor der Eindringlichkeit von Johannes' Blick die Schultern hoch, doch er sah nicht auf. »Ich zweifle nicht an deinem Mut. Aber ich möchte, daß jemand einen vertraulichen Bericht überbringt, und ich vertraue dir. Aus meinem Bericht wird klar hervorgehen, daß dies mein Beweggrund ist.«

»Soll das heißen, daß du all den anderen hier nicht traust – diesen ausgezeichneten Truppenführern? Artemidoros ist älter als ich, ein äußerst geeigneter Abgesandter für eine Botschaft an den Augustus. Sicher könntest du ihn schicken?«

»Das ist richtig!« warf Artemidoros ein: »Ich bin älter.«

»Ich möchte aber Johannes schicken« sagte Narses, sah auf und durchbohrte den Befehlshaber der Scholaren mit einem finsteren Blick, als sei er der Anführer einer Räuberbande. »Das ist alles.«

»Nein, das ist es nicht!« rief Johannes wütend. »Niemand außer dir, ehrenwerter Narses, hat sich für diese Armee mehr abgeschuftet als ich; du kannst mich nicht in dem Augenblick nach Hause schicken, da es wirklich und wahrhaftig zum Kriegsschrei kommt. Du hast kein Recht dazu, mich vom Schlachtfeld fernzuhalten!«

»Ich bin dein vorgesetzter Offizier, und ich habe das Recht, dir zu befehlen, was ich für richtig halte«, fuhr Narses ihn an und richtete seinen starren Blick gleichermaßen auf all seine Offiziere.

»Ich werde nicht gehen«, erwiderte Johannes. »Gott im Himmel! Ich bin kein Feigling. Ich will mich nicht umdrehen und fortlaufen, und ich kann meinen Platz in der Schlachtlinie genausogut halten wie jeder andere hier, was auch immer du denken magst. Und ich will nicht gegen meinen Willen als Feigling gebrandmarkt werden, nicht von dir noch von irgendeinem anderen Menschen auf der Welt. Ich gebe die mir übertragene Aufgabe zurück; ich werde bleiben und als einfacher Soldat kämpfen.«

Narses holte noch einmal tief Luft. »Einen Augenblick«, sagte er. »Wartet hier, ihr Herren. Johannes, komm mit.«

Sie verließen das Zelt und gingen zu dem großen Lagerfeuer. Als er erschien, erhoben sich seine darum herumsitzenden Gefolgsleute. Narses sprach ein paar leise Worte auf armenisch mit ihnen, und sie verbeugten sich und zogen sich zurück. Der Eunuch stand einen Augenblick lang, ohne sich zu rühren, und starrte in die rote Glut des Feuers, dann setzte er sich schwerfällig auf einen Stoß Feuerholz. Johannes stand hinter ihm. Seine Beine fühlten sich schwach an vor Ärger, doch die Wut hielt ihn aufrecht.

»Johannes«, sagte Narses. Dann, in einem hastig herausgestoßenen Flüstern: »Bedenke, was morgen passieren kann; betrachte es doch einmal von meinem Standpunkt aus. Wir schlagen eine Schlacht – und wir gewinnen oder wir verlieren sie. Ich sterbe im Kampf für meinen Kaiser, oder ich erringe einen großen Sieg und präsentiere ihn Ihren Dreimal Erhabenen Majestäten und werde mit Dankbarkeit und Ehren überhäuft. Und du hast entweder am Glanz des Sieges teil, oder du entrinnst der Niederlage. Und jetzt stell dir vor, daß ich dich auf den Platz stelle, den du ursprünglich einnehmen solltest, nämlich im Kampf an meiner Seite; und stell dir vor, du wirst getötet. Oder ich sterbe, oder ich erringe den Sieg und trete vor Ihre Erhabenen Majestäten und sage: ›Ich habe die Slawen für dich besiegt, Justinian Augustus, aber es tut mir sehr leid, dir, Theodora Augusta, sagen zu müssen, daß der junge Mann Johannes, der angeblich aus Berytus stammt, in Wirklichkeit jedoch dein einziger, von dir heißgeliebter Sohn war, für den du große Pläne hegtest – es tut mir leid, dir sagen zu müssen, daß er tot ist.‹ Glaubst du, daß deine Mutter sehr erfreut über meinen Sieg wäre?«

»Heiliger Gott im Himmel«, erwiderte Johannes. Er sank neben Narses auf die Knie. Der Eunuch sah ihn endlich an, ein fester, klarer, herausfordernder Blick. »Wie lange hast du es schon gewußt?« flüsterte Johannes.

»Von Anfang an selbstverständlich. Ich höre gewisse Dinge; im Grunde genommen höre ich alles. Ein junger Mann namens Johannes, ein Araber, wurde zu der Audienz bei der Augusta zugelassen, als er behauptete, ihr Sohn zu sein; es hieß, sie habe befohlen, ihn auspeitschen und ins Gefängnis werfen zu lassen. Ich wundere mich: Sie würde einen Lügner, der sie beleidigt hat, auspeitschen, aber nicht ins Gefängnis werfen lassen. Und ich habe auch nicht geglaubt, wie so manche andere, daß sie ihn ins Gefängnis werfen würde, wenn er die Wahrheit sagt. Und warum wollte sie unbedingt, daß die Wachen, die ihn zu ihr geführt hatten, nach Chalcedon versetzt werden? Ein paar Tage später stellt mir die Augusta einen anderen jungen Mann vor, der ebenfalls Johannes heißt, aus Berytus stammt, das Kind ehrbarer Eltern ist und der ein paar Wochen zuvor, so wird mir versichert, bei ihr in Herion gewesen ist. Der angebliche Syrer spricht fließend Arabisch und Persisch, und als ich ihn bitte, etwas auf syrisch zu schreiben, tut er dies ganz eindeutig, indem er es aus dem Aramäischen transkribiert. Die Vermutung liegt sehr nah, daß er in Wirklichkeit Araber und mit dem ersten jungen Mann identisch ist. Doch wer bin ich, die Geheimnisse meiner Herrin zu enthüllen? Falls du dir Sorgen machst, daß andere dieselbe Vermutung hegen könnten, so kann ich dir sagen, daß ich das nicht glaube; andere Leute sind rascher bereit, Schlechtes von der Augusta zu denken als ich.«

»Sergius und Diomedes haben mir erzählt, daß du immer und immer alles herausfindest«, sagte Johannes. »Sie haben recht gehabt.« Er schwieg einen Augenblick lang, starrte seinen Befehlshaber an, dann sagte er ruhig: »Aber du mußt mich bleiben lassen.«

»Ich möchte mir deine Mutter nicht zur Feindin machen.«

»Sie würde es verstehen!«

»Würde sie das? Ich weiß sehr wenig über die Liebe und was es bedeutet, Kinder zu haben, ich weiß nur, daß Menschen, die derartigen Dingen unterworfen sind, nicht rational darüber urteilen können. Selbst die Klügsten verlieren über diesen Leidenschaften den Verstand. Jedesmal wenn die Augusta mich sähe, würde sie denken: ›Mein Sohn ist unter seinem Befehl gestorben‹, und sie würde mich verabscheuen. Und vielleicht befände sie sich sogar im Recht. Es ist meine Pflicht, meinen Herrn und sein Haus zu schützen, meine Herrin und ihre Kinder. Wenn ich dich in diese Schlacht schickte, würde ich nicht als treuer Diener handeln.«

»Du mußt mich hierbehalten. Mein Tod ist auch nicht wahrscheinlicher als der irgendeines anderen«, sagte Johannes. »Bitte, vortrefflicher Narses!«

Narses schüttelte den Kopf und starrte in das Feuer.

»Hör zu«, sagte Johannes in flehentlichem Tonfall, »du weißt, wie man sich als der Bastard eines ehrbaren Mannes fühlt, ein Bastard, der in einer kleinen, ehrbaren Stadt aufwächst, in der jeder weiß, daß deine Mutter eine Dirne war, die dein Vater während seines Studiums aushielt! Jeder gibt dir zu verstehen, daß er dich für bestechlich und schwach, schändlich und schamlos hält, bevor du auch nur ein einziges Wort sagst! Ich bin sicher, daß du es weißt. Es ist wahrscheinlich auch nicht viel anders, als ein Eunuch zu sein.«

Narses zuckte zusammen und sah auf. Er begegnete erneut Johannes' Blick, sagte jedoch nichts.

Im Flüsterton fuhr Johannes fort: »Und dann sagst du dir immer wieder: ›Wenn ich ihnen doch nur beweisen könnte, daß ich genauso ein Mann bin wie sie!‹ Und du weißt, daß der einzige Beweis, der sie wirklich überzeugen könnte, der einzige Beweis, der dich selbst wirklich überzeugen kann – und auch du mußt inzwischen überzeugt werden –, darin liegt, ihnen zu zeigen, daß du mutig bist. Der Mut in der Schlacht. Die Probe auf Leben und Tod. *Du* hast diesen Beweis jetzt in Reichweite, vortrefflicher Narses: Du bist seelisch bereit für ihn, kannst dich ihm bedingungslos hingeben. Und das gleiche gilt für mich. Und du darfst ihn mir nicht vorenthalten, nur weil dieselbe Dirne, die mich als drei Monate altes Kind verlassen hat, mich jetzt plötzlich zurückhaben möchte ... Bitte, vortrefflicher Narses! Ich weiß, ich sollte nicht so von ihr sprechen, aber mein ganzes Leben lang bin ich ihr Geschöpf gewesen, zuerst war ich immer der Sklave meines Vaters, und jetzt bin ich der ihre. Aber ich existiere, dies ist mein Leben und nicht das ihre; und mein Leben gehört mir, auch und gerade wenn ich es jetzt riskieren will. Nimm mir diese Freiheit nicht!«

Narses legte seine Hände über die Augen und saß einen Augenblick lang da, ohne sich zu rühren. Das Knistern des Feuers war überlaut in der Stille. »Also gut«, sagte der Eunuch schließlich. »Obwohl ich dich vor der Fehleinschätzung warne, der Krieg könne deinen Wert erweisen! Die Menschen werden von dir trotzdem halten, was sie wollen, und bisweilen wird deine Seele sich erneut beugen und ihnen beipflichten.« Er ließ seine Hände auf die Knie fallen.

Johannes ergriff eine Hand und küßte sie; er zitterte. »Ich danke dir. Das werde ich dir niemals vergessen.«

»Solange du lebst«, erwiderte Narses trocken. »Also gut. Nachdem wir über diesen Bericht gesprochen haben, sollte ich wohl Artemidoros damit nach Konstantinopel schicken. Nun, er ist wenigstens kein großer Verlust.«

Trübe und verhangen dämmerte der Tag der Schlacht herauf; ein kalter Ostwind wehte den Hügel hinab und zerrte an den Standarten. Die Heruler tätschelten ihren Pferden den Hals und warfen ängstliche Blicke in das Tal, wo das Tageslicht enthüllte, wie der Feind sich mit seinen Lanzen über die gesamte Ebene ergossen hatte.

Narses ritt in aller Frühe los, um die Gräben noch einmal zu inspizieren und die Aufstellung seiner Truppen zu überprüfen. Als er die schwankende Stimmung der Soldaten bemerkte, ließ er das Mutter-Gottes-Bildnis, das er seit Konstantinopel mit sich geführt hatte, an der Standarte befestigen. »Die Slawen sind Heiden«, sagte er zu seinen Offizieren. »Gott ist auf unserer Seite.«

Die Heruler erblickten das zarte Lächeln der Mutter Gottes und fühlten sich ermutigt. Die römischen Soldaten waren mißtrauischer – immerhin war die Glaubensrichtung des Befehlshabers ein wenig verdächtig –, aber sie harrten der Dinge, die da kommen sollten.

Johannes nahm am westlichen Ende des Grabens den Platz ein, der ursprünglich Artemidoros zugedacht gewesen war. Zu seiner Linken, in einer langen, dreifachen Reihe, die rechtwinklig vom Grabenende abging und dann in einer weiten Kurve zurück zu dessen Zentrum schwang, hatte eine Streitkraft von sechshundert Lanzenträgern Aufstellung genommen – der größte Teil der Scholaren und Protektoren sowie zwei Abteilungen Heruler. Zu seiner Rechten, in einer Reihe hinter dem Graben, war ein weiterer Trupp von hundertfünfzig Soldaten aufmarschiert, und zwar Bogenschützen aus den Garnisonen Sardika, Melta und Nikopolis. Dazu alle übrigen Männer, die mit der Schleuder umgehen konnten, sowie ein paar herulische Bogenschützen mit ihren primitiven, hölzernen Bögen. Zwischen den beiden Abteilungen war ein Feuer entzündet worden, an dem einige Sklaven Wasser heiß machten, um es, vermischt mit honigsüßem Wein, als Trunk gegen die Kälte zu verteilen, andere füllten die Köcher der Soldaten mit Ersatzpfeilen.

Johannes hatte seine Männer ausgerichtet und ihnen ihre Befehle gegeben; jetzt konnte man nichts anderes mehr tun, als zu warten. Er spielte an seinen Pfeilen herum, blickte auf die hinter ihm angebundenen Pferde. Maleka war für alle Fälle bereits gesattelt. Jacobos wartete, das Schwert in der Hand, neben ihr und machte einen nervösen Eindruck. Er möchte mir das Leben retten, wenn es zur Schlacht kommt, dachte Johannes voller Zuneigung, und anschließend freigelassen und zum Offizier befördert werden. Vielleicht werde ich ihn tatsächlich freilassen. Ein Dank, den ich Gott für einen Sieg entbiete.

Er blickte erneut nach rechts. Hinter dem Graben hatte die große Masse der von Philemuth befehligten Reiter Aufstellung genommen, und etwas weiter weg blinkte das Gold der Standarte. Er konnte deutlich die schmale Gestalt von Narses auf seinem Schimmel ausmachen. Seine zwanzig Gefolgsleute und ein paar weitere Bogenschützen aus den Garnisonen hatten sich vor ihm aufgereiht, ihre noch nicht gespannten Bogen griffbereit, außerdem war er von einer Auswahl Fußsoldaten umgeben; doch wie er dort auf seinem Pferd saß, fiel er trotz allem schon von weitem auf, so daß er einen äußerst verwundbaren Eindruck machte. Johannes seufzte, blies sich in die Hände und vergewisserte sich erneut seiner Sehnen.

Die Slawen waren in einer Reihe weit auseinandergezogener Rechtecke aufmarschiert: in der vordersten Linie schwere Reiter, im Zentrum und als Nachhut Fußsoldaten. Sie zogen umher und stießen heisere Schlachtrufe aus; sie galoppierten mit ihren Pferden hin und her, sprengten in Richtung auf die römischen Streitkräfte und wandten sich wieder ab. Eine Gestalt in einer goldenen Rüstung ritt auf einem prächtigen braunen Hengst langsam durch den wilden Haufen zur vordersten Linie, und die Slawen schlugen gegen ihre Schilde und heulten. Die Gestalt hielt an der Spitze der Armee inne, blickte zur Straße hinaus, wo das Licht der jetzt durch die Wolken brechenden Sonne deutlich die geringe Anzahl der ihm gegenüberstehenden Streitmacht offenbarte. Er wandte sich um und hob mehrmals den Arm, hieb ihn in die Luft, schlug seinen Gefolgsleuten heftig auf die Schulter, und seine Lippen formten Worte, die man nicht hören konnte. Dann wandte er sich erneut um, und es ertönte ein über die Entfernung hinweg nur schwach vernehmbares, aber dennoch schrecklich klingendes, bellendes Kommando. Die slawischen Reiter brüllten und begannen vorzurücken, zuerst im Trab. Sie drangen durch die Weizenfelder, erklommen den Hügel; bewegten sich jetzt schneller, im Galopp. Das Dröhnen der Hufe und die heiser hervorgestoßenen Schlachtrufe vermischten sich zu einem infernalischen Orkan.

Rasch zog Johannes eine Sehne heraus und legte sie in seinen Bogen. Seine Finger waren taub, und die Knöchel traten weiß hervor, aber seine Hand zitterte nicht.

Die im Zentrum angreifenden Slawen fielen unter einem plötzlichen Hagel von Pfeilen und einem Schauer von Bleikugeln aus Schleudern. Einige Reiter stürzten über ihre gefallenen Kameraden, ihre Leiber wurden in dem Wall von Lanzen zerschmettert, und sie starben; einige fielen in den Graben und wurden von den Baumstämmen oder den Lanzen der dahinterstehenden Reiter aufgespießt. Die Straße wurde von einer undurchdringlichen Masse aus Leibern von gefallenen Männern und strampelnden Pferden versperrt; die von hinten nachdrängenden Reiter wandten sich ab, galoppierten unter lautem Wutgebrüll nach rechts und nach links den Graben entlang und schwärmten beim Näherkommen seitwärts aus. Ein paar von ihnen schossen nach hunnischer Art mit Pfeilen, aber die meisten waren lediglich mit Lanzen ausgerüstet, die sich bei dieser Schlachtordnung jedoch als nutzlos erwiesen. Johannes legte einen Pfeil in die Kerbe seines Bogens und spannte diesen; er spürte die Anstrengung in den Armmuskeln und versuchte, langsam und flach zu atmen. Jetzt befinden sie sich bereits auf gleicher Höhe mit meinen Bogenschützen, dachte er. Warum schießt denn niemand? Und gerade in dem Moment fiel der erste Reiter, stürzte durch den Aufprall einer unsichtbaren Bleikugel aus einer Schleuder von seinem Pferd. Die Luft wurde dunkel von Pfeilen; das stetige Zischen der Bleikugeln und das Schwirren der Pfeile, die ihren Bogen verließen, vermischte sich mit Schmerzensschreien.

Immer noch preschten neue Reiter heran. Ein Slawe auf einem Grauschimmel mit weißer Blesse galoppierte vor den anderen her; sein Helm glänzte golden. Johannes biß die Zähne zusammen und wartete, die Sehne seines Bogens schnitt in seine Backe, das Blut rauschte in seinen Ohren. Der Slawe wandte sich um und grinste, als er das Ende des Grabens entdeckte; die ganze Welt schien sich plötzlich auf seinen Kopf und seine Brust zu reduzieren, und Johannes ließ den Pfeil vom Bogen. Er erwischte den Mann an der Kehle und dieser fiel von seinem Pferd; Johannes langte sofort nach einem weiteren Pfeil und schoß erneut. Weitere slawische Reiter sprengten über die zuerst gekommenen hinüber oder machten einen Bogen um sie. Es ist die Aufgabe der Lanzenträger, sich mit ihnen zu befassen, dachte er und sah sich auf der anderen Seite des Grabens nach einem neuen Ziel um. Und er fand eines: »Schießt!« brüllte er seinen Mitstreitern unter den Bogenschützen zu und ließ den Pfeil losschwirren.

Die feindlichen Reiter stießen auf die Schlachtreihe der Lanzenträger, und es war, als purzelten Steine aus einem Kübel; anfangs ein paar verstreute Kieselsteine, dann das Poltern mächtiger Felssteine. Man konnte das Knirschen hören, mit dem slawische Schwerter auf die Schilde der Lanzenträger krachten, ein schreckliches Aufbrüllen in ohnmächtigem Schmerz, wieder und wieder, Schreie um Schreie, das Hämmern der Hufe. Jetzt galoppierten keine Reiter mehr auf die andere Seite des Grabens zu. Johannes wandte sich um; unfähig, sich zu bewegen, starrte er mit weit aufgerissenen Augen auf die lange Schlachtreihe der Lanzenträger, die unter dem massiven Ansturm der feindlichen Reiter wankte. Ein Pferd, das von einer Lanze aufgespießt worden war und wie aus einer Fontäne blutete, fiel auf den Mann, der es getötet hatte; Jacobos rannte mit seinem Schwert herbei und schlug auf den gefallenen Reiter ein. Mir wird gleich übel, dachte Johannes erschrocken. Lieber Gott, laß nicht zu, daß es jemand sieht! Wo sind meine Pfeile?

Aber plötzlich war es wieder ruhig, man hörte lediglich das Stöhnen einiger Männer. Johannes sah sich benommen um. Es waren keine weiteren Reiter zu sehen. Er rannte vorwärts und sah den Graben entlang: Der Feind war zurückgewichen, doch eine riesige Menge von über tausend Slawen ordnete sich gerade am Fuß des Hügels neu. Der Erdboden entlang des Grabens war mit toten und verwundeten Reitern übersät. Einige Heruler rückten grinsend näher, offensichtlich aufs Plündern erpicht. »Noch nicht!« brüllte Johannes, der instinktiv spürte, daß die Gefahr noch nicht vorüber war. Das Gefühl hierfür hatte sich bei ihm auf dem Marsch von Singidunum ausgeprägt. »Sie kommen jeden Augenblick zurück! Die Bogenschützen an dieses Ende des Grabens! Das nächstemal kommen sie direkt den Hügel hinauf. Haltet sie auf! Unsterblicher Gott, kann mir denn niemand neue Pfeile geben?«

Jacobos lief mit einem neuen Köcher herbei, dann rannte er wieder fort, um ein paar Sklaven bei der Versorgung der Verwundeten zu helfen. Johannes ordnete die Reihen der Bogenschützen so schnell wie möglich, damit jeder einzelne unbehindert schießen konnte. Dann konzentrierte er seine Aufmerksamkeit auf die Slawen. Außer ihren Reitern, die unmittelbar unterhalb des Hügels Aufstellung nahmen, zog eine größere Streitmacht auf der Straße, genau gegenüber dem Zentrum der römischen und herulischen Armee, ziellos umher; die Gestalt in dem goldenen Brustharnisch schien eine weitere Ansprache zu halten. Sie deutete wiederholt die Straße hinauf in die Richtung, in der Narses zu sehen war. Johannes hatte keine Zeit, sich darüber Sorgen zu machen, da Reiter am Fuß des Hügels ihren heiseren Schlachtruf ausstießen und laut brüllend zu einem neuen Angriff vorstürmten. »Warte noch!« rief er einem aufgeregten herulischen Soldaten mit einer Schleuder zu, der seine Bleikugeln vergeudete, während die Slawen noch außerhalb seiner Reichweite waren. »Nicht bis du sie töten kannst!«

Mit der zweiten slawischen Angriffswelle wurden sie leichter fertig als mit der ersten; der Feind wurde durch die Leiber seiner eigenen Toten aufgehalten, und die Heruler hatten Zeit genug, vor dem knirschenden Aufprall der Slawen auf die am Graben postierten Lanzenträger wieder und wieder zu schießen. Das Aufeinanderstoßen der beiden Armeen selbst endete schnell, der Feind zog sich fast im gleichen Augenblick wieder zurück, in dem er aufgetaucht war. Johannes holte gerade erneut tief Luft, als er hinter sich das Donnern von Hufen hörte. Er blickte sich um und sah, daß Philemuth und seine Heruler hügelabwärts ritten, um den Feind zu attackieren.

»Das vereinbarte Zeichen ist doch noch gar nicht gegeben worden!« schrie er – und dann war der erschrockene Ruf zu vernehmen: »Der Heerführer!« Er wandte sich um und sah, daß die Gestalt auf dem Schimmel verschwunden war.

»Heilige Mutter Gottes!« rief Johannes; dann riß er seinen Blick von dem leeren Fleck los, an dem Narses noch vor wenigen Augenblicken zu sehen gewesen war, und schaute sich nach den Herulern um, die am Ende des Grabens vorbeidonnerten. Die Slawen sammelten sich erneut am Fuße des Hügels, und in der Ferne wimmelte die ganze Stadt von feindlichen Soldaten. Es ist noch zu früh, dachte er. Philemuth zielt mit seiner Attacke auf das Zentrum, um sich den slawischen König zu schnappen, aber er muß zuerst die feindlichen Reiter aus dem Weg räumen, sonst schlachten sie ihn ab. Diese verdammten Heruler sind verrückt nach Rache, es sind unzuverlässige Wilde! Ich muß ihnen sofort Einhalt gebieten. Noch während er dies dachte, lief er los, um zu seinem Pferd zu gelangen.

Sofort rannten alle seine Männer zu ihren Pferden; er hielt einen Augenblick inne, um ihnen zuzubrüllen, sie sollten gefälligst auf ihre Plätze zurückgehen und die Slawen auf die vereinbarte Weise aufhalten. Er packte sich den Vandalen Hilderik und befahl ihm, sich darum zu kümmern. »Ich will nur diese verdammten Heruler aufhalten!« rief er. »Du bleibst hier, oder ich schieße dich über den Haufen! Jacobos, gib mir noch ein paar Pfeile!« Er schwang sich auf den Rücken Malekas, und Jacobos warf ihm einen neuen, frisch gefüllten Köcher zu; er stopfte ihn hastig in die Satteltasche und stachelte die Stute zu einem Galopp an. »Lauf!« flüsterte er ihr auf arabisch ins Ohr, und sie galoppierte wie ein geflügeltes Wesen hinter den Herulern her.

Als er das äußerste Ende des Grabens passierte, hörte er eine riesige Anzahl weiterer Pferde. Er blickte über die Schulter zurück und sah, wie eine unübersehbare Masse von Slawen den Hügel hinauf in seine Richtung jagte. Er beugte sich tief über den Hals der Stute. Dumpf trafen Lanzen auf dem Boden zu seiner Rechten auf, und er hatte die erschreckende

Vision von seinem eigenen Sterben, er sah vor seinem inneren Auge, wie sein Fleisch von einem Dutzend Wunden auseinandergerissen wurde. Das ist die nächste Angriffswelle dachte er, sie ist bereits in vollem Gange, und ich bin verloren. Einen Augenblick lang war ihm so schlecht vor Angst, daß er beinahe in Ohnmacht gefallen wäre. Feigling! Ein Teil von ihm beobachtete angeekelt sich selbst; und wie ein Echo vernahm er die Stimmen aus Bostra: »Was erwartest du denn von dem Sohn einer Dirne?«

»Ich bin kein Feigling!« rief er ihnen zu. Er tastete nach einem Pfeil, fand einen, legte ihn in den Bogen. Ein Abschiedsgruß, dachte er, es ist gar nicht so schwer. Er wandte sich um, spannte den Bogen, sah, daß die vorderste Reihe der Slawen nur noch hundert Schritt hinter ihm war, schoß den Pfeil in ihre Richtung, griff nach einem neuen. Maleka galoppierte, so schnell sie konnte, wieherte, zu Tode erschreckt von dem Geruch nach Blut und Angst. Johannes schoß erneut. Die Slawen schrien in ihrer eigenen Sprache auf ihn ein; einige schleuderten Lanzen, die ihn weit verfehlten, durch den wahnsinnigen Galopp seitwärts abgelenkt wurden. Johannes schoß erneut, sein Blick konzentrierte sich auf die Slawen; er fand einen weiteren Pfeil, schoß wieder und wieder und wieder – seine Hand tastete ins Leere; er drehte sich um, sah, daß der Köcher leer war; er blickte auf und sah weitere Reiter vor sich; er beugte sich tief über den Hals der Stute. Fliegen, dachte er, wir fliegen dem Tod entgegen. Die Gewißheit des Todes hatte nichts Erschreckendes an sich; nur seine Möglichkeit hatte Furcht ausgelöst.

Die Reiter vor ihm stoben auseinander, riefen seinen Namen. Er richtete sich auf und sah, daß es Heruler waren. Sich umblickend bemerkte er, daß die Slawen, die ihn verfolgt hatten, in die entgegengesetzte Richtung galoppierten. Er zügelte Maleka, und die Stute blieb unvermittelt stehen, sie taumelte, aus ihrem Mund troff Schaum. Die Heruler hatten ihre Pferde ebenfalls gezügelt, sie ritten ziellos um ihn herum, riefen und lachten; Philemuth tauchte aus ihrer Mitte auf, grinste.

»So etwas habe ich noch nie gesehen!« rief er. »Wir sahen, wie die Slawen uns verfolgten, dann sahen wir dich; wir blieben stehen, um zu warten. Was für ein Anblick! Es kann wirklich rennen, dieses Pferd, und du kannst schießen!«

»Was, im Namen Gottes und aller Heiligen im Himmel, tust du hier?« fragte Johannes wütend.

Philemuths Grinsen erstarb.

»Du hattest den Befehl, auf das Zeichen zu warten!« schrie Johannes und zitterte gleichzeitig vor Wut und Erleichterung. »Narses hat gesagt, er würde dich eigenhändig niederschießen, falls du nicht wartest; ich würde dich selbst niederschießen, wenn mir nicht die Pfeile ausgegangen wären. Begib dich sofort auf deinen Posten zurück!«

»Die Feinde haben den Heerführer getötet!« sagte Philemuth ärgerlich und deutete auf die Straße. »Jetzt töten wir sie. Wir stehen nicht einfach da und sehen zu, wie sie unseren Befehlshaber töten. Wir sind Krieger!«

»Ihr seid römische Soldaten, und römische Soldaten gehorchen! Woher willst du wissen, daß er wirklich tot ist? Los, komm zurück!« Er riß Malekas Kopf herum. »Zurück!« rief er den Herulern in ihrer eigenen Sprache zu. Er griff in die Zügel des ihm zunächst stehenden Pferdes und zerrte es herum. Sein Reiter sah ihn verblüfft an und starrte den Hügel hinauf. Johannes veranlaßte Maleka zu einem Trab und ritt zum Graben zurück; er blickte sich nicht um, starr vor Wut über Philemuths Ungehorsam. Sie hätten mich beinahe getötet, dachte er mit ungläubigem Erstaunen, und es war alles der Fehler dieses Trottels, der keinen Befehlen gehorchen kann – dieser dämliche dreckige Barbar. Es gibt in diesem ganzen stinkenden Volk für keine Unze Selbstdisziplin!

Die herulischen Reiter folgten ihm wie die Lämmer.

Als sie wieder zum Graben kamen, fingen die Heruler vor Freude an zu schreien und zur Straße zu deuten. Die Gestalt in dem weißen Mantel war wieder zu sehen, regungslos wie immer saß sie auf einem braunen Pferd. Philemuth ritt dicht an Johannes heran und ergriff ihn am Arm; er strahlte, und Johannes strahlte zurück, aller Ärger war plötzlich vergessen. »Gott sei Dank, es war nur das Pferd«, sagte Philemuth und seufzte. »Gut. Ich gehe und warte jetzt auf das Zeichen.«

Johannes nickte. »Und ich bleibe auf meinem Posten.«

Am Ende des Grabens stieg er von Maleka; seine Beine gaben unter ihm nach, und er setzte sich zitternd auf den Boden, mitten zwischen seine Männer. »Haben sie erneut angegriffen?« fragte er aufs Geratewohl.

Jacobos war neben ihm, zerrte ihm den Mantel von den Schultern. »Nein, Herr. Sie waren alle damit beschäftigt, Jagd auf dich zu machen.«

Johannes nickte, nahm das Gesagte allerdings nicht wirklich auf; dann raffte er sich auf und erbrach sich in den Graben. Über seinem Kopf ertönten, golden wie der Sommer, zwei laute Trompetenstöße.

Was Johannes anbetraf, so war dies das Ende der Schlacht. Im Osten, wo der steile Abhang des Hügels die Angreifer zu einem langsameren Vorgehen gezwungen hatte, war der Kampf zu keiner Zeit so hart gewesen und hatte schon früher aufgehört. Im Westen waren die slawischen Reiter durch ihre vergebliche Verfolgung von Johannes auf verhängnisvolle Weise in Unordnung gestürzt worden. »Zuerst waren nur ein paar von ihnen hinter dir her«, meinte der Vandale Hilderik später grinsend zu ihm. »Aber du hast ihren Anführer erschossen, so daß der ganze Trupp auf Rache aus war und vergessen hat, uns anzugreifen. Sie sind über den gesamten Hügel ausgeschwärmt, und ehe sie sich versahen, fanden sie sich mitten zwischen den Herulern wieder. Diese hatten aufgehört, das Spektakel zu verfolgen, und sich in mustergültiger Schlachtordnung aufgestellt. Die Feinde merkten, daß sie ein zu wirrer Haufen waren, um gegen die Heruler zu kämpfen. Außerdem hatten sie keinen Anführer mehr, der ihnen sagen konnte, was sie tun sollten, so daß diejenigen, die von den Herulern nicht bereits erwischt worden waren, einfach kehrtmachten – und nach Hause ritten. Der vortreffliche Narses brauchte nur noch abzuwarten, bis die Heruler wieder auf ihrem Posten waren; dann konnte er das Zeichen für den Angriff geben.«

»Er hat einfach abgewartet, nicht wahr? Ich mußte ihnen gar nicht befehlen, auf ihren Posten zurückzugehen?«

»Nun – nein«, erwiderte Jacobos, der neben Hilderik stand. »Aber du hättest es sicher getan, wenn du nicht fortgegangen wärst.«

Nachdem die Heruler endlich angreifen durften, waren ihre Reiter den Hügel hinuntergejagt, hatten die Flanke der Slawen aufgerissen und waren mit voller Wucht in die Reihen der feindlichen Fußsoldaten gestoßen, die nicht, wie die Römer, durch Gräben und von mit Schleudern und Lanzen bewehrten Kameraden geschützt waren. Als der König der Slawen dies erkannte, hatte er seinen Angriff auf Narses abgebrochen und war seinen Leuten zur Hilfe geeilt, nur um alsbald zu entdecken, daß er umzingelt war. Die Schlächterei war schrecklich. Als Johannes später am Tag in das Tal hinunterritt, fand er die Straße auf einer Strecke von einer halben Meile rot vor Blut und übersät mit Leichen. Doch der König war schließlich mit vielen seiner Soldaten doch noch entkommen, obwohl sie ihr gesamtes Plündergut zurücklassen mußten.

Während die Heruler immer noch Slawen töteten, kam ein Bote von Narses, um Johannes und seinen Männern auszurichten, sie sollten herunterkommen. Als er die Straße erreichte, entdeckte Johannes den Heerführer, der von seinem neuen braunen Pferd abgestiegen war und in dem blutgeröteten Schnee lag, während ein Wundarzt ihm Splitter aus dem

Oberschenkel zog. Der Eunuch war sehr blaß, und seine Lippen sowie die Schatten unter seinen Augen waren regelrecht blau, doch er war nach wie vor von eiserner Gelassenheit.

»Johannes«, sagte Narses, als er seinen Untergebenen erblickte. »Ich bin sehr froh, daß ich nicht Zeuge deiner mutwilligen Eskapade war. Hast du dich von deinem Mut überzeugt?«

Johannes starrte den Befehlshaber einen Augenblick ausdruckslos an. »Ich glaube ja«, erwiderte er schließlich.

»Aber ich möchte so etwas niemals wieder erleben.«

»Nein«, sagte Narses und lächelte angespannt. Dann befahl er: »Stell deine Männer in einer Linie auf; sie sollen sich darauf vorbereiten, der Reiterei zu helfen, falls es notwendig werden sollte. Hast du viele Gefallene?«

Die Erinnerung an die nächsten paar Stunden nach diesem Zusammentreffen erschienen Johannes später wie ein Traum, obwohl es zu der Zeit das Natürlichste von der Welt zu sein schien, Jacobos zum Zelt zurückzuschicken, seine Schreibtafeln, Federn und Griffel zu holen. Die Aufgabe, die genaue Anzahl der Verwundeten festzustellen, einige Männer dazu zu bestimmen, sich um die Verwundeten zu kümmern, und andere, die Toten zu begraben, Boten zu ernennen, um die Neuigkeiten nach Nikopolis zu bringen und um weitere Vorräte und Nachschub zu bitten – das alles ähnelte außerordentlich den üblichen Routinearbeiten bei der Führung einer Armee. Einmal nahm Johannes einen Brief in Kurzschrift auf – den Bogen über die Schulter gehängt, mit aufgesetztem Helm –, während Narses von einer Trage aus diktierte, ein- oder zweimal innehielt, um einen Schmerzensschrei zu unterdrücken, als seine Wunde ausgebrannt wurde. Unten im Tal konnte man sehen, wie die letzten Slawen vor den siegreichen Herulern flohen. Narses war über dem Knie von einem Pfeil getroffen worden, der den Oberschenkel glatt durchschlagen hatte und anschließend in sein Pferd gedrungen war. Die weiße persische Stute hatte versucht; den schmerzenden Pfeil abzuschütteln, indem sie sich auf dem Boden wälzte; dabei hatte sie den Pfeil abgebrochen und ihn nur tiefer ins Fleisch getrieben. Ein Soldat der Leibgarde hatte sie getötet, aber es hatte eine Zeitlang gedauert, ihren Reiter aus den Steigbügeln zu schneiden; und als es ihnen endlich gelungen war, hatte Narses eine Menge Blut verloren. Er hatte darauf bestanden, wieder in den Sattel zu steigen, um den Herulern durch seinen Anblick neue Kraft einzuflößen. Der Wundarzt war deshalb natürlich ziemlich unzufrieden mit ihm.

»Wenn du ruhig sitzengeblieben wärst, vortrefflicher Narses, hätten wir den Pfeil vielleicht in einem Stück herausbekommen!« sagte der Arzt vorwurfsvoll zu seinem obersten Befehlshaber, nachdem es ihm gelungen war, kleine Holzstückchen aus dem aufgerissenen Fleisch zu ziehen und die Wunde auszubrennen. »Jetzt sieh dir doch diesen Schlamassel an! Es wird Monate dauern, bevor du wieder gehen kannst, selbst wenn es keine Infektion geben sollte!«

Narses nickte bloß ungeduldig und erkundigte sich danach, was die Heruler inzwischen machten.

»Sie reißen sich erst mal das gesamte Plündergut der Slawen unter den Nagel, vortrefflicher Narses«, erzählte ihm einer der Leibgardisten.

»Und was ist mit den Slawen?«

»Sie sind in den Norden gezogen.«

»Schick Alwith und Phanitheos hinter ihnen her; sag ihnen, sie sollen Abstand halten und jede Feindberührung unbedingt vermeiden; sie sollen jedoch beobachten, wohin die Slawen ziehen. Johannes, geh zur Straße runter, und stell das gesamte Plündergut in meinem Namen sicher. Versprich den Herulern großzügige Geschenke, lobe sie in den höchsten Tönen, aber mache ihnen klar, daß die Sachen gerecht verteilt werden müssen; und paß auf, daß ihnen niemand in die Finger gerät. Die Frauen und Kinder hier in der Gegend sind römische Bürger aus Oescus und Umgebung; sie sind gerade erst von den Slawen ausgeraubt und geschändet worden, und wir müssen unbedingt verhindern, daß sie jetzt den Herulern in die Hände fallen. Gewähre ihnen Begleitschutz, und schick sie nach Nikopolis. Wie spät ist es?«

»Etwa zwei Stunden bis zur Dämmerung, vortrefflicher Narses.«

»Dann ist Nikopolis zu weit weg. Nun, dann nimm sie in das Lager auf...« Narses hielt plötzlich inne, hielt den Atem an und stöhnte: Der Arzt hatte ihm gerade eine Lösung aus Kräutern und Essig in die Wunde geträufelt.

»Ich werde sie unter meinen Schutz stellen und mich dabei der Scholaren bedienen«, sagte Johannes und steckte seine Schreibtafeln weg. »Gibt es sonst noch etwas Dringendes?«

Narses schüttelte den Kopf und unterdrückte Schmerzenstränen.

»Also, vortrefflicher Narses, warum ruhst du dich dann nicht ein wenig aus? Der Wundarzt könnte dir etwas geben, um die Schmerzen zu besänftigen, und es spricht nichts dagegen, es zu nehmen. Nach einem Sieg hast du schließlich ein Recht auf Schlaf.«

Narses lächelte zwar nur ganz schwach, aber ohne jede Hintergründigkeit. »In welchem Gesetzestext hast du *das* denn gelesen? Geh erst einmal. Und falls du diesen Abgesandten der Slawen finden solltest...« Narses machte eine Pause. »Richte ihm aus, daß sich seine Königin lieber jemand anderen suchen soll, der sich um ihre Kleiderkammer kümmert.«

8

Schrecklich wie das Grab

Der Rest des Winters war eine einzige Reihe von Enttäuschungen. Sobald die Slawen die Donau überquert und ihre Brücke hinter sich verbrannt hatten, versuchte Narses mit ihnen zu verhandeln. Seine Gesandten wurden zwar empfangen und höflich behandelt, aber mit leeren Händen wieder nach Hause geschickt; niemand machte irgendwelche Friedensversprechungen. Die übrigen Stämme der Provinz waren hocherfreut, Abgesandte von einem kaiserlichen Minister so hohen Ranges zu empfangen; außerdem waren sie tief beeindruckt von seinem Sieg. Alle schickten ihrerseits Gesandte und brachten mehrere Streitigkeiten vor Narses, damit dieser sie schlichten möge. Aber sie waren einigermaßen widerspenstig, wenn es darum ging, einen Vertrag zu akzeptieren, mit dem sie sich als Puffer gegen die Slawen zur Verfügung gestellt hätten – selbst wenn dieser Vertrag mit Angeboten von Land und Subsidien versüßt werden sollte. Die Verteidigungsanlagen Thrakiens, die in Oescus vollständig zerstört worden waren, zerbröckelten überall; Narses mühte sich mit unendlicher Geduld, sie ohne die Hilfe der Barbaren wiederaufzubauen, aber die Provinzen waren zu sehr in Mitleidenschaft gezogen worden und zu ausgelaugt, um irgend etwas zu ihrer eigenen Verteidigung beizutragen, und das übrige Kaiserreich hatte nichts, um an ihre Stelle zu treten.

Die schlimmste Enttäuschung von allen stellte sich jedoch kurz vor dem Abmarsch der Armee nach Dyrrhachium ein, von wo aus sie anschließend nach Italien übersetzen sollten. Die Armee hatte sich nach Sardika zurückgezogen, sobald klar war, daß zumindest für den Augenblick keine neue Invasion von seiten der Slawen zu befürchten war; Narses unternahm im Februar und März eine Inspektionsreise entlang der Grenze, wobei er in einer Sänfte auf einem Pferd getragen werden mußte, da er immer noch nicht gehen oder reiten konnte. Die Heruler blieben jedoch in ihren Unterkünften. Im April, kurz nach seiner Rückkehr, erschienen Philemuth und die übrigen herulischen Truppenführer in seinem Hauptquartier und baten ganz förmlich um eine Unterredung.

Narses und Johannes gingen im Büro des Heerführers gerade die Vereinbarungen für den Marsch nach Dyrrhachium durch, als die Heruler auftauchten. Der Eunuch saß auf der Ruhebank, wobei er das verletzte Bein hinaufgezogen hatte, und arbeitete einen Haufen Dokumente durch, die neben ihm gestapelt waren. Die Frühlingssonne schien warm durch die offenen Fenster und ließ von dem unten gelegenen Hof den schweren, süßen Duft des überall blühenden und schwellenden Mai heraufziehen.

Johannes saß am Schreibpult, schrieb einen Brief an einen widerspenstigen Beamten in Dyrrhachium und vermochte sich nur schwer zu konzentrieren. Der Vers »Im kydonischen Frühling trinken die Quitten . . .« kam ihm dauernd in den Sinn, und seine Gedanken kehrten immer wieder nach Konstantinopel zurück. Ich würde gerne wissen, was Theodora mit Narses' Bericht gemacht hat, grübelte er. Sicher, sie wird erfreut sein, aber was wird jetzt geschehen? Wird Narses trotz all seiner Erfolge zurückkehren und es jemand anderem überlassen müssen, die Armee nach Italien zu führen? Und was für einen Rang werde ich bekleiden? Ich würde gerne wissen, wie Euphemia mit Sergius zurechtkommt. Er lächelte, legte die Feder hin und beobachtete die zitternden Schatten der Blätter auf der von der Sonne erleuchteten Wand. Ich wollte, ich könnte den beiden heimlich zusehen! Der Kampf zwischen dem Schleim und der Xanthippe! Ich setze mein Geld auf Euphemia. Sergius ist zwar verschlagen, aber er ist nicht halb so intelligent wie sie. Ich wette, daß er sie gekränkt hat und sie sich ihre Informationen inzwischen von Anastasios holt.

Er schloß die Augen und stellte sich Anastasios und Euphemia in Euphemias im ersten Stock gelegenen Zimmer vor, beide tief über den Band mit den Steuerschätzungen gebeugt, während Euphemias Gesellschaftsdame stumm an ihrem Spinnrad arbeitete. In dem ungepflegten Durcheinander des Hofes würden die Weinstöcke Sprößlinge treiben, und das wenige Wasser in dem zerstörten Brunnen würde sich grün färben. Die beiden kommen sicherlich gut miteinander aus, dachte er; sie werden sich sogar gegenseitig schätzen. Beide wissen, was sie wollen, und setzen es ohne viel Federlesens in die Tat um. Außerdem sind beide außerordentlich tüchtig. Ich würde gerne wissen, was . . .

Der Büroschreiber klopfte und kündigte die herulischen Truppenführer an.

Johannes erhob sich lächelnd, um ihnen die Hände zu schütteln. Während Narses seine Inspektionsreise unternommen hatte, war er in Sardika geblieben und mit der Befehlsgewalt betraut worden. Er hatte den Eindruck, die Anführer der Heruler inzwischen gut zu kennen. Bevor er jedoch bei ihnen war, verbeugte sich Philemuth mit unsicherer Förmlichkeit; die anderen taten es ihm gleich. Johannes blieb stehen und verbeugte sich ebenfalls. Irgend etwas stimmt hier nicht, dachte er. Ist es schon wieder zu Mord und Totschlag bei den Mannschaften gekommen?

»Höchstgeschätzter und vortrefflicher General«, sagte Philemuth und verbeugte sich sehr tief vor Narses.

Narses richtete sich auf, bettete sein Bein etwas bequemer und nickte. Johannes dachte manchmal, er sehe nach den Ereignissen des Winters eine Spur älter aus. Die Verletzung ließ ihn sogar noch schmaler und zerbrechlicher wirken als zuvor, und in seinem dünnen Haar waren inzwischen mehr weiße als schwarze Strähnen zu sehen. Aber seine Tatkraft war ungebrochen. »Hochgeschätzter Philemuth – und ihr, meine zutiefst verehrten Truppenführer«, erwiderte er, »was kann ich für euch tun?«

Philemuth räusperte sich, und die anderen scharrten nervös mit den Füßen. »Wie Euer Ehren weiß, wurde ich mit dir zusammen hergeschickt, um einige meiner Stammesgenossen zu rekrutieren, damit sie für die Dreimal Erhabene Majestät, den Kaiser Justinian Augustus, in den Kampf ziehen«, begann er förmlich – dann hielt er inne. Narses nickte höflich und wartete.

»Wie du, vortrefflicher Narses, weißt, haben wir bereits für den Kaiser gekämpft und mitten im Winter eine erbitterte Schlacht geschlagen, wobei wir einen glänzenden und unvergänglichen Sieg errungen haben.« Er hielt erneut inne, als habe er den nächsten Satz seiner Ansprache vergessen. »Jetzt jedoch«, sagte er schließlich. »möchtest du, Ehrwürdiger, daß wir nach Italien gehen und für Belisar kämpfen, während du nach Konstantinopel zurückkehren willst. Belisar ist noch nie ein Freund unseres Volkes gewesen. Diejenigen von uns, die in der Vergangenheit für ihn gekämpft haben, hat er äußerst grausam behandelt, auf eine Art und Weise, die unseren eigenen Gebräuchen zutiefst widerspricht. Wir wollen uns nicht unter seinen Befehl begeben.«

Narses seufzte. »Ich verstehe, daß du dir wegen deiner Leute Sorgen machst, höchst ehrenwerter Philemuth. Aber obwohl ich euch in Dyrrhachium verlassen muß, wirst du der Befehlsgewalt des höchst ausgezeichneten Heerführers Belisar nicht direkt unterstellt werden. Ich habe die Bestätigung erhalten, daß ihr von unserem Freund Johannes befehligt werden sollt, dem du, wie ich weiß, ebensosehr vertraust wie mir selbst.«

Narses lächelte Johannes zu, der ihn lediglich mit offenem Munde anzustarren vermochte. Absolut selbständig? dachte er erstaunt. Alleiniger Befehlshaber, niemandem unterstellt? Heiliger Gott, heiliger Allmächtiger, heiliger Unsterblicher!

Philemuth lächelte Johannes nervös zu, sagte jedoch: »Wir schätzen Johannes sehr, aber wir wollen in keinem Krieg kämpfen, der von Belisar geführt wird.«

»Aber genau das habt ihr in Singidunum versprochen«, erwiderte Narses geduldig. »Was für Garantien wollt ihr denn noch?«

Einer der anderen Truppenführer räusperte sich. »Vortrefflicher Narses, wir haben unsere Verträge bereits erfüllt, als wir für dich gegen die Slawen gekämpft haben. Wir möchten nach Hause.«

Narses' höfliches Lächeln verschwand. Er sah von einem Anführer zum anderen, dann schob er den vor ihm liegenden Aktenstoß beiseite. »Was ist passiert?« fragte er.

Sie blickten zu Boden. »Wir haben genug für Fremde gekämpft«, antwortete Philemuth unsicher. »Wir möchten nach Singidunum zurück, zu unseren Häusern und unseren Frauen.«

»Es handelt sich um die Gesandten aus Thule«, sagte Narses finster. »Sie sind zurück, nicht wahr? Sie haben einen König aus der königlichen Linie der Heruler ausfindig gemacht. Deshalb möchtet ihr nach Hause.«

Einen Augenblick lang herrschte vollkommene Stille. Vom Hof draußen kam der Gesang einer Drossel. »Ihr könnt doch nicht ...«, setzte Johannes zu einer energischen Widerrede an; dann wurde ihm bewußt, daß es keine Möglichkeit gab, sie zurückzuhalten.

»Habe ich recht?« fragte Narses.

Langsam nickte Philemuth. »Sie haben einen König für uns gefunden«, sagte er. Dann fuhr er fort: »Vortrefflicher Narses, bitte versteh uns. Die Gesandten haben einen Mann gefunden: Datios, Sohn des Aordos, Sohn des Ochos, Sohn der Söhne der Götter, aus der reinen königlichen Linie der Heruler. Justinian Augustus jedoch wird König Souartouas unterstützen, weil er ihn ernannt hat und sich seiner Ergebenheit gewiß sein kann. Souartouas war mein Freund, aber er hat kein Recht mehr, jetzt noch König zu sein, ebensowenig wie ich selbst, und weder ich noch das Volk kann ihn gegen König Datios unterstützen. Wir und die Römer werden also Feinde sein! Selbst um deinetwillen können wir nicht nach Italien ziehen, auch dann nicht, wenn wir von Johannes befehligt werden.«

»Ihr habt mir einen Eid geschworen«, sagte Narses.

»Wir haben geschworen, für dich zu kämpfen, und das haben wir getan.«

»Ihr habt geschworen, mir zu gehorchen! Christus, der alles sieht, weiß, daß ich meinen Teil des Handels erfüllt habe und euch in keinerlei Hinsicht hintergangen habe. Ihr habt Geld von mir genommen.«

»Wir werden euch das Geld zurückgeben, vortrefflicher Narses. Aber wir können jetzt nicht nach Italien ziehen.«

Narses starrte ihn einen langen Augenblick intensiv an, dann schweifte sein Blick der Reihe nach über die Truppenführer. »Ihr wißt doch, was die Römer über euer Volk sagen?« fragte er wütend. »Daß ihr eine Bande von Lügnern seid, treulos, meineidig und wankelmütig, daß ihr euch Willkür, Gewalt, Trunkenheit und Unzucht ergeben habt, daß ihr die schlimmsten Menschen auf Gottes weiter Erde seid.« Die Offiziere starrten ihn zuerst erschrocken und verwirrt, dann wütend an. Einer, Alwith, griff zu seinem Schwert.

»Selbst die Römer«, sagte Alwith, »wagen nicht zu behaupten, daß wir Feiglinge sind. Sie haben unseren Mut in der Vergangenheit nur allzugut kennengelernt.«

Narses warf ihm einen finsteren Blick zu. »Ich habe die herulische Ehre stets verteidigt«, erwiderte er bitter. Was soll ich den Leuten in Konstantinopel jetzt sagen? Daß meine treuen Heruler sich nicht nur geweigert haben, für mich zu kämpfen, sondern weglaufen und genau wie ihre Vorfahren römisches Land plündern wollen? Ich würde mich schämen, so etwas zu sagen, Alwith – und du solltest dich ebenfalls schämen!«

Alwith ließ die Hand von seinem Schwertgriff sinken und sah verlegen zu Boden. »Sag ihnen, daß wir eben auf unsere Weise treu sind«, meinte Philemuth.

Narses schnaubte verächtlich. »Sie werden erwidern, das sei nur allzu offensichtlich! Ihr bereitet euch selbst Schande, vortrefflicher Truppenführer, und damit bereitet ihr auch mir Schande.«

»Ehrenwerter Narses«, sagte Philemut, und seine Stimme klang verzweifelt, »wir wollen bestimmt nicht, daß du dich vor dem Erhabenen Augustus blamierst; du bist immer unser Freund und Wohltäter gewesen. Aber wir brauchen einfach einen legitimen König. Wir werden uns glücklich schätzen, den Römern Frieden zu schwören und römisches Land zu respektieren. Wenn ich König Datios sehe, werde ich ihn darum bitten, mit meinen Männern zusammen wiederkommen zu dürfen, um den Römern zu dienen. Aber mehr können wir nicht tun, das mußt du einsehen. Wir können nicht nach Italien ziehen.«

Narses starrte die Heruler noch einmal lange mit heftiger Wut, die sich fast zu persönlichem Haß steigerte, an; dann schloß er die Augen und preßte seine Hände an die Schläfen. »Nein, das könnt ihr wohl wirklich nicht«, sagte er. Er ließ die Hände sinken, und sein Gesicht hatte fast wieder einen gleichmütigen Ausdruck angenommen. »Nun gut, ich entbinde euch also von eurem Eid. Ihr braucht das Geld, das ihr erhalten habt, nicht zurückzuzahlen; ich werde zufrieden sein, wenn ihr schwört, keine römischen Ländereien brandschatzen zu wollen. Meinetwegen könnt ihr innerhalb von zwei Tagen nach Singidunum zurückkehren; ich werde dafür sorgen, daß ihr einen Geleitschutz für euren Weg nach Hause erhaltet.«

Die Heruler verbeugten sich tief und verließen den Raum. Als die Tür zu war, fegte Narses den Stoß Dokumente von der Ruhebank, so daß dieser krachend auf dem Fußboden landete. Er stützte seinen Kopf in die Hände und vergrub seine Finger in den Haaren.

»Sie werden doch nicht wirklich . . .«, sagte Johannes hilflos.

»Doch, sie werden«, erwiderte Narses. »Und wir werden sie gehen lassen müssen. Andernfalls werden sie trotzdem gehen und dann allerdings Rachegefühle gegen uns hegen. Mutter Gottes! Geduld!« Er schlug mit der Faust auf die Lehne der Ruhebank.

Johannes setzte sich vor seinen angefangenen Brief an das Schreibpult. Jetzt brauche ich ihn nicht mehr zu beenden, dachte er in dumpfer Verzweiflung. Die Arbeit eines ganzen Jahres umsonst: die Heruler zu rekrutieren, ihre schreckliche Gastfreundschaft zu ertragen, sie herzubringen, zu bezahlen, zu ernähren und sich um sie zu kümmern, ihre Streitigkeiten zu schlichten, die Versuche, sie in den Griff zu bekommen . . . Alles umsonst! Ein Gespräch von fünf Minuten und alles ist aus und vorbei. Lieber Gott!

Seine Kehle tat ihm weh, er saß schweigend da, biß sich auf die Unterlippe und versuchte, wie ein Kind, das man enttäuscht hat, nicht zu weinen.

»Nun«, meinte Narses nach einem langen Schweigen; seine Stimme war wieder ruhig. »Es bestand von Anfang an die Möglichkeit zu dieser Entwicklung, dabei hätte es immer noch viel schlimmer kommen können. Sie hätten meutern oder Sardika plündern können. Und dank unserer Bemühungen haben wir immerhin einen Sieg errungen. Wir müssen nach Konstantinopel zurück. Vielleicht kann ich es erreichen, ein paar Friedensvereinbarungen mit den Herulern zu treffen oder etwas mehr Geld oder auch Truppen für die Verteidigung Thrakiens aufzutreiben.«

»Hast du irgendwelche begründete Hoffnungen?« fragte Johannes bitter.

»Nicht viele«, gab Narses zu. »Ich habe seinerzeit gegen die Ernennung von Souartouas zum König gestimmt, aber der Erste Minister war ganz besessen von der Idee, und der Kaiser fand Gefallen an ihr. Da er damals meinen Ratschlag in den Wind geschlagen hat, wird er Souartouas sehr wahrscheinlich auch jetzt nicht fallenlassen. Er hält immer zu den Leuten, zu denen er irgendwann einmal Vertrauen gefaßt hat.«

»Du weißt ebensogut wie ich, daß wir keinerlei Chancen haben, weitere Truppen oder auch Geld für Thrakien aufzutreiben, jedenfalls nicht, solange Belisar immer mehr davon für Italien erbittet und vielleicht sogar ein weiterer Aufstand in Afrika ausbricht. Unser gesamtes Unternehmen war ein Fehlschlag.«

Narses erhob sich langsam und hinkte zu Johannes hinüber. Er legte ihm eine Hand auf die Schulter. »So etwas muß man ertragen«, sagte er freundlich. »Diese Dinge sind sowieso nichtig. Der Befehl über Armeen, Siege, Triumphe, Mäntel mit den purpurfarbenen Streifen und goldenen Verzierungen – Geschenke des Zufalls auf unserer Erde, wo alles vergeht. Es ist ein Fehler, sie sich so sehnlich zu wünschen.«

Johannes rieb sich die Augen. »Es bedeutet die Arbeit eines ganzen Jahres.«

»Eine Arbeit, die nicht vergeblich war. Immerhin haben wir Nikopolis gerettet, und diese armen Frauen aus Oescus. Und wir haben ein paar Dinge bewiesen.«

»Welche?«

Narses zuckte die Achseln. »Schwere Reiterei ist nicht unbesiegbar. Das Herkommen eines Mannes wirkt sich nicht auf seinen Mut aus, und ein Ochse ist genausoviel wert wie ein Bulle.«

Johannes blickte auf. »Und um letzteres zu beweisen, hast du dich in jener Schlacht für die Slawen als Zielscheibe aufgestellt?«

Der Eunuch lächelte. »Natürlich. Komm, wir müssen die herulische Begleitmannschaft nach Singidunum zusammenstellen.«

Die abschließenden Vereinbarungen im Zusammenhang mit den Herulern waren schnell erledigt, und die Vorbereitungen für ihre Reise nach Konstantinopel waren geradezu lächerlich einfach. Sie trafen an einem strahlenden, windigen Nachmittag Anfang Mai in der Stadt ein. Sie hatten Boten vorausgeschickt, die ihre Ankunft ankündigen sollten, so daß sie mit Trompetenstößen am Goldenen Tor begrüßt wurden: Narses und Johannes mit ihren Gefolgsleuten, dann die Protektoren, dann der kleine Troß und schließlich die Scholaren – unter dem Befehl eines jungen Offiziers, da Artemidoros es geschafft hatte, nach der Aushändigung von Narses' Brief nicht wieder ins Feldlager zurückgeschickt zu werden. Jetzt haben wir ein ganzes Jahr damit verbracht, Soldaten zu rekrutieren, dachte Johannes unglücklich, und wir kommen mit weniger als der Hälfte der Männer zurück, mit denen wir ausgezogen sind, und die Mission, für die wir Truppen ausheben sollten, mußte aufgegeben werden. Was für ein katastrophales Unternehmen!

Als sie sich jedoch dem Großen Palast näherten, begann das Volk auf die Straßen zu strömen und in Beifallsrufe auszubrechen, als sei die Expedition ein uneingeschränkter Erfolg gewesen. »Narses!« riefen sie. »Der Gerechte, der Fromme! Sieger über die Slawen, Retter Thrakiens!« Narses machte einen überraschten Eindruck.

Das Bronzene Tor des Großen Palastes stand ebenfalls offen: Vor ihm waren die Regimenter der Scholaren und Protektoren aufmarschiert, die ihre Kameraden zu Hause willkommen hießen. Erneut erklangen Trompetenstöße, und die gesamte kaiserliche Leibgarde jubelte wie aus einer Kehle. Narses zügelte sein Pferd vor den beiden Toren, und die Befehlshaber der beiden Truppenteile, der Heerführer der Protektoren und der Heerführer der Scholaren, traten einen Schritt vor, sie trugen die weißen und purpurfarbenen Gewänder von Patriziern, ihre Brustharnische waren mit Gold verziert.

»Vortrefflicher Narses, wir begrüßen dich im Namen Seiner Erhabenen Majestät, unseres Herrn Justinian Augustus«, sagte der Heerführer der Scholaren förmlich.

»Seine Erhabene Majestät möchte dich persönlich in der Halle der neunzehn Ruhebänke willkommen heißen und dir zu deinem Sieg gratulieren«, sagte der Heerführer der Protektoren.

Narses neigte den Kopf. »Vortreffliche Heerführer, ich fühle mich zutiefst geehrt.«

Jeder der Heerführer ergriff einen der Zügel von Narses' Pferd, und vereint geleiteten sie die Prozession durch das Tor. Narses warf Johannes einen Blick belustigter Ironie zu.

Im Innenhof, auf der anderen Seite des Bronzenen Tores, stieg Narses von seinem Pferd und übergab die Zügel einem der Stallburschen, die dort warteten. Gefolgt von seinen Truppenführern, seinen Gefolgsleuten, den beiden Befehlshabern und einer Menge Palastbeamter, hinkte er in den Palast.

Die Halle der neunzehn Ruhebänke war ein Anbau an den Daphnepalast und stellte den größten der kaiserlichen Empfangsräume dar; für gewöhnlich wurde er für das Auftreten des Kaiserpaares vor einer Menge oder für Staatsbankette benutzt, da auf jeder seiner Ruhebänke ein Dutzend Menschen sitzen konnte. Es war ein riesiger, verschwenderisch mit Gemälden und Mosaiken ausgeschmückter Raum mit einer gewölbten Decke, der durch Vorhänge aus golddurchwirkter, purpurfarbener Seide in zwei Hälften geteilt war. Das Licht aus den Fenstern im Deckengewölbe flutete durch die blauen Weihrauchwolken, die die Luft erfüllten; ringsherum an den Wänden standen Höflinge und hohe Beamte, gehüllt in juwelenbesetzte Seidengewänder. Johannes war die üppige Pracht des Palastes nicht mehr gewohnt und davon ganz überwältigt. Die Vorhänge am anderen Ende des Raumes waren zugezogen. Narses hinkte langsam quer durch die ganze Länge der Halle, kletterte die drei Stufen zum Podium empor und hielt inne. Johannes wartete mit den anderen Truppenführern unterhalb der Stufen. Dann schwangen die Vorhänge zur Seite, und die Erhabenen Majestäten, Justinian und Theodora, Bilder aus Purpur und Gold, gaben sich den Blicken der Menge preis. Theodoras Blicke glitten von Narses ab, ruhten kurz auf Johannes, kehrten dann zu dem Befehlshaber ihrer Armee zurück. Johannes warf sich zu Boden, hörte das Rascheln von Seide und spürte, wie überall um ihn herum die Menschen den Atem anhielten wie alle Anwesenden.

Narses machte Anstalten, sich ebenfalls zu Boden zu werfen, doch wegen seines verletzten Beines bewegte er sich unbeholfen. Justinian erhob sich von seinem Thron, ergriff die Hände seines Heerführers und gebot ihm Einhalt; er umarmte ihn und küßte ihn auf die Stirn. »Willkommen zu Hause«, sagte er und lächelte. »Und herzlichen Glückwunsch zu deinem Sieg.«

Man machte viel Aufhebens um die Truppen aus Thrakien, überschüttete sie mit Lob und Geschenken und gab in der Halle der neunzehn Ruhebänke ein prächtiges Fest zu ihren Ehren, bevor es ihnen endlich gestattet wurde, nach Hause zu gehen und todmüde ins Bett zu kriechen. Auch Johannes war froh, als das Fest vorbei war. Das übermäßige Lob des Sieges klang hohl in seinen Ohren, und die Notwendigkeit, sich zu verbeugen und dauernd die korrekten höfischen Floskeln zu murmeln, bedeutete nach all der Arbeit, den Enttäuschungen und der langen Reise einen unerträglichen Kraftaufwand. Abgesehen von dem einen dunkel-starrenden Blick zu Beginn der Zeremonie, hatte ihn Theodora nicht anders als die übrigen Truppenführer behandelt und nichts zu ihm gesagt. Er fragte sich, ob sie ärgerlich auf ihn war. Oder ist sie meiner müde geworden?

Nein. Ich bin töricht; sie würde bei einer offiziellen Gelegenheit wie dieser nicht das Wort an mich richten. Doch als er wieder in seinem Haus war, wurde ihm bewußt, daß er sich trotzdem Sorgen machte – wegen des Schweigens der Kaiserin, wegen der unbekannten Spione, wegen der Ungewißheit seiner Zukunft. »Ich werde dich für einen anderen militärischen Posten empfehlen«, hatte ihm Narses auf dem Rückmarsch von Sardika gesagt. Außerdem hatte er heute früh gemeint: »Komm morgen nicht ins Büro – nimm ein paar Tage frei, um dich auszuruhen.« Und ich muß mich tatsächlich ein wenig ausruhen, dachte Johannes; ich glaube ich habe mich noch keinen Augenblick ausgeruht, seit ich in dieser Stadt bin. Aber auch jetzt kann ich nicht ausruhen.

Erschöpft und mit entzündeten Augen lag er in seinem Bett und lauschte auf die Geräusche der Stadt. In der Küche erzählte Jacobos seinen Verwandten, die voller Bewunderung an seinen Lippen hingen, von seinen Abenteuern, zeigte einem nicht enden wollenden Strom von Besuchern und Gratulanten die schriftliche Beglaubigung seiner Freilassung; vor dem Haus rumpelten die zweirädrigen Karren, die während der Tagesstunden von den Straßen verbannt waren, über das Kopfsteinpflaster. Die Stadt nahm für Johannes die Gestalt eines riesigen Gewichts an, das auf die Halbinsel und den Palast drückte und ihn zu zermalmen drohte. In Gedanken berechnete er die Entfernung von Konstantinopel nach Sardika, nach Dyrrhachium, kalkulierte Rationen für zweihundert, dann für tausend Soldaten, errechnete Tagesmärsche und Übernachtungsmöglichkeiten während des Marsches; es war, als ob er von einer großen Höhe aus auf alles hinabblicken und die Armeen sehen könne, wie sie ameisengleich durch die Wildnis Thrakiens krochen. Er stöhnte und wälzte sich unruhig im Bett herum, versuchte das Bild zu löschen.

Narses wartete nicht einmal den nächsten Tag ab, um seine Arbeit wiederaufzunehmen. Er verließ das Fest zusammen mit dem Kaiser und ging mit seinem Herrn in dessen private Gemächer, übernahm, ohne ein Wort zu verlieren, erneut die Pflichten des Kämmerers.

Justinian lächelte und entließ seine anderen Bediensteten, aber als Narses in der Haltung eines Kammerdieners neben seinem Bett Aufstellung nahm, schüttelte er den Kopf. »Setz dich«, befahl er ihm. »Du bist nicht im Dienst – und ich kann mich sehr gut selbst ausziehen, das weißt du genau.« Er bewies es ihm damit, daß er sich auf sein Bett setzte und die purpurfarbenen Pantoffeln abstreifte. Narses setzte sich ihm gegenüber auf seine Ruhebank und rieb sich vorsichtig sein steifes Bein.

»Was ist passiert?« fragte Justinian und deutete auf das Bein. »In deinem Brief hast du gesagt, du wärest leicht verwundet, aber soweit ich sehen kann, ist die Verwundung alles andere als leicht.«

Narses lächelte. »Ich habe einen Pfeil durch das Bein bekommen.«

»Glatt durch? Unsterblicher Gott! Hast du etwa in der vordersten Reihe gekämpft?«

»Nicht ganz, Herr. Ich habe nie gelernt, eine Waffe zu führen. Aber ich fürchte, mich in einer Anwandlung prahlerischer Tapferkeit allzu auffällig verhalten zu haben, indem ich in der Nähe der Kämpfenden im Mantel eines Patriziers aufs Pferd gestiegen bin. Ich habe dafür bezahlen müssen.«

»Das war ziemlich töricht von dir«, sagte der Kaiser ärgerlich. »Ich verbiete dir, noch einmal ein solches Risiko einzugehen.«

»Die Erfahrung war alles andere als eine reine Freude für mich, und ich werde versuchen, sie in Zukunft zu vermeiden«, erwiderte Narses grinsend.

Justinian lachte. »Du hast mal wieder deine eigene Unentbehrlichkeit bewiesen«, sagte er. Er machte sich daran, seine purpurfarbenen Strümpfe auszuziehen. »Es war ein prächtiger Sieg, mein Freund. Ich habe dich unterschätzt. Ich hätte damals Belisar aus Italien abberufen sollen, nicht dich. Ich möchte dich dafür belohnen – bitte mich um etwas.«

Narses verbeugte sich. »Mein Lohn liegt darin, dir, Dreimal Erhabener Augustus, zu gefallen.«

Justinian blickte auf und lachte erneut. »Ich habe mir beinahe gedacht, daß du das sagst. Stets der vollendete Höfling. Nun, dann bleibt die Auswahl des Geschenks also mir überlassen, oder?«

»Wie es dir beliebt, Herr. Ich habe jedoch einige Empfehlungen, die ich dich bitte in Erwägung zu ziehen.«

»Das habe ich mir doch gedacht! Empfehlung Nummer eins: Ich soll Souartouas fallenlassen und diesen neuen König anerkennen, den die Heruler aus Thule geholt haben. Empfehlung Nummer zwei: Ich soll Truppen von sonstwo im Kaiserreich zurückziehen und sie in Marsch setzen, um die Verteidigung von Thrakien und Illyrien zu gewährleisten. Habe ich recht?«

Narses verbeugte sich. »Vollkommen, Herr.«

Justinian seufzte. »Ich glaube nicht, daß wir einer der beiden Empfehlungen folgen können. Aber wir werden uns morgen darüber unterhalten; ich habe ein Treffen des Kronrats einberufen, um über diese beiden Fragen zu diskutieren. Noch irgendwelche weiteren Empfehlungen?«

Narses lächelte. »Nur noch eine, Herr. Mein Sekretär Johannes hat sich als ebenso fähig erwiesen, Armeen zu befehligen, wie mein Büro zu organisieren. Wie du weißt, hatte ich ihn als Befehlshaber der Heruler in Italien vorgesehen. Jetzt empfehle ich dir, ihn statt dessen zum Statthalter von Syrien oder Arabien zu ernennen, damit seine Fähigkeiten nicht vergeudet werden.«

Der gutgelaunte Ausdruck im Gesicht des Kaisers verschwand auf der Stelle. »Ich habe nicht die Absicht, heute nacht über deinen Sekretär zu diskutieren, während ich dich für deinen Sieg ehren will«, sagte er schroff. »Aber ich muß dir einige Fragen über ihn stellen.«

Narses saß da, ohne sich zu rühren, sein Gesicht wurde ausdruckslos. Vor seinem inneren Auge ging er noch einmal die Briefe durch, die er nach Konstantinopel geschrieben, sowie die Briefe, die er erhalten hatte. Irgend etwas ist passiert, dachte er. Ich weiß zwar nicht, was, aber es kann noch nicht lange hersein. Bis jetzt gab es keine Andeutung irgendwelchen Ärgers. »Wenn du irgendwelche Fragen hast, Herr, bin ich dazu da, sie zu beantworten«, sagte er langsam. »Ich bin nach wie vor dein Sklave, in genau dem gleichen Maße wie zu dem Zeitpunkt, da du mich freigelassen hast.«

Justinian lachte verächtlich und rieb sich die Augen. Er öffnete die Spange seines Purpurmantels und ließ ihn auf das Bett fallen, dann stand er auf und ging zu seinem Schreibtisch. »Du wolltest deinen Sekretär eigentlich kurz vor Beginn der Schlacht nach Konstantinopel schicken«, sagte er und beugte sich mit dem Rücken zu Narses über den Tisch. »Artemidoros hat erzählt, ursprünglich sollte er mir einige vertrauliche Informationen überbringen, aber die Berichte, die du dann schließlich geschickt hast, waren unwichtig und hätten auch von jedem anderen überbracht werden können. Du hast versucht, ihn vor Gefahr zu bewahren, nicht wahr? Warum?«

Narses saß erneut lange Zeit still da, spürte, wie das Blut in seiner Wunde pochte. »Teils, weil ich die Armee jemandem hinterlassen wollte, dem ich zutraute, mit ihr fertig zu werden, falls ich getötet würde«, antwortete er schließlich, »und teils, um der Augusta gefällig zu sein.«

»Hat sie dich darum gebeten?«

»Nein, Herr. Sie hat nichts dergleichen gesagt. Aber genau wie du hatte ich bemerkt, daß sie ihn zu mögen schien und darauf bedacht war, seine Karriere zu fördern; so dachte ich, sie nehme es mir vielleicht übel, falls er unter meinem Befehl umkäme.«

Justinian wandte sich um und sah seinen Kämmerer an. »Das dachtest du also.« Er blickte wieder auf seinen Schreibtisch, nahm einen Brief und warf ihn Narses zu. »Sag mir, was du davon hältst!« Narses las:

»An die Erhabene Majestät, den höchst ruhmvollen Kaiser Justinian Augustus, mit ergebenen Grüßen.

Es könnte Eure Weisheit interessieren, zu erfahren, daß niemand im Büro des Magistrats von Berytus irgendwelche Erinnerungen an einen Schreiber namens Johannes hat, der die Stadt vor anderthalb Jahren verlassen haben soll, um nach Konstantinopel zu gehen; auch hat niemand in der Stadt jemals etwas von einem Diodoros gehört, dem angeblichen Halbbruder des Bärenzähmers Akakios. Darüber hinaus behaupten diejenigen in Konstantinopel, die Akakios kannten, er habe keine Brüder gehabt, lediglich eine Schwester, die vor ihm gestorben ist. Daraus scheint zu folgern, daß der junge Mann Johannes, der behauptet, der Vetter der Erhabenen Augusta zu sein, ein Schwindler ist, und wir möchten Dich, Erhabene Majestät, auf diesen schlimmen Betrug aufmerksam machen.«

Narses las den Brief einmal, dann ein zweites Mal. Er bemerkte, daß er mit der linken Hand geschrieben war, um die Handschrift zu verstellen. Wer auch immer ihn verfaßt hatte, fürchtete, seine Handschrift könne erkannt werden. Seine – oder ihre? Sie sah wie die Handschrift einer Frau aus, obgleich man das nicht immer mit Gewißheit sagen konnte, vor allem wenn die Handschrift verstellt war. Er faltete den Brief sorgfältig und ließ ihn zwischen den Fingern hin und her gleiten. »Eure Majestät hätte dieses Schreiben nicht erhalten dürfen«, sagte er ruhig. »Wenn ich in meinem Büro gewesen wäre, hättest du es niemals gesehen.«

»Du hättest gewagt, mir das Schreiben zu verheimlichen?« fragte Justinian ärgerlich.

»Für gewöhnlich bringe ich dir keine anonymen Beschuldigungen zur Kenntnis, für die es keinerlei Beweise gibt. Wenn der Augustus, der Herr der Welt, solchen Anklagen Gehör schenkt, ist niemand mehr sicher, und die Gerechtigkeit wird verdreht. Falls die Behauptungen in diesem Brief der Wahrheit entsprechen, frage ich mich, warum sie der Autor nicht unterschrieben hat?«

»Er hatte Angst vor Theodora«, erwiderte Justinian prompt. »Und vielleicht sogar zu Recht. Falls die Behauptungen der Wahrheit entsprechen, dann hat nicht nur dein Sekretär Lügengeschichten erzählt – dann hat meine Frau es ebenfalls getan.«

»Ist es aber nicht trotzdem wahrscheinlicher, daß der Schreiber dieser Zeilen lügt? Du weißt genausogut wie ich, daß die Augusta, Ihre Erhabene Majestät Theodora, Feinde hat, die boshafte Lügen über sie verbreiten und sie gerne mit irgendwelchem Schmutz bewerfen. Und Johannes ist über die Köpfe anderer hinweg befördert worden, was stets Haß zur Folge hat. Wann hast du diesen Brief erhalten?«

»Vor zwei Wochen«, sagte Justinian. Sein Ärger war verflogen, er hatte sich aufs Bett gesetzt und sah nervös und unglücklich aus. »Er kam über dein Büro, zusammen mit anderen Briefen, doch dein Ersatzmann, Agapios, leugnete, ihn gesehen zu haben.«

»Ich werde die Schreiber deswegen befragen«, sagte Narses. Und ich weiß auch schon, welchen von ihnen ich vor allem befragen muß, fügte er im stillen hinzu. Glaubt Sergius wirklich, ich hätte nicht bemerkt, wie er in Johannes' Unterlagen herumgeschnüffelt hat?

»Hast du die Beschuldigungen überhaupt schon untersuchen lassen?« fragte er den Kaiser.

Justinian machte eine abweisende Handbewegung. »Du hast ja selbst gesagt, daß es eine anonyme, unbewiesene Verleumdung ist. Wenn ich sie untersuchen ließe, müßte ich entweder offizielle Stellen damit beauftragen, was das gleiche wäre, als wollte ich meine Frau öffentlich anklagen, oder ich müßte privat irgendwelche Leute damit beschäftigen. Und das würde meine Frau entdecken und mir sehr übelnehmen; außerdem würde es wahrscheinlich zur Folge haben, daß sie sich in die Angelegenheit einmischt. Sie vermutet bereits, daß ich sie wegen irgend etwas in Verdacht habe, aber sie weiß nicht, weshalb. Sie ärgert sich – aber manchmal habe ich auch den Eindruck, daß sie zusätzlich beunruhigt ist. Narses, glaubst du, es könnte etwas daran sein, daß meine Frau mich mit diesem Mann betrügt?«

»Mein lieber Herr, bezweifelst du wirklich die Treue deiner Frau – oder ihre Willenskraft?«

»Keines von beiden«, entgegnete Justinian unglücklich.

»Aber sie ist eine leidenschaftliche und heißblütige Frau. Ich bin fast zwanzig Jahre älter als sie, und ... und ich vernachlässige sie bisweilen. Und wenn sie diesen Burschen während meiner Krankheit kennengelernt hat, wenn er einen vertrauenserweckenden Eindruck gemacht hat und sie vielleicht Trost suchte ...«

»Du bildest dir da etwas ein«, sagte Narses sanft, aber nachdrücklich. »Die Augusta ist dir treu ergeben – denk einmal genau darüber nach, was sie getan hat, als du krank warst, wieviel Zeit sie an deinem Bett verbracht hat, wenn sie nicht gerade über das Kaiserreich wachte. Sie ist von Natur aus treu: eine verläßliche Freundin, eine treue Ehefrau, eine unbarmherzige Feindin. Ich bin sicher, daß ihre Gefühle für Johannes das natürliche und ziemliche Maß nicht überschreiten. Und was seine Gefühle ihr gegenüber anbetrifft, so bin ich mir vollkommen gewiß, daß ihm niemals derartige Gedanken durch den Kopf gegangen sind. Er betrachtet sie mehr oder weniger als reiche und mächtige Tante, und er reibt sich eher an dem Einfluß, den sie auf sein Leben nimmt, obwohl er den aufrichtigen Wunsch verspürt, ihr zu gefallen.«

Justinian starrte seinen Kämmerer einen Augenblick lang an, dann entfuhr ihm ein tiefer Seufzer. »Ja«, sagte er. »Wahrscheinlich hast du recht; es fällt mir schwer zu glauben, meine Theodora könne treulos sein. Und dennoch, etwas ist hier faul; ich spüre es. Das gefällt mir nicht, und ich möchte, daß es aufgeklärt wird. Ich lege die Angelegenheit in deine Hände, Narses. Theodora hat dich immer gemocht; sie wird nicht beleidigt sein, wenn du die Sache untersuchst. Und ich vertraue darauf, daß du mich nicht belügst.«

»Sprich mit der Augusta, Herr«, drängte Narses ihn verzweifelt. »Zeige ihr den Brief. Es ist nur gerecht, sie wissen zu lassen, wessen sie beschuldigt wird, und ihr die Gelegenheit zur Verteidigung zu geben.«

Der Kaiser zögerte einen Augenblick, dann schüttelte er den Kopf. »Wenn ich es ihr erzähle, wird sie alles daransetzen, den Schreiber dieses Briefes ausfindig zu machen und ihn zu bestrafen. Das weißt du ganz genau – du hast selbst gesagt, als Feindin sei sie unbarmherzig. Und wir wissen alle beide, daß sie ihre Spione hat, ihre privaten Verstecke, ihre Schiffe und ihre Soldaten; sie könnte den Schreiber dieses Briefes durchaus vor uns ausfindig machen und sich an ihm rächen. Und falls sie schuldig ist, kann sie jede Spur beseitigen, so daß ich es niemals erfahren würde. Sie braucht nichts davon zu wissen, bis ich die Wahrheit ermittelt habe.«

Narses blickte auf den gefalteten Brief in seinen Händen. Die Wahrheit, dachte er bitter. Wenn du sie einfach fragtest, würde sie dir vielleicht alles erzählen, aber ich kann sie dir nicht an ihrer Stelle enthüllen. Ich komme mir vor wie der Sklave in einem komischen Stück, der bei dem Versuch, beiden zu dienen, zwischen den Wünschen der Herrin und den Befehlen des Herrn hin und her gerissen wird. »Darf ich der Augusta dennoch einen Ratschlag erteilen?« bat er. »Du hast gemeint, sie wisse bereits, daß du irgend etwas herausgefunden hast; vielleicht hat sie bereits einen Feind ausfindig gemacht, dem sie die Schuld dafür gibt.«

Der Kaiser zögerte. »Nun gut – doch geh sehr diskret dabei vor, und vergewissere dich, daß sie nichts von dem Brief erfährt. Und sprich auch nicht mit deinem Sekretär über diese Geschichte. Behalte ihn in deinem Büro, bis alles geregelt ist.«

Narses verbeugte sich unglücklich. »Wie du wünschst. Aber er ist ein außergewöhnlich fähiger und junger Mann, und es wäre eine Vergeudung, ihn hierzubehalten, wo seine Fähigkeiten nicht genutzt werden und er Verleumdungen ausgesetzt sein wird. Ich möchte empfehlen, ihn wegen dieser Sache um so schneller an die Front zu schicken.«

»Er bekleidet einen Ehrenrang bei den Protektoren, nicht wahr? Er kann ihn behalten und doppelten Lohn beziehen. Sag ihm, er soll sich eine Zeitlang ausruhen. Ich möchte ein Auge auf ihn haben. Falls er unschuldig ist, werde ich mich persönlich darum kümmern, daß er nicht darunter leiden muß, nur weil seine Feinde Lügen über ihn verbreitet haben, und ich werde ihn so schnell wie möglich befördern. Zufrieden?«

Narses erhob sich, steckte den zusammengefalteten Brief in seine Geldbörse, dann vollführte er sorgfältig die vollständige Prozedur des Niederwerfens vor seinem Herrn. »Es bleibt mir wohl nichts anderes übrig. Ich werde alles tun, um herauszufinden, wer diesen Brief geschickt hat und warum.«

Johannes wachte am nächsten Morgen mit belegter Zunge, entzündeten Augen und Kopfschmerzen auf. Jemand stand an seinem Bett und beugte sich über ihn.

»Was ist los?« fragte er und drehte sich um.

Es war Jacobos. »Anastasios ist hier, Herr«, sagte er fröhlich. Die ausgiebige Feierei der vergangenen Nacht schien ihm gut bekommen zu sein. »Er hofft, daß du es ihm nicht übelnimmst, so früh gekommen zu sein, aber er vermutete, daß du heute nicht ins Büro kommen wolltest, und möchte dir gerne guten Tag sagen, bevor er zur Arbeit geht.«

»Oh!« sagte Johannes und vergaß seine Kopfschmerzen. »Sag ihm, er soll es sich bequem machen und schon mit dem Frühstück anfangen; ich bin gleich da.«

Nachdem er sich ein wenig Wasser über den Kopf geschüttet hatte und eine Tunika sowie Hosen übergestreift hatte, ging Johannes in das Eßzimmer und fand den alten Schreiber dabei, wie er Weißbrot aß und Jacobos' Helm bewunderte.

»Hab' ihn von einem slawischen Reiter«, prahlte Jacobos. »Hab' ihn selbst getötet. Er paßt phantastisch – oder?« Er setzte ihn auf und befestigte den Riemen. »Ich habe drei Slawen getötet, nachdem irgendwelche Soldaten sie mit Lanzen von ihren Pferden heruntergestoßen hatten. Das ist natürlich nicht zu vergleichen mit all den Slawen, die der Herr getötet hat, aber Hilderik sagt, für eine erste Schlacht sei es gar nicht so übel. Ich bin jetzt ein richtiger Gefolgsmann, mit einem Gehalt und allem Drum und Dran.«

»Sei gegrüßt, Anastasios!« sagte Johannes und trat näher.

Der Schreiber sprang auf, ging auf Johannes zu und ergriff seine Hand; er strahlte. »Da bist du ja!« sagte er. »Es tut mir leid, dich geweckt zu haben.«

»Wenn du es nicht getan hättest, wäre ich wahrscheinlich ins Büro gekommen, um dich zu begrüßen. Ich weiß gar nicht, was ich den ganzen Tag mit mir anfangen soll.«

Anastasios grinste und schüttelte immer noch Johannes' Hand. »Ich freue mich so, dich wiederzusehen. Mit Sergius zusammenzuarbeiten war noch schlimmer, als ich erwartet hatte. Aber du wirst wohl nicht mehr sehr lange bei uns arbeiten?«

»Der vortreffliche Narses empfiehlt mich für einen militärischen Posten im Osten. Ich weiß jedoch nicht, wann es soweit sein wird – und ob es überhaupt soweit kommt.«

»Nach allem, was ich so gehört habe, ist das gar keine Frage. In den Schlachtberichten kommst du ebenso ruhmreich weg wie Achilles.«

Johannes lachte. »Ich war ›schnellfüßig‹, das stimmt. Ich wurde von etwa tausend Slawen verfolgt und rannte so schnell vor ihnen weg, wie Maleka galoppieren konnte. Danach wurde mir schlecht. Der vortreffliche Narses empfiehlt mich wohl kaum wegen derartiger Heldentaten, sondern weil ich Truppenbewegungen organisieren, Vorräte anlegen und mit Barbaren umgehen kann. Doch unser Feldzug war eine Katastrophe, deshalb weiß ich nicht, welche Beachtung man seinen Ratschlägen schenken wird.«

Jacobos blickte ärgerlich, während Anastasios verblüfft schien. »Aber euer Feldzug wird als großer Sieg gefeiert, ein Triumph gegen einen weit überlegenen Feind!«

»Und das stimmt auch!« sagte Jacobos mit Nachdruck.

»So wird es jetzt dargestellt«, meinte Johannes bitter. Er setzte sich und nahm etwas Brot. »Aber wir haben keine einzige Sache erledigt, derentwegen wir losgezogen sind, und irgendwann wird das schon jemand merken. Laß uns von etwas anderem reden. Was ist hier in Konstantinopel passiert?« Er lächelte erneut. »Wie ist die Schlacht zwischen Sergius und der höchst tugendhaften Euphemia ausgegangen?«

Anastasios sah ihn überrascht an, dann lachte er sein pfeifendes Lachen.

»Das ist eine gute Beschreibung«, sagte er. »Es war in der Tat eine Schlacht. Zuerst wollte er ihr falsche Informationen verkaufen, dann hat er versucht, sie zu verführen.«

Johannes war schockiert. »Was ist passiert?«

Anastasios zuckte die Achseln. »Sie hat ihn rausgeworfen. Dann schrieb sie einen Brief an alte Kollegen ihres Vaters in der Präfektur, in dem sie sich über ihn beschwerte; sie fügte ganz ohne Gegenleistung einen halben Aktenordner bei, so daß die Beamten dort nicht umhinkonnten, ihr wirklich Aufmerksamkeit zu schenken. Sie sind allesamt verärgert über Sergius. Sie schreiben es seiner Unfähigkeit zu, sie so ungeschickt behandelt zu haben. Es schadet der Laufbahn eines Mannes, in der Präfektur Feinde zu haben, und Sergius leckt immer noch seine Wunden.«

Johannes lachte. »Ich habe mir schon gedacht, daß sie als Siegerin hervorgeht. Und übermittelst du ihr jetzt die Informationen?«

»Ja. Sie . . . mh, eine Woche nachdem sie Sergius rausgeschmissen hatte, schickte sie mir einen Brief, in dem sie berichtete, du habest mich als ehrlich empfohlen, wenn auch nicht so informiert.« Er schwieg einen Augenblick, dann sagte er: »Zuerst wollte ich nicht gehen, aber inzwischen freue ich mich auf unsere Begegnungen – sie ist ein kluges Mädchen, furchtlos, von rascher Auffassungsgabe, und es ist ein Vergnügen, mit ihr zu arbeiten. Ich wünschte, meine Tochter wäre eine ebenso fleißige Briefeschreiberin! Aber falls du für länger im Büro sein solltest, würde sie es sicher vorziehen, wieder mit dir zu verhandeln; sie möchte stets mehr wissen, als ich ihr erzählen kann.«

»Es können doch gar nicht mehr so viele Akten übrig sein.«

»Wir sind zur Hälfte mit Arabien durch, haben mit Osrhoene aber noch gar nicht angefangen. Meistens habe ich nur wenig Informationen, die sie brauchen kann, abgesehen von der Liste mit den Audienzen. Sergius versucht, mich von wichtigen Neuigkeiten abzuschneiden, nur um ihr eins auszuwischen.« Der alte Schreiber seufzte und fügte hinzu: »Jetzt muß ich aber zur Arbeit – ich werde zu spät kommen, und Sergius wird Ärger machen.«

»Ich komme mit dir«, sagte Johannes und grinste. »Das dämpft ihn vielleicht.«

Als Narses von dem Treffen mit dem kaiserlichen Konsistorium in sein Büro zurückkehrte, erblickte er Johannes, der sich wieder hinter seinem Schreibtisch im Vorzimmer eingerichtet hatte und die Aktenstöße sortierte, um die Arbeit der beiden Ersatzleute wieder an sich zu ziehen. Anastasios saß mit zufriedenem Gesicht da und machte Jagd auf irgendwelche verschwundenen Akten.

»Ich dachte, ich hätte dir gesagt, du sollst dich heute ausruhen«, sagte der Kämmerer.

Johannes zuckte die Achseln. »Die Arbeit hier ist erholsamer, als in der Stadt herumzulaufen und sich zu fragen, was als nächstes geschehen wird, vortrefflicher Narses.«

Narses seufzte und lächelte sein übliches Lächeln, er stand einen Augenblick da, ohne sich zu rühren, die Fingerspitzen auf Johannes' Schreibpult gestützt. Er sah seinen Sekretär prüfend an – das schmale Gesicht mit dem sauber gestutzten Bart, den Ausdruck nervöser Wachsamkeit, die Schatten unter den Augen. Er macht sich immer noch Sorgen wegen der Heruler und wegen Thrakien, dachte der Kämmerer. Es ist so enttäuschend für junge Leute, wenn sie merken, daß ihre Arbeit vergeblich war. Außerdem habe ich ihn zu sehr mit Arbeit überhäuft – aber er war so tüchtig, und ich dachte, er würde dafür belohnt. Die Anerkennung des Augustus hätte die Enttäuschung zwar nicht vergessen lassen können – dafür ist er zu intelligent –, aber es hätte diese Enttäuschung doch etwas gemildert.

Er hat die Augen seiner Mutter, und auch die Hände ähneln den ihren: lang und schmal, mit ovalen Fingernägeln. Wenn der Herr ihn nur einmal richtig ansehen würde, würde er die Wahrheit ahnen. Aber der Dichter hat recht, wenn er sagt: »Eifersucht ist so schrecklich wie das Grab; ihre Kohlen gleichen den Kohlen des Feuers mit seiner verzehrenden Flamme.« Der Herr kann die Wahrheit gar nicht ahnen, wenn er einen derartigen Betrug wittert. Er hat gesagt, daß er mir vertraut – und das tut er auch. Selbst wenn er einige Zweifel hegt, weil ich versucht habe, Johannes in Nikopolis zu schützen. Ich muß so schnell wie möglich irgendwelche Ergebnisse zutage fördern, die einen Schluß in dieser oder jener Richtung zulassen. Falls mir das nicht gelingt, wird er mich ebenfalls verdächtigen. Lieber Gott! Steh mir bei.

»Der Kronrat hat beschlossen, keine weiteren Truppen nach Thrakien zu entsenden«, sagte er endlich. »Er will sich damit begnügen, unsere Vorkehrungen gutzuheißen. Und Souartouas wird weiterhin als König der Heruler unterstützt.«

»Oh«, sagte Johannes und hielt inne. »Nun, wir hatten nichts anderes erwartet.«

»In der Tat. Außerdem muß ich dich davon in Kenntnis setzen, daß Seine Erhabene Majestät der Ansicht ist, du solltest dich eine Zeitlang ausruhen, bevor du einen anderen militärischen Posten übernimmst. Du sollst deine gegenwärtige Stellung als mein Sekretär wieder einnehmen und zwei Vormittage in der Woche dazu benutzen, mit den Protektoren zu exerzieren, die du in Thrakien angeführt hast; du bekommst ein doppeltes Gehalt. Es tut mir leid.«

Bin ich enttäuscht deswegen, fragte sich Johannes, oder vielleicht sogar erleichtert? Ich bin müde, so müde, wie ich es kaum sagen könnte; ich benötige Ruhe. Die bloße Anstrengung, die mit den Vorbereitungen verbunden wäre, in den Osten zu gehen und mich in eine neue Stellung einzuarbeiten, läßt mich den Gedanken an eine Versetzung hassen. Und doch . . . ja, ich hätte mich wohl gefreut, wieder in meinem eigentlichen Vaterland sein zu können und dazu noch hoch geehrt. Außerdem könnte ich eine derartige Aufgabe bewältigen. Jetzt, da der Krieg vorbei ist, wäre es ein Verwaltungsposten mit viel Routine, der übliche Wachdienst zum Schutz gegen die Raubzüge der Sarazenen und Isaurier. Wenn mir jemand den Auftrag erteilte, Truppenbewegungen nach Arabien in die Wege zu leiten, könnte ich dies mit geschlossenen Augen tun – es wäre unendlich viel leichter als unsere Bemühungen in Thrakien –, schließlich ist die Provinz soviel reicher. Doch der Kaiser »wünscht, daß ich mich ausruhe«. Trotz aller schönen Worte gestern war er wohl nicht sehr beeindruckt von unserem Sieg.

»Zur Hölle mit Philemuth«, sagte er und lächelte ein wenig trübselig. »Und die Heruler gleich mit ihm. Sie und ihre Könige!«

»So ist es«, sagte Narses. Er trommelte mit seinen Fingerspitzen auf das Schreibpult und wünschte sich sehnlichst, er könne mehr sagen. Unfähig, einen präzisen Gedanken zu fassen, seufzte er erneut und ging in das Hauptbüro.

Sergius saß an seinem alten Platz neben Diomedes und blickte finster vor sich hin, als er einige Papiere im Zusammenhang mit seiner Arbeit im Vorzimmer aussortierte. Als sein Vorgesetzter hereinkam, versuchte er jedoch, seinen Ärger zu verbergen. »Willkommen daheim, vortrefflicher Narses!« sagte er, stand umständlich auf und zwang sich zu einem Lächeln. Diomedes erhob sich ebenfalls und grinste.

»Glückwünsche zu dem großartigen Sieg, Hervorragender«, sagte Sergius, »er hat tagelang für Gesprächsstoff in den Amtsstuben gesorgt.«

Narses lächelte höflich und neigte den Kopf. Er überlegte, ob er ihn gleich ins Kreuzverhör nehmen sollte. Nein, warten wir noch etwas ab. Ich muß mich erst mit der Augusta beraten. Und es könnte nicht schaden, in bezug auf jenen Brief mehr in der Hand zu haben, vielleicht sogar eine Vermutung über seinen Schreiber machen zu können, bevor ich Sergius zur Rede stelle. »Danke dir, geschätzter Sergius«, sagte er. »Und danke dir auch für deine Dienste während meiner Abwesenheit. Wir werden noch darüber zu reden haben, in ein paar Wochen, wenn alles wieder seinen gewohnten Gang geht.«

Sergius lächelte affektiert und setzte sich. Narses nahm seinen gewohnten Platz an seinem Schreibpult ein und sah die Akten durch, dann fiel sein Blick auf die Wand. Auf dem Platz, der normalerweise von der Ikone eingenommen wurde, kämpfte Hektor gegen Patroklos. Ich muß daran denken, das Mutter-Gottes-Bild heute abend auspacken zu lassen, dachte er und machte sich erneut an die Arbeit.

»Der höchst ehrenwerte Narses, Oberkämmerer Seiner Erhabenen Majestät«, verkündete Theodoras Kämmerer, Eusebios, seiner Herrin lächelnd. Narses hatte um eine Privataudienz gebeten, und die Kaiserin empfing ihn nach dem Bad in ihrem Ankleidezimmer. Sie war barfuß, hatte lediglich eine Untertunika aus feiner Seide übergeworfen, deren Saum mit Gold durchwirkt war; sie saß auf einem niedrigen Schemel, prüfte ihr Gesicht in einem silbernen Spiegel, während eine der Dienerinnen ihr das Haar bürstete. Ihre Toga sowie ihr purpurfarbener Mantel lagen auf der Kleidertruhe, bereit zum Anlegen. »Es hat fast den Anschein, als wolltest du meine Aufgaben übernehmen«, flüsterte Eusebios Narses zu. »Aber ich werde die deinen bestimmt nicht übernehmen, danke bestens.« Er verbeugte sich tief vor Theodora und verließ das Zimmer.

Die Kaiserin blickte vom Spiegel auf und lächelte. »Gib dir keine Mühe, dich zu verbeugen«, sagte sie zu Narses. »Ich habe von deinem Bein gehört. Komm und setz dich – ich werde es wohl auch nicht mehr lange machen.« Nachdem sie sich auf einen Schemel in der Nähe der Tür gesetzt hatte, blickte sie erneut in den Spiegel, wandte den Kopf von einer Seite zur anderen, dann schnitt sie sich selbst eine Grimasse und legte ihn beiseite. »Ich fühle mich wie jene alte Kurtisane: ›Dieser Spiegel möge der Aphrodite gewidmet sein: Was ich war, *kann* ich nicht sehen, und was ich bin, *möchte* ich nicht sehen. Herr im Himmel, was für ein häßliches, altes Weib ich geworden bin.«

Sie war in der Tat gealtert, seit er sie das letztemal gesehen hatte. Die

Haut ihres Gesichts war faltig geworden, hatte sich von den zarten Knochen darunter gelöst, und ihre Augen waren eingesunken; die schweren Lider waren jetzt noch auffälliger als vorher. In dem dunklen Haar waren weiße Strähnen zu erkennen. Während des Festgelages war nichts von alldem zu sehen gewesen, und Narses war überrascht. »Ist es der Erhabenen Augusta nicht gutgegangen?« fragte er.

»Mir ist es weder besonders gutgegangen, noch war es eine besonders heitere Zeit für mich«, erwiderte sie mißmutig. Sie schnippte mit den Fingern und bedeutete ihrer Hofdame hinauszugehen. »Ich habe ziemlichen Ärger mit meinem Magen«, sagte sie, als die Bedienstete sich vor ihr zu Boden geworfen und den Raum verlassen hatte. »Und Petrus macht sich Sorgen, ich könne ihm untreu sein.« Sie beobachtete Narses, ohne den Blick von ihm zu wenden; ihre unter den schweren Lidern halb verdeckten Augen schienen zu einer Maske zu gehören. »Weißt du etwas darüber?« fragte sie vorsichtig. »Wenn er es überhaupt jemandem erzählt, dann dir.«

Narses nickte bedächtig. »Es tut mir sehr leid«, sagte er. »Dein Gemahl ist wegen irgendwelcher boshaften Geschichten, von denen er läuten gehört hat, betrübt. Er hat es mir gegenüber angedeutet, sonst allerdings, soviel ich weiß, keinem gegenüber.«

»Gott sei Dank! Endlich kann ich etwas darüber erfahren. Petrus stellt mir nur irgendwelche verfänglichen Fragen und leugnet dann, daß er einen Verdacht hegt. Mit wem, glaubt er denn, hätte ich ihn betrogen, und warum?«

Narses zögerte. »Er glaubt es nicht wirklich; dafür kennt er dich, Erhabene Theodora, viel zu gut. Aber er macht sich Sorgen wegen der Gerüchte, die im Umlauf sind. Ich kenne den Ursprung dieser Geschichten nicht, und ich hatte gehofft, du könntest mir helfen.«

Sie sah ihn einen Augenblick lang prüfend an. »Er möchte, daß du der Sache nachgehst?«

Narses lächelte und breitete seine Hände in einer hilflosen Geste aus. »Herrin, ich bin vollkommen überzeugt von deiner Unschuld, und ich bin außerdem auf das äußerste bemüht, diesen Zwist zwischen dir und meinem Herrn zu schlichten.«

»Ich glaube dir«, sagte Theodora, doch ihre Zähne waren fest zusammengebissen, und ihre Augen glühten unter den zusammengezogenen Brauen. »Unsterblicher Gott! Warum um alles auf der Welt fängt er plötzlich an, etwas auf derartige Gerüchte zu geben? Was ist das für eine Geschichte, die er gehört hat?«

Narses starrte einen Augenblick lang auf ihre bloßen Füße, die sie um die elfenbeinernen Beine des Schemels geschlungen hatte. »Ich glaube, es wäre nicht sehr klug, sie zu wiederholen, Herrin.«

Sie schlug auf die Armlehne ihres Stuhles. »Was soll das heißen? Darfst du sie mir gegenüber etwa nicht erwähnen?« Er blickte zu ihr empor, und sie atmete mit einem Zischen aus, ihre Augen blitzten. »Wie kann ich mich von diesen böswilligen Verleumdungen frei machen, wenn ich nicht weiß, wessen ich verdächtigt werde?«

»Es tut mir leid, Herrin, ich dachte, du wüßtest vielleicht von irgendeinem Feind, der Gerüchte über dich in die Welt setzt.«

»Ich habe einen Haufen Feinde und sogar ein paar Freunde, die mich verleumdet haben könnten! Doch wie könnte ich vermuten, wer dahintersteckt, ohne die Verdachtsmomente zu kennen? Die letzten Wochen habe ich wie eine Nonne verbracht – ich habe nicht einmal zwei Worte mit einem Mann gewechselt, aus Angst vor Petrus' elenden, verdammten Verdächtigungen! Kannst du mir denn nicht mehr erzählen?«

Er seufzte. »Vielleicht sollte ich wiederkommen, Herrin, wenn ich begründetere Vermutungen über die Quelle der Gerüchte äußern kann.«

»O verdammt!« Sie schlug erneut auf die Armlehne. »Wenn ich die Person finde, die dahintersteckt, werde ich sie auspeitschen und ihren Mund mit geschmolzenem Blei füllen lassen, um sie am Lügen zu hindern! Ich sollte einfach tun und lassen, was mir gefällt, und Petrus in seiner lächerlichen Eifersucht schmoren lassen. Warum erzählt er mir denn nicht, wovor er Angst hat?«

»Weil er fürchtet, du könntest die Person, die hinter dieser Geschichte steckt, umbringen lassen, so daß er niemals in der Lage wäre, die Wahrheit herauszufinden«, erwiderte Narses trocken.

Sie starrte ihn an und rang um Atem – dann lachte sie kläglich. Sie schüttelte den Kopf und fuhr sich mit den Fingern durch die Haare. »Herr im Himmel, in was für einer Klemme bin ich da«, sagte sie. Ein paar lose Haare hatten sich in ihren Fingern verfangen, und sie zog sie straff, wand sie um ihren Handrücken. »In was für einer Klemme. Ich habe nicht einmal gewagt, meinen Vetter Johannes privat zu empfangen. Er ist jetzt schon seit zwei Tagen zurück, und ich habe mich danach gesehnt, ihn zu sehen, ich war so stolz auf ihn. Und wahrscheinlich wird er auf dem Wege in den Osten sein, bevor ich ihn auch nur begrüßen kann.«

Narses schüttelte den Kopf. Gott sei Dank ist die Angelegenheit zur Sprache gekommen, dachte er. »Johannes wird bis auf weiteres bei mir bleiben. Der Herr dachte, ein wenig Ruhe würde ihm guttun.«

Sie blickte rasch auf, ihr Gesicht leuchtete, als sie verstand. »Gott im Himmel, dann ist es also schon wieder Johannes!« rief sie aus.

Narses sah sie an, ohne etwas zu sagen. Ich gehorche meinen Befehlen auf den Buchstaben genau, dachte er, und verletze ihren Geist doch vollkommen. Die Schläue des alten Sklaven ist nicht totzukriegen.

Nach einer Pause meinte die Kaiserin nachdenklich: »Ich dachte, ich hätte diese besondere Blase zum Platzen gebracht. Also, wer verbreitet Lügen über Johannes?«

Narses blickte erneut zu Boden. Diese besondere Blase – ein gutes Bild: eine entzündete Stelle am Fuß deines Gemahls. Eine Stelle, wo der Schuh nicht richtig paßt und ihn drückt. Er weiß, daß du ihn angelogen hast. Und der Schuh wird so lange nicht passen, bis er die Wahrheit kennt. Und er sollte sie natürlich kennen! Die Folgen wären sehr viel weniger drastisch, als mit dem dauernden Lügen fortzufahren; weniger drastisch für dich, für mich und vor allem für Johannes. Aber wie kann ich dich dazu überreden, alles zuzugeben?

»Ich glaube nicht, daß die Geschichte von Anfang bis Ende nur eine Lüge ist«, sagte er lediglich und sah Theodora erneut an.

Das Gesicht der Augusta erstarrte, überrascht, beunruhigt – und hinter der Beunruhigung zeigte sich noch etwas anderes, eine felsenfeste Entschlossenheit, unbeugsam und gnadenlos. »Was willst du damit sagen?« heischte sie zu wissen.

»Der Herr ist nicht dumm, Herrin. Wenn er jetzt einen Verdacht hegt, den er zuvor nicht gehegt hat, dann vielleicht deshalb, weil er merkt, daß du etwas vor ihm verbirgst.«

»Oh?« fragte sie ganz leise. »Zum Beispiel?«

Er hatte gehört, wie sie diese Stimme Männern gegenüber gebrauchte, bevor sie sie zerstörte, aber unerschrocken fuhr er fort: »Zum Beispiel die Tatsache, daß Johannes nicht dein Vetter ist, sondern dein Sohn.«

Sie sah ihn lange aus dunkel verschatteten Augen an, dann brach sie plötzlich in perlendes Gelächter aus. »O Narses!« rief sie und fuhr sich über die Augen. »Oh, ich habe mir schon gedacht, daß du etwas vermutest – aber, bei Gott, du bist wirklich ein perfektes Grab. Kein Blick, kein Wort, keine Andeutung, bis du einfach damit herausplatzt. O mein Lieber, du hättest zum Theater gehen sollen! Heiliger, unsterblicher Gott, gekreuziget für uns, erbarme dich meiner!«

»Dein Gemahl findet die Situation sehr viel weniger amüsant.«

Sie hörte auf zu lachen. »Du willst, daß ich es ihm erzähle, nicht wahr? Um ihn zu beruhigen?«

»Das ist das Vorgehen, das ich dir in Anbetracht der Geschichte, die er gehört hat, empfehlen würde.«

»Ich werde Petrus auf andere Weise beruhigen. Jetzt, da ich weiß, wessen er mich verdächtigt, kann ich ihn beruhigen. Ich werde eine Frau für Johannes suchen.«

»Herrin, dein Gemahl ist sehr hartnäckig: Er merkt, daß irgend etwas nicht stimmt, und er wird so lange darauf zurückkommen, bis er die Wahrheit herausfindet. Wenn du ihm alles erzählst, wird er dir gewiß vergeben, daß du ihm etwas verborgen hast. Wahrscheinlich wird er dir sogar behilflich sein, die Wahrheit vor den anderen zu verbergen; er wird deinem Sohn die Beförderung zuteil werden lassen, die er verdient und die ich ihm empfohlen habe. Er tadelt oder verdammt dich keineswegs wegen deiner Vergangenheit, und er ist auch nicht rachsüchtig.«

»Ja – er könnte Johannes zum Heerführer befördern oder ihn sogar in den Rang eines obersten Befehlshabers für den Osten erheben. Aber da wäre dann auch Schluß. Er würde dafür sorgen, daß mein Sohn für den Rest seines Lebens an der Front bleibt. Und Germanus und seine Brut würden hier in Konstantinopel bleiben und alle aussichtsreichen Posten ergattern.«

»Was für einen Posten hast du für Johannes im Sinn?« fragte Narses und fürchtete sich plötzlich vor der Antwort.

Theodora erwiderte nichts. Statt dessen ging sie zu der Kleiderkiste und strich über den darüber hängenden Purpurmantel, wobei sie still in sich hineinlächelte.

»O nein«, sagte er und schüttelte ungläubig den Kopf. »Nein, es würde nicht klappen.«

»Warum nicht?« fragte sie und wandte sich zu ihm um. »Er ist intelligenter als Germanus' Sohn, er ist tüchtig – das hast du selbst gesagt, und darin bist du schließlich Experte, das Modell, das Urbild der Tüchtigkeit. Und er ist tapfer und kann mit Soldaten umgehen; er lernt schnell, er hat eine rasche Auffassungsgabe, er ist vorsichtig – er würde sich einfach hervorragend eignen!«

»Er würde es nicht wollen«, sagte Narses. »Du hast ihm offensichtlich noch nichts davon gesagt. Das ist unmöglich, sonst wüßtest du, daß allein der Gedanke daran ihn abstößt.«

»Daran ist sein Vater schuld«, sagte Theodora und warf ihren Kopf herum. »Er ist in dem Bewußtsein großgezogen worden, seinen Platz zu kennen, stets zu tun, was ihm gesagt wird, sich ordentlich zu benehmen. Vorsichtig zu sein und ehrbar – vierundzwanzig und immer noch Jungfrau!

Aber er bringt die Fähigkeiten für den Purpur mit; schließlich hat er auch eine Menge von mir. Ich möchte, daß mein Sohn ihn bekommt« – sie wandte sich wieder dem Purpurmantel zu –, »wenn Petrus und ich tot sind.«

»Herrin, er wird den Purpur nicht wollen! Das einzige, was ich von der höchsten Macht wirklich weiß, ist, daß niemand sie jemals erlangt, der sie nicht will, sie so sehr will, daß er bereit ist, jeden Preis für sie zu zahlen. Johannes würde nur Angst vor ihr haben. Ja, er ist vorsichtig, und er stellt hohe Ansprüche an sich selbst. Er würde lieber etwas tun, was im Grunde genommen zu einfach für ihn ist, was er jedoch gut bewältigen kann. Er hätte Angst davor, befördert zu werden und Fehler zu riskieren. Er würde es niemals akzeptieren, eine Stellung einzunehmen, in der Fehler unvermeidlich sind und wo diese Fehler Menschenleben und Städte und Königreiche kosten können. Du kannst ihn nicht skrupellos und rücksichtslos und ehrgeizig machen, nur weil du ihn dir so wünschst.«

»Ich kann ihn machen, wozu ich will!« fuhr sie ihn an. »Er tut, was ich ihm sage. Er möchte mir gefallen, und er macht nie irgendein Theater darum, zu tun, was ich möchte, sogar wenn es etwas ist, was er selbst nicht unbedingt will. Zuerst wollte er auch nicht für dich arbeiten, aber er stellte sich auf den Platz, den ich ihm anwies, und änderte schon bald seine Meinung. Er braucht nur aus dem Schatten seines Vaters zu treten.«

»Herrin, es wird nicht klappen. Er wird es nicht wollen, und der Kaiser wird es nicht wollen – das mußt du doch einsehen.«

»Ich sehe nichts dergleichen ein! Ich will soviel wie möglich für Johannes tun, und wenn ich es richtig anstelle, werde ich auch Erfolg haben. Du kannst das nicht verstehen, du weißt nichts von Liebe oder davon, was es bedeutet, Kinder zu haben. Warum bist du so sehr dagegen? Ich dachte, du magst ihn.«

»Ich mag ihn auch, Herrin. Ich verstehe nichts von Liebe oder von Kindern, das zwingt mich dazu, der Freundschaft größere Aufmerksamkeit zu schenken. Und ich kann nicht schweigend dasitzen, während du einen Plan erörterst, den mein Freund verabscheuen würde und der sehr wahrscheinlich scheitern wird. Und zwar auf eine Art und Weise, die ihm bestimmt schadet.«

Die Kaiserin starrte ihn wütend an; Narses hielt ihrem Blick stand. Ganz allmählich ließ die Intensität ihres Blickes nach; sie neigte ihren Kopf und sah in abschätzend an. Dann zuckte sie die Achseln, lächelte, entfernte sich von der Kleidertruhe. »Du glaubst also, ich werde scheitern«, meinte sie. »Falls du die Quelle dieser Geschichte ausfindig machst, kann ich dir versprechen, mit Petrus ins reine zu kommen. Ich werde nicht scheitern, und Johannes wird nichts geschehen. Bist du zufrieden?«

»Herrin, ich würde empfehlen ...«

»Ich will nicht wissen, was du empfiehlst! Mach weiter mit deinen Nachforschungen – und sag Johannes nichts von dem, was ich dir erzählt habe; ich will es ihm selbst sagen, wenn ich soweit bin. Aber übermittle ihm meine Grüße, und sag ihm, es täte mir leid, daß ich nicht in der Lage gewesen sei, ihn zu empfangen. Sag ihm, warum – falls du das darfst.«

»Ich darf es nicht.«

Sie warf ihm einen verächtlichen Blick zu. »Dann erzähl ihm soviel, wie du kannst.«

»Ja, Herrin.« Müde und erschöpft erhob sich Narses, dann verbeugte er sich und warf sich zu Boden, um die volle Ehrenbezeugung auszuführen. Theodora streckte ihm lässig ihren bloßen Fuß hin, und er küßte ihn. Dann ging er rückwärts aus dem Raum.

Der Kämmerer Eusebios wartete in dem angrenzenden Zimmer. Er arbeitete wichtige Papiere durch, während er darauf wartete, seine Herrin anzukleiden. Narses nickte ihm zu, als er durch den Raum ging. »Du kannst deine Aufgabe wiederhaben«, meinte er. »Ich glaube nicht, daß ich ihr gewachsen wäre.«

9
Sieg!

Ein paar Wochen später fragte Anastasios Johannes beiläufig: »Ist deine Kusine eigentlich erfreut, daß du in Konstantinopel bleibst und weiter hier arbeitest?«

Johannes antwortete nicht sofort, sondern tat so, als konzentriere er sich auf den Brief, den er gerade entwarf. »Was hast du gerade gesagt?« fragte er, nachdem er seine Arbeit beendet und das Tintenfaß sorgfältig verschlossen hatte.

»Deine Kusine, die Herrin. Ist sie erfreut, daß du in Konstantinopel bleibst?«

Johannes zuckte die Achseln und reinigte seine Feder. »Ich habe sie seit meiner Rückkehr nicht gesehen. Ich weiß es nicht. Narses hat mir Grüße von ihr überbracht. Es ist ihr in letzter Zeit offenbar nicht gutgegangen, und sie empfängt kaum jemanden.« Er streute Sand über die noch feuchte Tinte, dann schüttete er ihn in den Kasten auf der Ecke des Schreibpultes.

»Oh!« meinte Anastasios verwirrt. »Dann werde ich für ihre Genesung beten.«

Johannes lächelte förmlich und faltete den Brief einmal. Es stimmt, daß sie nicht viele Leute empfängt, dachte er, aber mich könnte sie empfangen. Ob ich sie um eine Audienz bitten sollte? Aber in der Vergangenheit war immer sie es, die mich eingeladen hat – und wenn sie aus irgendeinem Grunde verärgert ist oder das Interesse an mir verloren hat oder mich aus irgendeinem anderen Grund nicht sehen will, dann sollte ich mich ihr nicht aufdrängen. Lieber Gott, wenn ich doch nur wüßte, was passiert ist!

Er faltete den Brief erneut, glättete die Ecken mit Bimsstein, sah die Siegel in dem Kasten durch, bis er das richtige gefunden hatte, tröpfelte etwas Wachs auf die Stelle, an der die vier Ecken zusammenkamen, dann prägte er das Siegel ins Wachs. Es war Narses' Siegel, ein viergeteilter Kreis mit einem eingelassenen Tintenfaß in einer Ecke und einem Schwert in der anderen. Er starrte auf die sich deutlich abzeichnenden Linien, als das Wachs in der Luft hart wurde. Und auch was mit Narses los ist, weiß ich nicht, dachte er. Die ganze Zeit über in Thrakien, nach der

Schlacht bei Nikopolis, hätte ich schwören können, ihn zu kennen, ich fühlte mich ihm so nahe wie sonst keinem Menschen in meinem ganzen Leben. Kaum sind wir wieder in dieser Stadt, gleich geht er auf Distanz, wie eine Sphinx, und gibt mir von neuem Rätsel auf. »Deine Kusine übersendet dir die besten Grüße« – selbst als ich ihn privat aufgesucht habe, hat er nur gelächelt und mir nichts erzählt. Es ist, als ob ich mit dem delphischen Orakel spräche! Was habe ich denn getan? Ich kann sie doch nicht alle beide so falsch eingeschätzt haben.

Er warf den Brief auf den Haufen anderer, die auf Beförderung warteten, nahm den Deckel wieder vom Tintenfaß und machte eine Notiz in das Protokollbuch.

»Exerzierst du morgen wieder mit den Protektoren?« fragte Anastasios und versuchte, die Unterhaltung in Gang zu halten – er hatte die Spannung hinter dem Lächeln des anderen bemerkt.

Johannes, froh über die Ablenkung, schnaubte verächtlich. »Ich habe in letzter Zeit überhaupt nicht mit ihnen exerziert. Wir mußten einen Tumult im Hippodrom beschwichtigen. Die Blauen und die Grünen sind anläßlich einer Bärenhetze übereinander hergefallen und hatten bereits damit angefangen, die Starttore zu zertrümmern und sich gegenseitig die Köpfe einzuschlagen. Der Stadtpräfekt hat uns zu Hilfe gerufen, um den Frieden wiederherzustellen. Glücklicherweise haben die Anhänger der beiden Parteien Reißaus genommen, sobald sie uns kommen sahen.«

»Solange sie sich damit begnügen, einander gegenseitig die Köpfe einzuschlagen, soll es mir egal sein«, meinte Anastasios. »Aber wenn sie ihre Aufmerksamkeit den Bürgern zuwenden oder der Politik, dann mache ich mir Sorgen. In letzter Zeit gab es eine ganze Menge Unruhen.« Er machte eine Pause und runzelte die Stirn, dann fügte er hinzu: »Heute nacht wird es wahrscheinlich erneut Ärger geben. Wir feiern den Jahrestag der Wiedereroberung Afrikas, oder? Da hat es den ganzen Tag über Rennen gegeben. Die Parteien werden auf Streit aussein, vor allem nachdem sie Anfang der Woche Blut geleckt haben.«

»Dann bleib doch zu Hause heute abend – ach nein, du bist ja mit Euphemia verabredet, nicht wahr? Willst du, daß ich dich begleite?«

»Oh, mach dir wegen mir keine Sorgen. Ich bin in Konstantinopel geboren und aufgewachsen, ich weiß, wie man den Anhängern der Parteien entwischt. Aber Euphemia würde lieber mit dir statt mit mir zusammenarbeiten. Als ich vorige Woche bei ihr war, hat sie mich über dich ausgefragt und war sehr erpicht darauf, dich wiederzusehen. Du weißt soviel mehr als ich über alles, was vor sich geht.«

»Nicht, seitdem ich aus Thrakien zurück bin. Aber ich werde dich begleiten. Soll ich dich vielleicht lieber bei dir zu Hause abholen?«

»Nein, ich gehe für gewöhnlich direkt von hier aus zu ihr.«

»Also gut – dann sag mir Bescheid, wann ich Jacobos und mein Pferd holen soll, dann treffen wir uns am Bronzenen Tor.«

Anastasios lächelte und beugte sich wieder über seine Arbeit. »Natürlich, du mußt dein Pferd und deinen Gefolgsmann mitbringen«, meinte er verschmitzt.

»Natürlich! Jacobos wäre entzückt, die Anhänger der Parteien einmal so richtig in Angst und Schrecken zu versetzen. Nein, das Pferd braucht ein wenig Auslauf, und Jacobos brauche ich vielleicht, damit er später auf Maleka aufpaßt.«

Als er jedoch zu den Ställen ging, um seine Stute zu holen, hörte er Rufe in den Straßen, aufgrund der riesigen Ausdehnung des Palastes waren die Worte nur undeutlich zu hören, aber ihr hammergleicher Rhythmus war unmißverständlich: Sieg! Sieg! Er blieb einen Augenblick stirnrunzelnd stehen und fragte sich, ob er und Anastasios recht damit hatten, so sorglos zu sein. Die Rebellen damals beim Nika-Aufstand hatten sogar kaiserliche Minister vom Pferd gezerrt, die halbe Stadt niedergebrannt und beinahe einen neuen Kaiser auf den Thron gesetzt. Seit ihrer Niedermetzelung hatte es keine ernsthaften Unruhen mehr gegeben, aber dies war jetzt auch schon ein Menschenalter her.

Nun, sagte er sich, ich habe mein Pferd und meinen Gefolgsmann; damit werde ich sie wohl einschüchtern, selbst wenn der Gefolgsmann ein sechzehnjähriger freigelassener Sklave ist. Ich könnte sogar Hilderik und Erarik mitbringen – aber sie sind inzwischen wahrscheinlich mit ihren Mädchen aus; warum sollte ich sie also behelligen? Selbst wenn es Ärger gibt, hätte die Menge überhaupt keinen Grund, mich zu attackieren. Ich werde mich einfach möglichst kriegerisch zurechtmachen und »Sieg!« brüllen; dann werden sie mich schon durchlassen.

Er setzte seinen Weg zu den Ställen fort.

Der Rang eines Tribunen berechtigte ihn dazu, Maleka, den Wallach von Jacobos und die Pferde der beiden Vandalen in den Ställen der Protektoren unterzubringen. Dort wartete Jacobos bereits auf ihn; die beiden Pferde waren gesattelt und begierig darauf, trainiert zu werden. »Wir werden heute abend auf dem Übungsplatz bleiben, nicht wahr?« fragte der Junge ihn. »Im Hippodrom gibt es Unruhen.«

»Wir müssen zu Euphemia«, erzählte ihm Johannes.

Der Junge machte ein langes Gesicht. Auf dem Übungsplatz in der Nähe der Ställe konnte er mit seiner Lanze üben und sich von den übrigen Männern abenteuerliche Kriegsgeschichten erzählen lassen. »Das hört sich aber schlimm an dort draußen«, machte er geltend.

»Nun, dann nimm doch deine Waffen mit. Ich werde meinen Bogen nehmen. Sie machen bestimmt keinen Ärger, wenn sie sehen, daß wir bewaffnet sind.«

Jacobos' Miene hellte sich auf der Stelle auf. Es gab nichts, was er lieber tat, als mit einem umgelegten Brustharnisch und einer aufgepflanzten Lanze durch die Straßen seiner Geburtsstadt zu reiten. »Möchtest du, daß Hilderik und Erarik ebenfalls mitkommen?« fragte er begierig. Je länger und prächtiger die Prozession, desto schöner fand er sie.

Johannes schüttelte den Kopf. »Kein Grund, sie zu behelligen. Hol nur die Waffen.«

Jacobos eilte davon, um die Waffen und seinen von den Slawen eroberten Helm aus dem Lagerraum der nahegelegenen Kaserne zu holen. Dann sprang er auf seinen Wallach (Hilderik hatte ihm gezeigt, wie man das am eindrucksvollsten macht), und die beiden ritten los. Es herrschte noch Dämmerung, als sie das Bronzene Tor erreichten, doch die Läden auf dem Augusteion waren bereits geschlossen, und ein Flügel des massiven Tores selbst war zu, während der andere halb angelehnt war, so daß man es schnell ganz und gar verriegeln konnte. Anastasios stand im Innenhof und sprach mit einem der Wachsoldaten; er blickte auf und grüßte Johannes mit grimmiger Entschlossenheit.

»Es sieht so aus, als sei der Aufruhr ziemlich schlimm«, sagte er. »Einige Blaue sind getötet worden, und die übrigen sinnen auf Rache. Ich sollte vielleicht doch lieber direkt nach Hause gehen.«

»Ich werde dich heimbegleiten«, bot ihm Johannes an, auch wenn er die Expedition, jetzt, da er sie begonnen hatte, nur widerwillig aufgab. Überraschend wurde ihm bewußt, daß er Euphemia gerne wiedersehen wollte. Etwa um ihr zu ihrem Sieg über Sergius zu gratulieren? prüfte er sich selbst. »Wir werden unterwegs beim Haus des Kappadokers haltmachen, um einen anderen Termin zu vereinbaren.«

Anastasios blickte zu Johannes empor, der ihn auf dem Rücken seines Pferdes hoch überragte. Er schien sich dort absolut wohl zu fühlen, eine Hand hielt die Zügel, die andere ruhte auf dem nicht gespannten Bogen neben dem Köcher mit den Pfeilen. Niemand würde vermuten, daß er den ganzen Tag über an einem Schreibpult gesessen hatte. Die Rufe waren hier am Tor deutlicher zu hören, und der alte Schreiber empfand den

Gedanken an eine Begleitung, eine bewaffnete Begleitung gar, als äußerst angenehm. »Ich danke dir«, sagte er.

Als sie die Mittelstraße hinunter auf das Konstantin-Forum zuritten, wurde der Lärm lauter. Die große Prachtstraße lag beinahe verlassen da; außer ein paar erschrockenen Bürgern, die bei der Arbeit überrascht worden waren und, so schnell sie konnten, nach Hause eilten, war niemand zu sehen. Auf dem Platz selbst verbarrikadierten die Juweliere und Goldschmiede ihre Schaufenster mit Brettern und blickten sich ängstlich nach dem Tumult um. Sonst war es gähnend leer. Der Lärm schien von weit her zu kommen.

»Es scheint ein schlimmer Aufruhr zu sein«, sagte Anastasios und hielt Johannes den Steigbügel. »So etwas hat es seit Jahren nicht mehr gegeben. Vielleicht muß der Präfekt die Soldaten zu Hilfe rufen.«

»Warum hat er es nicht bereits getan?«

»Er will die Parteien nicht provozieren. Einen kleinen Streit kann man mit ein paar Soldaten schlichten, aber bei den großen Aufständen benötigt man die gesamte kaiserliche Garde oder überhaupt niemanden. So etwas kann sich auch wieder legen, als sei nichts gewesen.«

Sie überquerten das Forum und passierten den doppelten Marmorbogen. Dann befanden sie sich erneut auf der Mittelstraße und ritten in Richtung Taurus-Forum. Die Rufe wurden deutlicher: »Sieg für die Blauen!« kam es wie aus einer Kehle, und dann erscholl das heisere Gebrüll: »Sieg! Sieg!« Ein Windstoß fegte beißend und unmißverständlich den Geruch von Feuer herbei. Johannes zügelte Maleka.

»Sie haben Feuer an die Häuser des Forums gelegt«, flüsterte Anastasios. »Lieber Gott. Ich bete darum, daß es sich nicht ausbreitet.«

Johannes nickte. Sein Herz schlug jetzt wie rasend, und seine Hände fühlten sich kalt an. Es wird nichts passieren, sagte er sich. Sie interessieren sich nicht für uns, sie sind hinter den Grünen her.

Aber er nahm seinen Bogen und bespannte ihn mit einer Sehne. Jacobos grinste. Der Junge war blaß unter seinem Helm und umklammerte seine Lanze.

»Sieg – für die Blauen!« rief Johannes, und sie ritten weiter.

Auch auf dem Taurus-Forum waren alle Läden geschlossen, jede Tür und jedes Fenster war verbarrikadiert, doch der Platz war alles andere als leer. Die gesamte linke Hälfte war eine einzige kochende Masse von Menschen; unzählige wilde, barbarisch gekleidete Blaue. Der Pöbel zertrümmerte die Marktstände und stapelte das Holz an die Mauer eines der angrenzenden Häuser; die Leute brüllten und sangen, fuchtelten mit den

Armen in der Luft herum, so daß sich ihre blauen Umhänge blähten und dunkel gegen die rote Glut des Feuers abhoben. Einen Augenblick lang nahm Johannes nichts anderes in sich auf als dieses Bild. Dann bemerkte er, daß das Haus, welches sie gerade anzuzünden versuchten, das Haus des Kappadokers war.

Fast im selben Augenblick öffnete sich ein Fenster in der Vorderfront des Hauses, und ein Mann erschien darin. Die Menge begrüßte ihn mit Wutgeheul. »Der Kappadoker! Tötet ihn, diese Bestie! Tötet ihn, diesen Unterdrücker der Armen! Sieg!«

Der Mann fuchtelte mit den Armen, versuchte verzweifelt, den Rauch wegzuwedeln, und brüllte der Menge etwas zu, das man unmöglich verstehen konnte. Er deutete in Richtung der Seitenstraße, auf die Rückfront des Hauses. Er versuchte ihnen zu verstehen zu geben, daß das Vorderhaus vermietet war und nur noch das Rückhaus dem Kappadoker gehörte – der Tochter des Kapadokers.

Johannes überkam ein Frösteln, und ihm wurde übel. Die Szene, die sich dort vor ihm abspielte, schien wie aus einem Traum, mit lebhafteren Farben als in der Wirklichkeit, die sich mit erschreckender Langsamkeit entwickelte. Unfähig, sich zu bewegen, hielt er die Zügel ganz kurz und starrte mit erschrockener Faszination auf die Szene. Die Menge hatte Mühe zu begreifen, sie war zu sehr mit Singen beschäftigt. Die Leute häuften weiteres Holz an die Hausmauer.

»Barmherziger Gott!« flüsterte Anastasios. »Sie werden sie töten. Nach dem Nika-Aufstand wollten sie ihren Vater töten; jetzt werden sie seine Tochter töten.«

Johannes kam mit einem Ruck zu sich. Er zog den Siegelring der Protektoren von seinem Finger und drückte ihn Anastasios in die Hand. »Beeil dich«, sagte er. »Bring diesen Ring zum Palast zurück, und führe meine Protektoren sofort hierher.«

»Warum überbringst du ihn nicht selbst?« fragte Anastasios und versuchte, ihm den Ring zurückzugeben. »Du hast ein schnelles Pferd.«

»Es wäre trotzdem zu spät, bis ich wieder hier bin. Geh, lauf! Ich will sehen, ob ich Euphemia da rausholen kann.«

Er stachelte Maleka zu einem Galopp quer über den Platz an. Jacobos ritt hinter ihm her und rief: »Herr! Warte!« Doch Johannes blickte sich nicht um. »Nimm die Seitenstraße!« schrie Jacobos, und Johannes zügelte sein Pferd und blieb stehen.

»Dort ist eine Gasse, welche die erste Straße hinter dem Platz mit Euphemias Haus verbindet«, rief Jacobos und zügelte sein Pferd neben ihm. »Sie kommt beinahe direkt gegenüber dem Tor raus. Wir können diesen Weg nehmen; ich glaube nicht, daß sie ihn bereits entdeckt haben.«

»Danke«, sagte Johannes und lenkte seine Stute in die erste Seitenstraße.

Es war inzwischen dunkel, und das flackernde Licht, das von dem Feuer herrührte, warf schwankende Schatten zwischen die Balkone der schmalen Straße. Der Gesang des Pöbels, dessen Lärm sich zwischen den verschlossenen und verbarrikadierten Häusern fing, schien aus allen Richtungen gleichzeitig zu kommen. Die Gasse war nahezu dunkel, und die Pferde scheuten. Das Licht des Feuers am Ende der Gasse blendete sie. Die eisenbeschlagenen Tore von Euphemias Haus standen weit offen, und der Pöbel strömte hindurch, auf der Suche nach Plündergut.

»Unsterblicher Gott!« sagte Johannes.

»Sieh doch!« brüllte Jacobos und zeigte die Straße hinunter, die vom Platz wegführte.

Zwei Häuserblocks weiter konnte man eine geschlossene Sänfte sehen. Ein paar der Aufrührer hatten sie ebenfalls entdeckt und rannten hinter ihr her; die übrigen waren zu sehr mit Plündern beschäftigt. Noch während sie die Szene beobachteten, holten die Aufständischen die Sänfte ein. Die Träger setzten sich rasch ab, und im Widerschein der Flammen blitzte es rot auf, als einer von ihnen ein Schwert zog – dann verschwanden beide Männer unter einem Hagel von Schlägen, und die Sänfte kippte um. Johannes gab seinem Pferd erneut die Sporen.

Es nahm nur wenige Augenblicke in Anspruch, die Sänfte zu erreichen, doch in der Zwischenzeit hatten die Aufrührer bereits eine Frau aus der Sänfte gezerrt, während die Träger in ihrem Blut auf dem Kopfsteinpflaster lagen. Die Frau war alt und schwarz gekleidet; sie trat mit den Füßen um sich, schrie und wurde beiseite geschleudert. Eine weitere Frau wurde aus der Sänfte gezogen, eine jüngere. Sie strampelte und schlug wild um sich, und einer der Männer packte sie an den Haaren und zerrte ihren Kopf herum, während ein anderer ihre Arme festhielt und anfing, ihr den Umhang vom Leib zu reißen. Johannes zügelte Maleka, so daß sie fünfzehn Schritte von der Gruppe entfernt stehenblieb. Es sind etwa dreißig, dachte er kalt. Sein vom Feuer und den Schreien erschrecktes Pferd bäumte sich auf und wieherte laut. Der Pöbel erstarrte, und die Männer drehten sich um. Er sah, daß die junge Frau Euphemia war.

»Laßt sie los«, rief er laut und deutlich. Er hielt seinen Bogen dicht über dem Sattel, dahinter befand sich der Köcher mit den Pfeilen.

Die Aufrührer sahen ihn an, dann richteten sich ihre Blicke auf Jacobos. Als sie niemand anders entdeckten, lachten sie. Johannes versuchte, ruhig zu bleiben und tastete nach einem Pfeil.

»Grüner!« brüllten sie. »Steuerliebhaber! Sie ist die Tochter des Kappadokers, die Hure! Sie wird für alles bezahlen, was ihr Vater getan hat!«

»Ich bin ein Tribun der Protektoren der Erhabenen Majestät, des Kaisers Justinian Augustus, und ich befehle euch, das Mädchen sofort loszulassen.« Der Pfeil fühlte sich glatt zwischen seinen Fingern an, glitt leicht auf die Sehne.

»He!« brüllte der Mann, der Euphemia festhielt – ein magerer Mann mit blutunterlaufenen Augen und einem pockennarbigen Gesicht. »Mach, daß du in den Palast zurückkommst, du Sohn einer Dirne, solange du noch reiten kannst!«

Euphemia starrte Johannes an, in ihrem Blick spiegelte sich weder Hoffnung noch Schrecken, eher Zorn. Der pockennarbige Mann hinter ihr grinste. Johannes hob den Bogen und schoß blitzschnell. Aus dem linken Auge des Aufrührers schienen Federn zu sprießen, dann Blut. Ich brauche noch einen Pfeil, dachte Johannes und tastete nach ihm, während die Aufrührer noch den ersten Gefallenen anstarrten. Er schoß erneut; der Blaue griff sich an die Schulter und fiel schreiend zu Boden. Einer der Aufrührer fuchtelte unsicher mit seinem Schwert und rannte auf ihn zu; Johannes schoß erneut, und der Mann sank zu Boden. »Jacobos!« rief er grimmig, und der Junge stieß einen erregten Schrei aus und stürmte vorwärts. Die Blauen wandten sich um und rannten davon; Johannes zog einen weiteren Pfeil heraus und tötete noch einen Mann, damit sie weiterliefen. Jacobos hatte einen der Anführer mit seiner Lanze erledigt und galoppierte hinter den anderen her. »Jacobos!« rief Johannes. »Zurück, du Trottel!« Er veranlaßte Maleka zu einem Trab und zügelte die Stute neben Euphemia. Jacobos wandte sich um und kam zurück.

Johannes glitt mit einem Fuß aus dem Steigbügel und beugte sich zu Euphemia hinunter, um ihre Hand zu ergreifen. »Rasch!« sagte er. »Bevor ihre Freunde uns entdecken!«

Euphemias Wangen waren feuerrot, und sie rang mühsam nach Atem. »Tante Eudokia!« sagte sie und blickte sich um. Johannes sah, wie die alte Gesellschaftsdame sich mühsam aufrappelte, wo die Aufrührer sie hingeschleudert hatten.

»Jacobos, nimm die alte Frau!« rief Johannes. »Schnell!«

Jacobos nickte und sprang aus dem Sattel. »Komm, Großmutter!«

Die alte Frau stürzte sich auf ihn und spuckte vor Wut. »Du schmutziges Tier!« schrie sie und versuchte, ihm das Gesicht mit den Fingernägeln zu zerkratzen. »Du läßt die Hände von ihr, verstanden? Ich werde ich lehren...«

Euphemia lief herbei und packte die alte Frau. »Tantchen! Tantchen, es sind Freunde, sie sind gekommen, um uns zu retten! Es sind Johannes aus dem Palast und sein Sklave, siehst du das denn nicht?«

Die alte Frau brach in Tränen aus und klammerte sich an Euphemia. »Oh, mein armes Lämmchen!« schluchzte sie. »Diese Tiere!« Das Mädchen zerrte sie zu Jacobos' Pferd und versuchte, ihre Tante auf das Tier zu schieben; das Pferd wieherte und scheute. Jacobos beobachtete die Prozedur mit blutendem Gesicht.

»Schnell!« rief Johannes. »Die anderen werden uns in ein paar Augenblicken bemerken!« Er drängte Maleka neben Jacobos' Pferd, ergriff die Zügel und hielt es fest; Jacobos und Euphemia hievten die alte Frau auf das Pferd, und Jacobos sprang hinter ihr in den Sattel. »Los!« drängte Johannes Euphemia.

Euphemia setzte ihren Fuß in den Steigbügel, und Johannes zog sie hinauf, so daß sie im Damensitz vor ihm saß. »Meine Sklaven...«, rief sie und warf einen Blick auf die Sänftenträger. Sie hielt den Atem an und sah rasch wieder weg.

»Wir können nichts mehr für sie tun«, sagte Johannes und gab Maleka die Sporen. »Halt dich fest!«

Sie klammerte sich an seine Schultern. Hinter ihm hörte er Rufe. »Sie haben uns entdeckt!« keuchte Euphemia.

Johannes lachte. »Jetzt macht es nichts mehr!« sagte er. »Dieses Pferd ist schneller als alle anderen. – Komm, meine Schöne!« fügte er für Maleka auf arabisch hinzu, und das Pferd spitzte die Ohren und galoppierte davon.

Euphemia gab ein leises Stöhnen von sich, klammerte sich noch fester an Johannes und schloß die Augen.

Sie ließen die Aufrührer mit Leichtigkeit hinter sich und galoppierten rasch durch das Gewirr der engen Straßen. Zu ihrer Linken hob sich die dunkel drohende Masse des Hippodroms gegen den Himmel ab; die Stadt roch nach Feuer.

Sobald Johannes eine Straße sah, die er kannte, wandte er sich nach links. »Wir reiten in den Palast zurück«, rief er Jacobos zu und verlangsamte den Galopp Malekas, so daß der Junge aufholen konnte.

Jacobos nickte. Die Gesellschaftsdame war während des Galopps halb vom Pferd gefallen und lag nun wie ein Sack Mehl quer über dem Sattel, sie schluchzte leise vor sich hin. Bei diesem Ton öffnete Euphemia die Augen. »Es ist ja alls gut, Tantchen«, sagte sie freundlich. »In ein paar Augenblicken sind wir sicher im Palast.«

Aus dem Hippodrom erscholl das Rufen weiterer Aufrührer, doch die beiden Reiter schlängelten sich durch die rückwärtigen Gassen und wurden von den wenigen Männern, denen sie begegneten, kaum beachtet; schließlich befanden sie sich auf dem Augusteion. Das Licht des Halbmondes erleuchtete die große Kuppel der Kirche der heiligen Weisheit und ließ das Gold der hoch aufragenden Statue Justinians auf seinem bronzenen Pferd vor der Kirche glänzen; das Bronzene Tor stand weit offen, das Licht unzähliger Fackeln blendete Johannes; hinter ihnen sah er Rüstungen schimmern. Maleka verfiel in einen leichten Trab; sie war froh, zu Hause zu sein. Als Johannes sich dem Tor näherte, hörte er, wie der Wachtposten ihn anrief, dann rief ein anderer seinen Namen, und Anastasios kam herausgerannt, um sie willkommen zu heißen. »Gott sei Dank!« rief er und griff nach Johannes' Fuß, als die Stute stehenblieb. »Gott sei Dank! Und Euphemia, Gott sei Dank! Bist du auch nicht verletzt? Deine Soldaten wollten euch zur Hilfe kommen, Johannes, aber der Befehlshaber der Protektoren hat sie daran gehindert; er meinte, es sei Wahnsinn, sich mit lediglich hundert Mann mitten unter die Aufrührer zu wagen. Er hat nicht geglaubt, daß du heil zurückkommst. Und er hat die Männer dort am Tor Aufstellung nehmen lassen, nicht nur deine Soldaten, sondern sämtliche Protektoren – und die Hälfte der Scholaren befindet sich ebenfalls dort; doch niemand will den Palast verlassen!«

»Oh!« meinte Johannes ein wenig verzagt und blickte in das Licht der Fackeln. Er trieb Maleka erneut an. Der Befehlshaber der Protektoren, ein vornehm aussehender Mann mit silbergrauen Haaren, aus einer untadeligen Senatorenfamilie, tauchte direkt hinter dem Tor auf dem Rücken seines Pferdes auf, als Johannes in den Innenhof ritt. Er warf seinem lästigen Teilzeitoffizier einen Blick überraschter Geringschätzung zu. Wieder einmal nicht in Uniform, bemerkte er im stillen, und mein Gott, er hat eine halbnackte junge Frau vor sich auf dem Sattel; und sein Sklave ist über und über mit Blut besudelt. Dieser Johannes ist wirklich eine Schande für die Standarte; aber wir müssen uns von den Günstlingen der Augusta ja alles gefallen lassen. »Nun, Tribun«, sagte er langsam, und ihn mit diesem Rang auch nur ansprechen zu müssen schmeckte ihm gar nicht, »ich sehe, daß du wenigstens unverletzt entkommen bist; zum Glück hast du es nicht riskiert, deine Männer in einem nicht gebilligten Unternehmen einer Gefahr auszusetzen. Was hast du dir dabei gedacht, ihnen den Befehl zu geben, die schützenden Mauern des Palastes zu verlassen?«

»Herr«, sagte Johannes, »die Aufrührer haben ein am Forum gelegenes Haus gebrandschatzt und geplündert und diese Bürgerin beinahe umgebracht. Ich dachte . . .«

Der Befehlshaber blickte ihn arrogant an und rieb seine aristokratische Nase. »Du würdest also das Leben von hundert meiner Wachsoldaten riskieren, um deine Freundin zu retten?« Euphemia richtete sich auf, versuchte ihren Umhang glattzustreichen, bemerkte, daß sie ihn verloren hatte, und blickte den Befehlshaber finster an. »Ich bin nicht seine Freundin«, erklärte sie und ließ sich vom Pferd gleiten. Ihre braunen Haare fielen ihr über die runden Schultern, und ihre Augen sahen im Licht der Fakkeln riesig aus, stolz und entschlossen. Sie ist wirklich großartig, dachte Johannes und lächelte gegen seinen Willen voller Bewunderung. Ihr Haus steht in Flammen, ihre Sklaven liegen erschlagen auf der Straße, und sie selbst ist um Haaresbreite der Vergewaltigung und dem Tod entronnen; und jetzt kommt sie her und ist bereit, mit dem Befehlshaber die Klingen zu kreuzen. Gott im Himmel, bin ich froh, sie gerettet zu haben. Das allein ist die Sache bereits wert!

»Ich bin Euphemia, die Tochter des Patriziers Johannes von Cäsarea in Kappadokien!« verkündete sie, und ihre Augen blitzten. »Diese wilden Tiere haben mein Haus niedergebrannt; und als ich fliehen wollte, haben sie meine Sklaven umgebracht. Sie hätten mich ebenfalls getötet, wenn Johannes nicht gewesen wäre, der zwar kein Freund von mir ist, doch wenigstens die Seele eines Mannes und nicht die eines kleinen weißen Kaninchens hat!« Ihre Worte wurden von den hinter dem Tor aufmarschierten Soldaten mit einem Schrei der Begeisterung begrüßt. Johannes sah jetzt, daß sie Reihe um Reihe Aufstellung genommen hatten, seine eigenen Männer vorneweg. »Dreckiger Pöbel!« riefen einige. »Sie laufen wie die Ratten davon, sobald man sie angreift. Laßt uns raus, wir werden ihnen den ›Sieg‹ schon beibringen!« – »Macht keinen Ärger!« riefen andere. »Sollen sich die Schweine doch bis morgen früh austoben!« Und dann ertönte durch die Beifallsrufe und das Hohngelächter ein anderes Geräusch, das plötzlich rhythmische Klatschen von Beifall. »Dreimal Erhabener Augustus! Ewiger Herrscher!« Die Stimmen vereinigten sich jetzt zu einem einzigen heiseren Schrei: »Justinian Augustus, tu vincas!« Und der Trupp Soldaten teilte sich in der Mitte und warf sich zu Boden, als der Kaiser, gefolgt von seiner persönlichen Leibgarde, durch sie hindurch zum Tor schritt.

Johannes stieg von seinem Pferd und warf sich auf dem Pflaster der Straße zu Boden. Der Befehlshaber der Protektoren war langsamer: Er war gerade von seinem Pferd abgestiegen, als Justinian ihn ansprach: »Markianos Apollinaris«, sagte er ärgerlich, »was geht hier vor?«

Bevor der Befehlshaber antwortete, warf er sich rasch zu Boden. »Dieser junge Mann wollte mit seinen Truppen in die Stadt marschieren, Herr, um jene Frau dort zu retten.«

Justinian blickte Johannes kalt an, dann bemerkte er Euphemia. Das Mädchen verbeugte sich tief bis zum Boden, ehe es sich wieder erhob. »Was, das ist ja Euphemia, die Tochter des Kappadokers«, sagte der Kaiser überrascht. »Was willst du damit sagen, er wollte sie retten? Was ist passiert?«

»Erhabene Majestät«, erwiderte Euphemia sofort, »die Anhänger der Blauen erschienen heute abend vor meinem Haus am Taurus-Forum. Sie legten Feuer am Vorderhaus des Gebäudes, das ich dem kaiserlichen Notar Alexander vermietet habe. Als ich dies bemerkte, wies ich meine Sklaven an, das Haus sofort zu verlassen; ich begab mich in meine Sänfte und ließ mich hinaustragen, wobei ich die Tore offenstehen ließ. Alexander rief der Menge zu, er habe nichts mit mir oder meinem Vater zu tun, und die Leute rannten in der Absicht, mich zu finden, zum Rückgebäude und ließen Alexander in dem brennenden Haus zurück – nach allem, was ich weiß, ist er inzwischen tot, er und seine gesamte Familie. Die meisten Anhänger der Blauen strömten durch das Tor, um zu plündern, doch einige jagten hinter meiner Sänfte her, holten sie ein und töteten die Träger. Sie waren gerade dabei, auch mich auf abscheuliche Weise zu töten, als Johannes mit seinem Bediensteten auftauchte. Obwohl er ganz bestimmt kein Freund von mir ist, sind wir doch gut miteinander bekannt, da wir oft verabredet waren, um über einige Akten zu verhandeln, die mein ehrenwerter Vater verlegt hatte, als er die Präfektur verließ. Johannes verjagte meine Angreifer, tötete mehrere von ihnen und brachte mich auf der Stelle hierher. Hier erfahre ich nun, daß er nach den Soldaten der Protektoren geschickt hat, um den Aufruhr niederzuschlagen, daß dieser edle Heerführer sich jedoch geweigert hat, auch nur einen einzigen Mann die Tore passieren zu lassen.«

Justinian sah den Heerführer an, sein kräftiges, gerötetes Gesicht verdunkelte sich noch mehr. »Stimmt das?«

»Mhm, Herr, ich dachte die Soldaten sollten lieber im sicheren Schutz des Palastes bleiben ...«

»Was glaubst du eigentlich, wofür die Soldaten da sind?« fragte der Kaiser. »Sie sind dafür da, *uns* Schutz zu gewähren, nicht sich selbst! Dieser schmutzige Pöbel verbrennt einen kaiserlichen Notar bei lebendigem Leibe in seinem eigenen Haus und fällt mitten auf der Straße die Tochter eines Prätorianerpräfekten an – fällt dir nichts Besseres ein, als dich einem Mann in den Weg zu stellen, der versucht, solche Schreckenstaten zu verhindern? Herr im Himmel, meine eigene Schwester wohnt in der Nähe des Taurus-Forum!« Er wandte sich an Euphemia. »Der Palast meiner Schwester...«

»Sie haben das Haus deiner edlen Schwester nicht angegriffen. Dreimal Erhabener Augustus«, stellte Euphemia ein wenig bitter fest. »Sie wissen, daß es gut bewacht ist.«

»Was nützen Wachsoldaten gegen ein Feuer?« fragte der Kaiser ärgerlich und wandte sich wieder an Apollinaris. »Die Soldaten hätten bereits vor Stunden ausrücken müssen; sie sollen jetzt sofort abmarschieren – nur die Excubitoren sollen zum Schutz meines Palastes hierbleiben. Ich wünsche, daß die Straßen innerhalb von einer Stunde frei und die Feuer gelöscht sind.« Er machte eine Pause, um Atem zu schöpfen, dann wandte er sich in einem freundlicheren Tonfall an die Tochter des Kappadokers: »Ich werde dein Haus neu aufbauen lassen, meine liebe Euphemia, aber so lange, bis es fertig ist, lade ich dich ein, als mein Gast im Palast zu wohnen. Meine Kämmerer werden sich um dich kümmern ... und um deine, hm, Gesellschafterin.« Euphemias Tante hatte es schließlich doch noch geschafft, vom Pferd zu klettern, und bei den letzten Worten des Kaisers ergriff sie Euphemias Hand.

»Wer bist du, alter Mann?« fügte Justinian hinzu und wandte sich an Anastasios, der nähergetreten war, um der Gesellschafterin zu helfen. »Ich habe dich doch schon einmal gesehen.«

»Anastasios, Herr«, entgegnete der Schreiber und verbeugte sich tief. »Ein Schreiber im Büro deines Dieners, des höchst ehrenwerten Narses.«

»Gut. Begleite die Dame Euphemia zu den Gemächern deines Vorgesetzten, und richte ihm aus, er möge sich um sie kümmern.«

Anastasios verbeugte sich erneut; auch Euphemia verbeugte sich noch einmal tief. »Danke, Herr.«

Der Kaiser nickte, dann sah er erneut Johannes und den Befehlshaber der Protektoren an. Er starrte einen Augenblick lang mit ausdruckslosem Gesicht in ihre Richtung, dann sagte er ruhig: »Johannes von Berytus, ich übertrage dir die Aufgabe, die Unruhen niederzuschlagen. Markianos Apollinaris, da du gerne im Schutz des Palastes bleiben möchtest, kannst du das auch tun. Wir werden morgen über deine weitere Verwendung nachdenken.«

»Herr!« rief der gewesene Befehlshaber der Protektoren erschrocken aus.

»Ja, Herr«, sagte Johannes und verbeugte sich erneut.

Justinian nickte kalt und begab sich in den Palast zurück. Anastasios bedachte Johannes mit einem Blick, in dem sich Glückwunsch und Mitgefühl mischten, dann ergriff er den Arm von Euphemias Gesellschafterin. »Du benötigst Ruhe, gute Dame«, murmelte er. »Höchstgeschätzte Euphemia, hier entlang bitte ...«

Sie machten sich hinter dem Kaiser her auf den Weg. Euphemia konnte ohne Hilfe gehen, sie hatte den Kopf in den Nacken geworfen und die Schultern gestrafft. Für ihre bloßen Arme und die losen Haare hatte sie einen etwas abenteuerlich aussehenden Schal gefunden. Johannes sah sich nach dem Mädchen um und mußte erneut lächeln. Das Bild des brennenden Hauses, der umkippenden Sänfte, sein Pfeil, der aus dem Auge des Blauen zu sprießen schien – all diese Szenen verschwanden mühelos, als er hinter diesem unbeugsamen Rücken herblickte, der sich jetzt langsam entfernte. Sie ist schön, dachte er erfreut. Lebendig und furchtlos; bereit, der ganzen Welt ins Gesicht zu spucken. Euphemia, wie sie leibt und lebt, einzig in ihrer Art, ganz und gar lebendig. Ich habe sie gerettet. Und sie ist schön.

Einer der Tribunen der Protektoren trat an Johannes heran und räusperte sich. »Wollen wir losmarschieren und durch die Stadt patrouillieren, ehrenwerter Befehlshaber?« fragte er.

Johannes schreckte hoch und sah sich um. Ihm wurde bewußt, daß die Ereignisse der Nacht ihn zutiefst erschüttert hatten; seine Hände waren ganz taub, und es fiel ihm schwer, auch nur daran zu denken, erneut in die Stadt zu gehen. Du mußt die Sache organisieren, sagte er sich. Stell dir vor, wie ein schriftlicher Befehl aussähe. Wie viele Soldaten brauchst du für welche Stadtviertel? Behalte ein paar Mann als Reserve für die unruhigen Gebiete zurück. Fang sofort an.

»Natürlich«, antwortete er. »Können wir unsere ganzen Leute auf dem Platz aufmarschieren lassen? Ich werde die Aufteilung für die einzelnen Viertel vornehmen.«

Narses bewohnte eine Zimmerflucht im Palast des Hormisdas, dem Teil des Großen Palastes, der am weitesten vom Bronzenen Tor entfernt war und von dem aus man über den Bosporus sehen konnte. So weit von der

Stadt weg war von dem Aufruhr nur ein unbestimmbares Dröhnen zu hören, das in dem Zirpen der Grillen in den Palastgärten halb ertrank; die Luft roch hier süß nach Thymian und blühenden Mandelbäumen. Die Gesellschaftsdame Eudokia hatte zu weinen aufgehört, sie stützte sich auf Anastasios und schniefte gelegentlich, als der Schreiber jetzt an Narses' Tür klopfte.

Der Kämmerer war überrascht, die beiden Frauen zu sehen, ließ dies jedoch nur ganz kurz erkennen. Nachdem er ihre Geschichte gehört hatte, war sein Haushalt binnen weniger Augenblicke umorganisiert, um sie bequem unterzubringen. »Morgen werden wir uns natürlich gleich darum kümmern, ein paar weitere private Räume für dich zu finden«, sagte er höflich zu Euphemia, während die Sklaven sein Arbeitszimmer in ein Schlafzimmer für sie und ihre Gesellschaftsdame umwandelten.

»Und außerdem Räumlichkeiten für meine Sklaven«, erwiderte das Mädchen. »Ich habe sie aus dem Haus geschickt, bevor ich selbst ging; ich glaube, es ist ihnen nichts geschehen. Sie werden irgendwo unterkommen müssen.« Sie setzte sich auf das Bett, das die Sklaven gerade hereingebracht hatten. Als verspätete Reaktion auf die Ereignisse der Nacht war sie plötzlich sehr blaß geworden, und gelegentlich wurde sie von einem langen, nervösen Zittern erfaßt, aber sie sprach immer noch deutlich und bestimmt.

»Natürlich, auch für deine Sklaven«, stimmte Narses ihr zu. »Ich wäre höchst erfreut, dir mein Stadthaus überlassen zu dürfen. Höchst ehrenwerte Euphemia, geschätzte Eudokia, möchtet ihr etwas essen? Ein wenig Abendbrot? Vielleicht gewärmten Wein und Honigkuchen? Das Badehaus ist geradeaus den Gang hinunter, falls ihr ein Bad nehmen wollt. Und ihr werdet ein paar weitere Gewänder wünschen.« Er schnippte mit den Fingern, und einer seiner Sklaven, der gerade eine Kleidertruhe in Ordnung brachte, sah ihn fragend an. »Azarethes, mach dich auf die Suche nach ein paar Gewändern für die Damen. Geh zum Haus des Bevollmächtigten, behellige den Haushalt der Kaiserin nicht damit.«

»Wir sollten Gäste der Kaiserin sein«, sagte die Gesellschaftsdame mit einer schwachen Nachahmung förmlicher Ehrbarkeit. »Es wäre schicklicher für eine junge Dame.«

Euphemia lächelte, als sie sah, wie sich ihre Tante erholte. Nichtsdestotrotz fuhr sie sie an: »Mach dich nicht lächerlich! Die Kaiserin sähe es lieber, wenn wir tot wären.« Sie verschränkte ihre Hände, und Eudokia trat zu ihr und legte ihr einen Arm um die Schultern. Doch das Mädchen ignorierte sie.

Narses seufzte, sagte jedoch nichts. Euphemia blickte plötzlich auf, und mit einem auf schmerzliche Weise ungeschützten Gesichtsausdruck, schüchtern, ängstlich, voller Hoffnung, sagte sie: »Es tut mir leid. Ich bin dein Gast, und ich sollte solche Dinge nicht sagen. Johannes wird doch nichts passieren in der Stadt, nicht wahr?«

»Ist Johannes noch einmal in die Stadt gegangen?« fragte Narses überrascht zurück.

Anastasios lächelte. »Der Kaiser hat ihn zum Befehlshaber der Protektoren ernannt und ihm befohlen, den Aufruhr niederzuschlagen; Apollinaris hat den Befehl, zu Hause zu bleiben. Nein, Johannes wird nichts passieren. Ich glaube, er wird seine Beförderung doch noch bekommen.«

»Das wäre ein großes Glück«, meinte Narses nachdenklich. »Anastasios, du wirst die Nacht ebenfalls hierbleiben wollen – zwischen den Fronten der Aufrührer und der Protektoren werden die Straßen zu einer tödlichen Falle. Hast du schon etwas gegessen? Ich werde die Sklaven anweisen, dir etwas zu bringen. Und vielleicht könntest du einen Blick auf ein Schreiben werfen, das ich dir schon den ganzen Tag zeigen wollte – es trägt keine Unterschrift, und ich weiß nicht, wo ich es einordnen soll. Die Damen möchten sicherlich in Ruhe gelassen werden, um sich ein wenig zu fassen. Geschätzte Damen, gute Nacht. Falls ihr irgend etwas benötigt, meine Sklaven stehen zu eurer Verfügung, um es euch zu bringen.«

Die Sklaven hatten Narses' Schreibpult und eine verschlossene Truhe mit Dokumenten auf den Flur vor das frisch zurechtgemachte Schlafzimmer geschoben. Der Kämmerer schloß die Truhe auf und entnahm ihr ein gefaltetes Stück Pergament, dann verschloß er die Truhe wieder sorgfältig und drängte Anastasios in das Eßzimmer.

Anastasios sah sich neugierig um. Er war ein- oder zweimal in Narses' Landhaus am Goldenen Horn gewesen, das der Eunuch unterhielt, um Gäste zu empfangen, aber noch nie in diesen sehr privaten Wohnräumen. Die Zimmer waren sehr einfach eingerichtet und äußerst sauber; als Teil des Palastes verfügten sie über große Glasfenster; die Fußböden waren mit schönen, geometrischen Mosaiken geschmückt, aber sonst hatte ihr Eigentümer keinen weiteren Luxus hinzugefügt. Das Eßzimmer war klein, und eine Wand wurde vollständig von einem Bücherregal eingenommen; die Türen auf der anderen Seite des Zimmers führten auf eine Terrasse hinaus, von der aus man einen Blick auf das Meer hatte. Anastasios setzte sich an den Tisch aus Rosenholz, und einer der Sklaven brachte ihm ein Abendessen, das aus Eiern, Ziegenkäse, Kreuzkümmelbrot und Honigkuchen bestand; dazu gab es eine Karaffe hervorragenden Weißweins, um das Essen auf angenehme Weise zu ergänzen.

Narses mischte den Wein mit Wasser und schenkte zwei Becher ein; dann prostete er Anastasios zu und lächelte. Er hatte eine Hand auf das Stück Pergament gelegt und beobachtete, wie sich der alte Schreiber bedächtig durch die Mahlzeit aß. Anastasios kaute langsam, seine Hände bewegten sich unstet. Der alte Mann ist müde, dachte Narses. Es war zuviel an Gewalt und Gefahren für eine Nacht. Es ist schlimm, ihn heute nacht noch in diese Geschichte hineinzuziehen – schlimm, ihn überhaupt hineinzuziehen. Aber falls der Kaiser jetzt tatsächlich daran denkt, Johannes zu befördern, wird er gleich morgen einen vorläufigen Bericht wünschen, und meine Untersuchungen haben bisher zu nichts geführt. Wenn überhaupt jemand, dann wird Anastasios die Handschrift identifizieren können: Er kennt die Handschrift sämtlicher Leute, die in den kaiserlichen Ministerien arbeiten, und kann auf den ersten Blick erkennen, woher ein Stück Pergament stammt. Und außerdem kann man ihm vertrauen, und er mag Johannes. Trotzdem wünschte ich, ihn damit in Ruhe lassen zu können.

Ganz am Rande seines Bewußtseins bemerkte er, daß die Frauen den Flur hinunter in das Badehaus gingen und sich dabei leise unterhielten. Gut, dachte er. Sie sind aus dem Weg.

»Danke dir, vorzüglicher Narses«, sagte Anastasios und beendete seine Mahlzeit, während er den Teller beiseite schob. »Es ist sehr liebenswürdig von Eurer Freundlichkeit, mich zum Bleiben aufzufordern. Ist dies das Schreiben, auf das ich einen Blick werfen soll?«

Narses hielt den nach wie vor gefalteten Brief in beiden Händen und nickte. »Dies ist ein nicht unterschriebener Brief, der Seiner Erhabenen Majestät zwei Wochen vor meiner Rückkehr aus Thrakien übergeben worden ist. Der Herr hat mich damit beauftragt, die Wahrheit bezüglich der darin enthaltenen Behauptungen herauszufinden, und ich muß wissen, wer ihn geschrieben hat. Möchtest du ihn lesen, oder würdest du es vorziehen, keine Kenntnis von seinem Inhalt zu nehmen? Wenn du dich dazu entschließt, ihn zu lesen, muß ich dich allerdings davor warnen, etwas von dem, was er enthält oder was ich dir vielleicht zusätzlich erzähle, jemals außerhalb dieses Raumes zu erwähnen.«

Anastasios blinzelte erschrocken, dann ließ er die Schultern unglücklich sinken. »Ich glaube, ich würde es vorziehen, seinen Inhalt nicht zur Kenntnis zu nehmen, vortrefflicher Narses.«

»Er betrifft unseren Freund Johannes.«

Anastasios sah noch erschrockener und unglücklicher aus; dann nahm sein Gesicht einen grimmigen Ausdruck an. »Ist er deshalb nicht befördert worden? Weil jemand anonyme Beschuldigungen gegen ihn erhoben hat?«

Narses nickte und hielt den Brief immer noch fest.

»Ich will ihn lesen«, sagte Anastasios.

Der Kämmerer schob dem Schreiber den Brief zu.

Anastasios las ihn mit angehaltenem Atem. »Barmherziger Gott!« rief er aus und sah seinen Vorgesetzten angeekelt an. »Aber ... aber das ist doch eine glatte Lüge, eine reine Erfindung. Es kann gar nicht anders sein. Ich verwette mein Leben dafür. Du mußt doch sicher nur die darin aufgestellten Behauptungen überprüfen, dann kannst du beweisen, daß sie falsch sind?«

Narses schüttelte den Kopf. »Ich habe Leute losgeschickt, um die Behauptungen zu überprüfen. Ich werde dem Kaiser berichten, daß die meisten Leute, die den Bärenzähmer Akakios kannten, inzwischen tot sind – er war schließlich nur ein armer Mann in unklaren Verhältnissen und ist selbst schon seit vierzig Jahren tot. Ich werde dartun, daß die, die ihn am besten kannten – das heißt die noch am Leben befindlichen Mitglieder seiner Familie und ihre engsten Freunde –, behaupten, er habe einen Halbbruder Diodoros gehabt. Das entspricht auch bestimmt der Wahrheit, da die Erlauchte Augusta ihnen befohlen hat, genau dies zu sagen. Und was die Leute anbetrifft, die ich nach Berytus geschickt habe, so werden sie ganz unzweifelhaft von einem Schreiber namens Johannes im Magistrat gehört haben, der unser Freund gewesen sein mag oder auch nicht – der Name ist zum Glück weit verbreitet. Die Aussagen werden jedoch nicht unbedingt überzeugen, ganz abgesehen davon, daß sie ohnedies ohne Beweiskraft sind. Außerdem will der Kaiser mehr. Die Schwierigkeit liegt darin, daß sämtliche Behauptungen in dem Brief stimmen.«

Anastasios starrte ihn einen Augenblick an, dann blickte er wieder auf den Brief. »Dann ... ich verstehe nicht.« Er blinzelte rasch, und sein Mund verzog sich schmerzlich; er preßte seine Hände auf die Tischplatte. Nach einer Pause sagte er: »Dann hat Johannes bezüglich seiner Herkunft also gelogen? Nein, das glaube ich nicht... Er würde niemals...«

»Würde niemals was?« fragte Narses sanft. »Was für eine Schlußfolgerung hast du gerade gezogen?«

Anastasios zuckte zusammen und starrte seinen Vorgesetzten ärgerlich an. »Daß die Erhabene Augusta...«, begann er, hielt inne, schluckte, versuchte es erneut. »Daß Johannes... nein, ich kann es nicht glauben!«

»Was kannst du nicht glauben? Gib dir keine Mühe, ich weiß es! Der Kaiser hat den Brief gelesen und dieselbe Schlußfolgerung gezogen. Doch sie ist zufällig falsch. Johannes ist nicht der Liebhaber der Kaiserin, doch aus Gründen, die sie lieber geheimhält, möchte sie, daß niemand seine wahre Geschichte kennt. Sie will sie ihrem Gemahl nicht erzählen, und sie will auch nicht, daß ich es tue; ihr Gemahl hat ihr nichts von dem Brief gesagt und mir verboten, es meinerseits zu tun. Beide haben mir verboten, die Sache Johannes gegenüber zu erwähnen. Ich bin in einer« – Narses lächelte – »äußerst schwierigen Lage.«

»Aber... aber warum sollte sie...« Anastasios hielt inne, blinzelte, dann sah er erneut auf den Brief. »Aber Johannes ist unschuldig?«

Er liebt ihn ebensosehr wie ich, dachte Narses mit einem schmerzlichen Stich der Zuneigung. Er hat Angst davor, Johannes könne als ehebrecherischer Glücksjäger entlarvt werden. »Er ist unschuldig. Es sei denn, du machtest ihn für die Bedingungen seiner Geburt verantwortlich, die ähnlich den deinen sind.«

»Aber ich bin ein Bastard – meine Mutter war die Konkubine meines Vaters«, sagte Anastasios verwirrt.

»Johannes' Mutter war eine Mischung aus einer Kurtisane und einer gewöhnlichen Dirne«, stellte Narses bedächtig fest. »Sie war eine Komödiantin aus dem Zirkus.«

Anastasios starrte ihn verständnislos an, dann wurden die welken Wangen des Schreibers plötzlich feuerrot. »Bei allen Heiligen!« flüsterte er. »Du willst doch nicht etwa behaupten...«

»Pst«, sagte Narses. »Kannst du mir sagen, wer den Brief verfaßt haben könnte?«

Anastasios prüfte die Handschrift, drehte den Brief um und hielt ihn gegen das Licht. »Er ist mit der linken Hand von jemandem geschrieben, der kein Linkshänder ist«, sagte er nach einer Pause.

»Das ist mir ebenfalls aufgefallen.«

»Und das Pergament ist ziemlich billig, nicht von der Qualität, die in den Ministerien benutzt wird, und auch nicht aus Asien oder Thrakien... Jetzt weiß ich, es ist Pergament aus Italien! Ja, zweifellos, aus Italien: Es fühlt sich leicht ölig an, wie alle Dokumente aus den eroberten Gebieten, und dann die aufgerissenen Stellen, dort, wo der Gerber zuviel

Lauge benutzt hat. Die braune Farbe der Tinte ist ebenfalls typisch für Briefe aus Italien.«

Narses lächelte. Es war das gewöhnliche rätselhafte Lächeln, doch seine Augen funkelten. »Das sollte den Kreis der Verdächtigen einengen. Der Schreiber lebt also in Italien oder ist kürzlich dort gewesen; außerdem weiß er, daß seine – oder ihre – Handschrift leicht erkannt werden könnte, und versucht deshalb, sie zu verstellen.« Plötzlich schlug er mit der Faust auf den Tisch. »Ich hab' es! Warte einen Augenblick.« Er verließ den Raum und kam kurze Zeit später mit einem Aktendeckel zurück, der auf der Vorderseite einen roten Stempel trug. Er zog einen Haufen Dokumente heraus, überflog sie und nahm einen Brief. Er reichte ihn Anastasios, der ihn neben den ersten legte.

Dieser Brief war mit normaler Handschrift auf kostbarem Schreibpergament geschrieben, und er war unterzeichnet.

> »Antonina, Frau des siegreichen Heerführers Belisar, übermittelt dem höchst ehrenwerten Narses ihre besten Grüße. Deine Rechtschaffenheit und Ergebenheit ist von niemandem in Frage gestellt worden, deshalb halten wir es für richtig, dich über eine Verschwörung zu unterrichten, die von dem nichtswürdigen und verräterischen Prätorianerpräfekten Johannes von Kappadokien angezettelt worden ist, mit dem Ziel, sich widerrechtlich des Thrones unseres allseits geliebten Herrn Justinian Augustus zu bemächtigen ...«

»Es ist von derselben Hand«, sagte Anastasios und las nicht weiter.

»Bist du sicher?«

»Ja. Sieh dir die Ligatur an – das Epsilon und das Ypsilon sind in einem Zug geschrieben, wobei das Ypsilon mit einem Haken angehängt ist. Das gleiche tut sie, wenn sie mit der linken Hand schreibt. Und das Sigma in ›Augustus‹ steht für sich, es ist nicht mit dem Rest des Wortes verbunden. Oh, es besteht kein Zweifel. Aber warum sollte sie so etwas tun? Ich dachte, sie wäre eine enge Freundin der Kaiserin.«

Narses lehnte sich in seinem Sitz zurück, zog beide Briefe über den Tisch hinweg an sich. »Ich glaube, daß sie ihre Tochter lieber mit einem vornehmeren Ehemann, als es der Enkel der Kaiserin ist, verheiraten würde«, sagte er nach einer Pause. »Sie hat offensichtlich alles in ihren Kräften Stehende getan, um die Verbindung hinauszuschieben.« Er seufzte, steckte den anonymen Brief in seine Geldbörse zurück und begann den früheren Brief zusammen mit den übrigen Papieren aus der

Akte zusammenzurollen. »Natürlich, ihr Mann haßt die Kaiserin. Aber der Heerführer ist viel zu aufrichtig, um regelrecht Ränke zu schmieden; vielleicht hat er Verdacht geschöpft und Leute bezahlt, die hinter Johannes herspionieren sollen, aber er hätte niemals einen anonymen Brief geschickt. So sind also wieder einmal Nachkommen die Ursachen des Ganzen.

Ein Mann oder eine Frau mögen vielleicht kein allzu großes Interesse an Geld haben und ehrlich gegenüber ihren Herrschern sein, aber weil sie ihre Nachkommen reich und einflußreich verheiraten wollen, wären sie bereit, die Gerechtigkeit zu verraten, zu bestechen, zu lügen, Ränke zu schmieden, ja sogar zu morden, und dann noch zu glauben, sie hätten nicht Schlechtes getan, weil sie es für ihre Nachkommen tun. Dynastische Ambitionen!« Er schlug mit den zusammengerollten Briefen auf den Tisch, glättete die Kanten. »Manchmal wünschte ich, der Allmächtige hätte sich eine bessere Möglichkeit ausgedacht, menschliche Wesen zu reproduzieren. Auf der anderen Seite verdanke ich meine Laufbahn dieser Methode. Um sich gegen dynastische Ambitionen zu schützen, werden Männer wie ich kastriert und in den kaiserlichen Dienst gesteckt.« Er schob die Briefe in die Rolle zurück.

»Bedauerst du es?« fragte Anastasios, eine Frage, die er sich oft gestellt hatte.

Narses blickte rasch auf, in den dunklen Augen lag keinerlei Überraschung, das faltenlose Gesicht zeigte keine Regung. »Bedauerst du es, nicht als Frau geboren worden zu sein? Vielleicht bedauern manche Frauen, daß sie keine Männer sind, wenn sie sehen, wie viele Vorteile die Welt den Männern zuteil werden läßt. Aber kannst du wirklich bedauern, zu sein, was du bist? Das würde doch bedeuten, jemand anderer zu werden, während man jemand ganz Bestimmter ist – und das wäre gleichbedeutend damit, überhaupt nicht zu existieren!«

Anastasios zuckte die Achseln. »Was dich anbetrifft, so habe ich es manchmal bedauert«, meinte er gleichmütig.

Dies zauberte ein Lächeln auf das Gesicht des anderen. »Ah, aber du warst glücklich verheiratet; du kannst das doch gar nicht beurteilen. Doch genug davon. Morgen früh werde ich Sergius wegen Antonina befragen und dann einen vorläufigen Bericht für den Herrn anfertigen. Und ich werde dem Heerführer Belisar einen Brief schreiben, der weiteren Ärger aus dieser Ecke vermeiden dürfte. Trotzdem ist es peinlich, daß der Brief von Antonina stammt. Der Herr wird genauso denken wie du: Sie ist die Freundin der Herrin, und deshalb ist es unwahrscheinlich, daß sie aus Niedertracht handelt. Trotzdem, er mag diese Frau nicht; darum ist er vielleicht zu überzeugen. Mein Bericht wird Johannes wohl keinen Schaden zufügen. Vielleicht ist er sogar nützlich. Ich danke dir für deine Hilfe, mein Freund. Du solltest jetzt versuchen, noch ein wenig zu schlafen; es ist spät.«

10

Kommandant der Reiterei

Am nächsten Morgen klopfte Johannes zur Frühstückszeit an die Tür zu Narses' Gemächern. Er hatte die Nacht damit verbracht, kreuz und quer durch die Stadt zu reiten; er roch nach Ruß und Pferden, war schmutzig und voller Asche. Seinen Bogen hatte er über die Schulter gehängt, und der Helm, den er im Verlauf der Nacht von irgendwem bekommen hatte, war aus der Stirn geschoben. Narses' Sklaven führten ihn in das saubere, aufgeräumte Eßzimmer, wo ihr Herr und Anastasios beim Frühstück saßen. Die Fenster zur Terrasse standen offen und gaben einen Blick auf das funkelnde blaue Wasser des Bosporus und das grüne Ufer auf der gegenüberliegenden, der asiatischen Seite frei; in der Morgensonne konnte man die Häuser der Stadt Chalcedon weiß leuchten sehen.

»Es tut mir leid, dich zu stören«, sagte Johannes und räusperte sich; seine Kehle war ganz wund von dem vielen Rauch und dem dauernden Schreien der Befehle. »Ich wollte mich lediglich davon überzeugen, daß es allen gutgeht. Sei gegrüßt, Anastasios – so bist du also ebenfalls hier! Das hatte ich gehofft. Ich habe eine Botschaft an deine Sklaven geschickt und ihnen ausrichten lassen, du würdest wahrscheinlich im Palast übernachten.« Er hustete erneut.

Narses zog seine Augenbrauen in die Höhe und deutete auf einen Platz auf der Ruhebank von Anastasios. Er war selbst gerade erst in seine Gemächer zurückgekommen, da er wie gewöhnlich sehr früh aufgestanden war, um dem Kaiser aufzuwarten, doch er hatte ein schönes Frühstück für seine Gäste auffahren lassen. »Setz dich, und nimm dir etwas zu essen und zu trinken«, drängte er Johannes höflich. »Vergangene Nacht warst du wahrscheinlich ziemlich beschäftigt.«

Johannes setzte sich, band seinen Helm los und legte ihn neben sich auf die Ruhebank, rieb sich mit seiner von Ruß verdreckten Hand das Gesicht. »Danke dir, vortrefflicher Narses.« Einer der Sklaven reichte ihm einen Becher mit gewässertem Wein, dessen Inhalt er durstig hinunterstürzte, ehe er ihn wieder absetzte. »Ist Euphemia hier? Ich bin an ihrem Haus vorübergeritten und möchte ihr gerne erzählen, wie es dort steht.«

In diesem Augenblick öffnete sich die rückwärtige Tür des Eßzimmers, und Euphemia und ihre Gesellschaftsdame kamen herein. Euphemia blieb unvermittelt stehen, als sie Johannes erblickte. Der Umhang, den Narses' Sklaven für sie herausgesucht hatten, war aus gelbem Leinen mit einem Saum aus grüner und goldener Seide. Sie hatten die Strähnen ihrer dichten, braunen Haare einfach um den Kopf gewunden, statt sie in einen Knoten zu zwingen oder unter einem Netz zu verstecken. Sie sieht aus wie eine Löwin, dachte Johannes, die aus ihrem Käfig ausgebrochen ist.

Doch sie war sehr blaß, und ihre Augen waren rot gerändert.

Johannes erhob sich. »Hochgeschätzte Euphemia«, sagte er, »ich wollte dir über den Zustand deines Hauses Bericht erstatten.«

»Oh«, sagte sie und errötete. Sie blickte sich im Zimmer um; Narses erhob sich und deutete höflich auf die dritte Ruhebank am Tisch. Mit ein paar raschen Schritten ging sie hin und setzte sich, ihre Gesellschaftsdame folgte ihr wie ein langsamer und ängstlicher Schatten. Narses nahm wieder Platz und warf Johannes, der immer noch stand, einen fragenden Blick zu. Johannes folgte seinem Beispiel.

»Habe ich denn noch ein Haus?« fragte Euphemia und nahm sich ein Stück Weißbrot.

Johannes schluckte, dann zuckte er die Achseln. »Du besitzt zumindest noch Teile eines Hauses. Die Vorderfront ist vom Feuer völlig zerstört worden, aber von dem Teil, in dem du gewohnt hast, stehen immerhin noch Wände und Decken. Der Wind kam vom Süden und hat das Feuer auf das Forum zugetrieben, so daß es sich in erster Linie in dieser Richtung hin ausbreitete. Aber nicht nur das Feuer, sondern auch die Plünderer haben dein Haus heimgesucht. Drei deiner Sklaven sind unverletzt gefunden worden, sie hatten sich in einer nahegelegenen Gasse versteckt, und ich habe sie zum Bronzenen Tor geschickt, damit sie dort auf deine Befehle warten. Ich weiß nicht, wo die übrigen sind. Ich habe deine Sänftenträger zusammen mit den anderen Leichen auf den Marktplatz schaffen lassen, damit sie beerdigt werden können.«

»Hat sich das Feuer sehr ausgebreitet?« fragte Anastasios und blickte Johannes' geschwärzte Hände an.

Johannes zuckte erneut die Achseln. »Mehrere der Häuser am Forum sind zerstört worden. Der dort stehende Palast ist jedoch nicht in Mitleidenschaft gezogen worden. Aber im vierten Stadtviertel wütete noch ein Feuer – der Pöbel wollte das Haus des Quästors niederbrennen. Wir konnten es löschen, bevor allzu großer Schaden angerichtet wurde; außerdem haben wir die meisten Bewohner in Sicherheit bringen können. Dein

Nachbar, der Notar Alexander, ist jedoch umgekommen«, fügte er, an Euphemia gewandt, hinzu. Er ergriff seinen Weinbecher und leerte ihn, dann streckte er seine Hand nach einem Weizenbrötchen aus, bemerkte, daß sie rußverschmiert war, und zog sie zurück; er versuchte, sie abzuwischen.

»Und der Aufruhr?« fragte Narses gespannt. »Der Herr hat gemeint, du habest ihn befehlsgemäß innerhalb einer Stunde niedergeschlagen. Hast du ihn leicht unter Kontrolle bringen können?«

»Das war einfacher, als die Feuer zu löschen«, erwiderte Johannes und lächelte. »Der größte Teil des Pöbels rannte davon, sobald die Soldaten auftauchten; wir hatten nur an ein paar wenigen Stellen Ärger, und insgesamt hat es nicht allzulange gedauert. Ich wünschte allerdings, die Protektoren könnten schießen. Es ist gefährlich, in diesen engen Straßen Fußsoldaten und Reiter mit Aufständischen kämpfen zu lassen: Die Leute werfen Sachen von den Balkonen und errichten Barrikaden. Falls es mehr gewesen wären und falls sie entschlossener gegen uns vorgegangen wären, hätten wir Prügel bezogen. Ein paar mehr Bogenschützen und wir wären kaum in Gefahr gewesen. Trotzdem habe ich nur drei Mann verloren, dazu kommen noch dreißig Verwundete; es hätte viel schlimmer kommen können.« Er streckte seine nun einigermaßen saubere Hand aus und nahm das Weizenbrötchen.

»Vielleicht gelingt es dir, die Protektoren im Bogenschießen ausbilden zu lassen, wenn du erst einmal ihr Befehlshaber bist«, meinte Anastasios und lächelte verschmitzt.

Johannes blickte ihn überrascht an. »Ich? Befehlshaber der Protektoren? Dafür sehe ich keine Chance. Vielleicht werde ich befördert, aber nicht gleich *so* hoch.«

»Ich hatte den Eindruck, daß es dir gelungen ist, den Kaiser tief zu beeindrucken«, sagte Euphemia barsch.

»Nicht so tief, daß er mich zum Befehlshaber der Protektoren ernennt!« protestierte Johannes. »Seine Erhabene Majestät ist über Markianos Apollinaris verärgert und wird ihn irgendwohin versetzen, aber er macht keinen Sekretär und zeitweisen Tribun zum Heerführer. Davon abgesehen, geht das Gerücht, daß er die Stellung diesem Armenier gibt, der die Position eines Oberbefehlshabers in Afrika abgelehnt hat – der Mann, der die dortige Meuterei niedergeschlagen und die Nichte des Kaisers gerettet hat.«

»Artabanes«, sagte Narses.

»Ja, das ist der Mann. Er ist aus dem Holz geschnitzt, aus dem ein

Befehlshaber gemacht werden sollte. Wenn ich Glück habe, dann denkt der Herr darüber nach, mir ein Kommando im Osten zu geben.«

Narses lächelte vieldeutig. »Ich stimme deiner Einschätzung zu und hoffe, daß du recht hast.«

Euphemia saß da und starrte Johannes einen Augenblick an. »Wohin im Osten würdest du denn gehen?« fragte sie schließlich.

Er zuckte die Achseln. »Das wäre ganz dem Herrn überlassen.«

»Oh! Nun, ich hoffe, du wirst befördert. In der vergangenen Nacht ... in der vergangenen Nacht habe ich dir überhaupt nicht gedankt. Laß es mich jetzt nachholen, du hast mich und du hast das Haus meines Vaters gerettet, du hast mein Leben gerettet. Ich hoffe, daß ich eines Tages in der Lage sein werde, dich dafür zu belohnen.«

»Es ist Belohnung genug, dich am Leben zu wissen«, meinte Johannes und lächelte, als er ihrem Blick begegnete. In dem Licht der Sonne waren ihre Augen wieder sehr viel heller, beinahe orangefarben.

Sie errötete. »Und mehr als Belohnung genug, wenn du auch noch befördert wirst«, fügte sie verdrießlich hinzu.

Sein Lächeln erstarb, und er blickte zu Boden. »Daran habe ich dabei nicht gedacht, und es interessiert mich auch nicht, ob ich befördert werde oder nicht.« Er erhob sich und verbeugte sich höflich vor Narses und Euphemia. »Vortrefflicher Narses, verehrte Euphemia – mit eurer Erlaubnis möchte ich jetzt nach Hause gehen und mich ausruhen; es war eine lange Nacht.«

»Natürlich«, erwiderte Narses ruhig, während Euphemia sich auf die Lippen biß. »Ich wollte gerade selbst ins Büro gehen. Anastasios, laß dir Zeit – wenn du willst, schicke einen meiner Sklaven zu deinem Haus, um deine Sklaven zu beruhigen und um dir saubere Kleidung zu holen. Johannes, wenn du möchtest, können wir zusammen bis zum Magnaurapalast gehen.«

Als sie den Palast des Hormisdas hinter sich gelassen hatten, wandte sich Narses plötzlich zu Johannes um, blieb stehen und ergriff seinen Arm. »Du bist in diese junge Frau verliebt«, sagte er.

Johannes hielt den Atem an. Die lange Nacht der Gewalt hatte ein sprödes Gefühl der Verwirrung in ihm hinterlassen; es war, als sei die Welt mit einer dünnen Eisschicht bedeckt, über die er unsicher schlitterte. Bei Narses' Worten schien sie rund um ihn herum in tausend Stücke zu zersplittern, so daß er den Eindruck hatte, tief im eiskalten Wasser zu versinken. Er ergriff Narses' Hand, konnte sie jedoch nicht abschütteln, so daß er zu Boden blickte und versuchte, sich zu fassen.

»Habe ich recht?« fragte Narses nach einer Pause und sah unverwandt auf Johannes' gebeugten Kopf.

»Ich weiß es nicht«, erwiderte Johannes flüsternd.

»Das ist nicht sehr klug«, sagte Narses. »Die Augusta wäre sehr ärgerlich, wenn sie es erführe. Sie haßt die junge Frau um ihres Vaters willen; sie wird sie um so mehr hassen, wenn sie sie als Bedrohung ihrer eigenen Pläne für dich ansehen muß. Das Mädchen hat genug gelitten; bring nicht weiteres Unglück über sie.«

Johannes blickte entgeistert auf. »Die Kaiserin würde doch wohl nicht ...«

»Die Augusta ist eine leidenschaftliche Frau. Sie liebt dich und ist fest entschlossen, sehr viel für dich zu erreichen. Euphemias Vater ist in ihren Augen ein verworfener und gefährlicher Mann, und sie weiß, daß Euphemia ihm bedingungslos ergeben ist. Auch nur dem geringsten Anschein einer Neigung zwischen Euphemia und dir würde sie, ohne zu zögern, die schlimmste nur mögliche Bedeutung verleihen – und Euphemia dafür bestrafen.«

»Die Augusta ist meiner überdrüssig«, sagte Johannes ärgerlich. »Sie hat mich nicht zu sich gebeten, seit wir aus Thrakien zurück sind. Und überhaupt, das ist doch alles Unsinn. Euphemia mag mich nicht, und ich ... Ich weiß nicht, was ich für sie empfinde. Aber ich bin bereits einmal verliebt gewesen, und dieses Gefühl gleicht dem jetzigen überhaupt nicht.«

Diesmal lächelte Narses nicht. »Ich werde dir etwas erzählen. Vor mehr als zwanzig Jahren, als Justin Kaiser war, war ich ein kleiner Schreiber im Schatzamt der kaiserlichen Privatschatulle. Ich war damals noch ein Sklave, und es war unwahrscheinlich, daß ich jemals freigelassen würde, da mein Vorgesetzter mich nicht mochte. Zu jener Zeit war Petrus Sabbatius Justinian – wir nannten ihn damals Sabbatius – der Heermeister des Palastes und der Favorit, wenn auch keineswegs der einzige, für die Nachfolge. Ich und viele andere im kaiserlichen Mitarbeiterstab, in der Armee und bei den Bürgern zogen Germanus vor. Sabbatius hatte den Purpur für seinen Onkel erobert, und alles, was er tat, schien darauf ausgerichtet, ihn für sich selbst zu erobern. Er unterstützte die Blauen auch noch bei deren schrecklichsten Ausschreitungen, nur um ihre Unterstützung zu gewinnen; er bestach die Palasttruppen und schmeichelte ihnen, wo es nur möglich war; überall in den Ministerien hatte er bezahlte Spione und ihm ergebene Gefolgsleute, und selbst sein Onkel hatte Angst vor ihm. Er war ein berechnender, hochbegabter Mann, auf seine Weise fromm, äußerst gebildet, aber kalt. Er hatte nichts für Frauen, Essen oder Trinken oder sonst etwas außer Macht übrig. Es war sehr viel leichter, Germanus zu mögen.

Und dann fingen die Leute eines Tages ungläubig darüber zu flüstern an, Sabbatius habe mit einem Zirkusmädchen, der Tochter eines Bärenzähmers, einer Komödiantin und Prostituierten namens Theodora, angebändelt. Alle Welt war überrascht. Die Geschichte wurde mit der Zeit immer überraschender. Er brachte seine Geliebte und ihren Bastard im Palast des Hormisdas unter; er überschüttete sie mit Reichtümern; er verlieh ihr den Rang einer Patrizierin; er wollte sie heiraten. Kaiser Justin war außer sich, obwohl sein Neffe ihn massiv bedrängte, ihr den erbetenen Rang zu verleihen; die Kaiserin war unnachgiebig, ein Neffe von ihr sollte auf keinen Fall ein solch unmögliches Geschöpf heiraten; beide waren angesichts der Beleidigung der kaiserlichen Würde wütend. Germanus hatte natürlich eine Tochter der Ancii, der vornehmsten Familie des gesamten Kaiserreichs, geheiratet; alles, was Germanus tat, wurde gebilligt, und ganz allmählich wurde er vorgezogen. Viele Leute, darunter auch ich, waren froh darüber.

Eines Tages wurde ich mit einigen Rechnungen zum Kaiser geschickt. Er beriet sich gerade mit seinem Neffen Sabbatius – Justin war, wie ich vielleicht schon gesagt habe, ziemlich ungebildet, und Sabbatius erklärte ihm alles. Als ich vor den Vorhang trat, der vor der Tür des Zimmers hing, in dem sie saßen, hörte ich sie leise, aber ärgerlich miteinander sprechen, und ich blieb stehen, aus Angst davor, sie zu unterbrechen. ›Hast du keine Ehrerbietung uns gegenüber?‹ fragte der Kaiser. ›Es war schlimm genug, dieser ... dieser Kreatur das weiße Gewand mit den purpurfarbenen Streifen zu geben, und jetzt willst du sie auch noch mit dem Diadem krönen! Das Gesetz verbietet es einem Mann im Rang eines Senators, eine Schauspielerin zu heiraten!‹ – ›Dann ändere das Gesetz!‹ sagte Sabbatius. ›Du hast die Möglichkeit dazu. Gib einen Erlaß heraus, in dem festgelegt wird, daß eine Schauspielerin, die ihre Laufbahn aufgegeben und einen hohen Rang erlangt hat ...‹ – ›Das würde uns zum Gespött der Leute machen!‹ erwiderte der Kaiser ärgerlich. ›Deine Tante ist auch sehr betrübt.‹ – ›Meine Tante hat als deine Konkubine angefangen; sie hat kein Recht, jetzt so selbstgerecht zu sein‹, sagte Sabbatius. ›Theodora ist mutig und intelligent, und sie wäre eine große Kaiserin. Es ist reine Heuchelei und zeugt von einem törichten Vorurteil, sie als Kreatur zu bezeichnen und auf sie herabzusehen. Eines der Übel, die auf diesem Reich lasten, ist die Tatsache, daß Männer aufgrund ihrer edlen Vorfahren und nicht aufgrund ihrer Fähigkeiten befördert werden. Was nützt eine großartige Abstammung, wenn man etwas erreichen will?‹ – ›Ich will nicht, daß diese Dirne die nächste Kaiserin ist!‹ sagte Justin. ›Du wirst deine Meinung ändern müssen. Was möchtest du lieber, den Purpur oder deine Theodora?‹ – ›Theodora – *und* den Purpur‹, erwiderte Sabatius wütend. Aber er sagte ›Theodora‹ zuerst. Ich war überrascht. Ich stand draußen vor dem Vorhang und lauschte, während Justin fluchte. Und ich wunderte mich. Ich hatte geglaubt, verliebte Männer verstehen zu können – in meinen Augen bedeutete die Liebe einerseits ganz einfach ein Vergnügen für sie, andererseits eine Notwendigkeit. Aber nur charakterschwache Männer ließen sich von ihr beherrschen. Und doch hatten wir hier Sabbatius, den kältesten und klügsten Mann der ganzen Stadt, der um einer Dirne willen allem, was er erreicht und wofür er gearbeitet hatte, entsagte. Liebe, überlegte ich, muß wohl sehr viel gewichtiger und sehr viel verheerender sein, als ich wußte. Ich dankte Gott, daß ich in diesem Punkt aus dem Schneider war. Aber ich verspürte Mitleid für den armen, seines Verstandes beraubten Sabbatius.

Sie beendeten ihren Streit, und ich ging hinein und warf mich vor dem Kaiser zu Boden und händigte ihm die Berichte aus; er schob sie mir wieder zu und befahl mir zu gehen. ›Ich werde mich damit befassen‹, sagte Sabbatius und nahm sie an sich. Als wir draußen waren, blieb er jedoch stehen und sah mich an. ›Dein Name ist Narses, nicht wahr?‹ fragte er. ›Du hast gute Arbeit geleistet‹, und er erwähnte eine Arbeit, die ich für meinen Vorgesetzten erledigt hatte. ›Komm mit‹, befahl er und führte mich in den Palast des Hormisdas. Ich dachte, er wolle lediglich die Berichte prüfen, doch als wir dort ankamen, ging er geradewegs in die Gemächer seiner Geliebten und stellte mich ihr vor. Sie war wirklich eine äußerst schöne Frau, wir trafen sie beim Lesen an. ›Dies ist Narses‹, sagte Sabbatius, ›und er ist der einzige intelligente Mann im Schatzamt der kaiserlichen Privatschatulle, und dazu noch der einzig ehrliche. Sei nett zu ihm, Liebste.‹ Und die berüchtigte Theodora, die Prostituierte, das widernatürliche Geschöpf, stand auf und ergriff meine Hand. Als sie ihr Buch hinlegte, sah ich, daß es ein Band mit geschichtlichen Darstellungen war – eine Schrift des Malchus von Philadelphia, ernsthafte Geschichtsschreibung jüngeren Datums, keine für Unterhaltungszwecke zusammengestoppelte Chronik. Sie lächelte und sagte: ›Sei willkommen. Wenn es stimmt, was Petrus sagt, werden wir dich zum Leiter des Schatzamtes machen, sobald er den Purpur trägt.‹ – ›Wir können die Rechnungsberichte jetzt gleich durchgehen‹, sagte Sabbatius, und wir machten uns darüber. Theodora blieb bei uns, lehnte sich über die Schulter ihres Geliebten und stellte zwischendurch Fragen – äußerst gescheite Fragen. Sie lernte, wie die Finanzen des Kaiserreichs funktionierten, und sie lernte äußerst rasch.

Nachdem wir mit den Rechnungen durch waren, nahm mich Sabbatius vor der Tür beiseite – wir standen ungefähr dort, wo du und ich jetzt stehen. ›Jetzt sag bloß‹, meinte er, ›daß sie eine gewöhnliche Dirne ist und ich ein alter, von Begierde betörter Trottel, der nicht richtig denken kann.‹ – ›Es steht mir nicht zu, eine diesbezügliche Meinung zu äußern‹, erwiderte ich. ›Aber glaubst du, daß es sich so verhält?‹ fragte er, und ich mußte zugeben, daß dies nicht so war; ich konnte ja sehen, daß sie eine hochbegabte und fähige Frau war, die ich, ohne zu zögern, gefördert hätte, falls sie meine Untergebene gewesen wäre. Er wußte, daß ich die Wahrheit sagte, und war zufrieden. ›Ich werde dich nicht zu bestechen versuchen‹, sagte er, ›weil ich nicht glaube, daß ich das könnte. Außerdem hätte es auch wenig Sinn, da du keinen Einfluß hast. Aber ich weiß, daß dein Vorgesetzter unfähig ist und daß alle Arbeiten aus seinem Büro, die irgendwie von Nutzen sind, von dir stammen. Wenn ich Kaiser bin, wirst du seinen Posten bekommen; außerdem werde ich dich freilassen und dir den Rang eines Patriziers verleihen. Und ich werde Kaiser sein – mein Onkel kommt ohne mich nicht zurecht. Wenn er es im Augenblick noch nicht weiß, dann eben später. Und Theodora wird Kaiserin sein, was auch immer die Leute dazu sagen werden. An der Liebe ist mehr dran, als die Welt glaubt. Bisweilen verhilft einem nur die Leidenschaft dazu klarzusehen.‹«

Johannes schwieg einen Augenblick und blickte den Eunuchen an. »Und du glaubst, daß meine Liebe ähnlich ist?«

»Was weiß ich schon von der Liebe?« fragte Narses. »Aber du hast Euphemia genauso angesehen, wie Justinian damals Theodora angesehen hat. Nicht unbedingt mit Begierde, sondern mit Entzücken und voller Stolz, so als habest du einen gleichgesinnten Geist entdeckt. Und sie ist wirklich intelligent, selbstbewußt und mutig. Ich könnte verstehen, wenn ihr euch liebtet. Wenn ich in der Lage wäre, eine Frau zu lieben, dann wäre es eine Frau wie sie. Aber du würdest sie zerstören.«

Joahnnes schwieg lange, seine Hand umklammerte immer noch Narses' Handgelenk; sie war eiskalt. Im Palastgarten sangen die Vögel, und die Luft roch nach Blumen und nach Meer. »Ich werde mich von ihr fernhalten«, sagte Johannes schließlich ruhig. Er ließ seine Hand sinken.

Narses ließ ihn los. »Es tut mir leid für dich«, sagte er nach einer Pause.

»Aber dies wollte ich dir gerade empfehlen.« Er seufzte und blickte zu dem klaren Himmel empor. »Es wäre wohl das beste, wenn du jetzt nach Hause gingest und dich ausruhtest – und auf mich warten im Büro ein paar wichtige Geschäfte.«

Ein paar äußerst wichtige Geschäfte, und sie stehen im Zusammenhang mit dir, dachte er bei sich, nachdem er durch den Magnaura-Palast in sein Büro gelangt war. Es war noch niemand da – der Aufruhr würde natürlich zur Folge haben, daß sich die Schreiber verspäteten; außerdem war es noch ziemlich früh. Das Mutter-Gottes-Bild hing wieder an seinem Platz an der Wand über dem Schreibpult; Narses stand einen Augenblick da und betrachtete ihr stilles Gesicht. Gesegneter Stamm, ausgeschlagen und aus durstiger Erde Schößlinge getrieben! betete er. Der Mensch, der die Gottheit gebiert; Mutter Gottes, hilf uns, so zu leben wie du, in der sich alle Widersprüche auflösen. Er verneigte sich vor ihr bis auf den Boden, dann setzte er sich an sein Schreibpult. Als erstes mußte er seinen Bericht schreiben.

Anastasios erschien kurze Zeit später, Diomedes etwa eine Stunde und Sergius noch eine weitere Stunde danach.

»Es tut mir leid, daß ich zu spät komme, vorzüglicher Narses«, erklärte er, als er das Hauptbüro betrat. »Aber die Aufrührer haben in meinem Stadtviertel schlimm gewütet.«

Narses nickte nachsichtig. »Du wohnst im vierten Bezirk, nicht wahr? Ich nehme an, daß ihr dort Feuer hattet. Ich hoffe, daß deiner Familie nichts passiert ist?«

»Die Soldaten haben das Feuer gelöscht, bevor es sich zu weit ausbreiten konnte«, erwiderte Sergius. »Sie haben Wasser aus dem Aquädukt abgeleitet. Sie waren in der vergangenen Nacht sehr rasch zur Stelle – viel schlagkräftiger als für gewöhnlich. Ich nehme an, Johannes war auch unter ihnen? Ich sehe, daß er nicht hier ist.«

»Johannes war sogar damit beauftragt, den Tumult niederzuschlagen; ich freue mich zu hören, daß du seine Anweisungen billigst. Es ist sehr wahrscheinlich, daß Seine Erhabene Majestät Johannes die passende Beförderung gewährt, die er so reichlich verdient hat – in diesem Falle werde ich einen neuen Sekretär brauchen.« Narses lächelte höflich. »Vielleicht wäre dies der richtige Zeitpunkt, deine eigene Position hier zu überdenken, geschätzter Sergius?«

Diomedes blickte neidisch von seiner Kopierarbeit auf; Sergius hielt den Atem an. Er wischte sich die Hände an der Innenseite seiner Tunika ab, versuchte sich zu beruhigen und lächelte eilfertig. »Wenn du meinst, vorzüglicher Narses.«

Narses erhob sich und deutete auf den Vorhang vor dem Eingang zu den kaiserlichen Gemächern. Sergius lächelte und begab sich in das private Vorzimmer, und Narses folgte ihm.

»Ich werde Johannes«, sagte Narses und schloß die Tür hinter sich, »natürlich sehr vermissen. Seine Fähigkeiten haben meine eigene Arbeit sehr erleichtert – allein die Tatsache, daß er die Kurzschrift beherrscht, ist unschätzbar –, aber noch mehr werde ich ihn als Mensch vermissen. Einen so rechtschaffenen Mitarbeiter werde ich kaum wiederfinden. Trotzdem freue ich mich natürlich, daß er befördert wird. Und ich bin sehr erleichtert darüber, daß er es trotz eines gewissen niederträchtigen Briefes schafft.«

Sergius' Lächeln schwand nur für einen winzigen Augenblick, doch seine Augen wurden furchtsam. »Ein Brief, vorzüglicher Narses?«

»Ein anonymer Brief, der dem Kaiser ausgehändigt worden ist und in dem Beschuldigungen enthalten waren. Das hätte nicht passieren dürfen; der Kaiser hat vor langer Zeit höchstpersönlich Anweisung gegeben, daß ihm keine Beschuldigungen vor Augen kommen sollen, deren Urheber nicht bereit sind, sich zu ihnen zu bekennen, und wir haben diese Anweisung stets befolgt. Als der Herr Agapios den Brief zeigte, erinnerte dieser sich nicht daran, ihn in diesem Büro gesehen zu haben, obwohl er zuvor auf einem der Schreibpulte hier gelandet sein muß. Ich habe mich gefragt, Sergius, ob du mir behilflich sein könntest, zu verstehen, wie das gekommen sein könnte.«

»Oh, jetzt weiß ich, wovon du sprichst«, sagte Sergius. »Ja, Agapios hat mich ebenfalls danach gefragt. Doch ich fürchte, ich habe den Brief niemals gesehen, und vor allem habe ich keine Ahnung, wie er an den Herrn gelangt ist. Hat er etwas mit Johannes zu tun?«

Bewundernswert, dachte Narses. »So ist es, fürchte ich – aber wir wollten ja über deine Stellung hier sprechen.« Er setzte sich und verschränkte seine Hände. »Die Schwierigkeit dabei ist, daß ich nicht weiß, ob du ganz einfach unehrlich bist oder ob du zusätzlich auch noch unbesonnen bist.« Sergius' Lächeln verschwand endgültig, Narses fuhr jedoch in aller Ruhe fort. »Falls ersteres zutrifft, werde ich empfehlen, dir einen Posten im Postbüro zu geben, wo deine unbezweifelbare Intelligenz von Nutzen sein und deine Unehrlichkeit keine große Bedeutung haben wird. Falls das zweite zutrifft, werde ich leider keinen anderen Posten für dich empfehlen können, so daß du zu deinem Vater zurückkehren mußt.«

»Was . . . was willst du damit sagen?« fragte Sergius. »Was ist mit der Stellung deines Sekretärs?«

»Du hast dich ein bißchen allzu eifrig für sie interessiert, meinst du nicht?« fragte Narses in mildem Tonfall. »In seinen Papieren zu wühlen, während der andere noch seine Stellung innehat? Wer hat dich darum gebeten zu spionieren, Sergius?«

»Ich weiß nicht, wovon du sprichst«, sagte Sergius, und sein Gesicht sah aus wie ein Haus mit zwei verbarrikadierten Fenstern. »Aber wenn du mich irgendwelcher Dinge beschuldigst, kann ich auch die Gerichtsbarkeit anrufen.«

»Dich beschuldigen? Ich versuche herauszufinden, was man mit dir wohl am besten tun könnte. Hast du jenen Brief gelesen?«

»Ich habe dir doch gesagt, daß ich nichts von diesem Brief weiß!«

Narses nahm den Brief aus seiner Geldbörse und gab ihn Sergius. »Dann lies ihn mir bitte einmal vor.«

Mißtrauisch und ängstlich nahm Sergius den Brief, runzelte die Stirn und entfaltete ihn. »Ich habe ihn nie gesehen«, beteuerte er noch einmal und trat einen Schritt vor, um den Brief unter das Licht zu halten. Langsam las er ihn vor; das Stirnrunzeln verstärkte sich noch. Narses beobachtete ihn sorgfältig. Sergius stolperte über den letzten Satz und starrte auf das Blatt Pergament, seine Stirn in tiefe Falten gelegt. Er hat ihn tatsächlich nicht gelesen, dachte Narses. Das habe ich mir beinahe gedacht. Er war hinter Johannes her und hätte sich nicht getraut, Theodora zu beleidigen.

»Aber . . .«, sagte Sergius, »aber hier . . . hier wird die Kaiserin angeklagt. In diesem Brief wird behauptet, sie habe gelogen.«

»In der Tat. Und der Kaiserin ist bewußt, daß derartige Beschuldigungen existieren, obwohl sie nicht weiß, daß es einen solchen Brief gibt. Sie hat in meiner Gegenwart geschworen, wenn sie herausfände, wer für diese Geschichte verantwortlich ist, würde sie ihn auspeitschen und ihm den Mund mit geschmolzenem Blei füllen lassen. Und sie hat nicht gescherzt. Vielleicht würde sie ihre Freundin Antonina schonen, aber dich sicherlich nicht.«

Sergius wurde schneeweiß. »O mein Gott!« Er setzte sich und ließ den Brief auf den Fußboden fallen.

Narses bückte sich und hob ihn auf, faltete ihn sorgfältig und steckte ihn in seine Geldbörse zurück. »Sie weiß nicht, daß ein solcher Brief existiert«, wiederholte er. »Und sie braucht es auch nicht zu erfahren. Aber ich wünsche ein paar ehrliche Antworten. Wann hat Antonina dich angeworben?«

Sergius blickte auf, er sah bleich und elend aus. »Du weißt davon?«

»Ich weiß einiges davon. Los, beantworte die Frage.«

»Sie ... sie lud mich im Frühjahr, bevor du nach Thrakien gingst, in ihr Haus ein. Es waren die Iden des März. Sie sagte, sie und ihr Gemahl machten sich Sorgen, Johannes sei vielleicht nicht der, welcher er zu sein scheine – ihr Gemahl war der Ansicht, er ritte wie ein Sarazene und spräche Arabisch wie ein Nabatäer, und wollte Nachforschungen über ihn anstellen. Sie sagte, sie fürchte, die Kaiserin sei einem gerissenen Betrüger aufgesessen, sie hoffe zwar, es verhalte sich nicht so, aber sie wolle sicher sein. Ich hatte den Eindruck, sie wollte Johannes entlarven und von der Kaiserin im Gegenzug eine Gunst erbitten. Sie wollte, daß ich alles nur Erdenkliche über ihn in Erfahrung bringe, und sie versprach mir eine Stellung im Schatzamt, falls es mir gelänge, irgend etwas zu beweisen.«

»Dann hast du ihm also nachspioniert.«

»Dann habe ich nach einer Möglichkeit gesucht, ihn zu entlarven. Aber ich habe nie etwas gefunden. Ich habe eine Menge Geld bei dem Versuch verschwendet, seine Sklaven und die Leute rund um ihn herum zu bestechen, aber es brachte mich nicht weiter; Berytus gab ebenfalls nicht viel her. Ich habe keinerlei Lügen über ihn verbreitet, das schwöre ich! Antonina sagte, sie wünsche Tatsachen, keine Gerüchte; Gerüchte würden die Kaiserin lediglich beleidigen und nichts beweisen. In diesem Frühjahr, kurz bevor du zurückgekehrt bist, erhielt ich einen Brief von Antonina, in dem sie schrieb, ihr Gemahl habe seine Nachforschungen über Johannes abgeschlossen und die Ergebnisse seien zwar besorgniserregend, aber ohne Beweiskraft. Sie sagte, sie wolle der Herrin nicht schreiben, da diese vielleicht nur beleidigt wäre, wenn sie unbewiesene Anschuldigungen gegen einen Mann zu hören bekäme, den sie als Freund und Vetter ansähe. Doch sie schrieb auch, sie sei der Meinung, der Herr solle davon erfahren, vor allem falls er daran denke, Johannes zu befördern. Sie fügte jenen gesiegelten, jedoch ungestempelten Brief bei. Sie bat mich sicherzustellen, daß der Herr ihn zu Gesicht bekäme. Ich legte ihn zu dem Stoß von Briefen, die für ihn bestimmt waren, aber ich schwöre bei allen Heiligen, ich hätte mir eher eine Hand abgeschlagen, bevor ich ihn dorthin legte, wenn ich gewußt hätte, daß er Anschuldigungen gegen die Kaiserin enthält.«

»Ich glaube dir«, sagte Narses. »Also Unehrlichkeit, jedoch keine Unbesonnenheit. Natürlich kannst du nach einem derart ernsten Vertrauensbruch nicht hier in meinem Büro bleiben, aber ich werde dich für einen Posten im Postbüro empfehlen. Ich gebe dir jedoch ausdrückliche

Anweisung, diesen Brief oder seinen Inhalt niemandem gegenüber zu erwähnen; wenn du es tätest, würde es höchstwahrscheinlich der Kaiserin zu Ohren kommen. Ich werde einen Brief an den Heerführer Belisar schreiben, und ich denke, die höchst ausgezeichnete Antonina wird dich nicht wieder behelligen. Falls es dich interessiert, ich habe die in dem Brief aufgestellten Behauptungen persönlich untersucht, und alles, was ich herausgefunden habe, ist in der Tat ohne Beweiskraft, es scheint die Behauptung allerdings eher zu widerlegen, als zu bestätigen. Ich glaube, daß es der Frau des höchst ruhmvollen Heerführers in erster Linie darum geht, eine Ehe zwischen ihrer Tochter und dem Enkel der Kaiserin zu verhindern. Das ist alles; du kannst dir den Rest des Tages freinehmen.«

Er wartete, bis Sergius gegangen war, bevor er sich erhob und ins Büro zurückging. Dieser Brief an Belisar wird äußerst schwierig zu schreiben sein, dachte er unglücklich.

Belisar hatte Narses schriftlich zu dem Sieg bei Nikopolis gratuliert. In dem Brief ging es hauptsächlich um die Notwendigkeit zusätzlicher Truppen für Italien und demzufolge auch für Thrakien, aber am Anfang hatten zwei oder drei überschwengliche Absätze gestanden, die überraschend ehrlich klangen und Balsam für Narses' empfindliche Seele bedeuteten.

Er kann nicht wissen, wie sehr ich ein Lob genieße, dachte er. Seines mehr als das jedes anderen. Er ist der unübertroffene Meister der Kriegskunst und ein Mann, für den Mut etwas Selbstverständliches ist: Wenn er beeindruckt ist, dann war der Sieg wirklich beeindruckend. Anastasios und seine Fragen! Wenn ich jemals gewünscht habe, etwas anderes zu sein, als ich bin, dann deshalb, weil ich ein zweiter Belisar sein wollte – so lächerlich das auch für einen Mann in meiner Stellung klingen mag. Und jetzt muß ich ausgerechnet ihn kränken ... Ich könnte natürlich auch einfach an Antonina schreiben, aber sie würde ihm den Brief zweifellos zeigen, und das wäre eher noch kränkender, als ihm direkt zu schreiben.

Er seufzte und ging in sein Büro zurück. Diomedes saß, ohne sich zu rühren, an seinem Schreibpult, starrte bestürzt auf die Tür, durch die Sergius verschwunden war. Ich werde mir ein paar Leute aus den kaiserlichen Büros ausleihen müssen, dachte Narses. Ich kann kaum mit einem Kopisten und einem Aktengehilfen auskommen. Er lächelte Diomedes vage zu und warf einen Blick in den Vorraum. Die übliche Schlange von Leuten, die auf eine Audienz warteten, bestand heute aus zwei oder drei Personen; die übrigen warteten ab, bis die Unruhen wirklich vorbei waren. Anastasios lächelte bei seiner Arbeit still vor sich hin. Als sein

Vorgesetzter kurz im Türrahmen erschien, blickte er auf und lächelte noch breiter. »Das war's dann wohl mit Sergius«, sagte er.

Narses erwiderte das Lächeln. »Jetzt werde ich dem Herrn meinen Bericht vortragen. Sprich ein kurzes Gebet für mich, ja?«

Kaiser Justinian saß ganz allein auf dem Thron des Salomon und las einen Bericht über die Unruhen der vergangenen Nacht. Der mechanische Thron ruhte bewegungslos in einem Meer von Sonnenlicht, und die Lampen auf den goldenen Ständern waren nicht angezündet. Die ringsum geschlossenen Vorhänge aus purpurfarbener Seide tauchten den gesamten Raum in ein glühendes Licht: Es sah so aus, als säße der Kaiser inmitten eines amethystfarbenen Kristalls. Er nahm ein neues Blatt zur Hand, blickte auf und sah, daß sein Kämmerer an einem der Vorhänge wartete. Er nickte, und Narses trat einen Schritt vor und warf sich vor ihm zu Boden.

»Nun«, meinte Justinian, »nach alldem muß man wohl ein paar Worte darüber verlieren, daß man einem Bürokraten ein Truppenkommando übergibt.« Er blätterte rasch durch die Seiten des Berichts, die, wie Narses sah, in Johannes' klarer, präziser Handschrift abgefaßt waren. »Dies war heute morgen als erstes fertig. Es enthält eine vollständige Liste der Opfer, einen nach Stadtvierteln geordneten Bericht über die Schäden und eine nach Dringlichkeit geordnete Aufstellung über die vermutlichen Reparaturkosten. Der Heerführer Apollinaris hätte drei Tage gewartet und mir dann eine vollkommen nutzlose Lobeshymne in wunderschöner attischer Prosa über sein eigenes Verhalten ausgehändigt. Du hast recht, wenn du deinen Sekretär schätzt. Er ist offensichtlich ein äußerst fähiger junger Mann.«

Narses lächelte. »Ich habe ihn fast stets so erlebt, Herr. Hier hast du, sofern du Zeit findest, ihn entgegenzunehmen, einen vorläufigen Bericht über den Brief, den du über ihn erhalten hast.«

Justinian gab einen mürrischen Laut von sich, nahm den Bericht und fing an, ihn rasch mit leiser Stimme zu lesen. Schließlich blickte er überrascht auf. »Antonina?« fragte er.

»Es sieht so aus, Herr. Ich vermute, daß sie die Heirat zwischen ihrer Tochter und dem Enkel der Erhabenen Augusta zu verhindern wünscht.«

Der Kaiser runzelte die Stirn. »Ich habe schon immer gesagt, daß diese Frau zu allem fähig ist. Nur weil sie aus ihrem Mann einen Narren macht, indem sie hinter Männern herläuft, die halb so alt sind wie sie, findet sie es ganz natürlich, daß meine Frau dasselbe tut – und beschließt, mir dies mitzuteilen! Ich glaube, du könntest recht haben: Sie und ihr Mann verschleppen die Eheschließung jetzt schon seit über einem Jahr, obwohl ihre Tochter lieber heute als morgen heiraten würde. Also gut, die Vorbereitungen für die Hochzeit sollen beschleunigt werden. Ich wünsche, daß sie so bald wie möglich stattfindet, gleichgültig, ob die Eltern des Mädchens es ermöglichen können, zu den Feierlichkeiten nach Konstantinopel zu kommen, oder nicht. Ich verliere allmählich die Geduld mit Belisar. Er ist jetzt seit einem Jahr in Italien, und was ist geschehen? Die Goten haben Rom eingenommen, das ist wirklich großartig! Belisar hat es noch nicht einmal geschafft, auf italienischem Boden Fuß zu fassen, außer dort, wo ihn eine unserer dortigen Festungen aufnehmen kann. Und Herodian hat sich in einem Brief darüber beklagt, daß der Heerführer dauernd Geld fordert und wilde Drohungen ausstößt, falls er nicht zahlt. Soviel darüber, daß er die Goten auf eigene Kosten besiegen will!«

Narses schwieg einen Augenblick, dann sagte er vorsichtig: »Der Heerführer benötigt verzweifelt Soldaten und Vorräte, Herr. Selbst von Belisar kann man nicht erwarten, daß er ein Königreich mit lediglich viertausend Mann erobert. Er hat vorschnelle Versprechungen gemacht und traut sich nicht, dir gegenüber zuzugeben, daß er sie nicht halten kann. Die meisten Befehlshaber in Italien – allen voran Bessas und Herodian – haben beträchtliche Summen aus ihren Provinzen gezogen und diese nicht . . . in dem Sinne, den Belisar sich wünschen würde, ausgegeben. Ich glaube, seine Position ist nur allzu verständlich.«

Justinian schnaubte verächtlich. »Es war ein Fehler, überhaupt nach Italien zu ziehen«, entgegnete er bitter. »Und es war ein noch schlimmerer Fehler, wieder hinzuziehen. Rom ist zwischen uns und den Goten praktisch aufgerieben und zerstört worden, seine Bürger nahezu ausgerottet.«

»Aber da wir nun einmal dort sind, Herr, haben wir keine andere Wahl, als energisch darauf hinzuwirken, daß der Krieg auf irgendeine Weise beendet wird.«

Justinian machte eine abschätzige Handbewegung. »Vielleicht. Aber wenn es dahin kommen sollte, ist Belisar inzwischen vielleicht zu der Ansicht gelangt, daß er unentbehrlich ist. Und was die Vermutungen von Belisars Frau anbetrifft, so halte ich gar nichts von ihnen. Aufgrund der Dinge, die du hier zusammengetragen hast, ergeben sich keine Hinweise, die den Schluß zulassen, Theodora habe gelogen, als sie behauptete, Johannes sei ihr Vetter. Die Tatsachen legen eine derartige Schlußfolgerung keineswegs nahe. Und warum sollte ich meiner Frau mißtrauen? Ich weiß, daß sie mir ergeben ist, ergebener als sonst jemand im gesamten Kaiserreich. Ich müßte schon sehr stichhaltige Beweise für ein Lügengespinst ihrerseits haben, und statt dessen habe ich nur einen boshaften Brief, der noch dazu auf einem Argumentum ex silentio basiert. Es gibt keinen Beweis dafür, daß Johannes nicht derjenige ist, der zu sein er behauptet, und wenn ich überhaupt jemandem vertrauen kann, dann Theodora. Weißt du eigentlich, daß sie bereits vermutet hat, ich verdächtige sie, eine heimliche Liebesaffäre mit Johannes zu haben?«

Heilige Mutter Gottes, was hat diesen Gesinnungswandel wohl bewirkt? überlegte Narses erstaunt. »Ach, wirklich, Herr?« fragte er vorsichtig.

»Sie leitet ihre Vermutung aus der Tatsache her, daß ich ihn nicht befördert habe. Wir haben ausführlich darüber gesprochen. Ich war ein Tor, sie zu verdächtigen, Narses. Ein schrecklicher Tor – es geht ihr nicht gut, und diese Geschichte hat ihr viel Kummer bereitet.« Der Kaiser nahm Narses' Bericht und faltete ihn erst einmal, dann noch einmal. »Meine schöne Theodora!« sagte er weich und blickte auf das Pergament. Er zerknüllte den Bericht und gab ihn seinem Kämmerer zurück. »Du kannst ihn verbrennen und den Brief gleich mit. Ich wünsche, nichts mehr davon zu hören, es sei denn, es gäbe irgendwelche schlüssigen Beweise. Aber wahrscheinlich gibt es keine.« Er lächelte angespannt, seine Augen funkelten, und er fügte hinzu: »Meine Frau möchte meinen Vetter verheiraten. Weißt du, welches Mädchen sie für ihn ausgesucht hat?«

»Nein, Herr«, erwiderte Narses. Er erinnerte sich daran, wie Johannes Euphemia bewundernd angesehen hatte. Mit einem Gefühl des Bedauerns, das sich fast zu einem Schuldgefühl steigerte, versuchte er, das Bild auszulöschen.

»Sie möchte, daß er meine Nichte Praejecta heiratet! Sie war sehr verärgert, als ich ihr sagte, daß das nicht in Frage kommt. Aber das ist der eigentliche Grund, warum sie ein so lebhaftes Interesse an ihrem Vetter Johannes zeigt. Sie hat erkannt, daß er ein äußerst fähiger junger Mann ist, und sie möchte, daß er beim Kampf um die Nachfolge antritt.«

»Aber das kommt doch nicht in Frage, oder?«

Der Kaiser überlegte einen Augenblick. »Nein, obwohl ich es nicht ganz ausschließen möchte. Germanus gilt im Augenblick als Erbe, so wie, im Grunde genommen, schon seit jeher. Natürlich, bis ich ans Sterben komme, wird Germanus wahrscheinlich ebenfalls das Zeitliche gesegnet haben, genau wie einige meiner übrigen Neffen, so daß der Mann einer meiner Nichten eine Chance hätte. Doch selbst wenn Theodora eine glänzende Verbindung für ihren Vetter zustande bringt, hätte er nur eine winzige Außenseiterchance, und er müßte schon etwas leisten, was ihn als ungleich fähiger als alle anderen erweist, den Purpur zu erlangen. Die Tatsache, daß er ein Mitglied ihrer Familie ist, auch wenn es sich dabei um einen ehrbaren Zweig dieser Familie handelt, würde ein ernstes Argument gegen ihn sein, vor allem beim Senat. Und ich habe nicht die Absicht, die öffentliche Meinung gegen mich aufzubringen, indem ich Theodoras Familie unterstütze. Aber selbst wenn man einmal derartige Spekulationen beiseite läßt, so kommt eine Ehe zwischen Johannes und Praejecta auch aus einem anderen Grund auf keinen Fall in Frage. Sie möchte deinen Landsmann Artabanes heiraten, der sie in Afrika gerettet hat, nachdem ihr Mann umgebracht wurde. Und Artabanes wünscht sich verzweifelt, sie zur Frau zu nehmen – das ist auch der Grund dafür, warum er die Stellung eines Oberbefehlshabers dort ausgeschlagen hat. Er wollte sie nach Hause begleiten und um ihre Hand bitten. Und es ist sehr wahrscheinlich, daß er sie bekommt.«

»Das freut mich für meinen Landsmann«, entgegnete Narses ruhig.

Justinian lachte. »Wie alt warst du, als du Armenien verlassen hast?«

Narses lächelte. »Eure Erhabene Majestät weiß sehr wohl, daß ich nicht weiß, wie alt ich bin, da ich nicht sagen kann, wann ich geboren wurde und wie lange mein erster Herr mich behalten hat. Aber ich habe meine Herkunft niemals vergessen.«

»Und auch das ist typisch armenisch. Nun gut, auch Artabanes hätte nur eine kleine Außenseiterchance für die Nachfolge, aber er hat das Zeug zu einem ausgezeichneten armenischen General. Er hat beträchtlichen Mut und große Entschlußkraft bewiesen, als er Guntariths Meuterei niederschlug. Ich werde ihn zum Befehlshaber der Protektoren machen.«

Narses verbeugte sich. »Mir ist ein diesbezügliches Gerücht zu Ohren gekommen. Soll ich seine Ernennungsurkunde heute noch ausstellen?«

»Tu das. Und was deinen Freund Johannes anbetrifft . . .« Der Kaiser machte eine Pause und beobachtete seinen Kämmerer. Narses' Gesicht war gleichmütig wie stets, aber Justinian bemerkte, wie sich die Finger seiner rechten Hand vor Anspannung krümmten. Er mag den jungen Mann sehr, dachte Justinian, was eine ganze Menge besagt: Er verachtet Treulosigkeit, er ist nicht an den Freuden der Aphrodite interessiert, und er schätzt Integrität über alles. »Was deinen Freund Johannes anbetrifft, so kannst du ebenfalls eine Ernennungsurkunde ausstellen, die ihn in den Rang eines Befehlshabers der berittenen Gardetruppen erhebt. Er kann die kaiserliche Garde in Zusammenarbeit mit Artabanes befehlen. Dein Landsmann ist etwas unerfahren, wenn es sich um Papierkram handelt, und wird jemanden benötigen, der ihm bei den Abrechnungen behilflich ist.«

Narses lächelte, seine Augen leuchteten, und er verneigte sich bis zum Boden. »Ja, Herr.«

Das wird Theodora freuen, dachte Justinian, als der Eunuch gegangen war. Es wird sie für mein Mißtrauen ein wenig entschädigen. Und der junge Mann ist wirklich außerordentlich fähig.

Er überflog den Bericht erneut und bemerkte beifällig die Geschicklichkeit, die er offenbarte – dann hielt er inne und starrte ins Leere. Und falls der junge Mann schuldig ist, dachte er halb gegen seinen Willen, falls er meine Frau betrogen hat oder falls sie mich beide zusammen betrügen, dann wird er hier in Konstantinopel sein, und ich werde wissen, wo ich ihn finde.

Am nächsten Morgen brachte ein Palastbote Johannes eine Einladung zum Frühstück mit der Kaiserin.

Er hatte schlecht geschlafen, und die Ankunft des Boten riß ihn aus einem verworrenen Traum von Tumult und Feuersbrunst. Jacobos betrat sein Schlafzimmer und händigte ihm die Einladung aus, und er lag noch einige Minuten in seinem Bett und starrte auf die Wand.

Dann hat Narses also recht gehabt: Sie ist meiner nicht überdrüssig, dachte er, und der Gedanke löste die vertraute Furcht in ihm aus, zusammen mit einer Welle von Freude und Dankbarkeit.

Er stand auf und kleidete sich hastig an, zog die rote Tunika über, die sie ihm geschenkt hatte. Aus dem Umhang der Protektoren wurde immer noch der Ruß herausgewaschen, so mußte er sich mit dem roten Umhang eines Zivilisten zufriedengeben. Nach fünf weiteren Minuten war er gewaschen und seine Haare gekämmt, und er begleitete den Boten zurück zum Daphnepalast, wo er eine halbe Stunde lang im Frühstückszimmer warten mußte, während Theodora ihr Bad beendete.

Als sie erschien, lächelte sie jedoch. »Johannes, mein Lieber!« rief sie, sobald sie ihn sah, und ließ ihm keine Zeit, sich zu verbeugen, sondern eilte auf ihn zu und umarmte ihn. »Es ist schon so lange her, daß ich dich zuletzt gesehen habe! Laß mich dich anschauen – nun, du hast dich nicht verändert. Ich hatte erwartet, daß du inzwischen zu einem richtigen Soldaten geworden bist. Setz dich – nein, hierher, neben mich. Ich habe ein Geschenk für dich.« Ihre Augen leuchteten vor Freude.

Als er sich neben sie auf die Ruhebank gesetzt hatte, bemerkte er, wie alt sie geworden war. Ihre Hände ähnelten den Klauen eines Raubvogels, dachte er, nur noch Haut und Knochen unter den mit Juwelen besetzten Ringen; und ihr Gesicht war angespannt und hager. »Warst du krank?« fragte er erschrocken. »Das tut mir leid ...«

Sie machte eine wegwerfende Gebärde. »Mir geht's sicher bald besser – das hat überhaupt nichts zu besagen, nur eine Magengeschichte. Herr im Himmel, wie gut es tut, dich zu sehen! Ich nehme an, Narses hat dir nichts von dem ganzen Ärger erzählt?«

»Von welchem Ärger?« fragte er und überlegte verwirrt, ob sie etwas meinte, was mit ihrer Krankheit zu tun hatte.

»Petrus hatte sich in den Kopf gesetzt, daß du und ich ihn betrügen. Ich habe Schluß mit diesen Hirngespinsten gemacht, aber wir werden in Zukunft vorsichtig sein müssen. Trotzdem mußte ich dich heute ganz einfach sehen!« Sie schnippte mit ihren Fingern, und ihr Kämmerer erschien. »Eusebios, hol das Geschenk für Johannes herein.«

Johannes starrte sie an. »Der Herr hat vermutet, daß ...«

»Jemand hat ihm irgendeine Geschichte erzählt. Falls ich herausfinde, wer es war, wird er mir teuer dafür bezahlen. Doch mach dir nichts draus, es ist jetzt vorbei, wir müssen lediglich ein bißchen vorsichtig sein.« Sie beugte sich zu ihm hinüber und fing an, die Spange seines Umhanges zu lösen. »Ich habe dir einen neuen Umhang besorgt«, erzählte sie ihm, und ihre Augen leuchteten. »Steh auf, ich will dir diesen hier abnehmen ... So! Eusebios?«

Der Eunuch kehrte zurück und lächelte; über seinem Arm hing ein strahlendes Etwas aus weißer und purpurfarbener Seide. Theodora lachte, sprang auf und nahm den Umhang von ihrem Kämmerer entgegen. »So, jetzt bist du dran«, verkündete sie und hielt ihn hoch.

»Aber ... aber das ist ja der Umhang eines Patriziers«, sagte Johannes.

Theodora brach in ein perlendes Gelächter aus. Sie setzte sich, drückte den neuen Umhang an sich. »O Herr im Himmel, was du für ein Gesicht machst!« rief sie. »Ja, mein Lieber, natürlich ist es der Umhang eines Patriziers. Es ist nichts Erstaunliches daran, daß der Befehlshaber der Reiterei der kaiserlichen Garde diesen Rang erhält. Und hiermit verleihe ich ihn dir.«

»Ich ... ich bin doch nicht ...«

»Doch, du bist. Petrus hat dich gestern dazu ernannt, und Narses hat die Ernennungsurkunde ausgestellt. Hier, zieh ihn über!« Sie war erneut aufgesprungen und zog ihm den Umhang über die Schultern. Sie blickte sich nach etwas um, um ihn zu verschließen, und Eusebios trat mit einer Spange aus mit Granat besetztem Gold hinzu. »Hier«, sagte sie und befestigte sie auf der Seide. »Unsterblicher Gott, du siehst phantastisch aus! Dieser Umhang hat die zweitschönste Farbe der Welt.«

Er blickte an sich hinunter und berührte zögernd den breiten Streifen, der den Umhang in zwei Hälften teilte: echter Purpur.

»Ja«, sagte Theodora, »diese Farbe ist die schönste.« Sie fuhr mit der Hand über ihren eigenen Umhang und lächelte.

Er blickte zu ihr auf und sah sie an, verlegen, wie er in ihrer Gegenwart immer zu sein schien. Ihr hageres Gesicht war gerötet, und ihre Augen glühten so sehr vor Freude über das Geschenk, daß er nun ebenfalls lächelte. »Danke«, sagte er.

Sie lachte und setzte sich wieder auf ihre Ruhebank, warf ihre Füße über die hintere Lehne. Er nahm neben ihr Platz und strich den Umhang vorsichtig glatt.

»Ich werde dir im Zusammenhang mit diesem Umhang etwas Außergewöhnliches erzählen«, sagte die Kaiserin und streckte ihre Hand nach dem Becher mit der Ziegenmilch aus. »Woher, glaubst du wohl, kommt die Seide?«

»Wo die Seide herkommt? Aus dem Seidenland östlich von Persien natürlich.«

Theodora schüttelte den Kopf und stellte den Becher wieder hin. Ihre Lippen hatten einen weißen Rand; sie leckte ihn mit ihrer rosafarbenen Zunge ab. »Nicht diese Seide hier. Das ist asiatische Seide, hier in Konstantinopel hergestellt. Ich habe den ersten Umhang, der jemals aus asiatischer Seide gefertigt worden ist, und du hast den dritten – Petrus hat natürlich den zweiten.«

Er fuhr erneut prüfend über die Seide: Sie sah so aus wie jede andere feine Seide auch. »Wie ist das möglich? Woraus ist sie gemacht?« fragte er.

Sie kicherte. »Aus Würmern.«

»Aus Würmern?« Er starrte auf die glänzenden Fasern, als erwarte er, daß sie sich davonschlängelten.

Sie kicherte erneut. »Dann eben Raupen. Sie verwandeln sich in kleine, braune Nachtfalter, doch bevor sie dies tun, spinnen sie einen Seidenkokon. Die Seidenarbeiter nehmen die Kokons und spinnen Rohseide daraus. Einmal kamen christliche Mönche von der Grenze des Seidenlandes zu uns. Sie wollten die römischen Provinzen mit ihren heiligen Stätten besuchen, und sie erzählten Petrus und mir alles über die Seidenherstellung. Wir versprachen ihnen, sie reichlich zu belohnen, wenn sie uns einige Würmer zur Aufzucht brächten, und sie schmuggelten die Würmer in einem hohlen Stab heraus – die Herrscher des Seidenlandes haben ihr Geheimnis stets eifersüchtig gehütet, da sie sehr wohl wußten, wie wertvoll es ist. Aber jetzt sind wir im Besitz der Seidenwürmer und können dem Seidenland sowie den persischen Händlern Lebewohl sagen – und ich rufe die Mutter Gottes zur Zeugin dafür an, daß der Große König dies zu spüren bekommen wird! All diese Hunderte und Tausende von Solidi, die wir Jahr für Jahr für Seide bezahlt haben . . . und jetzt können Petrus und ich sie selber herstellen, und das ganze Geld wird uns zugute kommen. Damit werden wir ein paar Kriege finanzieren können.«

»Und Bostra wird niedergehen«, sagte Johannes und starrte schreckerfüllt auf die Seide. »Wir haben von den Seidenkarawanen gelebt.«

Die Kaiserin zuckte die Achseln. »Aber der Krieg hat ihnen doch sowieso den Garaus gemacht, nicht wahr? Und überhaupt, was kümmert dich Bostra jetzt? Du bist aus Berytus gebürtig und ein Einwohner Konstantinopels, erinnere dich daran.«

»Ja . . . natürlich.« Doch er machte ein unglückliches Gesicht, als er auf den weißen und purpurfarbenen Umhang blickte. »Ich habe vorige Nacht von Bostra geträumt«, sagte er aus einem Impuls heraus, »und von meinem Vater.«

Sie sah ihn an. Das Lächeln war aus ihrem Gesicht verschwunden und hatte einen Totenschädel hinterlassen. »Was hat er getan?« fragte sie nach einer Pause.

»Er starb.« Er war erneut in dem verdunkelten Zimmer gewesen, in der Sommerhitze, und hatte hilflos dabei zugesehen, wie die Pest ein weiteres Opfer forderte. Ihn schauderte. »Ich ging in unser Haus in Bostra und sah, wie er starb. Und als ich hinausging, war ich plötzlich in Konstantinopel, auf dem Taurus-Forum, während der Unruhen.« Und Euphemia war ebenfalls dort, dachte er in einer unglücklichen Aufwallung, sie verbrannte in dem Haus und starb, und ich konnte ihr nicht helfen. Mutter Gottes, ich wünschte, ich könnte sie wiedersehen, nur um mich zu vergewissern.

»Was für ein schrecklicher Traum«, sagte die Kaiserin und bekreuzigte sich. »Gott möge das schlechte Omen abwenden! Ich glaube, du hattest während des Aufstands ganz einfach zuviel zu tun. Obwohl ich mich«, fügte sie hinzu, und ihr Lächeln zeigte sich erneut, »nicht über deine Aktivitäten beklagen kann, seit ich Petrus davon überzeugt habe, dich zu befördern. Ich kann mich nicht einmal darüber beklagen, daß du dein Leben riskiert hast, um dieses Mädchen zu retten – das hat Petrus mehr als alles andere beeindruckt, da er wußte, daß ich es niemals gebilligt hätte. Warum hast du es getan?«

»Ich weiß nicht«, antwortete er langsam und erinnerte sich plötzlich schmerzhaft der Warnung von Narses. »Eigentlich war ich gerade auf dem Weg zu ihr, als wir in den Aufruhr gerieten. Während ich in Thrakien war, hat mein Kollege Anastasios für einen Blick auf die Akten des Kappadokers ihr Informationen geliefert; aber sie dachte, ich könnte ihr noch wertvolleres Wissen vermitteln, und so habe ich mich an jenem Abend ihm angeschlossen. Als ich sah, daß das Haus brannte, dachte ich ganz einfach, ich müsse sie dort unbedingt herausholen. Glücklicherweise war sie gar nicht mehr im Haus; sie befand sich ein paar Häuserblocks weiter in ihrer Sänfte, so daß es für mich ganz ungefährlich war.«

»Ich habe gehört, daß du den ganzen Pöbel über den Haufen gerannt hast! Nun, solche Dinge werden beim Erzählen ja immer übertrieben. Was ist aus den Akten geworden?«

Er lächelte. »Ich weiß es nicht, aber ich werde wohl kaum noch einmal losziehen, um sie zu sehen – die Angelegenheit bin ich zum Glück los! Die Präfektur wird eben ohne die Steuerschätzungen für Osrhoene und Südarabien auskommen müssen. Ich bezweifle, daß die Verwaltung deswegen gleich zum Erliegen kommt.«

Sie lachte, richtete sich auf und berührte seine Wange. »Ich liebe dich, wenn du so lächelst«, sagte sie zärtlich und lächelte selbst. »Mein lieber Junge. Ich war nach der Schlacht von Nikopolis so stolz auf dich – ich wollte aller Welt erzählen, daß du mein Sohn bist. Aber das hätte natürlich alles verdorben.« Sie ließ ihre Hand fallen und drehte an einem der Ringe, wobei sie diesen traurig ansah. »Ich habe auch daran gedacht, dich mit einem Mädchen zu verheiraten, aber Petrus hat sie schon mit einem anderen verlobt. Es tut mir leid – ich werde eine andere für dich finden. Wenn du erst einmal verheiratet bist, werde ich dich öfters sehen können, ohne Verdacht zu erregen.«

»Ich wünsche, du könntest allen Leuten erzählen, wer ich wirklich bin«, hörte er sich antworten. »Ich würde dich viel lieber so oft wie möglich sehen und ganz offen als dein Sohn leben. Dann könnte ich auf alle Beförderungen verzichten.«

Sie blickte auf. »Oh, das ist zwar sehr nett gesagt – aber ich hoffe doch, daß du es nicht so meinst. Als mein anerkannter Sohn würdest du mich ziemlich in Verlegenheit bringen – viel mehr, als wenn wir von Anfang an die Wahrheit gesagt hätten. Dein Freund Narses ist ja der Ansicht, ich sollte Petrus alles erzählen, aber Petrus würde es überhaupt nicht gefallen. Nein, mein Lieber, du bleibst ein Bürger von Berytus, und ich werde mich um deine Karriere kümmern.« Sie gähnte, streckte sich und fügte hinzu: »Und jetzt solltest du vielleicht besser schleunigst gehen und deine Ernennungsurkunde entgegennehmen, bevor Petrus auftaucht und sich wieder seine Gedanken darüber macht, warum du hier bist. Es ist üblich, dem Kämmerer des Kaisers ein Geschenk für die Ausfertigung der Ernennungsurkunde zu machen. Narses glaubt zwar, es sei bereits ein Geschenk an sich, sie für dich auszufertigen, aber ich habe trotzdem ein Geschenk für ihn besorgt; Eusebios wird es dir draußen geben. Und ich möchte dir ein paar weitere Sklaven zur Verfügung stellen. Zusammen mit deiner neuen Stellung bekommst du eine Wohnung innerhalb des Palastes, und du wirst sicher ein paar mehr Leute wollen, um sie auch richtig in Ordnung zu halten.«

11

Die Frau des Protektors

Der neue Befehlshaber der Protektoren begab sich nach einem anstrengenden Tag in seine luxuriösen Gemächer neben dem Bronzenen Tor; nach dem ersten Treffen mit seinem Mitarbeiterstab blickte er finster und gereizt.

Artabanes war ein großer, athletischer Mann, die afrikanische Sonne hatte ihn tief gebräunt. Er trug seinen Kettenpanzer und seinen Helm, ohne ihr Gewicht auch nur zu bemerken. Aber als er sein Eßzimmer betrat, band er seinen Schwertgürtel ab und warf die Waffe mit einem lauten Klirren auf den Fußboden; er setzte sich an das Ende einer Ruhebank und stützte seinen Kopf in die Hände. »Levila!« rief er seinem Diener zu. »Hol mir etwas zu trinken!«

Levila, ein blonder vandalischer Gefolgsmann, tauchte sofort mit einer Weinkaraffe auf; in seinem Gesichtsausdruck spiegelte sich Mitgefühl wider. »Ist es nicht gut gelaufen?« fragte er und gab seinem Herrn einen Becher voll unverdünnten Weins.

Artabanes nahm den Becher und leerte ihn mit einem einzigen Schluck bis zur Hälfte. Er band seinen Helm los und warf ihn neben das Schwert auf den Fußboden. »Diese Leute sind ein einziger Haufen verdammter, klugscheißerischer Federfuchser, und sie glauben, daß ich nur ein ungehobelter Soldat bin, der von nichts eine Ahnung hat als vom Kämpfen. Und das Ärgerliche daran ist, sie haben sogar recht.«

Levila grinste. »Falls sie glauben, daß du dumm bist, Herr, werden sie eine böse Überraschung erleben.«

Artabanes schnaubte verächtlich und nahm einen weiteren Schluck Wein. »Wir sind hier nicht in Karthago, Levila, und sie sind nicht deine vandalischen oder herulischen Freunde. Die Protektoren sind in der Mehrzahl in Konstantinopel geboren, und sie sind mit einem Exemplar der Ilias in der einen und einem Rechnungsbuch in der anderen Hand aufgewachsen. Vielleicht bin ich ja nicht dumm, aber viel mehr als das Alphabet habe ich wirklich nicht gelernt, und du weißt, daß ich kaum eins und eins zusammenzählen kann, selbst wenn es darum ginge, mein Leben zu retten. Ich könnte schwören, daß der Quartiermeister eine hübsche kleine Summe von den Geldern für den Proviant für sich abzweigt, und ich könnte wetten, daß der Zahlmeister ebenfalls allerlei Tricks auf dem Kasten hat, aber sie haben nur über mich *gelacht!* Sie wissen, daß *ich* sie nicht drankriegen kann. Nein, der Mann, der die Leute in Angst und Schrecken versetzt, ist der Befehlshaber der Reiterei. Er hat das große Los gezogen.«

»Er ist ebenfalls neu, nicht wahr?«

»Am selben Tag ernannt wie ich und noch nicht einmal so alt. Johannes von Berytus. Er erschien zu dem Treffen wie ein Prinz, gekleidet in Weiß und Purpur, und hatte nicht einmal ein Schwert um. Dafür hatte er jedoch einen Satz Wachstafeln bei sich, und während die Mitarbeiter das Buchhaltungssystem erklärten, fing er an, sich Notizen zu machen, und sobald sie damit zu Ende waren, stellte er Fragen: In welchem Buch sie die Reiseunkosten eingetragen hätten? Ob sie eine Liste der Protektoren führten, die für spezielle Aufgaben eingeteilt sind? Und weißt du, was er getan hat? Er hat alles aufgeschrieben, was sie gesagt haben; er hat es ihnen unter die Nase gerieben und mit den Methoden verglichen, die sie in den kaiserlichen Büros anwenden. Innerhalb von fünf Minuten hat er die Leute ins Schwitzen gebracht; sie fingen an, über ihre eigenen Argumente zu stolpern, als sie ihm irgendwelche Dinge erklären und ihre Spuren verwischen wollten. *Das* ist die Art Soldat, der hier benötigt wird. Ich wußte überhaupt nicht mehr, was ich sagen sollte. Und ich habe noch immer keine Ahnung, wie das Zahlungswesen aussieht. Ich mache einen Narren aus mir, und dieser neunmalkluge Syrer läßt alles noch schlimmer aussehen. Wir hätten in Afrika bleiben sollen.«

»Wachstafeln würden in einer Schlacht allerdings nicht so schrecklich viel nützen«, sagte Levila.

»Zu einer Schlacht wird es hier wohl kaum kommen«, erwiderte Artabanes. Er leerte seinen Weinbecher. »Manchmal werden die Protektoren an die Front versetzt, aber sie können sich davor drücken, wenn sie auf den Sold von ein paar Jahren verzichten, und die meisten von ihnen sind nur allzugern dazu bereit. Und warum auch nicht? Ihre Familien sind in der Regel verdammt reich, und sie sind ausschließlich wegen des Ansehens, nicht wegen der materiellen Vorteile Soldaten. Alles, was sie an Kämpfen zu bestehen haben, besteht im Jagen irgendwelcher Unruhestifter. Johannes scheint dabei eine gute Figur gemacht zu haben. Deshalb ist er auch befördert worden – deshalb und weil er der Vetter der Kaiserin ist.« Er streckte seine Hand mit dem leeren Becher aus.

Levila füllte ihn und runzelte die Stirn. »Vielleicht kannst du ihn dir zum Freund machen?« schlug er vor. »Wenn er darauf eingeht, könnte er dir von Nutzen sein – und du bist der Ältere, so daß es sich auch für ihn lohnen könnte. Hat er sich dir gegenüber ehrerbietig verhalten?«

»Er war sehr korrekt«, erwiderte Artabanes finster und nahm einen weiteren Schluck. »Er lächelte dauernd und häufte ununterbrochen irgendwelche Ehrentitel auf mich. Ich hatte keine Ahnung, was er wirklich dachte.« Er seufzte. »Vielleicht sollte ich ihn zum Abendessen einladen.«

Johannes kam in letzter Minute nervös und erschöpft zum Abendbrot. Er hatte den größten Teil des Tages damit verbracht, die Bücher der kaiserlichen Garde durchzusehen, den Rest damit, sich die Namen seiner neuen Sklaven sowie die Vereinbarungen, die er wegen seiner neuen Unterkunft getroffen hatte, einzuprägen. Und den größten Teil der vergangenen Nacht hatte er wirre Bilder von Feuersbrünsten, Schlachten und immer wieder von Euphemia geträumt.

»Es tut mir sehr leid, wenn ich zu spät komme«, sagte er zu Artabanes, als der Vandale Levila ihn in das Eßzimmer führte. »Aber ich bin umgezogen – Eure Exzellenz weiß sicherlich, was das bedeutet.« Er lächelte dem Befehlshaber der Protektoren, der einen ganzen Kopf größer war als er, höflich zu.

Artabanes hatte seit seinem sechzehnten Lebensjahr in irgendwelchen Kasernen gelebt und war noch nie in seinem Leben umgezogen, aber er versuchte, das Lächeln zu erwidern. »Du brauchst dich nicht zu entschuldigen«, sagte er. »Setz dich und trink etwas.«

Johannes setzte sich auf die von Artabanes bezeichnete Ruhebank, lehnte sich zurück und nahm den Weinbecher, den Levila ihm reichte. Er war nur zu einem Viertel mit Wasser gemischt, also stärker, als er ihn für gewöhnlich trank, so daß er nur vorsichtig daran nippte. Währenddessen blickte er sich um. In der einen Ecke des Zimmers stand ein Ständer für den Brustharnisch, doch im übrigen waren die Möbel und das sonstige Zubehör schon vorher in der Wohnung gewesen. Nun, dachte er, Artabanes ist ein richtiger Soldat – nicht so ein Bürohengst wie ich. Er lächelte erneut, um seine Nervosität zu verbergen, und prostete seinem Gastgeber zu. »Auf deine Gesundheit!«

Artabanes lehnte sich ihm gegenüber zurück und trank rasch einen großen Schluck. »Du bist heute die Bücher durchgegangen, nicht wahr?« erkundigte er sich und fragte sich gleichzeitig, ob dies Vorgehen zu ungehobelt war.

»Ja, vortrefflicher Befehlshaber.« Johannes bedachte die Bücher mit einer abschätzigen Geste. »So etwas muß ja leider auch sein.«

»Sind sie frisiert?« fragte Levila neugierig. Artabanes warf seinem Diener einen vorwurfsvollen Blick zu.

»Nicht mehr, als zu erwarten war«, erwiderte Johannes, ohne mit der Wimper zu zucken. »Ich weiß nicht, wann die Reiterei zum letztenmal einen Befehlshaber hatte, der etwas von Buchhaltung verstand; das haben sich die Schreiber selbstverständlich zunutze gemacht. Sie werden ja auch wahrlich nicht sehr gut bezahlt.«

»Dann ist es dir also egal?« fragte Artabanes und war viel zu überrascht, um seine Frage diplomatischer zu formulieren.

»Oh, den gröbsten Mißbrauch werde ich abstellen.« Johannes sah auf seinen Becher herunter. »Aber wenn du die einen Schreiber los bist, mußt du natürlich andere haben, und es ist kaum anzunehmen, daß diese auch nur eine Spur ehrlicher sind; ganz abgesehen davon, daß sie mit der Arbeit nicht vertraut sind. Ich habe mir gedacht, wenn wir beide, vortrefflicher Befehlshaber, uns vielleicht darauf einigen könnten, wer die schlimmsten Übeltäter sind, könnten wir mit den vorhandenen Mitarbeitern so einigermaßen zurechtkommen. Dann brauchen wir nur einen oder höchstens zwei auszutauschen.«

Artabanes grunzte und trank seinen Wein aus. »Wer sind denn deiner Meinung nach die schlimmsten Übeltäter?« fragte er vorsichtig.

»Nun, zum einen der Quartiermeister. Er hat die kaiserlichen Büros für dieselbe Lieferung dreimal belastet, jeweils drei verschiedene Abteilungen. Außerdem verkauft er die Hälfte der Vorräte wieder, und das zum doppelten Preis!«

»Oh«, sagte Artabanes. Er versuchte, sich auszurechnen, wieviel Gelder der Quartiermeister in einem Jahr angehäuft haben mußte; die Summen schwirrten ihm durch den Kopf, und er holte tief Atem. »Was ist mit dem Zahlmeister?«

»Der? Er ist nicht so schlimm. Er hat hier und da eine Summe in seine eigene Tasche abgezweigt, aber er hat niemanden richtig geschädigt. Ich könnte mir denken, daß er einigermaßen ehrlich ist, wenn wir nun ein Auge auf ihn haben.«

»Oh. Ich habe nie etwas vom Rechnungswesen verstanden.« Besser, es gleich zu sagen, dachte Artabanes, als so zu tun, als verstünde ich etwas davon, nur damit dieser aalglatte Syrer hinter meinem Rücken spöttisch über mich lacht.

Johannes lächelte. »Das habe ich mir bereits gedacht; du hast, vorzüglicher Befehlshaber, gestern ein bißchen verloren ausgesehen, falls du mir meine respektlose Ausdrucksweise nicht verübelst. Nun, ich meinerseits habe nie viel vom Soldatsein verstanden, was für einen Befehlshaber im großen und ganzen wohl wichtiger ist.« Er zögerte und fragte sich, ob Artabanes beleidigt wäre, wenn er ihm anböte, ihm bei den Abrechnungen zu helfen. Er kam zu dem Schluß, daß die Gefahr durchaus gegeben war, und so fragte er sich, wie er ihm auf möglichst taktvolle Weise zu verstehen geben konnte, daß er ihm gerne behilflich wäre. »Deine Taten, vorzüglicher Befehlshaber, sind natürlich in der ganzen Welt bekannt«, versuchte er es schließlich. »Es ist eine Ehre, mit dir zusammenzuarbeiten.«

Artabanes blinzelte und fragte sich, ob Johannes das wohl ehrlich meinte. Oder will er nur etwas von mir? »Ich bin froh, daß einer von uns beiden etwas vom Rechnungswesen versteht«, sagte er und beschloß, das Thema fürs erste als erledigt anzusehen. »Hast du es in den kaiserlichen Büros gelernt?«

»Nein, bei meinem Vater. Eigentlich habe ich gar nicht in den kaiserlichen Büros gearbeitet; ich war Privatsekretär des höchst vorzüglichen Narses, des Oberkämmerers.«

»Oh«, sagte Artabanes in etwas verändertem Tonfall und sah Johannes noch einmal an. Er sieht nicht unbedingt weichlich aus, dachte er, und Hoffnung keimte in ihm auf. Außerdem erzählt man sich, er sei ein guter Reiter. Vielleicht versteht er doch etwas vom Soldatenwesen. Narses sieht als Befehlshaber wohl eher noch merkwürdiger aus, aber falls auch nur eine der Geschichten, die man sich über ihn erzählt, stimmt, dann war die Sache bei Nikopolis eines Belisars würdig. »Warst du vielleicht auch mit ihm zusammen in Thrakien?« fragte er, und auf Johannes' Nikken fügte er hin: »Könntest du mir nicht einmal genau erzählen, was in der Schlacht von Nikopolis wirklich passiert ist?«

Johannes erzählte es ihm, indem er Brötchen und Teller auf dem Tisch hin und her schob, um dem Befehlshaber die Position der einzelnen Truppenteile zu demonstrieren; Artabanes beugte sich eifrig über den Tisch und stellte immer neue Fragen.

»Herr im Himmel, das ist ja phantastisch!« rief er aus, nachdem Johannes geendet hatte. »Ich habe natürlich einiges über die Schlacht gehört, aber es fiel mir schwer zu glauben, daß es deinem General gelungen war, eine Streitmacht, die in erster Linie aus schwerer Reiterei bestand, mit Hilfe von Speerwerfern und Bogenschützen zu besiegen. Mutter Gottes, das würde ich gerne einmal gegen die Perser ausprobieren! Man sieht, daß der vorzügliche Narses ein Armenier ist – dieser Gedanke mit den Bogenschützen ist etwas, was nur einem Landsmann von mir einfallen kann. Auch wenn ich es selbst sagen muß: Die Armenier sind die besten Soldaten des gesamten Kaiserreichs – die tapfersten und diszipliniertesten. Nur ein Armenier kann ein richtiger Soldat werden, selbst wenn man ihn zum Eunuchen gemacht hat.«

Johannes senkte den Blick, um ein Lächeln zu verbergen: Artabanes erinnerte ihn plötzlich an die Heruler und ihren ewigen Kehrreim: »Wir sind die besten Krieger!« – »Der vorzügliche Narses ist der tapferste, der klügste und großartigste Mann, den ich kenne«, sagte er ruhig. »Und ich denke, er wird deiner Einschätzung seiner Landsleute beipflichten.«

Artabanes grinste. »Levila«, sagte er, »gib dem Befehlshaber Johannes noch etwas Wein.«

»Ich habe noch nicht einmal ausgetrunken!« protestierte Johannes.

»Dann stoß mit mir an. Auf Armenien!«

Johannes trank auf Armenien, und Levila füllte die Becher neu.

»Und auf die schöne Praejecta!« fügte Artabanes hinzu, als er seinen Becher auf einen Zug leerte.

Johannes nahm ein paar Schlucke und legte die Hand über seinen Becher. »Ich habe gehört, man könne Euer Ehren zur Hochzeit gratulieren«, sagte er.

Artabanes seufzte. »Unglücklicherweise nicht – zumindest noch nicht. Offiziell ist Praejecta noch in Trauer wegen ihres ermordeten Mannes. Aber man gibt mir nach wie vor zu Hoffnungen Anlaß. Sie gleicht einer Prinzessin in jenen alten Geschichten, man hält sie in einem unzugänglichen, goldenen Palast gefangen, und ich bin ein siebzehnter Sohn und möchte ihre Hand gewinnen, indem ich Ungeheuer töte. Eines habe ich in Afrika getötet, aber in Konstantinopel scheint es wohl noch etliche davon zu geben, und diese scheinen eher durch den Federhalter als durch das Schwert verwundbar zu sein.«

Johannes lächelte. »Mein Federhalter steht dir jedenfalls zur Verfügung, Befehlshaber.«

Wer hätte gedacht, daß es so einfach ist, fragte sich Artabanes. »Befehlshaber«, sagte er und lächelte vergnügt, »mein Schwert steht zu deiner Verfügung!« Er streckte seinen Becher nach mehr Wein aus.

Die Rechnungen für die Protektoren und die Reiterei durchzusehen nahm viel Zeit und Aufmerksamkeit in Anspruch. Johannes war froh darüber. Seit dem Aufruhr hatte er eine fast unerträgliche Spannung gespürt: Er war hin und her gerissen zwischen seiner Vergangenheit und seiner Gegenwart, zwischen dem, was er zu sein schien, und einer ungeheuren, inneren Offenbarung, die er verzweifelt abzuwehren versuchte. Er vergrub sich in die Arbeit, häufte Rechnungsbücher und Schreibtafeln als Barrikade vor sich auf; doch des Nachts wirbelten all die Gestalten in seinem Kopf herum, die ihn den ganzen Tag lang beschäftigt hatten, und bewegten sich auf dunklen Pfaden immer tiefer in einen Alptraum hinein. Er träumte immer und immer wieder davon, von einem unsichtbaren Feind durch ein Labyrinth gejagt zu werden, das manchmal dem Großen Palast glich, manchmal den dunklen Straßen der Stadt und manchmal den Bewässerungskanälen von Bostra. Stets endeten die Pfade an einem verschlossenen Tor, gegen das er wie wahnsinnig hämmerte, während das Dunkel über ihm zusammenschlug. Manchmal erblickte er Euphemia hinter dem Tor, von den Lanzen der Slawen auf den Erdboden geheftet, in ihrem eigenen Hause vom Feuer eingeschlossen, einmal streckte sie ihre Arme aus einem riesigen Haufen Treibsand; stets war sie dem Tode anheimgegeben. Erschöpft und schwitzend pflegte er aus diesen Alpträumen zu erwachen und zitternd aus dem Bett zu steigen. Für gewöhnlich war es etwa eine Stunde vor der Morgendämmerung; dann ging er meistens in das luxuriöse Badehaus, das neben seinen Gemächern lag, und versuchte, die Spannung in dem Dampf aufzulösen. Anschließend holte er entweder sein Pferd für einen Galopp aus dem Stall oder machte sich sogleich über den Papierkram her. Er sehnte sich danach, Euphemia wiederzusehen. Nur die Tatsache, daß er eine Erklärung für Narses bereit haben müßte, hielt ihn davon ab, sie zu besuchen und sich persönlich davon zu überzeugen, daß sie am Leben und unverletzt war.

Und dann, eines Morgens, drei Wochen nach seiner Beförderung, blickte er von einem Rechnungsbuch auf und sah sie in der Bürotür stehen.

Er hielt den Atem an und starrte sie an. Sie trug wieder den gelben Umhang; das Tuch ihrer Kopfbedeckung hatte einen goldenen Saum; sie war in das Licht der Sonne gehüllt, das hinter ihr durch das Fenster fiel und die winzigen Staubteilchen über den mit Mosaiken ausgelegten Fußboden zu wirbeln schien.

»Euphemia«, flüsterte er.

Sie lächelte ihr gewohntes herbes Lächeln. »Ich habe hier etwas zu tun für dich«, sagte sie. Dann, als sie den Stoß Dokumente auf seinem Schreibpult entdeckte, fügte sie hinzu: »Nicht, daß du allzu knapp mit Arbeit eingedeckt zu sein scheinst. Darf ich hereinkommen?«

Eilig erhob er sich. »Natürlich, setz dich.«

Sie lächelte erneut und setzte sich auf den Stuhl an der Wand. Als sie eintrat, sah er, daß sie von einem ihrer Sklaven begleitet war – ihrem alten

Torhüter –, jedoch nicht von ihrer Gesellschaftsdame. »Geht es deiner Tante nicht gut?« fragte er und stand nervös neben seinem Schreibpult.

Euphemia zuckte die Achseln, strich ihren Umhang glatt. »Es geht ihr ganz gut, danke; sie ruht sich zu Hause aus. Sie braucht eine Menge Ruhe, seit man uns das Haus niedergebrannt hat. Außerdem ist sie nicht wirklich meine Tante, sie ist die Tochter der Schwester meiner Großmutter. Ich nenne sie nur Tantchen.«

»Oh«, sagte er und setzte sich wieder. »Ich ... ich hoffe, daß das Haus wiederaufgebaut wird und bald fertig ist? Ist es deinen Sklaven gut ergangen?«

Sie nickte. »Meine Sänftenträger waren die einzigen, die umgekommen sind. Die Handwerker sagen, es wird noch einen Monat dauern, bevor wir wieder einziehen können.« Sie zögerte, dann fügte sie hinzu: »Es tut mir leid, falls ich am Tag nach den Unruhen dir gegenüber unhöflich war. Ich ... ich war sehr verstört wegen meiner Sänftenträger. Sie gehörten seit der Geburt zur Familie. Sie ließen mich immer auf ihren Schultern reiten, als ich noch ein winziges Baby war und sie gerade halbwüchsige Jungen. Es war sehr ... sehr traurig, daß sie tot waren – und die ganze Nacht war so schrecklich, ich wußte nicht mehr, was ich sagte. Aber ich bin dir wirklich sehr dankbar und hätte meine Zunge im Zaum halten sollen.«

»Bitte entschuldige dich nicht«, sagte Johannes und starrte sie an, versuchte sich den Anblick einzuprägen – die orangefarbenen Augen, die Neigung ihres Kopfes –, um dieses Bild gegen seine Träume zu verteidigen. »Ich verstehe dich sehr gut.«

Euphemia schenkte ihm erneut ihr herbes Lächeln. »Als Zeichen meiner Dankbarkeit habe ich dies hier mitgebracht.« Sie nickte dem Torwächter zu, und der alte Mann trat näher und lud fünf dicke, rote Lederbände auf Johannes' Schreibpult ab. Gott im Himmel, dachte er und starrte sie erstaunt an, doch nicht schon wieder diese verdammten Akten!

»Ich dachte, sie seien bei dem Feuer draufgegangen«, sagte er unsicher.

Sie schüttelte den Kopf und lächelte, allerdings nicht mehr so herb. »Nein. Ich hatte sie in einer geheimen Kammer im Torhaus versteckt; Onesimos ging gestern hin, um beim Wiederaufbau des Hauses nach dem Rechten zu sehen, und fand sie nach wie vor an ihrem Platz. Wenn du möchtest, kannst du sie der Präfektur übergeben.« Sie nickte dem alten

Mann zu, und dieser lächelte, verbeugte sich und ging, um vor der Tür auf sie zu warten.

»Warum bringst du sie denn nicht selbst hin? Sie zurückzugeben würde deine Stellung stärken, genau wie der vortreffliche Narses es damals vorgeschlagen hat: eine dankbare Geste für eine bereits gewährte Gunst von seiten Seiner Erhabenen Majestät.«

Sie blickte ihn finster an. »Willst du sie denn nicht haben? Sie mögen vielleicht nicht viel wert sein, aber sie können dir Freunde in der Präfektur bringen. Du kannst dir das Verdienst, sie wiederbeschafft zu haben, anrechnen lassen. Das ist das einzige einigermaßen wertvolle Geschenk, das ich dir machen kann.«

»Dein Dank ist mir bereits wertvoll genug«, sagte er.

Sie funkelte ihn wütend an. »Mach dich nicht lustig über mich. Ich mag keine Höflichkeitsfloskeln.«

»Es ist keine Höflichkeitsfloskel, es ist die Wahrheit«, entgegnete er betroffen. »Ich war glücklich, als ich dich retten konnte; dich am Leben zu sehen war mir Belohnung genug. Ich hätte zu keiner Zeit auch nur eine verdammte Kupferdrachme für diese gräßlichen Akten gegeben: Der Gedanke, daß diese schrecklichen Dinger verbrannt sind, hat mich erleichtert.« Er schob sie ungeduldig zur Seite.

Sie biß sich auf die Lippen, ihr Gesicht wurde rot. »Es tut mir leid«, meinte sie. »Ich sage stets das Falsche zu dir.« Sie zerrte an ihrem Umhang. »Ich . . . ! Ich wollte dir so gerne etwas Wertvolles geben. Ich habe nicht das Geld, etwas zu kaufen – mein Vater hält fast das gesamte Vermögen in Ägypten zurück. Ich dachte, diese Akten . . . !« Sie hielt inne und wischte sich mit einer Ecke ihres Umhangs das Gesicht. Er bemerkte, daß sie weinte.

»O unsterblicher Gott!« sagte er und eilte um sein Schreibpult herum. Er beugte sich unsicher zu ihr hinunter. »Es tut mir leid – natürlich ist der Kontakt zu der Präfektur wichtig. Ich habe doch nur gemeint . . .«

Sie wischte sich das Gesicht mit dem seidenen Saum ihres Umhangs ab und schüttelte den Kopf. »Ich weiß, du hast dich niemals wirklich für mich oder die Akten interessiert. Warum solltest du auch? Du brauchst sie nicht, und du brauchst auch sonst nichts. Du hast die Gunst der Augusta errungen und verfügst über genügend Fähigkeiten, um jede von dir gewünschte Stellung selbst zu erringen. Ich kann dir nichts bieten. Niemand kann dies – niemand kann an dich herankommen. Nun gut, tu, was du möchtest, sei, was dir gefällt – aber behandele mich gefälligst nicht so gönnerhaft!« Sie starrte wütend zu ihm hinauf, die Augen waren rot gerändert.

»Ich ...«, sagte er und schluckte. Seine Kehle war ganz rauh; es fiel ihm schwer, still zu stehen, sich zu bücken, wobei ihm sein Herz in den Ohren zu schlagen schien. Er hockte sich neben den Stuhl und hielt sich an einer Armlehne fest, um Halt zu finden. »Ich ... ich habe letzte Nacht von dir geträumt«, sagte er leise, nicht sicher, was er sagte oder was er sagen wollte. »Ich habe geträumt, du wärst in deinem Haus eingeschlossen, das Haus brannte und ich konnte nicht zu dir gelangen. Ich würde dich niemals gönnerhaft behandeln – bitte glaub mir. Und du könntest mir wahrscheinlich das einzige auf der Welt geben, das ich mir mehr als alles andere wünsche. Aber ich kann es nicht erlangen.«

»Was willst du damit sagen?« fragte sie erstaunt.

Er wandte den Blick von ihr ab. »Ehrlichkeit. Ich glaube, du bist der ehrlichste und furchtloseste Mensch, den ich kenne, der Mensch, der am meisten geradeheraus ist. Als ich dein Haus brennen sah, wurde mir klar, daß dein Tod die ganze Welt ärmer machen würde – das habe ich damit gemeint, als ich sagte, dich am Leben zu sehen sei mir Belohnung genug.«

»Ich habe dich immer nur wie Dreck behandelt!« sagte sie erschrocken. »Das kannst du doch gar nicht meinen!«

Er schluckte. Seine Beine taten ihm weh, und er lehnte sich auf die Hacken zurück, sah in ihre erschrockenen, verwirrten Augen. Erneut wandte er den Blick ab, dann begann er sich stumm aufzurichten. Euphemia beugte sich vor und ergriff ihn am Arm.

»Nein, du mußt mir erklären, was du meinst!« forderte sie ihn auf. »Du kannst nicht einfach so etwas sagen und dich dann wieder in deinen schützenden Panzer zurückziehen!«

»Vortreffliche Euphemia, bitte glaube mir, daß ich dich sehr schätze und vollkommen damit zufrieden bin, dir zu Diensten gewesen zu sein. Dennoch, du bist deinem Vater verpflichtet und ich meiner erhabenen Gönnerin, der Augusta, und jede ... Verbindung ... zwischen uns ist jetzt notwendigerweise an ihrem Schlußpunkt angekommen. Du hast die Akten zurückgegeben; ich habe eine andere Aufgabe. Es wäre besser, wenn du meine Hochschätzung akzeptieren und keine Erklärungen verlangen würdest.«

»Du hörst dich an wie Narses«, erwiderte sie wütend. »Du rasselst hochtrabende Floskeln aus offiziellen Briefen herunter, verschließt deine geheimen Gedanken irgendwo in einem Kasten und vergräbst den Schlüssel dazu.«

»Ich bewundere Narses mehr, als ich jemals jemanden bewundert habe«, erwiderte er kühl.

»Oh, ihr seid beide von derselben Sorte, du und Narses«, stimmte sie bitter zu und nahm die Hand von seinem Arm. »Unendlich bewundernswert – tapfer, tüchtig, unerreichbar. Du solltest dich ebenfalls kastrieren lassen. Dann wärst du wirklich unberührbar. Ich liebe dich! Ich wurde mir dessen bewußt, als du mit der Armee nach Thrakien zogst, aber im Grunde genommen war ich schon lange davor in dich verliebt. So: Jetzt habe ich es gesagt. Es erschreckt dich, nicht wahr?«

Er schloß die Augen, bückte sich tief auf den Fußboden – mit gekrümmten Schultern und gesenktem Kopf. Er sah nicht auf und wurde doch gewahr, wie sie sich setzte, vorbeugte, ihre Hand auf die Armlehne neben seine Hand legte; war sich der Umrisse und der Wärme ihres Körpers bewußt; ihres raschen Atems und ihrer vor Anspannung übereinandergeschlagenen Beine. Ihre Worte schienen in seiner Brust zu etwas Sperrigem, Steifem geworden zu sein, etwas, das den Atem auf schmerzhafte Weise in seinen Lungen erstickte.

Sie lehnte sich in ihrem Stuhl zurück. »Es erschreckt dich«, wiederholte sie mit einer Mischung aus Bitterkeit und Zärtlichkeit.

Er schüttelte den Kopf, sah zu ihr empor. »Nicht auf die Weise, wie du glaubst«, flüsterte er. »Narses hat mir befohlen, mich von dir fernzuhalten. Er meinte, meine Mutter würde dich bestrafen, wenn sie entdeckte, daß ich dich liebe.«

Er hatte es nicht zugeben wollen, war sich einen Augenblick lang nicht sicher, ob er nicht vielleicht doch »Kusine« gesagt hatte – aber ihre Augen öffneten sich weit, die Pupillen verengten sich in maßlosem Schrecken, als sie das Wort vernommen hatte. »Deine Mutter«, sagte sie nach einem langen Schweigen in dem leisen, nasalen Tonfall, der das erste war, was er von ihr gehört hatte.

»Ich wollte sagen, meine Kusine«, sagte er rasch. »Die Augusta.«

»Das wolltest du ganz bestimmt nicht. Deine Mutter! Jetzt wird mir alles klar. Deshalb all die Gunstbezeugungen – Mutter Gottes, du siehst ihr sogar ähnlich. Narses hat sicher recht, so wie gewöhnlich, und sie würde mich bestrafen, falls ich ein Auge auf dich werfe.« Mit bitterem Sarkasmus fügte sie hinzu: »Einem Mädchen wie mir ist es natürlich nicht gestattet, sich in den kostbaren Bastard der Kaiserin Theodora zu verlieben! Und du wirst selbstverständlich genau das tun, was deine liebe Mutter dir sagt!«

»Und du tust, was dein Vater dir sagt«, erwiderte er, erschrocken und verwirrt angesichts des plötzlichen Wechsels ihrer Stimmung.

»Sie hat meinen Vater *zerstört*, die tyrannische Dirne! Sie hat ihn wie einen Sklaven auspeitschen und anketten lassen, sie hat ihn wegen nichts und wieder nichts wie einen Hund hungern lassen! Und sie hat mich auch noch dazu benutzt, ihr dabei zu helfen!« Sie biß die Zähne zusammen und richtete sich kerzengerade auf. »Du hast vollkommen recht, eine Verbindung zwischen uns ist jetzt am Schlußpunkt angelangt.«

Langsam erhob er sich. »Dann sind wir uns ja einig«, sagte er schwerfällig, und Angst überfiel ihn. Herr im Himmel, dachte er, ich habe das Geheimnis meiner Mutter in die Hände ihrer Feindin gelegt. »Du hast gesagt, du seist mir dankbar«, sagte er in flehendem Tonfall. »Dann möchte ich dich bitten, diese Zusammenkunft in deinem wöchentlichen Brief nach Ägypten zu unterschlagen.«

Sie wurde feuerrot. »Was glaubst du eigentlich, wer ich bin, eine Dirne, wie deine ... Gönnerin?« Sie sprang auf, starrte ihn an, dann wurde sie von einem kurzen Aufschluchzen geschüttelt. »Es tut mir leid«, sagte sie leise und unglücklich. »Wie üblich habe ich unverzeihliche Dinge zu dir gesagt, und du bist im Gegenzug, wie üblich, mehr als großzügig gewesen. Es tut mir so leid, so sehr, sehr leid. Und ... selbstverständlich hast du nichts zu mir gesagt, was du nicht hättest sagen sollen; ich habe nie etwas gehört. Laß uns wenigstens mit ... mit Hochschätzung voneinander scheiden, als Freunde.« Immer noch über und über rot schimmerten ihre Augen vor Tränen, sie streckte ihre Hand aus.

Er ergriff sie langsam; sie zitterte in der seinen. »Es tut mir leid«, sagte er zu ihr. »Ich wollte ...« Er gebot sich Einhalt und stand einen Augenblick da, hielt ihre Hand und beobachtete dabei ihr Gesicht, spürte, daß sie sich in diesem entscheidenden Augenblick alle beide in einem Meer von Chaos und Dunkelheit bewegten. Er neigte den Kopf und küßte ihr die Hand. »Hochgeschätzte Euphemia, leb wohl!« flüsterte er.

»Leb wohl«, erwiderte sie und zog ihre Hand zurück. Sie holte einmal tief Atem, dann zog sie ihren Umhang enger um sich und verließ das Zimmer.

Johannes setzte sich wieder an sein Schreibpult, er war so durcheinander, daß es mehrere Minuten dauerte, bevor er einen zusammenhängenden Gedanken fassen konnte. Was tue ich hier, fragte er sich, in dieser Stadt, wo ich mit einer Lüge leben und die Liebe zurückweisen muß? Wozu? Es ist doch überhaupt nicht das, was ich möchte. Ich wäre so glücklich ...

Er wurde sich bewußt, daß er noch nie darüber nachgedacht hatte, was ihn glücklich machen würde.

Ich verfüge weder über Geist, noch bin ich unabhängig, dachte er verzweifelt. Es stimmt wohl, ich tue genau das, was meine Mutter mir sagt. Aber was hätte ich für eine Alternative? Oh, ich würde wahrscheinlich irgendeinen Posten ergattern, selbst wenn ich einfach aus dieser Stadt verschwinde und nach Bostra zurückginge: Der Bastard des Diodoros ist um nichts gescheiter nach Hause zurückgekehrt. Es wäre hart, wieder als Stadtschreiber zu arbeiten, aber ich könnte mich daran gewöhnen. Und ich könnte zu Narses oder irgendeinem anderen im Ministerium gehen, um meinen Abschied nachsuchen und aus dieser Stadt voller Lügen verschwinden, irgendwohin, wo ich mein Leben in die eigene Hand nehmen kann. Doch außer Theodora habe ich ja keinerlei Familie! Ich wollte ihr gefallen, wollte ihr gehören und muß es auch, weil ich nirgendwo sonst hingehöre.

Und Euphemia? Es ist unmöglich: Sie hat inzwischen selbst eingesehen, daß es unmöglich ist. Zuviel hat sich zwischen unseren Eltern ereignet, und unsere Ergebenheit treibt uns in entgegengesetzte Richtungen.

Aber ich möchte fort von hier, fort aus dieser schrecklichen Stadt, die auf mir lastet – ja, das möchte ich wirklich. Vielleicht könnte ich einen Posten im Osten bekommen, etwas tun, was meinem eigenen Volk nützt. Wenn Theodora es doch nur erlauben würde!

Die Tür des Büros öffnete sich, und Artabanes kam mit einem weiteren Stoß Rechnungen auf dem Arm herein. Er starrte Johannes überrascht an.

»Was ist los?« fragte er.

Johannes seufzte und machte einen Platz auf seinem Schreibpult frei. »Ich habe gerade darüber nachgedacht, wie sehr ich Konstantinopel hasse.«

»Was, du auch?« grinste Artabanes und entledigte sich der Dokumente. »Sobald ich ein Jahr verheiratet bin, möchte ich in den Osten. Ich will zumindest die Grenzverteidigung reorganisieren und die Perser ein bißchen ärgern, falls sie den Waffenstillstand brechen. Du wärest der ideale Mann, um mitzukommen.«

»Besser als ein Armenier?« fragte Johannes, und es gelang ihm zu lächeln.

Artabanes lachte. »Die meisten Armenier sprechen kein Arabisch. Nein, du könntest mir beim Erledigen des Papierkrams behilflich sein – da wir gerade davon sprechen, ich wollte, daß du mir diese Sache hier erklärst. Wir könnten gemeinsam Befehlshaber im Osten sein!«

»Das klingt verlockend«, meinte Johannes und lächelte etwas entspannter. »Ich nehme das Angebot an.«

Artabanes lächelte erneut und reckte sich. »Der Herrgott möge ermöglichen, daß es bald soweit ist! Herr im Himmel, wenn es doch ein paar Dirnen in dieser Stadt gäbe. Deine erhabene Gönnerin gefällt dem lieben Gott bestimmt damit, daß sie das Dirnenwesen ausmerzt, aber für einen Mann, der heiraten möchte und noch warten muß, ist es gar nicht so leicht.«

Artabanes' Eheschließung mit Praejecta fand nie statt. Eines Abends Ende August klopfte der Befehlshaber der Protektoren an Johannes' Tür und bat darum, sofort vorgelassen zu werden.

Johannes saß im Schwitzraum des Badehauses, als Jacobos die Ankunft von Artabanes meldete. Er wollte gerade Anweisungen geben, Artabanes so lange zu bewirten, bis er soweit war, als der Befehlshaber ohne weitere Umstände in den Raum trat, angezogen und mit umgelegtem Brustharnisch. »Ich muß mit dir sprechen«, sagte er zu Johannes. »Macht es dir etwas aus, wenn ich mich zu dir geselle?«

Johannes wand sich rasch ein Handtuch um die Taille. »Gewiß – obwohl ich gerade rauskommen wollte ...«

»Oh, ich könnte selbst ein Bad gebrauchen«, meinte Artabanes und fing an, seinen Brustharnisch abzuschnallen.

»Jacobos, nimm dem Befehlshaber die Sachen ab; tu das Kettenhemd irgendwohin, wo es trocken ist«, befahl Johannes seinem Gefolgsmann und kam sich etwas hilflos vor. Artabanes zog sich mit der Sorglosigkeit eines Mannes aus, der daran gewöhnt ist, in überfüllten Kasernen zu leben. Sein Körper war um mehrere Schattierungen blasser als sein Gesicht, er war stark behaart und wies mehrere Narben auf. Neben ihm kam sich Johannes wie ein läppischer Bürohengst vor.

Artabanes setzte sich schwerfällig auf die Bank gegenüber von Johannes, stützte seine großen, klobigen Hände auf die Knie. »Ich muß dich um einen Gefallen bitten«, sagte er. »Die Augusta hört doch auf dich, oder?«

Johannes spürte, wie sein Mut sank. »Ihre Erhabene Majestät war so großzügig, mir ihre Gunst zu erweisen«, erwiderte er zurückhaltend. »Ich würde nicht gerade behaupten, daß sie auf mich hört.«

Artabanes tat die Wortklauberei mit einer ungeduldigen Handbewegung ab. »Ihre Leute lassen dich aber ohne weiteres zu ihr vor; das ist mehr, als die meisten Menschen von sich sagen können. Würdest du bei ihr ein Wort für mich einlegen? Es ist etwas Schreckliches passiert. Meine Frau ist aufgetaucht und sagt, sie will sich an die Augusta wenden.«

»Deine Frau?« fragte Johannes und starrte den Befehlshaber erstaunt an. »Ich dachte, du wolltest Praejecta heiraten ...«

»Das will ich auch! Aber damals in Armenien, mit fünfzehn, war ich mit Shirin verheiratet.«

»Das verstehe ich nicht«, sagte Johannes. »Wie kannst du die Nichte des Kaisers heiraten wollen, wenn du bereits verheiratet bist?«

Artabanes versetzte der Bank einen Hieb. »Ich bin nicht mit Shirin verheiratet, jedenfalls nicht, wenn man das Wort auch nur im geringsten ernst nimmt. Die Verbindung ist damals zwischen unseren Familien ausgehandelt worden; ich war noch ein Junge und einverstanden mit allem, aber wir sind nie miteinander ausgekommen. Sie ist ein nutzloses Geschöpf. Sie verabscheute es, mit mir zu schlafen – lag einfach da wie ein Schaf, das darauf wartete, geschlachtet zu werden. Sie glaubte, ich würde mich mein ganzes Leben lang auf den Feldern abschinden und sie würde sich neben mir abschinden und nicht mehr als drei Worte am Tage sagen. Das war unser Los, und ich sollte es für immer auf mich nehmen. Sie ist faul und schmutzig. Neun Monate nach unserer Eheschließung habe ich mich der Armee angeschlossen; ich war froh wegzukommen. Seit damals habe ich sie nicht mehr gesehen; ich dachte, sie sei längst tot. Nun, sie ist es nicht. Sie hat davon gehört, daß ich zum Heerführer ernannt worden bin, und ist hergekommen, um ihren Platz als meine Gemahlin an meiner Seite und als große Dame einzunehmen.

Sie ist heute morgen am Bronzenen Tor eingetroffen, barfuß und vor Dreck stinkend, und hat nach mir gefragt – sie spricht zwar kaum ein paar Worte Griechisch, aber der Satz ›Mein Gatte, der Befehlshaber der Protektoren‹ kam ihr glatt von den Lippen. Ich habe ihr gesagt, ich würde in eine Scheidung einwilligen und ihr eine großzügige Abfindung zukommen lassen, aber sie war nicht damit einverstanden. Sie sagt, sie sei meine Frau und dabei werde es auch bleiben. Sie will sich an die Augusta wenden, die arme, verlassene Frauen beschützt – das ist eine weitere ihrer griechischen Lieblingsfloskeln ›arme, verlassene Frauen‹ –, und du und ich, wir wissen alle beide, daß das stimmt, die Augusta hört auf jede Hexe, die zu ihr kommt und sich darüber beklagt, daß ein Ehemann oder ein Kuppler sie mißhandelt hat. Ich will damit ja nichts gegen die Augusta sagen! Es ist sicher ein sehr barmherziger Zug von ihr, arme, verlassene Frauen, die von ihren Ehemännern ausgenutzt worden sind, zu beschützen. Aber Shirin hat keinen Anspruch auf mich, und die Augusta hört nicht immer unbedingt beide Seiten der Geschichte. Wenn du ihr meinen Fall zu Gehör bringen könntest, Johannes, werde ich dir für den Rest meines Lebens dankbar sein.«

»Wäre es nicht besser, wenn du ihr deinen Fall selbst vortrügest?« schlug Johannes vor. »Schließlich weiß ich nicht viel darüber.«

»Ich habe dir gerade alles erzählt, was es darüber zu wissen gibt. Mein Vater hat mich mit dieser Frau verheiratet; wir sind nicht miteinander ausgekommen; wir haben keine Kinder; ich bin fortgegangen; ich habe sie seit fast zwanzig Jahren nicht gesehen. Wenn das kein Grund für eine Scheidung ist, was dann? Aber ich werde wahrscheinlich keine Audienz bei Ihrer Erhabenen Majestät bekommen, und man wird mir nicht gestatten, das alles vorzubringen; außerdem würde mir niemand zuhören, falls ich doch vorgelassen würde. Aber auf dich würde sie hören, wenn du wegen eines Freundes bei ihr vorsprichst.«

»Ich werde es natürlich versuchen«, sagte Johannes unglücklich. »Aber ...«

»Ich danke dir! Ich wußte, daß du mir helfen würdest!« Artabanes lehnte sich an die Wand des Dampfraumes und fuhr sich mit der Hand durch die Haare, wobei er vor Erleichterung lächelte.

»Aber das Ganze ist ... das Ganze ist wirklich eine dumme Geschichte«, fuhr Johannes fort.

»Das kann man wohl sagen!« pflichtete Artabanes ihm bei. »Hätte sie doch nur noch ein paar Monate gewartet, dann wäre ich mit Praejecta verheiratet und hätte ihr ins Gesicht lachen können.«

»Das habe ich nicht unbedingt gemeint«, sagte Johannes schroff. »Praejectas Familie ist sehr traditionsbewußt. Sie hören es bestimmt nicht gerne, daß du bereits verheiratet warst – oder daß du es nicht für nötig gehalten hast, es ihnen zu erzählen.«

»Praejecta ist schließlich keine Jungfrau mehr«, meinte Artabanes.

»*Sie* ist immerhin in aller Öffentlichkeit zur Witwe geworden«, erwiderte Johannes bissig. »Während *du* eine Frau verlassen hast, die jetzt wiederaufgetaucht ist und bei dir auf der Türschwelle steht. Du kannst aller Welt erzählen, daß das nicht dein Fehler ist, aber es sieht nicht sehr gut aus und ist nicht unbedingt eine Empfehlung für den Neffen des Kaisers. Selbst wenn deine Frau mit ihrem Appell an die Erhabene Augusta keinen Erfolg haben sollte, könnte deine Eheschließung durchaus abgeblasen werden. Ich schlage vor, daß du Praejecta und ihrer Familie die Situation sofort erklärst.«

»Ich werde auf der Stelle zu ihnen gehen«, sagte Artabanes ernsthaft. »Laß mich nur noch den Schweiß abwaschen.« Er stieg direkt in das Tauchbecken, kam wieder nach oben und schüttelte das Wasser ab wie ein Hund. »Praejecta wird mich verstehen – sie weiß, daß ich sie liebe. Ich habe es ihr oft genug versichert. Und niemand wird auch nur im entferntesten glauben, ich könnte jemals ein Geschöpf wie Shirin geliebt haben.« Er sah sich nach einem Handtuch um; Johannes gab ihm seines, das einzige im Raum, und rief Jacobos.

Am nächsten Morgen ging Johannes zum Daphnepalast und suchte um eine Audienz bei Theodora nach.

Er hatte die Kaiserin während des Sommers von Zeit zu Zeit gesehen, als er für Begleitmannschaften zu ihren Sommerpalästen und wieder zurück gesorgt hatte; er hatte ihre Abendgesellschaften besucht, die Abendgesellschaften ihrer Schwester, die Abendgesellschaften ihrer Freundinnen; er hatte sie zu Rennen begleitet und in der kaiserlichen Loge in ihrer unmittelbaren Nähe gesessen. Er war ein bevorzugter Gast bei der Hochzeit ihres Enkels, seines Neffen, mit Belisars Tochter gewesen – ein Ereignis, das sehr viel weniger pompös gewesen war, als die Kaiserin es sich gewünscht hatte; die Eltern der Braut waren immer noch in Italien. Aber er hatte die Augusta nicht mehr privat gesehen, seit sie ihm den Rang eines Patriziers verliehen hatte.

Der Eunuch, der für den Terminkalender der Augusta verantwortlich war, erkannte ihn sofort und begleitete ihn unter ständigem Lächeln in ein privates Vorzimmer, bevor er die Kaiserin von seiner Ankunft verständigte. Wie an einen Traum erinnerte er sich kurz an das erste Mal, als er um eine Audienz nachgesucht hatte; an die Fremdheit all dessen, was ihm inzwischen so vertraut war, und an seine Angst. Ungeduldig schritt er in dem Wartezimmer auf und ab. Weil er an diesem Vormittag noch eine Begleitmannschaft für eine hochgestellte Persönlichkeit zusammenstellen mußte, trug er sein Kettenhemd, dessen Gewicht unangenehm auf seinen Schultern lastete; außerdem hatte er sein Schwert umgeschnallt.

Artabanes hätte jemandem erzählen sollen, daß er bereits verheiratet ist, dachte er zum hundertstenmal, seitdem der Armenier ihm seine Lage auseinandergesetzt hatte. Ich kann ihn nicht dafür tadeln, daß er die Scheidung wünscht, aber er hätte schon vor Jahren etwas unternehmen müssen, um eine solche Prozedur zur Formsache zu machen, und seine Frau nicht einfach vergessen dürfen wie einen alten Stiefel. Aber er ist schließlich mein Freund, und er hat mich darum gebeten, bei der Kaiserin

Fürsprache für ihn einzulegen. Das mindeste, was ich tun kann, ist, sein Anliegen vorzutragen.

Der Kämmerer Eusebios erschien in der Tür. »Sie beendet gerade ihr Frühstück«, sagte er lächelnd zu Johannes. »Sie empfängt dich sofort.«

Theodora lehnte sich in dem sonnendurchfluteten Frühstückszimmer auf ihrer Ruhebank zurück und lauschte aufmerksam, während einer ihrer Eunuchen ihr einen Brief vorlas. Ihre Gesundheit hatte sich während des Sommers nicht gebessert, aber auch nicht verschlechtert. Sie war mager und abgezehrt, und es waren noch mehr weiße Strähnen in ihrem Haar zu sehen. Aber sie lächelte strahlend, als sie Johannes erblickte, und streckte ihm ihre Hände entgegen.

»Wirf dich nicht zu Boden«, befahl sie ihm; er trat zu ihr, ergriff ihre Hände und küßte sie. Verwirrt von einem Gefühl der Zärtlichkeit stand er einen Augenblick lang da, hielt sie fest und blickte in das abgespannte Gesicht mit den tiefen Schatten, das zu ihm emporlächelte.

Sie schmunzelte. »Herr im Himmel, wie kriegerisch du aussiehst.« Sie rückte ein wenig zur Seite, damit er neben ihr Platz nehmen könne; er setzte sich so, daß er sie ansehen konnte, und lehnte sich zurück. »Laß mich raten, weswegen du gekommen bist«, sagte sie, und ihre Augen strahlten. »Ist es die schöne Praejecta?«

Er lächelte. »Indirekt schon. Ich bin wegen meines Freundes hier, des Heerführers Artabanes.«

Sie lachte. »Wegen Artabanes! Das ist gut. Ich habe gestern seine Frau kennengelernt.«

Er starrte sie an. »Was, schon?«

»In der Tat.« Theodora schmunzelte. »Sie tauchte gestern nachmittag auf und ersuchte um eine Audienz bei mir. Ich konnte es zuerst gar nicht glauben; es schien einfach zu schön, um wahr zu sein. Aber ich ließ sie hereinbringen und befragte sie, und es gibt keinen Zweifel. Sie ist seine Frau, und sie hat Briefe, die es beweisen. Das wird den ehrgeizigen Plänen von Artabanes Einhalt gebieten!«

Johannes zögerte. »Ich . . . ich billige keineswegs die Art und Weise, in der Artabanes seine Frau behandelt hat. Aber er war sehr jung, als er sie geheiratet hat; außerdem ist die Ehe niemals vollzogen worden, und er hat Shirin seit über zwanzig Jahren nicht mehr gesehen. Er ist sehr in Praejecta verliebt, und dies ist ein großer Schlag für ihn.«

Theodora lachte verächtlich. »Dessen bin ich gewiß!« Sie schmunzelte erneut. »Und ich bin mir auch gewiß, daß er sehr in den Gedanken verliebt war, Petrus' Neffe zu werden. Was hältst du denn von Praejecta?«

»Ich bin ihr nur einmal begegnet. Artabanes hat uns miteinander bekannt gemacht. Ist sie sehr betrübt?«

»Sie ist wütend!« erwiderte Theodora mit sichtlichem Vergnügen. »Obwohl ich zu meiner Überraschung sagen muß, daß sie immer noch willens wäre, den dreckigen Ränkeschmied zu heiraten. Aber ich glaube, man könnte sie überreden, ihre Ansicht zu ändern.« Sie bedachte Johannes mit einem verstohlenen Blick unter halbgeschlossenen Augenlidern.

Woran um alles auf der Welt denkt sie? fragte sich Johannes. Er leckte sich die Lippen und versuchte es erneut. »Artabanes hat mich gebeten, bei dir Fürbitte einzulegen – er möchte dir gerne seine Sicht der Geschichte erzählen.«

»Ach, hat er das? Ich bin mir nicht sicher, ob ich sie hören will. Machst du dir klar, daß die arme Frau den größten Teil des Weges von Armenien zu Fuß gekommen ist? Ihre Familie unterstützt sie nicht bei ihrem Anspruch auf ihren Mann; deshalb hat sie ihren eigenen Maulesel gesattelt und ist losgeritten. Auf halbem Wege mußte sie den Maulesel verkaufen, um genug Geld zum Essen zu haben; sie hat in Heuschobern genächtigt und von Maisfladen gelebt. Als ihr Mann sie sah, hat er so getan, als wisse er nicht, wer sie ist. Vielleicht wünscht er sich, das wirklich nicht zu wissen!«

Johannes schwieg einen Augenblick, dann berichtete er zögernd: »Er sagte, er habe ihr eine Scheidung und eine große Abfindung angeboten.«

»Das hat er getan, um sie wieder loszuwerden. Wenn er es ihr vor Jahren angeboten hätte, hätte ich vielleicht ein wenig Verständnis für ihn. Als er fortlief, um sich der Armee anzuschließen, wurde das arme Mädchen wie ein beschädigtes Gut zu ihrem Vater zurückgeschickt. In den letzten zwanzig Jahren hat sie als entehrte Tochter bei ihrem Vater gelebt und ihm als Dienstmagd gedient. Ja, im Grunde genommen ist es ihr schlimmer als einer Dienstmagd ergangen: Als Ehefrau konnte sie sich nicht wiederverheiraten; außerdem war sie arm und unglücklich und von allen verschmäht. Jeder Mann tadelte sie für das, was Artabanes ihr angetan hat. Er dagegen hat eine großartige Zeit verlebt, er hat in Karthago gekämpft und gehurt, ist befördert worden und wurde reich und mächtig. Nun, er hat sich nicht von ihr scheiden lassen, als er sich der Armee angeschlossen hat, und er hat nicht einmal nachgeforscht, ob sie noch am Leben ist, als er Praejecta die Ehe vorschlug. Aber jetzt ist er dran. Er kann sie zurückhaben, um sie endlich mit der Achtung zu behandeln, die sie verdient – und wenn er es nicht tut, wird er es mit mir zu tun bekommen. Ich würde selbst dann noch darauf bestehen, wenn ich nicht froh wäre, daß Praejecta jetzt für dich frei ist.«

»Für mich!« fragte Johannes erschrocken. »Was willst du damit sagen?«

Sie lachte. »Oh, mein keuscher Hippolytos! Warum nicht für dich? Sie ist etwa so alt wie du, eine reiche, junge Witwe, einigermaßen hübsch, nicht dumm – und sie ist Petrus' Nichte. Ich wollte sie schon früher für dich, aber Petrus bestand darauf, sie mit Artabanes zu verheiraten: Dieser habe sie gerettet, als ihr Mann umgebracht wurde; sie liebe Artabanes; Artabanes solle sie haben. Nun, Artabanes kann niemanden heiraten, du jedoch zweifellos. Du solltest mit ihr sprechen. Sie ist bitter enttäuscht von Artabanes und fühlt sich tief beleidigt, weil er sie zu kaum mehr als seiner Konkubine gemacht hätte. Du könntest als sein Freund bei ihr erscheinen, um sie zu trösten, ihr zu schmeicheln, ihr zuzuhören – und ihr zu erlauben, sich ein Bild von dir zu machen. Ich kann Petrus bestimmt überreden, einer Verbindung zwischen euch zuzustimmen, falls Praejecta einverstanden ist. Außerdem hat sie Artabanes nie wirklich geliebt – er war einfach ein gutaussehender Mann, und sie war ihm dankbar, daß er sie gerettet hat. Sie möchte wieder heiraten, weiß jedoch genau, wie schwierig es für sie wird, eine zweite Ehe zustande zu bringen. Sie weiß, daß ich mich in der Vergangenheit einer Eheschließung ihrerseits widersetzt habe; sie weiß, daß ich niemandem sonst soviel Macht gönnte. Nun, jetzt mache ich eben eine Ausnahme, und da tauchst du auf, ein Befehlshaber, ein Patrizier; du siehst gut aus und bist ein fähiger junger Mann, dessen Aussichten jedem offenbar werden, der sich die Zeit nimmt, darüber nachzudenken. Sie wird einverstanden sein. Sei höflich und ehrerbietig, schmeichle ihr, wie sie es verdient, und sie wird einwilligen.«

»Aber ich will sie nicht heiraten«, rief Johannes in einem etwas töricht wirkenden Trotz.

»Liebst du eine andere?« fragte Theodora beunruhigt.

Er dachte voller Schmerz an Euphemia; wischte den Gedanken jedoch rasch beiseite. »Nein, aber ...«

»Dann mach dich nicht lächerlich! Sie ist Petrus' Nichte!«

»Aber ... aber sie wollte meinen Freund heiraten«, erwiderte Johannes und versuchte hilflos, eine emporbrandende Woge von Panik niederzuhalten. »Es wäre schändlich, meine Stellung als Freund zu mißbrauchen, um seinen Platz einzunehmen.«

»Du liebe, gewissenhafte Unschuld!« Theodora ergriff seine Hand und sah lächelnd zu ihm auf. »Es ist nicht sein Platz. Er ist verheiratet, und er würde auch dann nicht Praejectas Bräutigam werden, wenn du niemals geboren worden wärest. Wenn er wirklich dein Freund ist, dann sollte er froh sein, daß du Praejecta heiratest und nicht irgendein anderer.«

Johannes entzog ihr seine Hand: Er war in einem derartigen inneren Aufruhr, daß er gar nicht merkte, was er tat. Praejecta, dachte er. Die Nichte des Kaisers. Eine rechtmäßige Erbin Justinians.

Theodora möchte, daß ich den Purpur erbe.

Sobald dieser Gedanke Gestalt in ihm angenommen hatte, wurde ihm klar, daß er es, im Grunde genommen, schon lange wußte. Dies war das Ziel, das sie seit jeher angesteuert hatte; dies war die Offenbarung, die ihn in seinen Träumen verfolgt hatte. Er hatte sich jetzt zu ihr umgewandt: Er sah ihr offen ins Auge, und die Panik fiel von ihm ab, wurde zu kalter Klarheit.

»Nein«, sagte er verzweifelt. »Ich bin nicht dafür geschaffen. Ich kann nicht.«

Theodoras Lächeln war zu einem ungeduldigen Blick geworden. »Du kannst was nicht? Kannst keine Frau lieben? Du solltest es versuchen; ich bin sicher, daß du ebenso dazu in der Lage bist wie jeder andere junge Mann.«

»Das meine ich nicht. Ich kann nicht Kaiser sein. Ich bin nicht die richtige Verbindung für Praejecta. Finde eine Frau für mich, die meinem Rang näher ist.«

Der ungeduldige Blick wurde zu einem Stirnrunzeln, die Brauen wölbten sich über den wild funkelnden Augen. »Sei nicht albern! Dein Rang ist genau das, was du daraus machst – was *ich* daraus mache. Außerdem war Praejectas Großvater ein Bauer. Du aber bist Patrizier und Heerführer; das ist bereits der höchste Rang.«

»Ich bin nicht dafür geschaffen«, wiederholte er, jedes Wort einzeln betonend, so daß sie um so stärker schmerzten. »Es gibt andere, die in der Hoffnung auf den Purpur aufgewachsen sind: Germanus und seine Kinder; Praejectas Brüder – sie alle wünschen ihn sich verzweifelt, und der Senat würde mir jeden einzelnen von ihnen vorziehen. Selbst wenn ich dein ehelicher Sohn wäre, wäre ich immer noch ein Außenseiter. Ich mußte mir meinen Weg zum Purpur über ihre Leichen erkämpfen, und ich möchte ihn nicht auf diese Weise erlangen. Ich könnte es selbst dann nicht, wenn die anderen tot wären. Unsterblicher Gott! Das Römische Imperium, das gesamte Ostreich, Asien, Ägypten, Afrika, Italien, Thrakien – Gott erbarme dich! All dies beherrscht von einem wie mir – von Diodoros' Bastard?«

»Von *meinem* Bastard!« fuhr die Kaiserin ihn ärgerlich an. »Nicht von seinem, von meinem! Ich herrsche über all diese Länder; warum solltest du es nicht können? Du bist fähiger als jeder von den anderen – klüger als Germanus' Kinder, tapferer und geduldiger als Vigilantias Kinder. Sieh mich an! Ich sage dir jetzt ganz offen, daß du ihn haben kannst, alles, den Purpur und das Diadem und den Titel des Augustus. Du kannst es schaffen. Er liegt in deiner Reichweite.«

»Ich will ihn nicht! Ich wüßte gar nicht, was ich mit ihm anfangen sollte. Nein. Er ist nichts für mich; schon der Versuch, ihn zu erringen, würde mich zerstören. Nein!«

Sie schlug ihm mitten ins Gesicht. »Was ist das für ein hirnloses Gewäsch?«

Einer ihrer Ringe hatte seine Backe aufgerissen; er hielt seine Hand über die stechende Wunde und blickte Theodora verständnislos an. »Ich will ihn nicht. Höchste Macht ist nichts für mich. Ich könnte sie nicht nutzen. Und es gibt so viele andere Menschen, die den Purpur wollen, die ihn sich sehnlichst wünschen. Ich könnte nicht um ihn kämpfen. Nicht einmal, um dir zu gefallen. Der Versuch würde mich umbringen. Und selbst wenn dies nicht der Fall wäre, würde ich mich nach seiner Erringung wahrscheinlich nicht mehr wiedererkennen. Nein. Ich werde Praejecta nicht heiraten; ich will auch nicht den geringsten Versuch unternehmen, den Purpur zu erringen.«

Sie hielt ihren Atem mit einem Zischen an. »Das hast du von deinem Vater! Ich weiß, daß du mutig bist; du hast es in Nikopolis und im Verlauf des Aufruhrs deutlich bewiesen. Laß nicht zu, daß dich dein armseliger, kreuzbraver Vater jetzt von neuem zu einem Feigling macht!«

»Du warst es doch, die mich bei ihm zurückgelassen hat«, erwiderte Johannes gelassen.

Sie schlug ihn erneut, dann zog sie sich an das entfernteste Ende der Ruhebank zurück, keuchte und preßte eine Hand in ihre Seite.

»Es tut mir leid!« sagte er unglücklich. »Ich bin nun einmal, was ich bin: wahrscheinlich ein Feigling. Auf jeden Fall versetzt mich der Gedanke in Furcht und Schrecken, auch nur zaghaft zu berühren, was die Welt mir bietet. Ich bin von armseliger Ehrbarkeit – wie mein Vater. Aber ich bin auch sein Bastard, genau wie deiner. Ich kann nichts dafür, und es ist zu spät, mich zu ändern. Ich will den Purpur nicht und werde keinen einzigen Schritt tun, um ihn zu erlangen.«

Sie beugte sich vor und griff nach seinem Mantel. »Ich habe dir diesen Umhang gegeben«, rief sie und zerrte mit verkrampften Fingern an ihm. »Ich habe dich in deine Stellung gebracht. Soll ich dir beides wieder wegnehmen, weil du keinen Geschmack an der Macht findest?«

»Tu, was du willst«, erwiderte er. »Ich habe dich nicht um den Mantel oder die Stellung gebeten. Schick mich fort, wenn du willst. Schick mich nach Bostra zurück. Ich würde niemandem erzählen, wo ich inzwischen gewesen bin. Ich könnte viel leichter damit leben als mit dem Purpur.«

»O Gott!« Sie hieb mit der Faust auf seine Schulter ein. Der Schlag dröhnte harmlos auf das Kettenhemd. Sie zog ihre Hand zurück und rieb sie, starrte ihn wütend an. »Du bist unmöglich! Hinaus mit dir! Wenn mich sonst irgend jemand derart beleidigt hätte, würde ich ihn umbringen lassen! Raus!«

Er stand auf, blaß, aber ruhig, und vollführte das vorgeschriebene Ritual und warf sich auf den Boden, bevor er an dem erschrockenen Eunuchen vorbei hinausging und durch den Palast in seine eigenen Gemächer zurücktaumelte.

Er sagte seinen Soldaten, er sei krank, und entschuldigte sich, die Eskorte nicht anführen zu können; dann begab er sich in seine luxuriösen Gemächer und legte sich aufs Bett, immer noch im Brustharnisch. Er konnte hören, wie die Sklaven im Hause arbeiteten; vom Exerzierfeld hinter dem Haus drangen die Rufe seiner Männer, die zur Übung gegeneinander anritten.

Er fragte sich, ob er es wirklich ertragen könnte, nach Bostra zurückzugehen. Nach Bostra, um dort als Schreiber zu arbeiten, nachdem ich soviel Macht besessen habe? Zurückzugehen und nach all dem Luxus und all der Macht in möblierten Zimmern zu wohnen und höhnischen Bemerkungen ausgesetzt zu sein?

Es fiele mir jedenfalls leichter, als mich um den Purpur zu bewerben. Wahrscheinlich bin ich ein Feigling. Vielleicht hatte Euphemia recht, und es wäre besser gewesen, man hätte mich zum Eunuchen gemacht. Ich eigne mich wahrscheinlich nicht für die Liebe, außerdem habe ich mich als untauglich für die Macht erwiesen – sogar Narses ist niemals soweit gegangen. »Es gibt Menschen, die sind von Geburt an Eunuchen, andere werden zu Eunuchen gemacht, und wieder andere machen sich um des himmlischen Königreichs willen selbst zu Eunuchen.« Nur daß es sich bei mir nicht um das himmlische Königreich, sondern um nackte Angst handelt. Ich bin nicht dafür geeignet, den Purpur zu tragen, und ich habe

Angst vor ihm. Diese Farbe enthält nichts, was ich in mir selber entdekken kann. Die Augusta erwartet zuviel von mir.

Ich habe sie enttäuscht.

Er lag auf dem Rücken, starrte an die Decke, fühlte sich krank und erschöpft. Nach einer Zeitlang klopfte Jacobos an die Tür und meldete ihm Artabanes.

»Sag ihm, daß ich mich ihm empfehlen lasse«, meinte Johannes, ohne aufzustehen. »Erzähl ihm, daß meiner Audienz bei der Augusta kein Erfolg beschieden war, daß ich mich mit ihr gestritten habe und daß er seine Frau wieder aufnehmen muß. Und sag ihm, daß es mir nicht gutgeht und ich ihn morgen aufsuchen werde.«

Jacobos ging. Etwa eine halbe Stunde später klopfte er erneut an die Tür. »Ich will ihn nicht sehen«, sagte Johannes ungeduldig. »Sag ihm, er möge sich bis morgen gedulden.«

»Diesmal ist es der vortreffliche Narses, Herr«, verkündete Jacobos.

Johannes richtete sich auf. »Bitte ihn hereinzukommen.«

Narses trat sofort ein; er mußte unmittelbar neben Jacobos gestanden haben. Er sah sich im Schlafzimmer um. In seinem weißen und purpurfarbenen Mantel wirkte er klein und unerschütterlich. Dann nickte er Jacobos zu, der an der Tür wartete. »Achte darauf, daß wir nicht gestört werden«, befahl er und setzte sich auf die Kleidertruhe. Jacobos verbeugte sich und schloß die Tür.

»Du bist der einzige Mensch, den ich im Augenblick sehen möchte«, sagte Johannes.

Narses schenkte ihm sein zweideutiges Lächeln. »Obwohl die Augusta mich geschickt hat?«

»Das habe ich mir schon gedacht. Was sollst du mir sagen?«

Der Eunuch seufzte und sah Johannes einen Augenblick lang in die Augen. »Ich bin hier, um dir ihre Pläne in bezug auf dich zu erläutern.«

»Ich glaube, ich habe sie verstanden. Hat sie dir gesagt, welche ihre Absichten sind?«

»O ja. Eigentlich bereits vor einiger Zeit. Ich habe ihr damals schon prophezeit, wie die Sache wohl ausgehen werde, aber sie weigerte sich, mir auch nur richtig zuzuhören; sie ist in bezug auf dich sehr ehrgeizig. Aber ich bin mir nicht sicher, ob du ihre Motive wirklich verstehst. Du weißt, in welche Richtung sie zielen, aber das ist etwas anderes.«

Johannes saß einen Augenblick da, ohne sich zu rühren, die Arme auf die Knie gestützt, seine Hände unruhig verschränkt. »Also gut, dann erläutere sie mir«, sagte er schließlich.

Narses zögerte, dann faltete er seine Hände. »Wieviel hat sie dir von ihrer Vergangenheit erzählt?«

»Nicht viel. Ein wenig vom Tod ihres Vaters. Und daß der ... Vater meiner Schwester ein Wagenlenker namens Konstantin war und daß sie von einem ihrer Liebhaber in Cyrene verlassen worden ist. Das ist ungefähr alles.«

»Das ist mehr, als sie für gewöhnlich erzählt. Ihre Mutter starb, als sie zehn war. Theodora spielte zu der Zeit bereits auf der Bühne und assistierte ihrer Schwester Komito bei komischen Pantomimen. Ein gewisser reicher Herr der Stadt zeigte Interesse und bot ihrem Stiefvater einiges Geld, falls er sich ihrer bedienen könne; ihr Stiefvater war einverstanden und zwang sie durch Schläge, ebenfalls einverstanden zu sein. Der besagte Herr mochte in Wirklichkeit Knaben und benutzte sie als solchen. Er behielt sie ein paar Jahre lang und schickte sie, als ihr Körper sich zu entwickeln begann, auf die Bühne zurück. Sie hat stets behauptet, er sei freundlich zu ihr gewesen, und vielleicht war er es auch. Doch sie hat seitdem noch jeden reichen Mann ausfindig gemacht, den man beschuldigte, Knaben in dieser Art zu schänden, und hat ihn mit äußerster Strenge bestrafen lassen.

Von komischen Schauspielerinnen erwartet man im allgemeinen, daß sie nur allzu bereit sind, sich nebenbei zu prostituieren, und genau dies tat auch Theodora. Obwohl viele der Geschichten, die man sich von ihr erzählt, absurd sind: Sie hat nicht einmal mit einem Zehntel der Männer geschlafen, von denen man dies behauptet, und sie hat es offensichtlich vorgezogen, immer nur von je einem ausgehalten zu werden. Was sie nicht vor Verachtung, schlechter Behandlung und gelegentlichen grausamen Mißhandlungen bewahrte. Wenn du willst, stell sie dir als siebzehnjährige junge Frau vor, die gelernt hat zu lachen, wenn ihr Liebhaber sie schlägt – weil sie lachen muß, wenn sie das Kind, das sie zu Hause hat, ernähren will. Wenn sie die Macht heute so genießt und so offen nutzt, dann deshalb, weil Macht in ihren Augen die einzige Alternative zu Schwäche und Mißbrauch ist; sie bietet die Möglichkeit, Unrecht zu rächen, die Schwachen zu beschützen und die Starken zu demütigen. Kannst du das verstehen?«

Johannes schwieg lange. »Ich verstehe es«, erwiderte er schließlich. »Aber es ist nicht die einzige Alternative.«

»Das glaubst du. Du bist – mehr als die meisten Menschen – darauf bedacht, über dich selbst bestimmen zu können. Wenn dir Verantwortung für andere übertragen wird, dann wird dieses Bedürfnis bedroht.«

»Ich habe mein eigenes Tun niemals selbst bestimmt! Ich habe mein ganzes Leben lang getan, was andere mir gesagt haben.«

»Du weißt sehr gut, was ich meine«, sagte Narses ungeduldig. »Ein Mann kann ein Sklave sein, den Befehlen eines anderen unterworfen, und er kann für sich selbst dennoch die absolute Herrschaft über seine eigene Seele in Anspruch nehmen. Das genau ist es, was ich immer gewollt habe, und es ist das, was du willst. Jede Verantwortung, die du seit deiner Ankunft in dieser Stadt übernommen hast, hast du auf dich genommen im Vertrauen darauf, daß du sie, falls nötig, auch wieder abgeben könntest, so daß du völlig ungebunden bist. Eine Ehe und der Purpur aber würden dich binden, und deshalb willst du sie nicht akzeptieren.«

»Weil ich Angst vor der Macht habe. Ich bin ein Feigling.«

»Mein lieber Freund! Ich dachte, wir hätten bei Nikopolis etwas bewiesen.«

»Mir war verdammt schlecht bei Nikopolis, und auch jetzt ist mir wieder verdammt schlecht. Narses, ich will den Purpur nicht. Ich glaube, ich würde im Kampf um ihn zerstört werden – und selbst wenn ich ihn ohne Anstrengung erlangen könnte, würde ich ihn nicht haben wollen.«

»Warum solltest du ihn auch wollen?« fragte Narses ihn. »Es ist nicht wahr, daß jeder nach Macht strebt. Es gibt mindestens genauso viele Menschen, die darauf bedacht sind, das Ausüben von Autorität zu vermeiden. Höchste Macht ist gefährlich, sie kann alles übrige auslöschen, alles, was derjenige liebt, der sie gebraucht; und Macht fügt der Seele höchstwahrscheinlich nichts als Kummer zu, abgesehen davon, daß sie vergeblich und eitel ist. Sie ernstlich zu wollen erfordert einen Grad von Selbstvertrauen, über den nur wenige verfügen – obwohl es stets mehr Menschen gibt, die die Macht wollen, als zufriedengestellt werden können. Du bist weder rücksichtslos noch selbstbewußt. Du willst sie nicht, und du spürst, daß du in einem Kampf mit Menschen, die sie wollen, wahrscheinlich umkommen würdest. Das bedeutet noch lange nicht, daß du schwach oder töricht bist, oder gar ein Feigling.«

Johannes sah erleichtert zu dem Eunuchen empor. »Danke.«

»Ich bin noch nicht am Ende. Die Augusta hat mich beauftragt, dir ihre Position zu erklären, nicht, meine eigene Meinung darzulegen. Vielleicht willst du die Macht nicht, aber das kann sie unmöglich nachvollziehen. Sie vermag nur schwer zu glauben, daß irgendein Mensch Macht zurückweisen könnte – außer vielleicht aufgrund von Feigheit oder Verderbtheit, was offensichtlich beides nicht auf dich zutrifft. Sie wirft deinem Vater vor, dir zu viele Beschränkungen auferlegt zu haben, und erwartet von dir, daß du deine Meinung änderst. Du weißt sicher, daß sie sehr darunter leidet, von ihrem Mann keine Kinder zu haben?«

»Ich ... das heißt, sie hat es nicht erwähnt.«

Narses lächelte kurz. »Nein, das hat sie wohl nicht. Trotzdem hat sie darunter gelitten. Und sie ärgert sich gewaltig darüber, daß die Nachfolge an Germanus und seine Kinder übergehen wird. Sie hat alles nur Erdenkliche getan, Germanus und seiner Familie Steine in den Weg zu legen und dem Kaiser von sonstwoher Erben zu beschaffen; sie hat den Sohn der Schwester des Kaisers, Vigilantia, begünstigt und ihn mit ihrer Nichte, Komitos Tochter, verheiratet; sie hat versucht, sich selbst durch die Verbindung zwischen Belisars Tochter und ihrem Enkel abzusichern. Doch sie mußte sich schließlich eingestehen, daß ihre Kandidaten keine größeren Qualitäten aufwiesen als die von Germanus. Dann erschienst du auf der Bildfläche. Zuerst war sie unsicher – entschlossen, dich zu fördern, aber voller Zweifel, was deine Fähigkeiten betrifft. Sie verschaffte dir einen Posten bei mir; ich war hoch erfreut angesichts deiner Tüchtigkeit, und sie begann zu hoffen. Du hast dich in der Schlacht ausgezeichnet, und sie war außer sich vor Freude. Schließlich glaubte sie, über ein Pferd zu verfügen, das seinen Rivalen die Hinterhufe zeigte, ein arabisches Fohlen, welches das Rennen gewinnen könnte. Jetzt hat sie entdeckt, daß es sich ganz gegen die Natur eines Vollbluts weigert zu galoppieren.«

»Ich bin kein Pferd«, sagte Johannes.

Narses lächelte. »Nein. Und ein Wettstreit um die Macht im Kaiserreich ist kein Pferderennen. Doch diese Ausdrücke stammen von ihr. Sie hat sie gerade eben benutzt. Erlaube mir, ihre Haltung noch einmal zu erläutern, so daß wir sie beide besser verstehen können. Dieses Reich ist das größte Reich der Welt, doch es zu regieren ist eine heikle Angelegenheit, stets droht Chaos und Korruption. Es ist, als säße man in einem Streitwagen, dessen Pferde mit durchhängenden Zügeln scheuen. Der Mann, der ihn lenkt, muß schon etwas mehr verstehen, als nur die Pferde anzutreiben, von ihnen zu fordern, daß sie das Rennen gewinnen; er muß ein Gefühl dafür haben, sie sanft zu lenken, andernfalls entgleiten die Zügel der Macht plötzlich seinen Händen, und der Staat kracht gegen den Wendepfosten oder rast mitten in die Tribüne. Ich sähe es lieber, daß du den Purpur trägst als irgendeiner der anderen Kandidaten.«

»Was soll das heißen? Du kannst doch unmöglich glauben, daß ich mich für ihn eigne ...«

»Das Kaiserreich hat in der Vergangenheit Herrscher erduldet, die unfähig oder sogar wahnsinnig waren. Kaiser sind keine Götter. Wenn ich an die anderen jungen Männer denke, die nach dem Purpur streben, dann bin ich der Meinung der Augusta, daß du ihnen überlegen bist. Germanus' Sohn, Justin, ist ein liebenswürdiger junger Mann, aber nicht sehr intelligent. Außerdem ist er ungeduldig, wenn es um Einzelheiten geht oder um die Arbeit in den Ministerien; seine Herrschaft würde Korruption bedeuten. Und der andere Justin, Vigilantias Sohn, welcher der Favorit der Augusta war, bis du erschienen bist, ist klug, aber selbstgefällig, hitzköpfig und unstet; er könnte den ganzen Staat durch unnötige Kriege gefährden. Du wärest vorsichtig, klug und bescheiden – genau die Eigenschaften, die unser zerschundenes Kaiserreich am bittersten benötigt. Daß du nicht auf Macht aus bist, spricht nur noch mehr für dich.«

»Tu das nicht«, stöhnte Johannes. »Narses, ich könnte es nicht schaffen. Das gesamte Kaiserreich ist gegen mich – der Senat würde mich als Außenseiter verabscheuen, das Volk und die Armee würden ein Mitglied des Hauses von Justin bevorzugen. Der Kaiser selbst mißtraut mir bereits und würde mich nicht als Erben akzeptieren. Wie ich bereits sagte, könnte ich einen Kampf zur Erringung des Purpurs sehr wahrscheinlich nicht überleben.«

»Das ist richtig«, sagte Narses lakonisch. »Es sei denn, du wärest entschlossen, ihn zu gewinnen.«

Es entstand ein langes Schweigen. Johannes starrte den Kämmerer in ungläubigem Erstaunen an. Narses erwiderte den Blick des Jüngeren ausdruckslos.

»Wenn du in den Wettstreit um den Purpur antreten wolltest«, fuhr Narses schließlich bedächtig fort, »hättest du eine ganze Anzahl von Vorteilen gegenüber deinen Rivalen. Der erste ist deine Mutter, deren Einfluß sehr groß ist. Der zweite ist deine Vertrautheit mit den Ministerien und dein Einfühlungsvermögen, das dir dabei helfen könnte, die Unterstützung der Beamten zu gewinnen. Der dritte Vorteil besteht in deinen Fähigkeiten, die meiner Ansicht nach größer sind als diejenigen deiner Rivalen. Der vierte, falls ich dies hinzufügen darf, ist meine Unterstützung, die alles in allem nicht ganz unwichtig ist. Wenn du entschlossen wärest, hart daran zu arbeiten, die Unterstützung des Volkes und der Armee zu erlangen und die Gunst des Senats zu gewinnen, hättest du eine ausgezeichnete Chance, den Purpur zu erlangen.«

»Bist du der Meinung, daß ich es versuchen sollte?« fragte Johannes.

Narses spreizte seine Finger. »Ich habe erläutert, was die Augusta wünscht. Meine eigene Meinung ist nicht von Belang.«

»Für mich ist sie es aber! Wenn du etwas rätst, hast du fast immer recht. Was rätst du?«

»Ich habe kein Recht dazu, dir in dieser Angelegenheit einen Ratschlag zu erteilen. Ich habe dir lediglich dargelegt, daß ich dich den anderen Kandidaten vorziehen würde, falls du nach dem Purpur strebst.«

»Ach, geh doch zur Hölle! Das ist etwas anderes, als zu sagen, du hieltest es für richtig, mich um den Purpur zu bewerben, und das weißt du ganz genau.«

»Nein«, sage Narses und lächelte. »Aber es würde genügen, mich um Amt und Würde zu bringen, falls der Kaiser davon Wind bekäme.«

Johannes schwieg erneut lange. »Was würde das Bestreben, sich der Unterstützung vieler Leute zu vergewissern, bedeuten?« fragte er schließlich. »Ränke zu schmieden, Geld zu beschaffen und Leute zu bestechen, ihnen diesen oder jenen Gefallen zu erweisen? Mit meinem Einfluß hausieren zu gehen, Freunde zu gewinnen, nur um des Vorteils willen, den ich von ihnen erwarten könnte?«

»All dies. Ich wollte, es wäre möglich, ein derartiges Ziel zu erreichen, ohne andere zu verleumden, zu verletzen oder deine Rivalen auf andere Weise zu behindern, aber ich könnte es nicht unbedingt versprechen. Es würde außerdem bedeuten, Praejecta zu heiraten.«

Johannes ließ sich gegen die Wand fallen und schüttelte den Kopf.

»Ich habe mir schon gedacht, daß es nicht in erster Linie Praejecta ist, gegen die du etwas einzuwenden hast«, sagte Narses langsam. »Ich nehme an, Euphemia hat ...«

»Es ist nichts zwischen Euphemia und mir, obwohl ich zugebe, daß ich es mir wünschte. Narses, ich bin nicht dafür geschaffen, nach der Macht zu greifen. Ich könnte es nicht. Ich will den Purpur nicht, und ich kann den Preis nicht bezahlen, den ich dafür bezahlen müßte, ihn zu erlangen. Das kannst du meiner Mutter bestellen.«

Narses senkte den Kopf, dann hob er ihn wieder. »Ich werde es ihr ausrichten.«

»Was ... was wird sie deiner Ansicht nach tun?« fragte Johannes, als der Eunuch sich erhob.

Narses hielt in der Bewegung inne, sah ein wenig überrascht aus. »Tun? Was glaubst du wohl, was sie tun wird?«

»Mich meines Patrizierranges entheben. Mich nach Bostra zurückschicken. Mich vielleicht sogar ins Gefängnis werfen. Ich weiß es nicht – ich weiß nur, daß sie sehr ärgerlich ist.«

Narses schüttelte den Kopf. »Sie möchte, daß du den höchsten aller

Ränge bekleidest; sie wird dir kaum den Rang nehmen, den du innehast. Sie hegt immer noch ihre ehrgeizigen Pläne – und davon einmal abgesehen, liebt sie dich. Meiner Ansicht nach wird sie ganz einfach weiter hoffen, daß du deine Meinung änderst. Du hast natürlich recht, wenn du sagst, daß sie sehr ärgerlich ist und sich bestimmt weigern wird, dich zu sehen, es sei denn, du bittest sie um eine Audienz und wirfst dich mit vielen Entschuldigungen vor ihr zu Boden. Aber mehr als das . . . nein. Alles, was sie tun könnte, würde sie mehr schmerzen als dich, und das weiß sie.«

»O Narses. Richte ihr aus, daß es mir leid tut. Und es tut mir wirklich leid, aber ich kann nicht anders.«

Narses lächelte, dann beugte er sich vor und berührte Johannes' Hand. »Ich weiß. Ich habe erwartet, daß deine Antwort so ausfällt. Es darf dir nicht leid tun, daß du so bist, wie du nun einmal bist und niemand anders: das hat keinen Sinn und ist keine Tugend. Mein lieber Freund, lebe wohl!«

12

Der Herrscher dieser Welt

Im folgenden Frühjahr zeigte der Schreiber Diomedes einem neuen Bekannten das Hippodrom – gerade als Johannes mit einem Dutzend Gefolgsleute dort einritt, um mit seinem Pferd zu üben.

Es war ein klarer, warmer Maiabend, und die Rennbahn war ziemlich bevölkert, doch die Menge teilte sich, um dem jungen Mann im Mantel eines Patriziers mit seinen bewaffneten Gefolgsleuten Platz zu machen; sie trabten in ihren funkelnden Rüstungen auf der festgestampften Erde scheinbar direkt in die grelle, bereits tief am Horizont stehende Sonne hinein.

»Früher habe ich ihn einmal gekannt«, sagte Diomedes und zügelte seinen großen Braunen am Goldenen Tor, wobei er auf die Bahn hinunter auf Johannes zeigte. »Er war eine Zeitlang der Sekretär des ehrenwerten Narses. Inzwischen ist er weit in der Hierarchie aufgestiegen.«

Der Bekannte, der erst vor einer Woche in der Stadt angekommen war und hoffte, eine Anstellung zu finden, sah interessiert zu dem so hoch beförderten Sekretär. »Welchen Rang bekleidet er denn jetzt?«

»Befehlshaber der Reiterei der kaiserlichen Garde und außerdem Patrizier. Natürlich, er ist ein entfernter Vetter der Erhabenen Augusta – und er ist durchaus intelligent, aber Verbindungen sind eben alles. Er kommt aus Berytus. Das ist doch auch deine Geburtsstadt, Elthemos, oder?«

»Nein, ich habe dort nur während der vergangenen zwei Jahre gelebt und die Rechte studiert. Meine Geburtsstadt ist Bostra.«

»Wo liegt denn das?«

»Es ist die Hauptstadt von Arabien«, reagierte Elthemos ein wenig pikiert. »Eine sehr schöne Stadt.«

»Oh, nun, in Geographie war ich noch nie gut. Befehlshaber Johannes kommt jedenfalls aus Berytus. Weißt du, was sein Vater war? Ratsschreiber. Und bis er sich an die Augusta wandte, war Johannes dasselbe. Verbindungen sind wirklich *alles*.«

Elthemos seufzte und blickte auf die Bahn hinunter. Er war sich schmerzlich seines eigenen Mangels an Verbindungen bewußt. Aber ich habe immerhin etwas Geld, dachte er hoffnungsvoll. Ich sollte imstande sein, mir irgendeine Stellung zu kaufen. Vielleicht kann mir dieser Bursche Diomedes helfen, wenn ich ihm ein Geschenk mache.

»Aber er reitet ein ähnliches Pferd wie du«, bemerkte Diomedes, als Johannes und seine Gefolgsleute die Wendemarke am entgegengesetzten Ende der Rennbahn umrundeten. »Eine arabische Stute – sie ist sehr schnell. Deshalb habe ich dich gefragt, ob du dein Pferd verkaufen willst, als ich sah, wie du deine Sachen an den Docks unten ausgeladen hast.«

Elthemos tätschelte den Hals seines schwarzen arabischen Wallachs. »Ich kann dir ›Glücksbringer‹ unmöglich verkaufen. Er ist ein Juwel. Aber wenn du willst, könnte ich meinem Bruder schreiben und ihn bitten, ob er nicht ein Pferd in Bostra für dich findet und mit dem Schiff herüberschickt. Wir kaufen bei uns in Bostra eine Menge Pferde von den Sarazenen; sie sind die schnellsten Geschöpfe auf vier Beinen.« Er blickte erneut auf die Bahn hinunter und bemerkte die herrliche, schwungvolle Gangart der mausgrauen arabischen Stute. »Ich glaube allerdings kaum, daß ich ein solches Tier wie das dort für dich bekommen könnte«, meinte er und lächelte ein wenig kläglich.

»Der Apfelschimmel war ja auch ein persönliches Geschenk der Augusta. Ich erwarte nicht, daß gewöhnliche Sterbliche imstande sind, so ein Pferd zu kaufen. Glaubst du wirklich, daß dein Bruder imstande ist, mir ein schnelles sarazenisches Pferd zu besorgen? Eine Stute vielleicht, die ich mit meinem ›Eroberer‹ kreuzen könnte? Ich würde ihm natürlich das Geld dafür schicken. Du kannst hier eben kaum reinrassige arabische Vollblüter bekommen – ich versuche es jetzt bereits seit einem Jahr.«

»Nun ja, es sind sarazenische Pferde. Außerhalb Arabiens findest du nicht viele davon. Wahrscheinlich hat König Harith der Augusta einige geschenkt. Diese Stute ist ein Vollblut, das ist richtig.« Die Stute trabte wieder in Richtung auf das Tor, und Elthemos zügelte sein eigenes Reitpferd, um das Tier zu studieren. Der Mantel des Reiters aus weißer und purpurfarbener Seide flatterte im Rhythmus der Bewegungen des Pferdes, und Elthemos beobachtete ihn mißgünstig – dann sprang er auf, runzelte die Stirn und starrte auf die Bahn hinunter, als das Pferd an ihnen vorbeitrabte und sich anschickte, eine weitere Runde in Angriff zu nehmen. »Barmherziger Gott!« rief er aus.

»Was ist los?« fragte Diomedes abwesend, da er gerade ganz und gar von der Vorstellung eines schnellen Fohlens, das sein »Eroberer« mit einer arabischen Stute gezeugt hatte, in Anspruch genommen wurde.

»Dein Befehlshaber Johannes sieht genauso aus wie mein Halbbruder, ein Bastard.«

»Ach ja?«

»Ja, genauso. Es ist eine außerordentliche Ähnlichkeit – natürlich, dein

Befehlshaber hat einen Bart, und Johannes hatte keinen, aber sie könnten Zwillinge sein. Und der Name meines Bruders ist ebenfalls Johannes. Heiliger Unsterblicher! Was für ein merkwürdiger Zufall!« Er saß da und beobachtete die Rennbahn fasziniert, sah zu, wie die mausgraue Stute in die äußere Bahn einbog, in einen fliegenden Galopp überging und die Wendemarke umrundete, um wieder auf ihn zuzukommen. Der Reiter beugte sich tief über den Hals des Pferdes, richtete sich jedoch ein wenig auf, als er am Großen Tor vorbeikam, warf er einen Blick über die Menge der Männer und Pferde, um sicherzugehen, daß seine Bahn frei war. »Genau wie Johannes!« wiederholte Elthemos und schüttelte verwundert den Kopf.

Diomedes sah ihn verständnisvoll an. »Ich habe einmal eine Frau gesehen, die genauso aussah wie meine Tante; ich lief auf der Straße sogar ein Stück hinter ihr her, um sie zu begrüßen, und erst als sie mir eine Ohrfeige gab, merkte ich, daß sie eine vollkommen Fremde war.«

»Aber es ist wirklich erstaunlich! Ich habe seit Jahren landauf, landab nach meinem Halbbruder Ausschau gehalten, um jetzt einen Mann, einen Befehlshaber, zu sehen, der ihm derart ähnlich sieht – das ist wirklich außergewöhnlich.«

»Nach ihm Ausschau gehalten? Warum? Hast du ihn denn aus den Augen verloren?«

Elthemos lachte. »Er verschwand vor zweieinhalb Jahren. Er war der Sekretär unseres Vaters. Aber als unser Vater an der Pest starb, ging Johannes nach Berytus; er sagte, er wolle sich dort nach Arbeit umsehen. Ich wollte ihn aufsuchen, als ich mich in der Stadt aufhielt, aber ich konnte ihn nicht ausfindig machen. Mein Bruder und ich haben beide bedauert, daß er weg war – niemandem war vorher so richtig klar gewesen, wieviel er gearbeitet hatte und wie tüchtig er war. Wenn es uns bewußt gewesen wäre, hätten wir ihn zum Verwalter gemacht und ihm einen ordentlichen Lohn gezahlt. Wir mußten zwei Schreiber anstellen, um ihn zu ersetzen, und außerdem noch einen Sklaven kaufen. Er war ein verdammt kluger Bastard und beherrschte Kurzschrift und Persisch und Aramäisch genausogut wie Arabisch und Griechisch. Und er erledigte das gesamte Rechnungswesen und hatte sein eigenes Ablagesystem und wurde nie von jemandem bei einer Unredlichkeit ertappt.«

Diomedes, der nur mit halben Ohr zugehört hatte, runzelte plötzlich die Stirn und starrte Elthemos an. »Kurzschrift, Rechnungswesen und ein eigenes Ablagesystem?« sagte er überrascht. »Das ist doch genau das, was der Befehlshaber Johannes in unserem Büro tat – und er sprach Persisch und Aramäisch und Arabisch. Alle Leute haben dauernd ihre Bemerkungen darüber gemacht, wie ungewöhnlich es für einen Syrer ist, Aramäisch besser als Syrisch sprechen und sogar Arabisch zu können.«

»Ich habe in Berytus kein einziges Mal jemanden getroffen, der es konnte«, sagte Elthemos und runzelte jetzt ebenfalls die Stirn. »Du glaubst doch nicht etwa ...«

Die mausgraue arabische Stute galoppierte wieder auf das Tor zu; ihr Reiter zügelte sie, lächelte und wartete darauf, daß seine Gefolgsleute ihn einholten. Er bemerkte die beiden Männer nicht, die ihn inmitten der Menge beobachteten.

Elthemos schluckte, zeigte hinunter und ergriff Diomedes' Arm. »Er *ist* es«, flüsterte er.

»Es muß ganz einfach ein verrückter Zufall sein«, meinte Diomedes.

»Nein – er hat eine Narbe am linken Auge. Als er zehn Jahre alt war, hat er sie in einem Kampf mit mir und meinem Bruder erhalten; Diodoros und ich waren damals neun beziehungsweise sieben Jahre alt. Er ist es.«

Diomedes saß einen Augenblick da, ohne sich zu rühren. »Wann, sagtest du, ist er verschwunden?« fragte er schließlich.

»Vor zweieinhalb Jahren. Er ging Ende Juli nach Berytus.«

»Das würde hinhauen. Und wie hieß dein Vater?«

»Diodoros von Bostra.«

»Er behauptet, sein Großvater sei ein Diodoros gewesen, ein Halbbruder des Vaters der Erhabenen Augusta. Alle Tatsachen sind ein wenig durcheinandergebracht, aber sie hauen hin.« Er wandte seine Augen von Johannes ab und drehte sich feierlich und aufgeregt zu Elthemos um. »Du sagst, er ist nicht einmal ehelich?«

»Er ist der Sohn einer Dirne aus Berytus, die mein Vater eine Zeitlang aushielt, als er die Rechte studierte.«

»Und er behauptet ... das ist unerhört. Einem derartigen Schwindler dürfte niemals erlaubt sein, den weißen und purpurfarbenen Mantel zu tragen und das Vertrauen der Kaiserin zu genießen. Wir sollten es ihr erzählen.«

Elthemos schluckte. »Warte einen Augenblick. Ich kann doch nicht einfach ...«

»Nun, glaubst du, daß es sich gehört?«

»Nein, aber ..., aber was ist, wenn ich mich geirrt habe?«

»Hast du?«

»Ich glaube nicht, aber ...«

»Dann sollten wir es der Herrin erzählen oder dem Herrn. Es heißt, der Herrin gehe es nicht gut und sie empfange sogar noch weniger Leute als sonst. Wir könnten es dem Herrn erzählen, und dieser könnte sich des Johannes entledigen und es ihr rücksichtsvoll beibringen.«

»Ja, aber . . ., aber ich kann doch nicht . . . das heißt, was würde Johannes passieren? Sicherlich verdient er es, ausgepeitscht zu werden, aber er ist schließlich mein Halbbruder, und ich möchte nicht, daß er hingerichtet wird. Es wäre vielleicht besser, einfach zu ihm zu gehen und ihm zu sagen, das Spiel sei aus und er solle sofort nach Hause kommen.«

»Er würde dafür sorgen, daß du nie auch nur in die Nähe eines Menschen kommst, um etwas zu erzählen. Du wärest unglaubwürdig, bevor du auch nur ein einziges Wort sagen könntest. Vielleicht läßt er dich sogar umbringen – Leute, die Einfluß bei der Augusta haben, können alles. Sie würden ihn sowieso nicht hinrichten. Er würde wahrscheinlich lediglich ausgepeitscht, öffentlich zur Schau gestellt und nach Hause geschickt werden. So regelt man die Dinge hier. Es gehört sich nicht für einen Bastard, der noch dazu ein Betrüger ist, Ihre Erhabenen Majestäten reinzulegen. Er muß ganz einfach bestraft werden. Komm, ich werde für morgen vormittag um einen Termin beim Herrn nachsuchen, dann kannst du ihm alles erzählen.«

»Ich soll dem Kaiser erzählen, daß der Befehlshaber seiner Reiterei ein Schwindler ist?« stöhnte Elthemos. »Ich . . . ich kann doch nicht . . .«

»Komm schon! Er wird auf dich aufmerksam, und vielleicht kannst du ihn später um eine Gunst bitten. Doch wir müssen vorsichtig sein und uns überlegen, wie wir vorgehen. Johannes ist ein Freund des vortrefflichen Narses, und dieser würde alles daransetzen, dich zu hindern, mit derartigen Neuigkeiten bis zum Herrn vorzudringen. Am besten wird es sein, wenn du sagst, daß du dich im Zusammenhang mit einigen Geschäften wegen eines Landgutes an den Kaiser wendest. Ich kann sicherstellen, daß dein Name mit an die Spitze der Audienzliste gesetzt wird, und ich werde mit dir zusammen hineingehen. Dann kannst du Seiner Erhabenen Majestät alles erzählen. Wenn du dabei mit Takt vorgehst, kann dir nichts passieren, selbst wenn du unrecht hast.«

Am nächsten Tag erschienen kurz vor Mittag zwei Männer von der Wache der Excubitoren bei Johannes mit dem Befehl, den Kaiser sofort aufzusuchen.

Johannes befand sich mitten in einer langen Auseinandersetzung mit dem Stallmeister wegen der Futtervorräte für die Pferde seiner Männer, aber als die Excubitoren kamen, verbeugte sich sein Kollege, vereinbarte einen neuen Termin mit ihm, und Johannes ging mit den beiden Soldaten zum Augusteion. Er war nicht beunruhigt; Aufforderungen, den Kaiser sofort aufzusuchen, waren nichts Ungewöhnliches und bedeuteten meistens, daß eine unerwartete Ehrengarde erforderlich war. Er fuhr sich lediglich mit den Fingern durch die Haare und rückte sein Schwert zurecht, wobei er sich fragte, welcher Gesandte es diesmal sein möge.

Es war ein strahlender, sonniger Vormittag, eine Brise vom Bosporus ließ die jungen Blätter in den Palastgärten erzittern, schüttelte die letzten Blütenblätter aus den Apfelbäumen. Johannes bemerkte, wie er – beinahe glücklich – lächelte. Der Herbst und der Winter waren eine schwere Zeit für ihn gewesen, während deren er in eine so tiefe Depression gesunken war, daß er manchmal glaubte, bei lebendigem Leibe in der finsteren Erde begraben zu sein. Theodora hatte ihn nicht mehr empfangen, seit er sich geweigert hatte, Praejecta zu heiraten, und er spürte ihre Verachtung und ihren Ärger durch den ganzen Palast hindurch. Die Stadt lastete wie ein riesiges Gewicht auf ihm, all die Menschen, die er hinter sich gelassen hatte; der Palast schien zurückzuweichen, und er fühlte sich wie zerschmettert. Er schwankte zwischen Verachtung seiner selbst und Ärger auf Theodora und seinen Vater. Alles, was er tat, schien sinn- und zwecklos, seine Schwäche hatte sein gesamtes Leben mit Gift durchsetzt. Bisweilen dachte er an Euphemia, und die Erinnerung an sie erfaßte ihn ganz und gar. Er fand nur noch in seiner Arbeit Vergnügen, gute, schwere Arbeit, die seine Gedanken läuterte und ihn am Ende des Tages erschöpft und wie benommen zurückließ – nur mit dem Wunsch nach Schlaf.

Äußerlich gesehen war seine Situation besser als ein Jahr zuvor. Er hatte sich jetzt mit seiner luxuriösen Unterkunft und der Tatsache abgefunden, daß er über zwanzig Sklaven verfügte, die sich um ihn kümmerten. Er hatte noch ein paar weitere Gefolgsleute angeheuert und sich daran gewöhnt, entweder mit seinen eigenen sechs Männern oder mit einem Trupp kaiserlicher Wachsoldaten im Gefolge durch die Stadt zu reiten. Er pflegte die Freundschaften, die er geschlossen hatte; gelegentlich – wenn der Kämmerer Zeit hatte – sah er Narses und ziemlich häufig Anastasios. Während des Winters war die Tochter des alten Schreibers zusammen mit ihrem Mann zu Besuch gekommen; es war einer der wenigen glücklichen Augenblicke in dieser düsteren Zeit gewesen, als Anastasios am Bronzenen Tor erschienen war – zusammen mit einem siebenjährigen Enkel, den Johannes mit großer Freude durch das Kasernengelände führte, um ihm alles zu zeigen. Artabanes glaubte, Johannes habe sich seinetwegen mit

Theodora gestritten, und schwor ihm trotz des Fehlschlages der Mission ewige Dankbarkeit. Der Armenier war jetzt erst recht darauf erpicht, Konstantinopel zu verlassen. Er hatte seine Frau in seinem Haus unterbringen müssen, und die Kaiserin hatte ihr eigene Sklaven zur Verfügung gestellt. »Sie spionieren mir nach«, beschwerte sich Artabanes, »und passen auf, ob ich die Hexe auch gut behandle. Wenn ich meine Stimme auch nur ein bißchen erhebe, melden sie es der Augusta. Ich wollte, der Augustus würde mich in den Osten schicken, oder nach Italien. Belisar bittet immer noch flehentlich um Verstärkung.«

Der Augustus verhandelte jedoch eifrig mit Persien und dachte gar nicht daran, irgendwelche Truppen zu verlagern.

Aber vielleicht versetzt er uns ja diesen Sommer irgendwohin, dachte Johannes, als er den Excubitoren in die Privatgemächer des Augustus folgte. Vielleicht nach Italien – selbst das ist besser, als in Konstantinopel zu bleiben. Nun gut, ich kann nur hoffen.

Der Kaiser wartete in der Empfangshalle des Trikliniums, einem der kleineren Audienzräume des Palastes, nichtsdestoweniger äußerst prächtig. Die Wände waren mit Jaspis und Karneol geschmückt; die Säulen, die das Gewölbe trugen, waren aus Porphyr; der Fußboden war mit einem Mosaik, das die Früchte der Erde darstellte, geschmückt; und die Decke war mit goldenen Sternen übersät. Der mit einem Diadem gekrönte Justinian saß aufrecht auf seiner mit einer Purpurdecke bedeckten Ruhebank; er wirkte ungeduldig und ärgerlich. Johannes bemerkte, daß noch einige weitere Personen anwesend waren, Wachsoldaten und ein paar Zivilisten, die an der Wand standen, aber er sah sie nicht gleich an. Er trat ein paar Schritte vor, blieb in der vorgeschriebenen Distanz zum Kaiser stehen und warf sich zu Boden. Der Kaiser streckte seinen Fuß nicht aus, so daß er ihn nicht küssen konnte, und Johannes lag regungslos auf dem Mosaikfußboden mit dem Muster aus Zweigen und fragte sich, wer Justinian so verärgert hatte, daß dieser vergaß, seinen Fuß auszustrecken.

»Steh auf«, sagte der Kaiser kalt. Johannes erhob sich und begegnete dem Blick unter dem Gold des Diadems. Die Pupillen waren zu einem winzigen Punkt schrecklicher Wut zusammengezogen und hefteten sich starr auf ihn. Bestürzt und verwirrt erwiderte er den Blick.

»Kennst du diesen Mann hier?« fragte der Kaiser und deutete auf eine Person zu seiner Rechten.

Johannes blieb reglos stehen, starrte den Kaiser einen Augenblick verwirrt an, bevor er den Kopf wandte und Elthemos neben Diomedes stehen sah.

Die Zeit schien plötzlich stehenzubleiben. Er erkannte seinen Halbbruder und bemerkte, daß dieser – seitdem sie sich das letztemal gesehen hatten – zugenommen hatte und daß er seinen rot-weißen Seidenmantel erst kürzlich gekauft hatte, denn der Flor des Gewebes stand senkrecht auf dem Kragen, und Elthemos fummelte nervös und ängstlich an ihm herum und fühlte sich offensichtlich sehr unwohl und fehl am Platz. Johannes verspürte keine Furcht und war nicht einmal sonderlich überrascht, ihn überkam lediglich ein Gefühl tiefer Fremdheit und jenseits davon eine unendliche Erleichterung, daß endlich alles vorüber war oder jedenfalls bald vorüber sein würde.

»Ja, Herr«, erwiderte er ruhig.

»Wer ist es?« wollte Justinian wissen.

»Mein Halbbruder Elthemos, Sohn des Diodoros, aus der Stadt Bostra in Arabien.«

»Ach, wirklich?« fragte Justinian, und die Wut brach durch seinen kalten Tonfall. »Und wer bist du?«

»Der, von dem Elthemos Eurer Erhabenen Majestät erzählt hat, ich sei es.«

»Also nicht der, von dem du erzählt hast, du seist es – ein Bürger von Berytus, der eheliche Abkömmling eines Verwandten meiner hochgeschätzten Gemahlin?«

»Nein, Herr.«

»Was hast du meiner Gemahlin für Lügen erzählt?«

»Keine, Herr.«

Der Kaiser erhob sich und trat einen Schritt vor. Von dem Podium seines Thrones aus überragte er Johannes. »Erzähl mir jetzt keine Geschichten«, sagte er langsam, doch mit rasender Wut. »Ich bin dir auf die Schliche gekommen, und du wirst dafür bestraft werden. Erzähl die Wahrheit, und deine Bestrafung wird weniger streng sein. Welche Lügen hast du meiner Gemahlin erzählt?«

»Herr«, sagte Johannes, und die Betäubung des Schreckens begann angesichts Justinians Wut abzunehmen. »Herr, ich habe der höchst erlauchten Augusta keine Lügen erzählt.«

Justinian schlug ihn, ein direkter Schlag mit der geballten Faust, der Johannes zur Seite taumeln ließ. Er stolperte über die Kante des Podiums und fiel hin. Im ganzen Raum herrschte entsetztes Schweigen; er bemerkte, wie die Excubitoren einen Schritt näher traten, um den Kaiser zu beschützen, falls Johannes sein Schwert ziehen sollte.

Johannes klammerte sich an die Kante des Podiums und zog sich hoch;

schließlich stand er auf unsicheren Beinen da. Sein Mund war voller Blut, und er schluckte mehrmals, wobei er mit seiner wunden Zunge vorsichtig seine Zähne prüfte.

»Ich wußte von Anfang an, daß du lügst«, sagte der Kaiser, immer noch in diesem leisen Tonfall, in dem rasende Wut lauerte. »Um meiner Gemahlin willen wollte ich es nicht wahrhaben. Ich habe dir deine Stellung verschafft und deinen Rang verliehen, ich habe versucht, nichts als die Güte deiner Arbeit zu sehen – doch ich wußte es schon immer. Jetzt möchte ich die ganze Geschichte hören. Erzähl sie mir.«

»Herr, es steht mir nicht zu, dir die Geheimnisse der Herrin zu erzählen. Außerdem hat sie mir meinen Rang verliehen, nicht du. Frage sie.«

»Ich werde sie fragen – nachdem ich die Geschichte von dir gehört habe.«

Johannes schwieg. Es war ihre Lüge, dachte er. Sie hat mir aufgetragen, ihr Geheimnis zu wahren, sie hat mich davor gewarnt, sie bloßzustellen. Nein, bei allen Heiligen, ich werde es ihr überlassen, ob sie die Wahrheit erzählen will; ich werde ihr beweisen, daß ich ihr treu bin. Ich werde noch einmal prüfen, ob ich ein Feigling bin. Und falls sie es vorzieht, mich zu verleugnen, dann kann sie das tun. Es ist ihre Entscheidung, und vielleicht ist es auch am besten so.

»Herr«, sagte er und erwiderte Justinians Blick, »es ist unrecht, etwas zu enthüllen, von dem die Augusta mir aufgetragen hat, es geheimzuhalten. Frage sie.« Justinian schlug ihn erneut; er taumelte und richtete sich schwankend wieder auf.

»Erhabene Majestät«, sagte Elthemos und trat unschlüssig einen Schritt vor, »v-vergib mir... vergib mir, daß ich das Wort ergreife, aber... aber er muß gelogen haben und jetzt völlig außer sich sein vor Angst, daß er es leugnet. Sicherlich k-könnte Eure Erhabene B-barmherzigkeit...«

Justinian starrte ihn an, und Elthemos verstummte. Diomedes ergriff ihn am Arm und zog ihn zurück. Armer Elthemos, dachte Johannes vage, er versucht, mich zu schützen, und macht sich gar nicht klar, daß der Kaiser genau weiß, daß seine Frau ebenfalls gelogen hat.

Der Kaiser nickte den Wachen zu, und zwei von ihnen traten vor und ergriffen Johannes an den Armen. »Nehmt diesen Mann mit nach draußen, und verabreicht ihm zwanzig Peitschenhiebe«, befahl Justinian, »anschließend bringt ihn zurück.«

»Herr«, sagte Johannes, als die Wachen Anstalten machten zu gehorchen, »du solltest die Augusta fragen.«

Justinian nickte seinen Männern erneut zu, und sie zerrten Johannes hinaus. In dem Raum war es vollkommen still. Der Kaiser setzte sich wieder auf seinen Thron und blickte ins Leere.

Aus Respekt vor seinem Rang peitschten ihn die Excubitoren nicht im Innenhof ihrer Kaserne aus, sondern in dem dahintergelegenen Gefängnis; es war allzu verwirrend, einem Mann den Umhang eines Patriziers abzunehmen und die Uniform eines Protektors auszuziehen, bevor man ihn an einen Pfosten kettete, um ihn auszupeitschen.

Der Schmerz überraschte Johannes, er durchdrang sogar den Panzer der Abstumpfung, mit dem er geglaubt hatte sich schützen zu können. Nach dem fünften Schlag fing er an zu wünschen, er hätte gesprochen. Nach dem fünfzehnten machte er sich deswegen keine Gedanken mehr: Er hing an dem Pfosten und dachte an gar nichts mehr. Die Excubitoren ketteten ihn los, und er lehnte sich an das blutbesudelte Holz des Pfostens. Mit außerordentlicher Klarheit erinnerte er sich an die Schlacht von Nikopolis, in der er geglaubt hatte, dem Tod entgegenzufliegen. Es hätte damals geschehen sollen, dachte er. Damals wäre es besser gewesen, ich hätte dieses letzte Jahr nicht erdulden müssen.

»Kannst du gehen?« fragte ihn einer der Excubitoren mit einer unpassenden Miene höflicher Besorgnis.

»Ich weiß nicht«, flüsterte er und stieß sich von dem Pfosten ab. Er taumelte, und die beiden Wachsoldaten ergriffen seine Arme. Sie zogen ihm seine Tunika über und stützten ihn auf dem Rückweg zur Halle des Trikliniums. Einer ihrer Kameraden gesellte sich auf halbem Wege zu ihnen, er war für den Fall der Fälle vom Gefängnis aus mit Johannes' Mantel hinter ihnen hergerannt.

Es sah so aus, als hätte sich in dem Empfangssaal keiner von der Stelle gerührt. Johannes ging zwischen den Wachsoldaten wieder zum Podium und sah sich in den erschrockenen Gesichtern rund um ihn herum wie in einem Spiegel. Seine Tunika klebte ihm am Rücken; sie war vollgesogen mit Blut. Die Wachen ließen ihn los, sobald er das Podium erreicht hatte. Einen Augenblick lang schwankte er unsicher, dann vollführte er vorsichtig den Fußfall. Er merkte, daß er nicht wieder aufstehen konnte, und kroch auf Händen und Knien. Jeder Muskel in seinem Körper schien zu zittern.

»Was für Lügen hast du meiner Gemahlin erzählt?« fragte Justinian erneut.

»Ich habe ihr keine Lügen erzählt«, entgegnete Johannes ruhig. »Frag sie selbst.«

Jemand zu seiner Linken stieß einen unterdrückten Schreckensschrei aus. Elthemos, wurde ihm bewußt.

»Ich will die Wahrheit von dir hören, bevor ich ihr gegenüber auch nur eine einzige Bemerkung mache«, sagte Justinian. »Du weißt wahrscheinlich, daß das Auspeitschen verglichen mit einigen der Dinge, die noch getan werden könnten, eine milde Strafe ist.«

Johannes kniete mit gesenktem Kopf. Ich werde nicht die Kraft aufbringen, dachte er verzweifelt. Ich werde nachgeben. Und wahrscheinlich wird man mir nicht einmal glauben.

»Herr«, sagte er und blickte auf, »bitte frage sie selbst.«

Plötzlich entstand eine Bewegung am Eingang zum Saal, und man vernahm einen lauten Knall. Justinian wandte seinen Blick von Johannes ab, und seine Augen weiteten sich vor Erstaunen. Johannes erhob sich mühsam auf die Knie, versuchte, sich umzublicken, und hielt plötzlich inne, als die Bewegung seinen zerschundenen Rücken zu zerreißen drohte.

»Was geht hier vor?« fragte Theodora.

Johannes schloß erleichtert die Augen. Die Kaiserin blieb neben ihm stehen, starrte auf ihn hinab, und es gelang ihm emporzublicken, und er glaubte, dicht hinter ihr Narses zu erkennen, bevor er seinen Blick auf ihr Gesicht konzentrierte. Er hatte sie im Herbst von Zeit zu Zeit aus der Entfernung gesehen und wußte, daß sie sich immer noch nicht von ihrer Krankheit erholt hatte, aber jetzt erschreckte ihn ihr Gesicht. Alle Farbe war aus ihm gewichen, fahl wie ein Totenschädel, dem die Juwelen des Diadems eingesetzt worden waren, erschien es ihm. Nur die Augen loderten so leidenschaftlich wie eh und je.

»Was hat er getan?« verlangte Theodora jetzt zu wissen. Sie ließ sich neben ihm auf die Knie fallen, ihr Gesicht verzog sich vor Schmerzen und Ärger. »O mein Gott!« Sie ergriff seine Arme und drückte ihn an sich, sein Blut tränkte ihren purpurfarbenen Mantel. Der Druck ihres Armes gegen seinen Rücken war qualvoll, doch sogar dieser Schmerz war die schiere Freude.

»Theodora!« sagte ihr Gemahl, und seine Stimme war voller Seelenpein.

Sie rührte sich nicht von der Stelle, starrte bloß zum Kaiser in die Höhe. »Ja, Petrus? Willst du mich irgendeines Vergehens bezichtigen?«

Johannes war sprachlos vor Schrecken. Theodora blickte sich wütend im Raum um, dann sah sie erneut Justinian an. »Wolltest du mich etwas fragen?« wollte sie wissen.

Der Kaiser war weiß geworden. »Was hat dieser junge Mann dir erzählt, wer er sei?« fragte er und betonte jedes Wort einzeln.

»Er hat mir erzählt, er sei der Sohn des Diodoros von Bostra. Und Narses kam eben zu mir geeilt, um mir zu erzählen, ein gewisser Elthemos, Sohn des Diodoros, sei erschienen und habe diesen ganzen Ärger verursacht. Wer ist es?«

Jemand deutete auf Elthemos. Theodora löste sich vorsichtig von Johannes und bewegte sich auf Elthemos zu, hielt ein paar Schritte von ihm entfernt inne. »Ich bin die Kaiserin«, sagte sie zu ihm, der sie unglücklich mit offenem Mund anstarrte. »Grüße mich als eine solche!«

Elthemos schwankte ein wenig, dann warf er sich zu Boden und drückte sein Gesicht auf das Mosaik. Er war den Fußfall nicht gewohnt und führte ihn unbeholfen aus. Als er sich erhob, schlug Theodora ihn. »Du elender Übereifriger!« sagte sie. »Elthemos – du heißt nach deinem Großvater, nicht wahr? Ich erinnere mich, daß dein Vater mir gegenüber diesen Namen erwähnte, den Namen des Vaters der Frau, die er mir vorzog. Dafür wirst du mir büßen.«

Sie wandte sich abrupt ab und stieg auf das Podium, beugte sich rasch atmend über ihren Gemahl, die eine Hand in die Seite gepreßt. »Du Dummkopf«, sagte sie zu Justinian. »Hast du wirklich geglaubt, ich sei dir untreu? Johannes ist mein Sohn, empfangen von Diodoros von Bostra, meinem letzten Liebhaber, bevor ich dich kennenlernte. Ich traf ihn auf meinem Weg von Ägypten nach Hause, und ich habe ein Jahr lang mit ihm gelebt, dann verließ ich ihn und sein Kind in Berytus. Ich habe erzählt, daß Johannes mein Vetter sei, um seine Laufbahn besser fördern zu können. Ich enthielt dir die Wahrheit vor, aus Angst, du würdest darauf bestehen, ihn fortzuschicken, und weil ich den Ehrgeiz hatte, ihm die Nachfolge zu sichern. Er jedoch ist widerspenstig und zeigt auf geradezu perverse Weise keinerlei Ehrgeiz. Du erinnerst dich, daß er sich geweigert hat, Praejecta zu heiraten; er hat sich zudem geweigert, irgendwelche Schritte für eine Beförderung zu unternehmen, die über den Rang eines Befehlshabers hinausführen. Warum um alles auf der Welt hast du ihn auspeitschen lassen?«

Mit einemmal kehrte die Farbe in Justinians Gesicht zurück. Er starrte Johannes an, dann Elthemos.

»Mach schon«, sagte Theodora und setzte sich schwerfällig auf den Thron, ihre Hand immer noch in die Seite gepreßt. »Frag diesen elenden Burschen, wer Johannes' Mutter war.«

»Was ... was weißt du davon?« fragte Justinian.

Elthemos sah elend aus. »S-sie war eine Dirne«, antwortete er. »Eine Dirne, die mein Vater in Berytus kennengelernt hat ... o Gott. O Gott! Ihr Name ... war Theodora.«

»Siehst du?« rief Theodora. Sie beugte sich vor, ihr Arm umklammerte ihren Bauch. »Warum hast du meinen Sohn auspeitschen lassen?« wollte sie erneut wissen. »Du hättest ihn fragen können.«

»Ich habe ihn gefragt«, erwiderte Justinian beinahe flehentlich. »Er hat sich geweigert, irgend etwas zu sagen; er meinte, es sei dein Geheimnis, und forderte mich auf, dich zu fragen.«

Theodora sah Johannes an. Ihr Gesicht war grau und schweißbedeckt. Erst jetzt wurde ihm bewußt, daß sie große Schmerzen litt. Er wollte protestieren, brachte jedoch kein Wort hervor und nahm den Rand des Podiums zu Hilfe, um sich an ihm emporzuziehen und zu ihr hinzubeugen.

»Also gut«, sagte die Kaiserin und streckte eine Hand aus, um ihn zu stützen. »Du hast es getan, um es mir zu zeigen, nicht wahr? Um mich zu bestrafen? Nun, du hast erreicht, was du erreichen wolltest. Mein Liebling, tu, was du willst. Du bist trotzdem mein Sohn.« Sie drückte Johannes' Hand und krümmte sich in einem lang anhaltenden Krampf weit nach vorne.

Justinian bückte sich plötzlich und legte einen Arm um sie. »Mein Leben und meine Seele!« sagte er. »Es tut mir leid! Man hätte dich wegen dieser Sache nicht behelligen sollen, du bist krank! Und wegen Johannes werde ich tun, was du willst. Niemand außerhalb dieses Raumes wird jemals erfahren, was heute geschehen ist. Ich werde dafür sorgen, daß kein Mensch etwas erzählt. Geh wieder zu Bett, und ruh dich aus!«

Theodora zitterte, richtete sich ein wenig auf und spuckte Blut auf den Mosaikfußboden. Sie starrte es einen Augenblick lang trübsinnig an: Leuchtend und rot schmückte es die grünen Blätter aus Mosaik. Sie wandte den Kopf, um den Blick ihres Gemahls zu erwidern. »Du kannst es ebensogut jetzt erfahren, Petrus«, sagte sie ruhig. »Ich werde nicht mehr gesund«.

»Sag so etwas nicht. Es ist nicht wahr. Du wirst nicht sterben, du darfst nicht sterben!«

»Wir müssen alle sterben, Petrus, jeder, der geboren wird, ist eines Tages ein Leichnam. Befiehl der Wache, eine Sänfte zu holen; ich glaube nicht, daß ich aus eigener Kraft gehen kann. Und um der Barmherzigkeit Gottes willen, laß einen Arzt für meinen Sohn kommen!«

Johannes erfuhr später, daß Narses von einem der Wachsoldaten gehört hatte, Johannes werde ausgepeitscht. Der Kämmerer hatte versucht, sogleich zum Kaiser vorzudringen, man hatte ihn allerdings nicht vorgelassen, sondern angewiesen, in sein Büro zurückzukehren und dort zu warten. Er hatte den Befehl mißachtet und war wie ein Botenjunge zum Daphnepalast geeilt, um Theodora zu holen.

»Und sie kam sofort«, erzählte Narses, als er Johannes an jenem Abend in seinem Haus besuchte. »Die Wachsoldaten wollten auch sie nicht vorlassen, aber sie versetzte ihnen wie ungezogenen Kindern einen Klaps und marschierte einfach hinein. Ich hatte keine Ahnung, wie krank sie war – sie hat das vor jedermann verheimlicht, und von ihrem Aussehen her hätte ich es niemals vermutet.«

Johannes sagte einen Augenblick lang nichts. Er lag auf dem Bauch, sein Rücken war mit einer Tinktur eingerieben und vorsichtig verbunden. »Wie krank ist sie denn?« fragte er schließlich.

»So krank, wie sie gesagt hat. Sie wird sterben. Der Arzt sagt, sie habe eine Wucherung in der Seite, einen Tumor. Sie hat während des vergangenen Monats offenbar immer wieder Blut gespuckt, aber ihrem Arzt und ihren Bediensteten befohlen, niemandem etwas davon zu sagen. Sie will nicht sterben und hat vielleicht gehofft, ihr Schicksal abzuwenden, indem sie es nicht aussprach.«

Johannes ballte die Fäuste und biß sich in die Knöchel. »Als ich an der Pest erkrankte«, sagte er langsam, »wurde mir zum erstenmal bewußt, daß mein Vater mich liebte – dann hat er sich bei mir angesteckt und ist gestorben. Und hier passiert drei Jahre später genau das gleiche mit meiner Mutter.«

»Sie ist bereits seit einem Jahr krank«, meinte Narses. »Es hat nichts mit dir zu tun. Mach dir keine Vorwürfe deswegen, mein lieber Freund. Du hättest dich während der ganzen Affäre kaum besser verhalten können.«

Johannes schüttelte den Kopf, biß die Zähne zusammen, um nicht weinen zu müssen. »Ich habe sie enttäuscht.«

»Du hast äußerst rechtschaffen gehandelt. Und sie hat *dich* enttäuscht. Weißt du, als meine Familie mich verkaufte, jammerte meine Mutter, als sei ich gestorben, aber als ich versuchte, mich an sie zu klammern, übergab sie mich dem Sklavenhändler. Das ist jetzt ein ganzes Menschenleben her. Ich bekleide einen hohen Rang, übe Macht aus, verfüge über Reichtümer und werde deswegen sogar respektiert – wenn Leute auf Eunuchen schimpfen, machen sie in bezug auf meine Person eine Ausnahme –, aber selbst heute noch kann ich nicht ohne Bitterkeit an jenen Verlust denken.

Deine Mutter hat dir Macht angeboten, als du Liebe wolltest. Du hattest vollkommen recht, das geringere Geschenk zugunsten des wertvolleren zurückzuweisen.«

»Vielleicht. Aber jeder, den ich schließlich zu lieben lerne, stirbt.«

Narses seufzte. »Das ist das Schicksal aller Menschen: zu lieben, was stirbt. Der Tod ist der Herrscher dieser Welt, und die Liebe ist in all dem Chaos und all der Vergänglichkeit der einzige dauerhafte Wert. Wir können Gottes Wort, daß sich die Liebe am Ende als beständiger erweisen wird, nur vertrauen. Ruh dich bitte aus. Heute nacht wird deine Mutter nicht sterben; du hast noch viel Zeit, ihr auf Wiedersehen zu sagen.«

Theodora benötigte noch zwei Monate, um zu sterben, und sie kämpfte einen erbitterten Kampf, um bis zum Ende aufrecht zu leben. Justinian gab seine theologischen Dispute auf und erledigte nur noch die dringendsten Regierungsgeschäfte; er saß stundenlang am Bett seiner Frau. Johannes verbrachte dort ebensoviel Zeit, bisweilen saß er dabei neben dem Kaiser. Um der Kaiserin zu gefallen, sprachen sie über die Lage in den Provinzen und erzählten den neuesten Klatsch vom Hof und von der Kirche. Theodora erwähnte Johannes' Zukunft nicht mehr, sprach auch sonst über keine ernsthaften Angelegenheiten. Sie war zufrieden, daß er bei ihr saß, und der Kaiser war nur darauf bedacht, ihr ein Lächeln zu entlocken. Während des ersten Monats wollte sie noch lächeln. Begierig lauschte sie den belanglosesten Skandalgeschichten über irgendwelche Palastsklaven und lachte über alte Scherze. Ganz allmählich jedoch, als die Schmerzen schlimmer wurden, ließ ihr Interesse an derartigen Dingen nach, und sie fing an, nach Priestern zu schicken und die Angelegenheiten des Haushalts zu regeln. Später nahm sie das Opium, das der Arzt ihr gab, und schlief immer länger.

Johannes' Soldaten wurde erzählt, er sei gestolpert, als er in den Palast eilte, und habe sich dabei den Rücken verletzt; er sei für ein paar Monate all seiner Pflichten entbunden, um sich erholen zu können. Niemand bezweifelte diese Geschichte öffentlich, doch es war allgemein bekannt, daß er – keiner wußte so recht, warum – in Ungnade gefallen war, daß die Kaiserin jedoch für ihn eingetreten war. Von seinen Sklaven wußte allein Jacobos, daß er ausgepeitscht worden war.

»Du wirst in deinem ganzen Leben nie mehr die öffentlichen Bäder benutzen können«, meinte Jacobos traurig, als er eines Morgens die Gewänder wechselte. Er prüfte den rötlichgelben Schorf und schüttelte den Kopf. »Es ist schrecklich für einen Befehlshaber, Narben vom Auspeitschen zu haben. Darf ich dir eine Frage stellen, Herr?«

»Frag nur zu.«

»Hast du das getan, weil du der Liebhaber der Herrin warst oder weil du ihr Sohn bist?«

Johannes drehte sich auf die Seite und starrte den Jungen an. »Was weißt du darüber?«

»Nun, ich habe mir gedacht, daß es eins von beiden sein muß. Ich weiß, wie sehr sie dich gefördert hat; und da ich in ihrem Haushalt aufgewachsen bin, weiß ich, daß so etwas ungewöhnlich ist.«

Johannes drehte sich auf den Bauch zurück. »Der Herr dachte ersteres; das zweite ist wahr. Aber die Angelegenheit ist niedergeschlagen worden und streng geheim. Du darfst niemandem davon erzählen.«

»Ja, Herr«, sagte Jacobos zufrieden und fing an, die Heilsalbe aufzutragen. »Ich wollte es nur wissen.«

Die Excubitoren, die Zeugen der Szene geworden waren, wurden mit großen Summen bestochen und mit dem Tode bedroht, falls sie ein Wort davon verlauten lassen würden. Diomedes wurde auf einen anderen Posten versetzt; er wurde ebenfalls bestochen, und es wurde ihm strengstens befohlen, den Mund zu halten. Johannes verwandte sich in aller Stille für Elthemos, und die gegen ihn ausgesprochenen Drohungen wurden zurückgenommen. Er kam Johannes besuchen, um ihm zu danken.

»Ich habe nichts gewußt«, erklärte er. »Ich dachte, du wärest ein Schwindler.«

»Du hättest die Wahrheit vermuten können«, erwiderte Johannes mürrisch. »Du wußtest genug, um sie zu ahnen. Du warst schon immer ein Narr. Was für einen Grund habe ich dir jemals zu der Annahme gegeben, ich sei unehrlich?«

Elthemos blickte zu Boden und scharrte mit den Füßen.

»Alle haben stets gesagt, man müsse dich genau beobachten. Du bist zu klug, haben sie gemeint; ein kluger Bastard bedeutet eine Gefahr für ehrbar geborene Männer.«

»Du brauchst mir nicht zu erzählen, was alle dauernd gesagt haben; das habe ich selbst gehört.« Johannes blickte seinen Halbbruder mit einem Gefühl der Überraschung an. In der Vergangenheit hatte er gelernt, hinter den legitimen Söhnen des Hauses zurückzustehen; nur gelegentlich hatte ihn eine schreckliche Wut gegen seine ihm vorgezogenen Brüder ergriffen, und er hatte mit ihnen gerauft. Jetzt sprach er mit der müden Ungeduld des Älteren, und Elthemos stand hinter ihm zurück. »Warum bist du nach Konstantinopel gekommen?« fragte er.

»Ich war auf der Suche nach einem Posten«, erwiderte Elthemos sofort. »Dio hat das Vermögen bekommen und gute Beziehungen zum Rat angeknüpft. Ich dachte, ich könnte mein Glück bei Hof versuchen und hier vielleicht etwas Geld verdienen. Aber es sieht so aus, als könne ich mich glücklich schätzen, mit heiler Haut davonzukommen.«

»Ich werde mich nach einem Posten für dich umsehen«, sagte Johannes. »Aber denk daran, ich bin kein Verwandter von dir. Falls du Ihre Erhabenen Majestäten in Verlegenheit bringst, lasse ich dich sofort fallen.«

»Ja, Johannes«, sagte Elthemos demütig.

Johannes fand für ihn einen Posten in der Prätorianerpräfektur, wobei er den guten Ruf ausnutzte, den er sich durch die Wiederbeschaffung der Akten des Kappadokers erworben hatte. Elthemos war dankbar und schwieg.

Am 26. Juni verlor Theodora zum letztenmal das Bewußtsein; zwei Tage später starb sie. Der Kaiser blieb von dem Augenblick an, da sie das Bewußtsein verlor, an ihrer Seite, und als sie starb, mußte er, überwältigt von Schmerz, von ihrem Gefolge aus dem Zimmer getragen werden. Johannes wurde mit ihrem Leichnam allein gelassen; in stillschweigender Anerkennung seines Status hatte er bis zum Schluß Zutritt zu ihrem Krankenbett. Er wachte ein paar Stunden lang neben ihrem Leichnam und versuchte zu beten. Im Zimmer war es sehr still, obwohl von irgendwoher aus dem Palast der Klagegesang der Trauernden herüberkam. Die Lampen auf dem goldenen Ständer ließen die purpurfarbene Seide des Bettbezuges in einem sanften Lichtschimmer erglühen, und der Geruch nach Krankheit und Tod wurde vom Weihrauch geschluckt. Theodoras sterbender Körper war für den Tod hergerichtet worden, sogar noch bevor das Leben ihn ganz verlassen hatte. Er lag hingestreckt – die klauengleichen Hände waren über der Brust gefaltet, die schweren Lider über den jetzt erloschenen Augen geschlossen. Die Zeichen des Alterungsprozesses, der ihr während der Krankheit so zugesetzt hatte, waren plötzlich verschwunden, sie sah zerbrechlich, schön und jung aus. Johannes wußte, daß die Sklaven sie bei Tagesanbruch in ihren Purpurmantel kleiden, ihr das Diadem auf den Kopf setzen und sie in der Kirche der Heiligen Weisheit aufbahren würden, damit das Volk einen letzten Blick auf sie werfen konnte. Es ist vorbei, dachte er, während er am Kopfende ihres Bettes kniete. Es ist vorbei – und es hat niemals wirklich angefangen. Ich war zu vorsichtig und habe geglaubt, sie nicht lieben zu können, weil sie eine Tyrannin ist. Sie war tatsächlich eine, aber sie hätte viel schlimmer sein können. Ich hätte sie trotzdem geliebt. Ich liebe sie immer noch.

Er küßte ihre kalte Wange und verließ den Raum.

Die gesamte Stadt war in abgrundtiefe Trauer versunken, jede Statue war mit schwarzen Tüchern umhüllt, jede Kirche hallte von den Hymnen für die Tote wider. Nachdem sie einen Tag lang in der Kirche der Heiligen Weisheit feierlich aufgebahrt worden war, wurde ihr Leichnam in einer langen Prozession durch die Straßen der Stadt zur Apostel-Kirche getragen und in dem Mausoleum, in dem alle Kaiser seit Konstantin ihre letzte Ruhestätte gefunden hatten, beigesetzt. Der Kaiser legte seinen Purpur und sein Diadem ab und folgte dem Sarg in schwarzer Trauerkleidung; hinter ihm schritten die Bewohner des Palastes zu Tausenden – von den Staatsministern bis zu den Hilfsschreibern und Wachsoldaten, gekleidet ebenfalls in Schwarz, als trauerten sie für ein Mitglied ihrer eigenen Familie. Eine ganze Woche lang wurden keinerlei Geschäfte getätigt, und die Läden auf dem Forum durften nur für ein paar Stunden täglich öffnen. »Man könnte denken, die Pest sei zurückgekehrt«, meinte Artabanes verächtlich.

Als die Läden wieder öffnen durften und die Regierungsgeschäfte wiederaufgenommen wurden, ließ der Kaiser als erstes Johannes zu sich rufen.

Johannes wurde nicht in einen der Empfangsräume geführt, sondern in Justinians privates Arbeitszimmer, einen kleinen Raum in einem der oberen Stockwerke des Magnaurapalastes. Justinian saß an seinem Schreibpult, immer noch in Schwarz, seine Haare waren zum Zeichen der Trauer kurz geschoren. An den Wänden standen in langen Reihen Regale mit Büchern über theologische Fragen. Es war fast zu eng, um den Fußfall zu vollführen.

»Du kannst aufstehen«, sagte der Kaiser, bevor noch Johannes auf dem Boden lag. »Und du kannst dich setzen, dorthin.« Er deutete auf eine Ruhebank in der Nähe des Fensters.

Johannes setzte sich und war sich ängstlich bewußt, daß selbst die höchsten Minister sich in der Gegenwart des Augustus nicht hinsetzten. Der Kaiser starrte ihn einen Augenblick lang düster an.

»Ich hätte es schon früher erkennen müssen«, sagte er. »Du siehst ihr sehr ähnlich. Ich hätte es besser wissen müssen und sie nicht verdächtigen sollen – aber sie hätte mich auch nicht belügen dürfen.« Er seufzte und rieb sich den Nacken. »Ich wußte, daß sie ihre Geheimnisse hatte, ihre Mönche und ketzerischen Priester und auch ein paar private Gefängniszellen für ihre Feinde. Ich habe ihr viel Macht verliehen, und sie hat mit ihr nicht immer das getan, was ich getan hätte. Aber genau das erwartet man, wenn man sich eine energische und kluge Person zur Teilhaberin der Macht aussucht, und genau das muß man akzeptieren, wenn man sich die Liebe einer Gleichgestellten statt der einer Sklavin wünscht. Und ich habe nicht allzu viele Fragen gestellt, und sie hat mich nicht angelogen oder gar offen hintergangen – außer in bezug auf dich –, und wir waren sehr glücklich. Ich dachte immer, sie würde mich überleben.«

Erneut blickte er Johannes an. »So, dann wollte sie die Nachfolge also auf dich übertragen.«

»Sie wollte einen Sohn von dir und konnte keinen haben«, erwiderte Johannes.

Der Kaiser nickte. »Oh, ich mache ihr keinen Vorwurf, und ich habe nichts zu ihr gesagt, als sie starb. Aber ich kann die Nachfolge unmöglich in deinem Sinne regeln, nicht einmal ihr zuliebe. Nicht zugunsten des Sohnes von einem Mann, der sie zurückgewiesen hat und der nicht mit mir verwandt ist.«

»Ich will den Purpur nicht«, sagte Johannes. »Ich habe deswegen Streit mit ihr gehabt, als sie mir ihren Wunsch offenbarte. Ich habe nicht die Energie, darum zu kämpfen, und ich bin vollkommen einverstanden, wenn wir die Angelegenheit fallenlassen.«

Justinian sah ihn einen Augenblick lang prüfend an, dann nickte er erneut. »Nein, du bist kein Ehrgeizling, nicht wahr? Sie konnte nur schwer glauben, daß es Menschen gibt, die nicht ehrgeizig sind, aber ich habe immer gewußt, daß mir die meisten Männer, die ich gefördert habe, treu bleiben. Belisa, Narses, Tribonian, Germanus – ich war mir immer sicher, daß sie mich nicht hintergehen würden. Du würdest es wahrscheinlich auch nicht. Und du bist äußerst fähig; außerdem bist du ihr Sohn. Du kannst den Rang, den sie dir verliehen hat, und den Mantel, den sie dir gegeben hat, behalten. Aber ich glaube nicht, daß ich dich hier in Konstantinopel wissen möchte, wo du mich immer daran erinnern würdest, daß sie einst das Bett deines Vaters geteilt hat. Sie war meine Frau, nicht seine. Kein anderer Mann hat jemals erkannt, was für ein Juwel sie war; kein Mensch hat sie jemals so geliebt wie ich.«

»Sie hat mir gesagt, du seiest mehr wert als ein Dutzend Männer vom Typ meines Vaters, selbst wenn man den Rang außer acht läßt«, erwiderte Johannes langsam.

Der Kaiser lächelte schmerzlich. »Und sie hat niemals jemanden so geliebt wie mich. Das glaube ich. Danke. Also gut, was möchtest du?«

»Was ich möchte?«

»Ich habe dir gesagt, daß du deinen Rang behalten kannst, aber daß ich wünsche, daß du die Stadt verläßt. Du hast einige ihrer Fähigkeiten geerbt und könntest zweifellos anderswo von Nutzen sein. Such dir einen Posten aus.«

Johannes schluckte, leckte sich die Lippen. »Ich würde gerne einen Posten als Befehlshaber im Osten haben. Im Rang eines Statthalters von Arabien oder Syrien.«

Justinian nickte. »Sehr gut. Du bist ein nabatäischer Araber, nicht wahr? Du sprichst Arabisch und Persisch?«

»Ja, Herr«, erwiderte Johannes und starrte den Kaiser angesichts der raschen Wendung der Ereignisse ein wenig verwirrt an.

»Und du bist zweifellos mit der Situation im Osten vertraut, und zudem – wie ich glaube – ein vorsichtiger Mann. Es ist wenig wahrscheinlich, daß du irgendwelche Kriege vom Zaun brichst. Sehr schön. Ich kann dich schlecht deines Postens als Kommandant der Reiterei entheben und dann lediglich zum Heerführer von Arabien ernennen. Ich werde dich zum Oberbefehlshaber für die Strata Diocletiana machen, die Grenze von Orontes bis nach Arabia Deserta. Ich werde einige der dort stationierten Truppen unter deinen persönlichen Befehl stellen, und du kannst versuchen, die dortigen Befehlshaber und Stammesführer unter deine Kontrolle zu bringen. Ich muß dich allerdings warnen, diese Männer bilden einen äußerst unzuverlässigen und aufsässigen Haufen von Generalen. In erster Linie hoffe ich, daß es dir gelingt, den räuberischen Überfällen Einhalt zu gebieten, die wir immer wieder von den Lachniden erleiden. Das mindeste ist, daß du im Gegensatz zu deinem Vorgänger keinen Krieg provozierst.«

Der Kaiser nahm eine Feder von seinem Schreibpult und kritzelte ein paar Zeilen auf ein Stück Pergament, dann nahm er eine Stange purpurgefärbtes Siegelwachs, zündete sie an und tröpfelte etwas davon auf das Dokument. Er siegelte das Schriftstück mit dem Ring seiner rechten Hand und überreichte es Johannes. »Das wär's dann«, sagte er.

Johannes starrte erstaunt auf das Kodizill, dann blickte er den Kaiser an. »Ich danke dir, Herr. Es ist mehr, als ich erwartet habe; ich werde versuchen, dich nicht zu enttäuschen.«

Justinian zuckte zusammen. »Das hoffe ich. Du siehst ihr ähnlich. Verlasse Konstantinopel, sobald du kannst – innerhalb dieses Monats. Narses soll dir dabei helfen, das nötige Geld und die Soldaten aufzutreiben, die du mitnehmen willst. Jetzt laß mich allein.«

Narses freute sich für Johannes, auch wenn er dieser Freude nur verhalten

Ausdruck gab. Artabanes war ein wenig eifersüchtig, doch erfreut, und Johannes' Untergebene waren dankbar, einen derart strengen Vorgesetzten loszuwerden. Johannes verbrachte den Tag mit dem Versuch, sich darüber klarzuwerden, was die neue Stellung mit sich bringen mochte. Als es endlich Abend wurde, klang die Erregung allmählich ab, und er fühlte sich müde und deprimiert und wünschte sich sehnlichst, allein zu sein. Er holte sein Pferd aus dem Stall, schickte seine Gefolgsleute fort und ritt in die Stadt. Es war ein heißer, trockener Tag, und einer der staubigen Winde, die so typisch für Konstantinopel waren, wehte aus dem Norden, peinigte die Augen mit dem Sand aus den Straßen der Stadt. Er ritt zum Hippodrom, hatte aber keine große Lust, um die Bahn zu galoppieren. In ein paar Monaten, dachte er, kann ich mit Maleka in die syrische Wüste und in die Gärten von Nabatäa hinausreiten und sie dort galoppieren lassen. Endlich wieder nach Hause!

Er lenkte die Stute in eine andere Richtung und ritt die Säulengänge der Mittelstraße bis zum Taurus-Forum hinunter. In der Mitte des weiträumigen Gevierts zügelte er das Pferd unter dem Triumphbogen und starrte über den Platz. Der Vorderteil von Euphemias Haus war als separates Gebäude wiederaufgebaut worden und von einem Gerüst umgeben. Der rückwärtige Teil war vom Forum aus nicht zu sehen, aber er wußte, daß er wiederaufgebaut und das Mädchen wieder eingezogen war.

Deshalb bin ich also hergekommen, dachte er. Natürlich.

Er tätschelte Malekas Flanke und ritt weiter, in die dritte Seitenstraße hinein. Das Eisentor war vom Feuer verschont geblieben, und er klopfte mit harter Hand an. Einen Augenblick später streckte der Pförtner Onesimos seinen Kopf aus dem kleinen Fenster.

»Du bist es!« sagte er überrascht. Dann: »Ich wollte sagen, es ist der Ehrwürdige.«

»Ist deine Herrin da?« fragte Johannes, und der Pförtner nickte nervös.

»Ich will nur schnell das Tor öffnen, Herr... So, da bin ich. Ich nehme das Pferd. Erwartet die Herrin dich?«

»Nein. Nein, ich bin ausgeritten und dachte nur, ich könnte einmal vorbeischauen... Melde mich bitte an.«

Der alte Mann nickte, band Maleka in dem über und über mit Grünpflanzen bewachsenen Hof an und begleitete Johannes in das Haus. Aus dem rückwärtigen Teil konnte man Stimmen hören – die meisten Sklaven mußten sich im Küchengarten aufhalten und die Abendsonne genießen. Aber Onesimos führte ihn die Stufen hinauf zu dem ihm vertrauten Zimmer und klopfte an die Tür.

»Was ist los?« ertönte Euphemias Stimme.

»Es ist der Befehlshaber Johannes, Herrin, aus dem Palast, er ist zu Besuch gekommen.«

Es entstand ein Schweigen, dann öffnete Euphemia die Tür und starrte Johannes mit großen Augen an. Ihre Haare hingen locker herunter, sie trug den gelben Umhang.

»Ich . . . ich bin ein wenig ausgeritten und habe gedacht, ich könnte dich ebensogut besuchen«, sagte Johannes. »Darf ich hereinkommen?«

»Ja . . . ja, natürlich.« Sie trat beiseite, und er ging an ihr vorbei in das Zimmer. Es war leer. »Tantchen ist im Garten«, erklärte Euphemia. »Ich . . . ich war gerade dabei, einen Brief zu schreiben.«

»An deinen Vater?«

»Ja. Ich habe ihm nicht viel zu berichten in letzter Zeit, aber er benötigt die Informationen auch nicht mehr so dringend. Er hat sich in Ägypten aus eigener Kraft eine Stellung geschaffen; er hofft, daß die Anklage aus Mangel an Beweisen bald fallengelassen wird.«

»Vor allem jetzt, da die Augusta tot ist?«

Sie wurde rot. »Das weiß er noch gar nicht. Obgleich es ihm nützen wird.« Sie sah ihn einen Augenblick lang an, dann berührte sie den Saum seines schwarzen Umhanges. »Es tut mir leid um deinetwillen, wenn auch nicht um meinetwillen.«

»Ja.« Johannes blickte sich in dem leeren Zimmer um, dann setzte er sich auf die Ruhebank. »Ja, das verstehe ich. Du weißt ja, ich habe sie geliebt.«

»Du sollst Vater und Mutter lieben«, sagte sie und wurde erneut rot. Sie setzte sich an das andere Ende der Ruhebank. »Ich . . . ich liebe meinen Vater. Vielleicht sollte ich das nicht. Ich weiß, daß er Dinge getan hat, derentwegen ihn das Volk haßt, ihn völlig zu Recht haßt. Aber er hat mich geliebt, und er war alles, was ich hatte.«

Johannes blickte auf seine Hände hinunter. »Ich bereite mich darauf vor, in den Osten zu gehen«, sagte er nach einem langen Schweigen. »Ich bin befördert worden – mir ist die Verantwortung für die Sicherheit der arabischen und syrischen Grenze übertragen worden. Ich muß die Stadt innerhalb dieses Monats verlassen.«

»Oh«, sagte sie und starrte ihn an. Nach einem Augenblick fügte sie hinzu: »Meinen Glückwunsch.«

Er schüttelte den Kopf und sah sie an. Das Licht der Abendsonne drang durch das Fenster, vergoldete ihr Haar, brachte den orangefarbenen Ton in ihren nahe beieinanderstehenden Augen zum Leuchten. Ihre Hände lagen gefaltet im Schoß. Ich bin mein ganzes Leben lang zu vorsichtig gewesen und habe die Dinge zu sehr hinausgeschoben, dachte er. Jetzt kann ich ebensogut einmal draufgängerisch sein. »Kommst du mit mir?« fragte er leise.

»Mit dir kommen ..., was willst du damit sagen? Wohin soll ich kommen?«

»Mit mir in den Osten. Als meine Frau.«

Sie wurde aschfahl. »Das meinst du doch nicht im Ernst?«

»Doch.«

»Du ... du sagst das, um dich über mich lustig zu machen.«

Bedächtig schüttelte er den Kopf. »Ich liebe dich«, sagte er und merkte, daß ihn die Worte, die er noch niemals ausgesprochen hatte, überraschend glatt von den Lippen gingen.

Voller Seelenpein starrte sie ihn an. »Du hast nicht gründlich darüber nachgedacht.«

»Nein, nicht gründlich, denn ich wußte nicht, daß ich heute abend herkomme und dir das sage. Aber ich habe darüber nachgedacht – jedenfalls habe ich über dich nachgedacht.«

Sie wandte ihren Blick ab und rang ihre Hände im Schoß. »Was hat deine Mutter davon gehalten?« fragte sie schließlich und fand zu einem verlegenen und unsicheren Sarkasmus zurück.

»Ich habe es ihr nie erzählt. Sie hatte ehrgeizige Pläne in bezug auf mich, die ich nicht erfüllen konnte. Aber jetzt ist sie tot. Ich habe keine Eltern und brauche niemanden um Rat zu fragen, außer mich selbst.«

»Wer war dein Vater? Ein Bärenzähmer, ein Wagenlenker?« fragte sie und versuchte verzweifelt, hinter einer Mauer von Zorn Schutz zu suchen. »Wäre es ihm gleichgültig?«

»Er war ein ehrenwerter Bürger, ein Magistrat der Stadt Bostra, mit Namen Diodoros. Er starb im Sommer vor meiner Ankunft in Konstantinopel an der Pest. Er war ein äußerst angesehener Mann, falls dir das irgendwie weiterhilft.«

Sie biß sich auf die Lippen. »Ich habe einen Vater«, sagte sie. »Ich muß ihn um Rat fragen ... Und er wird es nicht billigen. Selbst wenn ich nichts über deine Herkunft sage, und das müßte ich nicht, würde er es nicht billigen.«

»Aber er würde es akzeptieren, nicht wahr? Mein Rang ist ehrenwert genug.« Er sprach nicht aus, daß die Tochter eines so verhaßten Ministers nicht allzu viele Eheangebote von Patriziern erhalten würde; es war nicht nötig.

»Du bist immer noch der Vetter der Kaiserin. Er hatte jeden Grund, sie zu hassen, und um ihretwillen würde er auch dich hassen. Schlechtes Blut, würde er sagen.«

»Nun, du bist die Tochter des Kappadokers, und dieses Blut wird für gewöhnlich ebenfalls als schlecht angesehen, doch das ist mir egal. Wenn du damit einverstanden bist, mich zu heiraten, werde ich zum Kaiser gehen und es ihm sagen. Ich habe im Augenblick einigen Einfluß, und ich glaube nicht, daß Seine Erhabene Majestät Einwände hätte. Er könnte seine Einwilligung anstelle deines Vaters geben. Ich bin an keiner Mitgift interessiert; dein Vater kann sein Geld behalten. Ich habe genug für uns beide.«

Euphemia zerknitterte den Saum ihres Umhangs in ihren Händen; jetzt sah auch ihr Mund zerknittert aus. »Ich kann nicht«, sagte sie. »Ich kann nicht mit ihm brechen. Nicht, nachdem ich für das verantwortlich bin, was mit ihm passiert ist.«

»Du warst nicht verantwortlich dafür. Du bist hinters Licht geführt worden, genauso wie er.«

»Ich bin benutzt worden; ich hätte mich ganz einfach nicht benutzen lassen dürfen! Jetzt muß ich ihm gehorchen!«

Er streckte seine Hand nach der ihren aus, und sie blickte ärgerlich und unglücklich auf. »Die Welt wird von Tod und Vergeblichkeit beherrscht«, sagte er. »Die Pest und die verschiedenen Kriege haben in den vergangenen dreißig Jahren alles zerstört, wann immer jemand versucht hat, etwas aufzubauen. Menschen sterben – mein Vater und meine Mutter sind gestorben; ich werde ebenfalls sterben, und auch du wirst es. Du hast einmal gesagt, du liebst mich. Ist es nicht wert, nach dieser Liebe zu greifen, während wir noch am Leben sind und Zeit haben, einander zu lieben?«

»Meinen Vater liebe ich ebenfalls«, sagte sie. »Ich muß ihm treu bleiben.«

»Du hast selbst gesagt, er hätte sich jetzt aus eigener Kraft eine Position in Ägypten geschaffen und die Anklage würde wahrscheinlich fallengelassen. Du bist ihm vier Jahre lang treu geblieben. Ist das nicht lange genug?«

Sie entzog ihm ihre Hand und trat ans Fenster. »Entweder hältst du jemandem die Treue oder nicht. Und überhaupt, du brauchst mich nicht.«

Ich brauche dich, ich habe dich mein ganzes Leben lang gebraucht, dachte er – aber er konnte es nicht sagen. »Willst du dann, daß ich gehe?« fragte er statt dessen und starrte auf ihren Rücken.

Nach einer Pause bewegte sich ihr gesenkter Kopf kurz und deutete ein Nicken an.

Maleka stand im Hof und kaute auf einem Stück Unkraut. Johannes band sie los, und Onesimos öffnete das Tor. Gerade setzte er seinen Fuß in den Steigbügel, als er hörte, wie sein Name gerufen wurde; er wandte sich um und sah, daß Euphemia auf ihn zugerannt kam.

»Nein!« rief sie, als sie bei ihm war und ihre Arme um ihn schlang. »Nein, geh nicht! Ich komme mit dir, ich möchte mit dir kommen. Ich werde die Stadt mit dir zusammen verlassen, als deine Frau!«

Hinterher wußte er nicht genau, ob er ihretwegen oder Theodoras wegen geweint hatte, doch er küßte sie und ging in Tränen aufgelöst mit ihr ins Haus zurück. Onesimos starrte einen Augenblick überrascht hinter ihnen her, dann zuckte er die Achseln, band das Pferd wieder an und schloß die eisernen Torflügel. Die Abendsonne vergoldete gleichgültig das Tor und das Kreuz hoch oben auf der Kuppel der Kirche der Heiligen Weisheit, vergoldete gleichgültig auch das aufgewühlte Wasser des Bosporus, die Wüste Thrakiens und Meile um Meile der langen Grenzen, die dem Römischen Reich geblieben waren.

Epilog

Prokop von Caesarea, der große Historiker des Justinianischen Zeitalters, berichtet von Kaiserin Theodora und ihrem illegitimen Sohn und behauptet, sie habe ihn ermorden lassen. Prokop tut dies allerdings in seiner *Geheimgeschichte*, und wie alles andere in dieser grellen Zusammenstellung ist auch diese Episode voller Absurditäten, Unwahrscheinlichkeiten und glatter Lügen. Man kann unmöglich entscheiden, wieviel von dem, was er berichtet, war ist, wenn überhaupt irgend etwas wahr ist; und ein verantwortungsvoller Historiker kann die *Geheimgeschichte* nur mit äußerster Vorsicht benutzen.

Zum Glück ist der Autor historischer Romane aber keiner derartigen Verpflichtung unterworfen. Wie schon Sir Philip Sidney richtig bemerkte, »kann der Historiker in der wolkigen Ungewißheit der Menschheitsgeschichte kaum so mancher Lüge entrinnen. Doch der Dichter . . . zieht niemals irgendwelche Kreise, um die Einbildungskraft des Lesers oder um ihn zu behexen, das von ihm Geschriebene auch für wahr zu halten«. Als ich im Zusammenhang mit diesem Buch verschiedene Forschungen anstellte, geschah dies aus reinem Vergnügen; als ich es schrieb, tat ich es um des Vergnügens willen, eine gute Geschichte zu erzählen. Sobald sich der solide Grund historischen Wissens unter mir auftat oder ins Schwanken geriet, »rief ich die süßen Musen an, damit sie mir zu einer guten Eingebung verhelfen«, ich konstruierte mir eine Brücke aus hauchdünnen Altweibersommerfäden und überquerte sie laut pfeifend.

Dies ist ein Werk reinster Fiktion. Sein Gerüst jedoch entspricht der historischen Wahrheit. Die Beulenpest, welche die Welt während der Herrschaft Justinians verwüstete, suchte Konstantinopel im Jahre 543 nach Christus heim; eine Armee, kommandiert von dem Kämmerer Narses, besiegte – zusammen mit verbündeten herulischen Truppen – um das Jahr 545 eine »sehr viel größere« (genaue Zahlen werden nicht angegeben) Streitmacht der Slawen; und Kaiserin Theodora starb am 28. Juni 548.

Belisar kehrte in Theodoras Todesjahr von seinem erfolglosen Feldzug in Italien zurück; ihm wurde der Rang eines Oberbefehlshabers im Osten und hohen Palastbeamten verliehen, 559 verteidigte er Konstantinopel gegen die Hunnen. Der Kaiser übertrug seinem Vetter Germanus die Aufgabe, Italien zurückzuerobern; dieser starb jedoch, bevor die von ihm ausgehobene Armee Segel setzen konnte. An seiner Stelle wurde Narses zum Befehlshaber ernannt; er führte die Streitmacht nach Italien, besiegte die Goten und Franken, entledigte sich der Lombarden und herrschte die nächsten fünfzehn Jahre mit großer Tüchtigkeit über die Provinz. Die Donauprovinzen jedoch wurden praktisch aufgegeben und mußten fast jedes Jahr von neuem Einfälle und Verwüstungen von seiten der Slawen und Bulgaren erdulden, bis diese Völker ihre eigenen Königreiche in dem ausgelaugten Gebiet errichteten.

Dem Armenier Artabanes gelang es, sich nach Theodoras Tod von seiner Frau scheiden zu lassen, doch hatte er keinen Erfolg bei seinen Bemühungen, Praejecta zu heiraten. Enttäuschte Liebe – und auch Ehrgeiz – trieben ihn schließlich dazu, sich einer Verschwörung anzuschließen, welche die Ermordung des Kaisers zum Ziel hatte. Die Verschwörung schlug fehl, Artabanes jedoch wurde begnadigt, schließlich übertrug der Kaiser ihm sogar erneut die Befehlsgewalt. Justinian vergab stets allen Leuten, von denen er nichts mehr befürchten mußte.

Belisar und Antonina gelang es, eine Scheidung ihrer Tochter Joannina von Theodoras Enkel zu erreichen (den das Mädchen überliefertermaßen geradezu anbetete). Aber auch ihre Hoffnungen wurden zunichte gemacht, und es wird nicht einmal berichtet, was aus der unglücklichen Joannina wurde. Als Justinian im Jahre 565 starb, wurde Justin II., der Sohn seiner Schwester Vigilantia und Ehemann von Theodoras Nichte Sophia, sein Nachfolger. Justins Herrschaft erwies sich als eine Katastrophe, und unter seinem größenwahnsinnigen Regime fielen die meisten der von Justinian eroberten Gebiete wieder in die Hände der Barbaren, so daß das Kaiserreich nach unzähligen Verlusten an Menschenleben, Gütern und Vermögen schließlich nicht größer, gewiß aber sehr viel geschwächter war als bei Justinians Thronbesteigung.